KB184905

헌터는 하룻밤에 10번…

헌터는 하룻밤에 10번...

두고 장편소설

결

목차

헌터는
하룻밤에 10번…

"아흑."

허리를 뒤틀며 신음하자,

"조금만 더. 응? 응."

달래는 듯 보채는 소리가 뒤이었다.

"형."

"흐윽."

자신보다 열 살은 더 많아 보이는 사내에게 형 소리를 들으며 허리를 내렸다. 배 속을 파고드는 게 목 끝까지 튀어나올 것 같았다.

"우읏, 읏."

헛구역질하니, 그마저도 삼키겠다는 듯 입 안을 헤집어 댔다. 혀는 뜨겁고 축축했다. 던전에서 촉수형 몬스터를 상대하다가 붙잡혀 이로 물어뜯었던 적이 있었다. 그때 입 안에서 꾸물거리던 촉수의 말단과 비슷했다.

"흣."

그 생각에 찡그리는데, 상대가 혀를 끌어당겨 가더니 깨물었다. 그러지 않을 거라고 생각하면서도, 혀가 잘릴지도 모른다는 섬뜩함에 허리를 떨었다. 뭐가 즐거운지 상대방이 웃었다. 맞닿은 입술이 움직이는 게 느껴졌다. 고개를 뒤로 젖히자 기어이 쫓아와 다시 입을 맞대고는, 미안하다는 듯 제가 깨문 혀를 핥아 올렸다.

"흐으, 읏."

"그러니까 딴생각, 하지 마. 하아. 형, 나 미치는 꼴 보고 싶어?"

"우윽, 이제 그만……."

쏟아지는 쾌락에 시야가 흐릿해졌다.

'어쩌다 이렇게 된 거지?'

정신이 깜빡깜빡, 들어왔다 나갔다. 눈꺼풀을 느리게 감았다가 뜨니, 열락에 휩싸인 현재와 이런 미래 따윈 상상도 못 했던 과거가 엇갈렸다.

✷

어느 날 갑자기 이 세상에 판타지 같은 일이 일어났다. 그냥 판타지가 아니라 현대 판타지. 그중에서도 던전이니 몬스터니 하는 것들이 튀어나오는 헌터물. 갑자기 세상 곳곳에서 '던전'이 열리고, 평범하게 잘 살던 사람들 중 일부가 '헌터'로 발현했다. 던전에서 쏟아져 나온 몬스터들이 사람들을 공격했고, 헌터들은 자신의 능력이 무엇인지 깨닫기도 전에 몬스터들과 맞서 싸워야 했다. 훗날, 살아남은 사람들은 던전에서 몬스터가 쏟아져 나오는 현상을 '몬스터 웨이브'

라고 불렀다.

몬스터를 죽이고 죽여도 던전은 계속 몬스터들을 토해 냈다. 이에 행정체계가 무너지지 않은 나라들은 대응책 마련을 고심했다. 미국에서는 호기롭게 핵을 날려 던전과 그 인근 지역을 죽음의 땅으로 만들려고 했으나 던전이 뉴욕 한복판에 나타나자 그 계획을 취소했다. 제일 무난한 방법은 자국 내에서 발현한 헌터들을 찾아내 몬스터와 싸우게 하는 것이었다. 각 나라에서는 일반인 군인과 갓 발현한 헌터들을 수없이 희생시켜 던전 근처에 저지선을 구축하고 몬스터의 전진을 막고자 애썼다.

그런 상황에서 의외의 나라가 의외의 해결책을 발견했다. 인해전술로 유명한 중국에서 사람을 던전에 투입한 것이다. 정확히는 그냥 사람이 아니라 헌터. 그것도 해외로 이민 가려다 붙잡힌 헌터들을. 결과는 놀라웠다. 헌터들이 던전 속에서 몬스터들을 해치우니, 몬스터 웨이브가 일어나지 않았다. 전투는 오직 던전 속에서만 일어났다. 헌터 대 몬스터.

세계 각국은 중국의 사례를 바탕으로 발 빠르게 움직였다. 그중 가장 신속하게 반응한 건 세계 유일의 분단국으로서 징병제를 유지하고 있던 대한민국이었다. 대한민국은 징집된 20대 사내들 중 헌터로 발현한 이들을 2년 동안 던전 공략에 집중시켰다. 하지만 그것만으로는 부족했다. 헌터는 남녀를 가리지 않고 나타났고, 발현 비율이 인구 10명당 1명꼴로 낮은 편이었다. 2년, 게다가 남자만. 이 조건으로 몬스터 웨이브를 막는 건 불가능했다. 이에 여자 또한 국방의 의무를 져야 한다는 의견이 힘을 얻었다. 남자뿐 아니라 여자도 징집해야 한다는 내용이 국회에서 논의되어 어떤 구체적인 형태를 갖출 즈음, 또 한 번의 몬스터 웨이브가 일어나 수천 명의 사상자가 발생했다. 많은 민간인이, 그보다 더 많은 군인이 희생되었다. 사람들은 안전한 일상을 갈구하며 위정자들을 압박했다. 국회의원들은 여론을 등에 업고 강력한 헌터 모병 법안을 내놓았다.

-헌터로 발현한 국민은 최소 10년간 복무하며 사회의 안전을 위해 의무를 다할 것.

모두가 마음속으로 그래야 한다고 생각했던 것. 하지만 모두가 감히 노골적으로 말할 수 없었던 요구였다. 당연하게도 헌터로 발현한 사람들과 그 가족들, 그리고 인권 단체에서 강력히 항의했다. 그 혼란한 틈을 노린 일본에서 대한민국 헌터들을 회유해 자국으로 귀화시키려 했던 것이 드러나자, 법안은 짧은 기간 동안 급히 수정됐다. 헌터로 발현한 당사자와 그 가족의 반발을 무마하기 위해, 눈속임용 보상을 덧붙인 타협안이 만들어졌다.

일명 1가정 1헌터법. 가족 중에 헌터로 발현한 사람이 없는 경우 만 20세 남자는 이전처럼 2년간 국방의 의무를 수행한다. 단, 가족 중 단 한 명이라도 헌터로 발현해 입대하고 최소 10년간 복무한다면 그의 형제자매들은 모두 군복무를 면제받는다. 형제자매 중 헌터로 발현하는 자가 또 있다면 그 헌터는 보충병으로 입영하여 향토방위 업무를 수행한다. 또는 사회복무요원으로 대체 근무한다, 라는 것이었다.

경제적 보상도 주어졌다. 헌터로 복무한 동안의 월급은 생명 수당을 붙여 웬만한 대기업 초봉 연봉을 상회하도록 했다. 10년 복무

후 제대하면 서울 강남에 25평짜리 아파트 한 채는 살 수 있을 정도로. 연금 또한 제대 후 다음 달부터 지급하며, 원한다면 군대에 계속 복무 가능. 아니면 헌터 관련 공기업에 특채로 입사 가능.

이만큼의 조건이 뒤따르는 이유는 던전에 들어가서 살아나올 확률이 40.5%에 불과하기 때문이었다. 이 40.5%도 살아 있는 전설이라 불리는 신중윤이 복무 기간 내내 그가 이끄는 소대를 100% 귀환시켰기에 가능한 수치였다. 신중윤이 군대에 있는 동안은 헌터병들의 무사 제대율 또한 40%에 근접했다. 하지만 그가 제대하고 난 뒤, 헌터들의 무사 제대 확률은 20% 이하로 곤두박질쳤다. 평균의 함정. 학구열 높고, 무식하다는 말이 욕인 대한민국. 그 나라의 국민들이 모를 리 없었다.

이에 사회에서는 지옥의 사탄도 혀를 내두를 정도로 비윤리적인 유행이 불어닥쳤다. 미성년 자녀를 둔 좀 산다는 집에서 보육원을 뒤지고 다니며, 헌터로 발현할 것 같은 아이들을 입양하기 시작한 것이었다. 물론 그 아이가 헌터로 발현하지 않으면 파양했고, 다시 입양과 파양을 반복했다. 입양한 아이 중 누군가가 헌터로 발현할 때까지 계속.

이 같은 일이 사회 문제로 거론될 정도로 광범위하게 이루어지자, 국가가 나섰다. 아이가 헌터로 발현하는 나이는 보통 14세에서 15세 사이였다. 자식 있고 돈도 있는 가정에서 제 자식 대신 군대에 보낼 아이를 입양하는 건, 보통 아이가 헌터로 발현하기 직전인 13세에서 14세. 국가에서는 11세가 넘는 아이의 입양을 법적으로 금지했다. 그러자 사람들은 10세 이하의 아이를 입양하기 시작했다. 이에 국가는 한 부부의 입양 가능 횟수를 3회로 제한했다. 이른바 삼진 아웃제. 또한 한번 입양한 자녀를 파양하기 어렵게 만들었다. 그래도 입양아가 헌터로 발현하지 않으면 학대하거나 버리는 등의 사회 문제는 계속되었다.

연우는 그런 사회 문제가 심각해지다 못해 당연해져버린 시점에 태어났다. 부모님이 누구인지는 알지 못했다. 태어나자마자 보육원 앞에 버려져 있었으니까. 탯줄만 겨우 자른, 시뻘건 핏덩이 상태로. 보육원을 집으로 알고 자란 연우는 일곱 살 때 일찍이 입양됐고, 2년 뒤 파양됐다. 이후 몇 달 안 되어 다시 입양되었다가 다시 파양됐고. 또 입양됐고 파양됐다. 열 살이 되기 전까지 세 번이나 입양, 파양을 경험했다.

입양의 이유도, 파양의 이유도, '헌터가 될 자질' 때문이었다. 누가 헌터로 발현하는가. 헌터로 발현하는 아이는 어떤 특징을 가지고 있는가. 국가 수준에서 계속 연구가 이루어졌으나 정확히 밝혀진 건 없었다. 왜 하필 2차 성징 시기에 헌터로 발현하는가. 이 점에 집중한 학자들은 청소년기의 신체 성장과 호르몬, 신경체의 불안이 어떤 조건을 접하여 인간 내부에 내재된 헌터 능력을 발현시키는 거라고 주장했다. 이들은 헌터 발현을 인간의 3차 성징이라고 불렀다.

이에 민간에서는 뼈가 굵고 건강한, 그리고 신체 내 호르몬 수치가 불안정한 아이가 헌터가 된다는 '썰'이 나돌았다. 연우는 어릴 적부터 또래에 비해 키가 컸다. 매년 국가에서 의무적으로 실시하는 소아 건강 검진에선 평균 이상의 신체 능력과 불안정한 호르몬 수치를 드러냈다. 우수한 신체 능력. 불안정한 호르몬 수치. 둘 다 아이가 헌터로 발현할 가능성이 있는지 점칠 때 이야기되는 조건이었다. 그래서 연우는 항상 입양 후보 1순위였다. 하지만 막상 입양되고 난 다음엔 여지없이 이런 애가 헌터가 될 리 없다는 소릴 들으며 파양당했다.

'애가 정말 헌터가 될까? 이렇게 조용하고 소극적인 애가?'

아무리 훈련시켜도 연우의 호르몬 수치는 변화를 보이지 않았다. 불안정한 수치의 안정화. 이는 양부모들의 불안감을 부채질했다. 연우를 입양해 간 세 가정 모두 친자식의 헌터 발현 검사를 앞두고 있었기에 확실하게 헌터로 발현할 아이가 절실했다. 그들에게 연우는 성에 차지 않는 입양아였다. 연우에게 실망한 양부모들은 연우를 홀딱 벗겨 몇 날 며칠이고 문밖에 세워 놓았다. 감기가 폐렴이 될 때까지 방치하고는, 연우가 죽기 직전에야 언 몸뚱이를 들고 보육원으로 달려갔다. 애가 병에 걸린 걸 말도 안 해주고 입양 보냈다며 보육원 쪽의 과실을 주장하고 파양을 요구했다. 국가에서 파양을 어렵게 만들었기에, 입양아를 이런 식으로 파양하는 것이 팁처럼 나돌았다. 실제로도 꽤 효과적인 방법이었다. 세 가정 모두 이 방법으로 연우를 파양했다. 연우의 폐엔 파양의 흔적이 점점이 남았다.

그렇게 연우는 입양당하고 또 파양당하며 키만 훌쩍 큰, 비쩍 마른 아이로 자라났다. 세 번쯤 파양되는 건 희귀한 일은 아니지만 흔한 일도 아니었다. 반복된 파양을 당한 연우는 보육원의 안쓰러운 존재이면서도 천덕꾸러기가 되었다. 그쯤 되자 더는 연우를 입양하겠다는 사람이 나타나지 않았다. 입양을 원하는 사람들이 보육원을 방문하면 연우는 늘 제일 뒤에 섰다. 키가 훌쩍 큰 연우에게 관심을 보이는 사람들이 없진 않았으나 연우의 이력을 확인하고는 곧바로 고개를 돌렸다. 연우는 그런 자신의 처지에 차라리 감사했다. 이대로 열여덟 살까지 보육원에서 살다가 약간의 지원금을 받고 독립하게 되겠지. 그러면 아무 데나 취직해서 돈 좀 벌다 군대에 가고, 2년 뒤에 제대해 또 어딘가에 취직하고. 그렇게 살게 되지 않을까.

안도 섞인 체념. 남은 미래에 대한 소박한 바람을 가진 채 살았건만. 네 번째 입양이 결정되었다. 어느 부잣집 부부가 그를 선택했다. 그 댁에는 외동아들이 있었다. 연우보다 한 살 어린 남자아이였다. 부부는 그 아이를 위해 이미 두 명을 입양했던 전적이 있었다. 둘 모두 헌터로 발현하지는 않았지만 스무 살까지 키웠고, 대학까지 보내주었다고. 학비를 주고 대학 근처에 자취방까지 구해 독립시켰다고 했다. 연우가 세 번째, 그러니까 마지막 입양아였다. 연우에게 마지막 희망을 걸겠다는 것이었다.

'왜 나를?'

연우는 의아했다. 보육원에는 가능성 있는 아이들이 몇 더 있었다. 다른 보육원에는 더 많을 테고. 그런데 왜 굳이 세 번이나 파양당한 고아를 입양한단 말인가. 연우는 혹시나, 자신을 가엾이 여기는 원장 수녀님이 자신의 파양 이력을 숨기고 입양을 추천한 게 아닐까 의심했다. 그래서 양부모와 정식으로 만나는 자리에서 자신에 대해 사실대로 말했다. 거짓말을 해선 안 된다는 착한 생각으로 그런 건 아니었다. 더는 입양 가고 싶지 않았기 때문이었다. 세 번의 입양 생활은 모두 보육원 생활보다 끔찍했다. 채 열 살도 안 된 연우에게 스무 살 넘어 입대한 헌터들이나 받을 법한 훈련을 시키려 드는 양부모도 있었고, 고등학교급 선행 학습을 시키며 연우의 능력을 강제로 끌어올려 헌터급으로 서류를 조작하려 했던 양부모도 있었다. 언제나 가혹할 정도의 빡빡한 일정에 쫓겼고, 잠도 제대로 자지 못했다. 그에 비하면 성당 부속 보육원에서의 생활은 편안했다. 푹 잘 수 있었으니까. 똑같은 비참함을 또 경험하고 싶지 않았다.

"솔직하구나. 다 알고 널 선택한 거란다."

그런데 네 번째 양부모가 될 사람들은 솔직히 말하는 연우를 보며 웃어주었다. 우린 다 알고 있노라고.

"세 번이나 파양당했다는 건 우리 이전에 이미 세 번이나 가능성을 인정받았다는 거잖니. 우린 네 가능성에 기대를 걸고 싶구나."

상냥한 말이었다. 그래봤자 제 피붙이 아들을 지키기 위한 상냥함이지만.

양부모는 연우를 데리고 자신들의 집으로 갔다. 늘 부유한 집에 입양됐지만, 이번에는 차원이 다른 부유함이었다. 차를 타고 커다란 대문을 지나 한참을 가자 동화책에서나 나올 법한 거대한 집이 나타났다. 거기에 그 아이가 있었다. 아홉 살의 정우. 아이는 낯을 가리는지 쭈뼛쭈뼛하게 서 있었다. 아이보다 큰 커다란 개가 아이를 지키듯 서 있었고, 아이는 그 개에게 매달리듯 뒤에 숨었다.

"형이야. 두 번째 형. 정우야, 인사해야지?"

양부모가 말하자 아이는 도도도, 달려와 엄마 다리에 매달리고는 빼꼼히 고개를 내밀어 연우를 바라보았다. 예쁜 아이였다. 또, 사랑받고 자란 티가 나는 아이였다. 통통한 뺨이나 반바지 아래로 드러나는 상처 하나 없는 하얀 다리. 동그란 눈. 보슬보슬, 파마한 것 같은 머리카락. 아이는 눈이 마주치자 쏙 숨어버렸다.

"왜 그래, 부끄러워? 무서워?"

"아냐. 우석이 형이랑 지영이 누나랑 똑같아. 앞에 둘한테는 싹싹했으면서, 왜 그래."

양부모는 아이를 앞으로 끌고 와 연우와 인사시키려 했지만, 아이는 끝까지 버텼다. 연우는 마네킹처럼 멀거니 서서 세 가족의 단란한 모습을 지켜보았다. 그리고 생각했다. 헌터가 되고 싶다고. 저 가족을 저렇게 화목한 채로 지켜주고 싶다고. 저 모습을 옆에서 계속 지켜보고 싶다고. 이번엔, 여기서 잘려 나가고 싶지 않다고. 그건 아마도, 인정하기 싫지만 첫눈에 반해서이지 않을까. 한 살 터울의 아이에게. 열 살의 연우는 그게 사랑인 줄 몰랐지만.

✷

연우는 정우의 형이 되고 '연우'라는 이름을 받았다. 보육원에서는 다른 이름으로 불렸고, 이전 입양된 세 집에서도 다른 이름으로 불렸다. 이 집에 와서 다섯 번째 이름을 받은 것이었다. 모연우. 정우와 친형제가 된 것 같아서, 연우는 제 다섯 번째 이름이 마음에 들었다.

✷

이 집은 연우에게 훈련을 강요하거나 밥 먹기 전 헌터가 되고 싶다는 말을 거울 앞에서 백 번씩 외우게 하지 않았다. 따뜻한 밥을 먹여주고 옷을 입혀주고, 푹신한 침대에서 재워주었다. 양부모가 자신을 챙겨줄 때마다 더더욱, 헌터가 되고 싶어졌다. 그래서 양부모가 시키지 않았는데도 일찍 일어나 아침 운동을 하고, 땀에 흠뻑 젖을 때까지 몸을 단련했다. 찬물로 씻고 나서는 '헌터가 되고 싶어. 헌터가 되어야 해.'라고 화장실의 거울을 보며 마음속으로 백 번씩 되뇌었다.

정우와는 천천히 친해졌다. 양부모들은 정우가 낯을 가리는 스타일이 아니라고 말했지만, 정우는 매우 낯을 가렸다. 연우와 둘만 있기 싫다는 듯 도망 다녔고, 가족이 된 뒤 한 달 넘도록 '안녕' 말 한 번 해주지 않았다.

'나를 싫어하나?'

미움받는 건가 싶어 우울해졌지만, 이전 세 집에 입양 갔을 때처럼 괴롭히지 않는 걸 보니 그런 건 아닐 거라 생각하고 싶었다. 자는데 들어와 밟는다든가 찬물을 뿌린다든가. 거지 새끼 노예 놈이라고 욕하며 비웃는다든가, 밥 먹는데 밥그릇 속에 상한 우유를 붓는다든가, 하진 않았으니까.

정우는 멀찍이 떨어져서 바라보기만 했다. 그러다가 눈이 마주치면 후다닥 도망갔다. 집에만 있으면 어디서건 정우의 눈길이 따라붙었다. 방에서 숙제를 하다 별생각 없이 고개를 들면 동글동글 밤톨 같은 머리가 보였다. 문에 매달려 이쪽을 바라보고 있는 것이었다. 거실에 앉아 던전에 대한 다큐멘터리를 보고 있으면, 어느샌가 저기 2층 계단에 나타나 이쪽을 내려다보고 있었다.

'그냥 낯가리는 거네, 엄청.'

듣기로 이전에 입양한 두 아이는 정우와 나이 차가 많이 났었다고 했다. 양부모에게는 다 똑같은 어린아이들이었겠으나, 정우에게 앞선 형과 누나는 어른이었으리라. 앞의 두 입양 형제에게 낯을 안 가린 건 그냥 어른처럼 느껴져 남인 듯 친하게 굴었던 거였고. 또래의 연우는 어떻게 대해야 할지 몰라 낯을 가리는 것이었다. 그러면서도 이 큰 집에 제 또래가 생긴 게 반가워서 곁을 맴도는 것이었고.

양부모는 상냥했지만 바쁜 사람들이었다. 그들은 외동아들을 더없이 사랑했지만, 그래서 연이어 세 아이를 입양할 만큼 그의 안전과 행복을 위해 노력했지만, 이 큰 집에 외동아들을 홀로 두고 이른 아침에 떠나 밤늦게 돌아왔다. 어떨 때는 일주일, 열흘씩 집을 비웠다. 연우가 머문 한 달 동안 그러했으니 그 이전에도 그런 경우가 다반사였으리라. 집엔 어른들이 여럿 있었으나 그저 고용인일 뿐이었다. 가족이 아니라 남. 돈 받고 일하는 사람들. 고용주의 어린 아들에게 깍듯이 구는 게 고작이었다. 그 속에서 정우는 혼자였다.

이전의 나이 차 많은 형, 누나는 일찌감치 제 처지를 알고 독립을 준비했을 테니 정우와 정신적으로 형제로서 교감을 쌓을 여유가 없었을 것이다. 그런 의미에서 연우는 정우가 '처음 가진' 또래 형제였다. 외로움은 비루먹은 나귀의 몸에서 나는 구린내처럼 고약해서 그것을 품은 동류를 쉽게 알아보게 만드는 법이었다. 연우는 자신의 곁을 맴도는 정우의 마음을 단번에 알아보았다. 정우는 천천히 연우에게 다가왔다. 한 걸음, 또 한 걸음. 먹이를 노리는 굶주린 사자 같았다. 연우는 정우가 제 발로 제게 다가오기를 기다려주었다.

그러기까지 석 달. 거실에 놓인 테이블에 자리를 잡고 앉아 공부하고 있던 연우의 옆에, 작은 무언가가 살금살금 다가와 풀썩 주저앉았다. 한참 머뭇거리다가 조심스럽게 연우의 등에 얼굴을 기대고는 한숨을 포옥- 내쉬었다. 안도, 혹은 만족의 한숨이었다.

숨죽이고 기다리던 연우는 픽, 웃고 말았다. 그리고 아차 싶었다. 정우가 부끄럽다고 화를 내며 가버리지는 않을까 싶었건만. 정우는 볼을 빵빵하게 부풀리고는, 고개를 들어 연우를 쏘아보고 중얼거렸다.

"웃지 마, 재수 없어.'

그리 말하고는 연우를 슬그머니 올려다보는 것이었다. 자그만 얼굴에 근심이 가득했다. 연우가 제 말을 듣고는 화를 내지 않을까 걱정하는 듯했다.

"어디, 형한테."

"형은 누가 형이야."

"내가 네 형이지."

"흥, 웃기시네."

조그마하던 정우의 목소리가 점점 커졌다. 늘 단정하고 무표정하던 연우의 얼굴에도 오랜만에 웃음이 어렸다. 그렇게 둘은 오랫동안 등을 맞대고 있었다. 연우는 숙제를 다 끝내고도 괜히 공책을 뒤적거렸다. 정우는 멍청해서 숙제가 어려운 거냐고, 마음에도 없는 말을 하며 힐끔힐끔 연우의 얼굴을 훔쳐보았다. 그러다 그대로 깜빡 잠들어버렸다.

정우의 몸은 뜨거웠다. 등이 화상을 입은 것처럼 화끈해졌다. 연우는 혹시나 정우가 열이 있는 게 아닐까 걱정되어, 손을 뒤로 짚어 이마를 만져보았다. 다행히 열은 없었다. 연우는 안심하며 그제야 노트를 덮었다. 그렇게 둘은 비로소 말을 텄다.

✷

그다음부터, 두 사람은 금세 냉전시기 미국과 소련만도 못한 사이가 되었다.

'차라리 낯을 가리는 게 나은 거 아닐까?'

연우가 진지하게 고민할 만큼 정우는 마구잡이로 날뛰었다. 형은커녕 야야 소리나 들으면 다행이었다. 공부하면 책을 뺏질 않나, 물 마시면 팔을 툭 쳐 쏟게 하고. 연우가 대응하지 않고 한숨을 푹 내쉬면, 방방 날뛰었다.

"형이랍시고 지금 무게 까는 거냐고. 웃기시네."

바나나를 빼앗겨 열 받은 원숭이 같았다. 아주 못생기고 성질 더러운 원숭이. 얘가 왜 이럴까 떨떠름하게 쳐다보노라면 주변 사람들도 연우와 비슷한 표정을 지었다.

"우리 도련님이 이런 분이 아니신데."

"그러게나 말이야. 연우 학생이 온 뒤로, 아주 신이 났어."

"역시, 곁에 또래가 있어야 하나 봐요. 왜, 옛날 왕들도 제 자식 어릴 땐 소꿉친구니 놀이친구니 하고 붙여줬다면서. 괜히 그랬겠어?"

정우를 작은 도련님이라고 부르고 연우를 큰 도련님이라고 불러야 하지만, 다들 연우를 그냥 연우 학생이라 불렀다. 이전의 두 명도 그렇게 불린 듯했다. 양부모는 고용인들이 그리 말하는 걸 여러 번 듣고도 아무 말도 하지 않았다. 연우는 왜 자신보다 먼저 입양됐던 두 명이 양부모의 친절과 애정에 기대 좀 더 기생하려 하지 않았던 건지, 미련 없이 독립을 선택하고 이 집을 떠났는지, 진학한 뒤에도 정기적으로 전화를 하고 편지를 보내 안부 인사를 여쭈면서 정작 찾아오지는 않는지 이해했다.

양부모는 선한 사람들이었다. 입양한 자식을 홀대하지 않고 잘 돌봐주었다. 세 번째 입양아는 때로, 이들이 정말 절 친자식처럼 여겨주는 게 아닐까 착각할 뻔했다. 하지만 그들에게 아들은 오직 정우뿐이었다. 입양아는 입양아였다. 정우의 군 면제를 위한 도구. 애정 없는 친절은 공허한 것이어서 결국엔 상대방에게도 그 공허함이 닿고야 만다. 이들이 날 진심으로 좋아하는 게 아니라는 걸, 앞선 두 사람이라고 몰랐을까.

'어쩌면 나보다 빨리 알아차렸을지도.'

그러니까 '적정한 선'을 지키기 위해 물러섰던 거겠지. 섣불리 가족의 사랑, 부모의 정을 기대하고 저들에게 다가가면 저 알량한 친절마저 빼앗기는 것은 아닐까 두려워하며. 연우 역시 양부모에게 진심으로 고마워하고, 그들의 은혜를 갚기 위해서라도 헌터가 되고 싶다고 생각하고 있지마는. 그런 마음과는 별개로, 양부모에게 진짜 부모의 애정을 바라진 않았다. 연우는 적당한 거리를 지키며 가족의 정을 흉내 냈다. 그게, 그들이 언젠가 자신을 당연하게 정우를 위해 희생시킬 때 하찮은 배신감을 느끼지 않을 수 있는 길일 테니까. 미리 마음에 방어막을 치는 것이다. 저들이 날 사랑해줄 리 없으니까 나도 저들을 사랑하지 말자.

하지만 정우는 달랐다. 정우 앞에만 서면 그 하찮은 방어막은 무용지물이 되어버렸다. 그건 다 정우 탓이었다. 정우는 늘 온 힘으로 부딪쳐 왔다. 미친 원숭이, 광견병 걸린 개처럼 날뛰며 괴롭히는 건 자신에게 관심을 가져 달라고, 같이 놀아 달라고 온몸으로 말하는 것이었다. 연우가 말려 들어가지 않고 차분히 대꾸하면, 분하다는 듯 발을 동동 구르며 화를 내고 악을 썼다. 심할 때는 달려들어 주먹으로 마구 때렸다. 솜주먹이어서 아프진 않았다. 얌전히 맞아주면 정우는 울상을 지었다. 연우는 그 얼굴이 보기 싫어 적극적으로 막고, 역으로 그를 넘어뜨려 배 위에 올라타 공격했다. 역시나 투닥투닥. 힘은 하나도 안 들어간 솜주먹이었다. 그러면 정우는 그걸 고스란히 맞으며 히히, 웃곤 했다.

"뭘 웃어, 맞으니까 좋냐? 변태냐, 너?"

"네가 존나 힘 약하니까, 같잖아서 웃은 거거든?"

"존나? 너 그런 말 어디서 배웠어."

"왜, 씨발. 학교에서 딴 애들은 다 하…… 악!"

"욕하지 말랬지."

"아씨, 왜 때려. 네가 형이면 다냐?"

"방금 넌 형도 아니라고 한 게 누군데?"

욕하지 말라고 좀 아프게 꿀밤을 먹였더니 형이면서 왜 동생을 때리냐고 바락바락 대들었다.

'어느 장단에 맞추라는 건지.'

연우는 어이없어하면서도, 다시금 저를 넘어뜨리려는 정우에게 맞섰다. 풀썩. 연우의 몸이 뒤로 밀렸다. 어느새 뒤통수가 양탄자 깐 바닥에 닿았다. 정우는 날름 배 위에 올라타서는 연우의 두 손목을 꽉 움켜쥐었다. 힘을 줘 밀쳐도 정우를 밀어낼 순 없었다. 솜주먹인 주제에 힘은 왜 이리 센 건지. 헌터가 되어야 하는 사람이 헌터가 되면 안 되는 사람에게 힘으로 밀리는 건 자존심 상하는 일이었다.

"안 비켜?"

"밀어내보든가. 왜? 안 되겠지?"

정우는 의기양양하게 웃어 보였다.

"거봐, 형 너는 나한테 안 돼."

"지금 자세가 나한테 불리해서 그런 거거든?"

"변명 오지네. 존나 어이없어."

"그런 말 하지 말랬지. 부모님 들으시면 속상해하셔."

"왜, 씨발. 여기 없는 부모님 얘기는 왜 해. 어차피 다음 주까지 오지도 않을 텐데."

목소리에서 섭섭함이 묻어났다. 연우가 그걸 알아채고 정우를 올려다보자, 정우는 슬쩍 고개를 돌리며 구시렁댔다.

"뭘 그렇게 쳐다봐. 보지 마. 내 잘생긴 얼굴 닳으니까."

"정우야, 부모님께선……"

"형인 척하지도 말고."

갑자기 퍽, 소리가 났다. 정우가 이마로 연우의 가슴을 콱 박아버린 것이었다.

"윽."

연우는 눈을 질끈 감으며 신음했다. 너무 아파서 순간, 숨 쉬는 걸 잊었다. 겨우 다시 숨통을 트고 눈을 깜빡이니, 정우의 얼굴이 눈앞에 와 있었다. 코가 닿을 만큼. 서로의 숨이 너무 당연하게 입술을 덮을 만큼 가까이. '너 뭐야. 안 비켜?'라고 말해야 하는데. 밀어내야 하는데. 아무 말도 할 수 없었다. 연우는 침을 삼키며 느리게 눈을 깜빡였다. 정우는 그런 연우를 이마에서부터 턱 끝까지 훑어보았다.

"……."

"……."

정우가 불쑥, 고개를 더 들이밀었다. 코가 부딪치자 고개를 꺾었다. 정우의 입술이 가까워졌다. 연우는 눈만 뜬 채 그걸 지켜만 보았다. 피해야 한다는 생각도, 정우를 밀어내야 한다는 생각도 하지 못했다. 그렇게 막 입술이 닿기 전. 등 뒤에서 발소리가 들렸다. 천천히, 이내 다급해지면서 더 가까이 오는 타인의 기척.

"도련님, 또 연우 학생 괴롭히고 계시는 거예요?"

"……!"

타박하는 목소리에 놀란 연우가 힘껏 정우를 밀었다.

"악."

정우는 맥없이 뒤로 밀려나 소파에 얼굴을 박았다. 푹신한 곳에 박아서 하나도 안 아플 텐데.

"아, 씨발. 뭐 하는 거야!"

정우가 엄살을 부리며 버럭 소리를 질렀다. 평소라면 '하늘 같은 형에게 개기니까 그러지.'라고 한마디 했으련만. 오늘만큼은 그럴 수 없었다. 연우는 후다닥 일어나 계단을 뛰어 올라갔다.

"적당히 좀 하세요. 연우 학생이 도련님 위해서 얼마나 노력하는데."

"노력? 뭐? 헌터 훈련인지 뭔지 받는 거? 그게 왜 날 위한 거야?"

"어쩜, 그렇게 말씀하세요. 도련니임!"

등 뒤에서 정우의 목소리가 들렸다. 그 목소리가 뒤통수를 잡아 당기는 것처럼 느껴졌으나 연우는 돌아보지 않았다. 곧바로 제 방으로 가 문을 걸어 잠그고, 문에 등을 대고 주르륵 미끄러져 내렸다. 쿵쾅쿵쾅. 심장이 미칠 듯이 뛰었다. 다리 사이도 두툼하게 달아올랐다. 연우는 잠시 망설이다가 두 눈을 질끈 감고 바지 버클을 풀었다. 속옷 속으로 손을 집어넣으니 발기한 성기가 두 손에 잡혔다.

"읏."

연우는 신음을 삼키며, 두 손으로 성기를 마구 비벼 흔들었다. 얼마 지나지 않아 탁액이 바닥을 흥건히 적셨다. 단단했던 성기가 한풀 죽어 손안에 늘어졌다. 부끄러움, 죄책감. 아무튼 비참한 감정들이 제멋대로 뒤섞여 밀려왔다. 연우는 신음을 토하며 흐느꼈다.

"미안, 미안……."

첫 몽정도, 첫 수음도, 연속된 모든 자위의 대상이 피 섞이지 않은 동생이라는 건 아무에게도 말할 수 없는 비밀이었다. 연우는 멍하니, 벽에 걸린 거울을 바라보았다. 그 거울에 지치고 흉악해 보이는 이상성애자가 비쳤다. 연우는 그 형상을 보며 중얼댔다.

헌터가 되어야 해. 나는 헌터가 되어야 해. 빨리, 어서, 반드시, 제발.

✺

열세 살부터 매달 센터에 가서 검사를 받았다. 신체 능력과 호르몬 수치는 늘 평균을 웃도는 상위권이었다. 하지만 그뿐이었다. 불안정의 안정을 유지하며 일정한 수치를 보였다. 발현한 헌터들에게

서 발견되는 비이상적인 튀어오름은 보이지 않았다. 보통 헌터로 발현하는 건 15세 전후. 좀 더 일찍, 좀 더 늦게 발현하는 경우가 없진 않으나 자신이 그 경우일 거라고 기대하는 건 위험한 망상이었다. 연우는 매달 조금씩 더 조급해져 갔다.

그리고 열다섯 살이 되던 해의 12월. 지난달, 작년, 재작년과 다르지 않은 그래프를 확인하며 연우와 양부모는 포기하고 현실을 받아들였다. '모연우는 헌터로 발현하지 않았다.'라는 현실. 집안 분위기는 무거워졌다. 양부모는 애써 괜찮다고 말하며 연우의 어깨를 두드려주고, 앞으로도 지원을 아끼지 않겠다고 말했으나 실망한 기색을 감추지 않았다. 연우는 다시 한번 자신과 그들 사이에 그어진 선을 느꼈다. 그건 아마도, 앞선 두 명 역시 겪었을 일이었다. 고용인들은 눈치 빠르게 분위기를 읽고 알아서 입을 다물었다. 말을 아끼고 그림자처럼 조용히 움직였다. 눈치를 보지 않는 사람은 정우뿐이었다.

"난 당연히 안 될 줄 알았어. 형 주제에 헌터는 무슨 헌터야."

"형한테 그런 말 하는 거 아니야. 연우가 얼마나 실망하고 있는데, 위로는 못 해줄망정 그게 무슨 나쁜 말이니."

정우는 어머니에게 혼나도 상관없다는 듯 굴면서 연우가 헌터가 안 되길 바랐던 사람처럼 좋아했다. 모처럼 꼬박꼬박 형이라 부르며 연우의 곁에 찰싹 붙어 떨어지지 않았다.

그날 밤, 밤늦게까지 잠들지 못하고 뒤척이다 물을 먹으러 1층으로 내려온 연우는 드라마 속 한 장면 같은 일을 경험했다. 안방 문이 살짝 열려 있고 그 안에서 두런두런 말소리가 들렸다. 불빛과 목소리가 새어 나오니, 연우는 저도 모르게 까치발을 들고 살금살금 걸어갔다. 방 안에서 양부모가 다투고 있었다. 누가 들을라 낮은 목소리로 속닥속닥 말하고 있으면서 문단속은 하지 않는 허술함이라니. 연우는 그들의 속마음을 고스란히 들을 수밖에 없었다.

“그래서 내가, 다른 곳 가서 다른 애를 데리고 오자고 했잖아요.”

“앞에 두 아이를 그렇게 데려왔어도 꽝이었으니, 이번엔 전혀 다르게 골라보자 싶었던 거지.”

“그래서 결국 또 안 됐잖아요. 이제 우리 정우는 어떻게 하라고요!”

“다른 방법을 찾아보면 되니까.”

“다른 방법 뭐요?”

“위장 이혼 해서, 내 쪽이든 당신 쪽이든 정우 넣고 재혼하면 다시 세 번 기회가 생기잖아.”

“정우가 벌써 열네 살이에요. 아니, 아니지. 출생 신고를 늦게 했으니 서류상으로는 열세 살이지만. 그동안은 몸이 약하다고 검사를 번번이 미뤘지만, 연우가 저렇게 됐으니 더는 검사를 미룰 수도 없잖아요. 이러다 정우가 헌터로 발현이라도 되면 어떡해. 시간이 없잖아. 위장 이혼은 뭐, 내일 당장 뚝딱할 수 있는 것도 아니고. 부동산이라든가, 주식 지분 분할 같은 건 어떻게 할 건데!”

“진짜 이혼도 아닌데, 뭘 그런 걸 챙기고 그래.”

양부모의 목소리가 날카로운 발톱이 되어 연우의 심장을 할퀴었다. 연우는 보이지 않는 피를 철철 흘리면서, 옴짝달싹할 수 없었다. 돌아가야 한다고, 들키기 전에 방으로 올라가야 한다고 계속 생각했지만 몸이 움직이지 않았다.

“형.”

어둠 속에서 누군가의 손이 튀어나와 연우의 손목을 슬그머니 움켜잡았다.

흠칫. 놀라 몸을 떨자,

"형, 나야."

익숙한 목소리가 들렸다.

"정, 우?"

"저딴 소리를 왜 듣고 있어, 이리 와."

정우가 팔을 잡아당겼다. 몸이 언제 굳어 있었느냐는 듯 말랑해졌다. 연우는 고장 난 인형처럼 절그럭절그럭, 정우를 따라 걸었다. 정우는 제 방 침대에 연우를 눕히고는 그 옆에 나란히 누워 연우의 품속으로 파고들었다. 연우는 제 품을 파고드는 정우를 익숙하게 끌어안았다. 뱃속에 불덩이를 품은 것 같았다.

한 살 차이인데도 정우는 연우보다 체격이 한참 작았다. 아직까지도 머리 하나 정도 작았다. 먹는 건 두 배 이상으로 잘 먹으면서, 그게 다 어디로 가는 건지 비쩍 말라 또래보다 두어 살은 더 작아 보였다. 정우는 연우에게 꼭 달라붙어서는 숨만 색색 내쉬었다. 씨발과 존나로 이루어진 자신의 언어체계와 어휘력을 발휘하여 안일한 위로의 말을 건네는 대신, "잘했어. 헌터 같은 거 하지 마. 그냥 내 옆에 있어. 아무 데도 가지 말고." 이렇게 웅얼거렸다. 들릴락 말락 한 작은 목소리였지만 연우는 놓치지 않고 알아들었다.

연우는 정우를 꽉 끌어안으며, 그의 정수리에 턱을 괴었다. 울컥 치솟는 울음을 꾹 눌러 삼키며 생각하고 또 생각했다. 헌터가 되고 싶어. 헌터가 되어야 해.

TV 다큐멘터리로 본 던전은 끔찍하고 흉악했다. 삭막하고 척박했다. 정우를 그렇게 무섭고 위험한 곳에 보낼 순 없었다.

'내가 가야 해요. 제발요. 정우 말고 제가 헌터가 되게 해주세요.'

연우는 누구에게 하는지 모를 간절한 기도를 올렸다.

그날 밤.

누군가 그의 기도를 들어준 듯, 연우는 헌터로 발현했다.

✷

연우는 한 달 내내, 정우의 침대를 벗어나지 못하고 고열에 시달렸다. 헌터 발현은 온몸의 뼈와 살과 힘줄이 잘게 토막 나 으스러진 다음 재구성되는 과정과 비슷했다. 섬세한 과정이었기에 의사도 섣불리 손을 대지 못했다. 진통제도, 마취제도 듣지 않았다. 연우는 씻지도 일어나지도 못한 채, 입에 문 호스로 흘러드는 물과 죽을 겨우겨우 삼키며 한 달을 꼬박 앓았다. 고통에 허덕이는 와중에도, 손을 꼬옥 잡아주고 이마의 땀을 닦아주는 자그마한 온기를 놓치지 않았다. 감긴 눈꺼풀 사이로 가느다란 눈물이 흘러내렸다.

✷

열여섯 살의 2월. 1월을 송두리째 잃어버린 연우는 헌터가 되었다. 등록 절차를 밟기 위해 센터로 갈 때, 정우는 연우의 손을 붙잡고는 가지 말라고 생떼를 썼다. 양부모는 고용인들에게 눈짓해 정우를 연우에게서 떼어 내다시피 했다. 정우는 연우의 한 팔에 매달려 끝까지 버티려 했고, 그 흔적은 연우의 팔에 선명히 남았다. 고용인들이 정우를 저택 안으로 들고 들어갔고, 연우와 부모님은 정우의 지랄 발광하는 소리를 등 뒤에 두고 차에 올라탔다. 아아악. 가지 마. 가지 말라고! 씨발, 모연우!

센터로 가는 길 내내, 양부모는 연우에게 고맙다고 말했다. 연우는 고맙다는 말을 스무 번째까지 세다가, 세는 걸 포기했다.

"고맙다는 말씀 마세요. 당연히 해야 하는 일이었는걸요. 정우를 위해서요."

연우의 말에 양어머니는 눈시울을 붉혔다. 고맙다는 말이 또 한 다발 쏟아져 내렸다. 연우는 빙긋 웃어 보이고는 고개를 돌려 차창 밖을 바라보았다. 양부모에게 고맙다는 말을 듣고 싶지 않다는 건 진심이었다. 정우를 위해서라는 말 역시 진심이었다. 연우는 차창에 비친 자신의 모습을 바라보며 마음속으로 되뇌었다.

'난 헌터야. 아주 강한. 센터에서 입대 적격 판정을 받고 입대할 만큼 강한 능력을 가진 헌터.'

소원은 또 한 번 이루어졌다.

✷

센터에서 여러 검사를 거친 후. 연우는 헌터 발현자의 평균 능력치를 훌쩍 뛰어넘는, 상위권의 신체 능력과 호르몬 수치 결과를 통보받았다. 당연히 입대 적격 판정을 받았다. 정우는 자연히 입대가 면제되었다. 훗날, 실수로라도 헌터로 발현된다 하여도 타의로 입대를 강요받지는 않으리라.

연우는 집으로 돌아와 정우에게 이 기쁜 소식을 직접 전했다. 정우는 굳은 얼굴로 연우를 노려보고는 아무 말 없이 등을 돌리고 2층으로 올라갔다. 고맙다는 말까지는 기대하지 않았지만, 축하한단 말 한마디는 들을 줄 알았는데. 연우는 내심 섭섭했다. 그리고 곧, 그 섭섭함은 씻은 듯이 사라졌다. 당연히 정우 때문이었다. 헌터로 발현한 뒤 정우와 지내는 건, 이전과 다른 의미로 전쟁 같았다. 정우는 연우를 없는 사람 취급했다. 바로 앞에 서 있는데도 눈길 한 번 안 주고 지나쳤다. 연우는 자신이 유령이 되어버린 건 아닐까 진지하게 고민할 뻔했다.

"네게 정이 많이 들었나 보다, 정우가 섭섭해서 그런 거야."

"그러게. 형을 많이 아끼고 따라서…… 나중에라도 헤어지는 게 섭섭해서 저러는 걸 거야."

양부모는 애써 연우를 위로했다. 그들은 연우가 헌터로 발현한 뒤, 연우의 비위를 맞추기 위해 최선을 다했다. 연우 또한 그들을 안심시키기 위해 매번 웃으며 고개를 끄덕였다.

"저도 알아요, 그러니 걱정 마세요."

*

정우는 연우의 중학교 졸업식, 고등학교 입학식, 졸업식에 와주지 않았다. 연우는 양부모를 쫓아 정우의 중학교 졸업식과 고등학교 입학식에 빠짐없이 참석했다.

늘 제 몫의 용돈으로 꽃다발을 사서 들고 갔으나 그 꽃다발이 정우의 손에 들리는 일은 없었다. 연우는 한 발 뒤로 물러서 세 가족의 단란한 모습을 지켜만 보았다.

정우는 연우를 무시하다가도, 연우가 멀찍이 떨어져 서 있으면 죽일 듯 노려보았다. 하지만 다가오라거나 거기서 뭐하냐고 말을 걸지는 않았다.

✷

헌터가 된 뒤에도 일상생활은 크게 달라지지 않았다. 그저 이전에 없던 오후 스케줄이 하나 추가됐을 뿐이었다. 학교 수업이 끝나면 학원에 가거나 집에서 EBS 인강을 듣는 대신, 사는 동네에 위치한 구립 예비 헌터 훈련소에 가야 했다. 한 달에 한 번씩 정기 검진을 받고, 신체 성장 속도와 호르몬 수치에 맞춰 훈련을 받았다. 던전에서 잘 싸우기 위한 준비를 하는 것이었다. 주로 신체 훈련이었으나 전술, 군대 직급, 병기의 구조에 대한 강의도 들었다. 일주일에 한 번씩 정신과 상담을 받았고 심리 검사도 받았다. 그러고 집에 돌아가면 대개 아홉 시나 열 시쯤이었다.

그러면 학원에 혼자 갔다 돌아온 정우가 연우의 방에서, 연우의 침대를 차지하고 대자로 누워 게임을 하고 있었다. 피곤에 절어 돌아온 연우에게 땀 냄새가 나니 씻고 들어오라고 면박을 줬다. 연우가 느릿하게 씻고 돌아와도 침대에서 일어나지 않았다. 차마 싸울 힘이 없어 대충 침대 구석에 웅크리고 누우면, 못마땅한 눈빛으로 한참을 쏘아보다가 휙- 가버렸다. 쾅. 문이 닫히는 소리. 저벅저벅. 점점 멀어지는 발소리. 연우는 정우의 소리를 들으며 정우가 좀 컸다고 생각했다. 주먹으로 얼굴을 치거나 발로 허리를 밟고 가진 않았으니까.

하루하루, 신체 능력이 상승했다. 할리우드 영화나 그래픽 노블에 나오는 히어로 수준은 되는 듯했다. 훈련소 강사들은 농담인지 진담인지, 그 이상이라고 말하기는 했지만. 실전 상황을 경험해보지 않았으니 확인해볼 길이 없었다. 다만 이럴 때면 자신이 인간 말고 다른 무언가가 되어버린 게 실감 났다. 정우가 제 방문을 쾅 닫고 들어갔는데도 정우의 심장 소리가 들린다든가. 이상하리만치 가쁜 정우의 숨소리, 평소보다 상승한 정우의 체온. 정우의 두 손이 허리춤에 들어가 무엇을 만지고 있는지 느껴진다든지. 기쁘기도 하고 싫기도 했다.

연우는 다리 사이에서 한 차례 열을 뿜어낸 정우가 씩씩대며 베개에 마구 주먹질하는 것을 느끼며 눈을 감았다. 훈련소의 훈련이 고된 덕에 연우는 들리고 느끼는 것을 애써 모른 척할 수 있었다. 침대에서 폴폴 나는 정우의 냄새를 맡고도 자위하지 않은 채 곯아떨어질 수 있었다. 지금은 그것으로 충분했다.

✸

스무 살 생일 전, 입영장이 날아왔다. 연우는 미루지 않고 바로 입대할 생각이었다. 미룰 이유가 없었다. 양부모 역시 반기면 반겼지 반대하지는 않았다. 의외의 태클은 의외의 곳에서 들어왔다.

"안 돼. 왜 그렇게 빨리 가려는 건데? 연기할 수 있잖아."

고3 정우가 반대했다.

"연기해봤자 1년이야. 딱히 연기할 이유도 없고."

"왜 연기할 이유가 없어?"

"……있나?"

나도 모르는 입대 연기 사유를 네가 가지고 있다고? 연우가 의아해하며 정우를 바라보았다.

"나 고3이야."

정우가 당당히 말했다.

"……."

연우는 더더욱 알 수 없었다. 스무 살에 바로 입대할 생각으로 대입 시험을 치르지 않았다. 학교에서도 현터병으로 입대하겠다는 연우에게 딱히 고3 수험 생활을 강요하지 않았다. 그렇다고 연우가 대한민국에서 고3이라는 1년 특수직이 겪는 힘겨움을 모르는 건 아니었다. 고3을 시한폭탄 다루듯 하는 대한민국 사회 분위기 또한 잘 알고 있었다. 더더군다나 정우에 한해서는, 기꺼이 그 분위기에 편승할 마음도 충만했다.

뭐? 입양된 형이 괜히 신경에 거슬리고 공부에 방해되는 거 같다고? 걱정 마. 당장 입대해서 눈앞에서 꺼져줄게. 피도 안 섞인 형. 절대신해 입대한답시고 죄책감이나 살금살금 긁어 대는 타인. 그런 건 하루라도 빨리 눈앞에서 사라지는 쪽이 공부하는 데 더 편하겠지. 연우는 그렇게 생각했다. 양부모 역시 대놓고 말을 하지 않을 뿐. 비슷한 생각을 하는 것 같았다. 섭섭하진 않았다. 그들이 정우를 위한 최선의 선택을 하는 것이니만큼, 오히려 동질감을 느꼈다. 그런데 정우의 생각은 다른 듯했다.

"고3한테 중요한 게 뭔지 알아? 아, 공부를 해본 적이 없으니 모르겠지."

"뭐 인마?"

나 한 공부 했거든? 입대하려고 수능 안 본 거지. 연우는 울컥했다. 얼마나 울컥했느냐면, 양부모 앞이라는 걸 잊고 정우를 한 대 쥐어박을 뻔할 정도로 울컥했다.

"……뭔데?"

연우는 꾹 참고 물었다. 쥐어박고 싶을 정도로 얄미운 것과는 별개로, 정우의 수험 생활에 방해가 되고 싶진 않았다.

"환경이 갑자기 변하지 않는 거야."

정우는 그것도 모르냐는 듯 말했다.

"내가 그걸 왜 몰라, 알고 있거든?"

연우는 괜히 지기 싫어 이렇게 대꾸하고는, 잠깐 고민했다가 다시 물었다.

"그런데 그게 왜?"

"……."

정우가 경멸 어린 시선으로 연우를 노려보았다.

"있던 게 갑자기 없어지면 안 된다고."

"그러니까 그게 왜."

"왜 갑자기 귀머거리인 척해?"

"뭔 소리야."

"……."

"왜 말을 하다 말아."

"갑자기 있던 형 새끼가 사라지면 공부가 안 된다고."

신경 거슬리는 게 갑자기 없어지는 것마저 수험 생활에 방해된다는 건가? 연우는 고3의 센티멘털한 감성이란 참 알다가도 모를 것이라고 생각했다.

그날 밤, 양부모님은 연우를 따로 불러 부탁했다.

"아무래도 정우가 연우를 많이 의지하고 있나 보네. 정우 말대로, 수험생 주변 환경이 갑자기 바뀌는 게 정서적으로 안 좋다니까. 괜찮다면 정우 수능 끝날 때까지만 좀 더 있어주면 안 될까?"

"그러고 보면 계속 정우한테 형과 누나가 갑자기 생겼다가 없어지곤 했던 거니까. 정우가 그에 대해 별말 안 했어도 사실, 계속 마음에 두고 있었던 건지도 몰라."

양부모는 뒤늦게 정우의 정서 불안을 걱정했다. 딱히, 정우의 싸가지 없는 성격이 피 안 섞인 형제 셋이 갑자기 생겼다가 독립해버린 일에서 기인한 것 같다고 생각하진 않았지만.

"네. 그럴게요."

연우는 순순히 고개를 끄덕였다. 양부모들의 부탁이 없었어도 그럴 예정이었으니까. 다시 한번 말하지만, 연우는 정우의 인생에 방해물이 되고 싶진 않았다.

✺

입대를 1년 미룬 연우는 예비 헌터병 훈련소와 집을 오가는 단조로운 생활을 이어 나갔다. 정우가 지나가는 말로 같이 수능 공부를 하면 어떠냐고 물었지만, 연우는 거절했다. 꽁으로 생긴 1년을 앞으로 어떻게 될지도 모를 미래를 준비하는 데 쓰고 싶진 않았다. 그냥 당장의 현재에 충실하고 싶었다.

정우는 연우가 입대를 미루겠다고 한 이후 얼마간은 꽤 살갑게 굴었다. 새삼 형형 따르지는 않았지만, 다니던 학원 개수를 줄이고 되도록 저녁 식사 전엔 집에 돌아와 연우와 밥을 먹으려 했다. 자기가 공부할 때 옆에서 소설책이라도 읽으라고 성화였기에, 연우는 저녁에 공부하는 정우 옆에 두어 시간씩 앉아 있을 수 있었다. 하지만 그 화목한 기간은 오래가지 않았다. 연우가 수능 공부 할 생각이 없다고 한 즈음부터, 정우의 짜증이 늘었다. 수험 스트레스가 상당한 듯했다. 그걸 받아줄 수 있는 사람은 연우뿐이었다. 다른 고용인들은 고용주의 하나뿐인 아들을 당장 깨질 것 같은 유리병처럼 조심조심 다루었고, 양부모는 여전히 바빴다. 정우의 옆에는 별다른 할 일 없이 입대를 1년 미룬 연우만 있었다.

'이러려고 나보고 입대를 미루라고 한 건가?'

별거 아닌 일에도 버럭버럭 짜증 내는 정우를 보며 때때로 이런 생각이 들었다. 그 생각에 젖어 아련해지려면, 정우는 더욱 짜증을 내며 연우를 아득바득 올려다보았다.

"젠장, 왜 내려다봐."

이젠 저보다 키 큰 걸 가지고 짜증이었다.

"내가 더 크니까 어쩔 수 없지."

"그러니까 왜 그렇게 큰 건데!"

"음…… 헌터니까?"

헌터로 발현하면 신체 조건이 비약적으로 성장한다. 그래서 2차 성징기쯤에 헌터로 발현하는 게 아닐까 추측할 정도였다. 연우는 15세에 헌터로 발현한 직후 반년 동안 30cm가량 더 컸고. 그래서 현재는 180 후반대였다. 정우는 178. 아주 크다고는 할 수 없지만 작다고도 할 수 없는, 고만고만한 키였다. 그마저도 중3 때 성장이 멈췄다. 그러니 내리 3년째 연우를 올려다보고 있는 중이었다. 익숙해질 법도 한데 정우는 늘 새로운 듯했다.

"씨발, 툭하면 헌터 헌터. 헌터면 다냐?"

'다지, 내가 헌터가 되었으니까 네가 군대 안 가도 되는 거잖아.' 라고 말할 수는 없으니, 그다음으로 신경 쓰이는 걸 지적했다.

"씨발이라니, 아직도 그러냐. 부모님 앞에서는 그런 소리 하지 마."

양부모는 교양이 넘쳐 평생 씨발 소리 한번 해본 적 없는 분들인데, 그 사이에서 낳은 아들은 씨발 소리를 입에 달고 살았다.

"씨발이 뭐 어때서."

"그래, 씨발이 뭐 어떤지 굳이 알고 싶으면 해도 되고."

"씨발. 씨바알!"

"……."

"어디 가!"

"씨발 소리 안 들리는 곳으로."

"에이 씨…… 가지 마."

"뭐?"

"가지 말라고. 안 할 테니까."

정우가 이를 벅벅 갈며 손짓했다. 제게 오라는 것이었다. 지가 오는 게 아니라 오라고 하다니. 것도 모자라 손을 까딱까딱? 어느 것 하나 건방지지 않은 것이 없었으나 연우는 굳이 지적하지 않았다. 이 정도면 저 성격에 그래도 많이 참고 있는 걸 테니.

"아무튼 싫어. 열 받아. 짜증 난다고."

연우가 돌아오자 정우는 이를 갈며 연우를 노려보았다.

'그러게 좀 크지 그랬어.'

라고 말하면 또 난리 날 게 분명했기에. 연우는 어깨만 으쓱이고 말았다.

"짜증 난다고!"

노력에도 불구하고, 정우는 또 버럭 소리를 질렀다.

"알았어, 알았어."

연우는 의자를 끌어와 앉았다.

"이제 됐지?"

의자에 앉아 정우를 올려다보았다. 하, 정우가 기가 막힌다는 듯 한숨을 내쉬었다.

"지금 내가, 그거 때문에 이러는 거 같아?"

"……."

응 그래, 라고 말하면 안 될 것 같아 대답하지 못했다.

침묵은 긍정. 그걸 정우가 모를 리 없었다.

"씨발, 누굴 애새끼로 아나."

"……."

"아냐. 아니라고."

"그럼 뭔데."

"그걸 내가 말해야 알아?"

"말 안 하는데 어떻게 알라고?"

"아씨, 꼭 이럴 때만 눈새인 척하지."

정우가 머리카락을 마구 헤집으며 돌아섰다. 모처럼 눈높이를 낮춰주려고 의자에 앉은 보람이 없게. 연우는 쿵쾅쿵쾅 발을 구르며 계단을 오르는 정우의 뒷모습을 바라보며 픽, 웃었다.

"귀엽긴."

"……네?"

뒤에 지나가던 가정부 아줌마가 뜨악한 눈으로 연우를 바라봤다. 저게 귀엽다고? 눈이 삐었어? 무언의 눈빛 공격을 받으며 연우는 뒷머리를 긁적였다. 민망하네.

✷

정우가 수능을 봤다. 새해도 맞이했다. 곧 정우의 생일. 더는 미룰 수 없는 연우의 입대일이 코앞으로 다가왔다.

입대 전날. 모처럼 네 가족이 모여 함께 식사했다. 정우는 자리를 피하진 않았으나 죽상을 하고 앉아 제 몫으로 덜어낸 음식을 포크로 푹푹 찌르기만 했다. 양부모는 그런 정우를 모른 척하며 애써 화기애애한 분위기를 만들어 냈다. 연우는 적당히 장단을 맞추며 방긋방긋 웃다가 식탁 아래로 정강이를 걷어차였다. 물론 가해자는 정우였다.

겉으로는 화목해 보이지만 어색하기 이를 데 없는 식사가 끝난 후. 양부모는 연우를 따로 서재에 불렀다. 그들은 연우에게 두툼한 서류를 한 꾸러미 내밀었다. 연우가 무사히 제대하면, 두 사람이 운영하는 회사의 주식을 어느 정도 양도해주겠다는 계약서였다. 대한민국에서 내로라하는 건실한 대기업의 주식 1%와, 대한민국 유통을 꽉 잡고 있는 업체의 지분 1.8%. 로또를 연달아 백 번 1등 해도 손에 들어오지 않을 금액의 증여였지만, 양부모는 아깝게 여기지 않았다. 연우는 굳이 여러 번 사양해 시간 끌지 않고 바로 서류에 사인했다. 최근 3년간, 입대한 헌터들의 제대율은 18.9%. 연우는 자신이 18.9% 안에 들 거라고 기대하는 낭만주의자가 아니었다. 계약서에 적혀 있는 보상이 끝내 제 것이 되리라는 희망도 가지지 않았다. 정우가 가지게 될 것이 잠시, 제 것이 될 수도 있다는 양 꾸며지는 것뿐이라고 생각했다. 그러니 쉽게 사인한 것이었다.

능력치가 낮았다면, 살아서 제대할 수 있을지도 모른다고 생각했을 것이다. 던전에 들어가지도 못할 능력을 가진 헌터라면 일반병들과 함께 던전 근처의 초소나 돌고 말 테니까. 하지만 연우는 평균치를 한참 웃도는 능력과 가능성을 가진 헌터였다. 입대하여 적당한 훈련을 거치고 나면, 가장 위험한 던전에 투입될 게 분명했다. 저

18.9%에서 상위권 헌터의 생존 제대 확률만 따로 떼어 논한다면, 숫자는 더 낮아질 게 분명했다. 두 자릿수가 안 될지도. 연우는 살아 돌아오라 말하는 양부모에게 웃는 얼굴로 그러겠다 대답한 뒤 자신의 방으로 돌아왔다.

죽음을 앞둔 사람들은 대개 무얼 할까. 어느 영화 때문에 사람들에게 널리 알려진 버킷리스트. 죽기 전 꼭 이루고 싶은 것 목록. 그것을 작성해 하나하나 이루고자 노력하는 게 일반적인 행동일 것이다. 연우는 그 일반적이고 대중적인 방법을 따라 입대 전 자신의 삶을 정리해보았다. 버킷리스트는 리스트라고 말하기도 뭐할 만큼 단출했다. 아무리 고민해봐도 딱 한 줄. 단 하나뿐이었으니까.

연우는 침대에 누워 마음속으로 천천히 천을 세고 다시 몸을 일으켰다. 보이지 않는 감각을 집중해 저택 곳곳의 기척을 확인했다. 1층으로 내려간 양부모는 침실에서 더는 움직이지 않았다. 고용인들은 모두 퇴근하거나 각자의 방에서 잠들어 있었다. 연우는 화장실로 가 거기서 약간의 시간을 보낸 후 맞은편 방으로 들어갔다. 그곳은 정우의 방이었다.

달칵. 문을 잠그고, 불도 켜지 않은 채로 침대 앞에 섰다. 정우는 곤히 잠들어 있었다. 창가의 달빛이 정우의 얼굴을 비춰주었다. 소년과 청년의 경계에 선 정우는, 자는 모습도 살아 있는 것 같지 않고 대리석 조각상 같았다. 잠든 정우는 천사처럼 순했다. 낮의 그 굶주려 날뛰던 미친 원숭이는 어디로 갔는지 모를 일이었다. 그 순한 얼굴을 보고 있노라면 약간의 죄책감, 양심의 가책 같은 것이 슬금슬금 자라나는 것도 같았다. 하지만 포기하고 돌아설 마음은 들지 않았다.

연우는 주머니에서 넥타이와 케이블 타이를 꺼내 들었다. 케이블 타이로 정우의 양손과 발을 침대에 고정해 묶었다. 반항할수록 더욱 강하게 옥죌 터였다. 넥타이로는 조심스럽게 정우의 눈을 가렸다. 그런 뒤 정우의 몸 위로 올라탔다. 정우는 그 지경이 되고도 잠에서 깨지 않았다. 연우는 살살, 정우의 눈을 가렸을 때보다 더 조심스럽게 정우의 바지를 벗겼다. 바지와 브리프를 허벅지 부근까지 내리자 성기가 툭 튀어나왔다. 발기 전인데도 부피와 크기가 상당했다.

"으으."

속살이 드러나 추운지 정우가 몸을 부르르 떨며 뒤척였다. 팔과 다리가 묶여 마음대로 움직여지지 않자 부스스 눈을 떴다.

"……뭐야."

잠긴 목소리를 듣는 것만으로도 목덜미에 소름이 돋았다. 연우는 머뭇대지 않고 바로 정우의 성기를 물었다. 이로 깨물지 않으려 애쓰며 쭉, 빨아올렸다.

"흣!"

정우가 허리를 튕겼다.

"뭐야, 씨발. 누구야!"

정우가 버럭 소리를 질렀다. 이 고함이 방 밖을 새어 나갈까, 혹은 1층으로까지 번져 양부모를 깨울까. 그런 걱정은 들지 않았다. 저택은 개인 프라이버시를 철저히 존중하고 지켜줄 만큼 넓고, 또 방음이 잘 되어 있었다. 어릴 적, 정우와 치고받고 싸우며 숱하게 확인했던 바였다.

몸부림치는 정우의 움직임 때문에 입에 문 성기를 이로 긁거나 깨물게 될라. 연우는 오직 그것만 조심하며, 있는 힘껏 빨았다. 남의 성기를 빨다니. 그것도 이성이 아니라 동성의 것을. 당연히 처음 해보는 일이었다. 제 것도 자위할 때와 씻을 때, 소변 눌 때 빼곤 만지지 않는데. 남의 걸, 그것도 입에 다 물리지도 않는 큰 걸. 당연히 버거웠다. 성기 끝이 목 안쪽을 꾹꾹 누를 때마다 헛구역질이 올라왔다.

"씨발, 너 뭐냐고. 놔, 놓으라고. 안 비켜? 죽여버릴 거야! 흡, 형! 씨발, 싫다고. 형!"

정우가 맞은편 방에 누워 퍼자고 있어야 마땅한, 입양된 형을 불렀다. 그 형이 제 다리 사이에 고개를 처박고 있을 거라고는 생각하지도 않는 듯했다. 그 순수한 믿음을 저버리다니. 배덕감에 허리가 다 떨렸다. 하마터면 나 여기 있다고 성기를 입에 문 채로 대답할 뻔했다.

싫다고 날뛰는 것과는 별개로 정우의 성기는 착실히 커졌다. 연우는 그게 눈물 날 정도로 고맙고, 좋았다. 서기 전에도 컸는데, 발기하니 그 길이와 부피가 몇 배는 되는 것 같았다. 입안에서 자꾸 커지는 걸 견디다 못해 뱉어낸 후. 연우는 제 노력으로 이루어 낸, 63빌딩급으로 높게 솟은 성기를 보았다. 꼿꼿이 서다 못해 배에 붙을 정도로 발기한 성기를 보노라니, 살짝 기가 질리기도 했다.

'이게 사람의 성기인가…… 말 자지지.'

언젠가 TV에서 봤던 '종마의 생활' 다큐가 떠올랐다. 모자이크 처리되긴 했었으나 모자이크 된 면적만 보더라도 가히 그 위용을 짐작해볼 수 있었던 말의 자지를 어찌 잊을 수 있을까. 그것과 비슷해 보이는, 모자이크 안 된 것이 지금 연우의 눈앞에 서 있었다.

'헌터도 아니면서, 왜 이렇게 커.'

남자란 게 정력에 좋다고만 하면 웅담이든 사슴 피든 가리지 않고 먹는 족속들인지라. 세상에 헌터라는 게 생긴 뒤로는 그것마저 정력이랑 엮고는 했다. 헌터가 되면 정력이 죽인다더라. 발기 후 지속 기간이 길고, 사정 후에도 곧바로 발딱발딱 잘 선다더라. 하루 동안 연속으로 열 번 넘게 발기할 수 있다고도 하더라. 헌터의 발현 조건과 함께 '썰'이 무성했다. 물론 소문일 뿐이었다. 대한민국은 묘하게 보수적이면서 유교적인 나라인지라, 누구도 헌터에게 대놓고 네 정력이 어떠하냐고 물어보지 않았다. 헌터의 발현에 대해 연구하는 것만으로도 벅찬 국가 기관에서 헌터의 정력이 일반인의 몇 배인지 연구할 여유도 이유도 없었고. 그러니 헌터의 초월적인 정력은 공인된 능력은 아니었다.

능력 좀 있다 하는 헌터들은 군대에 있거나 죽었거나, 헌터 관련 공기업에 소속되어 쎄빠지게 던전을 돌며 불철주야 대한민국 안전을 위해 노력하고 있으니 일반인들이 만나기도 쉽지 않았다. 그들의 정력을 확인할 기회는 더더욱 없었고. 그래서 헌터의 초월적 정력은 더더욱 미지의 어떤 것이 되어버렸다. 하급 헌터들이 TV 예능 프로그램에 나와 정자왕에 등극하는 걸 보며 헌터가 되면 일반 남자들보다는 정력이 좋겠거니, 추측할 따름이었다. 물론, 헌터의 정력에 대한 환상이 커지는 만큼 반발 심리 또한 무럭무럭 자라났다. 남자들은 헌터가 정력이 좋다더라 떠들어 대다가도 '하루에 열 번 발기가 말이 되느냐, 헌터도 인간인데. 스테로이드 과하게 먹고 근육만 기르는 헬스에 미친놈들이 발기부전 걸리는 거 모르냐, 헌터들도 그렇겠지.' 이렇게 깎아내리기 일쑤였다.

'나 지금 뭐하고 있냐.'

피 안 섞인 동생의 다리 사이에 얼굴을 처박고 성기를 빠는 주제에, 이런 생각이나 하고 앉아 있다니. 이게 다 정우 탓이었다. 아니, 정확히 말하자면 정우의 성기 탓이었다.

'이 새끼 설마, 헌터인가? 이 정도 성기를 일반인이 가질 수는 없을 텐데, 헌터 중에서도 특급 헌터는 되어야…….'

이런 생각이 무심코 들게 만든달까. 아무튼, 그렇게 거대했다.

'아니, 그럴 리 없지. 정우가 헌터라니.'

헌터는 14세에서 15세 전후로 발현한다. 처음 던전이 생겼을 때 초기 발현했던 헌터들 말고. 2세대 헌터들은 대부분 청소년기에 발현하고 있었다. 20세 이후에 발현하는 경우도 있다지만 그건 극소수의 예외 사례, 선택받은 자들에게나 일어나는 일이었다. 살아 있는 전설 신중윤 정도? 그러니 정우의 성기가 말 자지에 비견될 만큼 거대한 것을 보고, 정우가 헌터가 되지 않을까 걱정하는 건 쓸데없는 짓이었다. 지금은 보다 건설적인 생각을 해야 했다. 이를테면, 저것을 제대로 제 구멍에 박아 넣을 수 있을까 하는 것?

"……."

엄두가 나지 않았다. 게이 동영상도 구해보고, 인터넷에 검색해서 남자끼리는 어떻게 섹스하는지도 충분히 찾아봤다. 화장실에서 어설프게나마 뒤에 손가락을 넣어보기도 했는데…….

'저게 여기 들어갈 수 있을까?'

연우는 슬그머니 제 아랫배를 문질러보았다. 장이 파열되지는 않을까? 저번 검사 때 재생력 수치가 좀 높게 나오긴 했는데, 그 정도면 뒤가 찢어져도 금방 아물려나? 아, 그런데 거기 찢어진 채로 입대해서 훈련 받으면, 감당할 수 있으려나? 오만 생각이 들었다. 불쑥 다가온 현실감이 모처럼의 각오를 흔들었다.

'지금도 늦지 않아, 그냥 다 없던 일로 하고 돌아가자. 앤 아직 제 걸 세운 게 누군지도 모르잖아.'

이런 생각이 들다가도,

'기껏 세워 놓았는데, 포기하게?'

아까웠다.

'끝까지 빨기라도 해볼까?'

타협안도 슬그머니 고개를 쳐들었다. 저게 제 뒷구멍에서든 입 속에서든 잔뜩 흔들려서 못 참고 사정하는 걸 보고 싶었다. 그러면 어느 던전에서든 뒈져버려도, 아무 원 없이 고이 죽을 수 있을 것 같았다.

'그래. 뒷구멍에 박히는 것까지는 무리인 거 같고. 입으로라도 끝까지 가보자.'

그렇게 마음먹고 다시 성기를 빨려 입을 벌렸을 때였다. 눈이 가려지고 사지가 묶인 채로 정체 모를 놈에게 성기가 빨려 발기한 게 꽤 충격적이었는지, 정우가 사납게 반항했다. 아니, 자포자기한 걸지도. 정우는 연우가 머뭇거리는 걸 눈치채고는, 연우를 달래 물러나게 하기는커녕 한껏 비웃었다.

"야, 이 변태 새끼야. 막상 일 저지르려니까 쫄리냐? 쫄았으면 이

제 그만 꺼져버려, 씹새꺄. 씨발, 진짜 죽여버리기 전에. 당장 꺼져라."

듣는 변태 새끼 기분이 참 나빠지는 소리였다.

"씨발, 야! 모연우! 너 이 새끼, 씨발, 헌터라면서. 귓구멍에 뭘 처넣었길래, 씨발, 헌터 되면 예민해진다며. 내 목소리 안 들려? 씨발! 잠 그만 처자고 빨리 이리로 오라고, 씨발, 내가 지금 개변태 새끼한테 잡혀서, 씨발, 뭔 짓을 당하고 있는 줄도 모르고 처자냐? 어? 잠이 오냐? 야!"

이게 크리티컬했다. 변태 소리를 들어도 아무렇지 않았다. 그냥 기분만 좀 나쁘고 말았는데. 이 상황에서 저를 부르며 바락바락 대드는 걸 보니, 새삼 끝까지 가야겠다는 각오가 샘솟았다. 기어이 이걸 제 안에 박아야 직성이 풀릴 것 같았다. 연우가 다시 각오를 다지고 용감하게 바지를 벗었다. 바지가 땅에 떨어지는 소리가 들리니, 정우는 더욱 발버둥 쳤다.

"씨발, 변태 새끼야 당장 안 꺼져? 너 이 씹새끼, 나 건드리면 정말 죽여버린다."

철컹철컹, 침대가 요란하게 흔들렸다. 그 바람에 케이블 타이에 묶인 손발이 꽉 조여, 생채기가 났다. 연우는 그걸 안타깝게 한 번 바라보고는 다시 제 할 일에 몰두했다. 셔츠는 입은 채로 바지와 팬츠만 벗고 정우의 위에 올라타는 게 그 할 일이었다.

아랫배에 묵직한 게 얹히자, 정우가 기겁했다. 덜컹덜컹, 정우가 몸부림치니 연우의 몸이 덩달아 위아래로 몸이 들썩였다. 정말 성난 종마에 올라탄 것 같았다. 보통 사람이었다면 이 거친 움직임을 감당치 못해 밀려났거나 침대 아래로 고꾸라졌겠지만, 연우는 보통 사람이 아니었다. 무려 입대를 앞둔 헌터. 지진 수준의 몸부림이 아니라, 지구에 운석이 박혀도 쓰러지지 않고 버틸 수 있었다.

연우는 균형을 잃지 않고 잘 버티며 한 손으로 정우의 가슴팍을 짚었다. 다른 손은 뒤로 돌려 정우의 성기를 잡았다. 성기를 잡히자 정우가 움찔, 했다. 어쨌거나 성기도 급소였다. 남에게 잡히면 본능적으로 두려움을 느낄 수밖에 없었다. 후우. 연우는 깊게 심호흡하며, 그 성기 위로 몸을 올렸다. 두꺼운 귀두가 엉덩이 살에 쓸렸다. 그 날것의 감촉에, 연우는 이를 사리물었다. 콘돔을 낄까. 이 방에 들어오기 직전까지 고민했다. 안전한 섹스엔 콘돔이 필수라며, 콘돔 사용을 강조하는 인터넷 글들을 숱하게 읽어서였다. 하지만 딱 한 번이니까. 그냥, 날것의 감각을 느끼고 싶었다. 그리고 그 선택을, 연우는 후회하지 않았다.

불덩이가 엉덩이 살을 벌리고 구멍 입구를 쿡, 찔렀다. 정우가 생소한 감각에 놀랐는지 몸을 파드득 떨었다. 연우는 이를 악물고 그대로 허리를 내렸다. 성기가 푹, 몸속으로 박혔다.

"……!"

충격은 엄청났다. 연우는 입을 벌렸다. 목구멍이 막혀서 소리가 제대로 나지 않았다. 헉. 더운 숨이 정우의 가슴팍에 쏟아졌다. 고작 귀두를 박았는데 이 정도였다. 당장 빼고 도망치고 싶다는 생각이 들었으나 이를 악물고 버텼다. 그냥 버티기만 한 게 아니라, 허리를 더 내렸다. 그렇게 정우의 성기를 모두 제 배 속으로 쑤셔 넣었다. 반 정도 넣고 나니 죽을 것 같았다. 까슬한 음모가 엉덩이에 닿기 무섭게, 천장이 빙글- 돌았다. 이대로 웩, 헛구역질하며 뒈지고 싶을 정도였다. 배 속의 장기가 다 위로 밀려나고 정우의 성기로 꽉 찬 듯싶었다. 목 끝까지 성기가 꽂힌 것 같았다. 몸이 두 쪽으로 갈라진다는 고통이 이런 게 아닐까. 훈련소에서 통감 둔화 훈련을 받지 않았다면 이대로, 뒷구멍에 정우의 성기를 꽂은 채로 기절했을지도 모를 일이었다.

버티자, 버텨야 된다. 오직 그 마음으로 악착같이 버텼다. 그나마 위안이 되는 건 제 배 속에 잠긴 정우의 성기가 죽지 않는다는 것이었다. 오히려 더 커지는 것 같았다. 그도 아니면, 제 배 속이 움찔대고 있어 그렇게 느껴지는 건지.

"씨발, 조여. 내 걸 끊어먹을 셈이야."

괴로운 건 정우 역시 마찬가지인지, 이를 악물고 중얼댔다.

'미안.'

연우는 속으로나마 사과하며, 두 손으로 정우의 가슴을 짚고 상체를 들었다.

"윽."

동영상을 보면 박을 때부터 좋다고 앙앙대던데. 아무래도 그냥 연출이었던 것 같다. 좋긴 개뿔. 연우는 아파서, 눈물이 날 지경이었다. 그래도 후회하진 않았다. 신체적으로는 고통스러우나 정신적인 고양감은 존재했으니까. 연우는 천천히 허리를 움직이기 시작했다. 처음엔 겨우겨우 허리를 돌려 주변을 찔러 대는 정도였으나 하다 보니 숨 쉴 만해져서, 좀 더 깊이 찔러보았다. 반쯤 성기를 빼냈다가 다시 끝까지 쿡.

"아, 흑."

신음이 턱턱, 숨처럼 삐져나왔다. 박힐 때마다 눈앞이 캄캄해질 정도로 아팠다. 동시에 가슴께가 간질간질했다. 쾌락은 거기에서부터 살살 피어올랐다. 성기가 나고 들 때마다 내벽이 때맞춰 밀고 들어오는 성기를 조였다. 안에서 불끈, 불끈, 박동하는 성기가 불덩이처럼 뜨거웠다.

"아흐."

연우는 허리를 비틀며, 아랫배를 손으로 움켜잡았다. 그 안이 두근두근했다. 여전히 아프고, 쓸려서 화끈거리는데. 그게, 슬슬 고통이 아니라 다른 감각으로 느껴졌다. 위아래로 움직이는 허리 놀림이 점점 격해졌다. 턱턱, 규칙적으로 들었다 내렸다. 성기를 받아먹으며 속도를 높여 가는데 어느 한 지점, 성기가 콱 박혔다.

"아, 흐."

눈앞이 하얘졌다. 이를 악물고 숨이든 신음이든 비명이든 꾹 참고 있었건만. 저도 모르게 소리를 토해 냈다. 제가 소리를 낸지도 모르고 다시금 허리를 들어 아까 거기를 콱 찍었다.

"아흑."

온몸에 전기가 도는 것처럼 짜르르해졌다.

"조, 좋아."

연우는 뭉개진 발음으로 말하며 거친 숨을 토해 냈다. 몸이 뜨겁게 달아올랐다.

"형? 형. 형이야?"

제 위에 올라탄 누군가에게 가슴이 눌린 채로, 제 위에 쏟아지는 숨. 제 성기를 씹어 삼키는 뜨겁고 쫄깃한 감각에 먹혀 돌처럼 굳어 있던 정우가 입을 열었다. 그 순간 온몸의 열기가 한순간에 식어버렸다.

"……."

"형. 연우 형. 씨발, 연우 형 맞냐고!"

정우가 몸을 들썩였다. 그 바람에 반쯤 빠져 있던 성기가 연우의 몸에 뿌리 끝까지 박혔다.

"힉. 윽."

무방비한 상태로 박혔다. 연우는 신음하며, 구멍을 조였다. 윽. 두 사람은 동시에 신음했다. 뜨겁게 조여오는 내벽의 조임이 아찔해서. 방금 찾은 그 지점을 짓이기듯 파고드는 감각에 놀라.

"형. 형- 읍."

"……미안."

연우는 손을 뻗어 뭔가 말하려는 정우의 입을 막고는 한 손만으로 몸을 지탱한 채, 다시금 허리를 치댔다.

"흑. 윽. 흑……."

뭐에 쫓기는 사람처럼 절박하게, 필사적으로 허리를 흔들며 정우의 성기를 조이고, 박아 댔다.

"혀, 읍. 으, 읏!"

정우가 손바닥을 깨물어 댔다. 세게 물지는 않았다. 손바닥을 핥는 혀의 감촉이 까슬하고 뜨거웠다.

"아흑."

연우는 정우의 입을 세게 쥔 채로, 있는 힘껏 성기를 조였다. 배 속 깊숙이 처박힌 것이 꿈틀거리며 박동하더니 파정했다. 뜨끈한 것이 확- 퍼졌다.

"아흑, 윽."

연우는 그 감각에 몸서리치며, 제 성기를 손으로 쥐고 흔들었다. 두어 번 문질렀을 뿐인데 픽, 사정했다. 후득. 탁액이 정우의 잠옷 위로 떨어졌다. 후드득. 덩달아 정우의 가슴 위로 뜨거운 물이 떨어졌다. 그게 땀인지 눈물인지, 알지 못했다. 그저 눈앞이 흐릴 따름이었다.

*

훈련소에서 받은 수면제와 물을 입에 머금고 정우에게 입을 맞췄다. 입대를 앞두고 두려워 잠을 자지 못하겠다고 하자, 지급해준 것이었다. 일주일 치, 일곱 알. 약효를 확인할 겸 사흘쯤 먹어봤는데 백을 세기 무섭게, 마취제라도 맞은 것처럼 고꾸라져 잠들어버렸다. 입술을 맞댈 때까지 아무 저항 없이 순순하던 정우는, 물과 함께 알약이 입 안으로 들어와 목구멍으로 꼴깍 넘어가자, 뒤늦게 반항했다.

"씨발, 이게 뭐- 읍."

정우의 입을 다시 막고, 천천히 백을 셌다. 정우는 성기를 연우의 뒷구멍에 박을 때보다 더 격렬하게 반항했다. 일곱. 피 안 섞인 형에게 따먹히는 것보다 정체 모를 약을 삼키는 게 더 무서운 걸까. 의아했다. 오십. 이해가 될 것도 같았다. 오십칠.

'피 안 섞인 동생 배 위에 올라타는 놈이 뭘 먹인 건지 무서운 거겠지.'

육십이. 이로써 모정우가 모연우에게 가졌던 인간적인 정- 그러니까 신뢰나 믿음, 형제애 따위는 흔적도 없이 사라지겠구나. 모연우란 이름 석 자만 떠올려도 학을 떼고 진저리치겠지. 팔십. 자초한 일이고 각오도 한 건데. 팔십삼. 왜 섭섭할까. 팔십구. 사이코패스인 건지도 모른다는 생각이 들었다가 말았다. 구십사. 그랬다면 훈련소 심리검사에서 사이코패스 판정을 받았겠지. 백. 정우의 몸이 축 늘어졌다.

연우는 젖은 수건으로 정우의 몸을 닦고 새 잠옷을 입혀주었다. 이불까지 가슴께에 끌어 올려준 뒤 잠든 정우의 얼굴을 한 번 보고는 미련 없이 등을 돌렸다. 창밖에서 동이 터오고 있었다. 이른 새벽, 연우는 조용히 집을 떠났다. 양부모님의 배웅도, 정우의 분노도 등지고 도망치듯 입대했다.

✺

연우는 헌터보병 소속 훈련병이 되었다. 초기 던전들이 모두 지상에서 열렸기에 급조된 헌터병대가 육군에 편성됐던 것이 그대로 이어지고 있었다. 이후 육군은 정식으로 체계를 갖춰, 일반보병, 특전보병과 구분되는 헌터보병을 구성했다. 편제는 특수보병의 것을 그대로 따랐다. 군대 생활은 십 대 때 다녔던 훈련소 생활의 연속이었다. 다른 게 있다면, 해가 져도 집으로 돌아가지 않는다는 것과 손에 든 무기가 좀 더 묵직해졌다는 것뿐이었다. 검에는 날이 붙었고 총에는 진짜 탄창이 붙었다.

첫 2년은 훈련병 신분이었다. 내무반 인원 중 절반 이상은 연우와 같은 처지였다. 고아. 혹은 입양아. 가족의 사랑을 듬뿍 받고 자라 제 발로 기어들어 온 사람과 남의 손에 목줄이 잡혀 들어온 것은 처음부터 다른 티가 났다. 밝은 사람들은 밝은 사람들끼리, 어느 한구석 모난 것들은 모난 것들끼리 뭉쳐 다니게 되었다. 내부의 대우 또한 차이가 났다. 연우같이 뒷배 없는, 그저 헌터병이 된 것만으로 제 값어치를 다한 것들은 늘 최전방으로 불려 나갔다. 가장 위험한 곳에 세워졌고, 자다가도 불려 갔다. 그 공치사는 후방을 지원하는 다른 무리의 몫이었다. 그중에서 그나마 사정이 나은 건, 놀랍게도 연우였다.

집안의 누군가를 대신해 입대시킨 것에게 계속 관심과 지원을 보내주는 사람들은 많지 않았다. 제대 후 어떤 보상을 약속했다면, 던전에 들어가 죽어버리길 바라지 않는 것만으로도 감지덕지한 일이었다. 던전에서 싸우다 죽으면 유가족들에게 보상금이 나오니까. 사례금을 주는 대신 보상금을 받을 수 있으니, 죽기를 바라는 것도 이상한 일이 아니었다. 팔려 온 헌터병들에게 입대 후에도 오는 연락이란 그런 것이었다. 나라를 지키기 위해 헌터병 징집제를 유지하는 국가지만, 일말의 양심은 남아 있는지 최대한 헌터병들을 보호해주려고 했다. 군에는 헌터병이 신청하면, 외부 가족의 면담과 연락을 일체 차단해주는 제도가 잘 마련되어 있었다. 역시나 신청하면, 매달 헌터병의 계좌로 입금되는 상당량의 월급을 외부에서 타인이 인출하지 못하도록 막아주기도 했다.

연습병 딱지를 달게 된 첫날, 가장 먼저 들었던 교육도 이런 제도에 대한 안내였다. 강사는 너희를 위해 만들어진 제도를 최대한 활용하라고 권했다. 연우는 그때 강의를 들으며 이런 제도가 잘 갖춰

지기 전까지 얼마나 많은 헌터병이 입대해서까지 자신을 입양한 가족들에게 시달렸을까, 생각했다. 연우의 양부모는 연우가 죽기까지 바라는 정도로 막장은 아니었다. 하지만 입대한 연우를 살뜰하게 챙길 정도로 정 많은 스타일도 아니었다. 세 번이나 헌터가 될 만한 아이를 입양할 정도로 외동아들을 사랑하나, 일에 치여 그 소중한 외동아들을 큰 집에서 혼자 자라게 했던 사람들이었다. 입대한 양아들의 면회를 올 리가 없었다.

연우가 다른 헌터병들에게 부러움의 대상이 된 건 건조한 양부모 때문이 아니라 매달 꼬박꼬박 오는 편지 때문이었다. 편지는 정우가 보낸 것이었다. 입대 후 처음 정우의 편지를 받았을 때, 연우는 열흘 동안 품에만 넣고 감히 열어보지 못했다. 그래서 동료들은 처음엔 연우가 사채 빚 독촉을 편지로 받는 게 아니냐고 수군대곤 했다.

훈련병은 던전에 들어가지 않고 던전 근처 초소에서 일반 병사들과 보초를 섰다. 위험한 시기엔 연우 같은 것들이 특히 더 많이 불려 나갔는데. 유독 외롭고 쓸쓸한 날 밤. 연우는 같이 보초 서던 병사들이 꾸벅꾸벅 조는 걸 보다가 무심코, 편지를 뜯어 읽어보았다. 한 장짜리 편지엔 별다른 말이 없었다. 잘 지내냐고. 말도 없이 입대하는 게 어디 있냐고, 투정 어린 말만 적혀 있었다. 그날 밤에 있었던 일에 대해선 일언반구도 없었다.

'혹시 그날 밤 일이 꿈이었던 걸까?'

결국 실행에 옮기진 못하고 망상만 했던 걸까. 그걸 혼자서 현실인 줄 알고 있었던 걸까. 정신 검사 결과지에 정신착란 증세가 있다고 나와 있진 않았는데. ……그럴 리가. 그건 분명 현실이었다. 꿈이나 망상 따위가 아니었다. 무리한 정사로 인해 몸 상태가 별로라서 입대 직후 훈련 성적이 안 좋았고, 입대 전 훈련소 성적보다 한참 떨어진 이유가 뭐냐고 조교 면담까지 했었으니까.

그렇다면 정우는 그날 일을 그냥 없었던 일로 하고 싶은 걸까. 그런 일을 당하고도, 그래도 절 대신해 군대를 가준 입양아에 대한 고마움과 죄책감으로 그 밤 하루쯤은 용서해주겠다는 마음으로? 어차피 자기가 박힌 것도 아니고 박은 거니까, 정상참작을 해줘서? 연우는 서글퍼졌다.

이후에 달마다 오는 편지들도 다 비슷한 내용이었다. 잘 지내냐. 밖에선 무슨 여자 아이돌이 유행이다. 군대 안에서도 TV는 보냐. 차를 샀다. 미팅을 갔는데 별 볼 일 없었다. 어머니가 조기 졸업 하고 유학 가라 한다. 미국에 던전이 얼마나 많이 열렸는지 까먹은 거 같다. 하나뿐인 아들이 어떻게 돼도 상관없나? 그래도 한국이 제일 던전 관리가 잘되고 있는데. 아버지는 그냥 국내에서 진득이 후계자 수업을 하라고 한다. 수능만 보면 공부는 인생에서 끝이라더니, 계속 공부해야 된다. 그리고 끝에 꼭 붙는 씨발. 꾹꾹 눌러쓴 그 두 글자에 연우는 늘 웃음이 났다.

답장할 용기는 없었다. 답장조차 못 하는 자신이 얼마나 겁쟁이인 줄 아니까 정우도 면회 오지 않는 거겠지. 아니면 편지는 보내도 면회 와 얼굴을 마주 볼 정도로 자신을 용서한 건 아닌 건지도 모르고. 아무튼 연우는 매달 한두 번씩 오는 정우의 편지를 받았다. 정우의 일상이 담겨 있는 한 장짜리 편지, 마지막에 꼬박꼬박 쓰여 있는 씨발. 그 두 글자를 보며 2년간의 훈련병 시절을 버텼다.

2년 뒤. 일반인은 병장을 달고 제대할 시점에 연우는 훈련병 딱지를 떼고 하사로 진급하여 중대에 배치됐다. 12명으로 구성된 중대에 새로 배치된 하사는 연우를 포함 셋. 다섯 개의 중대를 묶어 구성된 지역대엔 총 17명의 신임 하사가 배치되었다. 중대에 적응할 틈도 없이, 고참들 뒤꽁무니를 쫓아 처음 던전으로 투입됐다. 투입된 지 일 분도 되지 않아 죽을 고비에 처했고, 선임의 등 뒤에 숨어 겨우 목숨을 부지하고는 오줌을 질질 싸며 바위 뒤에 숨어 있다 겨우 살아남았다.

연우는 선임에게 들려 나와 바로 군 병원에 이송되었고, 부러진 팔다리를 치료받고 6인실을 배정받았다. 나머지 병상에도 연우와 비슷한 시기에 중대 배치된 신임 하사들이 누워 있었다. 연우는 다섯 명의 신음 중창에 자신의 신음을 더하며 사흘 밤낮 토악질했다. 쇼크가 일어날까 봐 수시로 진정제 주사가 처방됐다. 눈을 뜨면 몸이 둥실둥실 뜨는 것 같고 천장이 뱅글뱅글 돌았다. 뱅글뱅글 돌던 천장은 어느새 정우의 얼굴이 되었다. 정우의 얼굴이 쑥 내려오더니 입을 맞추기 직전, 사라졌다.

'이거 진정제 맞아?'

연우는 피를 토하며 진정제를 더 놔 달라고 요청했다. 그러고 살아남았다. 살아남은 죄로 다시 던전에 들어갔다. 두 번째 투입이라고 갑자기 던전에 적응하고 실력을 발휘하진 못했다. 역시나 숨어 있다가 선임에게 들려 나왔고, 군 병원에 실려 갔다.

같은 상황이 몇 번 반복되고, 몇 번 신세를 진 선임과 맞담배를 피울 정도로 친해질 다음에야 벌벌 떨면서도 용케 훈련했던 대로 몬스터에게 총을 쏠 수 있게 되었다. 총을 쏘자마자 몬스터의 날카로운 꼬리에 배를 관통당했지만. 자신이 고작 이 정도로는 죽지 않는 헌터라는 걸 실감하며, 절 꽁꽁 얽어매는 마물의 촉수를 허벅지에 장착해둔 단검과 권총으로 찢어발겼다. 그 뒤 던전 입구 근처에서 배를 움켜잡고 꿈틀대고 있다가, 몬스터를 소탕한 고참들 손에 들려 다시 군 병원으로 이송됐다. 수술을 하고, 몸속에 흐르는 마물의 독을 빼내기 위해 피를 뽑고 혈액팩을 양팔에 주렁주렁 달았다. 일주일 정도 치료를 받고 퇴원 통보를 받았을 때. 연우는 관통당한 상처가 거의 사라진 제 배를 문지르며, 자신이 인간인지 몬스터인지 모르겠다고 중얼거렸다. 그냥 한번 해본 말이었는데, 하필이면 예의상 병문안 온 상관에게 들켜 사흘 더 입원하고 심리 상담과 검사를 받았다.

며칠 후 연우는 아직은 정상이라는 의사 소견서를 받은 뒤 다시금 던전에 투입됐다. 용케 죽지 않고 기어 나왔고 다시 군 병원에 이송되었다. 수술 후 마취에서 깨니, 늘 연우를 구해주었던 선임이 그새 다른 중대를 지원하러 갔다가 작전 중 사망했다는 소식이 기다리고 있었다. 다른 중대 신임 하사를 구하다 죽었단다. 구해준 신임 하사 눈앞에서 갈기갈기 찢겨 죽었다고. 시체를 보존하긴커녕 군번줄도 수습하지 못했다고. 열흘 후 중대로 돌아온 연우의 자리에는 새로 지급된 투입복이 걸려 있었다. 가슴에 달린 포켓이 두둑한 게 이상해 열어보니 뜯지 않은 담배 한 갑이 들어 있었다. 담뱃갑에는 연두색 포스트잇이 붙어 있었다. 덕분에 연우는 오랜만에 인간답게 울

수 있었다.

-담배 작작 피워라. 이번에도 살아 돌아온 걸 축하한다. (내 덕인 거 잊지 말고ㅋㅋㅋ)

그는 연우와 같은 입양아 처지였다. 자신보다 열다섯 살이나 어린 여자아이를 대신해 입대했다고 했다.

'너, 내 동생 얼마나 귀여운지 모르지?'

'이미 사진을 백스물다섯 번 보여주셨습니다.'

'그래? 그럼 백스물여섯 번째로 또 볼 수 있는 영광을 주지.'

'거절해도 됩니까?'

'다음번에 안 구해준다?'

'…….'

'짜식. 쫄기는. 표정 펴라. 나중에 너 제대할 때 즈음 돼서, 내 동생 예쁘다고 노리면 가만 안 둘 줄 알아.'

'저랑 열 살 이상 차이 납니다만.'

'그러니까, 내 동생 욕심내면 죽여버리겠다고.'

'…….'

'하, 얼마나 컸으려나? 내가 입대한다니까 얼마나 울고불고하던지. 울다가 기절해서 병원에도 실려 가고 그랬어. 열 밤만 자고 기다리면 돌아가겠다고 했는데.'

선임은 두 번 접은 선이 선명히 나 있는, 낡은 사진을 쓸어보며 희미하게 웃었다. 열 밤만 자고 오길 바랐던 오빠가 입대한 지 어언 5년째. 그 5년 동안 가족이 선임을 찾아온 적은 단 한 번도 없다고 했다. 열 살쯤 되었을 동생은 사진은커녕 편지 한 통 보내지 않았다. 그래도 선임은 여전히 가족을, 정확히는 헤어질 때 다섯 살이었던 여동생을 그리워하고 있었다.

'월급 잘 모아놨다가 나중에 이 녀석 시집갈 때 보태줘야지. 아, 내가 말했었나? 이 녀석, 시집 안 가고 나랑 산다고 얼마나 울고불고 했는지-.'

'아흔여섯 번 말하셨습니다.'

'그럼 아흔일곱 번 들어, 새끼야.'

아흔일곱 번 말고 구백칠십 번 정도 들어줄 것을. 귀찮아하며 틱틱 댔던 것이 조금 후회되었다. 연우는 꽃이 다 시든 화단가에 앉아 선임이 주고 간 담배 한 갑을 전부 피웠다.

다음 날. 연우는 다시 던전에 투입되었다. 살아남자 또 투입되었고 또 투입되었다.

투입. 이송. 투입. 입원. 수술. 투입. 상담. 심리 치료. 정신병원 입원. 투입. (공란) 투입. 투입. (공란) 군 병원 이송. 투입. 투입.

입대 후 3년 반쯤 지났을 때. 연우는 처음으로 제 발로 던전을 걸어 나왔다. 군 병원에 갈 필요가 없었고, 이틀 후 다시 던전에 투입되었다. 그 다음번엔 제 뒤꽁무니를 쫓아 들어왔다가 몬스터에게 한 대 얻어맞고 온몸의 뼈가 바스러진 신임 하사 둘을 양어깨에 짊어지고 왔다.

4년째가 되었을 때. 같은 시기에 같은 지역대에 배치된 열일곱 중 살아 있는 건 넷뿐이었다. 같은 중대에 배치된 셋 중 살아남은 건 연우뿐이었다. 하사 둘이 죽을 동안 중대에선 대위 하나, 중사 둘, 중위 둘도 사망했다. 이들은 죽은 뒤 2계급 특진 되었다. 용케 10년을 버티고 제대한 사람도 한 명 있었다. 부중대장이었던 중위. 중대장이었던 대위가 마물에게 밟힌 중위를 구하려다가 마물에게 잡아먹혀 함께 사망하고 한 달 뒤의 일이었다.

중대는 육 개월에 한 번씩 재조직되었다. 두 개의 중대가 합쳐지기도 하고, 때론 두 개의 지역대가 하나로 합쳐지기도 했다. 그러다가 신임 하사들이 들어올 때가 되면 하나의 지역대, 하나의 중대가 다시 둘로 쪼개져 각기 열두 명의 중대, 육십 명의 지역대가 되었다.

매달 상당량의 생명 수당과 급여가 입금되었다. PX에는 언제나 술이 거저다 싶을 정도로 값싸게 들어왔고, 던전에 한 번 들어갔다 나오면 외출을 신청할 수 있었다. 멀리 갈 수는 없었지만 인근 동네로 어슬렁 놀러 나갈 수는 있었다. 그곳엔 일부러 만들어 놓은 거 아닌가 싶을 정도로 화려한 윤락가가 조성되어 있었다. 생명의 대가는 다음번 던전 투입 전까지의 기한 한정 방종이었다. 언제 죽을 줄 모를 상태의 헌터병들은 기간 한정의 방탕과 방종을 기꺼이 즐겼다. 대부분 통장에 쌓인 돈을 흥청망청 썼다. 자신이 다음번 투입에서 살아 돌아올 수 있을지 모르는데, 통장에 돈을 남겨두고 싶을 리가. 던전에 들어가기 전까지 늘 취해 있는 사람들도 많았다. 하지만 알코올 중독 수준까지 가더라도 던전에 들어가기 전엔 반드시 깼다. 본인의 의지가 아니라 국가의 뛰어난 의술, 군 병원의 적절한 약물 조치 덕분이었다.

반나절 외출로도 살아남았다는 흥분, 혼자 살아남았다는 죄책감을 다 풀지 못한 헌터병들은 군영 내에서까지 동물적인 방법으로 그 날뛰는 감정을 풀었다. 관내에서, 화장실에서, 훈련장 변두리에 세워진 아름드리나무 뒤편에서. 최소한으로 남들 눈을 피했다는 가상한 노력만 한 채로 섹스에 몰두했다. 자다가도 옆에서 자고 있는 동료의 모포 속으로 기어들어가 박고 흔들고 싸는 걸 주저하지 않았다. 남자 여자, 가리지 않았다. 아무튼 살아 있으면 됐다. 남자와 여자가 붙어먹고, 남자와 남자도 붙어먹었고, 여자와 여자도 붙어먹었다. 피임이 쉽고 익숙해지면 쾌락도 더 커진다며 남남, 여여의 섹스를 더 선호하는 편이었다. 이런 분위기에 익숙하지 않은, 갓 훈련병 딱지를 뗀 신임 하사들은 시도 때도 없이 붙어먹는 상관들을 보며 기겁했다.

"이건 뭐 동물의 왕국도 아니고."

독실한 기독교인이라는 어느 신임 하사의 한마디가 오래도록 회자되기도 했다. 그 동물의 왕국에서 고고하게 동정을 유지하고, 오로지 기도와 성경 읽기로 버티던 헌터병계의 성스러운 종교인은 마의 5년을 채우지 못하고 죽었다. 아무리 고고하게 살고 동정을 유지하고 신을 믿어도 죽는다는 것을 보여준 사례였다. 그의 시체 앞에서 그를 비웃는 헌터병은 아무도 없었다. 그의 신앙 생활 또한 방식만 다를 뿐, 이 미쳐 돌아가는 생과 사의 경계에서 버티기 위한 발악 중 하나였다는 걸 모르는 사람은 아무도 없었으니까.

독실한 신임 하사와 비슷하게, 하지만 다른 의미로 그 동물의 왕국에 뛰어들지 않는 사람 중 한 명이 연우였다. 눈앞에서 동료 둘이 붙어먹으며 쓰리썸 하자고 손짓해도 픽, 웃고 말았다. 밤중에 제 모포를 들치고 기어들어 오는 동료를 발로 차 떨궈 낼 망정 옆에서 헉헉, 윽, 윽, 신음하며 붙어먹는 동료들을 방해하지 않았고. 말 그대로 방관. 그리고 무심. 결벽증이 있는 건 아니었다. 시간을 내 자위를 한다거나 외출해 따로 아랫도리를 푼다거나 하는 것도 아니었다. 그래서 동료들은 연우가 고자가 아닐까 의심했다. 연우는 굳이 오해를 풀지 않았고, 그는 그렇게 그 동물의 왕국에서 방관하는 고자가 되었다.

그 신임 하사처럼 고고한 종교심과 도덕성을 가지고 있어서 그런 건 아니었다. 결벽증이 있는 것도 아니었고, 소문대로 고자인 것도 아니었다. 그냥 다른 사람이랑 하면 제 몸에 남아 있는 정우와의 그날 밤 흔적이 더럽혀지거나 지워질 것 같아서. 다른 사람과 접붙을 마음이 들지 않았다. 순정이라고 이름 붙이기엔 너무 하찮고 더러운 욕망이었다. 마음이 동하지 않으니 몸도 알아서 마른 장작처럼 죽어버렸다. 그렇게 말라비틀어진 몸으로 5년을 버텼다. 연우는 소위가 되었고, 중대의 부중대장이 되었다. 헌터병치고 적당한 속도의 진급이었다. 딱히 감흥은 없었다. 그저, 던전에 투입되었을 때 여력이 된다면 신임 하사들을 좀 더 챙겨 나오자는 생각뿐이었다. 예전 선임처럼 제 목숨을 내던져서까지 구할 마음은 없었다.

마의 5년이었다. 이제 5년을 버텼고 5년을 더 버텨야 했다. 이 시기에 헌터병의 사망률이 가장 높았다. 자살률 역시 급증했다. 군에서는 연우에게 여러 심리 상담 프로그램을 권했다. 연우는 딱히 필요하다는 생각은 안 들었으나 적당히, 덜 귀찮은 것들을 골라 참여했다. 안 하겠다고 다 거절해도 위험군 취급받는다는 걸 주워들어 알고 있었으니까. 이제 와 관심병사가 되고 싶진 않았다.

10년이면 강산도 변한다는데. 5년이면 강산이 못해도 반쯤은 바꿔는 걸까. 한편, 군대 밖 사회는 연우가 입대할 때와는 사뭇 다른 분위기를 풍기고 있었다. 연우가 입대할 때 18.9%던 헌터병의 생존율이 5년 사이에 16.3%로 급락했다. 원래 계속 뚝뚝 떨어지고 있었지만, 정부와 군은 이러다가 15% 이하, 어쩌면 10% 이하까지 떨어질지도 모른다는 위기감을 느끼는 듯했다. 대한민국 헌터병대의 병력은 5천 내외로 유지되어야 하나, 쉬운 일이 아니었다. 헌터병의 발현은 희귀할 정도는 아니나 제법 확률이 낮았다. 그런 상황에서 던전 공략 난이도는 점점 높아지고 있었고 신중윤은 제대해버렸다. 신중윤이 제대하자마자 헌터병의 생존율은 30% 이하로 뚝 떨어졌고. 때문에 현재, 대한민국 육군은 헌터보병을 4천 명 내외로 유지하는 것조차 버거운 상태였다.

그런데 여론은 그런 대한민국 육군의 고민을 알아주기는커녕, 헌터병 모집과 운용을 더 어렵게 만들려고만 하고 있었다. 던전이 안정되어 몬스터에게 공격당할 위험이 현저히 줄어들자, 일반인들이 헌터병들의 인권에 관심을 가지기 시작한 것이었다. 가장 크게 목소리 내는 건, 자식이 헌터병인 사람들. 헌터병의 부모, 형제자매들이었다. 모든 헌터병이 연우처럼 팔려 들어온 입양아인 것은 아니었다. 보통의 가정에서 사랑을 듬뿍 받고 자란 아이들이 못해도 절반은 되었다. 군대에선 되도록 연우 같은 입양아 헌터들을 위험한 작전에 우선 투입했지만 든든한 가족이 있는 헌터병들 역시 던전에 투입될 수밖에 없었다. 그들의 생존율 역시 30% 이하였다. 그들의 가족은 헌터병의 처참한 시체 앞에서, 혹은 시체조차 없는 빈 관을 붙들고 울부짖었다. 억 단위의 정부 보조금도 거절하고 군부대와 청

와대 앞에서 시위를 이어 나갔다. 내 아이를 살려 내라. 헌터병들의 인권을 보호하라.

대선을 앞두고, 언론이 이들의 목소리에 포커스를 맞췄다.

-헌터병들의 처참한 인권 유린의 현장, 이대로 좋은가?

-대한민국 인권의 사각지대 : 인간 방패 헌터병의 진실

자극적인 타이틀과 기사가 연일 쏟아졌다. 당연하게도 사회에서 헌터병의 처우 개선을 요구하는 목소리는 점차 높아져 갔다. 국회에서는 헌터병들의 복무 기한을 줄이는 법안이 논의됐다. 군수업체에서는 일반병들이 던전에 투입될 수 있도록 특수 병기를 만들어 군에 납부하고자 했다. 이번 헌터병 인권 지켜주기 소동이 군수업체 쪽에서 시작된 마케팅 아니냐는 말이 나돌 정도였다. 군대는 늘 그랬듯 말을 아끼고 침묵한 채 내부적으로는 대책 마련에 몰두했다.

대중 매체에선 헌터와 일반인의 사랑 이야기가 한창 인기 있는 소재였다. 드라마, 영화가 숱하게 제작되었다. 헌터병에 관한 다큐멘터리와 던전 주변 군부대의 열악함에 대한 시사 고발도 심심치 않게 보도되었다. 그걸 본 사람들은 요즘 세상에 이런 일이 일어날 수 있느냐고 분개했다.

그런 모습을 보며, 헌터병의 실상을 아는 소수의 사람들은 쓴웃음을 지었다. 매체에 비치는 헌터와 던전, 몬스터에 대한 내용은 빙산의 일각일 뿐이었다. 현실은 더 끔찍하고 잔혹했다. 그리고 헌터병의 인권을 걱정하는 순진하고 착한 국민들에게는 미안한 일이지만, 그 끔찍한 현실이 국민들의 평범한 일상을 뒷받침하고 있었다.

사회의 기대와 달리 일반병이 던전에 투입되는 일은 일어나지 않을 것이다. 아무리 최신의 무기와 장비를 갖추어도, 일반병은 몬스터를 상대할 수 없을 테니까. 일반인들은 몬스터가 내뿜는 독 섞인 숨소리만 들어도 죽어버릴 터였다. 10m 높이로 뛰어올라 몬스터의 급소에 칼과 총알을 꽂아 넣을 수 있는 건. 몬스터에게 밟혀 온몸의 뼈가 으스러지고, 신체가 관통당해 온몸의 피를 모두 쏟아내도 죽지 않는 건 헌터뿐이었다.

군이 보기에 헌터는 인간이 아니었다. 인간의 탈을 뒤집어쓴 몬스터 대응용 살상 무기였다. 군은 10년의 복무 기한을 채우고 제대하는 헌터가 16% 정도라는 걸 차라리 다행으로 여겼다. 그들은 헌터병의 던전 무사 귀환 확률을 높이는 데 관심 있을 뿐이지, 무사 제대율을 높이고 싶은 마음은 조금도 없었다. 군은 몬스터와의 전투에 익숙해진 헌터, 이 무시무시한 살상 무기가 사회로 나가는 것을 던전의 몬스터가 사회로 쏟아지는 것과 비슷하게 보고 있었다. 그렇기에 세간의 인식과 달리, 헌터들은 살아 제대해도 자유롭지 못했다. 살아서 제대한 16% 중 절반 이상이 심각한 부상을 입어 연금으로 생활하고 있었다. 그나마 몸이 성한 나머지 절반은 반강제로 헌터 관련 국가 기관, 공사에 소속되어 감시받으며 살고 있었다. 아무튼 군은 수가 줄어드는 헌터병 병력 보충 문제와, 날로 심해져 가는 헌터병 인권에 대한 사회의 압박에 고민이 많았다. 연우를 비롯한 헌터병들은 저 높은 위쪽에서 자신들을 보고 무슨 생각을 하는지, 군영 밖 사회에서 자신들을 얼마나 불쌍히 여기는지 알지 못했다.

그러던 중 사건이 터졌다. 군에 있어 비극이면서 희극일 사건이었다. 대규모 헌터 병력을 한 번에 잃는 비극. 하지만 사회 유지를 위해선 헌터병들의 희생은 필수라는 현실을 다시 한번, 세상에 알릴 수 있는 희극. 평화로운 일상에 익숙해져 헌터병들의 인권까지 걱정하게 된 착하고 속 편한 국민들이 그 선한 마음 밑바닥에 숨어 있는 이기심을 깨달을 수 있는 계기.

전 세계 곳곳에 새로운 던전이 열렸다. 크기는 기존 던전의 두 배였다. 미국에 열 곳, 일본에 열세 곳, 중국에 백삼십 곳. 그리고 한국에 두 곳. 서울과 독도.

서울 한복판. 그것도 대학가 한복판에 던전이 열리고, 몬스터들이 쏟아졌다. 연우가 슬슬 부중대장 업무- 그러니까 던전에서 신임하사를 돌봐주는 보모 역할에 익숙해질 즈음의 일이었다. 이른 아침이라 유동 인구가 적어 민간인의 피해는 크지 않았다. 하지만 신속히 초동 대응하지 않으면 가늠할 수 없는 피해가 일어날 위치라는 게 문제였다. 대학가가 봉쇄됐다. 일반 병사들이 후방에 진을 쳤고, 탱크까지 동원되었다. 일선에 선 것은 당연히 헌터병들이었다.

헌터병은 일정한 기한을 두고 전국의 던전들을 순회한다. 새로운 던전이 열릴 당시, 연우가 속한 지역대는 경기도 인근의 던전을 공략 중이었다. 중대들이 순번을 정해 12시간 단위로 번갈아 투입되고 있었다. 연우가 속한 중대는 후발 투입 예정이라 대기 상태였다. 그렇기에 다른 지역에 가 있는 부대보다, 던전에 투입된 다른 중대보다 먼저 연락을 받았다. 새로운 던전이 열렸다고 해서 기존 던전을 소홀히 할 수는 없었다. 그렇기에 앞서 투입되었던 인원들을 그대로 두고, 후발로 준비하던 부대 위주로 서울 대학가 신 던전으로 이동하라는 명령을 받았다. 기본 명령은 던전에서 쏟아지는 몬스터들을 사살하고 대학가를 사수하여 민간인의 피해를 줄이라는 것. 이동 중 명령, 아니, 자원 신청이 하달됐다.

대한민국은 던전 공략에 관해선 꽤 선두에 선, 선진국이었다. 늘 그러했듯, 짧은 시간 동안 던전의 성질을 분석하고 공략 조건을 유추해 냈다. 던전의 왕인 여왕개미 몬스터를 사살해야 개미 떼처럼 쏟아져 나오는 몬스터 웨이브가 중단될 것이다. 여왕개미가 죽으면 명령 체계가 끊길 테니, 그러면 몬스터들은 새로운 여왕개미가 자랄 때까지 던전을 지키고자 던전 안으로 기어 들어갈 것이다. 이것이 전략팀의 분석이었다.

"뭐? 들어가 왕을 죽이라고? 그런 말은 나라도 하겠다."

"이게 무슨 온라인 게임 레이드인 줄 아나. 왕 죽이는 게 쉬워?"

"아니, 맞는 말이긴 해? 던전 타이밍 맞추는 확률이 기상청 일기예보 맞는 확률이랑 비슷하잖아. 시발, 맨날 비 안 온다면서 비 오고. 이거 죽이면 끝이라더니 저거까지 죽여야 한다고 말 바꾸고."

일선 헌터들의 생각은 좀 달랐지만.

일단 급한 대로 대학가를 사수하는 팀 하나. 이제 막 열린 던전-오직 추측과 예상만 난무하는 그 미지의 아가리 속에서 여왕개미를 찾아 죽여야 하는 투입조 하나. 헌터병들은 둘로 나뉘어야 했다.

투입조는 말 그대로 죽음의 조였다. 살아 돌아올 수 있을지 없을지조차 모르는. 기존 던전들의 경우 처음에 멋모르고 뛰어 들어갔던 군인들 대부분이 살아 돌아오지 못했다. 일반병은 물론이거니와 이후 급조된 헌터병들마저도. 대부분이라고 말한 이유는 살아 돌아온 사람이 한 명 있기 때문이었다. 빌어먹을, 살아 있는 전설. 신중윤. 그가 공략법을 찾아내 던전을 안정화시켰기에 이후 헌터병 부대는 그의 방식을 흉내 내 던전을 안정화시키고 있었다. 그러니 신중윤이 재입대하지 않는 이상 막 생긴 던전에 뛰어드는 건 죽고 싶다는 선언이나 다름없었다.

대대장은 구구절절, 자원자가 누리게 될 특혜를 먼저 늘어놓았다. 가장 먼저 나온 건 2계급 특진. 이것은 죽어서 받는 영예였다. 상부에서도 들어가면 죽음이라는 것을 인지하고 있다는 뜻이었다. 누구도 감히 나서지 않았다. 아무리 내일 당장 죽을지 모를 삶을 사는 헌터병이라 할지라도, 눈앞에 다가온 죽음에 초월해질 수 있는 건 아니니까. 침묵이 길어졌다. 대대장이 자원자가 없으면 제비뽑기를 할 수밖에 없다는 말을 할까 고민할 즈음.

"자원하겠습니다."

한 사람이 나섰다. 모연우 소위. 입대 5년 차.

"정말인가?"

자원자가 있을 리 없다 생각하며 하달된 명령을 읽어 내려갔던 대대장이 놀라 되물었다.

"네."

연우는 망설이지 않고 답했다.

"저, 저도."

"저도 자원하겠습니다."

연우가 스타트를 끊자, 띄엄띄엄 자원자가 나왔다. 그것이 대대장을 감격시킨 듯했다.

"……제군의, 용기와 희생정신은 대한민국 육군 헌터병대의 귀감이 될 것이다."

대대장은 울음을 참기 위해 애쓰며, 떨리는 목소리로 그들을 치하했다. 대대장이 얼마나 감격했는지, 그로 인해 자원자에 대한 수많은 특혜 끝자락에 금빛 훈장 하나 더해질지도 모른다든지 하는 건 연우에게 그리 중요하지 않았다. 연우는 대대장의 감격에 찬 포옹을 받으며, 덜컹거리는 차창 밖 풍경을 바라보았다. 아가리를 벌린 던전. 그 던전으로 인해 쑥대밭이 된 대학가. 이곳은 입대 전, 고3인 정우와 함께 왔던 곳이었다. 수능 보고 난 후 논술과 면접을 보기 위해 찾았던 곳이었다. 정우가 지원했고 최종 합격해 입학 등록했던 대학교가 바로 이 대학가에 위치해 있었다. 정우가 이곳에 있을지도 모른다. 그 추측이 연우를 움직이게 만들었다.

다행히 흡입 던전이 아니어서 민간인들이 끌려 들어가진 않았으나, 번화가에 있던 사람들이 몬스터 웨이브에 습격 받았다. 근처의 각 대학은 매뉴얼대로 캠퍼스를 봉쇄하고 방어 모드를 발동해 학생들을 지키고 있다고 했다. 먼저 도착해 대학가를 봉쇄하다 몬스터 웨이브에 당해 사망한 일반병은 104명, 중상자는 348명. 현재까지 파악된 민간인 사상자는 65명. 이번 작전이 어떻게 마무리되든, 사회는 다시 던전의 위험성을 실감할 터. 한동안 헌터병의 인권 문제는 사회의 안전과 유지라는 대승적인 목적을 위해 뒷전이 되리라.

연우는 중대장의 태블릿을 슬쩍 빼내 일반인 사상자의 명단을 빠르게 훑었다. 익숙한 이름은 보이지 않았다. 그렇다고 안심되진 않았다. 모정우는 지금 어디 있을까. 혹시 대학로에 있었을까? 피해 입은 일반인 중에 있었을까? 크게 다쳤을까? 설마…… 죽었을까?

'아니, 그럴 리 없어.'

살아 있을 거다. 거기 있었을 리 없어.

연우가 아는 모정우는 성격 더럽고 입은 험한 주제에 게으른 놈이었다. 쓸데없이 돌아다니는 걸 싫어했다. 쉬는 날만 되면 매일 집에 널브러져서는, 연우에게도 어디 나가지 말고 제 옆에 늘어져 있으라고 강요했다. 어쩌다 쉬는 날, 학교 친구들이랑 약속이 있어 집을 나갈 때면 별소리를 다 들었다. 그런 모정우가 이른 아침부터 대학가를 어슬렁거릴 리가.

'아마 집에서 퍼질러 자고 있거나, 아니면 졸린 눈을 비벼 뜨고 학교에 가서 수업을 듣고 있겠지.'

정우의 부모님은 사회의 상류층이었다. 재력도 권력도 가지고 있는 사람들이었다. 정우를 안전한 곳에 빼돌렸으리라. 다쳤다면 가장 안전한 병원으로 갔을 것이고, 어쩌면 대학 캠퍼스 내 안전한 대피소에 숨어 이 모든 상황이 끝나기만을 기다리고 있을지도 모른다. 그러니 모정우의 형, 대리 입대 헌터 모연우는 제가 할 수 있는 방법으로 모정우의 일상을 지켜야 했다. 입대 전날, 싫다고 버둥거리는 정우를 묶고 성기를 빨고, 위에 올라타 실컷 허리를 흔들어댔지 않은가. 그 대가를 치러야 했다.

목숨을 바쳐서라도.

⁕

대학가는 개미를 닮은 몬스터들로 가득 차 있었다. 몬스터 개미는 건물 3층 높이만 한 크기였다. 기존 던전에서 보지 못했던 타입이었다. 중대 전체가 진압조가 되어 대학가로 급파됐다. 연우와 자원자 아홉은 후방에서 투입 준비를 했다. 대학가 던전 투입 1조, 연우는 급한 대로 조장이 되었다.

"3시간, 3시간만 버텨라. 곧 강원도에 가 있던 병력이 지원하러 올 거다. 그쪽 침투 자원 병력은 스물이다."

대대장이 말했다. 죽어도 3시간 뒤에 죽으라는 것이었다.

진압조가 길을 터줬다. 연우와 투입조 조원들은 그 길을 달려, 던전 입구로 뛰어들었다. 새까만 어둠에 먹히던 순간. 연우는 언제나 그랬듯 정우를 떠올렸다. 입대 5년째. 아직도 매달, 정우의 편지가 왔다. 여전히 쓸데없는 내용만 적혀 있었다. 입대 전날의 일은 한 줄로라도 왜 그랬냐고 묻지 않았다. 맨 마지막에 적힌 두 글자는, 꾹꾹 눌러쓴 듯 편지지가 깊게 팰 만큼 새겨진 씨발. 정우의 편지 때문에 연우는 시간을 가늠했다. 정우의 편지가 오면 또 한 달이 지났구나, 싶었다. 그러고 보면 이상한 일이었다.

5년. 5개월도 아니고 5년.

그 모정우가 답장 없는 편지를 5년 내내 보내고 있었다. 그때 왜 그랬냐고는 묻지 않더라도, 씨발 왜 답장 안 하는 거냐고, 그 성질에 한 번은 물어볼 법도 하건만. 정우는 한 번도 묻지 않았다.

'정말 한 번도 안 물어봤던가?'

지난주에 왔던 편지는 아직 그의 품속에 있었다. 짬 나는 대로 다시 열어보면 될 일이지만. 지난 5년간 받아 온 편지에도 정말 그 말이 없는지 확인해볼 기회가-

……없겠지.

눈앞이 캄캄해지며, 온몸이 갈가리 찢겼다가 다시 뭉겨 묻는 듯한 끔찍한 고통. 던전 투입의 현기증을 느끼며, 연우는 늘 그렇듯 뒤늦게 후회했다.

'답장을, 한 번쯤은 해줄 걸 그랬나.'

✺

던전 속은 개미굴이었다. 바닥부터 천장까지 꼬박, 몬스터 개미로 가득 차 있었다. 한복판에 떨어진 투입조는 상황을 파악하기도 전에 반사적으로 칼부터 뽑아 들었다. 연우의 주특기는 칼이 아니라 총이었다. 탄창을 채우는 종류와 레이저 건, 둘 다 능숙히 다루었으나 이번엔 다른 조원들처럼 칼을 먼저 뽑아 들었다. 버티는 게 우선인 상황에선 소모품의 한계가 분명한 주특기는 아껴야 하는 법이었다.

"흩어지지 말고 날 중심으로 모여."

체력 또한 소모품이었다. 연우는 조원들을 불러들여 절 중심으로 뭉치도록 했다.

"호흡 유지하고, 산소 밸브 3까지 낮춰."

"3시간 뒤면 후발조 온다고 하는데, 그래도 밸브를 조절합니까?"

"5로는 4시간밖에 못 버텨. 최대 6시간까지 후발조가 못 오는 상황을 가정한다."

연우는 훌쩍 뛰어올라, 제 앞에 선 몬스터 개미의 머리에 칼을 박았다. 힘을 주니 주우욱- 몸이 반으로 갈렸다. 털썩. 두 쪽 난 개미의 몸. 그 아래 가볍게 착지하는 온전한 연우의 몸. 전투가 시작됐다.

✷

칼날은 개미가 내뱉는 노란 액에 녹슬어버렸다. 따로 챙겨온 단검 세 개 역시 날이 모두 녹아버렸고, 레이저 건은 방전됐다. 탄창은 비었다. 산소통 역시 빈 지 오래였다. 무거운 산소통을 벗어 눈앞의 몬스터 개미에게 던진 뒤 연우와 살아남은 조원들은 마스크를 벗고 맨 얼굴을 드러냈다. 공기 중에 독소가 퍼져 있다면 헌터로 발현된 인간 따위는 첫 숨에 죽일 수 있을 정도로 독하기를, 바랐다.

불행히도, 던전 내 공기는 사람이 숨 쉴 만한 범위였다. 문제는 몬스터 개미들의 시체에서 줄줄 흘러내리는 체액의 고릿한 냄새였다. 왜 이걸 맡고도 죽지 않는 걸까 싶을 정도로 굉장했다. 코가 마비되고 나서야 겨우 얼굴을 펼 수 있었다. 사방에 바글바글하던 몬스터 개미들을 남김없이 멸살시켰다. 연우는 살아남았고, 조원들도 1/3가량이 생존했다.

"시간이 얼마나 지났지?"

연우는 탄창이 빈 총을 집어 던져 몬스터 개미의 얇은 다리를 분지르고, 그 몸에 올라타 주먹으로 머리를 쳐 수박 터트리듯 부순 뒤 훌쩍 뛰어내렸다.

"……전혀요?"

외부와의 통신 연락 및 몬스터 시체와 부산물 수거, 전투 상황 기록 및 시간 확인을 담당한 기록병이 대답했다. 쿵. 몬스터 개미의 육중한 몸이 연우의 등 뒤에서 무너져내렸다.

"여전히 11시 45분입니다."

하사가 나침반처럼 생긴 시계를 들어 올리며 답했다.

"……."

"……."

"……."

연우와 나머지 둘은 침묵했다. 누구도 선불리 마음속 말을 꺼내지 않았다. 대신, 짠 것처럼 동시에 위를 올려다보았다. 그들이 떨어져 내렸던 던전의 입구는 뱀의 아가리처럼 끔찍하고 시꺼먼 구멍이었다. 십 리 밖에서 올려다봐도 잘 보일 것처럼 크고 흉물스러웠건만. 그 구멍이 보이지 않았다. 던전 입구가 사라짐, 어떤 상황에서도 부서지지 않는 시계가 정지함. 두 가지 현상이 말하는 바는 명확했다.

"타임홀 타입인가."

연우가 나지막이 중얼거렸다. 확인 사살이었다. 살아남은 조원들의 안색이 어두워졌다.

"내가 이럴 줄 알았어. 시이발, 뭐? 왕을 죽이면 몬스터들이 던전 안으로 기어 들어가는 일반형?"

누가 가래를 뱉으며 욕설을 내뱉었다. 살아 있는 전설, 신중윤 덕에 던전마다 성격이 다르고 클리어 조건도 다르다는 것을 알아냈다. 그리하여 던전의 성격에 따라 구분하고 무슨무슨 타입이라고 이름 붙였는데, 헌터병에게 있어 가장 끔찍한 타입이 '타임홀 타입'이었다. 클리어 조건은 던전의 최종 보스를 해치우는 것. 몬스터 웨이브가 일어나지 않는 최소한의 안정화 조건은 일정 수의 이물질(헌터)

이 던전 내 존재하는 것. 해당 던전이 타임홀 타입 던전이라는 걸 알 수 있는 징후는 두 가지였다. 첫째, 던전 내에 이물질(헌터)이 살아 존재하는 한 던전의 아가리는 열리지 않는다. 둘째, 던전 내엔 시간 개념이 존재하지 않는다. 시계가 움직이지 않는 건 그러한 이유에서였다.

"소위님과 함께 싸우게 돼서…… 혹시나 살아 돌아갈 수 있지 않을까 싶었는데, 글렀나 봅니다."

조원 중 한 명이 혀를 찼다. 연우는 그가 말하는 소위가 자신이라는 걸 뉘앙스상으로 눈치챘으나 답하지 않았다. 꼭 살아남을 거라는 희망적인 말도, 죽을 줄 알고 들어온 거 아니냐는 농담도 어울리지 않는 상황이었으니까. 연우는 한숨을 내쉬며 주변을 둘러보았다. 적당히 무기로 삼을 만한 게 없을까 찾다가, 처음에 죽었던 조원의 손에 들려 있는 칼을 빼냈다. 시간의 개념이 없어서일까. 죽은 지 오래됐는데도 사후경직이 일어나지 않았다. 말랑한 손이 쉽게 검을 놓았다. 투입 인원 열. 현재 생존 인원 넷. 이 넷이 다 뒈질 때까지 던전은 다시 아가리를 열지 않을 것이다. 체감상 3시간은 충분히 지난 것 같은데. 시계는 멈췄다. 그 체감상의 시간을 믿을 수 없는 공간에 서 있다. 어떻게 해야 할까.

'응? 정우야.'

다시는 못 보게 된 얼굴이 떠올랐다. 벌써 스물넷 정도는 됐을 텐데. 연우가 기억하는 정우의 얼굴은 여전히 열아홉, 그리고 스물의 얼굴이었다. 제멋대로고 싸가지 없고, 피 안 섞인 형이어도 그렇지 툭하면 모연우 모연우 하고 이름이나 불러 젖히고, 형 알기를 제 좆

만도 못하게 알아서는 매일 짜증 내고 화내고,

'형? 형. 형이야?'

그래도 그 순간에는 형이냐고 물어보며, 씨발 소리는 안 하던 모정우. 칼을 쥔 손에 힘이 들어갔다.

"흩어지지 말고 날 중심으로 모여."

연우는 검을 고쳐 쥐고, 자세를 낮췄다. 체감상의 3시간을 믿고, 어차피 죽을 줄 알고 들어왔으니까 곱게 자살할 수는 없지 않은가. 버틸 수 있는 만큼, 버틴다. 최대한 살아남고자 노력한다. 살아남은 조원 셋의 마음도 별반 다르지 않으리라. 연우는 섣불리 확신했다.

✷

개미굴. 던전은 말 그대로 개미굴이었다. 끝없이 끝없이, 몬스터 개미들이 몰려들었다. 체감상 사흘 정도, 자지도 먹지도 못한 채 싸우던 것 같은 상황에서 기력이 쇠한 한 명이 몬스터 개미의 단단한 턱에 씹혀 동강 났다. 몬스터와 싸우면서도 깜빡깜빡 졸던 연우와 나머지 둘은 덕분에 정신을 바짝 차릴 수 있었다. 한바탕 전투를 마친 후, 생리적인 배고픔을 참을 수 없었던 셋은 몬스터 개미의 동강 난 몸에서 흘러내리는 체액을 마셨다. 젤리 같기도 하고 찐득한 수액 같기도 했다. 어떤 개미의 체액은 입안이 얼얼할 정도로 달았고, 어떤 것은 그럭저럭 먹을 만하게 밍밍했다. 대충 배를 채우고 나니, 졸음이 몬스터 웨이브처럼 몰아닥쳤다. 옛날에 악독한 일본 새끼들이 독립투사들을 고문할 때 잠을 안 재우기도 했다던데. 그게 왜 끔찍한 고문 중 하나였는지 알 것 같았다. 벌써부터 정신이 흐려진 조원 하나는, 몇 마리- 뒤늦게 이쪽으로 몰려온 몬스터 개미들을 마구 죽이며 친일파 새끼들을 다 잡아 죽여야 한다고 외쳤다. 눈을 뒤집어 깐 채였다. 같은 중대 소속이라는 다른 조원에게 들으니, 대학에서 한국사를 공부하다가 입대한 놈이라고 했다.

"참고로 저는 중졸입니다. 양부모들이 딱 의무교육만 시켜줬죠."

그러고는 물어보지도 않은 제 학력을 덧붙여 말했다. 목소리가 익숙해 얼굴을 확인하니, 처음 던전이 타임홀 타입이라는 걸 알았을 때 소위님과 함께라면 살아 돌아갈 수 있을 줄 알았다는 둥 입을 나불대던 하사 놈이다. 그가 자신과 한국사 전공의 관등성명을 주절거렸지만, 연우는 나불이와 한국사로만 기억하기로 했다.

연우는 몬스터 개미들을 죽여놓고 그 시체를 난도질하며 괜히 힘을 빼는 한국사를 가볍게 제압했다. 그러고는 아직, 그나마 정신을 유지하는 나불이와 의논했다. 어떻게 잘 것인지. 배를 채웠으니 잠깐 눈을 붙여야 했다. 연우와 나불이의 의견이 갈렸다. 나불이는 이동하여 몬스터들이 비집고 들어오지 못할 것 같은 빈틈을 찾아보자고 했다. 연우는 잠시 주변의 지형을 눈으로 훑은 후 고개를 저었다.

"첫째. 여기는 걔들의 홈그라운드야. 우리보다 더 잘 알 테고, 어딜 가든 걔들에게 들킬 거야. 둘째, 우리는 있을지도 모를 틈을 찾아 돌아다닐 정도로 체력이 남아 있지 않다. 셋째, 지형지물을 활용할 수 없으면 적의 내부로 뛰어드는 게 기본이야. 교본에도 나와 있을 텐데?"

"적의 내부요?"

나불이가 되물었다. 연우는 반으로 깨끗하게 갈라진 몬스터 개미의 사체를 가리켰다. 체액이 줄줄 새어 나오고 있는 내부를. 원래 개미도 그런 건지, 몬스터 개미만 그런 건지. 몬스터 개미는 물풍선처럼, 체액으로 꽉 차 있었다. 대충 긁어내면 그 틈에 비집고 들어가 있을 만했다.

"말도 안 되는 소리 마십쇼. 그리고 교본에 나오는 적의 내부는, 그런 내부를 말하는 게 아니었잖습니까. 몬스터의 배 속을 의미하는 게 아니라 적진에 깊숙이 침투해 은신하라는 거였습니다."

교본을 기억하고 있다니. 나불이가 제법이구나. 연우는 내심 감탄했다. 그렇다고 나불이를 모범생이라고 부르고 싶진 않았다. 둘은 이후도 잠시 더 이야기를 나누었으나 견해차가 좁혀지지 않았다. 나불이는 이렇게 말을 하는 시간도 아깝다며 서둘러 이동하자고 했다. 연우는 한국사를 둘러업은 상태에서 더더욱 이 안전한 장소-몰려온 몬스터들을 모두 처치한 상태-를 벗어나 새로운 장소-언제 몬스터들이 또 떼거지로 몰려올지 모를 장소-로 이동하는 건 옳지 않다고 생각했다. 결국 연우와 나불이는 헤어졌다. 연우는 떠나겠다는 그를 고이 보내주었다. 대신 한국사는 자신이 맡겠다고 했다. 나불이는 체력이 급히 저하된 상태에서 기절한 조원까지는 맡고 싶지 않았다는 듯 두말없이 떠났다.

연우는 몬스터 개미의 시체 중 목이 잘려 죽은, 그나마 몸체가 온전히 남아 있는 것을 골라 속에 남은 체액을 긁어냈다. 빈 속에 한국사를 던져 놓고, 자신도 기어 들어갔다. 속은 사내 둘이 누워도 될 만큼 넉넉하고 어두웠다. 자리를 잡고 나선 젤리 같은 몬스터 개미의 체액을 들어온 입구에 처덕처덕 발랐다. 숨통만 남긴 채로 공구리 치듯 바르고는, 그대로 쓰러져 곯아떨어졌다.

✷

잠결에 먼 곳에서 누군가의 비명이 들린 듯도 했다. 으악, 살려 줘. 눈을 떠야 된다는 생각이 어렴풋이 들었으나, 손 하나 까딱할 수 없었다.

✷

바닥이 흔들렸다. 두둥실 떠서 어디론가 옮겨지는 느낌이랄까. 역시나 눈을 뜰 수 없었다.

✷

다시 눈을 떴을 때, 연우는 여전히 몬스터 개미의 몸통 속이었다. 차칵, 차칵. 손전등을 켜 입에 물고 한국사를 살펴보았다. 열 없음, 숨 쉬고 있음. 눈꺼풀을 까보니 별 이상 없어 보였다. 연우는 뺨을 때려 한국사를 깨웠다. 여긴 어디? 난 누구? 멍한 한국사를 꽁무니에 매달고, 입구에 발라 놓은 젤리 같은 체액을 뜯어내 밖으로 나왔다.

여전히 주변에 몬스터 개미들의 시체가 널브러져 있었으나, 잠들기 전과는 다른 장소였다. 좀 더 밝았고 따듯했고, 둥글었다. 이전에 있던 곳이 동굴 복도 같았다면 이곳은 지하 광장 같았다. 아니, 광장 말고 산란실. 연우는 처음 생각을 정정했다. 천장부터 바닥에 이르기까지, 찐득한 체액 속에 잠긴 개미 알들이 빽빽했다. 새끼들이 알을 까고 나오면 빨아 먹으라고 시체들을 수거해 쌓아 놓은 듯했다. 예상했던 상황인지라, 연우는 딱히 놀라지 않았다.

'역시.'

타임홀 타입은 처음이라 혹시나 했는데, 몬스터의 성향은 다르지 않은 듯했다.

"우웩."

사방이 몬스터 알로 차 있는 게 그리 보기 좋은 모습은 아닌지라, 한국사는 돌아서 토악질을 해 댔다. 주르륵, 쏟아 내는 소리가 들렸다. 몬스터 개미 체액 말고는 먹은 게 없으니 나올 것도 그것뿐일 텐데, 토하기는. 쯧. 연우는 혀를 차며 등을 두드려주었다.

"나도 처음엔 다 그랬어."

나름 위로도 한마디 건넸다. 한국사는 토하느라 듣지 못한 거 같지만.

토악질 후 탈진해 비틀거리는 한국사를 다시 몬스터 개미 시체 몸통 속에 집어넣었다. 강도를 확인하니 강철같이 단단하면서도 탄성이 있고, 잘 타지 않을 것 같았다. 연우는 시험 삼아 알에 든 체액 한 덩이를 떼어 내 불을 붙여보았다. 화르르. 불이 붙으며 안에 든 알이 녹아내렸다. 경기도 던전에서 심심찮게 나오는 몬스터 말벌과 비슷한 반응이었다. 연우는 산란실의 알을 전부 태워, 아니, 녹여버렸다. 그리고 성체 몬스터 개미들이 몰려오기 전, 한국사를 들고 튀었다. 몬스터 개미들의 시체 더미 속에서 인간 시체가 몇 눈에 띄었다. 거기엔 허리가 케이크 한 입 먹은 것처럼 씹혀 죽은 나불이가 보였다. 연우는 한국사가 그쪽을 보지 못하도록 했다.

✹

시간 개념이 없는 상태이니, 시간이 얼마나 흘렀는지 가늠하는 건 의미 없는 일이었다. 연우는 산란실을 불태워 녹여버리는 걸 기준으로 삼았다. 그리고 그 기준을 기준으로, 연우와 한국사는 꽤 오래 살아남았다. 던전을 돌아다니다 보니, 비교적 크기가 작고 몸통의 강도가 무른 몬스터들이 뭉쳐 있는 지역을 알게 되었다. 둘은 그곳에 숨었다. 유리한 지형에 자리 잡고 몬스터 개미들이 몰려오면 죽이고, 체액으로 배를 채웠다. 한 명이 졸면 다른 한 명이 보초를 서는 식으로 조각 잠을 자다가 못 버틸 것 같으면, 이동하여 성체 개미 몬스터를 찾아가 죽이고 그 몸통 속으로 기어 들어가 잤다. 한숨 자고 나와 산란실을 불태워 녹이고, 다시 약한 몬스터들이 있는 지역으로 튀었다.

산란실은 여럿이었다. 갈 때마다 표시를 해두는데, 이전에 표시해둔 표식이 있는 곳을 가기도 하고, 표식이 없는 새로운 산란실을 가기도 했다. 언제부터인가 한국사는 토하지 않게 되었다. 여전히 몬스터 개미를 죽일 때마다 친일파 새끼는 다 죽여버려야 한다고 중얼거리긴 했다. 정신이 나가 몬스터 개미가 친일파로 보여서가 아니라 그냥, 말버릇이 된 것 같았다. 처음엔 연우 혼자서 몬스터 개미들을 죽이고, 한국사는 후방 지원을 맡는 정도였는데, 점점 실력이 일취월장하여 연우와 어깨를 나란히 하고 싸우게 됐다. 연우는 몬스터를 죽이면 비정기적으로 나타나는 부산물을 수거해 한국사에게 나눠주고 사용하는 방법을 알려주었다.

표식 위에 표식이 더해졌다. 이제 웬만한 산란실마다 표식이 오십 개 이상씩은 기본으로 쌓일 무렵. 한국사가 더 안쪽으로 가보자고 제안했다. 더 안쪽. 두루뭉술하게 말했으나, 한국사가 원하는 게 무엇인지는 명확했다. 둘은 주로 성체가 아닌 몬스터 개미들이 몰려다니는 지역에 머물렀다. 때때로 성체 몬스터 개미들이 돌아다니는 곳까지 전진했다. 꽤 안쪽에 위치한 산란실들도 들락거렸다. 이런 상황에서 더 안쪽으로 가자는 건, 던전의 왕을 죽이러 가자는 뜻이었다. 단둘이서, 왕을 죽일 수 있을까? 둘 중 하나가 살아 있는 전설 신중윤이라면 가능할지도 모른다. 하지만 연우도 한국사도, 신중윤이 아니었다. 고로 한국사의 말은 자살하러 가자는 말이나 다름없었다. 연우는 한국사가 제정신인지 확인해보았다. 방금 몬스터들과 한판 했던 터라 온몸에 체액을 뒤집어쓰고 있지만, 정신 나가 보이지는 않았다. 이 직전에 산란실에서 잠을 푹 잤기 때문에 잠이 부족한 상태도 아니었고. 그렇다는 건, 제정신으로 말했다는 건데. 그렇다면 역시 제정신이 아니라는 의미였다. 아무튼 그랬다.

그동안 시간이 얼마나 지났는지 알 수 없었다. 그저 던전 투입 후 여섯 시간은 지났겠지 싶을 따름이었다. 왜 이러고 있어야 하는 건지 목적의식도 희미해졌다. 연우는 그럴 때마다 품속에 넣어놓은 편지를 꺼내보았다. 편지는 지난주에 도착한 것처럼 빳빳했다. 편지는 구겨질망정 닳거나 삭진 않았다. 시간 개념이 없다는 건 편지가 낡을 수 없다는 뜻이기도 하니까.

편지가 닳지도 삭지도 않는 동안, 둘은 그저 살았다. 몬스터 개미를 만나면 죽이고, 몸을 뜯어내 체액을 마시고, 몸통 속으로 기어 들어가 자고. 알들이 꿈틀대는 산란실로 가 알들을 태우고 녹이고. 반복되는 삶 속에서 연우도 한국사도 조금씩 미쳐 가고 있었다. 아니, 이미 미쳐버린 건지도 몰랐다. 이래서야, 산란실이 수십 번 수백 번 불타든 말든 계속 산란실에 알을 가져다놓고, 곳곳에서 제 동료들이 죽어 나가는데 이상하게 여기지도 않고 시체를 수거해 가는 몬스터 개미들과 다를 바가 없었다. 생긴 것만 다를 뿐 이미 몬스터 개미처럼 이 던전의 일부가 되어버린 건 아닐까. 이런 내가 몬스터들과 다를 게 뭐지? 이렇게 영원히 여기에서 살아야 하는 건가? 언제까지? 왜?

끝없는 도돌이표 속에 갇혀 숨 막혀 죽기 전. 차라리 인간으로 죽고 싶다는 마음이 드는 건 당연한 일. 한국사는 더 미쳐서 몬스터 개미들과 다를 바 없어지기 전에 인간으로서 죽으러 가자고, 말하고 있는 것이었다.

"안 돼. 위험해."

이미 더 미쳤거나, 덜 미쳤거나. 둘 중 하나인 연우는 반대했다.

"여긴 던전입니다. 어디든 위험해요."

"우리 둘이선 왕을 못 죽여."

"해보면 알겠죠."

"못 죽인다니까."

"왜 하기도 전에 그렇게 말씀하십니까?"

"못 죽일 테니까."

"저랑 소위님 정도면-"

"안 돼."

"됩니다."

"안 돼."

"될 겁니다."

"안 돼."

"될 거라고요! 된다고. 씨발, 그깟 왕 내가 죽여버리겠다니까?"

한국사가 연우의 멱살을 잡아 올렸다. 씨발. 그 두 음절에 연우의 어깨가 살짝 움찔, 했다. 흥분한 한국사는 그걸 눈치채지 못했다.

"왜? 왜! 대체 왜 안 된다는 건데! 더는 싫어, 이렇게 영원히 살고 싶지 않단 말이야! 언제까지, 이래야 하는 건데. 왜 이렇게 살아야 하는 건데!"

"……."

"……."

"……."

"……."

"안 되는 거, 너도 잘 알지 않나."

"……소위님이 가시지 않겠다면 저 혼자서라도 가겠습니다."

한국사가 스르륵, 연우의 멱살을 잡았던 손을 놓고 등을 돌렸다. 저벅저벅, 홀로 걸어가는 그를 나불이처럼 혼자 보낼 순 없었다.

"김정우 하사."

하필이면 이름이 정우라서. 언젠가 나불이가 알려주었던 한국사의 이름. 한 번 듣고, 한 번도 입에 담지 않았지만, 잊지 않았다. 잊을 수 없었다. 이건 더 미쳤다는 증거일까. 덜 미쳤다는 증거일까.

"예. 하사 김정우. 전방 주시하며 전진하는 중입니다."

"함께 간다."

"……."

"전방 확인은 내가 한다. 뒤따르며 후방을 맡도록."

"예! 소위님. 역시, 그러실 거라 믿었습니다."

돌아보는 한국사의 얼굴이 더없이 환했다.

"믿긴, 그런 녀석이 혼자 벌써 그만큼 가 있냐?"

"전방 주시 중이었습니다만."

"어쭈? 말대답."

"시정하기엔 시간이 너무 많이 지난 것 같습니다. 소위님이 좀 이해해주십시오.

"시간이 많이 지나기는. 얼마나 지났는 줄 알고."

연우는 픽 웃으며 정우, 아니, 한국사의 등을 퍽 쳤다.

✷

성체 개미 몬스터들과의 전투를 최대한 피하며 던전 중앙으로 접근했다. 그간 파악해두었던 산란실들에 동시다발적으로 불을 질러 성체들이 그쪽으로 몰리게 한 뒤, 가본 적 없는 곳까지 발을 디뎠다. 여왕개미의 방으로 추측되는 중앙 지점으로 다가갈수록 몸통이 붉은 개미 몬스터들이 시도 때도 없이 나타났다. 익숙하지 않은 지형이기에 도망칠 수도 피할 수도 없었다. 전투가 이어졌고, 몸이 축나기 시작했다.

✷

어찌어찌 던전의 왕인 여왕개미의 방까지 찾아갔다. 몸은 만신창이가 되어 있었다. 제정신이라면 후퇴하여 후일을 도모해야 할 테지만. 한국사는 물론이거니와 연우도 그런 생각을 할 수 있을 만한 상태가 아니었다.

"으아아아아악! 죽어버려, 친일파 새끼야!"

한국사가 하나밖에 없는 팔을 휘두르며 여왕개미에게 덤벼들었다.

✷

안 되는 건 안 되는 거였다. 살아 있는 전설 신중윤도 아니고, 그저 평범한 헌터병 둘로는 던전을 클리어할 수 없었다.

"차라리 죽여. 날 죽이라고! 대한 독립 만세!"

한국사가 악에 받쳐 소리쳤다. 한국사가 먼저 달려들었다고 해서, 연우가 후방 지원을 담당하지는 않았다. 하사는 어디까지나 소위의 아래이지 않은가. 소위 모연우는 여왕개미에게 나머지 한 팔마저 먹힐 뻔한 한국사를 구해 뒤로 집어 던지고, 체액으로 뒤범벅된 무기를 여왕개미의 목에 꽂았다.

팅- 무기가 튕겼다. 어떻게 감히 자신의 몸뚱이를 가지고 여왕개미를 공격할 수 있냐는 듯이. 여왕개미를 공격한 연우의 무기는 성체 개미 몬스터들의 날카로운 턱뼈를 뽑아 갈아 만든 것이었다. 던전 투입 때 가지고 들어온 날붙이는 녹슬었고, 탄환은 다 떨어졌다. 반영구적인 화력기기가 있지만 이건 성체에 통하지 않는다. 산란실에서 알이나 녹여 먹을 때 쓰지. 그렇다고 언제까지나 맨주먹으로 싸울 순 없었다. 헌터의 신체 능력은 일반인과 비교도 안 될 정도로 월등해서 주먹질로 성체 몬스터 개미의 몸통을 구기고 찢을 수는 있으나 효율성이 너무 떨어졌으니까. 그래서 연우와 한국사는 던전 내에서 쓸만한 무기를 자체 조달했다. 이는 훈련병 때 귀에 못이 박히도록 듣는 교본에도 나와 있는 내용이었다. 던전에 고립 시, 던전 내 물건으로 생존할 것. 둘의 선택은 간간이 몬스터 개미를 죽이면 나오는 부산물인 '녹지 않는 날붙이'와 몬스터 개미의 턱에서 뽑은 '몬스터 개미의 날카로운 이빨'이었다. 그것들을 얼기설기 엮어 '몽둥이인 듯 철퇴인 듯한 것'을 만들었다.

연우는 제 몸보다 큰 여왕개미의 눈알이 제 무기를 힐끔, 보는 것도 같다는 생각이 들었다. 이 여왕개미와 굴속의 몬스터 개미, 산란실에서 알을 까지도 못하고 녹아버린 수많은 몬스터 개미들에게 침입자, 학살자는 자신들이 아닐까. 너희가 먼 미래에 내 동족을, 내 가족을 죽이게 될지도 모르니 우리가 미리 너희를 죽이고 있는 거란다. 갑자기 외계인이 지구에 나타나 이런 말을 씨불이며 인간들을 학살하면, 우리가 언제 그런 마음을 먹었냐고 눈물 나게 억울할 것 같은데. 그런 일을 하고 있는 게 아닌가……하는 생각이 들었다. 그 잠깐 사이에. 역시 한국사보다 제가 먼저 미친 거였단 확신이 들었다.

쿠와아아아- 여왕개미가 크게 날갯짓하며 몸을 털었다. 연우는 덧없이 떨어져 나가, 벽에 부딪쳤다. 푸확- 오랜만에 피를 한 바가지 토하고 바닥에 떨어졌다. 쾅. 못해도 갈비뼈가 한두 개는 나간 듯했다. 목에서도 우두둑 소리가 났다. 무기를 든 팔이 기묘하게 꺾여 있었다.

"……."

비명도 못 지를 만큼 아팠다. 하지만 일어나야 했다. 구르듯 몸을 일으키니, 직전까지 널브러져 있던 곳에 여왕개미의 발이 박혔다. 푹- 땅이 꺼지며 주변까지 지진 난 듯 흔들렸다. 연우는 흔들리는 땅 위에서 균형을 유지하며, 다시 여왕개미에게 덤벼들었다. 다섯 번, 아니 여섯 번쯤. 여왕개미 몸을 그 부하들의 턱주가리로 만든 몽둥이로 간질였을 때 즈음.

여왕개미가 더는 간지러운 걸 못 견디겠는지 제 발을 몽둥이로 퍽퍽 쳐 대는 한국사를 짓밟았다. 연우는 여왕개미의 머리 위에 올라 깡깡, 머리통을 내리치다가 급히 뛰어내려 한국사를 끄집어냈다. 한국사는 허리 아래가 짓이겨져 있었다. 숨이 가느다랗게 붙어 있었으나 쇼크사 직전이었다. 일반인이었다면 밟히자마자 즉사였을 것을. 헌터병이기에 편히 죽지도 못했다. 경련하며 퍼득대는 품 안의 한국사. 드디어 제 굴을 소란스럽게 돌아다니던 쥐새끼들을 죽일 수 있어 행복해 보이는 눈앞의 여왕개미. 연우는 선택해야 했다. 한국사를 지혈하다가 여왕 개미에게 밟혀 죽기. 아니면, 그래도 기어이 여왕개미에게 덤벼들어 한 번 더 여왕개미의 몸을 간질이다가 날갯짓에 찢겨 죽기.

"……씨발."

연우는 한국사의 몸을 내동댕이치듯 내려놓고, 한국사의 무기를 왼손에 들었다. 그렇게 양손에 몽둥이를 들고 여왕개미에게 달려들었다. 다섯 번? 여섯 번? 아무튼 계속, 꾸준히 두들겼던 여왕개미의 머리통을 향해 날아올랐다. 그리고 일곱 번째로 여왕개미의 머리통을 간질이고는, 여왕개미의 날갯짓에 말려들어 갔다. 강철처럼 날카로운 그 날개에 온몸이 난도질당했다. 포켓에 넣어 놓았던 편지가 눈앞에서 갈가리 찢겼다.

'안, 돼.'

손을 뻗었으나 움켜쥐지 못했다. 휘익- 몸이 허공에서 바닥으로 떨어져 내리는 그 잠깐의 순간이, 슬로모션처럼 늘어졌다. 입대할 때부터 한 번도, 살아서 제대할 기대 같은 건 하지 않았건만. 막상 죽을 때가 오니까 딱 한 명이 생각났다. 씨발을 입에 달고 다니던 모정우. 그를 대신해 입대한 것도, 죽는 것도, 전혀 아쉽지 않은데. 딱 하나, 그의 편지에 답장하지 못한 게 후회됐다.

'역시 답장할 걸 그랬나.'

전하고 싶은 말이 있었다. 절대 전할 수 없었지만.

그날, 그거. 좋아해서 그런 거였어. 미안.

몸이 바닥에 내동댕이쳐졌다. 철퍼덕. 땅에 부딪치고는 몇 번 튕기듯 꿈틀대다가 축 늘어졌다. 흐릿한 시야에 여왕개미와 한국사가 한 번에 잡혔다. 한국사는 더 이상 경련하지 않았다. 그리 가깝지 않은데, 빛을 잃은 텅 빈 동공이 선명히 보였다. 저를 밟으려 다가오는 여왕개미가 희미하게 보이다 어둠이 내렸다.

'이 정도 버텼으면…… 많이 버틴 거겠지? 너…… 이제는 안전한 거지?'

연우는 천천히 눈을 감았다. 감각이 하나둘, 꺼졌다. 심장이 마지막 박동을 힘겹게 뱉어 냈다. 마지막으로 귀가 닫혔다. 쿠와앙- 먹먹한 굉음의 한 조각을 흘러들었다. 그리고 적막이었다.

✷

"여태 기다리게 하고선. 씨발, 이런 모습으로 죽어 있어?"

✷

두근. 심장이 뛰었다. 눈이 뜨였다. 숨을 쉴 수 있었다. 자신이 살아 있다는 걸 인지하자마자, 눈앞에 낯선 얼굴이 나타났다.

"정신이 들어?"

개미는 아니고 사람이었다. 꽤, 아니, 아주 잘생긴. 서른 중반쯤 되었을까 싶은 남자. 까만 눈이, 비웃듯 씩 웃는 얄미운 입매가 어딘지 모르게 익숙했다. 이 정도로 잘생긴 얼굴이 익숙하다니.

'미쳤군.'

정신이 완전하지 않은 상태에서도 제가 제정신이 아니라는 생각이 들었다. 연우가 알고 있는 사람 중 이 정도로 잘생긴 사람은 딱 한 명, 모정우뿐이었다. 그리고 그 모정우는 이제 갓 스무 살의 풋사과였다. 눈앞의 미남은 못해도 서른 초반이나 중반은 되어 보였고.

"날 알아보겠어?"

게다가 이 미남의 목소리는 더없이 다정했다. 정우가 이렇게 상냥하게 말할 리 없지 않은가. 잘생긴 데다가 목소리까지 좋다니. 이 세상에 모정우 말고 이런 인간이 또 있다니.

"응? 말해봐. 내가 누구야?"

"……연예인?"

이런 게 왜 여기에 들어와 있는 걸까. TV에 출연하고 있어야지, 왜 타임홀 타입 던전에-

"……!"

자신이 '타임홀 타입' 던전에 있었다는 걸 기억해낸 연우는 용수철 튕기듯 몸을 일으켰다.

"연예인?"

남자가 가소롭다는 듯 웃었다.

"컥."

연우는 숨을 토하며 다시 쓰러졌다.

"윽."

바닥에 뒤통수를 박았다. 순간, 눈앞이 캄캄해졌다. 겨우 다시 눈을 뜨니, 절 내려다보며 빙글빙글 웃고 있는- 더럽게 잘생긴 얼굴이 보였다. 연우는 더 이상 그 얼굴에 홀리지 않았다. 제가 일어나려다가 도로 엎어진 게 그가 갑자기 제 배를 꾹 눌러서였다는 걸 알아챘기 때문이었다. 제가 뒤통수를 박을 때 충분히 도와줄 수 있음에도 그가 가만 지켜보고 있었다는 것 또한. 어떻게 된 일일까. 이 잘생기고 성격 더러운 놈은 또 뭐고. 연우는 눈을 굴려 주변을 돌아보았다.

여전히 던전 안이었다. 여왕개미의 굴속이었고,

"……죽었어?"

여왕개미가 죽어 있었다. 머리, 가슴, 배. 삼등분으로 끊어진 채로. 그걸 본 순간 든 생각은, 딱 하나였다.

"김정우 하사!"

연우는 그의 이름을 절절하게 부르짖으며 고개를 돌렸다. 언제 이렇게, 부하를 생각하는 마음이 극진해진 건지는 본인도 알지 못했다. 연우를 보며 싱글싱글 웃던 사내의 눈빛은 싸늘하게 돌변했다. 연우는 그마저도 알지 못했다. 체액 말고 붉은 피가 흥건한 바닥이 보였다. 하지만 하체가 으스러진 사람, 아니, 헌터병의 시체는 보이지 않았다.

"어디 갔어."

연우는 저도 모르게, 제 앞에 있는 사내의 멱살을 움켜잡았다. 그는 순순히 끌려왔다.

"뭐?"

"어디 갔냐고, 김정우 하사!"

"그 시체를 말하는 거야? 하반신이 없는?"

"시, 체?"

"그래, 시체. 방금 군에서 수거해 갔어."

"그럼 나는?"

한국사가 죽었는데 왜 자신은 살아 있단 말인가. '짜잔- 사실 당신도 죽은 것입니다.'란 농담은 바라지 않았다. 왼쪽 가슴뼈 안쪽에서 두근두근 뛰어대는 심장 박동은 진짜였으니까. 일반인도 아니고 헌터가 그걸 착각할 수 있을 리가. 그러고 보니 여왕개미에게 얻어맞아 부서졌던 갈비뼈가 왼쪽이었던 것도 같은데. 심장과 폐를 찌르는 고통이 느껴지지 않았다. 연우는 한 손을 내려 더듬더듬, 왼쪽 갈비뼈를 더듬어보았다. 뼈는 부러진 적 없다는 듯 붙어 있었다.

"당신, 누구야?"

연우는 제가 멱살을 틀어쥔 사내를 새삼 바라보았다. 삼십 대 중반쯤 되었을까 싶은 남자였다. 죽었다가 어찌 살아나 눈을 떴는데도 흐릿한 시야가 절로 쨍해질 만큼 잘생겼고, 한쪽 무릎을 굽혀 허리를 숙이는 것만으로 연우의 몸을 뒤덮을 듯 체격이 좋았다. 키는 못해도 연우보다 머리 하나는 더 커 보였다. 어깨는 수영 선수보다 넓었고, 흉통은 두꺼웠다. 그의 멱살을 붙잡았던 건 연우인데, 연우를 덮은 그의 그림자가 더 위협적으로 느껴졌다. 굵은 목 아래 툭 불거진 목젖. 쫙 벌어진 어깨와 근육질의 팔. 숨을 쉴 때마다 들썩이는 단단한 가슴. 역삼각형의 상체는 입고 있는 제복에 더없이 잘 어울렸다. 제복. 그가 입고 있는 제복은, 연우가 모를 수 없는 것이었다. 특히나 어깨에 달린 장식은. 헌터병대 소속 대령 직급이나 달 수 있는 표식이었다.

'대령씩이나 되는 인물이 여기에 왜? 그보다 여기는 타임홀인데? 안에 든 헌터병이 모두 죽지 않는 한 입구가 열리지 않았을 텐데? 그럼 나와 김정우 하사는 결국 죽은 건가? 그런데 왜 난 살아 있는 거지? 이 사람은 왜 여기에서 웃고 있는 거고? 이 남자는 도대체 뭐야. 누구야.'

머릿속이 혼란해졌다. 모든 혼잡의 처음과 끝은 그였다.

"이제야 내가 궁금해졌나?"

"대령?"

"직급은 알아본 것 같고. 내 이름은?"

그걸 알려줘야 하는 사람이 오히려 묻다니. 연우는 '너도 나처럼 미쳤냐?'라는 눈빛으로 그를 올려다보았다.

"이런, 날 못 알아보다니."

남자는 짐짓 서운하다는 듯 눈꼬리를 늘어뜨렸다. 순해 보여야 하는데, 성치 않은 몸이 흠칫, 떨릴 만큼 소름 돋았다. 여왕개미 앞에 섰을 때도 느끼지 못했던 공포였다. 그가 누군지 알아맞히지 못한다면 단번에 목을 물어뜯길 것 같았다.

"……."

하지만 모르는 건 모르는 거였다. 연우가 답하지 못하자 남자의 미소가 더욱 짙어졌다. 남자는 가식적으로 한숨을 내쉬고는 손으로 제 왼쪽 가슴을 툭툭 두드렸다. 저도 심장이 뛰고 있다는 걸 알려주려는 건 아니었다. 그의 왼쪽 가슴에 이름 자수가 박혀 있었다.

모정우.

"……!"

연우는 숨 쉬는 걸 잊어버렸다. 멱살을 잡고 있던 다른 한 손마저 풀어버렸다. 아직 제힘으로 몸을 가눌 정도는 아닌지라, 연우는 다시금 뒤로 넘어갔다. 두 번째로 머리를 땅에 박겠구나 싶어 닥칠 고통을 참으려 눈을 질끈 감았건만. 뒤통수는 땅에 닿지 않았다. 대신 사내가 연우의 허리를 팔로 감았다. 그는 연우를 뱀처럼 옥죄며 제 품으로 끌어당겨 안았다. 허리가 조이자 헉, 막혔던 숨이 터져 나왔다. 그 숨이 사내의 어깨에 부딪쳐 흩어졌다. 간지러운지 사내가 웃음 지었다. 그 웃음소리가 귓가를 간지럽혔다.

"정말 못 알아본 거야?"

"……정말, 정우야?"

"아아, 못 알아볼 만도 한가? 10년 만이니까?"

"10년?"

연우의 눈이 커졌다. 사내의 금속 어깨 장식은 거울처럼 반들반들했다. 거기에 비친 연우의 얼굴은 스물다섯, 던전에 자원 투입했을 때와 똑같았다. 함께 마지막까지 살아 있었던 한국사 역시 계속 그 얼굴이었다. 연우는 고개를 젖혀 절 껴안은 사내를 바라보았다. 잘생긴 얼굴엔 이십 대의 풋풋함과 설익음 따윈 보이지 않았다. 폭력적이다 싶을 만치 농염하게 무르익은 성숙한 분위기만 묻어날 뿐이었다. 못해도 연우보다 족히 열 살은 많아 보였다.

"말도 안 돼."

"아니, 말이 돼. 오늘로써, 형이 이 던전에 제멋대로 뛰어들어간 지 딱 10년이거든."

남자가 싱긋, 웃었다.

"눈물겨운 형제 상봉을 하려고 부대원들을 싹 다 내보내놓고 둘만 남았는데 못 알아보다니. 섭섭해, 형."

"하지만……."

"씨발, 좆같아."

"……!"

"-라고 말해야 알아들으려나?"

"……."

마지막으로 봤을 때가 스무 살. 그런데 지금 눈앞에 있는 건 서른다섯. 쉽게 믿을 수 있는 상황이 아님에도, 그의 말마따나 '씨발' 소리를 들으니 그게 믿어졌다. 이 세상에 저렇게 찰지게 씨발 소리를 하는 잘생긴 남자가 모정우 말고 또 있을 리가.

'내가, 여기서 10년을 버텼다고?'

그러니 미쳤지. 미쳤다고 둘이서 최종 보스를 죽이겠다고 덤볐지.

"하……"

그래도 그렇지, 10년. 1년도 아니고 10년이라니.

연우는 눈앞의 서른다섯 먹었다는 모정우를 바라보았다. 그가 군복을 입고 있다는 게, 던전 안에서 10년을 버텼다는 것만큼이나 비현실적으로 다가왔다.

"설마 너, 헌터로 발현한 거야?"

"응."

"언제?"

"그날. 형이 서울 대학로 던전 01에 멋대로 기어 들어간 날. 아, 이 던전은 서울 대학로 던전 01이라고 부르고 있어. 5년 뒤에 근처에 흡입 타입 던전이 하나 더 생겼거든. 거기는 서울 대학로 던전 02."

"……."

서울 대학로에 던전이 둘 있다는 것보다 하필 그날, 정우가 헌터로 발현했다는 것이 더 충격이었다. 아무 상관관계도 없겠지만, 연우는 괜히 제 탓인 거 같아 울컥했다. 눈물을 보이지 않으려 이를 악물고 두 손으로 눈을 가렸다. 고개를 땅속에 처박은 제 눈이 보이지 않으니, 절 잡아먹으려고 달려드는 맹수도 저를 보지 못할 거라 믿는 타조처럼. 서른다섯 먹은 헌터 정우는 그런 연우를 손쉽게 손에 넣었다. 맹수가 땅속에 고개를 처박은 타조를 놓치지 않듯.

"그거 알아? 헌터는 하룻밤에 열 번도 발기한대."

"너는, 이 상황에서 그런 말을-"

연우는 발끈하여 스스로 팔을 치우고 눈을 부릅떠 정우를 보다가 움찔, 했다. 절 내려다보는 정우의 눈이 심상치 않은 걸 그제야 눈치챈 것이었다.

"그런데 난 아직 한 번도 해본 적이 없거든. 눈물겨운 형제 상봉이 싫다니, 그럼 그것부터 확인해보자. 형이 날 못 알아보는 것 같으니, 우리 사이에 제일 인상 깊었던 그날부터 떠올려볼 수 있게 해봐야 할 거 아냐."

"……뭐?"

라고 되묻기 무섭게 쫘악- 군복이 찢겼다. 그의, 정우의 손짓 한 번에 군복이 찢겨 나갔다.

"모정우, 너!"

"오랜만에 들으니 좋네. 그런데 난, 그때 미처 못 들었던 걸 더 듣고 싶어."

벨트 푸는 소리와 지퍼 내리는 소리가 동시에 들렸다. 그러고는 곧바로.

"악!"

말좆 같던 성기가 뒷구멍에 바로 박혔다.

"뭐하는 거, 윽!"

연우는 두 팔로 정우를 밀어내며 비명을 질렀다. 정우는 한 손으로 연우의 두 팔을 붙잡아 머리 위로 들어 올리고는 반쯤 박은 성기를 마저 박아 넣었다. 한참을 풀어도 버겁게 받아들일까 말까 한 걸, 제대로 풀지도 않은 채 박았으니 아래가 성할 리 없었다. 흉흉한 것이 안으로 꾸역꾸역 들어오는 와중에 팽팽하게 벌어졌던 구멍이 찢어지는 소리가 들렸다. 주르륵, 흘러내리는 피 냄새는 덤이었다.

"윽. 흑. 그, 그만. 찢어져!"

연우가 몸을 뒤틀며 소리쳤다. 두 눈에서 생리적인 눈물이 터져 나왔다.

"괜찮아, 이미 찢어졌어."

"너, 그게 무스- 억."

정우가 기어이 제 걸 뿌리 끝까지 박자 까슬한 음모가 엉덩이에 비벼졌다.

"우윽. 윽."

연우는 내장이 밀려 올라가다 못해, 배 속에 들어찬 성기가 목구멍으로 튀어나올 것 같은 압박감에 헛구역질했다. 차라리 여왕개미에게 짓밟혀 갈비뼈가 부러지고 온몸이 바스러지는 게 나을 듯했다. 여왕개미에게 밟혀 부러졌던 갈비뼈가 다시 부러지는 것 같았다. 아니, 그 아래 심장이 위치한 자리까지 성기가 박혀 심장을 쿡쿡 찔러대는 것 같았다.

"아, 아파. 무서워…… 흑, 하지 마……. 아, 윽."

순수한 고통, 순수한 공포에 질려 울었다. 감히 밀어낼 생각을 못하고, 정우에게 매달려 애원했다.

"빼줘, 제발. 제발 빼줘…… 나 좀 살려줘, 정우야. 정우야, 나 아파, 아파."

"하아, 형. 연우야."

정우가 허리를 굽혀 몸을 겹쳤다.

"악!"

배 속에 든 성기가 각도를 달리해 내벽을 찔렀다. 연우는 절 짓누르는 묵직한 무게는 느끼지도 못한 채 고통에 몸부림쳤다. 정우는 그런 연우를 사랑스럽게 바라보며, 땀과 눈물, 콧물 범벅인 얼굴을 핥았다. 뺨을 적시는 눈물을 한 방울도 남기지 않고 빨아 먹고는 비명을 질러대는 입술을 겹쳤다.

"으흡!"

두툼한 혀가 입 속에 들어찼다. 정우는 굳은 연우의 혀를 쭉쭉 빨아당겼다. 연우는 숨이 막혀 고개를 젓다가 하마터면 정우의 혀를 깨물 뻔했다. 살짝 물고는, 정작 본인이 놀라 입을 벌렸다. 그 바람에 정우의 혀가 더 깊게 들어왔다.

"컥. 커흑. 억!"

목 끝까지 뱀처럼 기어들어와, 입 안을 헤집었다. 연우가 헛구역질을 해도 물러서지 않았다. 연우의 두 눈에 다시 눈물이 맺혔다. 정우는 한 손으로 연우의 뺨을 비볐다. 유일하게 다정한 손짓이었다. 강압적인 침입과 폭력적인 입맞춤에 넋이 나가 있던 연우는 그 손길에 반응했다.

"제, 흐…… 바알…… 정, 우야."

뭉그러진 발음으로 사정하며 손바닥에 뺨을 비볐다. 그 애처로

움이 먹힌 걸까. 정우는 입술을 잠깐 뗐다. 몸을 뒤로 물려 성기를 반쯤 빼냈다. 연우는 그것만으로도 살 것 같아서 다급히 숨을 들이켰다. 그렇게 한숨 돌리려는데,

"……!"

정우가 단숨에 다시, 성기를 박아 올렸다. 연우의 허리가 크게 휘었다. 정우는 입맛을 다시며 연우의 뺨을 어르던 손으로 다시 연우의 허리를 감았다. 유일한 위안마저 빼앗긴 채, 연우의 몸이 들썩들썩 흔들렸다.

"시, 싫어, 아흑."

연우는 발뒤꿈치로 땅을 밀어내며 도망가려 했다. 하나 허리가 잡혀 있어 정우의 품에서 한 치도 멀어지지 못했다. 정우는 연우의 허리를 감은 팔을 들어 하체를 올리고는 빠르게 허릿짓했다. 퍽퍽 소리 나게 박아 댔다. 한 번 드나들 때마다, 피범벅이 된 성기가 반쯤 삐져나왔다가 다시 연우의 안으로 들어갔다. 악. 악. 헉. 억. 아악. 연우는 비명을 내질렀다. 몸이 흔들릴 때마다, 철썩철썩. 연우의 엉덩이가 정우의 허벅지에 부딪혔다.

"씨발, 존나 좋아…… 씨발, 이걸 내가!"

헉, 정우가 거친 숨을 내쉬며 허리를 박아 올렸다.

"그때, 왜, 그냥 갔어. 응? 형. 말해봐."

"읏. 흣. 아흣……."

"너무 조이지 마, 힘 풀어. 하."

"흑……. 읏!"

"10년 동안, 형 죽기만을 기다렸던 심정을, 알아?"

"그, 만, 그만. 아파. 아파아- 읏. 제발."

연우는 눈이 뱅글뱅글 도는 걸 느끼며 안을 조였다. 아니, 본인은 조인다는 개념도 없었다. 그저 몸을 두 쪽 내려는 듯 밀고 들어오는 불덩이를 막기 위해 엉덩이에 잔뜩 힘을 줬을 뿐이었다.

"읏…… 젠장."

정우의 움직임이 멈췄다. 몸이 부르르 떨리는가 싶더니, 연우의 배 속에 뜨거운 게 퍼졌다.

"……?"

연우는 처음에 그게 뭔지, 무엇을 의미하는지 알지 못했다.

"……!"

하지만 곧 알아챘다. 어찌 모를 수 있을까. 정우의 말대로 15년 전, 그날 밤 경험했던 감각인데. 격하게 움직였던 두 사람의 몸이 일순간 정지했다. 허억, 헉. 정우는 연우의 가슴팍에 이마를 묻고는 거친 숨을 몰아쉬었다. 연우는 눈을 깜빡이며 어떻게든 정신을 다잡으려 했다.

'도대체 무슨 일이 일어나고 있는 거지? 나한테 정우가 왜?'

그렇게 이성을 되찾고 정우를 밀어내기 전.

"아직 멀었어."

정우가 다시 움직였다. 배 속에 들어찬 것은 시들지 않았다. 아니, 더 단단해졌다. 정우가 한 손을 들어 허공을 헤집었다.

"인벤토리, 포션."

작게 중얼거리자 허공을 헤집던 빈손에 손가락만 한 약병이 잡혔다.

"……!"

배 속을 찔러대는 성기가 벅차 헉헉대는 와중에도 연우의 눈이 휘둥그레졌다.

"그, 힉, 히익. 그, 게, 뭐, 뭐……."

"아, 형은 모르지. 형 여기 처박혀 있는 동안, 흐으, 헌터 발현, 연구가 많이 진행되어서. 하, 씨발. 조이지 말라니까. 형, 내 걸 끊어먹을 생각이야?"

정우는 이로 약병의 코르크 마개를 뽑아 퉤, 뱉더니, 물약을 연우의 엉덩이 사이에 부었다. 차가운 감촉에 연우가 몸을 부르르 떨었다.

"나는 이렇게 형을 생각해주고 있는데."

정우의 손가락이 제 성기를 받아먹어 주름 하나 없이 팽팽해지다 못해 찢어진, 연우의 뒷구멍을 건드렸다. 히익. 연우가 놀라 허리를 들어 올렸다. 정우의 손가락까지 비집고 들어올지 모른다고 지레 겁먹어서였다.

"쉬쉬, 괜찮아. 안 그래. 안 아프게 해주려는 거야."

"흐읏. 으, 아흑."

"나 믿지? 하, 씨발. 믿는 게 좋을 거야. 형."

정우는 연우를 달래며 이마에 쪽쪽, 입 맞춰주었다. 아까 뺨을 얼러준 손길도 그렇고, 마치 연약한 연인을 대하듯 다정한지라 연우는 서러운 울음을 토하며 그의 입맞춤을 구걸했다. 정우는 기꺼이 연우가 원하는 대로 깊이 파고들지 않고 부드러운 입술을 쪽쪽 부딪쳤다가 조심스럽게 입술을 가르고 들어가 혀를 살살 비비는 간지러운 입맞춤을 해주었다.

"후응, 응. 으응……."

연우는 그 입맞춤에 취해, 찢어져 피 흐르던 제 뒷구멍의 상처 부위가 아물고, 포션이 닿은 엉덩이와 허벅지의 생채기가 흐릿해지고 있다는 걸 알지 못했다. 정우는 포션에 젖은 연우의 엉덩이를 쥐어 터뜨릴 듯 주무르다가 엉덩이를 벌리고, 제 성기를 짓이기듯 쳐올렸다. 강약 박자 맞출 줄 모르고, 그저 세게 조여 대는 연우의 안에 제 성기를 처박고 흔들었다. 이 감각, 이날만을 기다리며 버텨온 세월이 15년이었다. 기다림의 대가는, 쉽게 울며 제가 허리를 박아 올리는 대로 정처 없이 흔들리는 이 몸을 머리끝부터 발끝까지 씹어 먹고 싶을 만큼 달았다.

'다신 놓지 않아. 안 놓쳐.'

정우는 정욕과 집착, 그리고 사랑 비스무리한 것으로 가득 찬 눈을 번뜩이며 연우를 내려다보았다. 울다 부은 눈도, 퉁퉁 부은 입술도 맛있어 보여서 자꾸만 허기졌다. 그 허기를 조금이라도 달래기 위해 있는 대로 허릿짓했다. 이대로, 연우의 몸을 두 쪽 내버리고 그 안으로 파고들고 싶을 따름이었다. 그 거친 허릿짓을 받아내야 하는 건 연우의 몫이었다.

"아흑. 흑."

연우는 그에게 짓눌린 채로 그의 성기가 박히는 대로 몸을 꿈틀거리며 쾌락과 고통에 몸부림쳤다. 아픈 건지, 좋은 건지 알 수가 없었다. 고통뿐이었는데. 분명 고통뿐이어야 하는데. 불에 달군 쇠꼬챙이 같은 성기가, 두꺼운 귀두가 내벽을 드득득 긁으며 빠졌다가 퍽 소리 나게 쳐올려 다시 속을 채우는 그 모든 순간. 시시각각. 발끝이 곱아들 정도로, 눈앞에 별이 보일 정도로 짜릿한 감각이 온몸으로 퍼져 나갔다. 헉, 허억. 헉. 배 속이 차올랐다가 비워지는 속도에 맞춰 거친 숨을 몰아쉬는 게 전부였다. 아무것도 할 수 없었다. 그저 제 안에 들어차는 성기를 받아들이고, 조이고. 그가 주는 쾌락에 몸을 떨며 울부짖었다. 정우의 성기를 받아들이는 구멍만 남고 온몸이 녹아내려버린 것 같았다. 제 팔다리가 어디에 어떻게 하고 있는지도 분간이 안 갔다.

"아흣."

세상이 빙글빙글 돌았다. 정우에게 닿은 몸, 정우에게 닿은 자신만이 세상에 존재할 뿐이었다. 귓가에 정우의 입술이 닿았다. 혀로 끈적하게 귓바퀴를 핥아 내리고, 귓불을 씹어 댔다.

"하, 씨발."

귓가에 닿는 나직한 신음에, 연우는 허리를 부르르 떨었다. 속살이 알아서, 배 속에 든 것을 잔뜩 조여 댔다. 또 한 번 배 속이 더부룩해질 정도로, 정우의 것이 파정했다. 정우는 알아들을 수 없는 욕설을 중얼거리며 허리를 잘게 털었다. 그때마다 찌꺽이며, 젖은 살이 마찰하는 소리가 적나라하게 들렸다. 연우가 지쳐 늘어지자 정우가 내내 팔을 잡고 있던 손을 풀어주었다. 풀어줘도, 연우는 도망갈 생각 따윈 하지 못했다. 정우를 밀어낼 생각은 더더욱. 정우는 제 밑에 깔려 반항하지 않는 연우가 퍽 마음에 들었는지, 크고 두툼한 손으로 연우의 성기를 움켜잡았다.

"하, 하지-"

"쉬이. 괜찮아. 기분 좋게 해주려는 거야."

놀란 연우가 허리를 빼내려 하자, 정우는 연우에게 효과가 좋았던 가볍고 달달한 입맞춤을 해 대며 연우의 성기를 쥐고 흔들었다.

귀두 끝 부분을 엄지손가락으로 눌러 살살 비벼주고는, 손바닥으로 성기를 감싸 부드럽게 위아래로 흔들어주었다. 정우가 두 번 갈 동안 발기는커녕 시들시들한 채로 덜렁덜렁 흔들리기나 했던 성기가 힘을 받아 금세 단단해졌다.

"윽. 흑. 흡."

연우는 두 손으로 제 입을 틀어막고 몸을 비비 꼬았다. 정우의 말대로라면 지난 10년. 거기에 밖에서 소위로 진급할 때까지 복무했던 5년. 도합 15년간 수절했던 몸이었다. 성적 자극 따위는 몸속 DNA에 들어 있지도 않았다는 듯 잊고 살았던 몸이건만. 정우의 손길 아래, 잊고 있던 본능이 고개를 쳐들었다. 연우의 성기는 단단해지기 무섭게 곧, 정우의 손안에서 파정했다. 오랜만의 사정이었다. 그 감각이 충격적이다 싶을 정도로 생소해서, 연우는 숨이 막혀 숨 쉬지 못했다. 정우가 입을 맞추고 숨을 불어넣어주고야 겨우 다시 숨을 내쉴 수 있었다.

"흐으…… 흑……."

사정 후의 탈진. 남의 손에 해버렸다는 죄책감. 다른 사람도 아니고 정우의 손안에 해버렸다는 절망감. 그것들에 범벅된 연우는 다시 울음을 토해 냈다.

"으……흑……."

두 손을 뻗어 정우의 목을 감싸 안았다. 그의 어깨에 얼굴을 묻고. 그의 몸에 찰싹 달라붙어서는 울음을 토했다. 끌어안은 탄탄한 몸이. 몸에 닿는 상대방의 온기가. 위안과 절망을 함께 주었다. 왜 이렇게 된 거지? 어째서 이렇게 된 거야? 어떻게 해야 해? 머릿속은 여전히 엉망진창이었다. 그럼에도 정우를 다시 만나서, 자신을 이렇게 함부로 다루는 게 정우라서. 다행이었다. 두려웠다. 좋았다. 슬펐다. 무서웠다.

연우가 제게 매달리자 정우의 시선은 눈에 띄게 부드러워졌다. 울음에 잠겨버린 연우는 보지도, 알지도 못했지만.

"괜찮아. 나잖아. 난데 왜 울어."

정우는 뺨과 코끝, 이마에 수없이 입을 맞추며 연우를 살살 달랬다. 내려놓으려고만 하면 달라붙는, 두 팔과 두 다리로 자신을 꼭 감싸 안는 연우가 사랑스러우면서도 성가셨다. 연우가 파정하며 내벽을 잔뜩 조이는 바람에, 여전히 연우의 안에 박혀 있던 성기가 또 발기해버렸다. 그건 뭐 당연한 일이니 딱히 충격적일 것도 없지마는. 이걸 또 흔들어 박고 싸야 하는데. 좀처럼 움직일 틈을 주지 않는, 그렇게 매달려 오는 연우가 짜증 나게 사랑스럽고, 죽이고 싶을 정도로 귀여워 미쳐버릴 것 같았다.

아니, 이제 와 미쳤다는 말을 쓰는 건 너무 가소로운 표현이었다. 10년 전, 연우가 이 던전에 몸을 던지는 걸 먼발치에서 보고 달려갔을 때. 닫힌 던전의 문 앞에서, 울부짖으며 연우의 이름을 불렀을 때부터. 그 직후 발현열을 앓고 헌터로 발현한 것부터가 미친 짓이었고 미쳐버렸던 것이었으니까.

오로지 연우를 되찾겠다는 일념으로 버티고, 기다렸다. 기꺼이 실험체가 되어 연구소에서 몸을 갈가리 찢고, 머릿속을 들쑤셔 인벤토리니 스킬이니, 헌터의 숨겨진 또 다른 능력들을 찾아냈고. 고작 던전 최전방에서 화살받이 역할이나 하던 헌터병대를 재편하여 권력을 손에 넣었다. 던전의 왕들을 차례로 제거하여 죽은 자도 살릴 수 있다는 최고 등급의 포션, 엘릭서 제작 방법을 손에 넣었고. 이후 내내, 모연우가 '죽어' 이 던전이 다시 열리기만을 기다렸다. 모연우가 투입된 던전과 그 인근 대학로는 그가 세운 사설 길드의 영역. 설사 대한민국 군대라 할지라도 허락 없이는 발을 들일 수 없는 불가침 영역이 되었다.

그렇게 꼬박 10년을 버텨 되찾은 모연우가 지금 그의 몸 아래 깔려, 그의 성기에 박힌 채로 울고 있었다. 애처로이 매달리며 안아주기를 바라고 있었다. 죽이고 싶도록 사랑스러웠다. 당장 목덜미를 물어뜯어 몸 안의 피를 전부 들이마시고 싶도록. 끓어오르는 욕정은 허기보단 파괴욕을 닮아 있었다. 당장에라도 이 품 안의 마른 몸뚱이를 손안에 넣고 구기고 산산조각 내고 싶다는 마음. 그럼에도 소중히, 상냥하게 대하고 싶은 마음이 같이 드는 건 어째서일까. 으스러뜨려버릴 정도로 사랑스럽고, 상냥하게 대해주고 싶지 않을 만큼 원망스러운데. 두근두근. 살아서 열심히 뛰는 심장이 너무 사랑스러웠다. 당장은 쥐어 터트리고 싶지 않을 정도로.

"형, 형. 연우 형."

정우는 연우의 입술에 제 입술을 댄 채로, 입술만 달싹여 속삭였다. 응, 응. 연우는 대답인지 신음인지 모를 소리를 내며 다시 매달려왔다. 정우는 더 이상 연우를 떼어내 허리를 움직일 틈을 벌리는 걸 포기하고 두 팔로 연우를 꼭 안아주었다. 제 몸에 찰싹 달라붙는 마른 몸, 부딪치는 뼈와 가죽의 감촉을 그대로 느끼며 연우의 목덜미를 씹었다. 그러면서 살살, 허리를 돌렸다.

"흐윽. 윽."

배 속에 꽉 들어찬 성기가 빠지지 않고 안을 비벼대니, 연우는 그것만으로도 자지러질 듯 몸을 떨었다. 두 사람의 배에 끼인 연우의 성기가 뒤쪽의 자극만 가지고 단단해졌다. 정우는 연우의 성기를 배에 낀 채로 슬슬, 허리를 돌리며 잘게 쳐올렸다.

"윽, 욱. 윽."

그것만으로도 숨 막히는 소리를 내는 연우의 입을 억지로 벌리고 그 안을 헤집으며. 주르륵, 입술 밖으로 흘러넘치는 타액을 쫓아 턱과 목에 입술을 대고. 끝내 정우의 목젖을 빨고 혀로 핥으며. 연우의 왼쪽 가슴 위에 손바닥을 얹었다. 두근두근. 당장에라도 뼈를 부수고 움켜쥘 수 있는 그 붉은 살덩이. 이미 죽어 식어버렸던 것에 제 눈물과 엘릭서를 쏟아 소생시켰으니. 이제 이건 신의 것도, 누구의 것도 아니었다. 오직 자신의 것이었다. 모정우만이 움직이게 할 수 있고, 다시 멈추게도 할 수 있는 모정우만의 것. 모연우. 드디어 손에 넣은 내 것.

연우는 허리를 쳐올리며 연우의 양쪽 가슴을 가볍게 내리눌렀다.

"이제 일곱 번 남았네, 형."

이제, 헌터는 하룻밤에 열 번 발기한다는 말을 확인해볼 시간이었다.

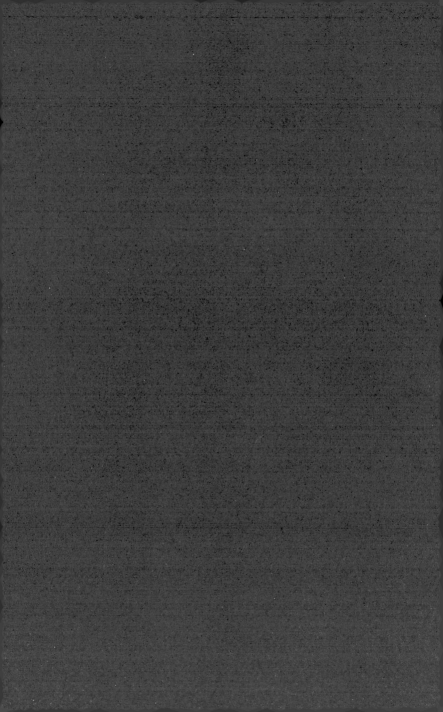

헌터는
하룻밤에 10번…

각성편

동굴 안

“거기 누구 없어요?”

어둑한 동굴 안, 가느다란 목소리가 울렸다. 동굴은 습하지 않았으나 작은 소리도 크게 울리며 저 너머로 끝없이 퍼졌다. 지연은 혹시 저편에서 무슨 소리가 들리지 않을까 귀 기울였으나 되돌아오는 제 목소리 말고는 아무것도 듣지 못했다.

“아무도 없냐구요오!”

없냐구요- 없냐구요-. 지연의 목소리가 메아리쳤다.

“흐윽, 엄마, 아빠…….”

울컥 울음이 복받쳤다. 막막하고 무서웠다. 걷는 걸 멈추고 이대로 주저앉고 싶었다. 거 왜 미아가 되었을 때 수칙은 그렇지 않은가. 움직이지 말고 엄마 아빠 잃어버렸던 자리에 가만히 서 있기.

하지만 던전에서는 그래선 안 된다. 귀에 못이 박히도록 들었던 던전에서의 생존 수칙이 지연을 움직이게 만들었다. 걸어야 한다. 힘이 있는 한 걸어야 한다. 아예 던전 초입에서 멈춰 있었으면 모를까. 던전 입구에서부터 몬스터의 습격을 받아 던전 안쪽으로 도망쳤다면 계속 움직여야 한다. 한곳에 오래 있으면 몬스터들이 인간 냄새를 맡고 몰려올 수 있으니까.

"정신 차리자. 정신 차려야 해. 연지연! 정신 차려!"

지연은 제 뺨을 꼬집으며 눈을 부릅떴다. 눈가에 고인 눈물은 더러워진 소매로 슥슥 문질러 닦았다.

"백만 악플러를 몰고 다니는 연지연이 여기서 죽을 순 없지!"

지연은 핸드폰을 고쳐 쥐고, 핸드폰의 손전등 불빛이 앞을 향하게 했다.

"괜찮아, 걱정하지 마. 괜찮을 거야. 다 잘될 거야."

지연은 뒤를 돌아보고는 애써 태연하게 말했다. 그러곤 크게 심호흡하며 다시 앞을 보았다.

"으……."

그럼 뭐하나. 다시 걸을 엄두가 나지 않았다. 이래서 던전 안전수칙에서 그렇게나 강조했나 보다. 힘들어도 멈추지 말고 계속 걸으라고. 한 번 멈추면 다시 걷기 싫어지니까 절대 멈추지 말라고. 여태 몬스터를 다시 마주치지 않은 건 다행인데. 어디로 향하는 건지도 모를 길을, 어쩌면 몬스터의 입 속으로 들어가는지도 모를 길을 다시 걸으려니 발이 떨어지지 않았다. 여태 걸어왔는데도 새삼 막막하고 무서웠다.

'내가 헌터가 아니라 일반인이라 그럴까? 헌터가 되면 하나도 안 무서울까?'

TV를 틀기만 하면 어느 길드가, 헌터 아무개가 인스턴트 던전을 이틀 만에 닫았느니, 채취할 자원이 많은 던전이라 정규 던전화시켰느니 하는 뉴스가 쏟아진다. TV든 인터넷이든, 헌터와 던전에 대해 너무 가볍게 떠들어 댄다. 헌터들이 던전에 들어가고 나오는 게 사람들이 회사에 출근하고 퇴근하는 것처럼 당연한 일인 양.

TV에 출연하는 헌터 연예인들도 문제다. 그들은 언제나 던전에 들어가 몬스터와 싸우는 건 아무것도 아니라는 듯이 말한다. 짜릿하고 끝내주는 경험이라는 듯이 자랑한다.

아이들의 장래 희망이 유튜버에서 헌터로 바뀐 건 뉴스감도 아니게 된 지 오래. 이제 부모들은 아직 발현하지 않은 자식을 헌터로 만들고 싶어 한다. 아이들은 초등학생 때부터 길드에 헌터 연습생으로 소속되고 싶어 한다. 유명 길드 헌터 연습생일수록 다른 사람들의 부러움을 사는 데다가, 이름을 들어본 적 없는 길드의 헌터 연습생이어도 일단 예비 헌터 취급은 해주니까.

한국에서 다섯 손가락 안에 드는 유명 길드 중 특히 인재 육성에 관심이 많다고 알려진 DG 길드에서는 15세 이하 헌터 연습생을 천 명 이상 데리고 있다고 알려져 있다. 헌터 연습생이 되기 위해서는 길드에 비싼 수업료를 내야 한다. 양심적인 길드는 분기별로 한 번 받으나 대부분의 길드는 매달 받는다. 헌터 연습생 수업료가 웬만한 길드의 주요 수입원이라는 건 잘 알려진 사실이다. 그렇게 비싼 수업료를 바치고도 주간 평가나 월간 평가에서 좋은 성적을 유지하지 못하면 내쫓기기도 한다. 그런데도 여유가 좀 있다 하는 부모들은 제 자식을 헌터로 만들고 싶은 욕심에 돈을 바리바리 싸들고 유명 길드를 찾아다닌다.

세상이 너무 빠르게, 너무 많이 바뀌어버렸다. 불과 10년 전만 해도 돈 좀 있다 하는 집에서는 온갖 편법을 써서 헌터로 발현할 만한 아이를 입양해 제 자식 대신 군대에 보내려고 했다. 헌터로 발현한 사람들은 나이, 성별 상관없이 우선 입대 대상이었고, 10년간 복무해야 했다. 그리고 대부분 제대하기 전에 죽어버렸다. 그 시기엔, 헌터로 발현했다는 말은 10년 내로 반드시 죽는다는 말과 동의어였다.

그게 불과 몇 년 전까지의 일이었건만. 순식간에 변해버린 세상에 적응하지 못하는 건 지연만의 일은 아니었다. 아직 수년 전의 세상을 기억하는 사람들은 많았다. 자본주의 사회에 불어온 새로운 바람, 헌터 열풍에 올라타지 않은 사람들 눈에 이 세상은 기이하기 이를 데 없었다.

지연은 그들을 대변하는 언론인, 기자였다. 그녀는 수습기자 시절부터 헌터에 열광하는 세태를 비판하는 기사를 꾸준히 작성했다. 대부분 사수에게 아웃 당했으나 어찌어찌 데스크까지 올라가도 거기서 컷 당했다. 이상한 기사나 쓰는 무능력한 수습사원이 되어, 정규직 채용을 기대하기 힘든 상황일 때. 학교 선배의 연락을 받아 인터넷 신문사로 직장을 옮겼다. 신문사라고 말하기 민망할 정도로 작은 곳이었으나 지연은 만족했다. 쓴 기사를 마음껏 업로드 할 수 있었으니까.

그 결과 지연은 자신 같은 진정성 있는 언론인을 알아보지 못한 전 직장 데스크가 후회할 만큼, 높은 조회수를 자랑하고 광고를 척척 따오는 기자가 되……지는 못했지만. 인터넷 기사에 댓글 좀 달아봤다는 사람이라면 알 만한 기자가 되었다. 기사를 올리자마자 헌터가 못 돼서 열폭한 헌혐 기자가 또 지랄한다는 댓글이 우르르 달리는, 백만 악플러를 몰고 다니는 기자가 되었으니까. 멘탈만 튼튼하면 이 짓도 할 만했다. 조회 수와 화제성은 보장됐기 때문이다. 지연은 회사에서 가장 높은 뷰수를 매주 갱신하는 기자였다. 인센티브는 한 번도 못 받았지만 잘하면 내년쯤 주임 소리는 들을 수 있을 것 같았다.

지연이 수습기자로 일했던 곳은 대한민국에 몇 안 남은 대형 일간지였다. 때문에 회사 사람들이나 가끔 만나 맥주 한잔 하는 친구들은 직장 옮긴 걸 후회하지 않냐고 물어보지만, 지연은 단 한 번도 고개를 끄덕인 적이 없었다.

대형 일간지 정규 기자? 엘리트 언론인? 개나 주라지. 헌터 협회와 유명 헌터 길드들의 똥구멍이나 핥아주며 팩트 체크도 안 되는 기사나 써 제끼고, 길드에서 헌터 연습생 모집 광고나 받아오는 일간지 따위.

월급은 반 토막 났고, 힘들게 쓴 기사를 업로드 하면 살해 협박 악플이나 받는 처지지만. 지연은 자신의 상황을 단 한 번도 비관하지 않았다. 취재 나왔다가 인스턴트 던전에 빨려 들어와 어두운 동굴을 걷고 있는 이 순간마저도 후회하지 않았다. 대형 일간지 기자였다면 회사에서 준 구조 물품을 가지고 있었을 테니, 그게 좀 아쉽긴 했지만.

'사람들은 던전을 무슨 게임 속 세상 같은 걸로 알고 있는데. 헌터 협회랑 대형 길드들이 일부러 그런 분위기를 조장하고 있기도 하고. 그래서 던전 생존자들을 입막음하고 인터뷰 금지시키고, 던전 내부도 공개하지 않는 거겠지. 던전 안이 끔찍하고 무서웠다는 폭로 글이 인터넷에 올라오면 도시 괴담 취급이나 하고. 이거 봐봐, 그럴 리 없잖아. 헌터도 결국 인간이야. 이런 끔찍한 곳에서 몬스터랑 싸우는 게 쉬울 리 없잖아. 현실은 게임이 아니라고.'

지연은 핸드폰을 꽉 움켜쥐었다. 지금은 손전등 역할이나 하고 있지만, 지연은 던전에 들어오자마자 핸드폰으로 사진과 동영상을 잔뜩 찍었다. 도망치는 와중에도 계속 셔터를 눌러 댔다. 제발 그중에 몇 장이라도 건질 수 있기를. 몬스터의 끔찍한 모습이 한 장이라도 찍혔기를 바랄 따름이었다. 이 핸드폰과 함께 살아나갈 수만 있다면, 던전의 실상에 대해 적나라하게 기사를 써 업로드 할 수 있을 것이다. 대한헌터협회 투자로 만들어지는 영화와 드라마에 나오는 낭만적이고 유쾌한 던전 생활? 개나 줘버리라지.

지연은 백만 악플러가 아니라 천만 악플러가 덤벼들어도 절대 기사를 내리지 않으리라 다짐했다. 회사에서 압박을 견디지 못하고 기사를 삭제하려고 한다면? 그 게으른 사장이라면 모정우 대령이 아니라 모정우 대령 형이 와도 눈 하나 깜짝 하지 않을 것 같지만. 혹시 모르지, 회사 망하는 꼴은 두고 보지 못할 수도 있으니. 만약 그런다면 회사 데이터 서버를 빼내어 들고 도망갈 생각이었다. 바로 명동 성당으로 달려가야지.

"으아아, 거기 누구 없어요오오?"

일단 여기에서 벗어날 수만 있다면. 제발. 제발!

'누구라도 좋으니까, 생존자 찾으러 온 헌터가 아니어도 좋으니까. 몬스터 말고 사람이면 되니까. 누구라도 좀 나와봐요. 그때 다 죽

지는 않았을 거 아녜요.'

지연은 울상을 지으며 동굴 저편을 바라보았다.

"……모르겠다. 그냥 조금만 쉬어가자. 나 다리가 너무 아파."

지연은 애써 아무렇지 않은 척하며 옆의 바위 위에 걸터앉았다.

"아, 아파. 도대체 얼마나 걸은 거지?"

지연은 다리에 배긴 알통을 주무르는 척하며 찔끔 난 눈물을 훔쳤다. 핸드폰을 보면 시간이 얼마나 지났는지 알 수 있겠지만, 확인할 엄두가 안 났다. 얼마 안 지났을까 봐. 혹은 너무 많이 지났을까 봐. 등 뒤로 스윽- 다가오는 소리가 들렸다. 지연이 애써 웃음 지으며 돌아보았다. 그때였다.

"거기 있습니까?"

동굴 저편에서 사람 목소리가 들렸다. 있습니까. 있습니까. 묵직한 저음이 웅웅 울렸다.

"여, 여기요! 여기요!"

지연은 다시 앞을 보며 손을 흔들었다. 그러다가 제 손짓이 보이지 않을 거라는 데까지 생각이 미쳐, 바위 위에 아무렇게나 내려놓았던 핸드폰을 들었다. 소리가 난 쪽으로 손전등 빛을 향하게 했다. 저벅, 저벅. 길게 뻗은 등대의 불빛을 밟고 다가오는 발걸음 소리가 들렸다. 제법 멀리서 들렸지만, 지연의 가슴은 벌써부터 콩닥콩닥 뛰었다.

'잠깐만. 사람 맞겠지?'

꿀꺽. 지연은 마른침을 삼켰다.

'헌터? 서, 설마 몬스터는 아니겠지? 던전엔 사람 같은 몬스터도

있다고 했는데?'

몬스터면 어떡하지? 일단 숨어야 하려나? 아, 숨어야겠다. 뒤늦게 허둥지둥 몸을 일으키는데.

"거기로 가지 마십시오."

바로 앞에서 남자의 목소리가 들렸다.

'어? 어떻게? 조금 전까지 저 멀리에서 들렸는데?'

남자의 숨이 약간 거칠어져 있는 걸 듣고 나서야 답을 찾아냈다.

'아, 내가 도망갈까 봐 뛰어왔나 봐.'

먹이를 놓칠까 봐 달려온 몬스터가 아니라, 생존자를 놓쳤을까 봐 다급해진 헌터일 수도 있지 않을까. 인간이라는 종족의 특성 중 하나가 어떤 상황에서도 희망을 잃지 않는 거라고 누가 그랬던 거 같은데.

지연은 한 줄기 희망을 부여잡고 고개를 들었다. 핸드폰 손전등 불빛 앞에 선 남자는 일단 인간형이었다. 키가 커서 바위 위에 앉은 지연이 올려다봐야 할 정도였고.

"괜찮습니까? 다친 곳은?"

목소리는 일단 합격! ……이 아니라, 아무튼 듣기 좋았다. 웅웅 울리는 동굴 효과 때문이 아니더라도, 성우나 가수를 하면 딱 좋겠다는 생각이 들 만큼 매력적인 저음이었다. 남자는 품이 넉넉한 스웨터에 면바지 차림이었는데, 군화를 신고 있었다. 웬만한 한국 남자는 소화하기 힘든 스타일이었다. 그런데 눈앞의 남자는 웬만한 한국 남자가 아니었다. 수영 선수처럼 벌어진 어깨에 스웨터 위로 드러나는 탄탄한 몸매. 울룩불룩한 근육질이 아니라 잘빠진 몸이었다.

어두운 곳에서 보는 게 슬플 정도였다.

'이야, 나 이런 성인 남자 좋아하네.'

그동안 여리여리한 미소년 취향이라고 생각했고, 그런 외모의 아이돌만 좋아했었는데. 지연은 자신의 내면에 잠자고 있던 또 하나의 취향을 깨달았다. 어두컴컴한 동굴에서도 남자의 몸은 그만큼 감동적이었다. 광채가 났다. 핸드폰 손전등 불빛을 정면에서 받고 있으니 빛날 수밖에 없겠지만.

"앗, 죄송해요!"

지연은 얼른 핸드폰 손전등 불빛을 아래로 내리려다가, 그의 얼굴을 보고는 고개를 갸웃했다. 남자는 선글라스를 쓰고 있었다. 턱선이나 오뚝한 코가, 이 남자는 몸뿐 아니라 얼굴도 제법 잘생겼을 거라고 짐작할 수 있게 해주었지만 눈을 가리는 선글라스 때문에 그의 잘생김에 순수하게 감탄할 수 없었다. 이렇게 어두운 동굴에서 선글라스라니. 덕분에 정면에서 손전등 불빛을 쏴댄 게 덜 미안했지만, 아무튼 이상한 모습이었다.

'혹시 헌터 아이템인가?'

지연은 선글라스 주변으로 은은한 빛이 뿜어져 나오는지 유심히 살펴보았다. 하지만 선글라스는 보라색으로 빛나기는커녕 흰빛도 내뿜지 않았다.

던전에서 채취한 자원을 가공하여 만든 물건, 혹은 던전에서 몬스터를 죽여 습득한 물건을 헌터 아이템이라고 부른다. 원래 명칭은 던전 아이템이지만, 던전이나 헌터와 관련된 건 무조건 헌터란 단어부터 가져다 붙이는 데 익숙해진 사람들은 그냥 헌터 아이템이라고 불렀다. 헌터 아이템은 던전 밖의 물건과 비슷하게 생겼고 쓰임새도 거의 같지만, 게임 아이템처럼 특수 능력치가 붙어 있었다. 조던 농구화를 신어도 덩크 슛을 못했던 사람이 가뿐히 덩크 슛을 할 수 있을 정도? 아이템에 붙는 능력치는 천차만별. 고급 아이템일수록 능력치가 좋았다. 노멀 등급 헌터 아이템은 덩크 슛을 할 수 있게 하는 정도지만, 에픽 헌터 아이템은 하늘을 날 수도 있게 해 준다고 한다. 실제로 본 사람은 없다. 에픽 헌터 아이템은 S급 헌터만큼 귀하니까. 노멀 등급 헌터 아이템은 헌터가 아니더라도 착용할 수 있고 능력치 보정을 받을 수 있지만, 높은 등급의 헌터 아이템은 일반인뿐 아니라 급이 낮은 헌터들도 착용할 수 없었다. 설사 착용한다 해도 패널티 적용을 받아 헌터 아이템의 능력치를 일부만 사용할 수 있었다.

현재까지 세상에 등장한 헌터 아이템은 그 성능과 등급에 따라 나뉘는데 흰색부터 분홍색까지, 등급에 따라 은은한 빛을 내뿜었다. 그래서 그 색만 보면 아이템의 등급을 알 수 있었다. 지연이 신고 있는 운동화도 헌터 아이템이었다. 부모님께서 지연이 유명 일간지의 수습기자가 되었을 때 사주신 것이었다. 노멀 등급이라 은은한 흰빛을 내뿜는데, 이것도 수백만 원이었다. 하지만 돈이 문제가 아니었다. 헌터 아이템은 매물이 적어 일반 사람들이 사기 쉽지 않았다. 부모님은 지연이 그 대단한 일간지의 기자 자리를 포기하고 들어본 적도 없는 삼류 인터넷 매체에 들어간 걸 알고 무척 화를 냈다. 하지만 운동화를 도로 팔아버리지는 않았다. 오히려 다른 운동화들을 몽땅 치워버리고, 헌터 아이템 운동화만 신고 다니게 했다. 무슨 일이 생기면 이 운동화를 신고 남보다 빨리 뛰어 도망치라고. 꼭 살아 돌아와야 한다고. 헌터가 아닌 자식을 걱정하는 부모의 마음은 그랬다.

부모님께서 선견지명이 있으셨던 건지, 지연은 인스턴트 던전에 빨려 들어왔을 때 이 운동화 덕분에 살아남았다. 등 뒤에서 들리는 비명 소리를 뒤로하고 죽자 사자 뛰어 달아날 수 있었으니까. 평범한 운동화를 신었다면 던전 입구에서 살아남지 못했으리라.

지연은 다시 떠오르는 기억에 진저리 쳤다. 아무렇지 않은 척, 아무것도 기억 못 하는 척. 그래야지만 버틸 수 있었다. 혼자 도망친 죄책감, 죽음에 대한 공포 따위를. 그런데 남자의 선글라스는 지연의 운동화만큼도 빛나지 않았다. 그렇다면 그냥 평범한 선글라스라는 건데. 지연은 혹시나 하는 마음에 남자의 옷과 신발을 다시 살펴보았다. 역시나 보통의 옷과 신발이었다.

'날 구하러 온 헌터는 아닌가 봐.'

실망스러웠지만 뭐, 그래도 괜찮았다.

"자, 잠깐만요!"

남자가 다가오려고 하자 지연은 그를 제지했다.

"확인해봐야겠어요. 더, 던전엔 인간형 몬스터도 있다고 하잖아요?"

남자는 제자리에 멈춰서 고개를 끄덕였다. 선글라스 때문에 눈이 안 보이지만, 남자가 절 기특하게 바라보는 것 같다는 생각이 들었다.

'에이, 설마.'

남자는 지연과 비슷한 또래의 청년이었다. 많아봤자 스물다섯? 여섯? 선글라스를 써서 확실하지는 않지만, 아무튼 서른이 넘은 것 같지는 않았다. 그런데 절 어린 조카 보듯 볼 리가 없었다.

"자, 제가 하는 말을 잘 들어보세요."

지연이 남자를 뚫어져라 보며 말했다. 로또 당첨되었을 때 당첨금 수령하는 방법과 함께 인터넷에 떠도는 방법이었다. 던전에서 모르는 사람을 만났을 때 사람인지, 몬스터인지 확인하는 방법.

"김치 하루에 몇 번 드세요?"

"……?"

남자가 어이없다는 표정을 지었다. 선글라스를 써도 그건 확실히 알 수 있었다.

"그냥 기본 반찬 아닙니까?"

진심으로 어이없다는 말투. 과연 김치 냉장고를 개발한 민족의 일원다웠다.

"정답!"

지연이 짝, 손뼉 쳤다.

"몬스터 아니고 한국 사람 맞으시네요."

지연은 안도의 한숨을 내쉬며 바위 위에서 뛰어내렸다.

"……끝인가요?"

남자가 잠시 망설이다가 물었다.

"뭐가 더 필요한가요?"

"음, 아뇨."

남자가 뒤늦게 수긍했다. 그가 생각하기에도 던전의 몬스터가 김치를 매끼마다 먹을 것 같지는 않았나 보다.

"이름이 뭡니까."

이번엔 남자가 물었다. 남자는 과연 어떤 질문으로 자신이 한국인이라는 걸 확인하려고 할까. 내심 기대했던 지연은 살짝 김이 빠졌다.

"저요? 연지연이에요. 기자죠."

김이 빠진 것과는 별개로, 성실하게 대답했다. 지연이 주머니를 뒤져 꾸깃해진 명함을 내밀었다.

'아, 취재 중도 아닌데, 명함은 왜 꺼냈지?'

뒤늦게 아차 싶었으나 남자는 이상하게 여기지 않았다. 남자는 명함을 건네받아 손전등 불빛에 비춰 보았다.

"연지곤지 찍는다 할 때 그 연지?"

남자가 확인하듯 물어보았다.

"아, 예. 그 연지요."

지연은 좀 놀랐다.

"제가 이상한 걸 물었습니까?"

"아니요, 아무것도. 그냥, 음, 제 이름 들으면 다들 이름 앞뒤가 똑같은 거냐고 물어보거든요. 아니면 연지현이냐 그러거나…… 아, 명함 때문에 그러진 않으셨겠구나. 어, 연지곤지냐고 묻는 말은, 어…… 너무 오랜만에 들어봐서요."

"그렇습니까? 하긴, 요즘엔 연지곤지란 단어를 잘 안 쓰겠군요."

남자가 대수롭지 않게 대답했다.

"뭐, 그렇죠."

그 바람에 지연도 미심쩍은 느낌을 흘려버렸다.

"그런데 저건?"

남자가 바위 뒤쪽을 턱짓했다.

"아!"

지연은 그제야 돌아서 손짓했다.

"얘, 이제 나와도 돼. 여기 아저씨도 우리랑 같은 생존자야. 무서워하지 않아도 돼."

"……."

남자는 지연이 저를 아저씨라고 불러도 눈 한 번 깜짝 하지 않았다. 하지만 바위 뒤에서 무언가 스윽 걸어 나와 지연의 옆에 섰을 땐 눈썹을 찌푸렸다. 바위 뒤에서 나온 건 이제 일고여덟 살이나 되었을 법한 소년이었다. 소년은 겁에 질렸는지 얼굴에 핏기가 하나도 없었다. 눈은 반쯤 감겨 땅만 내려다봤고, 두 손은 제 몸통만 한 강아지 인형을 꼭 안고 있었다. 아이는 머뭇거리다가 쪼르르, 지연의 다리 뒤로 숨었다.

"여기에 얘 숨어 있는 거 어떻게 알았어요?"

"들렸습니다."

남자가 제 귀를 톡톡 두드렸다.

"숨소리요? 난 못 들었는데……. 에이, 숨소리도 울리는 줄 알았으면 뒤에 숨어서 오라고 하지 말걸. 얘, 많이 무서웠지?"

"……."

아이는 아무 말이 없었다.

"이제 괜찮아. 누나도 있고, 저기 아저씨도 있잖아. 조금만 더 걸어가면 우릴 구하러 온 헌터님들도 만날 수 있을 거야."

지연이 애써 밝게 말하며 아이의 머리를 쓰다듬었다.

"계속 함께 다닌 겁니까?"

"네. 걷다가 중간에 만났는데, 혹시나 싶어서 제가 앞서 걷고 얘는 뒤에서 좀 떨어져 걸어오라고 했어요. 혹시라도 몬스터가 나타나서 절 공격하면, 얘라도 그 틈에 도망가라고요."

"……."

남자가 말없이 지연을 바라보았다.

"뭘 그렇게 보세요? 재난 상황에서 어린이를 우선시하는 건 당연한 거라고요. 던전에 갇혔을 때 지켜야 하는 안전 수칙에도 나와 있어요."

"정확히는 여자와 어린이, 노약자로 쓰여 있을 겁니다."

"그럼 앞으로는 저랑 얘가 뒤따라갈 테니까 그쪽이 앞장서실래요?"

지연이 농담 삼아 말했다. 정말 남자를 앞세우고, 아이와 둘만 도망갈 생각은 아니었는데.

"아, 그건 좀 곤란하겠습니다."

남자는 진지하게 답했다.

"어…… 네."

'좀 깬다.'

지연은 차갑게 식은 눈으로 남자를 보았다. 그 키와 몸이 아까웠다. 역시 선글라스를 쓰고 있는 걸 발견했을 때부터 알아봤어야 했는데. 지연이 떨떠름한 표정을 지어도 남자는 아무렇지 않아 보였다. 그저 함께 걷자며 손짓했다.

'진짜 깬다.'

지연은 남자를 슥 보고는 오히려 앞장서 걸었다. 스무 걸음이나 걸었을까. 지연은 아이를 생각해 걸음을 늦췄다. 남자는 그 긴 다리로 휙휙 걸어 금세 지연을 따라잡았다.

"재한테도 그거 물어봤습니까?"

"뭘요?"

남자의 말투가 좀 딱딱한 거 같다고 생각하며, 지연은 성의 없이 대꾸했다.

"그거 말입니다. 매 끼니 김치 반찬."

"님, 장난해요?"

"음?"

"얘는 처음 봤을 때부터 아무 말도 못 했어요. 울지도 못하고 가만히 서 있기만 했다구요. 처음에 던전 입구에서 난리 났을 때 부모님을 잃어버리고 충격에 빠져 있는 게 분명한데. 그런 애를 의심해서 너 김치 먹을 줄 아냐고 물어보라고요? 게다가 요즘엔 김치 잘 못 먹는 애들도 많단 말이에요!"

지연은 저도 모르게 목소리를 높였다. 그런 애를 의심해요? 의심해요? 해요? 짜증 난 목소리가 여기저기 메아리쳤다.

"아."

지연은 자신이 과민반응했다고 생각했지만, 미안하다는 말은 하고 싶지 않았다. 지연은 지독하게 피곤했다. 걸어도 걸어도 끝없는 동굴. 겨우 만난 사람이라고는 겉만 멀쩡하고 속은 비겁하기 짝이 없는 남자였다. 그런데 방금 만난 남자가 생존에 도움이 되기는커녕 불쌍한 아이를 의심했다.

동굴은 끝없고, 옆에서 걷는 남자는 짜증 나고, 왜 하필 인스턴트 던전이 내가 취재하러 간 곳에 열린 거고, 왜 하필 나는 던전에 빨려 들어와버린 걸까. 왜 하필, 내가. 내가!

짜증이 확 폭발하려 하는데 툭, 발에 뭔가 걸렸다. 지연의 몸이 휘청했다.

"조심."

남자가 팔을 잡아주었다.

"……."

아이도 다리를 꽉 잡아주었다.

"아, 고맙습니다. 고마워."

지연은 두 사람에게 인사하고는 핸드폰 손전등 불빛을 발아래로 비추었다.

"여태껏 이런 적 없……."

지연은 채 말을 잇지 못했다. 발에 걸린 건 돌부리가 아니었다. 사람의 다리였다. 나머지 몸은 어디에 놔둔 건지 다리 한 짝만 길게 널브러져 있었다.

"……."

어둠 속에서 다리 하나 없는 시체가 통통 뛰어와 '내 다리 내놔!' 하고 외치는 게 무서울까. 아니면 나머지 다리마저 먹어치우겠다며 몬스터가 달려오는 게 더 무서울까.

'나는 왜 이런 상황에서 이런 생각이나 하고 있는 걸까.'

나 생각보다 담력이 센 걸지도. 나야말로 헌터 해야 되는 거 아냐? 하하하.

"괜찮습니까."

남자가 지연의 어깨를 잡고 가볍게 흔들었다. 흠칫, 지연은 몸을 떨며 그 손을 쳐냈다. 단순한 거부라기엔 너무 격했다.

"아."

지연은 퍼뜩 고개를 들어 남자를 바라보았다. 남자는 선글라스를 쓰고 있어 표정을 알기 어려웠다.

"죄, 죄송해요. 죄송……."

걱정해줘서 그런 걸 텐데. 기분 나빴을 텐데. 미안하다고 해야 하겠지? 생각이 엉켰다. 입이 얼어붙어 생각대로 말이 나오지 않았다. 그럴수록 사과해야 한다는 생각에 마음만 더 급해져서, 자꾸 말이 헛돌았다.

"너무 떨고 있습니다. 괜찮습니까. 연지곤지 씨?"

남자의 말을 듣고야 지연은 제가 사시나무 떨듯 떨고 있다는 걸 알았다. 단지 떨기만 하는 게 아니었다. 온몸에서 식은땀이 비 오듯 흘러내리고 있었다.

"네? 방금 뭐라고?"

지연의 눈이 커졌다. 남자는 제가 한 말에 크게 감흥이 없어 보였다.

"지금 너무 떨고 있습니다?"

"아뇨, 그거 말고."

"괜찮습니까?"

"아니, 그거 말고요."

"연지곤지 씨?"

"네, 네. 그거요."

지연은 고개를 끄덕였다.

"그게 뭐 문제 될 거 있습니까?"

"아니, 문제 될 건 없……지는 않죠."

하마터면 남자의 태도에 말려들어 갈 뻔했다. 지연은 눈을 부릅뜨고 반박했다.

"없지는 않다니 없다는 뜻이네요."

그래도 남자는 태평했다.

"제 말뜻이 그런 거 아니라는 거 알잖아요! 들리는 대로 듣지 말고 행간을 읽으세요, 좀!"

지연은 계속 딴청 부리는 남자가 짜증 나 언성을 높였다. 대한민국 국민의 문맹률은 0%에 수렴하지만 문해력은 점점 낮아지고 있다더니. 눈앞의 남자가 그 통계의 산증인인 것 같았다.

"기자니까 다른 뜻이 있어 일부러 그렇게 말하는 줄 알았습니다."

"지금 비꼬는 건가요?"

"비꼬는 걸로 들립니까?"

"그게 아…… 하아, 아니요. 죄송해요. 제가 지금, 좀 예민한가 봐요."

무심코 다시 발아래를 볼 뻔했다.

'으으.'

지연은 얼른 눈을 돌렸다. 그러다 문득 깨달았다. 더 이상 몸이 떨리지 않는다는 걸. 별 영양가 없는 대화를 나눴을 뿐인데, 어느새 떨림이 멈춰 있었다. 식은땀도 나지 않았다. 남자의 무덤덤한 태도가 지연을 진정시키는 데 단단히 한몫한 듯했다.

'설마 날 생각해서 일부러?'

지연은 새삼스럽게 남자를 바라봤다. 살짝 남자를 다시 볼 뻔했는데.

"뭐합니까. 뒤처지지 말고 빨리 내 옆에 서십시오."

남자의 재촉에 김이 샜다.

'날 배려해서 그랬을 리 없지.'

'던전 안'이라는 위급 상황에서도 여자와 아이를 보호하긴커녕 제가 먼저 희생당할까 봐 발맞춰 걷자는 놈인데, 뭘. 너무 실망해서, 무엇 때문에 남자의 말에 예민하게 반응했는지도 까먹어 버렸다.

"가시죠."

남자가 재촉하며 손짓했다. 어서 제 옆으로 와 걸으라는 것이었다.

'거봐. 우씨.'

지연은 욱하는 마음에 바닥에 놓인 남의 다리를 펄쩍 뛰어넘었다. 지연을 붙잡고 있던 아이도 그것을 폴짝 뛰어넘었다.

"……."

아이는 여러 번 뒤를 돌아보았다. 뭐가 잘 보이지도 않을 텐데, 어둠 속을 지그시 바라보았다. 지연은 아이의 뒤통수를 쓰다듬으며 아이의 고개를 돌려주었다.

"그런 거 보지 마. 아무것도 아니니까 무서워하지도 말고. 알았지?"

"……."

아이는 고개를 푹 숙이고 있어 무슨 표정을 짓고 있는지 보이지 않았다.

"아."

남자가 갑자기 소리를 냈다.

"왜요? 뭔가 보여요?"

지연은 후다닥, 아이에게서 손을 떼고 남자를 올려다보았다.

"너무 어둡네요."

남자가 손전등 불빛이 닿지 않은 동굴 저편을 가리키며 말했다. 이제야 깨달았다는 듯이.

"……."

지금 장난하냐는 말이 목 끝까지 치고 올랐다. 성질대로 내지르고 싶었지만. 다리를 꼬옥 붙드는 아이 때문에 차마 그러지 못했다. 실어증 증세까지 있는 아이 앞에서, 어른들이 싸우면……. 그런 모습은 보여주고 싶지 않았다.

'참자, 참아. 화내면 똑같은 인간이 되는 거야.'

지연은 주먹을 꽉 쥐었다. 주먹이 부르르 떨렸다. 대신이라긴 뭐하지만 눈으로 온갖 욕을 하며 남자를 쏘아보았다. 남자는 강렬한 눈빛 공격을 받고도 아무렇지 않아 보였다. 어깨나 한 번 으쓱일 뿐이었다. 지연은 남자 덕분에 기운이 나서 더욱 씩씩하게 걸을 수 있게 되었다. 물론 조금도 고맙진 않았다. 아이는 고개를 갸웃하며 남자와 지연을 번갈아 바라보다가 도도도 뛰어와 다시 지연의 다리에 꼭 매달렸다. 선글라스에 가려진 남자의 눈이 힐끔, 둘을 보았다.

곧 지연은 조금 전에 고작 다리 하나에 놀랐던 자신이 얼마나 순진했는지 알게 되었다. 가는 곳마다 사람의 시체가 널려 있었으니까. 시체는 발에 챌 정도로 많았다. 팡! 터진 풍선 인형처럼 몸의 파편이 여기저기 흩어져 있었다. 머리와 몸통은 보이지 않았다. 흥건한 핏물 속에서 팔다리만 삐죽삐죽 나와 있었다. 지연은 즐비한 시체들을 보다 못해 무덤덤해지……기는커녕, 핸드폰을 제대로 들고 있지도 못했다. 손이 바들바들 떨렸다. 동굴은 어두웠다. 걸으려면 불빛을 비춰 앞을 확인해야 했다. 그런데 불빛이 닿는 곳마다 시체가 드러났다.

지연은 오래 버티지 못하고 우웩, 토했다. 동굴에 들어온 이후 물 한 모금 먹지 못했으니 나올 것도 없었다. 신물만 올라올 뿐이었다. 오히려 두 눈에서 더 많은 분비물이 나왔다. 지연은 눈물을 줄줄 흐르는 눈을 팔로 슥슥 문지르며 토악질을 마저 했다.

"이런."

남자가 지연의 등을 두드려주었다. 큰 손은 거칠었으나 의외로 자상하…….

"웬만하면 참으십시오. 탈진해서 못 걸으면 안 되니까."

……기는 개뿔.

"그럼, 등 두드리지 말, 라, 우웩."

지연은 고개를 들어 남자를 째려보았다. 몬스터는 뭐하나, 이놈 안 잡아가고.

"눈을 보니 걱정 안 해도 될 것 같군요."

"그거 쓰고 제 눈이 보이긴 하세요?"

지연의 말이 뾰족했다. 남자는 하하 웃었다. 아주 재미있는 농담을 들었다는 듯. 당연히 잘 보이죠 따위의 허세 가득한 말을 하기만 해봐라. 정말로 잘 보이게 해줄 테니까. 주먹으로 눈탱이를 밤탱이로 만들어서. 그럼 일부러 선글라스를 쓸 필요도 없어지겠지. 지연이 주먹을 꽉 쥐었다. 이래 봬도 태권도 검은 띠였다. 초등학생 때 딴 거지만.

"당연히 잘 안 보이지요."

"그럴 줄 알…… 네?"

"어두운 곳에서 선글라스를 쓰면 앞이 잘 보이지 않습니다."

남자가 초등학생을 가르치듯 또박또박 말했다.

"그, 그걸 몰라서 물어본 게 아니잖아요!"

"그렇습니까? 다행입니다. 요즘 사람들은 연지곤지도 잘 모른다고 해서, 그런 것도 잘 모르나 싶었는데."

남자는 진지했다.

'멕이는 거야, 뭐야.'

어쩌다 만나도 저런 또라이를 만나서.

"왜 이렇게 말귀를 못 알아 먹어요? 사람 맞아요?"

"아닌 걸로 보입니까?"

"그걸 왜 나한테 물어요!"

"기자님이 말씀하시니까, 뭔가 있나 해서요."

초면에 당신 등 뒤에 원혼이 주렁주렁 달려 있다고 말해주고 싶어지게 만드는 것도 재주라면 재주일 터였다.

"제 등 뒤에 뭐가 있습니까? 아까부터 계속 제 뒤만 보시네."

선글라스 써서 잘 안 보인다면서 눈치 하나는 기가 막혔다.

"저 무속인 아닙니다. 아무것도 안 보여요."

사실은 보여, 보인다고! 당신의 개 같음이!

"다행이네요. 신내림 받으면 사는 게 고달프다는데."

"아이고, 제 인생 걱정까지 해주시니 참 고오맙습니다."

"별말씀을. 기자님은 웬만하면 별 탈 없이 오래오래 행복하게 살았으면 하니까."

"……."

속으로 실컷 남자를 욕하던 지연이 멈칫했다.

'뭐야, 왜 예고 없이 훅 치고 들어와.'

저놈의 키와 체격이 문제였다. 이런 곳에서 선글라스를 쓰고 다니는 또라이라도 괜찮은 남자로 보이게 만드니까. 지연은 잠깐 설렐 뻔했던 자신을 탓하며, 눈에 힘을 팍 주었다.

'아까 하는 말 못 들었어? 선글라스를 써서 앞이 잘 안 보인다잖아. 나보고 그거 모르냐잖아. 젠장. 또 다른 거 이상한 점은 없나. 찾기만 해봐. 이번엔 또 뭐라는지 두고 보자.'

민망하고 어색해서, 괜히 오기를 부리며 남자를 손전등 불빛으로 비춰 보았다. 바지 아랫부분은 젖어 있었다. 핏자국이었다. 이상한 일은 아니었다. 남자는 지연과 함께 시체 가득한 길을 걸어왔으니까. 최대한 시체와 피 웅덩이를 밟지 않으려고 조심한 지연의 신발과 바짓단도 피에 젖어 있었다. 그러니까 남자의 바지 끝이 피에 젖어 있는 건 전혀 이상한 일이 아니었다. 이상한 일이 아닌데. 아니어야 하는데. ……왜 피가 무릎 위, 허벅지에까지 튀어 있는 걸까. 심지어 스웨터에도 피가 튀어 있었다.

'왜 몸 여기저기에 피가 튀어 있는 거지?'

동굴 입구에서 몬스터의 습격을 받았을 때 도망치다가? 아니면 피 웅덩이를 잘못 밟아서? 몬스터의 습격을 받아 도망친 건 지연도 마찬가지였다. 하지만 지연의 몸엔 저렇게까지 피가 튀지 않았다. 피웅덩이를 밟았다고 해도, 허벅지 위까지 튈 것 같지는 않은데.

'꼭 사람을 죽이다 몸에 튄 것 같…….'

잖아, 하하하. 실없이 웃으려고 했는데. 웃음이 나오지 않았다. 그러고 보니 이 길은 남자가 지연을 만나기 전까지 걸어온 길이었다. 그때. 처음 만났을 때, 남자의 모습이 어땠지? 남자는 손전등은커녕 선글라스를 쓰고 나타났다. 동굴은 핸드폰의 손전등 앱 불빛 없이는 몇 발자국 걷기도 어려웠다. 남자는 그런 곳에서 손전등 없이, 선글라스까지 쓰고 지연에게로 걸어왔다. 돌부리에 발이 한 번 걸리지도 않고, 숨이 거칠어질 정도로 급하게 뛰어오기까지 했다. 헌터도 아닌 평범한 생존자가, 가능한 일일까? 몬스터가 아니고서야 평범한 사람이 그럴 수 있을 리가.

"……."

갑자기 등골이 서늘해졌다. 지연은 저도 모르게 주춤주춤 물러섰다. 불안한 마음을 읽은 걸까? 아이가 다리에 매달렸다. 다리를 끌어안은 힘이 너무 강해서…….

"으."

절로 신음이 나왔다. 살살 잡으라고, 그러면 우리 둘 다 도망 못 간다고 눈치를 줘야 하는데. 남자의 눈을 피해 아이에게 말해야 하는데.

"왜 그러십니까?"

남자가 빙글, 돌아섰다.

"아, 아니요. 그, 그게, 그러니까요……."

지연은 부들부들 떨리는 손으로 핸드폰 사이드 키를 눌렀다. 손전등 불빛이 깜빡, 꺼졌다가 켜졌다.

"해, 핸드폰 배터리가 다 되어 가나 보네, 하, 하하, 하하하, 하필 이런 때…….”

국어 교과서를 읽어도 이보단 나으리라 싶을 정도로 어색했다.

“호, 혹시 손전등 있으세요?”

“아니요.”

남자의 목소리는 여전히 차분하고 담담했다.

“아, 아, 그, 그러시구나. 그럴 수 있죠. 근데…….”

“왜요. 무슨 문제 있습니까?”

“아, 뇨. 문제는, 문제랄 건 없는데…….”

지연은 입 안쪽 살을 세게 깨물며, 울지 않으려 애썼다.

“소, 손전등도 없이 어떻게…… 어, 어떻게 걸어왔어요?”

선글라스까지 쓰고? 남자처럼 아무렇지 않게 말하려고 했는데. 결국 목소리에 울음이 섞였다. 아이에게 붙잡힌 다리는 끊어질 것처럼 아팠다. 눈앞의 남자는 더 이상 자신과 똑같은 사람으로 보이지 않았다. 애써 참았던 울음이, 두려움이, 아니 공포가 밀려들었다. 온몸이 딱딱하게 굳었다. 뒤로 돌아 도망가지도, 남자에게 달려들어 태권도 검은 띠의 매운맛을 보여줄 수도 없었다.

쯧. 남자가 혀를 찼다.

“이제야 눈치채다니.”

“……!”

지연은 숨 쉬는 걸 잊었다. 남자는 피식 웃으며 제 스웨터를 들어 올렸다. 맨살이 드러났다. 지연은 겁에 질려 얼어버린 와중에도 군살 없이 탄탄한 남자의 식스팩 복근을 보고 감탄해버리고 말았다. 탄탄하고, 멋있어 보였다. 그 몸뚱이를 본 건 지연만이 아니었다.

"이리 오든지."

남자가 제 배를 가리켰다. 내내 지연의 다리에 매달려 있던 아이가 지연의 다리를 놓고 남자에게 달려들었다.

"크아악!"

아이의 껍데기는 지연의 옆에 그대로 서 있다가 풀썩 쓰러졌다. 남자에게 달려든 건 아이 속의 알맹이였다. 한마디도 못하던 입이 쩍 벌어지며 꿈틀거리는 축축한 촉수가 뭉텅이로 쏟아졌다. 아이의 자그만 머리통은 그 격렬한 움직임을 견디지 못했다. 입이 찢어지는가 싶더니 머리가 터졌다. 피와 잔해가 지연에게까지 튀었다. 지연이 놀랄 새도 없이 그 징그러운 촉수 뭉텅이가 남자에게 달려들었다.

"옳지, 그래야지."

남자가 손을 뻗었다.

"위, 위험해, 피해요!"

지연의 외침이 동굴에 쩌렁하게 울렸다. 동시에 남자가 촉수를 잡아 바닥에 내팽개쳤다. 첨벙, 피웅덩이에 빠진 것이 징그럽게 요동치며 남자의 다리를 타고 올랐다. 촉수가 남자의 몸으로, 손으로 파고들려 했다. 콰직. 남자는 촉수 뭉텅이를 사정없이 짓밟았다. 아예 짓이겨 뭉개버렸다. 꾸르르르르르. 피 웅덩이에서 공기 방울이 피어올랐다. 요란하게 남자의 다리를 감고 버둥거리던 촉수 뭉텅이가 축 처져 피 웅덩이에 잠겼다. 남자는 그것을 발등으로 살짝 건져 올려 공 차듯 차버렸다. 촉수 뭉텅이가 근처 바위에 철썩 붙어 곤죽이 되었다.

"으악."

지연은 기겁하며 고개를 돌렸다가 바닥에 엎어진 아이의 시신을 보았다.

"으아악."

배에 큰 구멍이 뚫려 있어 몸이 너덜너덜했다. 구멍이 조금만 컸어도 팔다리가 덜렁덜렁 흔들렸을 것이다. 아이가 끌어안고 있던 인형은 근처에서 나뒹굴고 있었다. 배와 닿았던 부분의 털이 말라붙은 피로 뭉쳐 있었다. 배의 구멍을 가리기 위해 인형을 꼭 끌어안고 있었던 걸까. 아니면 마지막까지 아이가 살아 있어서 제 인형을 놓치지 않았던 걸까.

"몬스터가 몸을 파고들었을 때 즉사했을 겁니다."

남자는 지연의 머릿속을 들여다본 것처럼, 지연이 듣고 싶은 말을 해주었다.

"몬스터가 미숙한 개체였습니다. 보통은 입을 통해 들어갔다가 나오는데 배에 구멍을 내다니."

남자가 다가와 언제 떨어뜨렸는지 모를 핸드폰을 집어 들어 남은 배터리 양을 확인하곤-절반 이상 남아 있었다- 지연의 손에 쥐여주었다. 지연은 파드득 몸을 떨며 남자를 바라보았다.

"어, 어떻게……."

"보통은 그런 걸 궁금해하더군요. 얼굴에 다 쓰여 있기도 하고. 무슨 생각을 하는지 말입니다."

"아."

지연은 무심코 뺨에 손을 댔다. 뭔가 진득하게 손에 묻었다. 그게 무얼까 생각하자마자 다시 굳어버렸다.

"이런."

남자가 혀를 차며 스웨터를 벗었다. 이 와중에도 남자의 상체 쪽으로 눈이 돌아갔다. 슬프게도 남자는 반팔 셔츠를 속에 받쳐 입고 있었다. 천이 얇아서 몸 선이 다 드러나고 소매는 팔 근육 때문에 팽팽해져 있어서 또 나름의 볼거리긴 했지만.

남자는 스웨터의 깨끗한 부분으로 지연의 얼굴과 손을 닦아주었다. 남자의 손길은 담백했다. 꼭 어린 딸을 돌보는 아빠 같았다. 아니면 나이 차 많이 나는 동생을 돌보는 오빠거나. 애 취급당하는데 기분이 나쁘지 않았다. 오히려 신기했다. 사회생활을 시작한 이후로 성인 남자가 이렇게나 성적으로 담백하게 대한 적이 있었던가?

남자가 더러워진 스웨터를 바닥에 버릴 때였다. 바위에 납작 눌려 쥐포가 되어 있던 촉수 뭉텅이의 끝부분에서 머리인지 꼬리인지 모를 촉수 한 줄기가 뛰어올라 남자를 노렸다.

"뒤, 뒤에!"

지연이 버럭 소리쳤다. 그 목소리가 메아리치기 전. 남자가 미간을 살짝 찌푸리며 손을 등 뒤로 돌렸다. 그는 야구 선수가 야구공을 받듯 그 촉수를 붙잡았다. 촉수가 손등을 파고들 새도 없이, 악력만으로 촉수를 으깨버렸다. 콰직. 투둑, 툭. 남자의 손안에서 다진 고기가 된 촉수가 조각조각 떨어져 내렸다. 남자는 허리를 굽혀 제가 방금 버린 스웨터를 다시 주워 들었다. 그걸로 촉수를 으깬 손을 대충 닦았다. 지연의 얼굴과 손을 닦아주던 것에 비하면 매우 성의 없고 거칠었다.

"어, 어떻게……."

어쩌면 조금 전 했어야 했을 질문이었다.

"들렸습니다."

남자가 손가락으로 제 귀를 톡톡 두드렸다.

"들리다니요?"

"민달팽이 같은 게 애 몸 안에서 질척이는 소리."

"……."

지연은 듣지 못했다. 아이는 한마디도 하지 않았고, 동굴은 아주 작은 소리도 쩌렁쩌렁하게 울리는 곳이었다. 아이 몸 안에서 무슨 소리가 들렸다면 분명 크게 들렸을 텐데.

"민간인들이 던전에 들어왔을 때 가장 착각하기 쉬운 점이 그겁니다. 밖과 비슷해 보인다고 던전 안이 똑같은 곳인 줄 아는 거."

"아, 닌가요?"

"던전은 몬스터 친화적인 장소입니다. 이곳은 이를테면, 몬스터의 홈그라운드라고 할 수 있지요. 우리는 침입자 내지 이물질이고."

"그게 무슨……."

"던전과 몬스터가 한편일 수도 있다는 말입니다."

"……설마요."

지연은 황망한 표정으로 주변을 둘러보았다. 그런다고 동굴이 갑자기 제 정체를 드러내 요동치며 지연을 집어삼키려 들지는 않았다.

"아마 이 던전도 몬스터가 내는 소리는 울리지 않을 겁니다."

남자도 지연을 따라 주변을 둘러보며 말했다. 선글라스를 쓰고 있어 눈이 보이진 않지만, 주변에 또 다른 몬스터가 있나 경계하는 게 아닐까. 그렇게 생각하니, 숨이 턱 막혔다.

'나 지금까지 무슨 짓을 하고 다닌 거야.'

"걸을 수 있습니까?"

남자가 물었다.

"예? 예, 예에. 어…… 아뇨, 아니요, 예."

지연은 두서없이 대답했다. 남자는 지연을 가만 바라보다가 손을 내밀었다.

"왜, 왜 그러세요?"

지연은 감히 그 손을 잡을 엄두를 내지 못했다.

"던전에 갇혔을 때 한곳에 머무르지 않고 걷는 것 자체는 옳은 행동입니다. 큰 소리를 내며 구조를 요청한 것 역시, 상황에 따라 다르겠지만 이번에는 아주 잘한 겁니다. 덕분에 제가 기자님을 찾을 수 있었으니까."

"……."

"당신 잘못한 거 없고, 그래서 살아남은 거라고 말하는 겁니다. 연지곤지 씨."

남자가 담담한 목소리로 말했다. 연지곤지. 흐엉. 비로소 울음이 났다. 연지곤지. 그 단어가 가진 마법이 지연을 그렇게 만들었다. 우는 소리가 동굴에 우웅 울렸다. 하지만 남자는 울지 말라고 하지 않았다.

"달래는 재주는 없는데."

뒷머리를 긁적일 뿐이었다. 울지 마라, 괜찮다. 달래주기는커녕 함부로 다가오지도 않았다. 난감해하는 중얼거림이, 어설픈 위로나 어깨를 두드려주는 손길보다 훨씬 마음 놓였다.

"한번 울기 시작하면 끝없이 운다더니."

남자가 농담 반, 한탄 반 정도의 느낌으로 중얼거렸다.

"아니거든요?"

지연은 욱해서 반박했다.

"아, 예에, 예."

"그런데 누가 그런 말도, 안 되는 모함을, 크흥."

지연은 소매로 눈을 문지르며 계속 울었다. 말과 행동이 전혀 달랐다. 아직 던전 안이다. 우는 소리가 울리면 또 몬스터가 올지도 모른다. 그걸 아는데, 울음이 그치지 않았다. 지연은 입을 틀어막고 우는 소리를 줄이고자 노력했으나 쉽지 않았다. 남자는 간간이 주변을 돌아볼 뿐. 그만 울라 재촉하지 않았다. 대신 지연의 손에 제 셔츠 자락을 쥐여주었다.

"잘 잡고 따라오세요. 발밑 조심하고."

남자가 지연의 손에서 핸드폰을 뺏어 들고, 지연의 발 앞으로 불빛을 비춰주었다. 남자가 앞장섰다. 지연은 엉엉 울며 남자를 따라 걸었다. 남자는 더 이상 지연에게 제 옆에 서서 걸으라고 다그치지 않았다. 남자는 무척 컸다. 어깨도 넓고 흉통도 두꺼웠다. 어릴 적 봤던 그 사람처럼. 그래서 지연은 오늘 처음 보는 남자의 티셔츠를 늘어지게 붙잡고 졸졸 따라 걷는 게 조금도 부끄럽지 않았다. 그저, 그 사람도 이랬을까. 그런 생각만 들었다. 그래서 더 울음이 났다.

"아까 나한테, 늦게 알아차렸다고, 크흥, 그렇게 말했잖아요."

"아, 그거. 그쪽한테 말한 거 아닙니다."

"그럼요?"

"그쪽 다리 붙잡고 있던 몬스터한테 한 말입니다."

"왜요?"

훌쩍. 지연은 울면서도 꼬박꼬박 잘 물어봤다. 남자는 역시 기자답다고 감탄하다가 정강이를 걷어차였다. 남자는 아파하지 않았다. 아픈 건 걷어찬 지연 쪽이었다.

"윽…… 돌덩이 같애."

"미안합니다."

"뭐가 미안해요, 흑, 내가 그쪽 때리다가 당한 건데."

"그럼 안 미안한 걸로 하죠."

"님, 지금 나랑 장난해요?"

"뭐, 아무튼."

남자가 슬쩍 말을 돌렸다. 입꼬리가 올라간 걸 보니, 장난한 게 맞는 듯했다.

"입이 아니라 배 쪽으로 파고 들어간 걸 보고 덜떨어진 놈이구나 싶었는데. 절 발견하고도 기자님과 저 중에 누구로 껍데기를 갈아탈까 고민하는 거 같더군요. 일부러 허술하게 빈틈을 보였는데 알아채지 못하고 계속 그쪽한테 붙어 있고."

"……."

아이가 매달려 있던 다리가 새삼 아팠다.

"겨우 내 쪽으로 갈아타는 게 이득인 줄 알아차린 거 같아서 다행이다 싶었습니다."

남자가 후, 숨을 내쉬며 말 안 듣는 동생을 보듯 지연을 돌아봤다.

"그쪽이 계속 그거랑 붙어 있는 걸 지켜봐야 했던 제 마음이 어땠을지 아시려나."

남자의 목소리에 웃음기가 묻어났다. 그도 이제야 긴장이 풀리는 듯했다.

"그래서 선글라스를 쓰고 있었던 건가요? 또라…… 아니, 빈틈있어 보이려고?"

"아니요. 잘 들으려고요."

남자가 제 귀를 톡톡 가리켰다. 벌써 세 번째였다. 지연은 눈물이 그렁한 눈을 들어 그를 올려다보았다. 뭔 개소리야. 생명의 은인 입에서 나왔어도 개소리는 개소리였다.

"인간은 주변을 감지할 때 시각과 청각에 많이 의지합니다. 아, 후각도 중요하긴 하지만. 둘 중 한쪽 감각을 가리면, 다른 쪽 감각이 예민해집니다. 물론 아무나 눈이나 귀를 가린다고 바로 예민해지는 건 아니니까 함부로 따라 하지는 마십시오."

슬그머니 눈을 감고 걸어보려 했던 지연은 다시 눈을 떴다. 눈물이 뚝뚝 떨어졌다.

"뒤통수에 눈 달렸어요?"

"아닙니다."

"그런 훈련은 어디에서 받았는데요?"

"군에서요."

"아."

'군인인가?'

체격을 보니, 직업 군인 같기도 했다.

"귀가 예민해지려고 일부러 선글라스를 꼈다는 건가요?"

선글라스를 껴서 눈을 가린 것치고, 남자는 한 번 비틀대지도 않고 울퉁불퉁한 동굴 길을 잘도 걸었다. 울고 있지만 두 눈 멀쩡히 뜨고, 핸드폰 손전등 불빛에 의지해 걷는 지연보다 훨씬 나았다.

"말했다시피 몬스터가 내는 소리는 울리지 않으니까. 직접 귀로 듣는 수밖에 없습니다."

"전에도 이런 던전에 와본 적 있으세요?"

생각보다 말이 먼저 튀어나왔다. 숨 쉬듯 질문이 튀어나오는 게 직업병이라면 직업병이었다.

"네. 여기랑 비슷한 던전이 여수 쪽에 하나 있었습니다."

남자도 직업병 비스무리한 게 있는 듯했다. 누가 뭘 물어보면 무조건 대답하는 병.

"그 던전이 아직 남아 있는지, 닫혔는지는 모르겠지만. 거기는 가재형 몬스터가 주로 출몰했습니다. 역시나 새끼 크기일 때 인간의 코나 입으로 들어가…… 자리를 잡고 크기를 키우는데."

남자가 잠깐 말을 고르는 게 느껴졌다. 지연은 아이의 입에서 튀어나왔던 꾸물꾸물 징그러운 몬스터를 떠올리며 몸서리쳤다.

"가재 몬스터는 딸깍딸깍하고 긁는 소리가 납니다. 그 소리를 듣고 인간인지 몬스터인지 판단했습니다."

여수 던전은 하필, 한창 축제 중이던 여수 앞바다에서 열려 인명 피해가 컸다. 무슨 몬스터가 출몰하는지 몰랐을 땐, 던전 안에 걸어다니는 사람들을 생존자라 생각해 구출 작업을 우선시하다가 헌터병들이 줄줄이 사망했다. 군은 어쩔 수 없이 해당 던전에 생존자는 없다고 공식 발표했고, 헌터병들에게는 던전 내에서 인간이 보이는 족족 사살하라고 명령했다.

하지만 명령은 잘 지켜지지 않았다. 헌터병들은 던전 안에서 걸어 다니는 몬스터들이 어쩌면 인간일지도 모른다고 착각했다. 아니, 거의 대부분 몬스터라는 걸 알면서도 구조 활동을 멈추지 않았다. 군 윗대가리들은 죽었다 깨어나도 이해할 수 없는 감수성이겠지만, 헌터병들에겐 그런 게 있었다. 우리가 적어도 인간은 죽이지 않는다. 사람을 구하기 위해 이 지랄을 하고 있다. 그런 마지노선. 헌터병 절반이 대리 입대 입양아 처지였다. 그들 중 상당수가 인간이라면 환멸을 내는 인간불신 성격파탄자들이었으나 그래도, 그랬다.

나중에 가서야 갑각류 몬스터의 껍데기가 경직된 인간 몸에 부딪치며 소리를 낸다는 걸 알아냈다. 이후 헌터병들은 훈련을 통해 청각을 극대화하여 진짜 생존자와 인간 거죽을 뒤집어쓴 몬스터를 구분해 낼 수 있게 됐지만 그 전까지, 아니 구분해 낼 수 있게 된 다음에도 여수 가재 던전은 대한민국 내 던전 중 헌터병 귀환율이 가장 낮은 던전으로 악명 높았다.

"어…… 혹시 헌터, 세요?"

지연은 그제야 맨손으로 몬스터를 때려잡고, 어두운 동굴에서 선글라스를 끼고도 멀쩡한 남자의 정체를 의심했다. 지연이 특별히 둔해 늦게 알아차린 것은 아니었다. 남자는 요즘 헌터들과는 확실히 달랐으니까.

"네."

남자는 순순히 고개를 끄덕였다.

"근데 왜……."

어느새 울음을 멈춘 지연은 남자의 옷을 다시 살펴보았다. 빛을 내뿜는 아이템은 단 하나도 없었다. 몬스터를 죽일 때 휘황찬란한 스킬을 사용하지도 않았다.

'헌터라면서? 왜? 어째서?'

지연이 의아해하자 남자가 지연을 돌아보며 말했다.

"요즘엔 저 같은 헌터를 구헌터라고 하더군요."

"아."

지연은 바로 납득했으나.

"……!"

남자의 셔츠를 놓고 그 자리에 멈춰 섰다.

"다 왔군요, 입구."

남자도 멈춰 서서 앞을 가리켰다. 환한 빛이 보였다.

[거기, 생존자입니까?]

"예. 지금 갑니다!"

남자가 손에 든 손전등을 휘두르며 소리친 뒤 자연을 돌아보았다.

"어, 그러니까, 음. 저는……."

"저기 가서 당신을 인질 삼아 뭔가를 요구하거나 테러할 생각은 전혀 없으니까 안심하십시오. 구헌터가 모두 테러범인 건 아니지 않습니까, 연지연 기자님. 관련 기획 기사도 여러 건 쓰신 걸로 아는데."

"그건, 그렇죠. 어…… 죄송합니다. 제가."

지연은 곧바로 고개를 꾸벅 숙였다. 뒤늦게 부끄러움이 밀려왔다. 남자의 말이 옳았다. 다른 사람도 아니고 자신이 편견에 사로잡혀, 자신을 구해준 구헌터를 잠재적 테러범 취급하다니.

"오해가 풀렸다면 다행입니다. 기자님께 오해받고 싶지 않으니까요."

남자가 핸드폰을 돌려주었다. 지연은 그것을 받고 다시 남자를 따라 걸었다. 빛이 점점 가까워졌다. 웅성웅성 소란스러웠다. 사람들의 목소리가 들렸다. 지연은 눈물 나게 반가웠다. 던전 입구에 도착하자마자 위에서 탈것이 내려왔다. 생존자가 맞는지 확인해야 하니 한 사람씩 올라오라고 했다. 남자는 당연하게 지연을 먼저 태웠다.

"저, 구해주셔서 감사해요. 위에 올라가서 정신 없을까 봐 미리 말씀드려요. 이 은혜는 꼭 갚겠습니다. 그러니까 성함하고 연락처 좀."

지연이 주머니를 뒤적거렸다.난리 통에 흘렸는지 늘 가지고 다니는 펜과 메모지가 잡히지 않았다. 핸드폰을 내밀어 연락처를 찍어 달라 하면 될 일이지만, 거기까지는 미처 생각하지 못했다. 던전 안에서 핸드폰은 손전등일 뿐이었으니까.

"연준수 소위님 덕분에 목숨 부지한 게 몇 번인데. 그거에 비하면 아무것도 아닙니다."

"예에, 아무리 그래도…… 예?"

바지 주머니를 털던 지연이 그 모습 그대로 굳어버렸다.

"오기 전에 기자님 SNS를 봤는데, 아직 학자금 대출 갚는 중이라면서요. 연 소위님이 기자님 시집갈 때 아파트 사준다고 월급 꼬박꼬박 모았는데. 그걸로는 해결 안 되는 겁니까?"

"……당신, 뭐야."

"반밖에 못 모아서 아파트는 못 살 테고. 그냥 학자금 갚는 데에나 쓰십시오. 연 소위님도 잘했다고 하면 했지, 왜 그랬냐고 하지는 않을 겁니다."

"당신, 당신 누구야? 우리 오빠를 알아?"

지연이 남자의 멱살을 잡았다.

[올립니다. 남자분, 떨어지세요. 위험합니다.]

저 위에서 경고음이 들렸다. 덜커덩. 지연을 태운 탈것이 움직였다.

"자, 잠깐! 당신! 당신, 누구야. 우리 오빠, 우리 오빠를 알아요? 아냐고!"

지연이 다급하게 남자를 잡아당겼다. 이대로 붙잡아 저 위까지 함께 갈 생각이었건만.

"위험합니다."

남자는 손쉽게 지연의 손을 풀어냈다. 대신 주머니에서 무언가를 꺼내 지연의 손에 들려주었다. 접힌 종이였다.

"연 소위님 유품이 유가족에게 인계가 안 되었다고 해서 소각되기 전 빼돌렸던 겁니다. 제 유품 속에 들어 있더라고요."

"잠깐. 잠깐만!"

지연이 다급히 몸을 내밀고 손을 뻗었다. 지금 잡지 못하면 저 위에서 다시 남자를 만날 수 없으리란 걸 본능적으로 깨달았다. 하지만 남자는 잡히지 않았다.

"그건 연 소위님한테 담배 한 갑 얻어 피운 거 갚는 겁니다."

남자는 잘 가라며 태평하게 손을 흔들고는, 동굴 저편 어둠 속으로 사라졌다.

"자, 잠깐! 잠깐만!"

지연이 아무리 외쳐도, 남자는 답하지 않았다. 잠시 뒤. 철커덕.

지연만 태운 탈것이 입구에 닿아 고정됐다.

"괜찮습니까? 말할 수 있습니까?"

올라오는 내내 소리 질렀던 걸 다 들었으면서. 푸른색, 붉은색, 노란색 등으로 은은히 빛나는 아이템으로 무장한 헌터들은 열 보 밖에 서서 지연에게 총구를 겨누었다. 김장철에 엄마 아빠를 도와 김장했던 후기라도 풀어야 하는 걸까.

지연은 자신이 몬스터가 아니라 한국인이라는 걸 어떻게 증명할지 생각하며 멍하니 서 있다가 손에 잡힌 걸 펴보았다. 바스락. 많이 낡은 사진 한 장이었다. 두 번 접힌 선이 선명하다 못해 찢어질 듯 너덜너덜했다. 그래도 사진 속 인물을 알아볼 수는 있었다. 자기 얼굴을 못 알아볼 리가. 유치원복을 입고 있으니, 유치원 다닐 때 찍은 거 같은데. 이게 왜 처음 보는 사람 손에 있었던 걸까. 의문이었다. 지연은 무심코 사진 뒷면을 돌려보았다. 그리고 더는 의문을 가지지 않게 되었다.

– 내 동생 연지연.

다시 울음이 쏟아졌다.

"오빠……."

지연은 아이처럼 펑펑 울기 시작했다. 그 모습을 본 헌터들이 서로 눈짓했다.

"중지. 생존자가 확실하다."

"구급대! 마흔세 번째 생존자 발견. 어서 옮겨! 신원 파악하고!"

조용해졌던 던전 입구가 다시 시끄러워졌다.

"오빠, 오빠아."

자신을 둘러싼 헌터들, 플래시를 터뜨려대는 기자들. 그 복작복작한 인파 속에서, 지연은 오빠를 잃고 미아가 된 아이처럼 엉엉 울었다.

✹

그 사람은 갑자기 떠났다. 어릴 적 지연은 집을 나서는 그 사람의 다리에 매달려 울고불고 난리 쳤다. 그래서 강아지 인형을 들고 고개를 푹 숙인 아이를 던전에서 만났을 때도 의심하지 못했다. 도도도 달려와 제 다리에 찰싹 달라붙는 모습이 꼭 저를 보는 것 같아서.

'얘, 얘가 왜 이러지?'

'연지연! 너 이리 안 와?'

엄마 아빠는 어렸던 지연을 그 사람에게서 떼어놓으려 했다. 하지만 지연은 악착같이 버텼다.

'잠시만요. 그러면 더 안 떨어지려고 하고 계속 울 거예요.'

아이의 팔에 벌건 손자국이 남자, 나무처럼 서 있던 그 사람이 엄마 아빠를 막았다.

'어? 어, 어. 그래.'

'그럼 네가 좀…… 달래주겠니?'

지연을 혼내고 화내고 애원하던 엄마 아빠가 쭈뼛거리며 물러나자, 그 사람은 한쪽 다리를 접고 앉아 제 반의 반 토막이나 될까 싶은 지연과 눈을 마주쳤다.

'연지.'

'우에엥.'

지연의 얼굴은 눈물콧물로 엉망이었다. 그 사람은 옷소매를 길게 잡아 늘여 지연의 조막만 한 얼굴을 살살 닦아주었다.

'가, 지 마아. 흐어엉. 가지 마아아.'

'가야 돼.'

'왜 가아, 연지 두고 가지 마아아. 오빠아, 싫어, 연지 버리고 가지 마.'

'오빠 너 버리고 가는 거 아니야. 나는 너…….'

그는 말을 채 잇지 못했다. 그때는 몰랐지만 이제는 알 것도 같다. 그가 차마 하지 못한 말.

'오빠 너 버리고 가는 거 아니야. 나는 너 지키려고 가는 거야.'

고작 스무 살이었다. 다섯 살 아이한테는 아빠보다 커 보이고 어른 같았지만. 그도 그땐 고작 스무 살이었다. 얼마나 무서웠을까. 가기 싫었을까. ……울고 싶었을까. 고작 스무 살인 그를 그 무서운 곳으로, 가기 싫은 곳으로 내몬 건 그의 키의 반의 반도 안 되는 조막만 한 아이였다. 그런데 그 아이는 그가 울 수도 없게 만들었다. 저가 뭐라고 펑펑 울며, 그가 울지도 못하게 만들었던 걸까. 당신은 그런 조그만 아이가 얼마나 원망스러웠을까. 얼마나 싫었을까. 얼마나 미웠을까.

'오빠, 열 밤만 자면 돌아올 거야.'

그런데 어떻게 그렇게 상냥할 수 있었던 걸까.

'열 밤 싫어. 가지 마! 그냥 연지 옆에 있어어!'

'……꼭 갔다 와야 해.'

'으아아아앙, 싫어, 싫어어어어!'

'대신 진짜 열 밤만 자고 올게. 오빠, 연지한테 꼭 돌아올게. 약속해.'

그가 제 바지를 꼬옥 움켜쥔 지연의 손을 조심스럽게 떼어내 새끼손가락을 걸었다.

'히잉. 정말, 열 밤 지나면 올 거야?'

'그럼.'

지연은 그의 새끼손가락을 꼭 쥐고 놓아주지 않았다. 그는 잠시 기다리다가 아주 쉽게 제 손을 빼냈다.

'흐에엥, 왜에에…….'

다시 빼액- 소리치며 또 울려 했건만. 그가 지연을 끌어안았다. 그때가 처음이자 마지막이었다. 언제나 지연이 먼저 매달려야 곤란한 듯 웃으며 안아주었던 그가 먼저 손 내밀어준 것은.

'오, 빠?'

지연이 놀라 울음을 멈추자.

'연지야, 오빠 잊으면 안 돼.'

그가 작게, 아주 작은 목소리로 속삭였다. 그러고는 지연을 놓고 벌떡 일어났다.

'그동안 감사했습니다.'

그는 모자를 꾹 눌러써 눈가를 가리고는 엄마 아빠에게 허리 숙여 인사했다. 그리고 엄마 아빠가 뭐라 말할 새도 없이 돌아서 뚜벅뚜벅 집을 나섰다. 더는 지연이 보이지 않는다는 듯.

'오빠, 오빠아! 가지 마아아아아!'

지연이 우는데. 세상 떠나가라 우는데. 그는 한 번 돌아보지도 않고, 지연의 눈앞에서 사라져버렸다. 그날, 지연은 종일 울다 병원 응급실에 실려 갔다. 병원에서도 계속 오빠만 찾으니, 보다 못한 아빠가 훈련소에 연락해 막 입소한 양아들의 외출을 요청했으나 묵살당했다. 그게 지연의 가족이 그가 살아 있을 때 처음이자 마지막으로 한 연락이었다.

지연은 쑥쑥 자라 그때의 그와 같은 스무 살이 되고, 그가 죽었다던 나이보다 더 나이를 먹게 되었다. 그래도 그 사람에 대한 기억은 사라지지 않았다. 오히려 선명해졌다. 고작 스무 살, 연준수. 왜 당신은 고작 다섯 살짜리 여자아이 때문에 그렇게 죽었어야 했던 걸까. 당신을 데려갔으면서, 시체도 찾아오지 못했으면서, 왜 세상은 고작 10년 만에 이렇게 변해 버린 걸까. 당신은 헌터가 되고 싶지도, 그렇게 죽고 싶지도 않았을 텐데. 당신을 그렇게 죽여버린 주제에. 왜 이 세상은…….

"괜찮으세요?"

"아……."

지연은 고개를 들었다. 구급대원이 물과 담요를 내밀었다. 그는 이미 지연을 구급차에 앉히고 상태를 살피고 있었다. 던전 입구에서부터 기자들 앞에 서서 플래시 세례를 받는 내내 그녀는 계속 울었다. 던전 입구를 지키고 있던 헌터들은 큰 소리로 구급대를 불렀다.

지연은 구급대원의 부축을 받으며 인파를 헤치고 여기까지 왔다. 시끌시끌한 던전 입구에서 조금 벗어난 것만으로 한적한 느낌이 들었다. 마흔네 번째 생존자가 발견되어 지연을 향한 언론의 관심이 수그러든 덕분이기도 했다. 지연은 생수병을 움켜쥔 채로 고개를 저었다.

"아니요, 아니요……."

하나도 괜찮지 않았다. 이대로 울다 온몸이 녹아버리면 좋겠다 싶을 정도로. 손에서 바스락, 소리가 났다. 지연은 그것을 바라보았다.

- 연지연 내 동생.

스무 살 성인이 된 다음 날. 이것과 똑같은 글씨체로 쓰인 우편물을 받고 나서, 지연은 고 연준수 소위의 지정 상속인이 되었고 그가 남긴 통장을 받았다. 다달이 모은 월급, 사망 확인 후 일시금으로 입금된 위로금. 강남 아파트를 살 정도는 아니었지만 매우 큰돈이었다. 부자 부모를 두고서도 가난한 척하는 대학생이 자취방 월세를 걱정하지 않고, 아르바이트 하지 않고, 학자금 대출을 받지 않고 학교를 다니는 것쯤이야 가뿐할 정도로.

하지만 통장을 받은 날부터 오늘에 이르기까지. 지연은 통장에서 단 1원도 빼 쓰지 않았다. 조금 전 동굴에서 만난 남자는 얼마든 빼 쓰라고 했지만, 지연은 차마 그럴 수 없었다. 앞으로도 그럴 생각은 없었다. 이제 통장을 들여다보지 않으면 그 사람 생각에 눈물 날 일도 없을 거라고 생각했건만. 또 울어버리고 말았다.

'그 남자는 누굴까. 누군데, 우리 오빠를……. 나를…….'

힘없이 눈을 감는데.

"지금 마음, 변치 않을 자신 있습니까?"

구급대원이 물었다. 조금 전, 물과 담요를 건네줄 때보다 훨씬 낮고 딱딱한 목소리였다. 지연이 다시 눈을 떴다.

"당신은 또 뭐야."

"다시 한번 묻겠습니다. 고 연준수 소위."

"……!"

"죽은 오빠에 대한 마음. 오빠를 죽게 만든 이 세상에 대한 분노.

그대로 혼자만 속상하고 말 겁니까? 아니면."

구급대원은 지연이 걱정스럽기 그지없다는 얼굴로, 손을 내밀어 악수를 청했다.

"우리와 함께하시겠습니까?"

던전 밖

지연이 올라간 뒤, 남자는 동굴 벽에 바짝 붙어 숨어 숨소리를 죽였다. 아직 던전을 벗어난 건 아니니 선글라스는 벗지 않았다. 잠시 뒤 탈것이 요란한 기계음을 내며 다시 내려왔다. 하지만 그걸 타야 할 사람은 그 자리에 없었다.

[생존자 확인 바랍니다. 생존자 확인.]

삐이익- 시끄러운 경고음이 울렸다. 저 위에서 입구를 지키고 있던 헌터 셋이 아래로 훌쩍 뛰어내렸다. 그들이 신고 있는 신발은 붉은색으로 빛나고 있었다. 셋은 가뿐하게 착지해 주변을 살폈다. 남자를 찾는 듯했지만, 입구에서 쏟아지는 밖의 빛이 닿는 곳 근처만 서성일 뿐 남자가 숨은 안쪽까지는 오지 않았다.

"두 번째 생존자가 보이지 않음. 확인 바람."

한 명이 무전하는데, 저편에서 인기척이 느껴졌다. 방금 내려온 헌터 셋이 일제히 손전등을 켜 그쪽을 비추었다. 남자와 지연이 걸어온 길 말고 다른 길에서 사람 넷이 걸어오고 있었다. 초반 생존자

수색이 지지부진했던 이유가 이것이었다. 이 던전은 입구에서부터 길이 일곱 갈래로 갈라져 있었다.

"잠깐. 멈추고 신원 확인 바랍니다."

그의 외침에 다른 길에서 오던 넷이 멈춰 섰다. 넷 중 셋은 헌터였다. 한 명이 생존자였다. 비교적 상태 좋은 헌터 둘이 각각 생존자와 동료 헌터를 업고 있었다.

"충주 사과, 족제비, 남산타워. 이쪽 생존자는 임산부입니다."

저쪽에서 외쳤다. 임산부 생존자를 지키며 싸우다가 헌터 한 명이 부상을 입었다고 했다. 세 헌터가 경계를 풀고 달려가 생존자와 부상당한 헌터를 부축했다. 남자는 생존자와 헌터들이 탈것을 타고 올라가는 걸 지켜보았다. 위쪽이 다시 소란스러워졌다. 그 분위기가 가라앉기 전까진 사라진 또 다른 생존자는 기억나지 않을 터였다. 남자는 어둠에 몸을 숨긴 채 입구 벽을 타고 올라갔다. 절벽을 타는 산양처럼 날랬다. 하지만 벽을 오르다가 중간에 한 번, 손을 헛짚어 떨어질 뻔했다.

'몸이 좀 굳었나?'

남자의 얼굴이 살짝 굳었다. 말도 안 되는 실수라 어이가 없었다. 그러고 보면 아까도 실수가 있었다. 몬스터를 완전 사살했다고 생각했는데. 몬스터는 죽지 않고 살아 있다가 마지막 반격을 가했다. 던지는 힘이 부족했던 걸까. 바로 제압해 말 그대로 으깨버리긴 했지만. 원 샷 원 킬. 100%에 가까운 명중률과 사살률을 자랑했던 전적을 생각해보면 어이없는 실책이었다.

'돌아가면 운동 좀 해야겠군.'

남자는 주먹을 꽉 쥐었다가 펴며 위로 손을 뻗었다. 한 번 실수에 정신이 들어서일까. 두 번째 헛손질은 없었다. 남자는 위로 올라가 사람들 틈에 슬그머니 끼었다. 임산부 생존자 발견에 소란스러워진 상황에서도 던전 안을 경계하는 인원은 분명 있었다. 그리고 그들의 시선은 탈것에 고정되어 있었다. 벽 가장자리를 기어 올라온 남자는 그들의 눈에 띄지 않았다.

'몬스터가 나처럼 기어오르면 어쩌려고.'

남자는 느슨하다 못해 허술한 헌터들의 경계 태도가 못마땅했다. 하지만 곧, 그들이 자신들처럼 필사적으로 예민할 필요가 없다는 걸 깨달았다. 몬스터 추적 스킬을 쓰고 있겠지. 만약 남자가 몬스터였다면, 그들은 알아서 남자를 발견하고 휘황찬란한 스킬을 난사했을 것이다. 남자는 사람들이 절 이상하게 보기 전, 누가 벗어놓은 구급대 점퍼를 입었다. 선글라스는 벗었다. 그러곤 급한 명령을 받은 사람처럼 양해를 구하고 인파를 헤치고 밖으로 나왔다. 공기가 신선했다. 남자는 크게 숨을 들이켰다. 그러고는 제가 방금 빠져나온 던전을 돌아보았다.

이 인스턴트 던전은 개방형이었다. 던전 입구가 동굴처럼 열려 있어 누구나 들어갈 수 있고 나올 수도 있었다. 타임홀 타입 던전과 정반대 타입이었다. 그래서 더 위험했다. 처음 열릴 때 주변에 살아 움직이는 생명체들을 빨아들이고, 이후에도 사람이든 몬스터든 나고들 수 있으니까. 이 인스턴트 던전의 선제공격권을 차지한 건 동해 길드였다. 동해 길드는 대한민국 최고 길드답게 체계적으로 움직였다. 얼마 전까지 민군 합작 길드였다고 하던데, 그래서인지 군부대 같아 보이기도 했다.

인스턴트 던전은 왕을 잡아 죽이면 던전 입구가 닫히고 사라진다. 그러니 생존자를 모두 구출하기 전까지는, 던전 내 시료를 채취해 자원이 풍부한 던전인지 확인하여 고정 던전화 시킬지 판단이 설 때까지는, 던전의 왕을 죽이면 안 된다. 그러니 던전 공략팀은 왕을 상대하며 시간을 끌고, 구조팀은 던전 내부를 수색하여 생존자를 구출하고 시료를 채취하고, 지원팀은 던전 입구를 지키며 몰려드는 인파를 통제하고 생존자를 수습해 적절한 처치를 한다. 남자는 그중 어디에도 속하지 않았다. 그러니 이곳에 존재한 적 없었다는 듯 조용히 사라질 생각이었다. 동해라고 등판에 크게 쓰인 구급대 점퍼를 벗고, 누구 것인지 모를 낡은 점퍼와 모자를 슬쩍해 눌러쓴 채로 구경꾼들 사이를 헤쳐 이곳을 벗어나려는데.

"모정우 대령이다!"

"대령님!"

"길드장님! 안녕하십니까!"

"충성!"

남자의 동생이 나타났다. 남자 앞에 보라색으로 은은히 빛나는 검은 세단이 멈춰 섰다. 차 문이 열리고, 슈트를 입은 장신의 모정우가 몸을 일으켰다. 그를 본 사람들은 구경꾼, 기자, 길드 직원, 소속 헌터 가릴 것 없이 환호성을 지르며 몰려들었다. 아이를 지키겠다는 일념으로 살아남은 임산부의 감동적인 인터뷰는 뒷전으로 밀려났다. 정우가 한 걸음 걸을 때마다 사람들이 양옆으로 세 걸음씩 물러서 길을 만들었다. 정우를 영접하러 몰려들었으나 그 누구도 감히 정우를 잡아당기거나 달려들지 않았다. 경외심 가득한 눈으로 우러러볼 뿐이었다. 정우를 그런 눈으로 보지 않는 사람은 딱 한 명뿐이었다.

'젠장.'

남자는 인상을 구기며 돌아섰다. 모자를 푹 눌러쓰고 자리를 피하려 했건만. 정우가 가만 두고 보지 않았다.

"형."

안 들린다.

"연우 형."

여기에 연우 형이 또 있나 보지.

"모연우, 대답하지?"

……젠장.

사람들은 남자의 정체를 눈치채고, 알아서 정우와 남자 사이에 길을 텄다.

"형. 연우 형. 모연우."

대답할 때까지 계속 부를 셈인 듯했다. 정우는 여유 넘치는 목소리로 남자를 불렀다. 남자, 연우는 이를 악물고 돌아섰다. 눈이 마주쳤다.

"안녕, 형?"

너 때문에 안녕치 못하시다면?

"역시 여기 있었네."

딴 데 있는 줄 알고 딴 데로 가버리지 그랬냐.

"놀라긴."

하나도 안 놀랐거든?

정우가 눈웃음치며, 그 긴 다리로 단번에 걸어왔다. 연우는 뒷걸음쳐서라도 그와 멀어지고 싶었으나 그러지 못했다. 정우가 너무 반갑다는 듯 연우의 어깨에 팔을 두르고 가볍게 끌어안았다. 죽은 줄 알았다가 10년 만에 상봉한 형과 동생 같아 보였다. 형의 얼굴은 죽상이었지만 모자를 꾹 눌러쓰고 있어 잘 보이지 않았다.

"와, 그 모연우, 모정우네? 직접 보는 건 처음이야."

"형도 같이야!"

"대령님이 형을 진짜 아끼나 봐."

사람들이 멋대로 떠들어댔다. 개중에는 눈물을 글썽이는 사람도 있었다. 연우는 그 사람이 빠른 시일 내에 안과나 정신과에 가봐야 한다고 생각했다.

"저, 잠깐만요. 대령님!"

고맙게도 이 눈물겨운 형제 상봉을 방해하려는 사람이 나타났다. 연우는 반가워 고개를 돌렸다가 그의 행색을 보고 똥 씹은 표정을 지었다. 똥차를 피하려다가 또 똥차를 만난 기분이랄까.

"형님분께서는 아직도 각성을 못하셨다는데, 맞습니까? 그럼 이대로 구헌터로 분류되는 겁니까?"

기자가 복식 호흡 발성으로 우렁차게 소리쳤다. 그게 봉인을 푸는 마법의 주문이었다. 정우의 등장에 압도되어 있던 기자들이 하나 둘 깨어나 정신을 차리고는 앞다퉈 핸드폰과 마이크를 내밀었다. 그러곤 비슷한 질문을 쏟아냈다. 각성, 상태창, 아직 형님은, 구헌터. 특정 단어들이 반복될수록 훈훈한 형제애를 보며 흐뭇하게 웃던 사람들의 시선이 불안하게 흔들렸다. 시한폭탄 보듯 쏟아지는 시선이 살갗을 따갑게 찔러 댔다.

'이래서 조용히 빠져나가려고 한 건데.'

연우는 애꿎은 모자만 꾹꾹 눌러썼다. 절 이상하게 보는 사람들의 시선은 불편함, 그 이상도 이하도 아니었다.

"그 질문들에 대해서는 이미 충분히 입장 표명을 해왔습니다만."

다만. 당연하게 앞에 서며, 보호자로 나서는 정우의 모습이 신경에 거슬렸다. 무언가 물어뜯을 게 없을까. 기자들은 굶주려 있었다. 정우는 그들을 둘러보며 옅게 웃었다. 정우와 눈이 마주친 기자들은 제가 언제 이빨을 드러내었냐는 듯 주춤하다 고개를 돌렸다. 물론 기자들 모두가 적절하게 물러설 타이밍을 잰 건 아니었다.

"하지만 형님분이 대학로 01 던전에서 나온 지 벌써 한 달째입니다. 그런데 아직까지 각성을 못했다는 건-."

"제 형은."

정우가 부드럽게, 하지만 단호하게 기자의 말을 끊어냈다.

"10년 동안 국가를 위해 타임홀 타입 던전에서 몬스터들과 싸우고 또 싸웠습니다."

"그걸 모르는 사람은-."

"10년입니다."

"그, 그건 적절한 보상이-."

"자그마치 10년."

정우가 피식, 웃었다. 참 가당찮다는 듯이. 연우는 정우의 손등 위에 도드라진 힘줄을 발견했다.

"아니, 10년 하고 더 되지요. 형이 던전에 들어갈 때 난 헌터가 아니었고. 형의 심장이 멈춰 던전이 다시 열렸던 날은 내가 예편하는 날이었으니까."

"그게 지금 당신 형이 각성 못하는 거랑 무슨 상관이 있다는 말입니까!"

다른 기자가 지원 사격에 나섰다.

"내가 예편식 중 연락을 받자마자 던전에 들어가 형에게 '심폐소생술'을 하지 않았다면 내 형은 그대로 죽었을 겁니다. 내 형은 이미, 던전에서 한 번 죽은 목숨이라는 거지요."

"그러니까 그게-."

"국가를 위해 죽었다가 겨우 되살아난 사람에게, 10년 만에 겨우 돌아온 내 형에게. 고작 한 달 적응할 시간을 주고, 만족할 만한 결과를 내보이라고 말하는 게 옳은 일인지 묻고 싶습니다만."

단정하고 고저 없는 말투. 중령 시절, 던전에서 나오자마자 국회 청문회에 소환당해 질의서를 읽고 답변할 때와 하나도 달라지지 않은 모습이었다. 구경꾼들은 그때를 기억해 냈고, 제풀에 흥분한 기자들 역시 그때를 기억해 냈다. 분위기가 다시 변했다. 이번엔 형제를 향해 좀 더 온정적인 방향으로. 감히 모정우 대령의 심기를 건드린 기자들을 향해서는 적대적으로. 기자들은 몸을 움츠리며 수그러들었다. 하지만 침묵은 잠시뿐이었다. 기자란 불굴의 정신을 가진 물음표 종족이니까.

"그런 말로 각성 못한 형을 옹호하는 건-."

"그 말은, 그럼 모정우 대령님께서는 아직 사회에 적응하지 못한 구헌터들을 옹호한다는 뜻으로-."

"혹시 동해 길드에서 구헌터 구제 지원 재단을 운영하고 있는 게 형님과도 연관-."

"모정우 대령님! 요즘 구헌터 테러 집단의 테러 행위가 극심해지고 있는 것에 대해 한 말씀 부탁드립-."

"혹시 대령님 형님과 구헌터들의 테러 행위에 연관성이 있다고는 생각하지 않으-."

"동해 길드에서는, 그리고 저는. 형의 각성 유예 기간을 최대 석 달까지로 보고 있습니다."

정우가 기자들의 말을 끊고 짧게 답했다. 동해 길드를 통해 나온 공식적인 입장과 한 치도 다르지 않은 발언이었다.

"석 달? 대령님, 그 구체적인 기간은 어디서-."

"왜 석 달씩이나 걸린다는 겁니까."

"대령님! 대답을!"

"모정우 대령! 잠깐만!"

"형, 가자."

정우가 연우에게 어깨동무하고 그를 잡아끌었다.

"잠깐만요!"

"대령님!"

"모정우 대령!"

"여긴 왜 온 겁니까. 형님분은요!"

기자들이 벌 떼처럼 달려들었으나 누구도 정우와 연우의 소매 한 번 잡아당기지 못했다. 대기하고 있던 지원팀 헌터들이 벽이 되어 그들을 막아섰다.

"왜들 저래."

"딴사람도 아니고 모정우 대령 형인데. 설마 구헌터로 남기야 하겠어?"

"대령님 말씀이 맞지. 겨우 살아 돌아온 사람한테 뭘 바라. 적응할 시간을 줘야지. 10년 새 세상이 얼마나 바뀌었는데."

사람들이 수군대며 기자들을 손가락질했다. 그들 중 누구도 감히 정우의 앞길을 막아서지 않았다. 오히려 기자들에게 잡히지 말고 빨리 가시라고 길을 터주었다. 정우와 연우는 지원팀의 보호를 받으며 차에 올라탔다. 연우는 타고 싶지 않았으나 뒤에서 떠미는 정우 때문에 탈 수밖에 없었다. 타자마자 반대쪽 문을 열려 했으나. 달칵, 달칵. 의미 없는 손짓이었다. 문이 잠겨 있었다. 여는 방법이 있을 텐데. 옆에서 들린 비웃음 때문에 찾을 시도도 하지 못했다.

"계속 그렇게 귀엽게 굴어봐."

정우가 넥타이를 풀며 가소롭다는 듯 웃었다. 서른 중반의 남자가 이십 대 중반의 형제에게 할 수 있는 말이나. 이십 대로 보이지만 서른 중반인, 정우보다 무려 한 살이나 더 많은 연우로서는 용납할 수 없는 하극상이었다.

"닥쳐."

연우의 말에 정우 말고, 앞에 앉아 있는 운전자와 비서가 동시에 인상을 찡그렸다. 비서는 백미러로 연우를 노려보기까지 했다. 하지만 연우는 거리끼지 않았다. 그는 정우의 형이었다. 모정우의 형, 모연우로 20년 넘게 살아왔다. 한 살 차이여도 형은 형. 저보다 열 살 많아 보이는 동생이라 해도 동생은 동생이었다. 동생이 어딜 감히 형한테.

"애써 형 찾으러 온 동생한테 무슨 말이 그래, 서운하게."

정우가 전혀 서운하지 않은 얼굴로 앞쪽에 눈짓했다. 운전사가 급히 시동을 켰다. 보조석에 앉아 있던 비서는 얼른 눈을 내리깔고 태블릿을 내밀었다.

"오후 스케줄은 모두 캔슬했습니다. 당장 급한 문건만 결재해주시면 됩니다."

정우는 태블릿을 건네받았다.

"너만 안 왔어도 내가 알아서 조용히 빠져나올 수 있었어."

"애초에 아무 말 없이 빠져나와 여기에 오지 않았으면 됐을 텐데?"

"내가 어딜 가든……."

"내 소관이지. 형이 각성하기 전까진."

"……."

모자 아래 단정한 턱 선이 굳는 게 보였다. 정우는 태블릿에 담긴 급한 문건보다 연우의 턱 선, 그 아래로 이어지는 긴 목에 시선을 두었다. 한 달. 빨고 물어뜯었던 흔적이 사라지기 충분한 시간이었다. 던전 밖은 타임홀 타입 던전과 달리 시간이 흐르니까. 언제 씹힌 적 있었냐는 듯 매끈한 목선을 볼 때면 살의가 돋았다. 또 죽기 싫으면 알아서 두꺼운 스웨터나 목티로 좀 가리고 다녔으면 좋겠는데. 얇은 면티에, 어디서 주워 입었는지 모를 점퍼라니. 가소롭게 맛있어 보여 입안에 침이 다 고였다.

"10.3km."

"뭐가."

"형이랑 나 사이 거리."

"그게 뭐."

"너무 멀잖아. 미쳤어?"

"무슨 소리야. 애초에 일 있다고 먼저 나간 건 너잖아?"

"길드 본사에서 내 목적지까지는 5.8km야. 안정권인데 형이 멋대로 이곳으로 와서 사이가 벌어졌잖아."

"그러니까 그게 뭐?"

"불안해서 안 되겠어."

"전혀 안 불안해 보이는데."

"앞으로 나 외부 약속 있으면 같이 가자."

"내가 너 일하는 델 왜 따라가."

연우는 미친 사람 보듯 정우를 보았다.

"계속 그렇게 귀엽게 굴어봐. 나도 내 인내심이 어디까지인지 궁금하니까."

"너 형한테 자꾸 헛소리!"

울컥해 언성을 높이던 연우가 급 차분해졌다. 겨우 재미있어지려고 했는데. 정우는 아쉬워했다.

"왜? 네가 있는 곳에서 반경 10km 내에 있어야만 하냐, 내가? 그게 보호감찰 조건이야?"

연우의 목소리가 차분했다. 차분한 모연우도 취향이긴 했지만, 아까만큼 재미있지는 않았다. 정우는 흥미를 잃고 건성으로 대꾸했다.

"글쎄. 그런 거로 생각하든지."

"무슨 말이 그래?"

"확실한 답을 원하면 각성해."

"……."

연우는 바로 입을 다물었다. 정우는 그럴 줄 알았다는 듯 웃고는 태블릿을 들여다보았다. 그런다고 딱히 문서를 넘겨보는 건 또 아니었다.

"급한 건인데……."

비서만 전전긍긍했다.

"아무튼 죽기 싫으면 내 옆에 붙어 있어. 나랑 떨어져 있고 싶으면 길드에 얌전히 처박혀 있거나."

정우는 뭐가 그리 답답한지 목 부분의 단추를 두어 개 더 풀었다. 근육으로만 짜인 것 같은 몸이 살짝 드러났다. 연우는 못 볼 걸 봤다는 듯 고개를 돌려 창밖을 내다봤다. 또 뒤통수에서 웃는 소리가 들렸다. 연우는 울컥했으나 꾹 참았다. 화려한 서울의 시가지가 눈에 들어왔다. 차는 부드럽게 달려 코엑스 부근을 지나쳤다. 대형 전광판에서 흘러나오는 광고는 헌터 콜센터 공익 광고와 유명 헌터 길드의 길드원 모집 공고였다.

발현하GO! 전화하GO! 각성하GO!

당신의 각성을 국가가 지원합니다.

헌터로 발현해 도움이 필요하다면

주저 말고 광개토콜센터 178로 연락하GO!

A급 헌터 다수 포진!

체계적인 헌터 육성 체계를 갖춘 DG길드!

A급 헌터의 꿈, 현실이 됩니다.

던전을 넘어 세계로! 함께 공략합니다. DG길드!

버스 광고판에는 힐링 포션이 0.001% 함유된 이온 음료 광고가 붙어 있었다. 그 이온 음료를 들고 활짝 웃고 있는 모델은 모 길드의 유명 헌터라고 했다. 높은 빌딩 위 광고판에는 유명 가수의 신곡 노래가 흘러나오고 있었다. 그 가수 역시 헌터라고 했다. 다크포스인지 홀리포스인지, 희한한 이름의 아이돌 그룹 리드 보컬의 솔로 앨범이라던데. 잘생기긴 했지만 정우만큼은 아니라고, 연우는 생각했다.

바삐 걸어 다니는 사람들 중에 흰색, 파란색으로 은은히 빛나는 신발, 옷, 장신구를 걸친 사람들이 꽤 있었다. 사람만이 아니었다. 도로 위의 차들도 전체는 아니어도 바퀴나 백미러 등의 부분이 흰색, 파란색으로 빛나고 있었다. 연우가 타고 있는 차는 겉면 전체가 보라색으로 빛났다. 던전에서 나오는 레어급 자원을 가지고 만든 자동차였다. 정우가 검소한 편이라 고작 5억 헌터원화밖에 안 되는 소박한 차라고 했다. 5억 헌터원화는 환율을 단순 계산하면 50억 원화 정도 되었다. 연우는 지금 50억짜리 차를 타고 서울 시내 도로를 달리고 있는 것이었다. 그래서인지 주변 차들이 길을 잘 양보해줬다.

10년. 고작 10년 만에 세상이 이렇게 바뀌었다. 10년이면 강산도 변한다는 어른들 말이 하나 틀린 거 없다고 생각하기엔 그래도 너무 큰 변화였다. 그 변화의 중심에 서 있는 사람이 옆에 앉아 있는 남자,

모정우였다. 연우는 차창에 비친 정우를 보았다. 정우는 태블릿으로 문서를 휙휙 넘겨보고 있었는데, 골치 아픈지 살짝 미간을 찌푸리고 있었다. 조금 전, 정우가 당연하게 제 앞을 막아서고 절 보호하고 대변하려 들던 모습이 떠올랐다. 어쩐지 숨이 답답해졌다.

'난 이제, 쓸모없어진 건가?'

입안이 썼다. 연우는 차 시트에 머리를 박듯 기대며 눈을 감았다.

✷

김정우 하사가 죽고 자신도 죽어 던전이 열리고. 자신이 다시 살아나고, 대령이 되어 나타난 정우에게 아래가 뚫렸던 날. 포션인지 뭔지를 뒤집어써도, 배 속을 잔뜩 헤집던 성난 열기에 지친 몸을 제대로 가눌 순 없었다. 몬스터 여왕개미보다 헌터인 동생 놈이 몸에 더 안 좋았다. 정우는 연우를 부축하여 던전 밖으로 걸어 나왔다. 밖에는 인파가 몰려 있었다. 나중에 듣기로 그날은 정우가 전역하는 날이었다고 한다. 정우의 전역은 국가적인 행사로, TV와 인터넷 등의 매체에서 생중계되고 있었다. 그런데 행사 도중 대학로 01 던전이 열렸고, 연락을 받은 정우는 행사 도중 식장을 뛰쳐나가 던전으로 뛰어들었다. 전 국민이 그 모습을 고스란히 지켜봤다고. 사람들은 연우를 부축해 나오는 정우를 보며 환호성 질렀다. 대학로 전체가 모정우라는 사람을 찬양하기 위해 모인 사이비 종교의 대집회 같아 보였다. 정우가 단지 나이만 열 살 더 먹은 게 아니란 걸, 그때 조금이나마 눈치챘다.

하지만 이후 알게 된 정우의 위업은, 솔직히 잘 믿기지 않았다. 정우는 '새로운 전설'이었다. 살아 있는 전설로 불렸던 신중윤에 이은 또 다른 전설. 새로운 전설 모정우는 바뀐 세상의 알파이자 오메가였다. 그는 그간 아무도 알아내지 못했던 헌터의 새로운 능력을 찾아내 그것을 세상에 공개했다. 이후 대한민국 헌터병의 제대율은 단번에 80%를 상회했다. 던전과 몬스터 웨이브로 인한 민간인 사상자 발생도 0%에 수렴했다. 위인전이 나올 만한 업적이었다. 실제로도 온갖 훈장을 받았고.

대한민국 국군사에 남을 만큼 빠르게 진급해 젊은 나이에 대령 소리를 듣게 되었는데도, 모정우 대령은 멈추지 않았다. '새로운 전설'이라 불리는 데는 이유가 있는 법. 모정우 대령은 던전 공략과 헌터 활용의 효율화에 집중하며 헌터병 업무의 민간화를 추진했다. 사설 길드의 탄생이었다. 잠시 사설 길드의 무법 시기가 있었으나, 모정우 대령이 군인 신분으로 사설 길드를 설립해 다른 길드의 행패를 억누르며 혼란은 빠르게 가라앉았다. 당시 옆 나라 일본은 던전 방어와 헌터 관리 선진국이라고 자부하고 있었다.

'강제로 헌터병을 만들고, 헌터들을 희생시키다니, 스고이~ 역시 한국이니까 할 수 있는 방식이지요. 아주 야만적이군요.'

일본 국영 방송 뉴스에서 아나운서가 '한국 헌터병의 끔찍한 현실'을 소개하며 덧붙인 멘트였다. 당시 일본은 도쿄 외 지역에서 던전의 몬스터 웨이브를 제대로 방어하지 못해 민간인 사상자가 속출하고 있었다. 일본은 그런 사실을 축소하고 '민주적인' 방법으로 헌터들을 관리하여 던전을 공략하고 있는 자신들의 방식을 자화자찬

했다. 비교 대상은 늘 한국이었다. 그러던 중 모정우 대령이 나타나 세계 최초로 헌터의 숨겨진 능력을 발견했다. 또한 길드 체계를 추진하여 대한민국 사회를 빠르게 안정시켰다. 전 세계가 한국을 주목했고, 앞다퉈 협력을 요청했다. 일본의 일부 지배층에게 모정우 대령은 악몽, 그 자체였다.

모정우 대령이 발견하고 세계에 공개한 헌터의 새로운 능력이란 상태창으로 불리는 것이었다. 마치 MMORPG 게임 캐릭터의 상태창처럼 생겼고, 기능도 비슷했다. 최초로 시스템 창을 켜면, 헌터는 자신만의 특색 있는 스킬을 습득하게 된다. 또한 게임에서 캐릭터를 레벨업 시켜 스탯을 쌓는 것처럼 자신의 능력치를 올리고 신체와 정신 능력을 끌어올릴 수 있게 된다. 세상은 이를 신체적 발현과 구분하기 위해 '2차 발현', 혹은 '각성'이라고 부르기 시작했다. 각성, 혹은 2차 발현은 1차 발현처럼 '언젠간 오겠지' 하고 기다리면 무작위로 나타나는 게 아니었다. 적절한 처치를 하면 1차 발현한 헌터는 누구든지 각성할 수 있었다. 그 '적절한 처치'가 무엇인지 아는 건 모정우 대령을 가진 대한민국뿐이었다. 그러니 전 세계가 앞다퉈 한국에 손을 내밀 수밖에.

한국은 기꺼이 정보를 공유해주었다. 헌터 각성법을 알려주고, 사설 길드 체계의 노하우를 전수했다. 세상에 던전이 나타나고, 헌터들이 앞장서 국민을 보호하고 싸우는 현실 앞에서. 던전과 헌터에 대한 지식과 정보는 누구에게나 어느 나라에나 아무 대가 없이 공유되어야 한다. 대한민국 대통령의 담화가 전 세계에 생방송으로 중계되었다.

일본은 눈치를 보다 슬그머니 다가와 지식 전수를 요구했다. 그 과정은 일본이 느끼기에 매우 굴욕적이었다. 한국은 인류애를 발휘하여 기꺼이 관련 정보를 공유해줬으나 받는 입장에서 멋대로 열등감을 느낀 것이었다.

국가적 수치심과는 별개로, 일본인들은 모정우 대령에게 깊은 관심을 가졌다. 모정우 대령은 잘생겼다는 말 한마디로 표현하기 미안할 정도로 수려한 외모를 가진 청년이었다. 헌터로서의 능력은 최상치였으며 그 젊은 나이에 이미 대령이었다. 사생활은 결벽증적인 면모를 보인다 싶을 정도로 깨끗했고, 부하와 여자를 대하는 매너는 최고였다. 준재벌가의 외동아들이라는 배경은 그를 치장하는 여러 장식 중 하나일 뿐이었다. 이 정도로 가진 게 많으면 인성이라도 더러워야 할 텐데, 그는 인품마저 훌륭했다. 그건 전 세계적으로 잘 알려진 그의 입대 동기만 봐도 알 수 있었다. 그는 재력가의 외동아들로, 그의 부모는 당시 한국에서 유행했던 대로 헌터가 될 만한 고아를 입양하여 헌터병으로 보내고 그의 군면제를 획득했다. 그러나 모정우 대령은 남들보다 늦게 헌터로 발현하자마자 자원 입대하여 헌터병이 되었다. 입대 동기는 '던전에 투입되어 행방불명이 된 입양아 형을 찾기 위해서'였다. 뭇사람-특히 일본인-의 감성을 자극할 만한 스토리였다.

슬픈 사연을 가진 현대판 백마 탄 왕자님. 그를 향한 일본인들의 관심은 폭발적이었다. 모정우 대령이 광복절날 군 행사 때 정복을 입고 백마를 타고 행진하는 모습은 여성뿐 아니라 남성들의 마음까지 설레게 만들었다. 일본에서는 백마 탄 모정우 대령의 화보집이

발간되어 기록적인 판매 부수를 달성했다. 물론 초상권자와의 계약은커녕 협의 없이 만들어진 것이었다. 대한민국 국군에서 정식으로 항의하였으나 일본은 해당 출판사가 폐업하고 사장이 도주하였다며 모르쇠 하였다. 그러는 중에도 백마 탄 모정우 대령의 화보집은 증쇄를 거듭하여 일본 전국의 서점에서 불티나게 팔렸다. 모정우 대령은 일본 총리보다 일본 뉴스에 자주 등장했다.

한국에서 살아 있는 전설 신중윤에 이은 제2의 전설 등장이라며 농담 반 진담 반 모정우 대령을 새로운 전설이라 불렀는데. 일본은 굳이 그 별명을 귀담아듣고 뉴 레전드 모정우 대령이라며, 일거수일투족을 스토커처럼 따라붙었다. 국가 행사에 참여하기 위해 정복을 입은 모습, 평소 훈련복을 입고 군인들 틈에서 훈련을 받고 던전에 투입되는 모습, 휴일에 사복을 입고 거리를 거니는 모습, 운동복을 입고 훈련장을 뛰는 모습을 줄기차게 방송했다. 일본인들은 한국인들도 모르는 모정우 대령의 입대일을 대신 기념해주었다.

그렇다고 일본이 모정우 대령의 스토킹에 빠져, 국가적으로 경험한 수치심을 잊은 건 아니었다. 한국 입장에서는 인류애적인 마인드로 기꺼이 지식 전수도 해주었는데 왜 너희가 수치심을 느끼냐고, 위안부 문제와 일제강점기 강제 동원령이나 사과하고, 유네스코 문화 유산에 등록한 군함도의 진실이나 제대로 밝히라고 말하고 싶을 따름이건만. 일본은 으레 한국의 심기를 건드리고 싶을 때 쓰는 단골 소재를 다시 빼들었다. 독도. 일본은 저들이 멋대로 만든 다케시마의 날에 감히 대한민국 동해 영토를 침범해 독도로 오려다 독도수비대의 경고 사격을 받고 물러났다. 일본 총리는 보란 듯이 야스쿠니 신사에 공물을 바쳤다.

그 시기에 민군 합작으로 세운 길드의 이름 공모전이 열렸다. 이전에 부르던 이름이 있었으나 민군 합작에서 민간 길드로 전환되며 새 이름을 공모한 것이었다. 한참 국민의 반일 감정이 고조되어 있던 차. 충무공, 거북선, 광개토, 종무종무이종무, 독도, 도마, 백범 등의 이름이 강력한 후보로 떠올랐다. 최종 후보에 오른 이름은 동해, 세종, 광개토였다. 세종은 대한민국에서 정부 주도로 뭔가 크고 대단한 것의 이름을 지을 때 제일 먼저 거론되는 이름이었으며, 동해는 일본이 동해를 일본해라고 부르는 것에 대한 반발로 순위에 오른 이름이었다. 최종 득표 결과 '동해'가 2등 세종, 3등 광개토와 큰 격차를 벌리고 1등이 됐다. 모정우 대령은 국민 여론을 수렴해 길드명을 동해로 지었다. 일본 여론 조사에서 다수의 일본인이 모정우 대령에게 배신감을 느낀다고 응답했으나 그럼에도 팬층은 굳건했다. 다이스키! 모 상은 뭘 해도 잘생겼어!

그렇게 길드명을 새로 정할 때부터 논란의 중심에 섰던 모정우의 길드, 동해가 창설된 지 고작 수년째. 대한민국에 사설 길드 체계가 이식된 지는 그보다 좀 더 되었다. 이제 대한민국에서는 프렌차이즈 카페를 다 더한 수보다 국가에 개설 등록한 길드의 숫자가 더 많은 지경에 이르렀다.

얼마 전, 모정우 대령은 10년 군복무를 마치고 예편하여 민간인이 되었다. 민군 합작으로 세웠던 길드 동해는 일찌감치 민간 사설 길드로 전환됐다. 그렇다 하여도 정부와 군의 지원과 연계는 끊어지지 않았다. 길드 동해는 자타공인 대한민국 최고, 최대의 길드였다.

동해 길드장은 이제는 모정우 전(前) 대령, 혹은 모정우 길드장이라 불려야 하지만. 사람들은 아직도 모정우를 모정우 대령이라고 불렀다. TV 뉴스에서도 아나운서가 종종 모정우 대령이라 말했다가 동해 길드장 모정우로 정정하는데 더 말해 무엇하랴. 모정우 대령이 동해 길드장으로 있는 세상에서는 더 이상 헌터병들의 희생을 필요로 하지 않았다. 헌터 모병제와 1가정 1헌터법은 아직 폐지되지 않았으나 폐지 수순을 밟고 있었다.

이제 발현한 헌터에겐 선택권이 주어진다. 군에 입대하여 직업군인 헌터가 되거나 사설 길드에 가입해 활동하거나. 군에 소속된다 해도 예전 헌터병 같은 취급을 받는 건 아니었다. 헌터병이라 불리지도 않았다. 말 그대로 직업 군인이 되었다. 아니, 직업 군인보다 나았다. 입대와 전역이 더 손쉬웠으니까. 재입대도 얼마든지 가능했다. 군에 입대한 헌터는 공무원 취급을 받았다. 출근하고 퇴근하고, 주5일 8시간 근무. 야근, 출장 수당은 공무원 봉급제와 동일. 안정적인 철밥통이란 것 외엔 사설 길드의 복지, 수입, 대우 중 무엇도 따라잡지 못했다. 때문에 군에 소속되기를 원하는 헌터는 거의 없었다. 모정우 대령이 아직 군에 있을 땐, 그를 동경하여 군 입대를 선택하는 헌터들도 꽤 있었는데. 모정우 대령이 예편하니, 그 전후로 군 헌터들의 퇴직률이 급증했다.

10년 만에 세상이 이렇게나 달라졌다. 정우가 만들어 낸 세상에서, 연우는 미아가 된 것 같은 기분을 느꼈다.

대한민국 최고 최대의 길드!

모정우 길드장이 당신을 기다리고 있습니다.

등급 상관없이 최고의 대우를 약속합니다!

광고판 속에서 웃고 있는 정우는 연우가 아는 정우가 아니었다.

✹

대학로 01 던전을 나온 직후, 연우는 그 모정우 대령을 따라 동해 길드의 본사로 갔다. 서울 중심부에 위치한 130층짜리 건물의 최상층 펜트하우스가 정우의 숙소였다. 연우는 그곳에서 하룻밤을 보냈다.

다음 날, 연우는 군에 인계되었다. 군인들이 찾아왔을 때. 연우는 정우가 절 내주리라 생각하지 않았다. 혹시 헌병대를 공격이라도 하면 어쩔까 걱정했는데, 정우는 연우를 순순히 내주었다. 단 인계 직전, 연우에게 이런 말을 남겼다.

"내가 대한민국 육군 전체를 적으로 돌리게 만들고 싶지 않으면, 가서 아무 말 하지 마. 내가 데리러 갈 때까지 기다려."

정우의 눈은 그냥 하는 말이 아니라는 걸 알게 해줬다. 스무 살의 풋풋하고 사납지만 어설펐던 모정우는 거기 없었다. 그는 여유롭게 제 광기를 갈무리할 줄 아는, 필요하다면 슬쩍 드러내 보일 줄도 아는 사내가 되어 있었다.

10년 동안 던전에 갇혀 있었으며, 바로 어제까지 숱하게 죽을 고비를 넘겼고 한 번 죽기까지 했던 연우는, 정우가 풍기는 날것의 광기를 바로 감지했다. 그는 시한폭탄이었다. 만인에게 우러름 받지만 만인을 언제든 거리낌 없이 죽일 수 있는 시한폭탄. 세상은 10년이나 뒤처진 낡은 헌터병이 적응하기 힘들 정도로 변해버렸지만. 사실, 변한 건 없는 건지도 모른다. 여전히 세상은 시한폭탄을 제 구원으로 삼았다. 그 폭탄이 고만고만한 헌터병 묶음에서 모정우라는 아름답고 거대한 폭탄으로 바뀌었을 뿐이었다. 세상에 던전이 있고 헌터가 존재하는 한 어쩔 수 없는 생존법인 걸까. 연우는 그 폭탄이 터지지 않고 행복하길 바라는 가장 간절한 사람이었다. 그러니 정우의 협박은 연우에게 꼭 맞았다.

연우는 얌전히 끌려갔다. 가서 조사를 받고, 높으신 분들과 차례로 면담했다. 그들은 연우를 압박했고 회유했으며 협박했고 구슬렸다. 연우는 적당히 대답하고 적당히 침묵하며 정우의 경고를 이해했다. 군은 연우가 대학로 01 던전에서 버틴 10년을 인정하지 않으려 했다. 밀린 10년치 월급과 만기 제대 시 지급되는 축하금, 헌터병 연금 따위가 아까워서 그러는 건 아니었다. 연우는 입대 5년 차에 던전에 갇혔다. 던전 안에서의 10년을 복무기간으로 인정하지 않으면, 연우는 적어도 5년은 더 군에 남아 있어야 한다. 적어도 그 기간만큼은 연우를 쥔 채 정우를 제어할 수 있다. 그런 계산이었다. 연우는 자신이 정우의 소중한 것이며, 인질로 삼을 만한 가치가 있다는 군의 기본 명제 자체를 잘 이해하지 못했다.

군은 친절하게 설명해줬다. 정우의 부모와 일가친척은 회사 창립 기념 행사 도중 그곳에서 열린 인스턴트 던전에 휘말려 몰살당했다고 했다. 때문에 연우는 정우의 유일한 가족이었다. 정우에겐 피 안 섞인 형과 누나가 한 명씩 더 있었으나 군은 그들을 거들떠보지 않았다. 정우도 그랬으니까. 하지만 똑같이 피 안 섞인 형제라 해도 연우는 달랐다. 군은 정우가 대학로 01 던전에 얼마나 집착했는지, 그 이유가 무엇인지 알고 있었다. 정우는 그 판단에 마침표를 찍어 주듯 예편 행사 도중에 뛰쳐나가 연우를 구했다. 그렇기에 군은 연우가 필요했다. 온갖 회유와 제안을 뿌리치고 기어이 전역해버린 새로운 전설 모정우 대령의 목줄로서.

10년간 타임홀 타입 던전에서 무슨 일이 있었는지 그에 대한 조사는 뒷전이었다. 내 아들을 살려 내라며 매일 군부대 앞에서 1인 시위를 이어 나가는 김정우 하사의 부모님이 알면 피눈물을 흘릴 일이겠지만, 군은 연우의 멘탈을 흔들기 위해, 일부러 김정우 하사의 부모님이 시위하는 모습을 먼발치에서 보여주기까지 했다. 혼자 살아남은 죗값을 치러야 하지 않겠냐고. 군에 남아 국가와 동료들을 위해 헌신하라고. 연우는 침묵했다. 연우가 헌신해야 할 대상은 국가나 동료가 아니었으니까. 연우는 자신이 정우의 목줄이 될 수 있으리라고는 생각지 않았지만 만에 하나, 혹시 모를 가능성을 배제하진 않았다. 그리고 정우에게 최대한 이로운 쪽으로 움직였다. 그게 입 다물고 기다리고 있으라는 정우의 협박대로 움직이는 꼴이 되어버렸지만.

군은 연우를 오래 붙잡고 있지 못했다. 동해 길드는 다각적으로 군을 압박했고, 군은 그 공격에 무력했다. 언론을 등에 업은 정우는 던전의 몬스터보다 더 곤란한 상대였다. 군은 여론의 압박을 견디지 못하고 닷새 만에 연우를 정우에게 인계했다. 넉넉잡아 한두 달 정도는 군에 잡혀 있지 않을까 예상했던 연우는 군의 나약함에 당황했다. 10년 새, 군의 위상도 많이 약해진 듯했다.

"잘했어, 형."

밑의 사람들을 시켜 데리러 와도 됐을 텐데. 정우는 직접 군부대까지 찾아왔다. 수많은 기자단과 함께였다. 사방에서 터지는 플래시 세례 속에서, 정우는 연우를 꽉 끌어안았다. 감격스러운 2차 형제 상봉이었다. 연우는 정우의 품에 안겨 뻣뻣한 통나무처럼 굳었다. 기자들 앞이라 긴장됐다거나 정우의 여우 짓이 가증스러워서 얼어버린 건 아니었다. 정우의 웃지 않는 눈에서 흉폭함을 느꼈기 때문이었다.

또한 연우는 몸의 이상을 느꼈다. 군에 있는 동안 점점 몸의 감각이 무뎌지는 걸 느꼈다. 10년간 던전에 있다가 나왔으니, 몸이 던전 밖 세상에 적응하지 못하는 거겠지. 연우는 대수롭지 않게 생각했다. 그런데 정우와 닿는 순간. 그의 품속에서 몸의 감각이 되살아났다. 시든 꽃이 다시 피어나는 걸 몸으로 경험하는 느낌이랄까. 통나무처럼 딱딱하게 굳어 가던 몸이 도로 이완됐다. 손끝이 말랑해지며 몸에 피가 돌았다. 그럼 정우와 떨어져 군에 있던 닷새 동안은 몸에서 피가 돌지 않았던 거냐 누군가 묻는다면 그건 아니라 대답하겠지마는. 아무튼 연우가 느낀 느낌은 그랬다. 그게 대체 무슨 느낌인 건지 깊게 고민해볼 여유는 없었다.

기자들이 변해버린 세상의 대변인이 되어 연우에게 몰려들었다. 천 가지 질문이 한꺼번에 쏟아지고, 그 위에 삼천 가지 질문이 더해졌다. 동생을 위해 기꺼이 헌터가 된 형. 형을 구하겠다며 군면제 특혜를 버리고 군에 투신하여 기어이 형을 구해낸 동생. 기자들은 세기의 형제애에 광분하여 질문을 쏟아냈다. 언론이 자극적인 소재를 좋아하는 거야 새삼스러울 일은 아니지마는. 그렇다 하더라도 분위기가 너무 과열된 감이 없잖아 있었다. 이 사람들, 왜 이러지? 세상이 바뀌어 이젠 너도나도 헌터가 되고 싶어 난리라던데. 그럼 새삼 입양된 헌터병과 덕분에 입대 면제된 형제자매의 눈물겨운 가족애를 국가적 차원에서 미담으로 만들 필요는 없지 않나? 단지 새로운 전설 모정우 대령에게 열광하는 열기의 한 단면인 걸까 싶었으나. 답을 알게 된 건 건물을 막 나설 때. 헌병대에서 정우로, 자신의 신변이 옮겨질 때였다. 기자들에게 밀려 차에 올라타기 직전.

"……."

싸늘한 느낌이 뒤통수를 당겼다. 익숙하지만, 당황스러운 것이었다. 왜? 던전도 아닌, 군부대 앞마당에서? 머릿속에 물음표가 가득 찼지만 몸이 알아서 움직였다.

"젠장, 피해!"

연우는 정우를 끌어안고 바닥을 뒹굴었다. 거의 동시에 폭탄이 터졌다. 부대 건물에서 두 번, 정우와 연우가 타려 했던 차에서 한 번. 정우는 폭발을 예상하지 못했던 건지, 아니면 연우가 절 보호하려 들 걸 예상치 못한 건지, 당황해했다. 연우는 당연히 전자라고 생각하고 던전에서 생존자를 보호하듯 정우를 잡아끌어 화단 뒤로 갔다.

"지금 뭐하는 짓이야?"

"가만있어!"

연우는 고개를 쳐드는 정우를 꾹 누르며 주변을 살폈다. 매캐한 연기는 화생방 훈련을 방불케 했다. 익숙하지 않은 사람들은 바닥을 뒹굴며 울고불고 난리였다. 사방에서 우는 소리와 비명이 퍼졌다.

군이 햇수를 따지자면 10년 만에 경험해보는 난장판이었다. 하지만 연우는 저들처럼 격하게 반응하지 않았다. 몸은 이딴 상황에서 어떻게 행동해야 하는지 기억하고 있었다. 잠깐 어지러웠던 머리는 금방 차갑게 식었다. 연우는 다만 정우를 걱정했다. 연우는 아직도 정우가 헌터라는 걸 인지하지 못했다. 연우에게 정우는 아직도 자신이 지켜야 하는 동생이었다. 연우는 입고 있던 재킷을 벗어 정우의 코와 입을 가렸다. 정우가 재킷을 치우려고 하자 연우가 거칠게 그 손을 쳐냈다.

"가만있어. 인체에 좋은 연기가 아냐. 형 말 들어."

몬스터를 살상하는 데 효과가 있다면야 인체에 얼마나 유해한지는 중요한 게 아니었다. 헌터병들이 사용하는 것들은 대개 그러했다. 어차피 헌터병은 쉽게 죽지 않으니까. 군은 일반 국민의 안전이 최우선이니까. 군은 거리낌 없이 만들었고, 헌터병들은 던전에서 살아남기 위해 거리낌 없이 사용했다. 이 폭발, 이 연기도 그것이었다. 눈물 콧물만 좀 흘리고 마는 화생방 훈련용 연기 따위가 아니었다. 헌터병들이 곤충류 몬스터들이 출몰하는 던전에서 사용하는 탄이었다.

'이게 왜 여기서 터진 거지?'

연우는 소매로 코와 입을 가리며 눈을 가늘게 떴다. 부대 내에서 취급 중 부주의로 터트린 것은 아니리라. 그럴 수도 없거니와 설사 그랬다 해도 정우가 탈 차에서 폭발이 일어난 건 말이 안 된다. 연우는 5일간 군에서 주워들은 것들을 빠르게 떠올렸다. 그를 취조하고 회유하려 했던 군인들이 말했다. 이제 헌터들은 스킬이니 뭐니, 초

능력 같은 능력을 쓸 수 있다고. 그래서 예전처럼 원시적인 방법으로 싸우지 않는다고. 잘은 모르겠지만, 아마 이런 탄을 사용하는 게 그 '원시적인 방법'이라는 거겠지.

'군에서 날 정우에게 넘기기 싫어 이런 짓을 저지를 리는 없는데.'

연우는 입술을 깨물었다.

'누구지? 누가 이런 짓을…….'

차에 폭탄을 설치한 걸 보면 정우나 자신 중 하나를 노린 것이었다. 아니면 둘 다 노렸거나. 둘 다 무사한 걸 알면 반드시 후속 조치를 위해 모습을 드러낼 터. 연우는 숨죽여 '적'의 움직임을 기다렸다. 정우가 탈 차에 폭탄을 설치한 것만으로도 그들은 적이 되기 충분했다. 얼마 지나지 않아 몇 사람이 화단 쪽으로 다가왔다. 기자들 틈에 섞여 뒹구는 척했던 가짜 기자들이었다. 다른 기자들과 비슷한 복장에 비슷한 모습이었으나 얼굴에 던전용 특수 방독면을 쓴 듯 보였다. 연기 때문에 모습을 자세히 볼 수도 없었지만, 연우는 그들의 발소리만 듣고도 그들이 자신과 같은 헌터병임을 알았다.

[모연우 소위.]

[소위님. 저희와 함께 가시죠. 당신이 있을 곳은 여기가 아닙니다.]

변조된 기계음이 들렸다. 그들은 정우가 아니라 연우를 원하고 있었다.

'날? 어째서? 군은 뭘 하고 있는 거지?'

군부대 앞마당에서 헌터병들이 난동을 부리고 있었다. 10년 전만 해도 있을 수 없는 일이었다.

'군에서 시킨 건가? 하지만, 왜?'

이게 대체 무슨 상황인지 알 수 없어 얼굴을 구기는데.

"아니, 형은 너희랑 같이 안 가."

어느새 재킷을 내린 정우가 대신 답했다.

"너, 가만있으라니까!"

연우는 아예 재킷을 뒤집어씌우려 했다. 정우가 킥킥 웃으며 손을 내저었다. 문득, 그 다섯 말고 다른 인기척이 느껴졌다. 연기를 헤치고 모습을 드러낸 자들은 대략 스무 명이었다.

"독 저항 없으면 방독면 제대로 써라."

그중 한 명의 목소리가 들렸다. 그들 중 몇은 방독면을 쓰고 있었으나 대부분은 얼굴을 그대로 드러낸 상태였다. 그래도 아무렇지 않아 보였다. 정우처럼.

"……."

연우는 재킷을 치우고 정우를 내려다봤다. 정우는 정말, 아무렇지 않아 보였다. 맨 얼굴로 연기를 헤치고 모습을 드러낸 헌터들이 특수 방독면을 쓴 헌터병들을 공격했다. 말로만 들었던 스킬이 연기 속에서 번쩍였다. 연우는 그 모습을 유심히 바라보았다. 다섯 중 둘이 잡히고 셋이 도망갔다. 잡힌 헌터병들은 곧바로 입에 물고 있던 캡슐을 깨트려 삼키고 쓰러졌다. 캡슐에 든 독은 독두꺼비 몬스터의 체액을 정제한 것이었다. 역시나 헌터병들의 원시적인 무기였으며, 헌터병들이 자살할 때 곧잘 이용하던 것이었다. 그래서 10년 전, 군부대에서는 웬만큼 공략이 어려운 던전이 아니면 사용을 허가해주지 않았다.

정우가 일어나 죽은 헌터병 시체 쪽으로 갔다. 빙 둘러 서 있던 헌터들이 정우에게 고개를 숙였다. 정우는 가볍게 손을 흔들어 인사를 대신하고는 헌터병 시체 앞에 한쪽 무릎을 굽히고 앉았다. 시체의 입을 벌려 안을 들여다보고는 혀를 찼다.

"독두꺼비 독이군요. 잡자마자 바로 입안 확인하고 무력화시키라고 했을 텐데요?"

"죄송합니다, 너무 순식간이라."

"프리즈 스킬 가진 헌터를 대동하거나 감전시켜서 기절하게 만들라고 했을 텐데요."

"명심하겠습니다."

정우는 빳빳이 서 있는 헌터와 짧게 대화를 나누고는 돌아서 연우를 보았다.

"어떻게……."

"내가 초기에 썼던 방법이니까. 그리고 지금은 독 저항 능력치가 높은 편이고."

정우는 두 가지 답을 다 해주었다. 그제야 연우는 정우가 저처럼 헌터병이었다는 걸 실감했다. 또한 그가 군에서 말한 '요즘 헌터'이기도 하다는 것도. 모정우도 헌터가 되었다. 빼도 박도 못할 사실이 눈앞에 놓여 있었다. 연기 때문에 어쩔 수 없이 눈가에 눈물이 차올랐다. 그 눈을 똑바로 뜨고, 눈앞에 선 정우를 올려다보았다. 정우는 연우를 내려다보며 웃음 지었다.

"형, 다시 한번 말할게. 환영해, 돌아온 것을."

✺

중화제를 뿌려 연기를 가라앉히고, 쓰러진 기자들을 병원으로 이송했다. 일련의 과정은 명령하는 정우와 그의 말에 순종하는 동해 길드 헌터들에 의해 순조롭게 진행되었다. 이후 연우는 정우에게 이끌려 동해 길드로 갔다. 가는 도중에 기자회견을 하게 될 거란 말을 들었다.

"뭐?"

놀라는 건 연우뿐이었다. 정우도, 함께 차에 탄 비서와 길드원도 전혀 놀라지 않았다. 동해 길드는, 아니 정우는 연우를 군에서 데리고 나오자마자 각성시키고 그 사실을 언론에 공개할 계획이었다. 각성한 연우의 등급이 어떻든 그가 동해 길드에 가입하는 것 역시 당연히 후행되어야 하고.

군이 여론에 떠밀려 연우를 순순히 내주긴 했으나 곧 다시 이유를 만들어 연우를 불러들이려 할 것이다. 정우와 동해 길드는 그렇게 예상했다. 그래서 꼬투리 잡힐 만한 것을 처리해 나갈 생각이었다. 가장 먼저 논의된 것이 연우의 각성이었다. 기자회견 날을 연우가 군에서 돌아오는 날로 잡은 건 정우의 뜻이었다. 각성이 고작 몇 시간 만에 될 수 있는 게 아니지만 정우가 그렇게 하겠다고 하니, 길드원들은 두말없이 따랐다. 모정우가 그런 거라면 그런 거니까.

"각성?"

연우의 몸이 굳었다. 정우는 모른 척하며 답했다.

"괜찮아, 형은 가능해. 내가 하면 되니까."

뭘 한다는 말인가. 되물으려던 연우는 앞에 앉은 운전사와 비서도 저와 같은 표정을 짓고 있는 걸 보고는 입을 다물었다. 정우가 미각성 발현 헌터를 단숨에 각성시킬 수 있는 능력을 가지고 있나 보지. 연우는 그냥 그렇게 생각했다.

연우는 저도 모르게, 어떻게 하면 각성을 피할 수 있을까 고민했다. 그게 옳다 그르다를 떠나 어쩔 수 없는 본능이었다. 지금이라도 차문을 열고 뛰쳐나갈까? 저도 모르게 차문의 잠금 장치를 눈으로 훑는데.

"형."

정우가 연우의 어깨를 툭 쳤다. 연우가 몸을 굳히자, 어깨에 머리를 기대고 눈을 감았다.

"도착하면 깨워줘."

"머리 치워."

"나 자는 중이야."

"야."

"정 하고 싶으면 나 밀어내고, 자는 거 깨우든지."

정우는 그렇게 말하고는 정말 자는 사람처럼 고른 숨을 내쉬었다.

"……."

연우는 정우의 머리를 밀어내고 도망치지 못했다.

길드 본사에 도착했을 땐 기자회견 시작 45분 전이었다. 정우는 연우를 대기실로 데리고 들어가며, 뒤따르는 비서와 다른 길드원들에게 문을 지키고 서 있으라고 했다. 자신이 나오기 전까지 누구도 들이지 말라 하니 다들 굳은 얼굴로 고개를 끄덕였다. 연우는 덩달아 얼굴을 굳혔다.

'각성이란 게 뭐길래 저들이 저렇게 긴장하는 걸까.'

원래도 거부감이 들었지만 더더욱 거부감이 들었다. 그들은 그저 정우의 명령을 천금같이 생각해, 갑자기 DG 길드에서 떼거지로 덤벼들어도 이 문만은 지키겠다며 과잉 충성심을 내보였을 뿐이지만. 그때까지만 해도 동해 길드 내부 분위기가 어떤지 완전히 파악하지 못했던 연우는 다르게 받아들였다. 웬만한 고통은 참고 견딜 수 있지만 설마 그 정도를 넘어서진 않겠지. 딴 사람도 아니고 정우 앞에서 꼴사나운 모습을 보이긴 싫은데. 연우는 막 하사를 달고 던전에 들어갔던 코찔찔이 시절을 떠올리며 긴장했다.

대기실로 들어가 정우와 둘만 있게 됐을 때. 정우가 문을 잠그고 돌아서 소매 단추를 풀고 넥타이를 푸는 걸 봤을 땐 다른 의미로 겁먹었다. 연우는 정우를 주시하며 뒤로 물러섰다. 설마. 그럴 리 없겠지만. 보통은 그렇지 않겠지만. 눈앞에 있는 건 보통 사람이 아니라 모정우였다. 던전에서 막 죽다 살아난 형 뒷구멍에 좆을 박았던 개새끼. 문밖에 사람들이 우르르 서 있어도 기꺼이 형한테 제 좆을 박아 댈지도 모를 미친놈.

연우는 뒤로 물러나며 주변을 살폈다. 빠져나갈 곳이 있나. 몸싸움 시 유리한 지형지물이 있나. 있다면 선점할 수 있을 거리인가. 이럴 땐 정우도 헌터라는 걸 잊지 않았다.

"뭐해."

정우가 가소로워하며 물었다.

"뭐하는 거 같아 보여?"

"귀여운 짓?"

"헛소리할 거면 멈춰. 거기 서서 해. 다가오지 말고."

연우가 경고했으나 정우는 듣지 않았다. 오히려 성큼 다가왔다. 벽에 등이 닿았다. 더는 물러설 곳이 없었다. 정우가 코앞까지 다가왔다. 그때까지도 연우는 정우를 어쩌지 못했다. 잠깐 숨 막히는 침묵이 흘렀다. 그 침묵을 깨고 먼저 움직인 건 정우였다. 정우는 벽에 손을 짚고, 서로의 숨이 가까워질 만큼 얼굴을 가져다 댔다. 입술이 닿을락 말락 할 때.

"뭘 바라는 거야."

정우가 나지막한 목소리로 물었다.

"그런 거, 없어."

연우는 최대한 머리를 뒤로 빼며 말했다.

"난 있는데."

정우의 다른 손이 연우의 허리를 감싸 쥐더니 셔츠를 더듬어 올라왔다. 연우가 급히 숨을 들이켰다.

"너, 밖에 사람 있어."

"그런 걸로 날 막을 수 있다고 생각하면 앞으로 곤란해질 일이 많을 텐데?"

정우가 낮게 읊조렸다. 그의 손이 연우의 왼쪽 가슴을 덮었다. 살갗 아래 박동하고 있는 제 것이 잘 있나 확인하듯. 연우가 그 손을 쳐내기 전, 정우가 먼저 연우의 목을 움켜쥐었다.

"큭!"

"기대에 부응하지 못해 나도 유감인데. 지금은 이게 더 급해서."

정우가 연우의 목을 치켜들어 억지로 눈을 마주쳤다.

"눈 크게 떠."

"이, 거, 안 놔?"

"나 봐."

"야, 모정우."

"내 눈 보라고, 모연우."

"……."

보라면 누가 못 볼 줄 알고. 연우는 이를 악다물고 눈을 부릅떴다. 그리고 눈이 마주치자마자 곧바로 후회했다. 정우의 눈동자는 까맸으나 정말 까만색은 아니었다. 가장자리는 옅은 갈색. 중심부는 짙은 고동색이었다. 예뻤다. 모연우가 모정우의 살점 한 조각, 머리카락 한 올이라도 안 예쁘다고 생각한 적이 한 번이라도 있었겠느냐마는. 정우는 눈 한 번 깜빡이지 않았다. 그 눈에 잡힌 연우도 감히 눈을 감을 수 없었다. 절 바라보는 그 눈에, 눈동자에 비친 제 모습에, 시선이 못 박혔다. 몸을 움직일 수 없었다.

숨이 멎었다. 오금이 굳었다. 목이 잡혔기 때문은 아니었다. 정우의 눈이, 유리알처럼 번들거리는 눈동자가 연우를 빨아들였다. 뱀 앞에 선 쥐의 심정이 이러할까. 정우의 눈이 모든 걸 꿰뚫어 보는 것 같았다. 연우는 그의 눈앞에서 맨몸이 되다 못해 살갗이 벗겨지고 살점과 근육이 뜯기고 핏줄이 낱낱이 발렸다. 살갗으로, 살점과 근육으로, 핏줄로 감싸 지키려 했던 심장이 드러났다. 정우가 그것을 거머쥐었다. 그건 연우의 몸속에 들어 있긴 하나 연우의 것이 아니었다. 애초부터 연우의 것인 적 없다는 양 정우가 주인이 되어 속삭였다.

'열어.'

연우는 '네.'라고 대답해야 했다. 그건 그리 어려운 일이 아니었다. 순순히, 모든 걸 내줄 준비는 이미 되어 있었으니까. 하지만 그럴 수 없었다.

'안 돼. 위험해.'

그건 마음속에서 들린 것이었으나 누가 귀에 바짝 다가와 속삭이는 것처럼 들리기도 했다.

"……!"

찬물을 뒤집어쓴 듯 정신이 들었다. 멍하니 풀려 있던, 거의 다 열릴 뻔했던 눈이 도로 닫혔다. 연우가 눈을 깜빡였다. 정우는 혀를 찼다.

"뭐, 하는 짓이야."

연우가 정우를 거칠게 밀쳤다. 정우는 두 손을 들며 뒤로 물러섰다. 허억, 연우는 뒤늦게 숨을 몰아쉬었다.

'뭐지? 뭐야, 이거.'

귀신에게 홀린 것 같았다. 이런 느낌은 처음이었다. 순식간에 몸이 해체되고 영혼이 난도질되어 잡아먹히는 느낌. 뒤늦게 등골이 서늘해졌다.

"너, 뭐야."

연우가 목을 움켜쥐며 정우를 노려보았다. 정우는 흐트러진 머리카락을 쓸어 올렸다. 그의 얼굴이 땀에 젖어 있었다. 젖은 얼굴은 그날, 던전 안에서의 기억을 자극했다. 다리 사이, 정확히는 아랫구멍이 가려워졌다. 연우는 이를 악물었다.

"너 뭐했냐고!"

"정신계 방어력이 높네, 형."

"그게 무슨……."

"아직 각성도 안 했는데 이 정도라고? 짜증 나네."

정우가 기분 나쁘다는 듯 중얼거렸다.

"지금도 못 열어보는데 각성하면 아예 못 열어볼 수도 있다는 거잖아. 그 빌어먹을 머릿속. 무슨 생각을 하고 있는 건지 늘 궁금했는데."

"알아듣게 설명해."

"형이 먼저 설명해줬으면 좋겠는데."

"내가 뭘?"

"왜 각성을 거부하지?"

"……."

"말해."

정우가 다시 한 발, 다가왔다. 연우는 더 이상 물러설 곳이 없었다. 그의 넓은 어깨가 연우의 시야를 가렸다. 절대 무너뜨릴 수도, 피할 수도 없는 큰 벽에 갇힌 기분이었다. 연우는 고개를 들어 정우를 노려보았다.

"무슨 소리야. 난 아무것도 몰라."

각성이니 뭐니, 제대로 아는 건 하나도 없었다. 군에 있는 닷새 동안 조금 주워들은 게 고작이었다.

"난 각성을 아냐고 물은 게 아냐. 똑바로 대답해, 형."

"그러니까!"

"너 왜 각성 안 하려는 건데."

정우가 연우의 어깨를 움켜잡았다.

"윽, 이거 안 놔?"

연우는 어깨가 으스러질 것 같은 고통을 느끼며 그의 손을 주먹으로 쳤다.

"대답해."

"몰라, 모른다고!"

연우는 눈이 마주칠까 봐 고개를 돌렸다. 아까 같은 경험은 한 번으로 족했다. 고개를 돌리니 목선이 고스란히 드러났다. 붉은 손자국이 고스란히 나 있었다. 내일이면 멍이 될 테고, 일주일도 안 가 깨끗이 사라지리라.

연우가 마른침을 삼켰다. 목울대가 크게 움직였다. 정우는 그 모습을 가만 지켜보다가 어깨를 놔줬다. 연우는 어깨를 움켜쥐며 옆으로 비켜섰다. 그렇게 정우의 품을 벗어나도 위압감은 여전했다.

하. 정우는 숨을 내쉬며 소파 등받이에 걸터앉았다. 키가 커서 남이 등을 기대는 곳을 의자인 양 써도 자연스러웠다.

"재미있네."

"……."

"한 번도 내 예상대로 움직이질 않는구나, 형은."

한탄일까 비꼬는 말일까. 정우의 표정을 보면 알 수 있을 것 같았으나 그 순간만큼은 정우의 얼굴을 볼 엄두가 안 났다.

정우는 손목에 찬 시계를 확인하고는 소매 단추를 잠그고 넥타이를 맸다. 그러곤 아직도 절 경계하는 연우를 두고 문을 열었다.

"회견장으로 가죠."

정우가 문밖에 대기하고 있던 길드원들에게 말했다. 길드원들이 반색하며 달려들었다.

"각성은 끝나신 겁니까?"

"헌터 등급과 대외적으로 공개 가능한 스킬을 알려주셔야 합니다."

비서와 길드원들이 정우를 에워쌌다. 정우가 커다란 어깨가 문을 가리듯 섰다. 안쪽을 힐끔거리는 길드원들로부터 연우를 가리듯, 숨기듯.

"길드장님, 뭐라고 말 좀 해주십시오."

"대령님!"

"각성 없이 기자회견 합니다."

"예?"

"그게 무슨……."

"설마, 형님분께서 각성에 실패하신 겁니까?"

"형님이 각성 미달 헌터라고요?"

정우가 실패, 미달 따위의 단어를 입에 담은 길드원을 내려다봤다. 둘은 정우의 눈빛을 견디지 못하고 흠칫, 뒤로 물러섰다.

"죄, 죄송합니다."

"저도 말이 헛 나왔습니다."

"조심하세요. 외부 인사들이 이미 와 있습니다."

"예!"

"예!"

"시간이 더 필요합니다. 음, 일단 석 달 정도로 잡죠."

정우가 태연하게 지시를 내렸다. 애초부터 각성 못하는 상황을 예상하고 대책을 미리 세워둔 걸까 싶었지만, 비서와 다른 길드원들이 허우적대는 걸 보니 그건 아닌 듯싶었다. 그렇다면 정우도 길드도 각성이 100% 가능하리라 생각했다는 건데.

각성 메커니즘을 알지 못했던 그 당시의 연우는 정우의 눈에 홀릴 뻔했던 그 더러운 느낌이 각성 시도겠거니 생각했다. 나중에 듣기로, 일반적인 각성 방법은 훨씬 복잡하고, 시간이 오래 걸리는 것이었다. 정우가 시도했던 방법과 비슷한 점이 한구석도 없었다. 그렇다면 그때 그건 뭐였을까. 연우는 제게 일반적인 각성 방법을 설명해준 사람에게 물어보려다가 참았다. 정우가 관련되어 있는 일이다. 함부로 타인에게 흘릴 수 없었다. 그 타인이 정우에게 과잉 충성심을 내보이는 정우의 길드 길드원이라 할지라도. 연우는 자신이 사회적으로 금치산자 비슷한 상태라는 걸 잊지 않았다. 뭘 말해도 되고 뭘 궁금해하면 안 되는지, 경험도 이해도 부족했다. 그래서 호기심을 버리고 침묵을 택했다. 그 대가로 대기실에서 있었던 일이 무엇인지 알지 못했다.

기자회견까지 25분. 갑자기 발표 내용을 바꾸기엔 촉박하다 못해 불가능한 상황이었지만, 정우는 태연했다. 우왕좌왕하던 길드원들도 하나둘 침착해졌다. 정우가 중심을 잡아주니 흔들리지 않은 것이다. 정우를 믿고, 정우의 지시대로 하면 다 잘될 거라는 믿음이 그들의 얼굴에 드러났다.

"조금 전 군부대에서 테러 사건이 있었으니, 그에 대한 의사 표명을 하며 형님분의 각성 시점을 잠깐 언급만 하고 지나가면 좋을 것 같습니다."

"미리 보도 자료를 배포하지 않았으니 기자들은 오늘 기자회견 내용이 바뀌어도 알지 못할 겁니다. 기자단 쪽에서 불만이 접수되긴 했는데, 이제 와 정정했다면 일이 더 커졌을 테니까. 아무튼 잘된 일이네요."

"사회자에게 바로 전달하겠습니다."

"기자들 질문이 오늘 테러 건에 집중되도록 신경 쓰겠습니다."

정우를 중심에 두고 그를 믿고 따르는 충성스러운 분위기. 부담스러워하는 대신 그들을 적재적소에 써먹는 정우. 그들 사이의 단단한 유대가 절대 끊어지지 않을 끈처럼 그들을 연결했다. 문밖, 정우의 세상이었다. 문 하나를 사이에 두고 그와 연우의 세상이 나뉘었다. 문 안에 홀로 남은 연우는 조용히 그 모습을 지켜보았다.

불행인지 다행인지 외따로 떨어진 적막함은 그리 오래가지 않았다. 정우의 지시를 받은 비서와 길드원들이 연우를 끌어내 옷을 갈아입히고 머리를 빗겼다. 그들은 연우의 목에 난 손자국을 보고 잠깐 움찔했으나 이내 재킷 안에 받쳐 입을 셔츠를 목티로 바꾸고, 배색을 신경 쓰는 데 더 집중했다. 이리저리 몸을 뒤집고 주물럭대는 손들이 던전의 몬스터들 공격보다 더 끈질겼다. 15분 만에 잘 꾸며진 연우는 기자회견장까지 무사히 배달되었다. 기자회견 시작 5분 전이었다.

큰 홀은 사람들로 꽉 차 있었다. 못해도 기백 명은 될 것 같은데. 노트북과 카메라를 들고 단상을 올려다보는 기자들의 눈빛은 흉폭

하기로 악명이 자자했던 청도 던전의 소머리 몬스터에 비할 만했다. 그들의 시선을 한 몸에 받으면서도 정우는 조금도 긴장하지 않았다. 그들에게 보란 듯이 웃으며 연우에게 다정히 말을 걸었다.

"형, 내가 다 알아서 할 거야. 형은 내 옆에 가만히 앉아 있기만 하면 돼."

연우는 정우의 말이 제게 하는 말이지만 기자들에게 던지는 메시지이기도 하다는 걸 알아차렸다. 마이크가 꺼져 있다고 기자들이 정우의 입 모양을 읽어내지 못할 거라 생각하는 건 어리석은 일이었다. 게다가 이 세상엔 헌터 아이템이란 게 존재했다. 하얀색, 파란색, 노란색으로 은은히 빛나는 아이템을 들고 있는 기자들이 꽤 있었다. 도청까진 몰라도 눈앞에 앉은 두 형제의 이야기를 엿듣는 것쯤이야 어려운 일이 아니리라.

곧 기자회견이 시작되었고, 정우는 오늘 있었던 군부대 테러 건에 대한 입장을 밝혔다. 또한 연우의 각성에 대해서도 언급했다. 연우가 사회에 적응한 뒤 천천히 진행할 예정이며 시점은 삼 개월 뒤로 보고 있다는 것이었다. 정우는 따로 정리된 자료를 들고 있지 않았다. 불과 25분 전까지, 그가 기자들 앞에서 하려고 했던 말은 전혀 다른 내용이었다. 그런데도 그는 오래전부터 준비한 듯 거침없이 말했다.

질문이 있으면 해 달라는 사회자의 말이 끝나기 무섭게 회견장이 시끄러워졌다. 사회자는 동해 길드와 관계가 좋은 매체 위주로, 질문지가 오간 기자들부터 발언권을 주었다. 그들은 정우와 길드가 원하는 대로 군부대 테러 사건 위주로 질문했다. 하지만 간간히 약속되지 않은 질문을 끼워 넣었다. 발언권을 뺏다시피 하여 마이크를 손에 넣은, 정우와 동해 길드에 우호적이지 않은 매체의 기자는 벌써부터 연우와 테러 집단의 연계 가능성을 언급했다. 연우를 콕 집어 대답을 요구하기도 했다. 그때마다 정우는 마이크를 제 쪽으로 끌어와 대답하며 연우를 감쌌다. 기자회견은 정우의 독무대였다. 연우는 기자회견 내내 꿔다 놓은 보릿자루인 양 정우의 옆에 앉아 있을 따름이었다.

기자회견이 끝나고 기자들이 모두 떠나고 난 뒤.

"수고했어. 정신없었지?"

정우가 일어서며 연우의 어깨를 툭툭 두드렸다. 연우는 그 손을 붙잡고 물었다.

"나, 어떻게 살렸어?"

그 질문은 날 왜 살렸냐는 말과 궤를 같이 했다.

던전에서 나온 뒤, 질문할 기회는 많았지만 연우는 굳이 묻지 않았다. 궁금하지 않았기 때문이다. 정확히 말하자면 그걸 궁금해할 이유도 의욕도 없었다. 지금 묻는 것 역시, 의욕이 생겨서는 아니었다.

"말해. 나 어떻게 살린 거냐고."

"알고 싶어? 그럼 각성해."

"……."

연우가 입을 닫아 걸었다. 정우는 그럴 줄 알았다는 듯 웃었다.

✷

그날 저녁, TV 뉴스는 시작하자마자 정우와 연우가 군부대 안에서 '구헌터들'에게 습격받았다는 소식부터 다뤘다. 대통령의 해외 순방 일정 소식은 뒤로 밀려 짤막하게 다뤄지고 끝났다. 모연우 소위를 찾으러 왔다는 구헌터들의 말은 공개되지 않았다. 뉴스는 마치, 구헌터들이 모정우 대령을 노렸다는 식으로 말했다. 앵커 브리핑이 끝나자 동해 길드와 대한민국 육군 대변인의 공식 발표가 뒤따랐다. 동해 길드는 군에 강력하게 항의했고, 군은 내부 보안을 더욱 철저히 하며 '구헌터 테러 집단'을 근시일 내에 반드시 뿌리 뽑겠다고 했다.

연우는 그 뉴스를 정우와 함께 봤다. 연우는 굳이 긴 소파 끝에 앉아 있었고, 정우는 캔맥주를 든 채 반대편 끝에 느슨히 누워 있었다. 실수로라도 서로에게 발끝 하나 닿지 않았다. 그 상태로 연우는 '구헌터'가 무엇인지 묻지 않았다. 정우 역시 굳이 설명해주지 않았다. 정우는 연우가 묻지 않은 걸 먼저 설명해줄 만큼 상냥한 인간은 아니었다. 대신 그는 다른 방법으로 형을 향한 뜨거운 형제애를 드러냈다. 다음 날부터 연우는 동해 길드 본사 세미나실에서 신입 헌터 교육 담당자가 진행하는 1:1 맞춤 교육을 받게 되었다. 첫 수업의 주제는 '구헌터와 신헌터의 개념, 헌터의 세대 교체'였다.

'혹시 지 수능 공부할 때 같이 공부하자는 거 거절한 걸 아직 기억하고 있는 건 아니겠지.'

2:8 가르마에 고리타분한 양복을 입은 강사의 등장에 연우의 표정이 어두워졌다. 그 강사가 낑낑대며 들고 온 두꺼운 이론서를 내려놓았을 때, 연우의 얼굴에 드리운 어둠은 더욱 짙어졌다. 강사는 철저한 이론파였다. 뛰어난 강사는 시청각 자료에 의지하지 않고,

오직 마카펜 하나로 명강의를 펼칠 수 있다는 신념을 가진 듯했다. 그가 보여주는 유일한 시청각 자료는 동해 길드 홍보 영상뿐이었다. 연우는 강사가 화이트보드에 가득 써 재끼는 한글을 보며 두 손으로 얼굴을 감쌌다. 세종대왕님, 당신께서 이러라고 한글을 만든 건 아닐 텐데. 10년, 아니, 15년 만에 하는 공부는 아주 유익하고 새롭고 짜릿했다. 눈앞의 강사를 당장에 세종대왕님 옆으로 보내버리고 싶을 만큼. 강사가 열 마디를 하면 한 마디가 머리에 남을 듯 말 듯 했지만, 두 시간이 아주 무의미한 것만은 아니었다. 변해 버린 세상을 알지 못하는 연우에게, 강사의 지루한 강의 내용은 어느 정도 도움이 되긴 했다. 연우는 대충 들은 강의에 제 생각을 보태, 10년 후 마주하게 된 세상을 이해해 나갔다.

지금 세상은 헌터로 발현한 자들을 구헌터와 신헌터로 구분한다. 구분 방법은 다양하나, 새로운 전설 모정우 대령의 등장 이전과 이후로 나누는 게 일반적이다. 모정우 대령 등장 이전의 헌터를 구헌터. 이후의 헌터를 신헌터. 다만 모정우 대령 등장 이전의 헌터, 그러니까 헌터병이라 불렸던 헌터들 중에서도 정부 지침에 따라 각성을 마친 헌터들은 구헌터로 보지 않았다. 그러니까 구헌터란 것은, 한마디로 시대에 뒤떨어진 헌터병 나부랭이들을 의미하는 것이었다.

모정우가 발견한 각성이란 건 상태창이라 불리는 감각을 통해 헌터 등급과 스킬, 능력치를 활성화시키는 것을 말했다. 헌터 등급과 스킬 등의 능력치는 상위 등급일수록 위력이 강했다. 같은 등급이 되지 않는 이상 따라잡기 어려웠다. 헌터 등급은 현재까지 밝혀진 바로는 F급부터 S급까지였다. 처음에 바로 A급으로 각성하는 헌터도 있었으나 확률은 희박했다. 새로운 전설 모정우처럼 시작부터 S급인 헌터는 대한민국 내에서 다섯 손가락 안에 꼽혔다. 참고로 대한민국은 현재 5명의 S급 헌터를 보유하고 있었다.

처음 각성할 때 뜨는 등급이 평생 가는 건 아니었다. 게임 속에서처럼 경험치를 꾸준히 쌓고 수련하여 숙련되면 등급이 올랐다. 스킬과 능력치 역시 마찬가지였다. 희귀하지만, 어떤 요인에 의해 등급이 하락하는 사례가 발견되기도 했다. 헌터 등급을 올리는 건 쉽지 않았다. F급이 C급까지 올라오는 경우는 간간이 발견되었으나 C급부터 상위 등급으로 오르는 건 거의 불가능에 가까웠다. 수직 절벽을 맨손으로 기어 올라가야 하는 수준이었다. 이 역시 일반인 기준의 비유였다. 헌터는 웬만하면 맨손으로 절벽 정도는 오를 수 있었으니까.

일선에서 던전에 투입되었던 헌터병들은 대개 C에서 D급 사이에 분포했다. 또한 성장 한계치가 명확한 신체 강화 위주의 스킬과 능력치를 가지고 있었다. 이것은 이후 신헌터들 사이에 정신계 헌터가 무력계 헌터보다 더 낫다는 편견이 퍼지게 만드는 계기가 되었다. 새로운 전설 모정우가 S급이라는 것이 알려지자 대중은 당연하게 살아 있는 전설 신중윤을 찾았다. 하지만 그는 끝내 모습을 드러내지 않았다. 군 대변인은 오래전 만기전역한 그가 조용히 살고 싶어 한다고만 발표했다. 사람들은 숨어 나타나지 않는 신중윤을 모정우와 비교하며 욕했다. 살아 있는 전설은 무슨. 한물갔다는 둥 각성 못하고 구헌터로 남은 거 아니냐는 둥. 온갖 모욕적인 말들이 인터넷을 뒤덮었으나 신중윤은 끝내 나타나지 않았다. 그리고 사람들의 기억 속에서 살아 있는 전설 신중윤은 천천히 잊혔다. 새로운 전설은 그 빈자리를 완벽하게 메꿔주었다.

정우가 사설 길드 체계를 대한민국에 이식한 뒤, 헌터병들의 처지는 미묘해지기 시작했다. 1차 발현만 알려졌던 시기, 헌터의 능력을 구분하는 기준은 신체적 능력이었다. 힘이 세고, 빨리 달리고, 악력이 세고, 회복력이 높은 헌터가 뛰어난 헌터였다. 헌터로 발현했으나 신체적 능력치가 낮은 헌터들은 주로 후방 업무를 담당했다. 무사 제대율은 높았으나 헌터병 내에서는 취급이 좋지 못했다. 하지만 각성 후 헌터들의 새로운 능력이 열리자 상황이 뒤바뀌었다. 후방에 빠져 있던 헌터들이 오히려 더 좋은 스킬을 가지고 있는 경우가 많았다. 그에 비하면 최전방에서 던전에 투입됐던 헌터들의 등급과 능력치는 오히려 전체적으로 낮았다. 1차 발현 때 이미 드러난 신체적 능력이 고작인 경우도 많았다.

무엇보다 대리 입대 입양아를 현역으로 보내고 공익으로 빠진 헌터들의 성장세가 도드라졌다. 그들은 집안의 재력과 인맥을 이용해 안전한 던전을 공략하며 효율적으로 경험치를 올렸다. 빠르게 헌터 등급을 올리고 능력치를 높여 나갔다. 매번 죽을 고비를 넘기며 던전에 투입되었던 헌터병들은 점점 하급, 폐급 패잔병 취급을 받게 되었다. 힐링 스킬이 없어서, 마법 능력치가 없어서, 방어 스킬이 낮아서 툭하면 회복 불능 상태가 되어 군 병원으로 이송되는 일선 헌터병들은 조롱의 대상이 되었다. 그간 국가를 지탱하고 사람들의 평화로운 일상을 떠받쳤던 헌터병들의 희생은 미련하고 무식한 것이 되었다.

헌터 모병제가 폐지된 거나 다름없어지고, 사설 길드가 우후죽순 생겨나 각성 헌터들이 던전과 사회 곳곳에 진출하자 헌터병의 입지는 더욱 좁아졌다. 복지와 대우는 하루가 다르게 축소되었다. 관리와 보호가 느슨해지니, 그동안 꽁꽁 숨겨져 있던 헌터병들의 생활이 하나둘 대중에게 드러나기 시작했다. 헌터병은 언론의 맛있는 먹잇감이 되었다. 대중은, 매체는, 자극적인 것에만 관심을 쏟았다. 그들은 헌터병들이 상태창 각성도 없이, 스킬이나 능력치 보정도 못 받은 채로, 던전에 뛰어들어 처절하게 싸우고 비참하게 죽어갔던 것에는 더 이상 관심을 가지지 않았다. 불쌍한 헌터병의 처우는 그동안 겉핥기식으로나마 숱하게 다뤘던 것이었으니까. 식상했다.

그보다 사람들의 관심을 끈 건, 일명 '헌터병들의 주지육림'이었다. 대기업 연봉을 상회하는 월급을 받으며, 한 번 던전에 들어갔다가 나올 때마다 섹스와 술, 마약에 빠져들어 동물의 왕국을 방불케 했던 그들의 삶. 헌터병들의 문란하고 저질스럽고 더러운 생활은 씹고 뜯고 비웃고 떠들기 좋은 이야깃거리였다. 헌터병은 단번에 천박하고 더러운 것의 대명사가 되었다. 그간 헌터병을 잘 써먹었던 군은 꼬리 자르기에 나섰다. 헌터병들의 난잡한 사생활은 군의 공식적인 입장과 다르며, 군의 감시를 피해 이루어진 그들의 방종을 뒤늦게나마 바로잡겠다며 대국민 담화문까지 발표했다. 마약성 약물이 헌터들 사이에서 알음알음 퍼지는 걸 알아도 전투력 저하를 가져올 정도로 중독된 것이 아니라면 눈감아주고 모른 체했던 군의 실체 따위는 더러운 헌터병의 더러운 사생활 뒤에 묻혔다.

이제 헌터병은 구시대의 유물이다 못해 폐기물이 되었다. 죽지 못해 살아남은 헌터병들에게 주어진 선택지는 둘이었다. 각성하고 새로운 변화에 적응하며 자신이 헌터병이었다는 것을 숨기며 살거나, 안 죽고 여태 살아 있는 자신의 긴 명줄을 탓하며 천덕꾸러기 취급을 당하거나. 어느 쪽을 선택하든, 이제까지의 삶을 송두리째 부정당하는 것이었다. 무거운 산소통을 짊어지고, 총과 칼 따위에 의지해 던전으로 내몰리고, 동료들이 죽는 걸 지켜보며 버텨야 했던 하루하루. 신체적으로나 정신적으로나 극한에 내몰린 삶은 천 길 낭떠러지 위에 걸쳐져 있는 가느다란 실을 걷는 것과 다름없었다. 거부해야 된다는 생각은 하지도 못했다. 그렇게 살아야 되는 줄 알았고, 그 방법밖에 없는 줄 알아서 그렇게 살아왔다. 그런데. 그럴 필요가 없었단다. 지금까지 그렇게 살길 강요했으면서. 우리가 언제 그런 적 있었다는 양 매몰차게 돌아서는 세상을 맞닥뜨린 심정을. 누가 감히 이해할 수 있을까.

동해 길드의 초보 헌터 교육 담당 강사는 구헌터들의 그런 심정까지는 말해주지 않았다. 몰랐거나 굳이 거기까지 생각해줄 필요가 없었거나. 하지만 연우는 배우지 않아도 알았다. 어째서 '구헌터'라 불리는 헌터병들이 각성을 거부하는지. 사회의 낙오자로 취급받고, 종래에는 아무도 자신들의 이야기를 들어주지 않자 '헌터병스러운' 과격한 짓을 벌여서라도 사람들의 시선을 끌어모으고 있는 건지.

우리가 여기에 있다.

희생을 강요당하고, 그 희생마저 필요 없어져 버려진 자들의 외침이었고 비명이었고 절규였고 절망이었다. 헌터병들이 존재의 가치조차 짓밟히고 극한으로 내몰린 시점에서 각성을 거부한 일부 헌터병들이 서울 동부 헌터병 부대를 폭파한 후 성명을 내고 사라졌다. 군에서는 그들을 '이탈 헌터병 테러 단체'라고 명명했으나 사람들은 그냥 '구헌터 테러 집단'이라고 불렀다.

그들은 즉각 현상 수배되었다. 군은 유명 사설 길드 여러 곳에 협조를 요청했고, 길드들은 유명세를 얻기 위해 이탈 헌터병 사냥에 적극적으로 나섰다. 절반가량은 초반에 잡히거나 사살됐다. 하지만 구헌터 테러 집단은 사라지지 않았다. 첫 성명을 낸 헌터들은 대부분 죽었다. 하지만 그들이 보여준 세 번째 선택지를 고르는 헌터병들이 생겨났다. 꽤 많은 수의 헌터병들이 각성을 거부하고 테러 집단에 합류했다. 각성 안 한, 혹은 못한 헌터병들이 이렇게 많았나, 군이 뒤늦게 당황할 만큼의 규모였다. 주요 교통지에서 철저히 검문하고, 대규모 인원이 숨을 만한 곳을 대대적으로 수색했다. 하지만 그들은 쉽게 잡히지 않았다. 어딘가에 그들을 지원하는 사람이, 세력이, 돈이 있다는 뜻이었다. 과연 누굴까. 안정적인 국정 상황을 흔들고 싶어 하는 야당? 이럴 때 촉새처럼 끼어드는 일본? 중국? 아니면 미국?

군이 구헌터 테러 단체의 규모조차 파악하지 못하고 있을 동안, 구헌터 테러 단체는 체계를 갖춰 나갔다. 그들은 선불리 모습을 드러내지 않았다. 하지만 자신들이 원할 땐 언제 어디서고 나타나 동에 번쩍 서에 번쩍했다. 구헌터를 자처하더니, 몰래 각성하고 이동 스킬을 쓰는 게 아닌가 의심됐지만, 그렇다기엔 그들이 쓰는 무기는 여전히 원시적이었다. 그들은 자신들이 살았던 방식, 헌터병으로서의 정체성을 고수했다. 구헌터 테러 집단으로 인해 사회 불안이 커지자 비난의 화살은 엉뚱한 데로 튀었다. 왜 각성 헌터들이 구헌터 하나 제대로 못 잡냐며, 여론이 군과 사설 길드들을 비난하고 나신 것이었다.

이에 각성 헌터들을 끌어모으고 길드 규모를 키우는 데 열 올리며 서로 경쟁하던 유명 길드들이 일시적으로 동맹을 맺었다. 그들이 힘을 합치니 지지부진했던 구헌터 테러 집단 소탕이 진전되는 듯도 했다. 하지만 잠깐뿐이었다. 초기, 길드들은 구헌터 테러 집단을 과소평가했다. 각성도 못한 것들이니 강력한 스킬 한두 방이면 나가떨어지겠지.

군에서는 구헌터들을 강력한 살인 병기 취급하며 우려를 표했으나 신헌터들은 군 관계자들을 비웃었다. 처음 성명을 낸 구헌터들의 절반가량이 도망치던 중 신헌터들에게 붙잡혀 사살됐으니, 신헌터들의 오만이 아주 근거 없는 것만도 아니었다. 아닌 게 아니라 유명 길드들이 연대하여 구헌터 테러 집단 소탕에 나선 초기에는 구헌터들이 신헌터들의 공격을 막지 못하고 무력하게 쓰러졌다. 신헌터들은 그거 보라며, 더욱 자신만만해졌다. 그들은 던전에서 몬스터를 사냥하듯 시가지에서 구헌터들을 몰이했다. 바로 잡을 수 있는 걸 일부러 시간을 질질 끌며 가지고 놀기까지 했다. 하지만 그건 첫 반년간의 여유였다.

반년이 지나자 구헌터들이 반격하기 시작했다. 대등하게 싸운다 싶더니 순식간에 판세가 뒤바뀌었다. 구헌터들은 시가지 곳곳에서 게릴라전을 펼치며 신헌터들을 농락했다. 신헌터 쪽에서 사상자가 발생하기 시작했다. 구헌터를 우습게 봐선 안 된다는 군 관계자의 우려가 현실이 된 것이다. 구헌터들은 맨몸으로 던전에 내던져져 몬스터들의 습성을 익히고 싸웠던 자들이었다. 그들은 과거 던전에서 했던 것처럼 신헌터들에게 적응해 나갔다. 그리고 몬스터를 공략하듯 신헌터들을 공략했다. 신묘한 스킬이니 능력치이니 하는 것을 미각성 상태로 따라잡을 순 없었지만, 그건 전혀 문제가 되지 않았다. 구헌터들이 헌터병이었던 시절에도, 몬스터들보다 더 능력이 뛰어나서 던전을 공략한 게 아니었으니까.

군 관계자들은 신헌터들에게 다시 경고했다. 하지만 우월감에 차 있는 신헌터들은 자만심을 버리지 못했다. 길드들은 D급 이하 헌터들을 내보내 그런 거라며, C급 이상 헌터들로 새롭게 팀을 구성했다. 구헌터들은 또 몇 달 맥없이 밀리는 듯하더니, 다시 팽팽하게 접점을 벌이는 수준까지 따라붙었다. 구헌터들은 몸에 익은 대로 착실하게 움직였다. 몸으로 부딪쳐 경험하고 습득하고 공략한다. 신묘한 스킬도, 능력치 보정도 없이 수년간, 길게는 10년 가까이 던전에 투입되었다가 살아 돌아온 짬밥이 어디 가겠는가. 각성하여 신묘한 스킬을 얻었다고는 하나 전투 경험이 미비한 신헌터들이 만만히 볼 만한 상대는 아니었다. 절대로.

그리하여 구헌터 테러 집단이 성명을 낸 지 수년째. 아직도 대한민국은 그들의 테러 행위에 몸살을 앓고 있었다.

"아시겠습니까? 구헌터는 우리 시대의 어두운 그림자입니다. 청산해야 하는 과거이죠. 그런 자들이 감히 대령님을 노린다니. 아무래도 좀 더 일찍 소탕되고 싶나 봅니다."

강사가 무미건조한 말투로 말했다. 강사는 헌터로 발현하자마자 각성하고 입대했다고 했다. 이후 동해 길드로 보직을 변경하고, 모정우 대령의 예편에 앞서 전역하여 민간인 헌터가 되었다고 했다. 그에게 구헌터는 모정우 대령의 빛나는 앞길에 재를 뿌리는 방해꾼, 그 이하도 이상도 아닌 것처럼 보였다.

"……."

연우는 군에서 보냈던 닷새와 같은 상태가 되었다.

이후 연우는 매일 두 시간씩 세미나실에서 강사의 지루한 강의를 들어야 했다. 그동안 대한민국 육군과 동해 길드는 연우의 소유권을 놓고 협상을 벌였다. 연우의 신변 문제는 꽤 복잡해질 뻔했지만, 그런 것치고는 또 꽤 순탄하게 마무리되었다.

군에서는 타임홀 타입 던전에서의 10년을 군 복무 기간으로 인정하지 않으려 했고, 연우와 물밑 접촉을 통해 어떻게 해서든 동의를 받아내고 싶어 했다. 동해 길드는 민군 합작으로 만들어진 길드였고, 때문에 민간으로 이관된 뒤로도 길드 내에는 군의 명령을 우선시하는 머리 굳은 길드원들이 좀 남아 있었다. 군에서 일부러 심어둔 자들이었고, 굳이 태도를 숨기지 않고 대놓고 접근하는 걸 보니 길드 내에서도 공공연하게 군 세력으로 알려져 있는 듯했다. 그들은 은연중에 자신들이 동해 길드의 핵심 세력이라고 으스댔다. 모정우도 결국 군인이니-그들이 보기엔 아직도- 그 모정우를 감시하는 자신들은 모정우보다 위라고 생각하는 듯했다. 그들은 헌터가 아니었다. 군이 헌터병들을 어떻게 다뤘는지 생각한다면 당연한 것이었다. 군이 보기에 헌터는 도구이지 사람이 아니었다. 중요한 일을 헌터에게 맡길 리 없었다. 연우를 원하는 것도 모정우라는 쓸모 있는 도구가 자신들 손아귀에서 벗어나려 하자 잡아둘 또 다른 도구로 삼으려는 것이었다. 길드의 헌터들은 그들을 더러워서 피하지, 무서워서 피하냐는 태도를 보였다.

'그게 엘리트 장교 출신인 군부 세력의 열등감을 자극한 걸까?'

연우는 제 앞에서 과하게 으스대는 그들을 보며 내심 가늠해보았다. 헌터병 때 이런 놈들을 숱하게 봐왔으니까. 그들은 우연을 가장해, 혹은 그런 수고로운 수작조차 건너뛰고 연우에게 접촉해왔다. 그때마다 연우는 정우가 과연 이들의 존재를 모르고 있을까 하고 의심했다. 봐주고 있는 건 어느 쪽인지.

군이 이런 것으로 시간을 낭비할 동안, 정우와 동해 길드는 대한민국 3대 로펌에게 사건을 의뢰하며 대놓고 일을 키웠다. 또한 정우는 동해 길드장으로서 바쁜 스케줄을 소화하는 와중에 온갖 매체와 인터뷰하며 형을 향한 절절한 형제애를 드러냈다. 여론은 절대적으로 동해 길드, 아니 모정우 대령의 편이었다. 연우는 TV를 보며 밥 먹다 말고 자신과 정우가 얼마나 절절한 형제 사이인지 학습했다. 새로운 지식이었다. 아주 놀랍고 짜릿했다. 가증스럽게 눈물마저 보이는 모정우가, 액면가 열 살 터울을 뛰어넘어 진짜 제 동생 모정우가 맞는 거 같다는 생각이 들 만큼.

군은 여론의 지지를 받는 모정우 대령을 이길 수 없었다. 결국 서두른 감이 없지 않게 모연우의 전역이 결정되었다. 그건 연우가 당연히 받아야 할 세월의 대가였으나 정우가 쟁취해 낸 것이기도 했다.

"고마워해도 돼."

전역 통보를 받은 날, 정우가 기쁜 소식이라며 살짝 들뜬 목소리로 말했다. 연우는 잠깐 고민하다가 물었다.

"연금 반 떼줘?"

"……."

정우의 얼굴이 구겨졌다. 연우는 코웃음 치고는 제 방으로 들어갔다. 천천히 문을 닫았다. 정우는 따라 들어오지 않았다.

이후 연우는 밀린 월급과 제대 축하금을 일시불로 지급 받았다. 축소된 헌터병 복지가 연우에게까지 소급되지 않았기 때문에 지금 말고, 그 당시 헌터병 기준으로 계산됐다. 헌터병 연금 또한 그 당시 기준으로 셈해 지급액이 결정됐다. 죽었다 치고 받은 2계급 특진은 그대로 유지되었다. 한 번도 불려본 적 없는 직급이라 무척 어색했다. 불린 적 없이 바로 제대해서 다행이라는 생각이 들었다. 절대 손에 들어올 리 없다 생각해 기대조차 하지 않았던 걸 손에 쥔 기분은…… 싱거웠다. 전혀 기대하지 않았기 때문에 감흥이 없는 걸까. 아니면 손에 넣고도 아직 제 것이라는 실감을 못 하는 걸까.

"이거 반을 나한테 준다고?"

정우가 통장을 뺏어 가더니 이번 달 연금액을 확인하고는 삐딱하게 웃었다. 연우도 따라 웃었다. 역시, 실감이 안 나는 걸지도.

✷

한 달 동안 경험한 세상은 확실히 10년 전과 다르긴 달랐다. 던전에 갇혀 있다 나온 사람만이 느낄 수 있는 파격일까. 아니면 10년 세월을 고스란히 경험한 자들에게도 받아들이기 어려운 변화였을까.

답은, 굳이 고민하지 않아도 됐다. '구헌터'란 단어가 알려주고 있었으니까.

'이건 봐도 봐도 적응이 안 되네.'

팔짱 낀 정우의 뒤로 태극기와 무궁화가 나타나고, 지구본이 나타나고, 세찬 파도가 나타나며 독도가 보이고. 아니 2002년 월드컵 영상은 왜 나타나지? 저때 4강에 든 게 정우랑 무슨 상관이라고?

연우는 멍하니 동해 길드 홍보 영상을 보았다. 단 10분짜리 영상이지만, 연우의 정신은 5억 광년 너머로 흩어질락 말락 했다. 몰래 인스턴트 던전으로 갔다가 정우의 에스코트를 받아 동해 길드 본사로 돌아온 뒤. 연우는 말도 없이 혼자 건물을 빠져나간 죄로 세미나실에 갇혔다. 죗값으로 끔찍한 동해 길드 홍보 영상을 시청해야 했다.

……사실은 그냥, 수업 시간이 되어 세미나실에 갇힌 것뿐이었다. 동해 길드 홍보 영상은 강사가 강의 들어가기 전 한 번씩 꼭 트는 것이었고. 볼 때마다 없던 소속감도 박살 나고, 국뽕 길드 따위 정말 동해로 보내버리고 싶은 마음이 동해의 짙은 안개처럼 뭉게뭉게 몰려오건만. 강사는 매일 보면서도 매일 새롭다는 듯 영상에 집중했다. 모르는 사람이 보면 연우가 강사이고, 강사가 막 길드에 가입한 초보 헌터인 줄 알 듯했다. 천 년 같은 10분이 지나자 강사가 분노를 담아 외쳤다.

"이렇게 대단한 길드의 길드장님이 누구시다?"

"모, 정우?"

"그냥 모정우가 아니라! ……크흠. 그럼, 그 대단한 분이 세우시고, 대한민국의 평화와 안전을 최우선으로 하며, 다른 길드의 무법

함과는 비교도 안 되게 안정적이고 체계적인, 대한민국 최고의 길드는?"

"……."

'그런 길드가 있었나?'

연우는 아직 길드명을 많이 외우지 못했다. 돈이 넘쳐나는지 광고를 무지막지하게 때려 대는 바람에 눈에 익은 대기업급 길드만 대여섯 개 정도 알 뿐이었다. 연우가 '대한민국 길드사' 시간에 그 길드들에 대해 묻자, 강사는 피를 토하듯 침을 튀기며 그 길드들을 마구마구 까댔다. 덕분에 연우는 유명 길드들의 비리와 온갖 사건사고를 낱낱이 알게 되었다. 얼마나 열의가 넘치던지. 연우는 2시간인 강의 시간이 4시간으로 불어나는 기적을 맛봤다. 감격한 연우는 그 뒤로 궁금한 게 있어도 절대 질문하지 않았다.

대한민국 길드사 강의 시간에 강사가 유일하게 까지 않은 길드는 단 하나, 동해 길드뿐이었다. 하지만 연우는 이 세미나실에 오기 전, 정우와 헤어지자마자 무리지어 으스대며 걸어오는 군 세력을 마주쳤다. 연우가 전역하니, 이제 그들은 더 이상 연우를 회유의 대상으로 보지 않았다. 대신 비웃음거리로 보았다. 아까도 마주치자마자 아직도 각성을 못했냐고 비아냥대며 어깨를 툭툭 쳤다. 군 쪽 스파이들이 대놓고 행패를 부리고 있는데, 이렇게나 내부 결속이 불완전한 길드가 다른 길드와 비교도 안 되게 안정화되어 있는 길드일 리가? 설마 싶었지만 혹시나 하는 마음에 말해보았다.

"……동해 길드?"

"맞습니다!"

강사는 손뼉을 치며 정답을 말한 연우를 칭찬했다. 그러더니 지킬 박사와 하이드처럼 돌변해 연우를 쏘아보았다.

"그런데 왜 대답하기까지 시간이 5초 이상 걸린 거지요? 그리고 말끝에 물음표가 붙은 거 같은데. 당연히 제 착각이겠지요?"

강사가 눈으로 광선을 쏘았다. 정말 광선을 쐈다는 건 아니고 관용어였다. 헌터들이 각성한 뒤로, 이런 말을 쓸 때에 한 번 더 생각해봐야 한단다. 왜냐면 이제는 정말로 눈에서 광선을 쏘는 헌터들이 있으니까. 그런 스킬을 가지고 있든, 헌터 아이템을 사용해서든.

"소속감! 애사심이 턱없이 부족합니다!"

"……."

동해 길드 소속이 아니니 당연한 거 아니냐고 말하고 싶었으나 참았다. 그걸 소리 내 말하지 않을 정도의 눈치는 있었다.

"이 길드가 내 길드다! 왜 애정을 드러내지 못하는 겁니까? 내 강사 생활 15년 동안 당신 같은 분은 처음입니다!"

강사는 이전에 중견 회사를 다니며 사내 교육을 담당했다고 했다. 역시 고작 5년 경력이라기엔 너무 고리타분해 보인다 싶었건만. 각성이 일반화된 뒤엔, 늦은 나이에 1차 발현과 각성이 같이 일어나 헌터가 되는 사람이 심심치 않게 나타난다고 했다. '후속 헌터'라는 공식 용어도 있다고 한다. 강사가 이 케이스였다. 이 역시 열다섯 즈음에 발현해 헌터가 되어야 한다는 강박관념에 시달렸던 연우에겐 낯선 이야기였다.

"오늘 일만 해도 그렇습니다! 지금 길드장님이 당신 때문에 얼마나 곤란한 처지에 놓여 있는데, 당신이란 사람은 태평하게 인스턴트 던전을 구경하러 갑니까? 말도 없이? 혼자? 왜요? 던전이 일회성으로 생겨났다가 사라지는 게 재미있어 보였습니까? 내 강의를 듣고 현장 학습이라도 간 겁니까? 내가 다 잘못 가르친 탓이겠군요!"

"음……."

"근데 왜! 왜! 제대로 가르쳐준 건 하나도 안 듣고 엉뚱한 행동을 하는 겁니까! 각성이나 했으면 몰라! 지금 밖엔, 당신이 구헌터 테러 집단과 내통하여 각성을 차일피일 미루고 대령님을 테러 집단에 바칠 궁리나 하고 있다는 소문이 파다하단 말입니다. 그 소문 때문에 요즘 길드장님이 얼마나 곤혹스러워하는지 알고는 있습니까?"

"곤혹?"

연우는 고개를 내저었다. 차에서 봤던 정우는 즐거워하면 즐거워했지, 아니, 말은 바로 해야지. 가소로워하면 가소로워했지, 딱히 곤혹스러워 보이지는 않았…….

"네! 아주 곤혹스러워하십니다. 아시겠습니까?"

애사심이 투철한 강사에게는 다르게 보이나 보다.

강사의 잔소리는 그 뒤로도 끝없이 이어졌다. 아무래도 이번 수업은 잔소리로 때울 셈인 듯했다. 더 들으면 모정우 대령님 솔방울로 수류탄 만드시고 하루에 천 리를 달리신다, 가끔 심심하면 물 위를 걷기도 하신다는 간증도 나올 것 같았다. 그렇다면 이쪽에서도 적당히 명상의 시간을 가져야지. 연우는 각성을 부르짖는 강사의 말을 한 귀로 흘리며, 그의 가슴에 달린 동해 길드 배지를 멍하니 바라보았다. 국회의원도 아니고 저런 걸 왜 만든 걸까. 그놈의 소속감 때문에?

'난 저런 거 안 달고도 내가 헌터병대 소속이라는 게 아주 뼈에 사무쳤었는데.'

강사의 따발따발 잔소리가 자장가로 느껴질락 말락 할 때였다.

"아무리 말해봤자 강사님 목만 아플 겁니다. 우리 형, 남의 말 잘 안 듣는 스타일이라서. 혼날 때는 특히."

그 위대하시고 바쁘신 길드장님이 이 누추한 세미나실에 강림하셨다. 정우가 문가에 기대서 팔짱을 끼고 여유롭게 웃어 보였다.

'언제 온 거지?'

연우는 반가움보다 섬뜩함을 먼저 느꼈다. 기척을 전혀 못 느꼈다. 세미나실 밖 복도를 지나다니는 길드원들의 기척은 전부 알아차렸는데.

"충성! 소위 민인서!"

강사가 차렷 자세로 경례했다. 기합이 팍 들어가 있었다. 이럴 땐 동해 길드가 민군 합작으로 시작되었다는 게 실감 났다. 정우도 더 이상 군인이 아니고, 강사 또한 일찌감치 전역했다고 했는데. 강사는 아직도 정우를 까마득한 군 상관 대하듯 했다. 정우 역시 마찬가지였다.

"쉬어요, 고생이 많네요."

"아닙니다!"

강사가 우렁차게 외쳤다. 정말 다른 사람 같았다.

'뭐야, 같은 소위야?'

연우는 떨떠름해하다가 자신이 2계급 특진했다는 걸 기억하고는 얼굴을 폈다.

"강의 끝날 시간에 맞춰 내려왔는데, 수업을 방해해서 미안합니다."

정우의 말에 연우와 강사는 미어캣처럼 고개를 쳐들고 벽에 걸린 시계를 확인했다.

'정말로 잔소리만 2시간을 들은 거야?'

동해 길드 홍보 영상을 10분 봤으니 1시간 50분가량이지만. 연우는 믿을 수 없었다.

"수업이 열정적이던데, 시간이 좀 더 필요하면 내가 끝난 후 다시 내려오겠습니다."

정우가 팔짱을 풀고 몸을 세웠다. 강사도 연우도 그가 그대로 떠날까 봐 눈이 울망해졌다.

"아닙니다! 다 끝났습니다!"

강사가 비명을 지르듯 외쳤다. 바쁘신 길드장님을 어찌 그냥 돌려보냈다가 다시 발걸음 하게 할 수 있단 말인가. 잔소리는 내일도 할 수 있는데. 강사는 급히 강의 자료를 정리해 껴안고 교단을 비웠다.

"오늘 뵙게 되어 영광이었습니다!"

마지막까지 군기 바짝 든 모습을 보이고는, 혹여 정우의 그림자라도 밟을까 조심하여 후다닥 자리를 떴다. 세미나실에 정우와 연우, 둘만 남게 되었다.

정우는 단상 위에 오르지 않고 교단에 팔을 기댔다. 몸에 딱 맞는 슈트를 입고 있어 길드장이 아니라 강단에 선 미남 강사 같았다. 아무 말 안 하고 저렇게 두 시간 동안 가만히 서 있기만 해도 매번 수강 신청이 3초 만에 마감될 것 같은데.

"고마워해도 돼."

"뭘?"

"공부 방해해줬잖아."

아무래도 강사 체질은 아닌 듯했다. 방금 저 말을 강사가 들었어야 했는데. 그래도 소속감과 애사심이 그대로이려나. 연우는 궁금해졌다.

"강의는 들을 만해?

연우가 전혀 고마워하는 눈치가 아니자 정우가 물었다.

"음, 아마?"

아니라고 말하고 싶었으나 근 한 달 동안 매일 얼굴 본 정이 있어 일단 고개를 끄덕였다.

"그래? 그럼 각성할 마음은 들어?"

"……."

이번 질문에는 답하지 못했다. 정우는 그럴 줄 알았다는 듯 웃었다. 문득, 당신이 각성을 안 해서 길드장님이 얼마나 곤란해진지 아냐고 외치던 강사의 말이 떠올랐다. 뭘 알고 하는 말인지 그냥 하는 말인지. 아마도 그냥 홧김에 한 말이겠지만. 세미나실에 갇히기 전, 인스턴트 던전 앞에서 기자들에게 들었던 말이 귓가에 쟁쟁 울렸다. 각성, 각성하지 않은, 각성하지 못한, 미각성, 구헌터.

딱. 정우가 눈앞에서 손가락을 튕겼다.

"……!"

딴생각하느라 멍해 있던 연우의 눈에 빛이 돌아왔다. 연우는 인상을 구기며 정우를 올려다봤다.

“뭐야.”

“밥 먹으러 가자고.”

“뭐?”

갑자기 무슨 밥 타령이냐고 한 소리 하려고 했는데. 불현듯 허기가 밀려왔다. 시계를 보니 밥때가 되긴 했다.

“가자, 형.”

연우는 거절하지 않았다. 둘은 세미나실을 나와 사내 식당으로 갔다. 정우가 줄을 서도, 다른 길드원들이 놀라거나 비켜서지 않았다. 정우가 사내 식당에서 밥을 먹는 게 익숙하다 못해 당연해 보였다. 사단장님 오셨는데 졸병들이 아는 척도 안 하는 모습을 보는 것 같아 연우는 아직도 익숙해지지 않았다.

“뭐해?”

정우가 손짓했다.

“아, 어.”

연우는 그의 뒤에 서 식판을 받았다. 지난 한 달간, 정우가 외부 식사 약속이 없는 날에는 이곳에서 함께 식사했다. 그리고 정우는 길드장님 바쁘시다는 강사의 말과 다르게 식사 약속이 그리 많지 않은 듯했다. 연우는 동해 길드로 인계된 후 거의 매일, 정우와 함께 식사했다.

배식을 받은 두 사람은 창가 쪽에 놓인 테이블에 앉았다. 식당이 한가하기도 했거니와 길드장이 사내 식당에 밥 먹으러 온 게 당연한 일인 것과는 별개로, 길드장과 한 테이블에서 밥 먹을 만큼 간 큰 헌터는 식당 내에 없었다. 다들 알아서 자리를 피해 다른 곳으로 갔다. 연우는 제 앞에 놓인 식판을 봤다. 배식원이 인심 좋게 담아준 밥과 국, 반찬이 가득했다. 맛있어 보여 입가에 침이 고였다. 그와 별개로 선불리 손이 가지는 않았다. 10년 동안 몬스터 개미의 체액만 먹고 살아서일까. 연우는 아직 씹어 삼키는 음식이 약간 어색했다. 의사는 거부 반응 어쩌고저쩌고했는데, 연우는 그냥 어색할 뿐이었다. 시간이 멈춰 있던 곳에 있었기에 소화기관의 퇴화도 멈춰 있었던 건지. 연우의 오장육부는 10년간 단물만 먹고 산 사람의 것답지 않게 아주 정상적이었다. 타임홀 타입 던전에서 나온 후 몸에서 전체적으로 근육이 좀 빠지긴 했는데 우려할 수준은 아니라고 했다. 잘 먹고 훈련 잘 하면 다시 오를 거라나. 바로 일반식을 먹어도 된다는 말을 들었지만 연우는 한상 차림을 앞에 두고도, 음식이 다 식을 때까지 수저를 들지 못했다. 군에서나 길드에서나 끼니때마다 죽을 따로 요청했다. 그게 적당히 식을 때까지 기다린 다음 벌컥벌컥 마셨다. 던전에서 몬스터 개미의 체액을 마셨던 것처럼.

그때마다 정우는 항상 옆에서 지켜봤다. 연우는 정우가 속을 박박 긁는 재수 없는 말을 하며 밥을 먹으라고 강요하지 않을까 경계했으나 정우는 그러지 않았다. 대신 죽을 먹는 연우의 맞은편에 앉아 제 몫의 식사를 깨끗이 비웠다. 외부에 일이 있어 나갔다가도 식사 시간이 되면 돌아와 연우 앞에 앉았다. 정우는 밥 한 톨, 국 한 방울 남기지 않고 싹싹 먹어 치웠다. 그러면서 연우에게 먹어보라는 말은 한마디도 하지 않았다.

연우는 죽 그릇을 든 채로, 정우가 밥 먹는 걸 구경했다. 하얀 쌀밥에 잘 익은 김치, 보글보글 끓는 된장찌개, 기름이 좔좔 도는 계란 말이에 뜨거운 김이 올라오는 불고기. 그것들이 정우의 입 속으로 사라지고 또 사라졌다. 그러기를 이 주째. 연우는 다시 밥을 씹을 의욕을 되찾았다. 정우가 지구상의 모든 김치와 갈비찜을 먹어 치우기 전, 내 몫을 지켜야 한다는 생각이 들어서였다. 밥을 씹고 국을 삼킨 지는 열흘가량 되었다. 의사의 말대로 소화 과정에서 큰 이상은 없었다. 불편한 점도 없었다. 연우는 잘 먹고 잘 소화시키고 잘 쌌다. 그런데도 아직, 첫 술을 뜨는 건 어색했다.

연우가 숟가락, 젓가락 쓸 줄 모르는 사람처럼 가만히 있자 정우가 밥 먹다 말고 그 모습을 힐끔 봤다. 그러곤 젓가락을 놀려 연우의 식판 위 돈가스 한 조각을 가져갔다.

"너 뭐해."

연우가 인상을 팍 썼다. 어디 감히, 형 반찬에 손을.

"안 먹길래."

"안 먹긴 누가 안 먹어."

"뺏기기 싫으면 먹든가. 이거 오늘 잘 튀겨졌네."

정우가 다시 연우의 돈가스를 노렸다.

"어디 뺏을 게 없어서 형 거를!"

연우는 재빨리 젓가락을 들어 돈가스를 사수했다.

"치사하게, 돈가스 한 조각 가지고."

삼십 대 중반의 남자가 혀를 차며, 몇 번 더 연우의 돈가스를 노렸다.

"더 먹고 싶으면 가서 가져와. 너네 길드 돈가스 살 돈도 없냐?"

액면가 이십 대 중반의 청년이, 열 살 많아 보이는 동생의 젓가락을 냉정히 쳐냈다. 쳉쳉. 삼십 대 중반의 길드장은 내 길드 재정 상태를 무시하지 말라 말하면서도 자꾸 형의 돈가스를 탐했다. 둘은 이십 대 초반에나 할 법한 짓을 이제야 했다. 정우는 이게 재미있는지 웃었다.

"뭐야, 돈가스 좋아했어? 돈가스 공장이라도 사줘? 말만 해. 우리나라에서 제일 큰 걸로 사주지."

"허세는. 내 돈가스 뺏어 먹지나 마라."

연우는 같잖다는 표정을 지으며 지켜낸 돈가스를 한 조각 입에 넣었다. 소스가 묻었는데도 바삭했다. 돈가스는 정우의 말대로 맛있었다. 하지만 돈가스만 씹자니 조금 느끼했다. 연우는 밥을 한 술 떴다. 함께 씹어 삼키고, 그 김에 국도 한 숟갈 떠 마셨다. 그리고 다시 돈가스, 김치, 밥을 한입에 넣고 씹었다.

밥을 먹는 건 이렇게 쉬웠다. 첫 한 숟갈이 어려울 뿐이었다.

"여기 된장국 맛있네."

"돈가스보다?"

"장르가 다르잖아. 국하고 반찬을 왜 비교해?"

"뭔 상관? 제일 맛있는 게 뭔지 고르는 건데."

"너 내가 된장국이 더 맛있다고 하면 돈가스 가져가려고 그런 거잖아."

"오, 이젠 생각이라는 걸 좀 하게 됐나 봐?"

"다음 달에 연금 들어오면 돈가스 큰 거 한 봉지 사다 튀겨줄 테니까 기다려."

"형이나 기다려봐, 돈가스 공장 사준다니까."

"뭐래, 네 돈가스나 먹어."

두 사람은 별 영양가 없는 대화를 이어 갔다. 연우는 당연하게 정우의 식판에서 돈가스를 한 조각 빼 왔다.

"더 먹고 싶으면 가서 가져와."

정우는 조금 전 제가 들었던 말을 똑같이 돌려주었다.

"원래 내 거야. 모자라면 너나 가져와."

연우가 뺏어온 돈가스를 입에 넣고 야무지게 씹자, 정우가 픽 웃으며 돈가스를 두 조각 더 연우의 식판 위에 올려줬다.

"형님 우대."

"오냐."

"거절 안 하네?"

"너 길드장이라고 더 많이 주는 거 봤거든."

연우는 정우가 도로 가져갈세라, 돈가스를 젓가락으로 쿡 찍었다. 대화는 거기서 끊겼다. 둘은 먹는 데 집중했다. 식판을 반쯤 비웠을 때.

"그동안 뭐 하고 살았냐?"

연우가 머뭇거리다가 물었다. 입대하고, 각성 발견하고, 길드 체계 만들고. 아주 바쁘게 살았겠지. 강사에게 귀에 못이 박히도록 들었으나 연우가 궁금한 건 그게 아니었다. 그냥, 평범한 게 궁금했다. 누굴 만나고, 쉬는 날 뭘 했고, 취미는 변했는지. 삶이, 그리 나쁘지만은 않았는지. 별 질문 아닌데도 묻는 게 괜히 뻘쭘해서 돈가스를 씹는 척하며 뜸을 들였다.

본인은 티 나지 않았다고 생각하고 있었으나 연우에게서 한순간도 눈을 뗀 적 없는 정우는 이미 알아챘다. 뭘 물어보려고 저렇게 뜸을 들이나 궁금했는데. 고작 그거? 정우가 피식 웃으며 답했다.

"독서."

"설마."

"……."

정우의 미간이 꿈틀, 했다.

"진짜야."

"내가 당장 확인 못 한다고 어디서 그런 말도 안 되는 소릴."

연우가 아는 정우는 과제가 아니면 책을 펴 보지 않는 놈이었다. 책 알레르기가 있는 건지 확인해보려고 낮잠 자는 정우 옆에 책을 성벽처럼 쌓아놨다가 종일 미친 원숭이처럼 구는 정우에게 쫓겨 다녔던 적도 있었다.

"나중에 나랑 서점이나 한번 다녀와보든가. 내가 추천하는 책 리스트가 전부 베스트셀러가 돼 있는 걸 보여주지."

정우가 빼기듯 말했다. 옆에 비서나 길드 간부들이 있었다면 놀라 제 귀를 의심했을 것이다. 하지만 정우의 이런 모습만 아는 연우는 절대 제 귀를 의심하지 않았다.

"그걸 다 읽었어?"

대신 다른 걸 의심했다.

"뭐, 읽은 것도 있겠지."

정우는 남 말 하듯 말하고는 국을 휘적거렸다.

"상술이군."

"……."

"상술이네."

"최근엔 루소가 쓴 에밀을 읽었어. 형이 군에 가 있는 닷새 동안 심심했거든."

정우는 제 취미가 독서라는 걸 증명하기 위해 말했으나 연우는 그 말을 다르게 받아들였다. 역시 날 빼내기 위해 뺑이 친 게 아니었군. 뺑이 친 건 밑의 사람들일지도. 연우는 왜 정우의 비서나 측근 길드원들이 절 이상한 눈으로 바라보는지 깨달았다. 그들에게 자신은 야근거리였다. 괜히 미안해졌다.

"딴생각 중?"

정우가 연우의 식판에 남은 돈가스를 젓가락으로 가리켰다. 연우는 얼른 정신을 차렸다.

"아냐, 말짱해. 아주 잘 듣고 있어."

"그래, 잘 들어봐. 형은 평생 안 읽을 책이니까."

"왜? 나도 너 감옥 들어갔을 때 심심해서 읽을 수도 있지."

길드는 이를테면, 대기업 같았다. 연우가 이해하기로는 그랬다. 대한민국에서 대기업 회장들은 심심하면 감옥을 들락거리지 않던가. 정우도 그럴지 모른다. 충분히 가능성 있는 일이라 생각했건만, 정우는 비웃음을 흘렸다.

"날 감옥에 가둬? 누가?"

"너 지금 표정 진짜 재수 없다."

"그리고 에밀 두꺼워. 형은 내가 10년 수감돼 있어도 못 읽을걸?"

"……."

형제는 닮는다지 않는가. 책 알레르기가 있는 건 연우도 마찬가지였다.

"에밀에 보면 그런 대목이 나와. 아이가 유리창을 깨면 말로 혼내선 자기가 뭘 잘못했는지 확실히 모르니까 혼내지 말고, 그냥 밤에 유리창이 깨진 방에서 이불 없이 재우라고."

정우의 목소리가 스크래치 입은 연우의 마음을 달래듯 살랑였다.

"깨진 창문에서 쏟아지는 찬바람에 밤새 얼어 죽을 뻔한 경험을 하면, 다음부터는 절대 유리창을 깨지 않을 거라고. 아이를 정말 위한다면 마음이 아파도 때론, 아이를 추위에 내몰아야 한다는 거지."

연우는 애를 추위로 내모는 게 애를 진정한 자유인인지 뭔지로 만들 수 있는 방법이란 소릴 듣고는 얼굴을 구겼다.

"왜? 책 내용이 너무 마음에 들어?"

"국방부 추천 도서냐?"

헌터병대 추천 도서일지도 몰랐다. 아니, 분명했다.

"글쎄. 그럴지도 모르겠네, 딱히 그쪽은 관심이 없어서."

자기 이름을 내세운 베스트셀러 목록을 가지고 있는 사람이 가볍게 대꾸했다.

연우만 혼자 괜히 울컥했다.

"그딴 책을 왜 읽어? 읽지 마."

루소니 유리창이니. 그딴 책 이야기. 하나도 이해 가지 않았다. 이해하고 싶지도 않았다. 하지만 이거 하나는 분명했다. 모연우는 모정우를 창문이 깨진 방에 재우지 않을 것이다. 정우가 창문을 깼다면, 그래서 굳이 누군가 그 창문 깨진 방에서 자야 한다면. 자신이 자면 될 일이다. 왜 굳이 정우가 오들오들 떨며 그 아래 누워 있어야 한단 말인가. 루소인지 우루사인지 하는 사람은 지 새끼를 사랑해본 적도 없고, 키워본 적도 없는 개새끼인 게 분명했다. 애가 유리창 좀 깬 게 뭐 어때서. 왜 애를 추위에 내몰아. 연우는 루소인지 하는 새끼의 개똥철학이 마음에 들지 않았다. 이해하려고 노력하고 싶지도 않았다. 그래서 더 짜증 나는 건지도 몰랐다. 난 루소처럼 널 내몰지 않았어. 그런데 넌 왜 스스로 유리창 아래 엎드린 거지? 어째서 헌터병 따위가 된 거냐고. 뭘 듣고 뭘 보든 정우를 연결시키고 혼자 열 받는 거. 이것도 의사가 말한 던전 증후군이니, 우울증이니 하는 것일까?

"이미 다 읽었어."

"왜 읽었는데? 너 결혼했냐? 애도 있고?"

짜증 나서 아무 말이나 내뱉었다. 뱉고 나니, 좀 신빙성 있는 것 같다는 생각이 들었다. 새로운 전설 모정우 대령께서 결혼해 아이가 있단 얘기는 못 들었지만 저렇게 육아 서적에 정통하시니, 슬쩍 의심이 들었다. 유명인이 세간의 눈을 피해 가족을 숨기는 것은 종종 있는 일 아닌가. 만약 그렇다면, 남들에겐 비밀이어도 난 알고 있어야지. 난 형이고, 가족이니까. 연우는 당당하게 결혼 여부, 자녀의 유무를 물었다. 정우는 재미있는 농담을 들은 사람처럼 웃었다.

"결혼한 새끼가 형 뒷구멍에 좆을 박았을까."

"쿨럭."

연우는 국을 떠먹다 말고 사레가 들렸다.

"야이, 개새…… 쿨럭."

"괜찮아?"

원흉이 걱정까지 해주었다. 연우는 원흉이 건네는 물 잔을 받아물을 삼키고 잔기침을 두어 번 더 쏟아냈다. 정우는 웃으며 식판에 든 음식을 맛있게 비웠다.

"걱정 마, 미혼이야."

"걱정, 쿨럭, 안 했……."

"형한테 따먹힌 뒤로 10년 동안 깨끗했으니까. 누가 내 아이라고 데리고 와도 혹해서 믿지 말고."

개소리 말라고 대꾸하려다가 멈칫했다.

"……그런 적 있었어?"

"몇 번. 이상하지? 난 누구랑도 잔 적 없는데, 나랑 잔 날 애가 생겨 낳아 길렀다는 사람들이 가끔 한 번씩 찾아온단 말이지."

"……."

"밥 먹어. 입맛 떨어지는 얘기 그만하고."

정우는 더 대화 나눌 생각이 사라졌는지 식판을 비우는 데 집중했다. 그러곤 금세 밥풀 한 톨 남기지 않고 싹싹 비워냈다. 그 모습을 보는 연우의 눈이 차갑게 식었다. 연우가 기억하기로, 정우는 한창 성장기에도 입이 짧아 집안 고용인들의 걱정을 한 몸에 사는 아이였다. 개미굴 던전 내에서 돌아버린 게 아니라면, 분명 그랬다.

'네가 그러니까 키가 안 크는 거야.'

연우의 도발에 욱해 밥을 와구와구 먹던 적도 있었으나 며칠 안 갔다. 깨작깨작 먹는 주제에 입은 아주 고급이어서. 재료가 조금만 덜 싱싱해도 귀신같이 알아채고 그 그릇에는 손도 대지 않았다. 그랬던 정우가 군 병졸이 배식판을 받은 것처럼 먹고 있었다. 여기 음식이 사내 식당치고는 질도 좋고 맛도 좋다지만, 정우가 집에서 먹던 것에 비하면 발끝에도 미치지 못할 텐데.

"……."

정우가 저처럼 헌터병이었다는 걸 알 수 있는 일상의 조각을 마주할 때마다 연우는 말로 표현할 수 없는 심정이 되었다.

너 왜 그랬어? 어째서 헌터병 따위가 된 거야? 그럼 난, 도대체 무엇을 위해…….

차마 입 밖으로 꺼낼 수 없는 말이 목울대에 뭉쳤다.

못 물어보는 게 아니고 안 물어보는 거야. 또 각성하라느니 그딴 말이나 들을 게 분명하니까.

연우는 그렇게 멋대로 생각하고는, 목구멍을 긁는 말을 도로 가라앉히기 위해 절 사레들리게 한 국을 다시 삼켰다. 묽은 된장국은 향이 좋았다. 하지만 입안은 여전히 까끌했다.

✷

식사를 마친 뒤 연우는 최상층에 있는 정우의 펜트하우스로 올라갔다.

"늦지 않게 올라갈게."

정우는 할 일이 있다며 연우를 최상층 엘리베이터에 태워 보내고 자신은 아래에 남았다. 연우는 정우의 서재에서 루소인지 뭔지 하는 놈의 책을 찾다가 포기하고, 거실 소파에 앉아 TV를 보았다. 정우를 모델로 삼았다는 남주인공이 나오는 드라마. 날로 심각해지는 사회 문제, 구헌터 테러 집단을 어떻게 할 것인가. 유명 길드 간부와 헌터병 모병제를 유지해야 한다고 주장하는 야당 국회의원 간의 대토론. 오늘 수도권에 열린 인스턴트 던전 세 곳 공략 현황과 사상자 통계 어쩌고저쩌고 뉴스. 연우는 채널을 돌리다 아무 데나 틀어놓고, 바닥에 앉아 소파에 등을 기댄 채 멍하니 시간을 흘려보냈다.

9시 뉴스가 시작되고 얼마 안 있어 정우가 올라왔다. 정우는 옷을 갈아입고 연우의 옆에 앉았다. 연우가 씻지도 않고, 아까 낮에 입고 있었던 옷차림 그대로인 걸 보고는 혀를 찼다.

"왜? 더럽냐?"

"알면 씻어."

"더러우면 내보내든가."

"밀린 월급 좀 받았다고 간이 배 밖으로 나온 거 같은데. 그 돈으로 어디 가서 집다운 집 전세도 못 얻어."

물론 정우가 말하는 집다운 집이란 서울 중심부 역세권 20평대 이상 아파트를 말하는 것이었다.

"서울 집값이 그렇게 올랐다고?"

어디 서울 근교나 경기도권 원룸 전세를 생각했던 연우는 깜짝 놀랐다. 뭐야, 지난 10년 동안 초하이퍼 인플레이션이라도 왔어? 가파른 인플레이션을 막기 위해 원화와 헌터원화를 구분해 2중 화폐 체제로 운영하고, 물가를 안정시켰던 정부의 공로가 묻혔다.

"오른 지가 언젠데."

"말도 안 돼."

"말 돼, 형."

정우는 연우의 독립일랑 허상에 불과하다는 것을 확실하게 일깨워주기 위해 상냥하게 말을 이었다.

"서울은 현재, 던전과 몬스터 웨이브로부터 제일 안전한 메트로 시티야. 서울의 아파트는 지구에서 제일 안전한 부동산 중 하나지."

정우는 그게 자신 때문이라는 듯 오만한 얼굴을 했다. 외국인들이 국내 부동산을 구매하지 못하도록 제도를 정비하고, 집값을 안정시킨 정부의 공로는 또 묻혔다. 정부의 노력을 알 리 없는 연우가 미간을 찌푸렸다.

"서울만 집이냐. 아파트만 집이야?"

대한민국에 서울 말고도 좋은 주거지가 얼마나 많은데. 연우는 제 첫 자취집 후보지를 서울에서 대한민국 전역으로 넓히려 했다.

"내 옆에 가만 붙어 있으라고 했지."

정우의 목소리가 확 낮아졌다. 그것만으로도 연우의 팔에 소름이 돋았다. 연우가 긴장하자 정우가 긴 숨을 내쉬며 손으로 눈가를 덮었다.

"못해도 10km 안에서 놀아. 그 이상은 걱정되니까."

"……."

그놈의 보호감찰 조건.

연우는 이를 갈았다. 이렇게 군 명령 잘 듣는 놈이 왜 더 남아 있으라는데 뿌리치고 나와 군의 경계심을 한껏 돋우었는지 모를 일이었다.

"집 나가면 고생이야. 어디 갈 생각 말고 여기 얌전히 붙어 있어."

정우가 좀 더 가벼운 목소리로 말했다.

글쎄. 연우는 속으로 중얼거렸다. 어디가 내 집인데 나가면 고생이라는 거지? 연우는 여전히 정우의 집을 자신의 집이라고 생각하지 않았다. 입대하기 전 살았던 정우의 집에서도 딱히 소속감을 느껴본 적은 없었다.

'그러고 보면 난 한 번도 내 집이 없었네.'

보육원. 정우의 집. 군 내무반. 다시 정우의 집. 여기가 우리 집이라는 듯 말하는 정우의 말을 들어도 그리 마음에 와닿지 않는 이유였다. 그래서 빌딩 한 층을 다 쓰는 펜트하우스에서 딱 한정된 공간만 사용했다. 자신의 방으로 정해진 곳. 서재 옆 작은 거실. 같은 이유로 머문 지 한 달 된 연우의 방은 아직도 썰렁했다. 사람이 꾸며 놓은 흔적은 거의 없었다. 방에 딸린 화장실에 있는 치약과 칫솔, 비누, 샴푸와 바디 워시. 그리고 수건 정도나 이용할 따름이었다. 잠을 잘 때도 침대 말고 바닥에 웅크려 잤다. 집주인이 알면 궁상도 가지가지라고 뭐라 할지도 모르나. 아직까지 그런 타박을 들어본 적은 없었다.

9시 뉴스가 끝난 뒤. 연우는 일어나 방으로 갔다. 정우는 당연하게 뒤따라왔다. 그러곤 문 앞에 서서 인사했다.

"잘 자, 형. 좋은 꿈 꾸고 내일 봐."

그게 끝이었다. 연우는 방으로 들어가 문을 닫았고, 정우는 따라 들어오지 않았다. 던전에서 나온 뒤, 정우는 단 한 번도 연우를 '그런 식으로' 건드리지 않았다. 연우의 공간으로 정해놓은 방에 들어오지 않는 것도 건드리지 않는 방식 중 하나였다.

'앞으로 곤란해질 일이 많을 거라고?'

연우는 두 손으로 얼굴을 마구 비볐다.

"씨발 새끼. 누군 욕할 줄 몰라서 안 하는 줄 아나."

친형을 잃었다가 되찾은 동생처럼 구는 모정우를 죽이고 싶었다. 매번 기대하고 실망하는 자신이 한심해서, 쪽팔려서, 비참해서. 편지에 답장하지 못했던 그 마음이 여전해서. 타임홀 타입 던전은 소화 기관의 퇴화만 멈춰놓은 게 아니었다. 연우의 몸과 마음은 아직도, 피 안 섞인 동생에게 욕정하고 있었다.

각성

일주일 뒤. 연우가 몰래 갔다 왔던 인스턴트 던전이 닫혔다. 던전 내 생존자를 모두 구출하고 사망자의 시신을 수습하여 실종자 수와 대조한 후, 던전 내 다른 생존자가 없다고 결론 난 뒤였다. 던전 내 자원 시료 검사는 그보다 며칠 전에 결과가 나왔다. 검사 결과, 고정시켜 정규 던전으로 만들 가치가 없는 던전이었다. 동해 길드는 곧바로 던전의 왕을 죽이고 던전을 닫았다. 국가에서는 생존자와 사망자에게 충분한 보상과 지원을 약속했다. 동해 길드에서는 던전에서 얻은 아이템 수익의 10%를 생존자와 사망자의 유가족을 돕는 데 쓰겠다고 발표했다.

같은 날. 한국에서 열린 인스턴트 던전은 세 곳이었다. 대한헌터협회에선 즉각 공시했고, 최종 낙찰 받은 건 동해 길드와 DG 길드, 강원도향토회 연합 길드였다.

정부에서는 새로운 던전 발견 시 '발견, 공시, 낙찰, 선공과 후공 길드 선정'까지, 일련의 과정이 1시간 내에 이루어지도록 시스템을 구축했다. IT 강국인 대한민국에서나 가능한 시스템이었다. 특히나 던전 '발견, 공시, 낙찰' 과정은 5분 내외로 이루어졌다. 온갖 길드가 낙찰을 받으려고 뛰어드니, 그 5분 사이에 초를 다투는 결전이 이루어졌다. 때문에 규모 좀 있다 하는 길드에서는 공시 모니터링팀과 낙찰팀을 따로 두고 24시간 체제로 운영했다.

이번에 인스턴트 던전을 낙찰 받은 세 길드는 거의 동시에 공략에 나섰으나, 가장 먼저 일을 마무리 지은 건 동해 길드였다. 민간인 생존율도 가장 높았다. 언론에서는 역시 동해 길드라고 추켜세웠다. 동해 길드장의 형이 인스턴트 던전 근처를 어슬렁거리더란 이야기는 어디서도 나오지 않았다.

그리고 이틀 뒤. 김정우 하사의 시신이 가족에게 인계되었다. 군에서 일련의 조사를 끝내고 시신을 가족의 품으로 돌려준 것이었다. 김정우 하사가 던전에 투입했다가 사망 처리되어 부고를 받은 날부터, 던전이 다시 열려 모연우 소위가 무사히 살아 돌아온 날까지. 다시 김정우 하사의 시신을 돌려받은 날까지. 김정우 하사의 부모님은 비가 오나 눈이 오나 하루도 거르지 않고 군부대 앞에서 1인 시위를 이어 나갔다. 그렇게 해서 겨우 되찾은 아들은 싸늘한 시신이 되어 돌아왔다. 그나마도 반밖에 돌아오지 못했다. 늙은 부모는 아들의 관 위에 쓰러져 오열했다. 그 모습이 생중계됐다. 10년 동안 열리지 않았던 대학로 01 던전은 많은 사람들이 관심을 가지고 있던 미스터리 중 하나였다. 그 던전이 다시 열리고 모정우 대령의 형이 살아 돌아왔으니, 대중의 관심은 최고조에 달했다. 그 관심이 모정우 대령의 형과 최후까지 살아남아 10년을 버틴 걸로 추정되는, 하지만 모정우 대령의 형과 달리 다시 살아나지 못한 김정우 하사에게 쏟아졌다.

장례는 국장으로 치러졌다. 김정우 하사는 고(故) 김정우 중위가 되었다. 각종 훈장이 더해지고 특진이 더해졌다. 성금이 모이고, 추모 열기가 뜨거워졌다. 국가에서 마련해준 으리으리한 장례식장엔 입구부터 대통령과 국무총리, 육군참모 총장 등이 보내온 화한이 가득했다. 사람들의 조문은 끊이지 않았다. 하지만 어떤 영예도 부모의 애끓는 마음을 달래진 못했다.

연우는 둘째 날에 조문했다. 장례식장에 다녀오겠다고 말했을 때, 정우는 가지 말란 말은 하지 않았다. 다만 일이 있어 함께 가진 못한다며 대신이라기엔 뭐하지만 길드원 넷을 붙여줬다. 모두 A급 헌터였다. 길드원들은 각종 아이템을 착장하여 온몸이 붉은빛, 보랏빛으로 빛났다. 은은하게 빛나는 헌터들 사이에, 헌터 아이템을 하나도 차지 않은 연우의 모습이 도드라졌다. 보호인지 감시인지 모를 호위를 받으며 장례식장에 도착하자, 복작복작하여 소란스럽던 빈소가 딱 고요해졌다. 시간이 멈춘 것 같았다. 장례식장이 타임홀 타입 던전이 아니고서야 그런 일은 없겠지만. 연우가 느끼기엔 비슷했다. 사람들은 A급 헌터들에게 둘러싸여 있는 연우를 대놓고 쳐다봤다. 핸드폰으로 사진이나 영상을 찍는 사람은 셀 수도 없었다. 영정 앞에 서자 길드원들은 알아서 뒤로 물러나주었다.

영정 사진 속 김정우 하사는 활짝 웃고 있었다. 얼굴은 연우가 기억하고 있는 그대로인데, 머리카락이 길었다. 입고 있는 옷도 캐주얼했다. 아마 입대하기 전에 찍은 것이리라. 헌터병은 입대해 훈련소 숙소를 지정받자마자 사진을 찍는다. 미리 영정 사진을 찍는 것이다. 그때만큼은 군에서도 복장을 단속하지 않는다. 하지만 멋을 내겠다며 군모를 삐딱하게 세우거나 옷깃을 세우는 훈련병은 없었다. 적어도 연우가 사진을 찍을 땐 아무도 없었다. 다들 짧은 머리를 단정하게 빗고, 빳빳하게 다린 군복을 입었다. 카메라 앞에 앉을 때마저 군복에 주름이 질까 봐 조심조심 앉았다. 반듯한 자세. 경직된 얼굴. 처음으로 죽음을 실감하는 시점이었다.

김정우 하사의 시신이 인도되었을 때, 군에서는 그때 찍은 사진으로 만든 영정도 함께 딸려 보냈을 것이다. 하지만 김정우 하사의 부모님은 절대, 절대 인정할 수 없었을 것이다. 사진 속 제 아들의 모습을. 연우는 활짝 웃고 있는 김정우 하사의 영정 앞에서 두 번 절하고 상주 앞에 섰다. 넋을 놓고 멍하니 앉아 있던 김정우 하사의 어머니가 연우를 보고는 기우뚱, 몸을 일으켰다. 김정우 하사의 어머니는 소금으로 만든 인형 같았다. 하도 울고 울어 더 이상 눈물이 나지 않지만, 흘린 눈물이 말라 소금기로만 남아버린 사람. 아버지는 비쩍 마른 고목이었다. 그에겐 생기가 한 줌도 남아 있지 않았다. 바람에 가지가 흔들리듯 상주의 의무가 그를 움직이고 있을 뿐이었다. 두 사람이 텅 빈 눈으로 연우를 봤다. 연우는 그 흔한 위로의 말도 건네지 못했다. 얼마나 힘드십니까. 죄송합니다. 김정우 하사는 끝까지 당당하고, 두려움 없이 싸웠습니다. 부모님을 많이 보고 싶어 했습니다. 이런 말을 해야 할까? 해도 될까?

연우는 뒤늦게 자신의 안일함을 깨달았다. 와야 한다고 생각만 생각했을 뿐. 김정우 하사의 부모님을 마주했을 때 무슨 말을 해야 할지, 어떻게 행동해야 할지는 전혀 생각지 않았다. 죽은 동료의 장례식에 처음 와본 건 아니었다. 그래서 더 안일했다. 상관의 뒤에 선 무리의 일원일 때 그는 아무 말도 하지 않아도 됐으니까. 눈물과 악다구니를 받아내고 위로의 말을 건네는 건 늘 상관의 몫이었다. 연우와 다른 헌터병들은 장례식장의 장식처럼 서 있으면 되었다. 더러는 곁눈질로 주변을 둘러보며 옆에 선 헌터병들만 들을 수 있을 정도로 작게 투덜대기도 했다.

'죽어서도 복 터진 새끼.'

죽은 동료에 대한 한탄 반, 부러움 반. 그런 뉘앙스였다. 헌터병들은 죽어서도 급이 나뉘었다. 장례식을 하는 부러운 놈. 유가족이 시신이라도 챙겨주는 복 받은 놈. 시체가 되어서조차 돌아갈 곳이 없어 군부대 뒤 화장터에서 태워지는 박복한 새끼. 혹시 자신이 죽으면 눈물이라도 한 방울 흘려주지 않을까. 그런 희망을 놓지 못하고, 양부모와 가족에게 돈을 송금하는 헌터병들도 꽤 있었다. 죽으면 그만이지 죽음 다음에 뭔 소용이 있겠느냐마는. 살아 있는 게 더 좋은 거 아니냐고 누군가는 말할지 모르지만. 나도 조만간 죽을 것을 알기에, 눈물과 곡소리 가득한 장례식장은 부러움의 대상이었다. 김정우 하사의 장례식은 헌터병 입장에서는 그야말로 복 터진, 아주 호화로운 장례식이었다. 밖에 늘어선 화환과 꾸역꾸역 밀려드는 조문객 때문이 아니었다. 죽은 아들의 반쪽 시신이라도 끌어안아주는 부모가 있으니까. 마지막 가는 길을 지켜주는 가족이 있으니까.

연우가 대책 없이 찾아온 것과 달리, 김정우 하사의 부모님은 연우가 찾아올 것을 예상하고, 오면 무슨 말을 해야 할지 생각해둔 게 있는 듯했다.

"사람들 시선 때문에 고민했을 텐데…… 와주어 고맙습니다."

각오한 것보다 힘든 일인지, 말이 중간에 몇 번이나 끊겼다. 그래도 김정우 하사의 아버지는 포기하지 않고 완주해 냈다. 연우도 버텼다.

"우리 정우……."

김정우 하사의 어머니가 휘청, 했다. 옆에 서 있던 가족 친지가 그녀를 부축했다. 그녀는 그 손길을 뿌리치고 연우의 팔을 붙잡았다. 마른 손은 갈퀴 같았다. 아마도 김정우 하사가 입대하기 전까진 좀 더 살이 붙어 있고 부드러웠겠지만. 아니, 어쩌면 그때도 이미 이렇게 마르고 억셌을지 모른다. 아들이 헌터병이 될 날을 마음속으로 셈하며 하루하루 바짝 말라갔겠지.

"우리, 정우랑…… 계속 거기서 같이 있었다구요?"

"예."

"그 무서운 곳에서? 계속, 우리 정우를 지켜, 줬던 거예요? 그쪽이?"

"함께 싸웠습니다. 김정우 하사는, 중위는 보호를 받아야 할 만큼 약하지 않았습니다."

"우리 애는…… 어두운 곳을 무서워하는데. 그래서 이사 가서 겨우 제 방 생기니까, 혼자 자게 되니까. 귀신 나올까 봐 무섭다면서…… 계속 불 안 끄고 잤는데……."

"……."

"그런데 우리 정우가, 10년 동안 그 어두운 곳에서!"

팔을 움켜쥐니 손이 더욱 억세졌다. 손톱이 연우의 팔을 파고들려는 듯 날을 세웠다. 하지만 고통스러운 건 김정우 하사의 어머니

쪽이었다. 애써 유지했던 이성은 얇디얇은 살얼음판이었다. 그 아래 도사리고 있는 용암 같은 분노와 슬픔을 견뎌내지 못했다.

"왜, 왜 내 아들만 죽은 건가요?"

"여보!"

"왜! 왜! 왜 당신만 살아 돌아온 건데!"

김정우 하사의 어머니가 연우에게 달려들었다. 충분히 피할 수 있었다. 하지만 그러지 않았다. 김정우 하사의 아버지와 곁에 있던 사람들이 그녀를 말렸지만, 그녀는 제가 언제 소금 과자 같았냐는 듯 그들을 밀쳐냈다. 조문객 무리 중에 숨죽이고 있던 기자들이 튀어나와 사진을 찍어 댔다. 유가족 측에서 그들을 말리다가 몸싸움이 벌어졌다.

관망하던 길드원들이 그제야 연우를 보호하려고 다가왔다. 연우는 손을 들어 그들이 더 다가오는 걸 막았다. 다시 일어나 아내를 붙잡으려는 김정우 하사의 아버지와 눈이 마주쳤다. 연우는 역시나 고개를 저었다. 연우는 아들을 잃은 어머니의 우악스러운 손길에 붙잡혔다. 흔들리고 부닥쳤다. 할퀴는 손길을 묵묵히 받아들이며 서 있기만 했다. 뺨에 생채기가 났다. 목과 손등, 팔이 긁혀 벌게졌다. 고작 그 정도였다.

"아아악! 으아아아악!"

김정우 하사의 어머니가 주먹으로 연우의 가슴을 내리쳤다. 온몸을 내던져 쳤으나 연우는 조금도 타격을 입지 않았다. 김정우 하사의 어머니가 제 아들을 죽이고 살아 돌아온 아들의 동료에게 끼칠 수 있는 해는 그 정도뿐이었다.

"왜, 왜 내 아들만! 왜 내 아들은! 정우야, 정우야아아!"

김정우 하사의 어머니가 연우의 팔을 붙잡은 채로 고꾸라졌다.

"여보!"

"언니!"

"엄마아!"

사람들이 모여들어 그녀를 끌어안았다. 그녀는 숨넘어갈 듯 헐떡대면서도 연우의 팔을 움켜쥔 손을 풀지 않았다. 쓰러진 김정우 하사의 어머니. 그녀에게 팔이 잡힌 채로 목석같이 서 있는 연우. 좋은 구도였다. 기자와 조문객들이 핸드폰과 카메라를 꺼내 들어 그 광경을 렌즈에 담았다. 두 사람을 바라보는 렌즈는 차가웠다. 어느 것도 김정우 하사 어머니의 눈물을, 자식 잃은 부모의 애끓는 심정을 담아내지 못했다.

"미안합니다. 당신을, 원망할 생각은 없었는데."

김정우 하사의 아버지가 아내의 손을 떼어내 두 손으로 꼬옥 감쌌다. 그러곤 연우에게 고개를 숙였다.

"아닙니다."

연우도 고개를 숙였다.

"군에서 당신의 진술서를 보여주어 읽었습니다. 우리 정우와 함께, 마지막까지 생존해 있었다고……."

희미한 숨소리는 간장을 녹이는 애달픔을 씹어 삼키는 소리.

"고, 맙습니다. 우리 애 마지막까지 함께 있어줘서."

"……."

"애 엄마 말처럼, 깜깜한 데 혼자 있는 거 정말 싫어하는 아이였는데. 당신이 곁에 있어줘서, 그래도 그 아이가……."

결국 그도 무너져 내리고 말았다.

"10년, 10년을……. 그것이 거기서 10년을……."

차라리 들어가자마자 죽어버려서 시체도 찾지 못했으면 덜 슬펐을까. 연우는 답을 알지 못했다. 그건 쓰러져 우는 김정우 하사의 부모님이 남은 평생 품고 가야 할 한일 테니까.

✷

연우는 길드원들의 호위를 받으며 한바탕 울음바다로 변한 빈소를 벗어났다. 길드원들이 밀려드는 기자들을 상대할 동안 장례식장 건물 뒤편으로 갔다. 문득, 구역질이 치밀었다. 아니, 안에서부터 계속 기미가 있었는데 더는 참을 수 없었다. 연우는 길드원을 뿌리치고 빈 화단가로 갔다. 화단을 손으로 집고 허리를 숙여 속을 게워냈다. 하지만 무엇도 토해 내지 못했다. 눈물조차 나오지 않았다. 괜찮냐고 묻는 길드원에게 손짓하여 혼자 있고 싶다고, 다 쉰 목소리로 말했다. 길드원은 잠시 고민하더니, 연우를 딱하다는 눈빛으로 보고는 돌아섰다. 무슨 오해를 멋대로 한 건지는 모를 일이나 그 덕에 혼자가 되었으니 다행이었다.

연우는 빈 화단에 걸터앉아 손으로 눈을 덮었다. 살다 보면 때때로, 자신이 얼마나 이기적이고 속물인지 깨달을 수 있는 기회가 찾아온다. 그런데 그게 굳이, 타인의 슬픔을 보고 난 다음이어야 하는 이유는 무얼까. 자식 잃은 슬픔에 익사해 가는 부모를 보았다. 그들의 슬픔을 보고 안도하는 자신을 깨달았다. 그들이 말하는 정우가 '모정우'가 아닌 '김정우'여서 다행이라고 생각하고 마는 자신을 알아차렸다. 구역질이 나는 이유였다.

"젠장."

*

혼자가 된 지 얼마나 됐을까. 체감상으로는 그리 긴 시간이 아니었지만 연우는 더 이상 체감상 시간을 믿지 않았다. 연우는 타인의 기척을 느꼈다. 조심스러우면서도 가볍게 튀는 발걸음. 연우는 실수로라도 동행한 길드원들로 착각하지 않았다. 일정 거리 밖에서 지키고 서 있는 길드원들을 피해 빙 둘러오는 걸 보니, 이 장소가 꽤 익숙한 듯싶었다. 그 발소리가 가까워졌을 때, 연우는 손을 내리고 고개를 들었다.

"또 보네요, 연지연 기자님."

"고마워요, 연지곤지라고 안 불러서. 준수 오빠 말고 다른 사람한테 그렇게 불리고 싶지 않거든요."

지연이 연우의 앞에 섰다.

"아, 그땐 나 정신 차리게 해주려고 일부러 그렇게 부른 거 알고 있어요. 고마워요."

"그때 한 번은 봐준다는 걸로 들리네요."

"진심으로 하는 말이니까 꽈서 듣지 말아요. 고마우니까 이거 줄게요. 됐죠?"

지연이 반창고를 내밀었다. 그리고 열흘 전쯤 연우가 그랬던 것처럼 제 뺨을 톡톡 두드렸다.

"여기요."

"고맙습니다. 그런데 하루 이틀이면 나을 거라, 괜찮습니다."

연우는 반창고를 받지 않았다. 호의를 거절당했지만 지연은 민망해하지 않았다.

"쉽지 않은 남자네요. 인터뷰이로선 매력 있지만."

지연이 연우의 옆에 앉았다. 반창고는 둘 사이에 올려놓았다. 두 사람은 서로를 보지 않고 파란 하늘을 올려다보았다.

"이렇게 응달진 곳에서 하늘을 올려다보면 좀 우울해지지 않아요?"

"기자님은 그러십니까?"

"사는 게 좆같을 때, 갈 데 없어서 회사 건물 구석에 쭈그려 앉아 있으면, 볕 잘 드는 밖이랑 내가 있는 곳이랑 전혀 다른 세상 같아서 기분이 더 좆같아지더라고요."

"……."

연우는 남의 동생을 보며 제 동생을 보는 것 같은 기시감을 느꼈다. 왜 동생들의 언어생활은 다 이따구일까. 씨발에 좆에.

"내가 어떻게 찾아왔는지 안 물어봐요?"

"자차 있으십니까? 없으면 대중교통을 이용했겠지요."

"……농담이죠? 아재 개그?"

으. 지연이 질색했다. 연우는 입을 꾹 다물었다. 헌터병일 땐 말만 하면 이 자식 골 때린다고 선임들이 좋아했는데.

"뭐, 버스 타고 오긴 했어요. 여긴 뉴스거리 될 만한 사람들 죽으면 잘 오는 곳이라 익숙하기도 하고. 근데 그걸 말하고 싶은 건 아니었구요."

지연이 어깨에 둘러맨 천 가방에서 조그만 종이를 꺼내 내밀었다. 한 달 전 기자회견 사진이었다. 무려 A4 용지 반만 한 크기로 컬러 프린트 한 것이었다. 연우는 저도 모르게 손으로 목을 감쌌다.

사진 속에서 정우와 연우는 나란히 앉아 있었다. 정우는 마이크를 들고 뭔가 말하고 있었고, 옆에 가만히 앉아 있는 연우는 이등변 삼각형 두 개를 붙여 놓은 거 같은 선글라스를 쓰고 있었다. 누군가 검은 사인펜으로 열과 성을 다해 칠해 놓은 것이었다. 애니메이션이 나오는 악당이나 쓸 법한 선글라스였다. 뭐하는 짓이냐는 말이 입 밖으로 튀어나올 뻔했다. 말하지 못한 건 지연이 자랑스러워했기 때문이었다.

"어때요? 내가 눈썰미 없는 편은 아닌데, 오히려 눈치 빠르단 소리 많이 듣거든요. 그런데 생각지도 못한 장소에서 생각지도 못한 사람을 마주치니까, 설마 이 사람이 그 사람인가 했던 거죠. 장소의 특수성도 무시 못 하고요. 목소리를 들으면 확실할 거 같은데, 공식 석상에서 말한 거 찍힌 영상 없으시더라구요?"

"……."

"모연우 소위님, 아니, 이젠 대위님이라고 해야 하나요?"

지연이 선물이라며 종이를 접어 주었다. 연우는 일단 받았다.

"대위 소리보단 소위가 익숙합니다. 하지만 전역해서 이젠 민간인 신분입니다."

"그럼 모연우 씨라고 부를게요."

"좋으실 대로."

"모연우 씨."

지연이 고개를 돌려 연우를 바라봤다.

"준수 오빠에 대해 묻고 싶은 것도 있고, 10년 만에 던전에서 화려하게 귀환하고선 아직까지 각성 안 하고 있는 모연우 전 대위님께 기자로서 물어보고 싶은 것도 많은데요. 그런데 그건 다 나중으로 미뤄 두려고요. 지금 다 물어보고 답을 듣긴 어려울 거 같으니까. 그러니까 나중에 꼭 나한테 시간 내줘요."

"연 소위님에 대한 거라면……."

"그건 나중에. 지금은 내가 당신한테 꼭 해야 할 말이 있어요. 당신, 지금 위험하니까-."

"모연우 님과 인터뷰를 원하신다면 길드의 공식적인 채널을 통해 연락해주시기 바랍니다."

"으악!"

안타깝게도 지연이 말을 끝내기 전, 길드원이 다가왔다. 길드원이 성큼 다가와 연우와 지연 사이를 갈라놓았다. 길드원은 지연에게 손끝 하나 대지 않았다. 하지만 커다란 체구의 길드원이 다가오니, 지연은 자리에서 일어나려다가 뒤로 나가떨어졌다.

지연이 엉덩방아를 찧기 직전. 연우가 몸을 비틀어 길드원을 제치고 지연을 붙잡았다.

"으어어!"

지연은 허우적대다가 연우에게 덥석 안겼다.

"모연우 님. 이러시면 곤란합니다."

길드원이 인상을 구기며 훈계조로 말했다. 난 널 위해 귀찮은 날파리를 떼어내줬는데. 네가 오히려 날파리한테 가서 붙어?

'누가 할 말인지.'

연우가 한쪽 눈을 찡그렸다. 괜히 A급은 아닌지, 길드원은 컨트롤이 좋았다. 자연스럽게, 완급을 조절해서 스킬인지 뭔지를 사용하고도 상대가 알아채지 못하게 했으니까. 하지만 지연은 못 봤어도 연우는 보았다. 길드원의 몸에서 뿜어져 나온 바람이 지연을 밀어내는 것을. 헌터가 민간인에게 능력을 사용하다니? 던전 안에서나 몬스터 웨이브 같은 비상 상황에 생존자를 구하기 위해서가 아니라면 불법 아닌가?

연우는 자신의 의문이 구헌터스러운 꼰대 짓인지 미심쩍었다. 나 때는 안 됐는데, 요즘엔 괜찮나?

"공식적인 루트로 백 날 천 날 요청해봤자 묵살당하니까 이러는 거잖아요!"

다행히도 지연은 다치지 않았을뿐더러 기죽지도 않았다. 누구 동생인지 깡이 있었다. 죽어 연준수 소위 볼 낯이 있겠구나, 연우는 안도했다. 보고 계십니까, 소위님? 제가 소위님 동생 넘어질 뻔한 거 구했습니다.

연우는 지연을 내려놓고 물러서려 했다. 그런데.

"그리고 공식적인 인터뷰가 아니라 비공식적인, 아주 사적인 일이라면요?"

지연이 연우의 팔을 끌어안으며 되바라지게 받아쳤다.

되바라지다는 단어가 지연에게 매우 실례되는 단어일 수도 있다는 생각이 들었으나. 연우는 깜찍하게 구는 열 살짜리 아이에게 그것 말고 다른 어떤 단어를 가져다 붙여야 되는지 알지 못했다. 갑자기 등골이 서늘해지는 게, 이미 옛날에 죽어버린 연준수 소위가 다시 살아나 등 뒤에 서 있는 거 같았다. 그가 준 담배를 피웠던 폐가 다 오그라드는 기분이었다. 제가 이십 대일 때 열 살이었던 애를 노리기라도 할 것 같습니까? 소위님, 미치셨습니까? 연우는 마음속으로나마 항의했다. 그 속마음이 얼굴에 드러난 걸까?

"그렇게 대놓고 싫은 표정 짓지 말아줄래요? 사람 무안하게스리."

지연이 화를 냈다.

"……."

오해라고 말할 순 없었다. 정말 싫었으니까.

지연은 모르겠지만, 연우는 과거 헌터병 시절. 그러니까 던전에 들어가기만 하면 눈물 콧물 다 빼고 질질 짜대던 신임 하사 시절에, 귀에 못이 박히도록 연지곤지 소릴 들었다. 연우가 더는 듣기 싫다고 슬슬 피해 다니자. 연준수 소위는 연우가 배에 구멍이 뚫려 군 병원에 입원해 있는 동안 굳이 면회 와 연지곤지 이야기를 해댔다. 아침 9시, 면회 가능 시작 시간에 딱 맞춰 와서 저녁 6시까지 연지곤지 이야기만 주구장창 하던 그 시절 연준수 소위는, 던전 밖 몬스터 그 자체였다. 퇴원한 연우는 그 뒤로 감히 연준수 소위를 피해 다니지 않았다. 연준수 소위가 담배 피우러 가자고 하면 얌전히 따라가 그 놈의 연지곤지 이야기를 듣고 또 들었다. 그래서 연우 본인은 인지하고 있지 못하지만. 지연도 알게 되면 그게 뭔 소리냐고 기겁하겠지만. 연우는 지연이 이웃에 사는 꼬마처럼 느껴졌다. 마찬가지로 이웃에 사는 지랄맞은 동네 깡패, 연준수가 눈에 불을 켜고 과잉 보호하며 키우는 이웃집 꼬마. 이십 대 초중반 여자애 모습으로 서 있지만, 연우에게 지연은 여전히 열 살짜리 울보 아이였다. 연준수 소위가 입대한다니까 가지 말라고 울고불고했다던. 너무 울어 병원에까지 실려 갔다던 연준수 소위의 애지중지 연지곤지. 정우가 서른 중반의 나이로 대한민국 최고의 길드 길드장이라 하여도, 연우에게는 여전히 이십 대 초반의 정우로 보이듯. 그러니까 싫은 건 싫은 거였다.

"아, 씨. 그쪽 내 취향 아니거든요? 나도 그쪽 같은 사람 완전 싫어요. 싫다고!"

지연이 버럭 소리 질렀다.

"……지금 두 분, 뭐 하시는 겁니까?"

길드원이 아까와는 다른 이유로 얼굴을 구겼다. 몸을 꼭 붙인 채로 서로 싫다느니 어쩌느니 하고 있는 모습이, 참 뭐라 해야 할까. 길드원은 딱히 적당한 말이 떠오르지 않았지만 짜증 나긴 했다. 뭐야, 모쏠 앞에서. 작작 좀 하지? 길드 본사로 돌아가 보고서를 쓸 때 저 모습을 뭐라고 설명해야 할지 감도 안 잡혔다.

길드원이 곤란해하는 것과는 별개로, 연우는 길드원 덕에 정신을 차렸다. 그래서 지연이 또 무슨 말도 안 되는 소릴 하기 전에 그녀를 떼어놓으려고 했는데, 지연이 바지춤에 뭔가를 넣었다. 연우는 머리를 벅벅 긁으며 한눈팔고 있는 길드원을 확인하고는 지연을 내려다봤다. 눈이 마주친 건 잠깐뿐이었다.

"됐어요. 날 뭐로 보고! 난 여리여리한 미소년 타입 좋아하거든요?"

지연이 손을 탁탁 털며 뒤로 물러섰다. 연우는 주머니로 손을 가려는 걸 참았다.

"방금 한 말, 나중에 딴말하기 없기예요. 문채윤 헌터님!"

이름이 불리자, 길드원이 움찔하며 지연을 보았다.

"저 당장 동해 길드에 공식적인 루트로 인터뷰 요청 넣을 겁니다. 문채윤 헌터님이 그러라고 했다고요. 명색이 동해 길드 A급 헌터신데, 한 입으로 두말하시면, 알죠?"

"잠깐. 내가 언제 그런 식으로 말을!"

"요즘 네티즌들, 이랬다저랬다 지조 없는 헌터들 완전 싫어하는 거 아시죠? 두 달 전에 앞에서 착한 척하고 뒤로 비헌터 일반인들 무시하고 다녔던 오성 길드 오두한 헌터, 다 까발려져서 나가리 된 거 벌써 잊으신 건 아니죠?"

길드원의 표정이 좀 더 구겨졌다. 절정은 지연이 제 명함을 굳이 길드원의 손에 쥐여줬을 때였다. 지연의 명함을 확인한 길드원의 얼굴이 흙빛으로 변했다. 백만 악플러를 몰고 다니는 연지연 기자는 이 바닥에서 꽤 유명한 듯했다.

"동해 길드는 시작이 민군 합작이어서 그런가. 다른 길드보다 상명하복 분위기가 강하고, 소속 헌터들도 좀 딱딱하고 팬서비스 없기로 유명하죠. 길드장님한테 과잉 충성하는 면도 없잖아 보여서, 다른 길드들한테 독재자 길드라는 소리도 듣고. 정작 길드장인 모정우 대령님은 전혀 그런 느낌 아니던데. 그냥 대외적 이미지일 뿐인 거려나요?"

여차하면 너네 길드장까지 물고 늘어지겠다. 지연이 상큼하게 웃으며 말했다.

혹시 길드원이 또 스킬을 쓸까 봐 유심히 지켜보던 연우는 길드원이 갑자기 쩔쩔매는 걸 보며 고개를 갸웃했다. 적어도 헌터병들은 개인을 대중 앞에 드러내 유명세를 얻을 일이 전혀 없었다. 살아 있는 전설 신중윤마저도 언론에 자신을 노출시키는 걸 즐기지 않았다. 그의 괴물 같은 업적이, 모두가 그를 알 수밖에 없도록 만들었을 뿐이었다. 하지만 신헌터가 등장하고부터는 달라졌다. 새로운 전설 모정우 대령은 스스로 모습을 드러내 언론을 휘어잡았다. 뛰어난 능력과 더 뛰어난 외모로 대중을 제 편으로 만들고는, 여론을 제 입맛대로 주물러 댔다. 모정우 대령으로 대표되는 신헌터들은 헌터로 각성하는 동시에 개인으로서 대중에게 노출되었다. 인지도를 얻어 유명해지는 것이, 헌터 등급을 올리는 것보다 중요했다. 이미지 관리를 실패하면 능력과 상관없이 사장되는 것이 이 바닥의 일상이었다. 천하의 모정우 대령의 형도 비각성 헌터병 출신이라며 은근히 무시하던 길드원이 자연의 명함을 보자마자 찍소리도 못 내게 된 이유였다.

"뭐야, 무슨 일입니까."

"모연우 님 신변에 무슨 일이라도?"

근처에서 대기 중이던 다른 길드원들이 하나둘 모여들었다.

"모연우 씨, 오늘은 날이 아닌가 봐요. 문채윤 헌터님 말씀대로 우리 조만간 공식적인 루트로 다시 뵈어요."

지연이 생긋 웃어 보이고는 길드원들 사이를 헤치고 떠났다. 연지곤지 다 컸네. 연우는 내심 흐뭇해하다가, 어쩐지 등골이 오싹해지는 느낌이 어깨를 떨었다.

뒤늦게 온 길드원들은 연우가 무사한 것을 확인하고는 지연의 명함을 든 길드원에게 다가가 자초지종을 물었다. 그사이 연우는 손에 쥔 종이를 바지 주머니에 넣으며 안에 든 것을 만져보았다. 핸드폰이었다. 지연이 기지를 발휘해 제 핸드폰을 두고 간 것이었다. 다음 접선 장소와 시간, 방법 따위를 논의하기에 좋은, '원시적인 방법'이었다. 연우는 쓰게 웃었다.

✷

길드 본사로 돌아온 '고 김정우 중위 문상팀'은 1층 로비에서 갈라섰다. 길드원들은 업무 보고를 위해 13층으로 갔고, 연우는 안내 데스크로 가 전달 사항을 듣고 최상층 펜트하우스로 올라갔다.

연우는 안내 데스크에서 들은 대로, 바로 씻고 옷을 갈아입었다. 욕실엔 새 옷이 준비되어 있었다. 씻고 나오니 입고 왔던 옷은 세탁실로 가고 없었다. 연우는 뒤늦게 바지 주머니에서 핸드폰과 종이를 빼놓지 않은 걸 떠올렸다. 하지만 세탁실에 따로 연락하진 않았다. 이런 경우, 세탁물이 돌아올 때 소지품이 따로 포장되어 딸려오곤 했으니까. 하지만 그날 저녁, 정우보다 먼저 도착한 세탁물에는 핸드폰과 종이가 동봉되어 있지 않았다. 연우는 다림질까지 마친 뒤 포장되어 온 세탁물을 대충 뒤적여보고는 더는 관심을 가지지 않았다.

✷

연우의 세탁물과 함께 놓여 있었어야 했던 물건 두 가지는 전혀 다른 곳에 가 있었다. 정우는 제 책상 위에 놓인 것들을 눈으로 훑었다. 김정우 중위 장례식에 등장한 모정우 대령의 형에 관한 기사가 담긴 태블릿. 길드원 넷의 업무 보고서. A4 용지에 프린트해 낙서까지 한 사진. 핸드폰.

정우는 사진 속에서 우스꽝스러운 선글라스를 쓴 연우를 바라보았다. 눈동자에 잠깐 분홍빛 기운이 스치자 종이가 분해되어 사라졌다. 애초부터 이 세상에 그런 것 따위는 존재하지 않았다는 듯.

"계속 귀엽게 굴겠다 이거지, 모연우."

정우는 사납게 웃으며 목을 죄는 넥타이를 잡아당겼다. 벌써 한 달이 넘어간다. 석 달을 주겠다 했지만 정말 석 달을 채울 생각이려나. 도대체 뒷감당을 어떻게 하려고 그러는 건지. 그의 형은 여태 제 정신을 못 차리고 눈치 없게 굴고 있었다. 시간을 끌수록 힘들어지는 건 그쪽일 텐데. 정우는 닫혀 있는 문을 노려보았다. 그의 감각은 본능을 좇아 문을 넘고 벽을 통과했다. 길드 본사 빌딩은 타 길드의 도청과 감시 등의 혹시 모를 위험에 대비코자, 헌터 아이템으로 도배되어 있었다. 던전 아이템으로 지었다 해도 틀린 말은 아닐 정도의 수준이었다. 하지만 정우의 능력치는 빌딩의 방어력을 상회했다. 다른 S급 헌터라면 감각이 막힐 수도 있겠지만, 정우에게는 가당치 않은 일이었다. 그는 현존하는 S급 중 가장 강한 정신계 헌터였으니까.

그는 거기서 두근두근 박동하는 심장을 보았다. 집 나갔다 돌아온 개새끼가 멋대로 밖의 환경에 적응해선, 원래 제가 어떻게 살았는지 잊고 빌빌대고 있었다. 침대 놔두고 바닥에 웅크려 자는 건 어디서 배워 온 궁상인지. 벌써 한 달째. 정우는 일찌감치 바닥나버린 제 인내심을 새삼 확인하며 싸늘하게 웃었다.

✱

구헌터 테러 집단의 움직임이 과격해졌다. 정확히 언제부터였던 거 같은데……. 사람들은 짠 것처럼 특정 날을 떠올렸으나 섣불리 소리 내 말하진 않았다. 그러나 사람들은 남들도 자신과 비슷하게 생각하고 있다는 걸 피부로 느꼈다.

10년 동안 닫혀 있었던 대학로 01 던전이 열리고 일주일이 안 됐을 때, 그러니까 모정우 대령의 형 모연우의 신변이 군에서 동해 길드로 이관되었을 때 이후로 한 달 반. 구헌터 테러 집단은 사람들이 헷갈리지 않게 도와주겠다는 듯 일곱 차례, 오직 동해 길드에만 폭발물을 설치했다. 세 건은 초기에 발견되어 소란 없이 해체되었고, 네 건은 폭발 직전까지 가거나 폭발하여 인근 주민 대피 소동이 벌어졌다. 일곱 건 모두 민간인 사상자 수는 미미했다. 현장을 통제하고 진압하던 동해 길드 길드원들 몇 명이 타박상을 입은 선에서 정리되었다. 추정 피해액은 많지 않았으나 구헌터 테러 집단이 동해 길드를 노리고 있다는 인식은 겉으로 드러난 것 이상의 피해를 주었다.

사람들은 처음엔 구헌터들이 정우를 노린다고 생각하고 분개했으나 이내, 고 김정우 중위의 장례식장에 나타난 것 외에는 별다른 외부 활동이 없는 연우에게로 시선을 돌렸다. 그러고 보니 모정우 대령 형이 아직 각성을 안 했지? 미각성 상태의 귀환 헌터병 모연우와 각성을 거부한 헌터병들로 이루어진 테러 집단. 연결해 생각하지 않는 게 이상한 일이었다.

분위기가 심상치 않게 돌아가자 동해 길드는 적극 대응했다. 언론사를 꾸준히 관리해 왔기에 과격한 기사는 올라오지 않았다. 관련 기사가 떠도 대부분 동해 길드가 구헌터 테러 집단의 공격을 잘 막아냈다는 긍정적인 내용뿐이었다. 언론사들 또 단체로 돈 먹었냐는 비아냥. 확인되지 않은 사실을 가지고 왜 루머를 양산하냐는 반박. 사람들은 두 패로 나뉘어 댓글란에서 복작복작하게 싸웠다. 동해 길드는 명예 훼손 수준의 루머에 법적으로 강력 대응하겠다고 선언했고, 정우는 방송에 출연해 길드의 입장을 대변했다. 요지는 형에게 아직 적응 시간이 필요하다는 것이었다. 도대체 적응 시간이 얼마나 필요하냐는 질문엔 늘 똑같이 대답했다. 첫 기자회견에서 말한 3개월. 테러 집단의 의도가 무엇이든 대한민국의 안전을 최우선으로 하여 던전 공략과 몬스터 웨이브 방지에 최선을 다하겠다. 동해 길드와 정우의 입장은 한결같았다.

전화는 그렇게 여론이 복작복작해질 즈음에 걸려 왔다.

"여보세요."

핸드폰을 손에 든 사람이 전화를 받았다.

✷

유명세라는 건 뜬구름 같다. 가지고 있어도 가지고 있는 것 같지는 않아서 한순간에 사라져 버릴까 봐 불안하게 만든다. 그런 주제에 유명세를 치른다는 말이 있을 만큼 당사자의 인생을 속박하고 제

약하기도 한다. 그것이 가진 명암이 분명하기에 사람들은 그것을 원하면서도 두려워한다. 남자는 자신의 유명세를 효율적으로 써먹으면서도 속박당하지 않는 사람 중 한 명이었다. 그는 언론에 모습을 드러낼 때마다 군복, 혹은 슈트를 입었다. 때문에 헐렁한 트레이닝복에 모자를 꾹 눌러쓰고 나오면, 사람들은 그가 TV만 틀면 나오는 그 사람이라는 걸 알아보지 못했다. 사람들의 시선을 안 받는 건 아니었다. 그가 지나칠 때마다 여자도 남자도 그를 눈으로 좇았다. 훤칠한 키와 넓은 어깨, 두꺼운 흉통, 역삼각형의 상체와 긴 다리는 사람들의 시선을 사로잡기 충분했다. 하지만 사람들은 그가 누군지 알아보지는 못했다. 잘빠진 몸매와 모자로도 가려지지 않는 날렵한 턱선을 보고 '설마?'하다가도 '설마…….'라며 돌아섰다. 공사다망하신 새로운 전설께서 고작 이런 누추한 공원 따위에 오실 리 없다는 편견에서였다.

그는 애완견 산책을 나온 사람들과 자기 자신을 산책시키려 나온 사람들 사이에서 편안하게 걸으며 공원 안쪽까지 들어갈 수 있었다. 그대로 공사 중 팻말을 지나쳐 공원 구석으로 가자 풀이 무성히 자란 공터가 나타났다. 칠이 벗겨진 낡은 벤치에 지연이 앉아 있었다. 지연은 인기척을 느끼자마자 벌떡 일어나 돌아섰다.

"왜 이렇게 늦었…… 어?"

그리고 눈을 부릅떴다. 던전 밖, 한낮. 선글라스 대신 모자를 쓰고 있었지만, 지연은 헷갈리지 않았다.

"당신이 왜 여기에?"

그는 지연이 오늘 이곳에서 만나려 했던 사람이 아니었다. 남자가 지연의 앞에 멈춰서 모자 캡을 들어 올렸다. 정우였다. 캡 모자에 트레이닝복, 러닝화까지 신은 가벼운 캐주얼 차림이 잘 어울렸다.

"연지연 기자님, 나라서 실망했나 보네요."

그림자에 덮여 얼굴이 잘 보이지 않았지만 이거 하나만은 분명했다. 입은 웃고 있는데, 눈이 웃고 있지 않았다. 그는 지연을 마음에 들어 하지 않고 있었다.

'왜 날 저런 눈으로 보는 거지?'

지연은 눈치가 빨랐다. 선천적인 능력은 아니고 직업병 중 하나였다. 만약 지금 기자로서 모정우 대령 앞에 선 거였다면, 감히 질문 던질 엄두를 못 냈을 것이다. 원하는 답을, 기삿거리가 될 만한 답을 들을 수 없을 거 같으니까. 하지만 지금은 기자 연지연으로 그의 앞에 선 게 아니었기에. 그녀는 무턱대고, 아니, 좀 절박하게 들이댔다.

"지금 모연우 씨는 어디 있죠? 길드 본사 안에 있는 거 맞나요? 안전한 거죠?"

"내 형 안전을 걱정해줄 정도의 사이인가 보군요."

"지금 그런 말 할 때가 아니거든요? 일단 제 말 좀-."

"언제부터입니까? 궁금하네요. 인스턴트 던전에서? 아니면 장례식장에서?"

"그걸 어떻게……."

모연우 씨의 일거수일투족을 다 감시하고 있는 거냐고 따져 물을 틈도 없었다.

"아니, 지금 그런 쓸데없는 소리 할 시간이 없다니까! 이보세요, 지금 당신 형이 위험하다고!"

지연이 정우에게 달려들었다. 정우는 옆으로 한 발자국 걸어 지연을 피했다.

"으악!"

지연은 그를 놓치고 휘청거리다가 엎어졌다. 손바닥과 무릎이 바닥에 쓸렸다. 혼자 넘어졌다면 아픈 것보다 쪽팔린 감정이 앞섰겠지만, 지금은 아픈 게 먼저였다. 원망할 대상이 있었으니까.

"이런 형만도 못한……."

동굴 안에서 연우를 실컷 깠던 건 까맣게 잊은 지 오래였다. 지연은 바로 일어나지 못하고 몸을 뒤집어 엉덩방아를 찧었다. 손을 탁탁 털다가 손바닥이 까진 걸 보고는 입술을 앙다물었다.

정우는 지연을 일으켜 세워주려고 손을 내밀거나 하지 않았다. 그저 내려다볼 뿐이었다. 지연도 지지 않고 고개를 쳐들었으나 장신의 남자를 앉은 자세로 올려다보는 건 쉽지 않았다.

"내 말 못 알아들어요? 지금 당신 형 위험하다고! 구헌터들이 노리고 있단 말이에요!"

지연이 짜증과 분노를 담아 버럭 소리 질렀다. 정우가 픽 웃었다.

'웃어?'

형이 테러 집단에 잡혀갈지도 모른다는데? 어처구니없어 입을 허 벌렸다. 그런데 더 기가 막힌 일이 생겼다.

"함부로 헌팅 하지 말아요. 임자 있는 사람한테."

정우가 주머니에서 뭔가를 꺼내 지연에게 툭 던졌다. 발치에 떨어진 건 핸드폰이었다.

"모연우 씨가 넘겨줬어요?"

"뭐, 그렇다고 하죠."

"우와. 사람 그렇게 안 봤는데 사람 성의를 뭐로 보고 남한테 막 주고 그런데요? 우씨."

지연이 핸드폰을 주워 액정에 기스가 났나 확인하고는 정우를 노려보았다. 아직 약정 1년 남았는데!

"맞아요. 우리 형 그런 사람이니까 다음부턴 허튼수작 부리지 말고."

"허튼수작이라니요!"

지연이 발끈했다. 위험을 무릅쓰고 공익을 위해, 은혜를 갚기 위해 제보한 건데!

"그리고 기자님, 하나 정정합시다. 내가 형이랑 남은 아니잖아요?"

정우가 생긋 웃어 보였다. 역시나 입술로만. 지연은 이곳에 카메라를 세팅해 놓지 않은 걸 뒤늦게 후회했다. 매체에 나오는 다정하고 상냥한 모정우 대령은 무슨.

'다 호박씨였네. 이미지 메이킹이었어.'

"그럼 뭔데요? 남보다 못한 대리 입대 입양아와 친자식 사이?"

지연이 톡 쏘듯 말했다. 연준수가 생각나 좀 과하게 반응한 감이 없지 않았다.

"형제 사이. 피 따위 안 섞여도 대한민국 제도가 증명해주는 2촌."

"……."

역시나 연준수가 생각나 그딴 게 뭐냐고 쏘아붙일 수 없었다.

"다음부터 팩트 체크된 내용만 언급해주세요. 안 그러면 내가 대한민국을 지키는 이유가 없잖아요?"

정우는 지연을 자상하게 타일렀다. 오직 그 이유 때문에 대한민국 국적을 유지하고, 대한민국을 지키고 있다는 듯이.

"그 소중한 형제분 지킬 생각이나 해요! 오늘이 실행날이라고 했단 말이에요!"

아, 됐고, 됐고. 지연은 그의 의뭉스러운 말과 태도를 다 제쳐 놓고 자신의 용건부터 말했다. 당신의 그 2촌 형이 위험하단 말이야. 이 사람아!

"당신, 그 제안을 받아들이지 않은 겁니까?"

정우가 의아하다는 듯 말했다. 지연이 그쪽과 접선했다는 걸 이미 알고 있다는 말투였다.

"받아들이긴 했지만 취재하고 정보를 캐내기 위해서였지, 그쪽하고 한패가 된 건 아니에요. 사람을 뭐로 보고!"

지연은 당당하게 소리쳤다.

"우리와 함께하시겠습니까?"

동해 길드 지원팀 소속 구급대원으로 변장한, 어쩌면 동해 길드의 길드원이기도 하면서 테러 단체에 몸담고 있는 걸지도 모를 구헌터가 손을 내밀었다. 각성을 안 한 헌터는 비정상적인 신체 능력을 빼면 일반인과 다를 게 없다. 신헌터가 다른 헌터를 탐지하는 헌터 아이템을 사용하거나 스킬을 발동해도, 걸리지 않는다는 의미였다. 그러니 대담하게도 동해 길드의 길드원인 척하거나 위장한 채로 살고 있는 거겠지. 평범한 일상 속, 스쳐 지나가는 사람 중에도 구헌터 테러 집단의 일원이 있을 수 있다는 의미였다.

'도대체 규모가 얼마나 큰 거야?'

지연은 소름이 돋았다. 구헌터에 대해 이런저런 기사를 쓰긴 했지만, 구헌터를 만나는 건 처음, 아니 두 번째였다. 동굴 안에서 선글라스를 쓴 사람이 첫 번째였다. 지연은 긴장해 선뜻, 구급대원의 손을 붙잡지도 뿌리치지도 못했다.

'아까 봤던 사람, 자긴 테러하지 않는다고 했는데. 테러 집단에 속해 있지 않다는 뜻일까. 테러 집단의 비전투원이란 뜻일까.'

어쩌면 선글라스 남자를 다시 만나 준수 오빠에 대한 이야기를 들을 수 있을지 모른다. 지연은 구급대원의 손을 뚫어져라 바라보았다.

'규모가 어느 정도인지, 사회에 어떻게 스며들어 있는지 취재할 기회야.'

기자로서의 호기심도 그녀의 손을 부추겼다. 헌터로 인한 사회 현상, 특히 구헌터라 불리는 헌터병은 그녀의 주 관심사였으니까.

"좋아요."

지연은 구급대원의 손을 잡았다.

"나에 대해 다 알아보고 온 거 같으니까, 나한테도 당신들에 대해 알려줘요. 내가 뭘 할 수 있는지도."

구겨질까 봐 소중히 잡고 있던 사진 위로, 마지막 눈물이 한 방울 떨어져 내렸다. 지연은 그 사진을 소중히 움켜잡았다. 그 사진이, 구급대원의 손을 잡게 된 가장 큰 이유였으니까.

오빠, 나는 이 세상이 정말 싫어. 그러니까 바꿀 거야. 내 힘이 미약해 조금도 바꾸지 못하게 된다 해도 상관없어. 나는 계속, 뛰어다니며 기사를 쓰고 사람들한테 알릴 거야. 이 세상이 얼마나 기이하게 돌아가고 있는지. 우리가 얼마나 쉽게, 오빠를 잊어버렸는지. 난 포기 안 해. 내 손으로, 내 힘으로 해보겠어. 난 오빠 동생이니까, 할 수 있을 거야. 그렇지?

그 노력에 테러로 사회를 혼란하게 만드는 일 따윈 포함되지 않았다. 설사 준수 오빠가 지금까지 살아 있다 해도, 그들과 손잡지 않았을 거란 확신이 있으니까.

'오빠가 내가 사는 세상을 망치려 들 리 없어.'

그러니 지연도, 오빠가 지켜준 이 세상을 지키려는 것이었다. 그것이 테러 단체 내부에서 빼낸 정보를, 위험을 무릅쓰고 연우에게 전하려 했던 이유였다.

"하."

정우가 웃음을 터뜨렸다.

형이 위험하다고 했더니, 그 말을 듣고 미쳤나? 지연이 얼굴을 찌푸렸다.

"역시, 그런 거였어."

정우는 지연의 표정 따위는 안중에도 없었다. 정우는 지연이 아니라 지연이 손에 든 핸드폰을 보았다.

"어쩐지 순순히 넘겨준다 했지."

"지금 무슨 소릴 하고 있는 거예요. 당장 모연우 씨 안전한지부터 확인하라니까!"

벌써 몇 번째인지. 돌림 노래를 불러도 이보단 관심을 받겠다 싶어 짜증 나려는데. 핸드폰 진동음이 들렸다. 지연은 진동이 안 느껴지는데도 반사적으로 제 핸드폰을 봤다. 정우는 제 핸드폰을 꺼내 발신자를 확인하더니 묘한 미소를 지으며 스피커를 켰다.

[대령님! 형님분께서!]

핸드폰에서 들리는 목소리는 지연만큼이나 다급했다. 얼결에 통화를 엿들은 지연의 얼굴에서 핏기가 가셨다.

"그러니까 제가 얼른 모연우 씨를!"

천하의 모정우 대령에게 버럭 화를 내며 고개를 든 지연은 두 눈으로 똑똑히 보았다. 아주 재미난 이야기를 들었다는 듯 웃고 있는 정우를. 두 눈은 여전히 웃고 있지 않았다. 대신 아까보다 훨씬 더 싸늘하게 빛났다.

'뭐지? 왜 저래?'

문득 말도 안 되는 생각 하나가 뒤통수를 스치고 지나갔다. 너무 말도 안 되는 생각이지만. 너무 말도 안 돼서 눈앞의 남자에게는 말이 될 것 같다는 무논리적인 판단이 들었다.

"설마 이럴 줄 알고, 이렇게 되길 기다렸다거나 한 건……."

지연은 무심코 말하다가 멈췄다.

'그럴 리 없어. 설마 그랬기야 했겠어. 아무리 피 안 섞인 형제여도 형제는 형제인데.'

제가 괜한 말을 한 거 아닐까 싶어 멈칫했건만.

"눈치가 제법 빠르네요, 연지연 기자님."

"……말도 안 돼."

"말이 안 돼 보입니까?"

"어, 어째서요? 조금 전, 당신이 그랬잖아요. 형제라고. 그런데 형제가 테러 집단에 잡혀가길 바랐다고? 그런 게 어디 있어요!"

형을 위험에 빠지도록 그냥 두다니. 지연은 이해할 수 없었다.

"우리 형제는 그래요, 기자님. 당신들 남매는 어땠는지 모르겠지만."

정우는 이해를 구하지 않았다.

[대령님? 대령님!]

전화는 아직 끊기지 않았다.

정우는 얼빠져 있는 지연을 지나쳐 걸으며 목에 손을 댔다. 답답한 느낌이 들어 목을 죄는 넥타이를 풀려 했는데, 트레이닝복 차림이라 넥타이가 손에 잡히지 않았다. 그럼 목을 옥죄는 숨 막힘은 무엇 때문일까. 그의 형, 모연우는 늘 이렇게 그를 갈증 나게 만들었다.

"듣고 있습니다."

[예? 예. 일단 언론은-.]

"통제하지 말고 보도하도록 놔두세요."

[예?]

"그리고 내 입장도 알리세요."

[입장이라 하심은…….]

"나는 내 형이 너무 소중해서, 꼭 살아 돌아오길 바란다고. 만일 테러 집단이 내 형의 안전을 담보로 나와의 단독 면담을 원한다면, 나는 기꺼이 무장해제하고 그들이 보내온 봉인 아이템을 낀 채로 그들이 정한 접선 장소까지 혼자 나가겠다고."

정우는 그건 안 될 말이라 부르짖는 비서와의 통화를 일방적으로 끊고, 또 습관적으로 목에 손을 댔다.

삑-. 경고음이 들렸다. 정우에게만 들리는 소리였다. 정우는 상태창을 열어 확인하고는 혀를 찼다.

"이렇게 나온다 이거지, 형."

*

"여보세요."

연우가 전화를 받았다.

[혹시 모연우 씨입니까?]

느릿하고 단조로운 목소리는 핸드폰을 통해 듣는다고 새삼 색다르게 들리진 않았다.

"예, 강사님. 수업 시간 10분 전에 세미나실에 왔는데, 강사님은 없고 이거만 놓여 있네요. 이거, 강사님 핸드폰입니까?"

연우는 텅 빈 세미나실을 둘러보며 말했다. 수업 시작하기 20분 전에 와서 동해 길드 홍보 영상을 띄워 놓고, 연우가 10분 전에 도착하지 않으면 경멸하는 표정을 짓던 강사가 안 보였다. 연우는 강사가 늦는 일도 있구나 신기해하며, 그가 허둥지둥 뛰어 들어오면 한없이 하찮게 쳐다볼 준비를 했다. 하지만 천 년 같은 10분이 흐르고 다시 천 년이 흘러도 강사는 오지 않았다. 대신 화이트보드 위에 놓여 있던 핸드폰이 드드득 울리며 존재감을 드러냈다.

"어디십니까? 오늘은 수업 안 합니까?"

연우는 휴강의 희열을 숨기며 애써 아쉬운 척했다.

[좋아하지 마십시오. 오늘 휴강 아닙니…….]

휴강 따윈 꿈도 꾸지 말라는 강사의 목소리가 중간에 끊겼다.

와다닥, 드르륵. 이거 놓지 못해요? 이러시면 곤란, 잠깐이면, 잠깐? 안 됩니, 잠깐이면 된다고!

여러 소리가 들렸다. 추정하기로 강사와 어떤 여성이 싸우고 있는 듯한데. 연우는 승패가 정해지기를 기다렸다. 곧 승자가 정해졌다.

[여보세요? 모연우 대위 맞죠? 당신? 우리 정우랑 같이 있었던!]

정우. 두 음절이 심장을 잡아 뜯었다. 연우는 순간, 숨 쉬는 법을 잊었다. 그리고 생각이란 걸 했다. 진정해, 그 정우가 아니야, 저 사람이 말하는 정우는…….

"김정우 하사 어머님이십니까?"

[맞아요, 나예요.]

어쩐 일이시냐, 어쩌다 날 가르치는 강사와 함께 있느냐. 당연히 물어봐야 할 질문을 하고 싶지 않았다. 다행히 김정우 하사의 어머니가 알아서 설명해주었다.

당신을 만나 이야기를 나누고 싶은데 아무리 찾아가도 만나게 해주지 않는다. 그래서 건물 앞에서 진을 치고 기다리다가 이 사람을 붙잡고 사정했다. 제발, 한 번만 만나 달라. 당신을 곤란하게 할 생각은 없다. 나는 단지 내 아들에 대해 듣고 싶을 뿐이다. 군에서 하는 말은 믿지 않는다. 믿고 싶지 않다.

말하는 중간중간 강사와 몸 다툼이 있었다. 강사는 자꾸 핸드폰을 되찾으려고 했으나 번번이 실패했다. 약골 헌터 같으니라고. 감히 자식 잃은 부모를 상대하려 하다니.

"지금 어디십니까? 제가 가겠습니다. 그리고 잠깐 선생님을 바꿔주시겠습니까? 제가 가드 없이 이 건물을 무사히 빠져나가려면 아무래도 선생님의 조언이 필요할 것 같습니다."

연우가 도움의 목소리를 내밀었다. 강사는 그제야 발언권을 되찾을 수 있었다. 강사의 조언을 들은 연우는 강사의 핸드폰을 들고

1층으로 내려갔다. 강사가 핸드폰을 놓고 갔는데 요 앞에서 가져다 달라기에 내려왔다고, 금방 주고 들어오겠다고, 연우는 안내 데스크에 말했다. 길드원은 별 의심 없이 얼른 다녀오시라고 연우를 혼자 나가게 놔두었다.

"잠깐, 지금 강의 중 아닌가?"

뒤늦게 연우의 스케줄을 확인하곤 13층에 연락했을 때는 이미 늦었다. 경호 인력이 급히 내려왔으나 문 앞에 서 있겠다던 연우는 보이지 않았다. 핸드폰을 놓고 갔다던 강사도 마찬가지였다.

연우는 강사가 알려준 대로 건물 앞에 대기하고 있던 택시를 탔다. 택시 기사는 어디 가냐고 묻지 않았다. 요금도 받지 않고 연우를 어딘가에 내려주었다. 연우는 대기하고 있던 퀵서비스 오토바이에 옮겨 탔다. 오토바이는 연우를 어느 아파트 공사장에 내려주었다. 연우는 공사장 안으로 걸어 들어갔다.

구헌터 테러 집단이 자신을 노리고 있다는 건 알고 있었다. 뉴스에서 떠들어 대는 일곱 차례의 테러는 신호였다. 우리가 널 찾아가겠다는 신호. 연우는 그들이 제게 어떻게 접촉할지 추측해보았다. 아무래도 가장 쉬운 루트는 연지연 기자였다.

'계속 날 노리고 있었다면, 내가 연 소위님 동생이랑 만난 걸 모르지 않았겠지.'

하지만 그 루트는 너무 단순했다. 또한 설마, 연준수 소위의 동생이 그들과 한편이 될까 싶기도 했다. 그래서 지연의 핸드폰이 저쪽으로 넘어가도 상관하지 않았다. 그리고 분명 다른 루트로 접근해 오리라 기다렸다.

"김정우 하사 부모님을 염두에 두긴 했지만, 당신은 예상치 못했습니다. 강사님."

하지만 설마, 이 루트일 줄이야. 한 달 반 동안 매일 봤던 사람에게 배신당한 격인데 기분 나쁘진 않았다. 오히려 신기하고 신선했다. 연우는 모습을 드러낸 강사에게 핸드폰을 돌려주었다. 강사는 핸드폰을 돌려받은 뒤 곧바로 전원을 끄고는 옆에 선 청년에게 건넸다. 청년은 연우를 오토바이로 실어 나른 퀵서비스 직원이었다. 퀵서비스 직원은 그것을 점퍼 주머니에 넣고 바로 자리를 떴다.

"저라서 놀라셨습니까?"

"의외였다 정도로 하지요."

각성한 헌터라서 의심하지 않은 건 아니었다. 정우가 세미나실에 강림했을 때 감격해 어쩔 줄 몰라 하던 그의 모습을, 연우는 아직 기억하고 있었다. 매 수업 시간마다 모정우 대령님의 위대하심을 찬양했던 강의 내용 또한. 그 모습이 모두 거짓으로 꾸며 낸 것 같지 않았다. 연우가 지루하기 짝이 없는 강의를 한 달 동안 참고 들었던 이유였다.

연우의 표정을 읽었는지 강사가 입꼬리를 들었다.

"대령님을 존경하고 따르는 마음은 거짓이 아닙니다. 다만……. 내 동생이 헌터병으로 끌려간 것 또한 영원히 잊을 수 없을 뿐이지요."

내가 10년만 일찍 헌터가 되었더라면……. 끝없는 자책감에 시달리다가 절 뒤늦게 헌터로 만들어버린 세상을 원망하게 된 남자의 평범한 자기소개였다.

"수고롭지 않게 해주셔서 고맙습니다."

"별말씀을."

"수업을 잘 못 따라오길래 이해력이 평균 이하인 거 같아 걱정했는데."

"가르쳐주는 사람이 제대로 못 가르쳐줘서 그랬을 겁니다."

"그럴 리 없습니다."

강사는 자신만만했다.

"아무튼 다행입니다. 원래 계획대로라면 김 중위 어머니께서 칼을 들고 절 위협하고, 그걸 본 모연우 씨가 절 위해 어쩔 수 없이 반항을 포기하고 끌려가야 하는데. 함정인 줄 알면서도 오셨으니 쓸데없이 힘 빼지는 맙시다. 우리."

"차라리 당신이 김 하사의 어머님을 위협하는 걸로 하지 그랬습니까."

"한 달간 본 사이이니 절 더 구하고 싶지 않겠습니까."

"설마."

연우는 망설임 없이 고개를 저었다. 강사의 미소가 삐딱해졌다.

일곱, 여덟, 아홉. 연우는 강사와 시답잖은 대화를 나누며 주위의 기척을 살폈다. 못해도 아홉이었다. 기척을 숨기는 데 능숙한 헌터병이 몇 더 있다면 그보다 많을 테고.

"제가 그냥 따라갈 거라고는 생각하지 않은 겁니까?"

"다들 당신이라면 그럴 거라고 했지만, 만일의 사태를 위해 준비해 두자는 제 의견을 따라주었지요."

"그렇군요."

연우는 고개를 끄덕이고 옆을 보았다. 강사와 몇 발자국 떨어진 위치에 김정우 하사의 어머니가 서 있었다. 연우는 그 둘을 보며, 군과 대형 사설 길드들의 오랜 골칫거리인 어떤 문제의 근본적인 답을 알아냈다. 어째서 구헌터 테러 집단이 쉽게 몰살되지 않는가. 강사와 김정우 하사의 어머니. 연우의 앞에 서 있는 둘이 문제의 답, 그 자체였다.

사회가 약자를 보호하는 건 사회를 유지하는 가장 쉽고 효율적인 방법이다. 인간은 그 자체로 존엄하다는 가치를 실현하기 위해서가 아니다. 인간은 손해 보는 걸 싫어한다. 그런 인간들이 모여 만든 사회가 고작, 인간의 존엄성이라는 추상적 개념의 실현 따위에 목을 맬 리 없지 않은가. 사회가 약자를 보호하는 건 그게 인간의 생존과 번식에 유리하기 때문이다. 약자가 약하기에 짓밟히고 보호받지 못한다면 강자의 안전 역시 완벽하게 보호받지 못한다. 약자들의 이탈로 불안해진 사회에서 안전함을 누릴 수 없게 될 테니까. 인간은 아무리 강하다 한들 인간이기에 누구나 약자가 될 가능성을 가지고 있으니까. 그건 인간이란 종족의 생존과 번식에 이롭지 않다. 사회가 피해자를 지키는 척이라도 하며 그들이 납득할 만한 처벌을 대신 해주는 것도 같은 이유에서다. 인간은 누구나 피해자가 될 수 있다. 그런데 사회가 가해자를 제대로 처벌하지 않아 피해자가 사회를 불신하게 된다면. 피해자가 사회의 처벌을 믿는 대신 사적 복수를 결심하게 된다면. 자신의 손으로, 자신의 목숨을 바쳐서라도 가해자에게 복수하고야 말겠다고 마음먹게 된다면. 전혀 상관없는 대다수 사람들의 안전까지도 위협받게 될 것이다. 그건 가해자에게도 불리하다. 죄를 지었을 때 적당히 비난받고 적당히 처벌받고 안전한 사회의 구성원으로 남아 있는 게 나을까, 피해자들의 이탈로 불안해진 사회에서 언제 복수당하게 될까 불안해하며 사는 게 더 나을까.

사회의 균열은 반드시 그들이 버린 약자와 피해자로부터 시작된다. 인간이 더는 약자와 피해자에게 공감하지 못하고, 그들을 배려하지 못한다면. 약자를 비웃고 피해자를 더 짓밟는다면. 사회 구성원 대다수가 그게 어떤 의미인지 알아채지 못할 정도로 무뎌진다면. 공동체는 안전한 상태를 유지하지 못하게 될 것이다. 그러고서도 그 사회가 계속 안전하길 바라는 건, 지능의 문제 아닐까. 사회가 더는 필요 없다고 내버린 헌터병들도 누군가의 가족이었고 친구였으며 동료였다. 누군가는 그들의 죽음이 하찮지 않다고 울부짖었다. 누군가는 그들을 죽음으로 내몰고도 아무 처벌 받지 않는 가해자들을 원망했다. 하지만 대다수는 그들의 이야기에 귀를 기울여주지 않았다. 공감받지 못한 슬픔은 독이 된다. 독이 모이고 모여 강을 이루게 되면. 그 강줄기가 흐르는 곳에서 사회의 균열이 시작된다. 고작 수십 명으로 시작된 구헌터 테러 집단이 괴멸되기는커녕 점차 수가 불어나고 강해지는 이유다. 사회 곳곳에 그들과 뜻을 함께하는 평범한 약자와 피해자들이 독처럼 스며들어 있다.

헌터병의 가족. 헌터병의 연인. 헌터병의 친구. 헌터병의 동료. 헌터병의 이웃. 또 그들의 가족, 그들의 연인, 그들의 친구와 동료. 그들의 이웃.

구헌터 테러 집단은 단지 각성을 거부하는 헌터병들의 집단이 아니다. 소중한 사람을 빼앗기고, 그 죽음을 모욕당한 약자들과 피해자들을 통칭하는 집단이기도 하다. 그 안에 속해 있는, 연약하지만 강한 테러범이 두 손에 큰 회칼을 들고 있었다. 칼끝은 연우를 향해 있었으나 연우는 그것이 절 노리고 있다는 느낌을 받지 못했다.

"들으셨지요? 그러니까 이제 그 칼 내려놓으세요."

연우가 담담히 말했다.

"모연우 씨 말대로입니다. 임무는 여기까지입니다. 이제 내려놓으세요, 어머님."

강사가 손을 내밀었다. 칼을 제게 넘기라는 것이었다. 김정우 하사의 어머니는 그 손을 내려다보다가 고개를 저었다.

"가까이 다가오지 마세요."

그리고 칼끝이 자신의 목으로 향하게 돌렸다. 이상한 낌새를 알아차리고 조금씩 다가가고 있던 두 남자는 걸음을 멈췄다.

"그럴 필요 없습니다. 모연우 씨가 우릴 이상한 단체로 오해하면 어쩌려고 그러십니까."

강사가 투덜댔다. 애써 가볍게 말했지만 그의 얼굴은 딱딱하게 굳어 있었다. 그녀의 행동은 계획했던 일이 아닌 듯했다. 일반인은 희생은 시키지 않는다는 거겠지. 테러 단체의 숭고한 이상을 보는 연우의 눈은 차분했다.

"시간 끌며 수사망에 혼선을 줄 사람이 필요하다 했지요."

"그건 제가 알아서 합니다."

"당신, 당신이 죽을 생각이었죠?"

"……."

강사가 입을 다물었다. 연우는 곁눈질로 강사의 표정을 훑다가 납득했다. 강사는 각성한 헌터였다. 일반인은 아니었다.

"당신은 아직 젊으니까 내가 할게요."

"해도 제가 합니다. 내려놓으세요, 어머님."

"그냥 두 분 다 안 하면 안 됩니까? 제가 당신들 따라 도망칠 때 속도 늦춰지지 않도록 적극 협조하겠습니다."

연우는 정말이지 잘 협조할 자신이 있었다. 강사가 그럼 여기까지 와서 협조 안 할 생각이었냐며 면박을 줬다. 할 생각이었지만 더 잘하겠다는 말이었다고 대답하려고 했는데.

"미안해요. 우리 정우 보러 애써 찾아와줬는데. 나 때문에 많이 곤란했지요?"

말할 타이밍을 놓쳐버렸다. 김정우 하사의 어머니와 눈이 마주쳤다. 연우는 살아남은 죄에 달라붙은 죄책감을 느꼈다.

"그러려고 그랬던 게 아닌데……. 우리 애, 몸도 온전치 못하게 돌아왔는데. 그나마 반쪽이라도 찾아와 장례 치르는 게 어디냐고 다행으로 여기라는 말을 자꾸 들으니까. 온전한 몸으로 살아 돌아온 당신이 부러웠나 봐요. 우리 정우가 저랬으면 어땠을까 싶어서……. 미안해요."

"아닙니다."

"아니요, 미안해요. 너무 미안한 짓을 했어요. 결국 나도 장례식이라도 할 수 있어 다행 아니냐고 말한 사람들이랑 똑같은 거였어……."

김정우 하사의 어머니가 한탄했다. 그녀의 말은 더는 연우를 향하지 않았다.

"우리 정우, 엄마 아빠 잘 만나 부잣집 가서 태어났으면, 아예 그렇게, 그렇게 될 일은 없었을 텐데……."

김정우 하사의 어머니는 이제 더 울지도 못했다.

"우리 애, 어두운 데 혼자 있는 거 무서워해서, 이젠 혼자 있을 테니까. 내가 빨리 가줘야 해요."

김정우 하사의 어머니가 애써 웃어 보였다.

"그 전에 뭐라도 하나 도움이 될 수 있어서, 고마운 마음으로 편히 갑니다."

김정우 하사 어머니가 칼 든 손을 밀어 올렸다. 그대로 제 목을 찌를 생각인 듯했다.

"어머님!"

강사가 달려들어 그 칼을 잡아채려 했다. 헌터로 각성했다지만, 그의 손에선 신묘한 스킬이 뿜어져 나오지 않았다.

"김정우 하사."

둘 사이를 가르는 차분한 목소리가 있었다. 김정우 하사의 어머니가 손을 움찔했다. 강사가 그때를 놓치지 않고, 칼등을 잡았다. 김정우 하사의 어머니는 그것도 모르고 연우를 보았다.

"우리, 정우……."

"아드님에 대해 좀 더 듣고 싶다 하셨지요."

연우가 한 발 다가갔다. 김정우 하사의 어머니는 주춤, 뒤로 물러났다.

"김정우 하사는 무서워하지 않았습니다."

연우의 목소리가 그 움직임을 붙들었다.

"어머님 말처럼 어두운 굴속이었는데, 전혀 무서워하지 않았습니다."

훈련병 시절, 죽도록 훈련 받았기 때문이겠지만. 단지 그 이유 때문만은 아니리라.

"대신 살려고 했습니다."

연우가 한 발 더 다가갔다.

10년. 10년이었단다. 그렇게 시간이 흐르는지도 모른 채 살았다. 몰랐지만. 그래도 너무 길긴 했다. 어두운 굴속. 더 어두운 몬스터 개미 몸통 속으로 기어 들어가 몸을 웅크릴 때면, 김정우 하사는 종종 제 얘기를 했다. 수능 공부. 캠퍼스 생활. 친구. 가족. 전공 공부, 그리고 미래.

"김정우 하사는 제대 후에 대학으로 돌아가 공부를 마저 할 거라고 했습니다. 취직 잘 안 되는 전공을 택해서 어머니 많이 속상하게 해드렸다고. 돌아가면 헌터병 특례로 공기업에 입사할 수 있으니까 전역하면 남들처럼 취직해서, 돈 열심히 벌겠다고. 꼭 그럴 거라고."

칼 든 손이 파르르 떨렸다.

"그래서 어머니 용돈 드리고 자식 노릇 열심히 할 거라고. 어머니 노후 준비 안 되어 있어서 빨리 연금도 들어드려야 한다고."

개미들 몰려오니 입 닥치라고 발로 차면, 그제야 히히 웃으며 잠들었다. 꿈속에선 전역해 취업하고 어머니 연금에 가입해드렸던 걸까. 한국사는, 김정우 하사는 자는 내내 웃었다.

"죽지 마십시오. 김정우 하사는 어머니께서 따라 죽기를 바라지 않았을 겁니다. 절대."

연우가 칼을 빼앗았다. 칼날을 손으로 잡았으나 굳은살 박인 손은 피 한 방울 나지 않았다. 고작 그 정도였다. 김정우 하사의 어머니가 제 아들을 죽이고 살아온 아들의 동료에게 끼칠 수 있는 해는 그 정도뿐이었다. 김정우 하사의 어머니는 칼을 놓고 울부짖었다. 정우야, 정우야! 아아악! 새끼 잃은 어미의 울음은 그 어떤 단어로도 표현할 수 없는 소리였다. 비탄, 비탄, 그리고 비탄. 그럼에도 비탄. 몸속을 도려 내고 긁어 내 모조리 토해 내는 울음.

연우는 그 소리를 들으며 천천히 눈을 감았다. 이 순간마저, 그녀가 부르짖는 이름이 모정우가 아니라는 것에 감사하는 자신을 깨닫게 된다. 쓰레기. 구제불능 개새끼.

연우의 머리 위에 자루가 덮였다. 뒷목이 따끔했다. 차가운 기운이 순식간에 온몸으로 퍼졌다. 익숙했다. 아무리 겪어도 적응은 되지 않았지만, 헌터병 시절, 병원에 이송돼 진정제를 맞고도 날뛰면 주사를 처방 받았다. 백까지 셀 필요도 없었다. 열만 세도 충분했다.

여덟.

털썩.

'아, 여덟이었나?'

이상하다. 분명 열이었는데.

'내 옆에 붙어 있어, 적어도 10km는 벗어나지 마.'

정우의 당부가 문득, 생각났다. 지금은 몇 km쯤 떨어져 있으려나.

✷

눈을 떴다. 앞이 보였다. 머리에 쓴 자루가 벗겨져 있는 걸 알았다. 극심한 두통이 한 박자 늦게 몰려왔다. 연우는 이를 악물고 끙끙댔다. 주사의 부작용이었다. 공룡 마취제를 인간에게 투여한 것과 다름없었다. 발현해 강화된 몸은 죽지 않았지만 그만큼의 고통은 감당해 내야 했다. 연우는 몸부림치다가 뒤통수에 딱딱한 금속이 부딪치는 걸 느끼며 희미하게 눈을 떴다. 그리고 제가 지금 어떤 상태인지 확인했다. 철제 난간에 쇠사슬로 칭칭 묶여 있었는데. 너무 과하게 감겨 있어 끊어볼 의욕이 안 생겼다.

연우는 눈을 마저 뜨고 주변을 둘러보았다. 폐공장 같은 공간에 군데군데, 드럼통이 놓여 있었다. 모두 불이 붙어 있었다. 나무에 석유를 뿌렸는지 냄새가 났다. 멀지 않은 곳엔 거대한 용광로가 있었다. 반쯤 기울어져 있었는데 안에 든 금속이 다 굳어 있었다. 약 맞고 정신을 잃었다 눈을 떴지만. 낯선 곳에 묶여 있지만, 나이브하게 '여긴 어디? 난 누구?' 같은 생각은 하지 않았다. '살려주세요.' 소리치지도 않았다. 괜히 목만 아프게. 쇠사슬 누에고치가 된 연우는 태평하게 생각했다. 언젠가 누가 오겠지.

당장 급한 건 두통이었다. 머리통을 부수면 안 아프게 될까? 너무 매력적인 대안이라, 몸이 묶여 있지만 않다면 당장 바닥에 머리를 박았을 게 분명했다. 연우를 묶어 놓은 사람은 나름 생명의 은인이었다. 두통은 한참 후에야 잦아들었다. 그대로 신체에 별다른 신호가 오지 않았다면 그 태평함은 꽤 오래 지속됐을 것이다. 하지만 얼마 안 가 요의를 느꼈고, 연우는 슬슬 걱정이 들었다.

'한동안은 버틸 수 있겠지만, 그 이후에도 안 오면 어떡하지? 매우 곤란할 거 같은데.'

헌터도, 인질도, 인질이 된 헌터도 화장실 다녀올 시간은 필요하지 않을까. 연우는 인질이 된 헌터의 인권에 대해 고민하기 시작했다.

다행히 얼마 지나지 않아 철문이 열렸다. 그그극. 낡은 쇠문이 움직이니 땅이 지진 난 것처럼 흔들렸다. 눈부신 빛 속에서 그림자 넷이 길게 늘어졌다. 그들이 연우에게 걸어왔다. 대략 이십 대 후반에서 삼십 대 중후반 사이. 여자 둘, 남자 둘. 넷 모두 헌터병, 그러니까 구헌터였다. 연우는 걸음걸이와 대검 착용 위치, 무엇보다 상처투성이 얼굴과 몸을 보고 동료를 알아봤다. 그들 중 누가 우두머리인지 구분하는 것도 쉬웠다. 한 명이 연우 앞에 놓인 녹슨 철제 의자에 걸터앉았다. 둘은 뒤에 섰고, 한 명은 손에 호호 입김을 불며 불 피워 놓은 드럼통 가까이 섰다.

드럼통에서 손을 녹이고 있는 여자는 실눈이었다. 의자 뒤에 서 있는 여자와 남자는 각각 단발머리였고 빡빡이였다. 삐그덕대며 우는 철제 의자를 학대하고 있는 남자는 이마에서 눈을 가로질러 입술을 아슬아슬하게 지나쳐 턱 밑까지 긴 흉터가 나 있었다. 얼굴도 체격도 제각각이었지만 넷 다 눈빛은 똑같았다. 불씨 꺼진 눈. 연우는 제 눈도 별반 다르지 않을 거라 생각했다.

“일단 살아 돌아온 걸 축하해, 모연우 소위. 아, 이제 대위인가?”

“어떻게 불러도 상관없는데, 지난달에 전역했다는 건 알아두고. 일찍 축하해줘서 고마워.”

“늦어서 미안. 우리가 당신 귀환한 지, 음, 엿새쯤인가 그쯤 돼서였지?”

흉터가 돌아보며 물었다. 빡빡이가 고개를 끄덕였다.

"그래. 내 기억이 아직 쓸 만하네. 그때 축하 인사 하러 갔었는데 방해를 받아서 말이야. 이제야 이렇게 마주 보게 됐잖아. 늦은 건 이해해 달라고."

"이해해줄게."

"고마워. 근데 말이 좀 짧다?"

흉터가 괜히 트집 잡았다. 농담이든지, 만만해서 시비를 거는 거든지. 둘 중 하나였다. 만약 동해 길드 길드원이 말했다면 후자라고 생각했겠지만, 흉터는 전자였다. 연우가 보기엔 그랬다.

"왜 말 놓냐고?"

"굳이 말하자면 그 말이긴 하지."

"그쪽이 먼저 말 놨잖아."

순순히 따라가겠다는 사람 약으로 기절시켜 끌고 와선 쇠사슬로 칭칭 묶어 화장실 걱정하게 만든 건 제쳐 두고서라도.

"젖살 안 빠진 얼굴을 보니까 말이 그냥 놔지네."

"지랄."

연우가 피식 웃으며 고개를 들었다.

"너 관등성명 대봐, 새끼야. 자신 있으면 나이도 까고. 민증은 나왔냐?"

"오."

흉터가 감탄했다.

"오는 무슨. 돌대가리 새끼. 지금 상황 파악이 안 되지? 너 나 입대할 때 코찔찔이 애새끼였을 텐데? 어디다 대고 말을 까고 지랄이야. 내가 묶여 있으니까 굴비로 보이냐? 걸늙은 게 자랑이라고 개소리 떨고 앉아 있어, 지랄이."

연우는 어리바리한 후임을 답답해하며 욕을 하거나 폭력을 쓰는 나쁜 선임은 아니었다.

때리지도 말고 맞지도 말자. 욕하지도 말고 듣지도 말자. 우리 내무반 푸르게 푸르게.

그는 군 윗대가리들이 원하는 모범적인 선임 그 자체였다. 때문에 간혹, 생각이 많이 모자란 것들이 착하디착한 선임을 우습게 볼 때도 있었다. 헌터병대도 엄연한 군대. 적당한 비율의 쓰레기는 늘 존재했다. 쓰레기들이 기어오를 때마다 연우는 어쩔 수 없이 손을 썼다. 모범적인 헌터병 선임의 표본이라 할 수 있는 모연우는 너무 마음이 아팠지만 어쩔 수 없었다. 연우는 딱히 믿는 종교랄 게 없었다. 동료를 내 몸같이 사랑하라는 자웅동체적인 시각도, 오른뺨을 처맞으면 왼뺨도 내밀어 마저 처맞으라는 SM적인 마인드도, 내가 듣지 않으면 상대가 한 욕은 상대의 것이라는 궁극의 자기합리화도, 전혀 끌리지 않았다. 눈은 눈으로 이는 이로. 어느 나라 법전에 쓰여 있었다는 말이 그의 신념에 딱 맞았다. 내 눈 하나에 네 눈깔 두 개. 내 이 하나에 네 강냉이 우수수.

그런 의미에서 연우는 아주 모범적인 헌터병 선임이었다. 그는 위에서 너만 믿는다며 개 같은 신임 하사를 배정해줘도 그러려니 했다. 그리고 한 달 안에 개 같던 놈을 인간 비스무리한 수준으로까지 진화시켰다. 찰스 다윈이 봤다면 공동 저자로 진화론2를 쓰자고 달려들었을 텐데. 물론 삼칠일 만에 곰을 사람으로 만드신 단군 할아버지에 비할 바는 아니었다. 쑥과 마늘을 백 일 동안 처먹이고 동굴에 가둬 두는 비효율적인 방법은 헌터병에게 사치였으니까. 좀 더 비단군적이고 비홍익인간적인 비법을 써야 했다. 개 같던 신임 하사는 눈탱이가 밤탱이가 된 채 내무반 구석에 조용히 찌그러져 훌쩍이며 선임의 말을 잘 듣는 착한 하사가 됐다. 선임 말을 잘 듣는 착한 하사는 좀 더 오래 살아남는다. 연우가 있는 중대는 한창때 신중윤 중대에 감히 비할 바는 아니었지만, 타 중대보다는 생존율이 높았다. 약간. 아주 약간. 참으로 타의 모범이 될 만한 내무반이라 감히 자신할 수 있었다.

그렇게 내무반을 푸르게 푸르게 가꿔 왔던 연우는 참 오랜만에, 제게 기어오르는 후임을 만나게 되었다. 까마득한 후배고, 같은 내무반 쓰던 사이도 아니었으니 모른 척하려고 했다. 민간인이 되었으니 민간인답게 굴 생각이었는데. 소위니 대위니 관등을 먼저 운운하며 말을 까 신경을 거슬리게 만든 건 저쪽이었다.

"제가 당연히 대위님 후임이라 생각하나 봅니다?"

흉터가 물었다. 말투가 공손해져 있었다.

"10년 동안 내 기수가 얼마나 살아남았을까? 몇이나 너처럼 멀쩡히 제 발로 걸어 다니고 있을까 생각해본다면 당연한 일이지. 네 대가리로는 계산이 안 되겠지만."

연우가 겉늙은 흉터를 가소로워하며 물었다.

"그래서 네 관등성명."

"중위입니다, 대위님."

흉터가 즉각 대답했다. 제 이름과 나이도 말했지만, 그건 흘려들었다. 중위라니. 끽해봐야 소위, 아니면 하사일 줄 알았는데. 연우는 잠깐 당황했으나 티 내지 않았다. 그리고 2계급 특진 되어 다행이라고 생각했다.

"동생 뒤에 숨어 있기에 예전 모습 다 잊고 빌빌대나 했더니, 그건 또 아닌가 봅니다."

"칭찬 고맙다. 네 흉터도 자꾸 보다 보니 볼만해지네. 대관령 불소 던전에서 한 방 먹은 건가?"

"아니요. 물론 거기에 투입되었던 적은 있습니다. 거기서 당한 건 이렇게 남더군요."

흉터가 제 팔을 걷어 보였다. 팔을 뒤덮은 검은 얼룩이 보였다. 타버린 피부 위에 새살이 돋은 흔적이었다. 연우도 비슷한 자국이 무릎과 허리에 남아 있었다. 몬스터 불소에게 그을린 자국은 피부가 완전히 재생되기까지 시간이 좀 걸렸다. 아니면 아예 흉터가 사라지지 않거나.

"이건 던전 밖에서 당한 겁니다. 각성하자마자 전역해 길드에 들어가더니, 날 잡으러 온 내 후임한테."

흉터가 제 얼굴에 난 흉터를 손으로 쓸었다.

"그거 참 간지러웠겠네."

"가소로웠지요. 매번 내 손으로 구해온 놈이었는데, 이제 겨우 던전에서 제 발로 기어 나오게 키워 놨더니, 가장 먼저 지원해 각성하고, 그 대단한 능력에 취해 제대로 다루지도 못하면서 날뛰고. 바로 눈앞에 쓰러져 있는 날 죽이지도 못하고, 고작 이딴 생채기나 내고 그러더란 말입니다."

"누굴 탓하겠어? 후임이 떨한 건 선임 탓인걸."

"그래서 다음번에 또 만나면 반드시 죽일 생각입니다. 내 얼굴에 먹칠하고 다니지 못하게."

"그 말, 후임한테 했어?"

"얼굴에 자국이 났을 때 그놈 배에 구멍을 뚫어 놓고 말했습니다. 목숨 아까운 줄 알면 다음엔 나서지 말라고."

"뭐래?"

"날 꼭 산 채로 잡아서 강제로 각성시켜 제 부하로 삼겠답니다."

흉터는 씁쓸해 보였다.

"결국 너도 안 죽이고 왔다는 거네."

연우가 빈정대며 말했다.

"못 죽였거나."

"……."

흉터의 얼굴이 굳었다.

철컥. 어느새 실눈이 총을 빼들어 연우를 겨눴다. 한 손은 여전히 불을 쬐고 있었다. 눈도 드럼통을 보고 있었다.

"거기까지 하시죠. 우리 대장이 좀 마음이 여려서 문제긴 한데. 그래서 내가 대위님 눈깔 하나쯤 해먹어도 봐주실 거 같기도 합니다."

실눈이 샐쭉하게 웃으며 말했다.

"내려. 대위님께 실례다."

흉터가 인상을 썼다. 실눈은 그럴 줄 알았다는 듯 총구를 거뒀다.

하아. 흉터가 한숨을 내쉬며 마른세수를 했다. 두툼한 손에 마구 쓸리고 난 다음 드러난 눈은 좀 더 적나라하게 그의 상황을 드러내고 있었다.

"인사는 이쯤 합시다. 이만하면 우리가 좀 친해지지 않았나 싶은데."

"친해지려면 첫인상이 중요한데 그 얼굴로 친해지자 해봤자."

"짐작했겠지만 우리가 대위님을 모시고 온 건……."

"모셔 온다는 느낌은 안 들었는데."

"친해진 기념으로 입에도 사슬을 물려드릴까요? 철분이 부족해 보이시는데."

"……."

연우는 철분이 부족하지 않다는 걸 증명하기 위해 입을 다물었다. 좀 안타까웠다. 의미 없는 개소리야말로 헌터병의 미덕이건만. 그걸 못 견뎌 하다니. 좆같은 세상을 살며 그 정도 유머 감각도 없이 어떻게 버티려고.

"모연우 대위님. 우리는 당신을, 모정우 대령에 대항할 수 있는 상징으로 삼고 싶습니다."

"……."

연우는 방금 한 생각을 취소했다. 흉터 녀석, 아주 훌륭한 유머 감각을 가지고 있었다.

연우의 표정을 본 흉터가 피식 웃었다. 제 말이 우스운 줄 아는 듯했다.

"개소리로 들리겠지만."

"잘 알고 있네."

"이쪽은 나름 절박합니다. 지난 10년 사이 동생이 무슨 짓을 저질렀는지 안다면……. 그동안 적당히 듣고 본 게 있다고 해도 직접 경험한 우리가 느끼는 것과는 다를 수밖에 없고."

흉터의 눈에 흉흉한 기운이 서렸다. 연우는 그가, 아니, 이 자리에 있는 헌터병 다섯 중 절 제외한 넷이 정우를 어떻게 보고 있는지 알아차렸다. 나아가 구헌터 테러 집단이 정우를 어떻게 보고 있는지도. 그들에게 정우는 공략해야 하는 던전이자 처치해야 하는 던전의 왕이었다. 그래서 그들은 몸에 익은 대로 정우를 상대하려 하고 있다. 몸으로 부딪쳐 경험하고 습득하고 공략한다. 모정우 대령의 형, 비각성 헌터 모연우. 인지도도 화제성도 있는 그를 내세워서, 구헌터들을 위한 상징으로 만들자.

"이를테면 야구계의 프렌차이즈 스타라고 하죠. 한화의……."

흉터가 말을 하다 말고 도 닦는 사람 같은 표정을 지었다.

"대위님 그거 압니까? 대위님이 던전에 들어간 이후 한화가 한 번도 우승을 못했습니다. 물론 그 전에도 못했지만."

"난 야구에 취미가 없어서."

"난 적어도 한화가 우승하는 건 보고 죽고 싶습니다."

"……."

"그런데 내가, 아니, 우리가 좀 더 오래 버티려면 당신이 필요합니다. 모연우 대위."

참고로 나뿐 아니라 우리 넷 다 한화 팬이라고. 흉터가 말을 덧붙였다.

연우는 옛 기억을 떠올렸다. 야구 광팬 신임 하사 둘이 동시에 밑으로 들어온 적이 있었다. 엘지와 기아 팬이었던 거 같은데. 서로 자기가 응원하는 팀이 더 못났다며 싸워 댔다. 그리고 그들은 꽤 오래 살아남았다. 던전에서 돌아와 그날 야구 경기 녹화본을 보는 게 그들이 살아야 하는 이유였다. 하지만 결국 죽었다. 내일의 엘지-기아전, 기아-엘지전도 그들을 살리지 못했다.

"우리와 함께하시겠습니까?"

흉터가 손을 내밀었다. 연우는 건조한 눈으로 그 손을 바라보았다.

"똘추 새끼. 손이 묶여 있잖아."

"풀어드리면 잡을 겁니까?"

"……."

대답하지 못했다.

"뭐야, 그런 거면 왜 순순히 따라나선 거야!"

단발머리가 발끈했다. 실눈과 빡빡이도 눈빛으로 동조했다. 손을 내민 흉터만이 실망하지도 분노하지도 않았다. 연우는 흉터의 무표정한 얼굴을 보며 물었다.

"너희도 내가 이렇게 나올 줄 알아서 너희 아지트로 바로 안 데려가고 여기에 묶어 둔 거 아냐?"

황량한 폐공장은 아무리 봐도 대한민국을 떠들썩하게 만든 테러 집단의 본거지로 보이진 않았다. 게다가 마중 나온 구헌터는 넷뿐. 너무 적었다.

"너도 윗대가리는 아닌 거고."

이런 수고로운 뺑이질에 윗대가리가 직접 나올 리가.

"대위님 말대로입니다. 행동대 대장들 중에서도 제일 하찮죠."

흉터의 말에 부하 셋의 눈썹이 일제히 꿈틀했다. 부하들 표정을 보니 아주 하찮지만은 않은 듯했다. 다행이었다. 이 정도 되는 인물이 하찮다면 테러 단체에 더 대단한 놈들이 수두룩하다는 건데. 그건 좀 걱정스러운 일이니까. 이 정도 되는 놈은 적당히 좋은 취급 받고 높은 자리에 있어주는 게 상대편에게도 이로운 법이었다.

'상대편?'

연우가 실없이 웃었다.

"뭐가 웃깁니까?"

"내가 너무 당연하게 널 내 편이 아니라고 생각하고 있어서."

"그런데 순순히 따라 나오셨습니다."

"그러니까 웃긴 거야."

"믿는 구석이 있어서입니까? 잘난 동생 모정우 대령?"

"……글쎄."

연우는 이런 말을 들을 때마다 기분이 묘했다. 던전에서 나온 지 한 달 반. 여기저기서 저 비슷한 말을 숱하게 들었건만, 여전히 적응이 안 됐다. 넌 내가 지켜줘야 하는 앤데, 왜 사람들은 계속 내가 네 보호를 받아야 한다고 말하는 걸까. 정우와 동해 길드의 보호를 받고 있긴 하다. 현재의 사실을 부정할 생각은 없지만, 저 말을 들을 때마다 길을 잃은 것 같은 기분이 들었다.

모정우를 위해 입양됐다. 모정우를 위해 헌터가 되었다. 모정우를 위해 입대했다. 모정우를 위해 던전에 투입됐다. 모정우를 위해 죽었다. 오직 모정우를 위한 삶을 살았다.

정우의 부축을 받아 개미굴 던전을 나오며, 연우는 그 삶이 계속 이어질 거라 생각했다. 계속 그렇게 살았으니까. 잠깐의 죽음마저 그 삶의 일환이었으니까. 하지만 연우의 10년을 흔적도 없이 먹어치운 던전 밖 세상은, 그 세상 속의 모정우는 더 이상 모연우가 필요하지 않았다. 정우는 헌터가 되었고, 만인의 존경을 받고 있으며, 그 누구보다 강했다. 그 옆에 선 연우는 그를 지키긴커녕 그의 삶에 거치적거릴 뿐이었다. 지난 한 달 반 동안, 그 사실을 뼛속까지 실감했다.

매일 아침 눈을 떠 정우와 아침을 먹고 TV와 신문을 봤다. 정우와 점심을 먹고 간단히 운동을 하고 강의를 들었다. 정우와 저녁을 먹고 한 공간에서 적당히 시간을 보낸 뒤, 침실 앞에서 정우와 헤어져 문을 닫았다. 정우가 자신을 위해 애써 시간을 내주고 있다는 걸 모르지 않았다. 불을 끄고 바닥에 눕고 나면, 오늘도 얼마나 정우에게 민폐를 끼치고 있었는가 되새김질했다. 하루치만큼의 무력감이 더해져 숨이 막혔다. 잠들고 싶지 않았다. 내일 눈 뜨면 또 정우의 얼굴을 보고 실감해야 하니까.

너는 더 이상 내가 필요 없구나. 아니, 너는 애초부터 내가 필요하지 않았구나. 모정우를 위해 죽을 필요 없었다. 모정우를 위해 던전에 투입될 필요 없었다. 모정우를 위해 입대할 필요도 없었다. 모정우를 위해 헌터가 될 필요도 없었다. 모정우를 위해 입양될 필요도 없었다. ……모정우에겐 모연우가 필요하지 않았다.

그럼 모연우의 삶은 어쩌지? 모정우만을 위해 살아왔고, 살아야 하는 모연우는? 이딴 세상에 왜 살아 돌아온 걸까. 그냥 던전에서 죽어버렸으면……. 아, 그럼 너를 못 봤겠구나. 살아 있는 너를.

던전에 나온 이후 매일 밤 죽지 않고 아침을 맞이하는 이유는 단 하나였다. 아침밥 먹으러 가자며 찾아오는 정우를 보고 싶어서. 도대체 10년의 세월을 어디다 버려 두고, 이따위로 구는 걸까. 여전히 모연우는 모정우에게 욕정했다.

감히 좋아한다고 말할 순 없다. 그 마음은 개미굴 속에서 갈가리 찢겼으니까. 여기 살아남아 있는 건 더러운 감정의 찌꺼기뿐이었다. 정우의 삶에 조금도 도움이 되지 못하는 주제에, 그를 보고 싶어 하루를 연명하고 또 연명하는. 그래서 여기로 왔다. 뭐 하나라도 정우에게 도움이 되기 위해.

"뭐 때문에 여기 놀러 온 건지 물어도 됩니까?"

흉터가 팔꿈치를 허벅지에 대고 턱을 괴며 물었다.

"글쎄."

"손잡고 쎄쎄쎄하자고 온 건 아닐 테고."

"그런 걸 수도 있지."

"그럼 놀이 상대를 잘못 골랐다고 말해주고 싶군요, 모 대위님."

"……."

연우는 눈을 들어 흉터를 보았다. 흉터는 계속 연우를 지켜보고 있었다. 던전에서 만난 몬스터를 앞에 두고, 이 몬스터는 어떻게 공략해야 하는지, 공격 패턴이 어떻게 되는지 살펴보는 것처럼. 그리고 이제, 어떻게 공략해야 할지 판단이 선 것 같았다.

"난 당신이 이럴 줄 알았습니다."

던전 분석관들은 A라고 말하지만 난 분명 B인 거 같았다, 이럴 줄 알았다. 던전 공략 후 투덜대던 동료들의 얼굴이 보였다.

"헌터병 전부가 구헌터가 된 건 아닙니다. 일부는 각성해 새 길을 찾고, 또 일부는 나처럼 옛길에 멈춰 섰지만."

흉터의 눈두덩이 꿈틀했다.

"이도 저도 아닌 놈들도 있었어. 꼭 당신 같은 얼굴을 하고."

"……."

"난 자주 봤는데. 모 대위님. 당신 그 얼굴, 그 표정과 똑같았지."

"내가 어디 가서도 전에 봤던 사람 같다는 말은 들어본 적이 없는데."

"대위님, 내가 당신과 닮은 그들을 어떻게 했을 거 같습니까?"

흉터가 선심 쓰듯 물었다.

"죽였겠지."

연우가 그딴 선심 필요 없다는 듯 대답했다.

"정답."

흉터가 한쪽 입꼬리를 비틀었다.

"주인이 절 잡아먹으려 나무에 거꾸로 매달고 몽둥이로 내리쳐 대는데. 운 좋게 목줄이 끊겨서도 도망칠 생각 않고 주인이 제 이름을 부른다고 꼬리 치고 다가가는 개새끼들을."

흉터의 눈가가 붉게 달아올랐다.

"같은 개새끼로서 그냥 두고 볼 수 없었지. 죽여도 내가 죽여. 내 새끼들이었으니까."

중위라 했으니 중대장까지는 올라갔을 거다. 동기들은 이미 다 뒈져버렸을 테고. 후임들이 죽는 것도 숱하게 봤겠지. 그 개죽음을 보며 어떻게든 한 놈이라도 덜 죽여보겠다고 후임을 챙겨 댔을 법한 성격. 눈앞의 몬스터를 파악한 건 이쪽도 마찬가지였다.

"나도 죽일 건가?"

"알고 기어 들어온 거 아닙니까? 죽을 자리 찾아서."

흉터가 물었다.

"모정우 대령의 형이 테러 집단에 잡혀 죽었다. 좋은 뉴스감이지.

그 형이 비각성 헌터 소리 들으며 살아 있는 것보단 도움이 될 테고."

덩치에 안 맞게 똑똑하군. 연우가 느리게 눈을 감았다가 떴다. 그 모습은 정말 죽을 날을 앞둔 개새끼 같아 보였다.

"걱정 마십쇼. 기꺼이 죽여줄 테니까. 다만. 바로 죽여 드리진 못할 거 같으니 좀 기다려주시면 참 고맙겠습니다."

"왜? 내 앞에 대기자가 많아?"

"아니, 그건 아닌데. 당신을 이용해 모정우, 그놈부터 죽여버려야 하거든."

"……!"

연우의 눈빛이 돌변했다. 흉터가 그걸 보고 이를 드러내 웃었다.

"뭔 개소리야. 너희가 정우를 어떻게?"

아직도 정우가 헌터라는 게 이해 안 되고, 이해하고 싶지도 않지만. 그와 별개로 정우가 대한민국에서 손꼽히는 대단한 헌터라는 건 알았다. 새로운 전설 모정우 대령. 살아 있는 전설 신중윤보다 더 어감이 좋았다. 그러니 이들은 감히, 정우의 손가락 하나도 상하게 할 수 없을 것이다. 없어야 하는데.

"당신이 있잖습니까."

"나?"

"우리 편이 되지 않겠다니. 모정우 대령을 함정으로 유인할 미끼라도 돼야지."

"씨발."

연우가 이를 악물고 흉터를 노려봤다.

"날 더 설득해볼 생각은 없어? 사람이 왜 이렇게 끈기가 없어?"

"설득하면 넘어올 겁니까?"

"그럴 수도 있겠지."

"다시 묻습니다. 우리가 하는 일이 설득하면 넘어올, 고작 그 정도 각오로 할 수 있는 일로 보입니까?"

"……."

"개소리는 해도 솔직한 건 좋군요, 모 대위님."

나무에 거꾸로 매달려서도 주인 걱정이나 해 대는 개새끼를 보며, 흉터가 메마르게 웃었다.

삶은 여전히 지옥. 헌터병에게 단 한 번도 상냥한 적 없는 세상은 이보다 더한 바닥은 없을 거라 생각하며 적응할 즈음, 더한 바닥을 드러냈다. 내게 주어지지 않을 거란 걸 알면서도, 저 멀리서 빛나는 희망을 향해 걸어가다 죽는 것. 아니면 그 희망마저 없는, 출구 없는 미로에 갇혀 떠도는 것. 어떤 것이 더 끔찍한 일일까.

10년을 버티면 전역할 수 있다. 전역하면 남들처럼 평범하게 살 수 있을지도 모른다는 희망. 비록 날 이용하기 위해 입양한 가족이라 할지라도, 그들에게 돌아갈 수 있을지 모른다는 그 빌어먹을 희망. 그것이라도 있었던 헌터병과 세상 전체를 적으로 두고 소모전을 벌이는 구헌터는 똑같이 지옥 속을 헤매고 있다 해도 급이 달랐다. 헌터병들에게 신중윤은 전설이었고, 구헌터들에게 모정우는 적이 된 것처럼. 이제 그들에게 세상은 출구 없는 던전이었다. 영원히 헤매다 기어이 죽게 되겠지. 그들은 그 결말을 알면서도 이렇게 지친 채로, 세상과 새로운 전설을 적으로 돌려가면서까지 싸우고 있었다.

이 세상이라는 던전에서 10년을 바친 그들과 타임홀 타입 던전에 10년 갇혀 있던 자신. 더 처절했던 건 어느 쪽일까. 묻는 것도, 애써 답을 구하는 것도 의미 없는 일이었다.

"정우는 안 와."

연우의 목소리가 낮게 끓었다.

"글쎄. 대위님 동생은 그렇게 생각 안 하는 것 같습니다만."

"정우는-."

"이제 와서 몰랐다느니 변명 마십쇼. 당신, 모정우 대령이 끔찍이 아끼는 형이잖아."

"정우가 날 구하러 올 리 없다잖아!"

없어야 하는데. 내가 죽기 전까지는.

"올 겁니다. 내기해도 좋습니다. 쎄쎄쎄보단 재미있을 거 같군요. 뭘 거시겠습니까. 대위님 동생 목숨?"

"그건 절대 안 걸어."

"그래요? 아쉽군요. 난 이길 자신이 있는데. 대위님은 없나 봅니다?"

흉터는 자신도 왕년에 헌터병이었다며 시답잖은 개소리로 연우의 귀를 더럽혔다.

"그럼 우리 이야기는 여기서 정리하고."

흉터가 몸을 일으켰다. 연우는 그제야 마음이 다급해졌다. 그래서 설마, 자신이 이런 말을 하게 될 거라고 상상해본 적 없는 말을 입에 담고야 말았다. 살짝 쪽팔리기까지 한데. 얼굴이 화끈거리기도 하고. 그래도 말할 수밖에 없었다.

"정우는 건들지 마."

말하자마자 얼굴에 열이 확 올랐다. 그냥 입 다물고 있을 걸 그랬나? 태도를 보니 이미 정우랑 어떻게 접선할지 연락이 오간 뒤인 거 같은데. 아닌 게 아니라 흉터는 물론 다른 구헌터들까지 뜨악한 표정으로 연우를 돌아보았다. 이런 걸 우리 단체의 심볼로 내세우려 했다니. 거절당했을 때 한 번 더 권하지 않길 잘했다고 생각하는 게 분명했다.

"음."

흉터가 잠깐 고민했다. 그 역시 머리에 떠오르는 말이 있는 듯했다. 굳이 입에 담고 싶지는 않은 것 같았고. 하지만 연우가 그러하듯 그도 결국 말하고야 말았다.

"당신이 그런 말 할 상황은 아닌 거 같은데. 본인 목숨 부지할 고민이나 더 해보십쇼. 의미 없겠지만."

그나마 다행인 건 킬킬대며 사악하게 웃지 않았다는 것, 무표정해서 느와르 분위기가 났다는 것이었다.

흉터는 말을 하자마자 연우의 입을 쇠사슬로 감았다. 새삼 철분이 부족해 보여서는 아니었고, 쓰잘데기 없는 대화를 그만하고 싶어서도 아니었다. 연우가 제 혀를 깨물려 했기 때문이었다.

"이래서 길든 개새끼들은, 젠장."

흉터는 이를 갈며 연우에게 윽박질렀다.

"말했잖아. 개새끼들 죽이는 게 내 일이었다고! 내가 죽여줄 테니까 기다려."

✺

올 리 없다. 정우가, 모정우가 올 리 없다. 형 들어가 있는 던전 열렸다는 소식을 듣고 뛰어 들어와 '심폐소생술'로 살려준 건 진짜 고마운데. 입대 전날 있었던 일을 복수한다고 죽었다 살아난 형 뒷구멍에 박아 댔던 건 참, 지금 생각해봐도 네가 뭔 생각이었는지 모르겠고. 더 박아 달라고 너 끌어안고 허리 흔들어 댄 나도 미친놈이었다 싶은데. 혹시 네가 날, 좀 그런 쪽으로 생각하는 거 아닌가 의심됐던 적도 있는데. 도끼병은 아니고. 그냥 오랜 짝사랑의 폐해라 하자. 제대로 정신 박힌 새끼면 아무리 피 안 섞인 사이라지만 동생을 좋아할 리도 없고. 동생 잘 때를 노려 덮칠 리도 없고. 동생이 덮친다고 좋아서 덩달아 흥분하지도 않겠지만. 난 제정신이 아니니까. 헌터병 주제에 제정신은 무슨. 그러니까 그럴 수도 있다 치자. 날 강간한 동생 놈이 혹시 나한테 마음이 있는가 의식해서, 머리가 돌아버릴 뻔했던 것도 그러려니 하자. 그런데 네 탓도 있어. 너 거기서 끝이었잖아. 한 달 반 동안 나한테 손 한 번 안 댔거든? 꼬박꼬박 데리러 와주고 같이 밥 먹어준 건 고마운데. 그건 사회 부적응자 형을 향한 눈물겨운 형제애였다 치자. 닷새 동안 군에 있을 때 거기서 그러더라. 네가 가족을 한꺼번에 잃고 정신적 충격이 너무 커서. 널 위해, 널 대신해 입대한 나한테 가족애를 느끼고 집착하는 거라고.

그런 거로 치자. 그러니까 오지 마. 구하러 오기만 해봐. 죽여버린다. 진짜 죽여버릴 거야. 그러니까 오지 마. 형 말 듣고 오지 마. 오지 말라고.

정우가 왔다.

눈물겨운 형제애였다. 생중계하여 대한민국 온 국민이 보고 뜨거운 눈물을 흘리게 해도 모자를 판국이건만. 고작 구헌터 넷에 미끼가 된 모연우. 겨우 다섯이서만 보게 되다니. 아쉬운 일이었다. 그마저도 한 명은 울분에 차 제대로 보고 즐기지도 못했다. 연우는 정우를 죽일 듯 노려보며 꿈틀댔다.

정우는 트레이닝복에 운동화를 신고 있었다. 수갑을 차고 있었는데, 수갑은 은은한 보랏빛을 띠고 있었다. 옷은 군데군데 찢어지고 피가 묻어 있었다. 몸에도 상처가 가득했다. 보랏빛 아이템은 현존하는 아이템 중 두 번째로 높은 등급이었다. 최고 등급은 분홍색이라는데, 그건 전 세계에 몇 개 없다 하니 구할 수 있는 것 중 가장 좋은 헌터 아이템은 보라색이라 할 만했다. 그마저도 구하기 쉽지 않았다. 정우가 손에 차고 있는 아이템은 특히나 귀한 것으로, S급과 A급의 모든 스킬과 능력치를 봉인하고 신체적 능력까지 저하시키는 것이었다. 군과 경찰이 사회에서 물의를 일으키는 헌터를 제압하기 위해 만든 것으로, 제조법은 국가 기밀에 속했고 완제품은 외부 유출이 엄격히 제한되어 있었다. 하지만 테러 집단은 그 아이템을 가지고 있었고, 그것을 접선 장소에 놓아두었다. 정우는 약속한 대로 혼자 나와 그것을 차고 이리로 왔다.

"근처에 다른 인원은 없습니다. 헌터, 일반 경찰 모두 없는 걸 확인했습니다."

단발머리가 말했다.

"그쪽은 사람을 좀 깔아 놨던데."

정우가 퉤, 피를 뱉으며 말했다.

"밖의 열셋, 전멸. 사망자는 없습니다. 아이템 착용 후 능력치 예상 범위 안이었습니다. 스킬 사용 흔적이 없었습니다. 봉인된 게 맞습니다."

단발머리가 부연 설명하듯 흉터에게 말했다. 대단하군, 흉터는 혀를 찼다.

"별말씀을."

칭찬받은 정우는 어깨를 으쓱였다. 정우가 알아서 길드원들과 경찰을 따돌리고, 제 능력까지 봉인한 채 여기 앞마당까지 와 밖의 구헌터들과 싸우는 동안. 흉터의 패거리도 나름 정우를 맞이할 준비를 해 두었다. 밖에 구헌터들을 배치했고, 안에선 식은 용광로에 불을 지폈다. 용광로가 시뻘겋게 달아오르자 안에 든 쇳물이 보글보글 용암처럼 끓었다. 기울어져 깨져 있던 부분에서 쇳물이 뚝, 뚝 떨어졌다. 천장에 고정된 레일이 움직이며 쇠갈고리 달린 쇠사슬이 덜커덩덜커덩 흔들렸다. 그 레일은 용광로 위를 지나갔다. 그 용광로 아래, 구헌터들이 서 있었다. 쇠사슬에 감기다 못해 입에까지 쇠사슬을 문 연우는 바닥에서 꿈틀대며 기고 있었고. 그는 정우에게 여길 왜 왔냐고, 미쳤냐고, 정답게 인사하지도 못했다.

빡빡이가 정우에게 다가가 숨긴 무기가 있는지 조사하려고 몸을 훑었다. 수갑을 제대로 차고 있는지, 자신들이 보낸 그 헌터 아이템이 맞는지도 확인한 후 돌아섰다.

"정말 올 줄이야."

흉터가 어이없어하며 말했다.

"그러게. 정말로 올 줄이야."

정우가 쇠사슬 누에고치가 된 연우를 보며 말했다.

"그러고 있으니까 귀엽네, 형."

정우는 제집 개새끼가 남의 집 나무에 묶여 있는 걸 보며 느긋하게 말했다.

"……."

연우는 입을 벌렸다가 쇠맛에 얼굴을 찡그렸다. 정우가 그 모습을 보며 웃었다.

"그거 돈가스보다 맛있어?"

테러 단체 소굴에 무장 해제된 채 기어들어 왔다는 자각이 없어 보였다. 그렇다고 몸이 멀쩡한 것도 아니었다. 찢어진 이마에서 피가 줄줄 흘렀다. 정우는 샤워 후 젖은 머리카락을 쓸어 넘기듯 피를 대충 훔쳤다.

"아끼는 형 모습이 이런 걸 양해해줬으면 좋겠어."

"내 형이 저걸 원했습니까?"

그런 게 아니라면 양해하기 어렵다는 말투였다. 능력이 봉인돼 있어도 당당했다. 빡빡이는 혹시 자신이 아까 수갑을 잘못 확인한 게 아닌가 의심할 뻔했다. 정우의 키와 체격 때문에 다들 자꾸 까먹지만, 정우는 정신계 헌터였다. 대한민국 S급 중 유일무이했으며 그 능력치와 스킬 숙련도는 세계에서 다섯 손가락 안에 들었다. 하지만 그는 좀처럼 자신의 능력을 내보이지 않았다. 때문에 그의 '진짜' 능력에 대한 소문은 도시 괴담처럼 사람들 사이를 떠돌았다. 광역시 규모로 환상을 만들 수 있더라. 서울 전체에 결계를 펼 수 있다더라.

던전 몬스터들을 자기들끼리 싸우게 만들며, 제 손에 피 묻히지 않고 단번에 던전을 공략했다더라. 그래서 구헌터 테러 집단은 정우의 능력에 대해 잘 알지 못했지만, 늘 경계하고 두려워했다. 그의 능력을 봉인하고 대치하고 있는 상황에서도 긴장을 놓지 못했다.

'설마. 아니야. 그건 진짜였어.'

빡빡이는 손으로 직접 만져봤던 수갑의 감촉을 떠올리며 애써 의심을 지웠다.

정우는 걱정 말라고, 네가 확인한 대로라고 말하듯 싱긋 웃어 보였다.

"네 형은 다른 걸 원했어."

"다른 거라면?"

"혀를 깨물어 죽으려 하더군."

피투성이 얼굴에서 단번에 웃음기가 가셨다. 눈빛이 돌변했다. 그걸 보며 흉터가 웃었다. 피가 안 섞여도 형제가 맞긴 하군.

정우가 눈을 내려 연우를 보았다.

"형, 그거 알아?"

"눈물겨운 형제 상봉은 천천히들 하시고, 일단-."

"각성에 대해 알게 됐을 때 바로 공개한 거, 내 독단이었어."

"……."

"……."

"……."

"……."

"……."

철분을 보충하며 꿈틀대던 연우도, 그 각성이란 것 때문에 나락을 경험한 구헌터들도 함께 숨 쉬는 법을 잊어버렸다. 지글지글, 쇳물 끓는 소리만 요란했다. 뚝. 쇳물이 떨어졌다.

퉤, 정우는 핏물을 뱉고 말을 이었다.

"딱히 헌터병들의 처우를 걱정해서는 아니었어. 군과 정부에서는 헌터병들의 반발, 사회 혼란 따위를 우려했어. 공개된다면 만일의 사태를 대비해야 할지도 모른다고 생각했고. 헌터들에 의한 국가 전복 사태. 제어할 수 없게 된 헌터병들의 쿠데타. 그런 것들. 그래서 정보를 제한하려고 했지. 미국 눈을 피할 궁리까지 했는데."

정우가 발끝으로 잔돌을 툭 찼다. 그것이 또르르 굴러가 흉터의 발치 앞으로 굴러갔다.

"내가 그냥 다 공개했어."

"……왜?"

흉터가 잠긴 목소리로 물었다. 정우는 연우를 보며 답했다.

"난 아무 상관 없었거든."

"뭐가."

이번에도 흉터가 물었고.

"이딴 세상, 망해버리든 말든."

정우는 웃었다.

실제 해외에서는 헌터들의 반란과 폭주로 나라가 궤멸 직전까지 간 사례도 있었다. 구헌터들이 반란을 일으키거나 신헌터들이 난립하여 정부를 정복시키고 정권을 잡거나. 모정우 대령이 '계속 가만히 있었다면' 한국도 비슷한 혼란을 겪었을지 모른다. 구헌터와 신헌터의 대립은 날이 갈수록 격해졌다. 군과 정부는 힘에 취해 날뛰는 신헌터들을 제대로 제어하지 못했다. 구헌터로 불리기 시작한 헌터병들 중 일부는 '불온한 움직임'을 내보였다. 잡아먹히기 전에 잡아먹어야 한다. 위기감에 예민하게 반응한 종자들이었다. 헌터병은 국가와 국민을 위해 봉사한다? 투입복을 수의라 생각하고, 국민의 혈세로 만든 매끼 식사를 최후의 만찬으로 생각해라? 던전에 들어가 뒈지는 거면 모를까. 그 국가와 국민에게 삶아 먹히고 싶을 리가.

군 내부가 흉흉해졌다. 사회는 하루가 다르게 무법천지가 되어갔다. 구헌터와 신헌터 사이에 낀 평범한 사람들? 등 터진 새우가 되든지 말든지. 정우는 악의 넘치는 방관자가 되었다. 불온 세력은 정우를 제 편으로 끌어들이려 애썼다. 당신을 따르겠다. 충성하겠으니 나서 달라. 은밀히 접선해 오는 이들로 정우의 방문 문턱이 한 치나 낮아졌다. 당시의 정우는 자포자기 상태였기에, 어떤 계기가 없었다면 그 세력에 합류했을지도 모른다. 그러지 않았던 건, 군부 독재로 인해 얼마나 피눈물을 흘렸는지 잘 가르친 한국 근현대사 교육의 승리는 아니었다. 단지, 우연한 기회에 모연우를 되찾을 수 있는 방법을 알게 되었기 때문이었다. 정우는 엘릭서를 제작해 나가며 사설 길드 체제를 도입해 대한민국을 유지시켰다. 다른 이유는 없었다. 연우가 살아야 하는 세상이니까. 익숙한 모양으로 적당히 안정적인 게 좋을 것 같았으니까.

"10년 동안 열리지 않는 던전 앞에서 계속 형에게 물어봤어. 살아는 있는 거냐고. 아니면 이미 죽어 개미 떼 배 속에 한 조각씩 들어 있는 거냐고."

"……."

"만약에 이미 죽었다면. 아직도 살아 있는 게 형이 아니라면. 형이 개미 떼 배 속에서 소화될 때까지 버티고 있는 그 새끼를 죽여버리고, 굴속의 개미를 한 마리, 한 마리씩 죽여 배 속에 들어 있는 형의 살점 한 조각, 피 한 방울까지 모조리 찾아내 형을 다시 살리겠다고. 생각했지."

까득. 연우가 쇠사슬을 씹었다.

"그런데, 죽어?"

정우가 어처구니없다는 듯 웃었다.

"모연우, 넌 내 허락 없인 못 죽어."

정우의 말이 끝나기 무섭게 실눈이 그에게 달려들었다. 그녀의 주먹이 정우의 뺨에 명중했다. 퍽 소리가 나며 정우의 목이 돌아갔다.

"미친놈! 미친 새끼!"

실눈이 괴성을 지르며 정우를 엎어트리고 차고 밟았다.

"상관없어? 누구 마음대로! 너야말로 누구 마음대로!"

그녀는 사정없이 정우를 팼다. 능력을 봉인하는 아이템을 찼다고는 하나, 신체적 능력이 제로가 된 건 아니었다. 반항 정도는 할 수 있을 텐데, 정우는 얌전히 맞기만 했다. 팔로 얼굴을 가리는 최소한의 방어도 하지 않았다. 마치 누군가에게 시위라도 하듯이. 너 때문에 내가 지금 이렇게 된 거라고 떼쓰듯, 정우는 폭력에 자기 자신을 고스란히 노출했다. 흉터와 다른 두 명은 실눈을 말리지 않았다. 그들은 자기 자신을 말리기에도 벅차 보였다. 흉터의 주먹 쥔 손이 잘게 떨렸다. 실눈이 나서지 않았다면, 그가 정우의 목을 쥐고 꺾어버렸을지 모를 일이었다.

"위에 연락해라. 반드시 모정우를 죽이고 가겠다고."

"네."

단발이 돌아서 어둠 속으로 사라졌다. 흉터는 바닥에 쓰러져 있는 연우를 발로 찼다. 주인이 싫으면 그 집 개도 싫은 법이었다.

"주인이 먼저 가는 꼴을 보여주지."

흉터의 흰 눈자위에 핏줄이 돋았다.

✷

얻어터진 정우와 쇠사슬에 감긴 연우가 나란히 묶였다. 눈물겨운 형제 상봉을 마저 하라며, 실눈이 입에 물고 있던 쇠사슬을 풀어주고 갔다.

"미친 새끼."

연우는 입에 가득한 쇠맛에 진저리치며 정우를 노려보았다.

"그 말 그대로 돌려줄게."

"한마디도 안 지지. 너 어쩔 셈이야. 무슨 생각으로!"

연우는 말을 쏟아내다 말고 멈췄다. 자신이 하려는 말이 그대로, 정우가 제게 하고 싶은 말인 줄 알아차려서였다.

"너, 무슨 계획이 있는 거지? 그렇지?"

연우가 목소리를 낮추고 물어보았다. 너 새로운 전설이라며. 그러니까 있다고 해라. 없어도 있다고 해.

"글쎄."

"길드 사람들하고 연락해 놨지? 밖에서 대기하고 있다든가, 그런 거지?"

"설마. 그럼 저쪽에서 눈치채고 날 이쪽으로 데려오지 않았겠지."

"너 대단한 헌터라며. 등급인지 뭔지 높다며. 그 수갑쯤은 아무렇지도 않게 부술 수 있는 거 아냐?"

"나 이거 차면 보통 사람이나 다름없어. 아까 처맞는 거 못 봤어? 우리나라 기술력 몰라?"

정우가 수갑 찬 손을 들어 보였다. 절그럭, 절그럭. 하필 메이드 인 코리아였다. 젠장. 연우는 흉터의 치밀함에 치를 떨었다.

"봐봐, 나 피 나는 거. 겁나 아프네."

정우가 터진 입술을 가리켰다. 늘 슈트만 입고 다니던 깔끔한 모습과 정반대였다. 머리는 헝클어져 있고, 얼굴은 붓고 찢어져 피 나고, 온몸은 먼지투성이였다. 누가 봐도 어디서 쥐어터지고 온 몰골이었다. 연우는 흉터와 실눈에 대한 살의가 무럭무럭 샘솟았다. 그렇다고 피해자인 정우가 안쓰러운 건 아니었다. 흉터와 실눈을 증오하는 만큼, 아니 그 이상으로 정우에게 짜증 났다. 왜 이런 상황에서, 저런 몰골을 하고서도 태연한 걸까. 찢어진 입을 벌리다가 "아." 인상 쓰는 모습은, 여유로움을 넘어 뇌에 주름이 없어 보였다. 조금만 덜 잘생겼어도 나잇값 못하고 뭐하는 짓이냐고 한 소리 했을 텐데. 그 잘난 외모는 저 몰골이 되어서도 빛이 나 문제였다.

"너, 대체 어쩔 셈이야."

그건 정우에게 하는 말이 아니었다. 자기 자신에게 하는 말이었다. 정우를 어떻게 탈출시키지? 이 사슬만 없어도. 어떻게든 정우를 밖으로 내보내기만 하면.

"글쎄."

정우는 그런 연우를 가만히 바라보았다. 능력을 봉인하는 아이템을 차고 있어 그런지, 정우를 묶은 쇠사슬은 몇 줄이 고작이었다. 그와 달리 연우는 목 아래부터 발목까지, 야무지게도 꽁꽁 묶여 있었다. 보통 사람이었다면 쇳독이 올라 죽었을 거 같은 모습이었다. 누가 봐도 당장 상황이 심각해 보이는 건 연우 쪽이었다. 그런데도 연우는 제 몸은 생각지 않고 오직 정우 걱정뿐이었다. 눈물겨운 동생 사랑일까. 아니면 죽고 싶어 환장한 걸까. 조금 전 흉터가 했던 말을 기억하는 정우는 싸늘히 웃을 따름이었다.

"응. 믿는 구석이 있긴 해."

정우가 다시 이쪽으로 걸어오는 실눈을 보며 말했다. 실눈은 살기등등했다. 눈빛만으로도 사람을 죽일 수 있다면, 저 실같이 가느다란 눈이 바로 그 눈일 터였다. 오늘날 구헌터가 핍박당하는 게 다 정우 탓이라고 생각하는 듯했다.

"그게 뭔데?"

연우가 반색했다.

"형."

"뭐?"

"난 형만 믿고 있어."

"뭐?"

"내가 살았으면 좋겠어?"

"그걸 말이라고 해?"

"그럼 형이 살려줘."

"내가? 어떻게?"

"각성해."

연우가 흠칫, 어깨를 떨었다.

"그럼 날 살릴 수 있을지도."

말이 끝나기 무섭게, 실눈이 다가와 정우를 발로 찼다. 큭. 정우가 신음하며 바닥을 뒹굴었다.

"일어서."

실눈이 정우를 강제로 일으켰다. 연우는 잠깐 정우와 눈이 마주쳤다.

"형, 옛날에 나랑 터미네이터 영화 본 거 기억나?"

퉤. 정우가 피를 뱉으며 중얼거렸다.

"뭐라는 거야."

실눈이 정우의 복부를 무릎으로 올려 쳤다. 정우의 몸이 반으로 접혀 들썩였다.

"그만둬!"

연우의 눈에서 불꽃이 튀었다. 정우는 그걸 보고 피를 토하면서도 즐겁다는 듯 웃었다.

"형이 안 구해주면 나도 그렇게 죽겠지? 터미네이터들이 꼭 저런 데 빠져서 죽잖아."

"아직도 정신을 못 차렸군."

실눈이 정우의 등을 팔꿈치로 내려찍었다.

"아니면 형 인생에 내가 나쁜 터미네이터 같은 거였거나. 저런 데서 죽어야 할 만큼."

"아니야. 그런 거 아냐."

연우가 한 치의 망설임 없이 대답했다.

터미네이터란 영화를 좋아했다. 1편도 2편도 좋아했고, 그 후속 시리즈도 모두 그럭저럭 재미……있게 봤지만. 제일 좋아했던 건 2편이었다. 연우는 항상 거기 나오는 터미네이터에 자신을 이입했다. 그렇게 정우를 지켜주고 싶다고 생각했다. 죽는 모습까지 완벽했다. 그러니 저 용광로에 떨어져야 하는 건 정우가 아니었다.

"아니라고."

연우가 이를 악물며 말했다.

"형제 상봉은 끝이다. 그렇게 좋아하는 터미네이터인지 뭔지 찍게 해주지."

실눈이 정우의 멱살을 잡았다.

"당신도 봤어? 재미있었지?"

정우는 굳이 안 맞아도 될 매를 벌었다. 실눈은 주먹으로 정우의 명치를 연타하고는, 피 토하는 정우를 질질 끌고 갔다. 정우는 고장 난 터미네이터같이 끌려갔다.

실눈이 정우를 동여맨 쇠사슬을 쇠갈고리에 걸었다. 척추를 꿰어 걸고 싶은데 그러지 못하는 게 유감인 눈빛이었다. 빡빡이는 용광로가 잘 보이는 위치에 카메라를 설치했다. 정우가 죽는 모습을 영상으로 남겨 공개할 생각인 듯했다. 실눈이 손짓하자 철커덕, 섬뜩한 기계음이 들렸다. 잠깐 멈춰 있던 천장의 레일이 다시 움직이기 시작했다. 정우의 발이 붕 떴다. 그의 몸이 갈고리에 걸려 용광로를 향해 나아갔다. 연우는 더 이상 쓰잘데기 없는 소리나 해 대는 시답잖은 헌터병일 수 없었다.

"씨발, 이거 풀어. 당장 멈춰, 멈추라고!"

연우의 목소리가 공장 안에 가득 울려 퍼졌다. 폐공장은 꼭 동굴 안 같았다. 이 동굴 안에서 이물질은 연우와 정우였다. 구헌터 친화적인 레일은 고작 연우의 말에 겁먹어 멈추진 않았다. 구헌터들도 눈길 한 번 주지 않았다. 흉터만 눈가를 씰룩일 뿐이었다.

"뭐야, 형도 씨발 하네."

정우가 털털 끌려 올라가면서 중얼거렸다. 그 소리는 울리지 않아 연우에게까지 닿지 않았다.

"상징인지 뭔지 하면 되잖아. 할게, 할 테니까 당장 멈춰."

"필요 없습니다."

흉터가 단조로운 목소리로 말했다.

"모정우가 없는데, 대위님이 왜 필요하겠습니까?"

"그러니까 모정우도 살리고 날 데려가란 말이야. 내가 쓸모 있게!"

말이 안 되는 소리라는 걸 알면서도 말이 나오는 대로 지껄였다. 당연히, 돌아오는 건 비웃음뿐이었다. 정우가 용광로 근처까지 끌려 올라갔다.

"안 돼."

연우는 정우의 죽음을 앞두고서야 몸부림쳤다. 절그럭, 절그럭. 쇠사슬은 요란한 소리만 낼 뿐 끊어지지 않았다. 그렇게 시간을 끌었는데도 아직 주사 약효가 남아 있었다. 약효가 떨어졌어도 끊을 수 있었을까 싶지만. 쇠사슬은 오히려 살갗을 파고들었다. 쇠사슬이 끊어지는 것보다 몸이 찢겨 피 흘려 죽는 게 더 빠를 듯했다.

철커덕. 레일이 멈췄다. 정우가 용광로 위에 섰다. 도끼를 든 실눈이 레일 쪽으로 가는 게 보였다.

"안 돼. 하지 말라고!"

"어디서 개새끼가 짖는군."

흉터가 이를 드러내며 웃었다. 그러면서도 정우에게서 눈을 떼지 않았다. 연우가 믿지 못했던 것만큼이나, 그들도 믿기지 않았다. 그 모정우가 저렇게 쉽게 죽는다고? 차라리 이 모든 게 자신들을 일망타진하기 위한 작전이라고 생각하는 게 더 현실적일 듯했다.

단발과 빡빡이는 신경을 잔뜩 곤두세운 채 계속 주변을 경계했다. 실눈은 도끼를 어깨에 둘러매고도 정우에게서 눈을 떼지 못했다. 연우는 말할 것도 없었다. 지금 당장, 저 쇠문을 뜯어내고 동해 길드원들이 우르르 뛰어 들어오길 바라마지 않았다. 감당할 수 없는 현실을 맞닥트린 개새끼는 주인의 죽음을 앞두고 할 수 있는 게 그거 말곤 없었다.

'오지 말걸. 여기 오는 게 아니었어.'

뒤늦게 주인 말을 듣지 않은 걸 후회했다. 이래서야 정우가 말한 에밀인지 뭔지에 나오는 애새끼랑 다를 게 없었다. 유리창 깨기 전에, 유리창 깨면 추워 뒈질 줄 알았어야 했는데. 후회의 끝은 자해였다. 연우는 바닥에 머리를 박았다. 이마가 찢어져 피가 흘렀다. 정우의 상처와 비슷한 위치였다.

모두의 의심과 관심을 한 몸에 받은 당사자는, 정작 편안해 보였다. 하지만 연우의 바람과 흉터의 의심대로 숨겨진 비장의 한 수가 있어 보이지는 않았다. 그는 그냥, 죽고 싶었는데 마침 죽게 되어 다행인 사람 같아 보였다. 정우가 아래를 내려다보았다. 펄펄 끓는 쇳물이 어서 오라며 손짓하는 것 같았다. S급 헌터와 레어급 아이템 수갑을 단번에 녹여 내기 충분해 보였다. 아마 뼈도 못 추릴 것 같은데.

"남길 말이 있나? 들어주지."

좀 더 악당 같아진 흉터가 카메라를 턱짓하며 말했다. 정우는 카메라 말고 연우를 보았다.

"형, 안녕."

"너!"

"아, 나."

정우가 마침 생각났다는 듯 말했다.

"답장 계속 기다렸어."

구헌터들의 자비는 거기까지였다. 실눈이 도끼를 내리쳤다. 귀청을 잡아 뜯는 쇳소리가 들렸다. 사슬이 끊겼다. 끊긴 사슬이 뱀꼬리처럼 휘몰아쳤고, 팽팽하던 사슬이 출렁였다. 그 끝에 걸려 있던 정우의 몸이 아래로 뚝 떨어졌다. 아래는 부글부글 끓는 용광로였다.

모든 상황이 연우의 눈엔 느리게, 아주 느리게 비쳤다. 그 느린 세상 속에서 연우는 어떤 감각을 떠올렸다. 기자회견이 있던 그날. 마주했다. 뼛속까지 낱낱이 까발려지고 분해되었던 수치심. 몸속에 있던, 자신도 모르고 있었던 무언가에 강제로 갈고리를 걸어 끄집어 올리려 했던 섬뜩함. 정우라 해도, 아니, 정우이기에 보이고 싶지 않았던 저 밑바닥의 무언가. 그걸 끄집어내느니, 그냥 헌터병으로 죽고 싶었다. 그걸 꺼낸다는 건 그 전까지 살아온 삶이, 정우를 위해 살았던 모든 게 무의미했다는 걸 인정하는 거 같았으니까. 그건 강사가 말해준 보통의 방법과 전혀 다른 방식이었지만. 그래도 그건 분명, 그것이었다. 정우는 정신력이 강하다느니 방어력이 세다느니, 이해 안 되는 말을 지껄였지만. 연우는 그런 이유가 아니라고 생각했다. 삶에의 욕구도 집착도 뭣도 없기에 끌려 나오지 않았던 것뿐이다. 그걸 끄집어낼 정도로 살고 싶은 마음이 없어서.

연우는 아직도 헌터로 발현했던 날 밤을 기억하고 있었다. 잠든 정우를 품에 안고 무엇을 빌었는지. 얼마나 간절히 빌었는지. 정우가 강제로 끄집어내려 했던 것도 그와 비슷했다. 아니, 같았다. 지금 이 순간. 연우는 그것을 원했다. 한 달 반. 던전에서 귀환하여 단 한 번도 그것을 원한 적이 없었다. 차라리 다른 방식으로 정우에게 도움이 되고 죽자고 생각했다. 하지만 이제는, 이 순간만큼은 그것을 원했다. 그건 매달 오던 정우의 편지를 닮아 있었다. 열어보기 무섭지만, 그럼에도 그건 제 것이었다. 단 한 번도 편지에 답장한 적 없지만. 정우를 위해서라면. 정우를 살릴 수 있다면. 이번엔 답할 수 있었다.

기억한다. 그 감각을.

연우는 그날, 정우가 제게 주었던 감각을 되살렸다. 그건 전혀 어렵지 않았다. 연우는 정우와 관련된 것은 무엇이든 쉽게 잊지 않았으니까.

'안 돼.'

돼.

'위험해.'

상관없어.

연우의 눈에 짙은 분홍색이 감돌았다. 잠깐이었지만 충분했다. 연우는 그 감각을 붙잡고, 제 안의 것을 그 갈고리로 꿰어 끌어 올렸다.

<system : 상태창을 활성화합니다.>

<system : 상태 확인 및 안정화 작업을 위해 90초간 무적 상태가 되며, 모든 외부의 물리적/정신적 공격으로부터 보호 받습니다.>

허공에 글자가 떠올랐다가 사라졌다. 무슨 말인지 알 수 없었다. 그런데 무슨 말인지 알 것 같았다. 무적 상태가 된 연우의 몸은 자신을 감싼 쇠사슬을 그냥 두지 않았다. 단단한 누에고치가 안에서 폭발하듯, 쇠사슬이 부서져 사방으로 튀었다. 파편이 구헌터들에게까지 날아들었다. 적당히 떨어져 있던 흉터와 단발, 빡빡이는 피하거나 쳐낼 수 있었지만. 실눈은 그럴 수 없었다.

"아악!"

온몸에 녹슨 쇳조각이 박힌 실눈이 비명을 지르며 쓰러졌다.

"크윽!"

두통이 밀려왔다. 이 정도 고통을 고작 두통이라 말하긴 억울했다. 머리통이 부풀어 올라 뻥 터져버릴 것 같았다. 아까 경험한 주사의 부작용보다 심했다. 당장 정신을 놓고 싶었다. 마침 정신이 아득해지려 했지만, 연우는 이를 악물고 버텼다. 버티기만 한 게 아니라 움직였다. 땅에 머리를 박는 대신, 몸을 일으켜 뛰어올랐다. 천장에서 춤추는 사슬이 손에 닿았다. 연우는 그것을 있는 힘껏 당겼다.

끼익. 사슬이 다시 팽팽해졌다. 용광로 안으로 들어갔던 정우의 몸이 다시 허공에 들렸다. 쇳물에 닿은 것 같지는 않았다. 안도할 새도 없이, 연우는 허공에서 제가 잡아챈 쇠사슬을 밟고 한 번 더 뛰었다. 정우의 몸이 다시 떨어지기 전, 그를 잡아채 착지했다. 연우는 정우를 내팽개치고 다시 움직였다.

"너무한 거 아냐?"

등 뒤에서 투덜대는 소리가 들렸다. 눈물 나게 다행스럽고 짜증났다.

개새끼, 넌 좀 있다 두고 보자.

"역시 믿는 구석이 있었나? 각성했으면서 우릴 속이다니!"

흉터가 분노했다. 연우가 저희 편이 되지 않겠다 했을 때도, 연우를 개새끼 취급할 때도 이렇게 화를 내진 않았다. 그는 연우가 각성했다는 것에 진심으로 분노했다. 연우는 그의 오해를 풀어주지 않았다. 그럴 여유가 없었다. 90초. 90초 안에 모든 걸 끝내야 했으니까.

구헌터들이 일제히 총을 꺼내 난사했다. 연우는 피하지 않았다. 피하면 정우가 맞을 위험이 있었다. 팅, 팅. 팅. 연우의 몸에 맞은 탄환이 튀었다. 연우의 몸은 멀쩡했고, 단 한 발도 그의 몸을 관통하지 못했다. 연우는 그들에게 다가가는 와중 정우에게 튈 거 같은 탄환은 손으로 잡아 으깼다.

"대장, 일단 후퇴를!"

"죽여야지. 저 개새끼는 반드시 죽인다!"

"대장!"

연우는 그들의 갈등을 대신 봉합해줬다. 일단 제일 앞에 서 있던 빡빡이의 총구를 손으로 움켜잡았다. 총구를 우그러뜨리니 총이 폭발했다. 빡빡이가 뒤로 물러설 때 그를 잡아채 바닥에 내리꽂고 밟았다. 뼈가 부서지다 못해 으스러지는 소리가 확실하게 들렸다. 동굴 안에서 했던 실수는 반복하지 않았다.

"네놈!"

흉터가 달려들려 했다. 단발이 그를 말렸다. 연우는 그 둘을 한꺼번에 상대했다. 도망갈 수 없다는 걸 깨닫자 단발이 적극적으로 달려들었다. 그래봤자였지만. 연우는 그들의 공격에 전혀 타격을 입지 않았다. 단발은 목이 꺾여 쓰러졌다. 연우는 쓰러진 흉터의 머리를 움켜쥐어 들어 올렸다. 곤죽이 된 얼굴을 보며 나지막하게 말했다.

"내가 정우 건들지 말랬지."

끄르륵. 흉터의 목에서 피와 가래 끓는 소리가 들렸다. 헌터 넷 모두 전투 불능 상태가 되었다. 숨은 끊지 않았다. 운 좋으면 동료들에게 수거되어 살 수 있겠지. 죽이는 것과 살리는 것. 어느 것이 더 잔인한 일인 줄 알기에 숨을 끊지 못했다.

연우는 희미한 숨소리를 들으며, 흉터의 품을 뒤져 수갑 열쇠를 찾았다. 열쇠를 손에 넣고 일어나려는데.

<system : 상태창을 동기화합니다.>

<system : 잠시간 전투 불능 상태가 됩니다. 무적 상태 유지.>

눈앞에 다시 경고창 같은 게 떴다. 동시에 엄청난 압력이 몸을 짓눌렀다.

"컥."

연우는 쓰러지듯 엎어졌다. 바닥에 무릎과 팔꿈치를 댄 채 버티는 게 고작이었다. 일어날 수 없었다. 거인이 조그만 인간을 쥐포로 만들고자 짓누르는 것 같았다. 아니, 지구를 혼자 짊어진 것 같았다. 그런 압박감. 눈앞이 까매졌다. 왜 머리가 터지고 눈알이 빠지지 않는지. 살아서 이 고통을 감당해야 하는 건지. 이해되지 않았다. 연우는 당연하게 정우를 보았다. 각성이 잘못되어서 죽는다면, 마지막엔 정우를 한 번 더 보고 싶었다.

그런데. 정우가 웃고 있었다.

'웃어?'

덕분에 좀 더 버틸 수 있었다. 그래봤자 3초지만. 언제 숨 쉰 적 있었는지 아득해졌다. 드디어 죽는 건가 눈물 나게 고마워지려고 하는데.

<system : 헌터 모연우 등록 완료>

<system : 헌터 등급 C>

<system : 기본 스킬이 열립니다.>

<system : 능력치가 할당됩니다.>

몸을 짓누르던 압력이 한순간에 사라졌다. 모든 게 착각이고 꿈이라는 듯. 하지만 절대 착각도 꿈도 아니었다.

연우는 압력이 사라지자 오히려 바닥에 쓰러졌다. 손발이, 아니 온몸이 벌벌 떨렸다. 컥, 커억. 컥. 다급히 숨을 몰아쉬는데 오그라든 폐가 숨을 받아들이려 하지 않았다. 그 상태로 눈앞에 뜬 글씨를 보았다. 박스 안에 든 글씨는 연달아 떠올랐다. 처음엔 그래도 알아볼 수 있을 정도의 속도였다.

<system : 누적 경험치를 적용합니다.>

<system : 누적 경험치를 적용합니다.>

<system : 누적 경험치를 적용합니다.>

.

.

.

그 속도가 점점 빨라졌다. 동체 시력으로 따라잡을 수 없는 수준에 이르렀다. 컴퓨터에 에러 창이 수백 수천 개 떠오르는 것처럼, 글자가 연속으로 떠올라 겹쳐졌다. 그중 알아볼 수 있는 건 몇 개 되지 않았다.

<system : 승급! 헌터 등급 B>

<system : 숙련도에 맞춰 스킬과 능력치가 상향됩니다.>

<system : 승급! 헌터 등급 A>

<system : 숙련도에 맞춰 스킬과 능력치가 상향됩니다.>

<system : 승급! 헌터 등급 S>

<system : 숙련도에 맞춰 스킬과 능력치가 상향됩니다.>

<system : 경험치가 잔존합니다.>

<system : 지역구 상위 던전이 개방되지 않아 승급하지 못합니다.>

<system : S급 퀘스트가 부여됩니다.>

[S급 퀘스트 : 던전을 버리고 도망간 새 왕을 찾아라!]

- 지역구 내 S급 헌터들의 공동 퀘스트입니다.

- 보상

• 개인 보상 : 전설의 명약 「엘릭서」의 마지막 재료 - 왕의 심장

• 지역 보상 : 상위 던전이 개방되어 새로운 헌터 등급이 열립니다.

- 달성도

• 

- 공헌도

• 최초 달성 : 헌터 모정우 (칭호 - 왕의 심장을 움켜쥔 자)

<system : 업적 달성!>

<system : 최단 기간 내 최대 승급 달성>

<system : 칭호를 획득합니다.>

<system : 칭호 - 개미굴의 악몽>

<system : 모든 능력치가 +0.18% 상향됩니다.>

<system : 동일한 C급 헌터가 동일 기간에 S급으로 승급해도 칭호는 유지됩니다.>

<system : D급 이하 헌터가 S급에 도달하지 않는 한 칭호 옵션은 귀속됩니다.>

상태창 상단, 헌터 등급이 표시되는 칸이 C에서 B로, A로, 다시 S로 바뀌며 보라색으로 빛났다. 아래 적힌 능력치들은 룰렛판처럼 숫자가 빙글빙글 돌아가며 S급에 맞게 상향되고 있었다. 칭호 '개미굴의 악몽'이 보라색으로 일렁였다. 상태창은 정말 게임 캐릭터의 상태창 같았다. 연우는 제가 사실 흉터 손에 죽어 가사 상태에 빠져 있는 게 아닐까 의심했다. 그런 게 아니고서야 이런 말도 안 되는 게 눈에 보일 리가. 혹시 죽을락 말락 한 상태에서 정우를 구하고 각성까지 해냈다는 망상에 빠져 있는 건 아닐까?

"대장. 모 대위, 웃고 있는데요?"

"놔둬, 좋은 꿈을 꾸고 있나 보지."

당장에라도 이런 말이 귓가에 들릴 것 같은데.

문득, 상태창 하단에 쓰인 어떤 내용이 그의 시선을 끌었다. 그걸 읽은 연우는 제가 꿈꾸고 있는 게 아니라고 생각했다. 자신의 상상력은 이 정도까지 정교하지는 않을 테니까.

[「엘릭서」의 사역마]

- 당신을 부활시킨 자를 주인으로 섬기는 사역마가 됩니다.

- 사역마는 자유의지를 가지고 있으나

절대 명령어 세 가지 앞에서 무력화됩니다.

당신은 어떤 상황에서도 세 가지 명령어 달성을 우선시해야 합니다.

(단, 절대 명령어는 행동만 강제할 수 있습니다. 감정과 생사에 영향을 미치지 못합니다. 불확실한 명령어는 강제되지 않을 수 있습니다.)

- 사역마는 주인으로부터 일정 거리 이상 떨어지면 능력이 저하됩니다.

- 반경 1km 이내 : 능력치 0% 감소
- 반경 3km 이내 : 능력치 10% 감소
- 반경 5km 이내 : 능력치 20% 감소
- 반경 7km 이내 : 능력치 30% 감소
- 반경 10km 이내 : 능력치 40% 감소
- 반경 10km 이상 : 능력치 50% 감소

눈앞에 새로운 창이 떴다.

- 명령어를 확인하시겠습니까? <네/아니오>

대답할 수 없었다. 눈동자만 굴려 '네'를 바라봤을 뿐인데 알아서 새로운 창이 열렸다.

- 한 번 입력한 명령어는 수정, 삭제할 수 없습니다.

연우에게 해당 사항 없는 안내가 뜨더니, 이내 그 명령어라는 것이 떴다.

<명령어1> **살아**

[경고] 불확실한 명령어입니다.

명령어 하단에 붉은 글씨로 경고 문구가 쓰여 있었다. 연우를 사역마로 삼은 주인은 연우에게 명령어를 강제할 수 없었다.

<명령어2> **죽지 마**

[경고] 불확실한 명령어입니다.

두 번째 명령어 역시 마찬가지였다.

<명령어3> **좋아해**

[경고] 불확실한 명령어입니다.

마지막 명령어 역시, 연우를 강제할 구속력을 가지지 못했다. 연우를 사역마로 삼은 멍청한 주인은, 멍청하게도 세 가지 명령어를 모두 날려버렸다. 눈앞에 그 멍청한 주인의 모습이 떠올랐다. 정우가 몬스터에게 씹히고 썰려 엉망진창이 된 시체 앞에서, 세 가지 명령어를 입력하고 있었다. 본 적 없는데, 본 것처럼 생생하게 그려졌다. 연우는 제 처참한 시체 위로 떨어지는 눈물을 보았다.

너, 울었어?

연우는 제 것 아닌 기억 속의 정우에게 손을 뻗었다. 당연히 닿지 않았다.

각성했다. 단번에 C급에서 S급으로 올라섰다. 느껴지는 신체의 변화는 열다섯에서 열여섯으로 넘어가던 그 겨울 느꼈던 것보다 더 생생했다. 하지만 그건 전혀 중요하지 않았다. 연우는 제 심장에 연결된 분홍색 끈을 보았다. 손을 들어 잡아 보려 했지만 잡히진 않았다. 연우는 눈으로 분홍색 선을 좇아 보았다. 분홍색 끈은 정우의 손목에 매여 있었다. 정우는 연우가 내팽개친 그대로 쓰러져 있었다. 상체만 일으켜 철제 의자에 기대 있었는데, 연우와 눈이 마주치자 수갑 찬 손을 까딱였다. 어서 내게 돌아오라는 듯이. 연우는 휘청, 몸을 일으켜 정우에게로 갔다. 그리고 그의 앞에 한쪽 무릎을 꿇고 앉아 수갑을 잡았다. 이 순간만큼은, 다른 건 아무것도 생각나지 않았다. 생각나지 않아야 했다. 안 그러면 머리가 터져 버릴 것 같았으니까. 연우는 그저 몸에 익은 대로, 본능이 시키는 대로 움직였다. 정우를 지킬 것. 정우를 안전한 곳으로 옮길 것. 일단 수갑을 풀어줄 생각이었다. 수갑부터 풀고 나서, 정우를 병원으로 옮기고, 아니, 그 전에 길드에 연락을 하고, 그리고, 그리고…….

자꾸 손이 헛돌았다. 연우는 홧김에 열쇠를 꽉 쥐었다가 얼른 손을 폈다. 다행히 열쇠는 멀쩡했다. 헌터 아이템이라 다행이었다. 연우는 다시 수갑을 풀려 했다. 전혀 어려운 일이 아니었다. 열쇠를 구멍에 끼워 넣기만 하면 되었다. 그러기만 하면 되는데. ……도통 들어가지 않았다. 열쇠 든 손이 벌벌 떨리고 있는데 들어갈 리가.

"뭐해? 장난해?"

정우가 비웃었다.

"닥치고 있어."

연우가 이를 꽉 깨물었다. 정우는 어깨를 으쓱이며, 전 아무 죄 없다는 표정을 지었다. 딱히 그 표정 때문은 아니지만, 연우는 더 이상 참을 수 없었다.

"젠장."

열쇠 쥔 손을 주먹 쥐고 정우에게 날렸다. 정우는 눈을 뜬 채로 보기만 했다. 주먹은 정우의 뺨을 스치고 철제 의자를 강타했다. 쾅! 철제 의자는 벽으로 날아가 철제 쥐포가 되었다.

"죽을, 셈이었어? 내 눈앞에서?"

연우가 이를 악물고 말했다. 태연하게 용광로 안으로 떨어지던 정우의 모습이, 기억하지 않으려 해도 기억났다. 머릿속에서 끊임없이 재생됐다. 죽어버리고 싶고, 죽여버리고 싶었다. 그걸 지켜만 봤던 저를, 기어이 제 앞에서 그 짓거리를 해낸 정우를. 그 모습을 똑똑히 기억하고 있었다.

"형도 그랬잖아."

똑똑히 기억하고 있는 건 정우도 마찬가지였다. 이쪽은 자그마치 10년이었다.

"그런 적 없어. 적어도 네 눈앞에서는."

"아니, 그랬어."

"그래? 그렇다고 쳐."

타임홀 타입 던전에 투입되던 장면이 TV 뉴스에라도 나왔나 보지.

"그래서, 뭐? 복수하려고? 그래서 그랬어?"

연우가 허탈하게 웃다가 정우의 멱살을 잡아챘다.

"네 목숨이 그렇게 쉬워? 누구 마음대로? 누가 죽게 놔둘 줄 알아?"

연우가 윽박지르듯 소리쳤다.

"웃기지 마. 절대 안 돼. 절대 그렇게 안 놔둬. 네 목숨이 어떤 목숨인데, 내가 뭣 때문에, 누구 때문에!"

"나 때문이라고 하지 마."

정우가 두 손으로 연우의 멱살을 마주 잡았다. 차가운 금속음이 목젖을 간지럽혔다.

"나 때문이라고 하지 말라고. 당장 죽어버리고 싶어지니까."

"누구 마음대로 죽어!"

"그래, 그거야."

정우가 비죽 웃으며 분홍색 선으로 연결된 팔목을 흔들어 보였다.

"똑같이 돌려줄게. 형, 네 목숨이 그렇게 쉬워? 누구 마음대로 여길 기어와? 죽고 싶어 환장했어?"

"나는!"

"닥치고 들어."

"너, 그런 식으로 말하지-."

"순순히 죽게 놔둘 줄 알았어? 웃기지 마. 절대 안 돼. 절대 그렇게 안 놔둬, 다시는."

정우의 눈이 번뜩였다.

"형 목숨은 이제 내 거야. 내 허락 없이는 죽지도 못해. 그리고 난, 절대 허락 안 해."

절그럭, 절그럭. 수갑이 정우의 팔에 부딪쳤다. 하지만 연우의 눈엔 수갑보다 팔에 감긴 분홍색 끈이 더 눈에 들어왔다.

"네가 뭔데."

"형 주인."

"누구 마음대로."

"내 마음대로. 내가 형을 살렸으니까."

"그만 명령어……."

연우는 선명한 붉은색의 경고 문구를 떠올렸다.

[경고] 불확실한 명령어입니다.

강제되지 않는 명령어였다. 정우는 헛수고, 헛짓거리를 한 것이었다. 연우는 지금 당장에라도 정우를 내팽개치고, 저 용광로 안에 몸을 던져 죽어버릴 수도 있었다. 헌터 아이템 수갑까지 찬 정우는 연우를 절대 막지 못할 것이다. 빌어먹을 명령어도 통하지 않을 테니까. 그리고 그걸, 정우도 모르지 않을 터였다. 그런데도 자신만만한 정우가 이해되지 않았다. 지 잘났다는 듯 웃는 저 면상이 처참하게 구겨지게 말해볼까. 나는 지금 당장에라도, 너 따위랑 상관없이 죽을 수 있다고. 허파에 허세가 부풀어 올랐다. 하지만 그 마음은 그리 오래가지 않았다.

"……."

단번에 연우를 사로잡은 허세는 숨을 한 번 내쉬기도 전에 흩어져 사라졌다. 조금이라도 정우를 상처 입힐 수 있는 일 따위, 할 수 있을 리 없었다. 그게 신체적인 것이든 정신적인 것이든, 불가능했다. 정우가 제 죽음을 보고 얼굴을 구기고 괴로워할지 모른다는 그 가능성만으로도 숨이 막혔다. 죽고 싶지 않았다. 딱히 죽고 싶어서 살아왔던 건 아니었다. 굳이 죽고 싶진 않았다. 다른 사람들처럼, 웬만하면 살고 싶었다. 허무하게 죽는 건 더더욱 사양이었다. 고작 정우의 기분 한 번 상하게 하겠다고 정우의 눈앞에서 몸을 던져 죽을 수 있을 리가. 온 가족이 인스턴트 던전에서 죽어버렸다는 애 앞에서, 그럴 수 있을 리 없지 않은가. 연우가 죽고 싶은 건, 그게 정우에게 도움이 될 때뿐이었다. 의미 없이 죽고 싶지 않았다. 죽어서라도 정우에게 어떤 의미가 되고 싶었다.

"형은 이제 못 죽어."

자신만만하게 말하는 정우에게, 죽지 않고 살아서도 어떤 의미가 될 수 있다면. 연우는 죽을 수 없었다.

[경고] 불확실한 명령어입니다.

시스템은 틀렸다.

살아. 죽지 마.

그건 그 어떤 것보다 확실한 명령어였다. 정우가 연우에게 그걸 원하는 이상, 연우는 시스템을 뛰어넘어 반드시 그 명령을 따라야만 했다. 그리고 세 번째 명령어.

좋아해.

1차 발현이 육체의 각성이고, 2차 발현이 정신의 각성이라면. 정우의 명령어는 연우의 영혼에 각인되어 평생을 함께할 터였다. 헌터니 던전이니, 이딴 비틀어진 세상에 이것보다 명확하고 확실한 고백이 또 어디 있을까. 정말 내가 좋아? 그딴 질문은 할 필요도, 의미도 없었다. 그러니 연우는 감히 물어볼 수 있었다. 날 좋아한다는 너에게.

"그럼 너는?"

"내가 어떻게 하길 바라?"

"내가 죽지 말라고 하면 넌, 너도, 안 죽기라도 할 거야?"

"형이 원하면."

정우는 아무 고민 없이 바로 대답했다.

"왜? 네가 내 거라도 돼?"

"아닌 적 있었어?"

"……."

"날 샀잖아. 형 목숨으로."

"그런 식으로 말하지……."

연우는 하던 말을 멈췄다. 아직 연우의 눈앞엔 상태창이 떠 있었다. 세 가지 명령어가 눈앞에서 반짝였다. 정우가 제 것이라면. 정말로 제 것이라면. 정우가 제게 했던 것처럼, 명령할 수 있을까?

"……죽지 마."

연우는 세 가지씩이나 필요 없었다. 한 가지면 충분했다. 용광로 속으로 떨어지던 정우의 모습이, 망막에 새겨져 사라지지 않았다.

"내 눈앞에서 나보다 먼저 죽지 마."

연우가 멱살 쥔 손을 얼굴에 묻었다. 비명, 혹은 절규를 닮은 무언가가 입에서 쏟아졌다. 제발.

정우는 수갑 찬 손을 연우의 머리 뒤로 둘러 그를 끌어안았다.

"내가 하고 싶은 말이었어, 형."

연우의 머리에 툭, 자신의 머리를 가져다 댔다.

"살 이유가 없어? 그래도 살아. 나도 그렇게 살았으니까."

정우는 지난 15년을 떠올리며 눈가를 살짝 찌푸렸다. 이내 그 기억들을 털어내듯 고개를 내저었다. 그리고 나름 다정히 속삭였다.

"정 못 살겠으면 말해. 내가 몇 번이고 위험해질 테니까. 날 구하러 와."

"닥쳐."

연우가 정우의 등을 내리쳤다. 아직 수갑을 찬 상태인 정우는 아프다고 엄살 부리다가 다시 속삭였다.

"버텨. 내 옆에 있어. 그렇게 살아, 형."

엄살을 부릴 때와는 전혀 다른 묵직한 목소리가 연우를 짓눌렀다. 그 무게가 비로소, 연우를 이 세상에 고정시켰다.

"……응."

연우가 고개를 끄덕였다.

"하아."

정우는 제게 기대는 연우의 무게를 느끼며 한숨을 포옥- 내쉬었다. 안도, 혹은 만족의 한숨이었다.

헌터는 하룻밤에…

연우의 울음이 잦아들자 정우가 다정하게 속삭였다.

“10km는 무슨. 내 눈앞에서, 내 옆에서 1m도 멀어지지 마. 계속 그딴 식으로 굴면 하기 싫어도 그럴 수밖에 없게 만들어줄 테니까.”

“…….”

눈물이 쏙 들어갔다. 다른 사람은 몰라도 이 인간이라면 그러고도 남을 거 같았다. 그래서 연우는 그의 1m 안, 아니 10cm도 안 될 틈에서 고개를 들고 그에게 입 맞췄다. 가벼운 입맞춤이었다. 입술만 닿았다가 떨어졌다. 왜 한 건지는 본인도 알지 못했다. 그냥 하고 싶어서, 닿고 싶어서 했다. 하고 나선 뭐하는 짓인가 싶어 잠깐 멍해지려는데. 정우가 뒷목을 잡아당겨 거칠게 입 맞췄다. 입술이 찢어져 피가 흘렀다. 놀란 연우가 어깨를 밀려 하자 바지를, 아니 엉덩이를 쥐어 터트릴 듯 세게 움켜쥐었다. 아직 수갑을 차고 있는 상태니, 힘으로는 상대가 안 될 거 같아 편법을 쓴 것이었다.

“잠, 깐.”

연우는 절 자빠트리고 위로 올라올 생각이 만만한 정우를 겨우 겨우 밀어냈다. 밀어내는 건 어렵지 않았다. 다만 정우를 저쪽 벽에 붙어 있는 철제 쥐포처럼 만들지 않기 위해선 세심한 노력이 필요했다. 정우는 제가 몇 번이나 철제 쥐포 꼴이 날 뻔했는지 모른 채, 눈을 번뜩였다. 눈동자가 번들번들한 게 지난 한 달 반 동안 멀쩡하게 굴던 인간은 어디로 갔는지 모를 일이었다.

"지금 날 거부하는 건 좋은 선택지가 아닐 거 같은데."

정우가 한쪽 입꼬리를 비죽 올리며 말했다.

"집으로, 집으로 가자. 일단."

연우는 다시 정우의 수갑을 풀려 시도하며 말했다.

"그딴 말로……."

"우리 집으로 가자, 정우야."

"……."

연우는 절 노려보는 눈을 더는 피하지 않았다. 정우가 연우의 손에서 열쇠를 빼앗아 제 입에 물었다. 그러곤 능숙하게 수갑을 풀어냈다. 연우는 입에 열쇠를 물고 수갑을 푸는 남자가 얼마나 먹음직한지 처음 경험했다. 그냥 할걸. 왜 '우리 집' 가서 하자고 뺀 걸까. 뒤늦게 후회됐다.

이후 어떻게 '우리 집'까지 무사히 도착했는지. 아니, 무사히 도착한 게 맞긴 한 건지. 연우는 그 과정을 정확히 기억하지 못했다. 차를 탄 것도 같은데, 누구 차인지 기억나지 않았다. 아마 구헌터들이 타고 온 차를 뺏어 탄 것 같았다. 운전은 정우가 했던 것 같다. 기억나는 거라곤 보조석에 앉아 잔뜩 희롱당했던 것뿐. 허벅지 사이를 주

물러 대는 정우의 손에 난감했던 기억만 남아 있었다. 기어를 바꿔야 해서 잠깐 손을 뗄 때마다 정우에게서 거친 욕설이 쏟아졌다. 아직도 세상은 안전한 자율 주행 자동차를 만들어 내지 못한 것 같았다. 아니면 너무 비싸서 구헌터들이 사지 못했거나. 연우는 정우의 손이 제 허벅지 안쪽을 비벼 댈 때마다 몸을 비틀며 윽, 욱, 신음을 삼켰다. 정우의 손장난에 흥분해 속옷이 축축하게 젖을 때까지 사정했다. 보다 못한 정우가 연우의 뒤통수를 잡아채 제 하체에 박았다. 연우는 엎드려 운전 중인 정우의 성기를 빨았다. 급해서 바지를 벗기지도 못하고 옷 위로 빨았다. 바지와 입가가 침으로 범벅됐다. 정우의 성기는 바지를 찢을 듯 발기했다. 숨이 막혀 고개를 들려고 하면 정우가 다시 뒤통수를 눌렀다.

"읏, 흡."

큰 손이 뒤통수를 쓰다듬다가 꾹꾹 누를 때마다 눈앞이 빙글빙글 돌았다. 이대로 어딘가에 차를 박아 교통사고로 죽게 될까, 그의 손에 머리통이 으스러져 죽을까. 제가 어떻게 죽게 될지 감이 잡히지 않았다. 그래도 상관없었다. 어떻게 집에 도착은 했구나 실감한 건, 절 어깨에 짊어지다시피 들고 들어온 정우가 침대에 내동댕이치듯 내려놓았을 때였다. 연우는 매트리스에 얼굴을 박았다가 몸을 돌려 정우를 보았다. 정우는 상의를 벗길 포기하고 손으로 찢었다. 갈가리 찢기는 트레이닝복을 보는데 괜히 등골이 서늘했다.

'수갑, 괜히 풀게 했나. 그냥 차고 있으라고 할걸.'

살짝 후회되기도 했다.

침실은 은은하게 불이 켜져 있었다. 수면에 방해가 안 될 정도의 빛. 이대로 추가적인 명령이 없으면 십 분 뒤 불이 꺼진다. 은은한 불빛 아래, 근육으로 꽉 짜인 상체가 드러났다. 열게, 여기저기 흉터가 남아 있었다. 연우는 눈으로 덧그리듯 몸의 상처를 훑었다.

"계속 그렇게 봐봐."

정우가 바지를 내리며 웃었다. 브리프를 끌어 내릴 여유가 없어 헤쳐 성기만 꺼냈다. 잔뜩 발기한 성기가 툭 튀어나왔다. 정우는 선 채로 제 것을 손으로 훑었다. 눈으론 제 침대에 어정쩡하게 누워 있는 연우를 내려다보았다. 아직 침대에 올라올 생각이 없어 보였다.

"계속, 이런 꿈을 꿨었는데."

성기를 잡고 흔드는 손놀림이 점점 빨라졌다. 연우는 멍하니 그 모습을 바라보았다. 보는 것만으로도 다리 사이가 뜨거워졌다. 윽. 짧은 신음과 함께 정우가 사정했다. 정액은 고스란히, 연우의 얼굴에 쏟아졌다. 양이 많고 진했다. 정우는 마음에 든다는 듯 웃었다. 연우도 더는 두고 보지 못했다. 바로 몸을 일으켜 정우의 허리를 잡고, 막 사정한 성기를 입에 물었다. 시큼한 정액 냄새. 막 사정한 열기. 입에 문 성기는 아직도 빳빳했다. 정우가 연우의 머리카락을 움켜쥐며 허리를 쳐올렸다. 탁, 탁. 성기가 목구멍을 찔러 댔다.

"으, 욱."

연우가 혀로 성기를 밀어냈다. 정우는 연우의 머리를 좌우로 흔들며 귀두로 입 안쪽 살을 찔러 댔다.

"형, 맛있게 먹어야지."

"잠, 깐. 이거, 어떻게, 너무……."

"이거 먹고 싶다고 '우리 집' 가자고 그랬잖아."

"우욱. 윽."

이렇게 갑자기, 거칠게 움직일 줄은 몰랐는데. 연우는 숨이 막혀 정우의 허리를 밀었다. 숨 쉴 틈을 만들려는 것뿐이었다. 입에 문 걸 뱉을 마음도, 도망칠 생각도 없는데. 정우가 느끼기에는 다른 듯했다.

"어딜 도망가."

정우는 사정 봐주지 않고 박아 댔다.

"이로 깨물지 마, 혀로 맛있게 빨아봐."

"으, 우……."

"그래, 그렇게. 하, 씨."

정우가 연우의 입이 뒷구멍이라도 되는 듯 성기를 박아 넣었다가 빼내기를 반복했다. 입도 구멍이긴 했지만. 이런 용도로 써보는 건 너무 오랜만이라, 연우는 버거웠다. 그때, 15년 전 이후로 처음이었고 마지막이었다. 숨이 막혀 헉헉댔다. 아니, 숨이 막혀 헉헉대는 건지, 다른 이유에서인지 분간이 안 갔다. 그냥 입에 든 게 욕심났다. 버거웠다. 숨이 막혔다. 그래도 빨고 싶었다. 연우는 이로 물지 않으려 애쓰며 혀로 기둥을 핥았다. 입술을 오므려 정우가 성기를 박아 댈 때마다 세게 빨아보려 애썼다. 그 서툰 입질에 정우의 허벅지가 탄탄하게 부풀었다. 등이 꺼지고 방이 어두워졌다. 어둠 속에서, 헉헉대는 숨소리와 점막과 표피가 거칠게 마찰하는 소리가 울렸다. 한참 뒤. 정우가 목구멍 안에 성기를 처넣은 채 허리를 떨었다. 뜨거운 게 목구멍으로 확 쏟아졌다.

"우윽."

연우는 본능적으로 뱉으려 했지만, 정우가 머리를 꾹 누르며 놔

주지 않았다. 하악, 하악. 거친 숨이 아직도 흉흉하게 큰 성기를 감쌌다. 입가에서 정액이 뚝, 뚝, 떨어졌다.

"아깝게. 삼켜, 형."

"치, 워."

"하, 씨. 한 번만 더 해."

정우가 연우의 머리를 두 손으로 잡고 눌렀다. 허벅지 근육이 연우의 머리를 터뜨릴 듯 부풀었다. 정우는 그대로 허리를 쳐올렸다.

"읍."

사정없이 쳐올리는 허릿짓에 눈물이 찔끔 났다. 연우는 한 손으로 정우의 허벅지를 잡아 몸을 고정한 뒤, 다른 손을 제 바지춤에 넣었다.

"흐읍, 흡……."

남의 성기, 그것도 동생의 성기를 빨며 흥분했다.

"욱, 우읏, 읏."

연우는 정우의 성기를 빨며 제 성기를 흔들었다. 먼저 절정이 찾아왔다. 눈앞이 아찔해 저도 모르게 이로 성기의 표면을 긁었다. 거기에 자극 받은 건지, 정우가 성기를 목 안까지 들이밀었다.

"읍, 흑, 컥."

"싫으면, 깨물어, 끊어버리든가."

"읏……."

"그럼 아쉬운 건 형일 테니까."

아무튼 난 지금 못 멈춰. 정우가 다정한 척 속삭이고는 입에서 성기를 다 빼냈다가 도로 박았다. 퍽, 퍽 소리가 나며 찢어진 입술이 쓰리게 아려 왔다. 그래도 좋았다.

연우는 다물어지려는 입을 억지로 벌리고 벌려 정우의 것을 받아냈다. 그러면서 주먹으로 정우의 허벅지를 내리쳤다. 끊어먹으라니. 포션인지 뭔지로 끊어진 성기를 다시 붙일 수 있다 해도 사양이었다. 어떤 순간, 어떤 상황이 와도, 연우가 정우의 몸에 해를 가하는 일은 없을 터였다.

아무리 입을 벌려도 숨쉬기 힘들었다. 턱이 빠질 것 같았다. 허억, 헉. 숨을 쉬어도 숨이 막혔다. 어느 순간부터는 입에 들어온 성기를 빨거나 핥지도 못했다. 드나드는 속도가 너무 빨랐다. 혀와 입안 살점이 다 떨어져 나갈 듯 화끈거려 감히 움직일 엄두도 못 냈다. 그저 깨물지 않으려 애쓸 뿐인데. 거기서 무슨 자극을 받은 건지, 정우의 성기는 알아서 크기를 키웠다. 성기가 입안을 가득 채웠다.

정우는 연우의 입안이 다 헐 때까지 박아 대고는, 다시 가득 쌌다. 두 손으로 연우의 머리를 세게 눌렀다. 연우는 고개를 묻고 정우의 허벅지를 끌어안았다. 거친 음모에 코와 입이 막혔다. 우웅. 연우는 입안을 가득 채우는 정액을 모두 삼켰다.

"잘했어."

하아. 정우가 칭찬하듯 머리를 헤집었다. 연우는 그 손을 쳐내고, 몸을 뒤로 물렸다. 캑캑, 기침하며 미처 못 다 쉰 숨을 거칠게 몰아쉬었다.

"더, 럽게 맛없어."

연우가 인상을 찡그리자, 정우는 한 걸음 뒤로 물러나 연우를 내려다보았다.

"그때도 맛없었어?"

"……몰라, 기억 안 나."

"그래? 난 아직 기억하는데. 내 좆 씹어 먹던 형 뒷구멍 맛."

"……."

지난 15년 동안 무슨 일이 있었기에 저 자식 입이 저렇게 더 더러워진 걸까. 연우는 질색하며 인상을 찡그렸다.

정우는 그 얼굴을 보며 혀로 아랫입술을 핥았다. 침실은 어두웠지만 연우를 훤히 볼 수 있었다. 그리 유용한 스킬이라고는 생각하지 않았는데. 앞으로 쓸 일이 많을 듯했다. 정액에 젖은 얼굴, 범벅된 입가가 더없이 마음에 들었다. 정우는 막 던전의 왕 목을 뽑아버렸을 때 느꼈던 것보다 더한 고양감에 전율을 느꼈다. 정우는 연우를 밀어 눕히고 위로 올라탔다. 연우의 몸에 들러붙은 옷을 찢었다.

연우도 정우의 몸을 더듬었다. 상처가 만져지지 않는 부분이 없었다. 울컥, 울음이 치솟았다. 연우는 울음을 참으려 이를 악물고, 그의 성기를 손에 쥐었다. 방금 사정해 풀죽어 있던 것이 손이 닿자마자 발기했다.

"귀엽게 구네, 형. 죽으려고."

"너, 그 말 하지 말랬, 읏."

정우가 제 성기를 만지던 연우의 손목을 잡아채 머리 위로 올렸다. 다른 손으로 연우의 한쪽 다리를 들어 틈을 벌리고, 아래에 성기를 가져다 댔다. 그곳은 그날 이후로 이런 식으로 다시 쓰지 않아 꽉 다물려 있었다. 연우는 닥칠 충격과 통증을 떠올리며 살짝 기가 질렸다. 함께 뒹군 적은 없지만, 남자끼리 어떻게 붙어먹는지는 숱하게 봐 왔다. 때문에 남자끼리의 섹스에서 어떤 준비가 필요한지는 알았다. 그런데 이 빌어먹을 동생 놈은 그런 배려를 알지 못하는 건지 해줄 생각이 없는 건지 성급하게 성기를 들이밀었다. 크기나 작으면 모를까. 흉기나 다름없는 것을.

"잠깐만."

연우가 정우의 어깨를 밀었다. 이미 볼 장 다 본 사이인데, 동생 앞에서 제 손으로 뒷구멍을 쑤신들 새삼 수치스러울 게 무어 있을까. 연우는 정우를 달래 손으로든 입으로든 한 번 더 사정시키며 제 뒷구멍을 제 손으로 풀 생각을 했다. 하지만 정우는 언제나 그랬듯 형 말을 듣지 않았다.

"이제 잠깐만 없어."

정우는 바로 밀고 들어왔다. 뜨겁고, 젖은 성기가 인두로 살을 지지듯 구멍 입구를 침입해 속살을 갈랐다.

"……!"

연우는 입만 벌린 채 그 충격을, 침입을 감당해 냈다. S급 헌터로 각성해서일까? 다행히 찢어지진 않았다. 아니, 다행이라 할 수 있을까? 차라리 찢어지면 피가 윤활유 역할이라도 해줬을 것 같기도 하고.

"윽."

연우는 눈을 질끈 감았다가 떴다. 몸이 찢기고 뜯기고 망가지고 다치는 데 익숙한 헌터병이라 하지만. 몸 안을 헤집는 고통은 익숙하지 않았다. 연우는 이를 악물고 버텼다. 제가 헌터병으로서 한 사람 몫을 해낼 수 있게 된 후부터는. 절 공격한 몬스터에게 반드시 반격을 가했다. 반드시 죽였고, 일부는 죽이지 못했다. 정우는 몬스터와 달랐다. 설령 이대로 제 몸을 뜯고, 찢어버린다 해도, 반격 같은 걸 할 수 있을 리 없었다. 정우였다. 정우. 그가 주는 건 무엇이든 감당해 낼 수 있다. 몸을 찢는 고통이든, 그보다 더한 것이든.

"흑……."

연우는 터져 나오는 신음을 참으며 정우의 어깨를 끌어안았다. 상처로 가득한 그의 어깨에 얼굴을 묻고 애써 숨을 골랐다. 그래도 버거워 몸이 간헐적으로 떨리는데. 불끈. 배 속에 든 게 부피를 키웠다.

"왜, 왜 더 커져!"

견디겠다고 생각했지만. 견딜 생각이지만. 그래도 이건 아니지. 연우가 울분을 토하며 정우의 어깨를 주먹으로 내리쳤다. 정우는 연우의 어깨에 이마를 대고 웃음을 터뜨렸다. 그가 웃을 때마다 연결된 배 속이 울렸다.

"진짜 귀엽게 구네."

"너, 그 말 하지 말랬다. 윽. 잠깐. 씨, 숨, 쉬지 마. 너, 숨 쉴 때마다, 읏."

"더 귀엽게 굴어봐. 내가 여기서 얼마나 더 미칠 수 있는지 보게."

정우의 눈이 열기로 일렁였다. 광기에 가깝게 번뜩이는 눈에 물기가 묻어나는 것처럼 보이는 건 착각일까? 연우가 확인해보려 손을 뻗었지만, 그 손은 바로 정우에게 붙잡혔다.

정우는 연우를 침대에 내리꽂았다. 두 손을 머리 위로 붙들어 놓고 몸 사이에 틈을 벌렸다. 한계까지 벌어진 구멍에 틈 없이 꽉 틀어박힌 성기를 빼냈다가 다시 처박았다.

"아, 흣!"

연우의 몸이 요동쳤다. 정우는 입맛을 다시며 계속 박아 댔다. 연우의 몸을 두 쪽으로 쪼갤 생각인 건지, 강약 조절 없이 강하게 박기만 했다.

"읏, 흡, 자, 잠깐. 천, 천히! 아, 거기, 읏, 씹, 뭐, 뭐야. 아, 아!"

폭력적인 추삽질에서 연우는 괴로워하면서도 흥분했다. 배 속 깊숙이 박힌 성기가 안쪽을 긁어댈 때마다, 좁은 입구가 벌어져 거칠게 비벼지는 고통과 함께 짜릿한 느낌이 온몸으로 퍼졌다. 눈에서 별이 튀었다.

"아, 흣!"

연우의 신음에 흥분이 섞이자 정우가 웃으며 연우의 몸을 들어 올렸다. 아악. 연우가 정우의 배 위에 올라타 비명을 내질렀다. 제 몸무게를 더해 내리꽂히는 고통에, 흥분에, 몸이 경련하듯 떨렸다.

"아, 아……."

연우는 입을 벌리고 허공을 바라보았다. 잠시간 머릿속이 멍해졌다.

"움직여봐."

"모, 못."

"할 수 있어. 그때도 했었잖아."

정우가 속살거렸다.

그때? 그때가 언제지? 연우는 멍한 머릿속을 헤집어 기억을 끄집어냈다. 정우를 침대에 묶어 놓고 올라탔던 날이 기억났다.

"해봐. 할 수 있잖아."

"흡……."

연우는 그의 목소리에 이끌려, 정우의 배 위에 손을 올렸다. 손바닥에 착 달라붙는 젖은 피부가, 단단한 근육이 좋았다. 그것만으로도 흥분할 거 같았다. 연우는 그때를 떠올리며 천천히 허리를 들었다가 내렸다.

"읏."

몸이 앞으로 푹 꺾였다. 정우가 응원하듯 타박하듯 허리를 튕겼다.

"아으, 아!"

연우가 허리를 비틀며 목을 뒤로 꺾었다.

"그때도 이랬어?"

정우가 쉰 목소리로 울었다.

"그때도, 그때도 지금이랑 같은 표정 짓고 있었냐고."

"으, 응. 그랬, 윽……."

허리를 들어 올리는데 정우가 다리 한쪽을 툭 쳤다.

연우는 중심을 잃고 주저앉았다. 안쪽 깊숙이 성기가 박혔다. 연우는 몸서리치며 엉덩이에 힘을 주었다. 윽. 두 사람에게서 동시에 신음이 흘렀다.

"씨발."

정우가 주먹 쥔 손으로 침대를 내리쳤다. 침대 헤드가 부서지고, 매트리스가 꺼졌다. 어? 연우가 놀라 허리를 들어 올리자 정우가 도로 잡아 내렸다.

"병신같이, 그걸 못 보고. 내가, 15년을."

"아악!"

반쯤 빠져나온 게 배 속을 비집고 올라왔다.

"터, 터져. 아흑."

연우가 배를 움켜잡고 몸을 웅크렸다. 정우가 그런 연우를 붙잡고 미친 듯이 허리를 쳐올렸다. 악, 아악, 흣, 하악, 그, 그만. 천천, 히! 연우가 있는 대로 비명을 지르며 허우적댔다. 삐그적, 삐그덕. 침대가 흔들리다 못해, 프레임에 금이 가기 시작했다. 그래도 정우는 멈추지 않았다. 이를 악물고 허리를 쳐올렸다.

"정, 우야. 하아, 야, 이, 씨."

연우는 정우의 이마에 난 상처에 입 맞췄다. 아직 피맛이 났다. 혀로 조심, 조심 핥자 정우가 더 흉폭해졌다.

"흐읏, 읏."

연우는 견디지 못하고 정우의 몸 위에 엎어졌다. 성기가 박혔다 빠질 때마다 몸이 오르락내리락했다. 둘의 몸 사이에 낀 연우의 성기가 비벼지다가 알아서 사정했다. 연우는 제가 사정한지도 몰랐다. 뭔가 빠져나가는 느낌에 부르르 몸을 떨며 아랫구멍을 조였고, 고개를 꺾다가 정우와 눈이 마주쳤다. 두 사람은 누가 먼저랄 것 없이 입을 맞췄다. 읍, 흡, 읏. 하아, 하아. 누구 입에서 나오는 소린지 알지 못했다. 혀를 얽고 비벼대며 서로의 숨을 받아먹었다. 뜨거웠다. 미친 듯이 뜨거웠다. 어느 한 곳 뜨겁지 않은 곳이 없었다. 입 안이, 살아 있는 것처럼 유영하는 혀가. 아랫구멍에 꽂힌 성기가. 맞닿은 몸이. 모든 게. 그런데도 더 뜨거운 게 가지고 싶었다.

"줘, 이제 그만 줘. 빨, 리, 읏."

연우가 아랫구멍을 조이며 허리를 흔들어 댔다. 씨발. 정우의 잇새에서 짐승 같은 신음이 새어 나왔다. 배 속에 뜨거운 게 퍼졌다.

"아……."

손을 내려 배를 움켜쥐는데, 다시 세상이 뒤집혔다. 정우가 다시 자세를 바꿔 연우 위로 올라탔다. 두 다리를 벌려 제 허리를 감게 하고, 다시 박아 올렸다. 자세가 안정적이니 박는 힘이 더 강해졌다. 아악. 윽, 흣. 연우는 마음껏 신음하며 정우를 끌어안았다. 더 닿고 싶어서 달라붙자, 정우가 두 손을 깍지 껴 연우의 머리 위로 올려 눌렀다. 매트리스가 움푹 파였다. 둘 사이에 틈이 벌어졌다.

"손, 놔. 놔아!"

"한 번만 더 박고."

정우가 위험하게 웃으며 연우의 입술을 씹었다. 정우는 정말로 한 번 더 사정할 때까지 손을 놓아주지 않았다. 연우의 손가락 사이사이에 붉은 자국이 났다. 곧 시퍼렇게 멍이 들 터였다. 뱃속에서 만족감이 끓어올랐다. 정우는 제 정액으로 흠뻑 젖어 축축해진 연우의 배 속을 성기로 쿡쿡 찌르며, 연우의 손가락 사이를 혀로 핥았다. 그 달달한 애무에 몸이 노곤해지려는데, 정우가 대뜸 연우의 찢어진 이마를 꾹 눌렀다.

"……!"

반쯤 감겼던 연우의 눈이 번쩍 뜨였다.

"씨발, 내 앞에서 눈 감지 마."

정우가 눈을 번뜩이며 이를 갈았다.

"너, 이 새, 끼."

"하, 씨."

정우는 힘을 주어 허리를 박아 대더니, 병 주고 약 주는 건지, 이번엔 끌어안고 하자며 선심 쓰듯 말했다. 욕이 나올 뻔했는데, 침대가 대신 화를 내줬다. 침대가 푹 가라앉았다. 기어이 부서진 것이었다. 그래도 소용없었다. 정우는 엉금엉금 도망가는 연우를 붙잡아 뒤에서 박았다.

"으, 윽."

연우는 무릎과 팔꿈치로 몸을 지탱한 채, 뒤에서 박아 오는 정우를 받아냈다. 지쳐 엎어지자, 정우는 연우의 허리만 들어 퍽퍽 박아대다가 연우의 성기를 주물러 강제로 사정시켰다. 연우가 사정하며 아랫구멍을 조여도 본인은 사정하지 않았다.

"해, 읏, 그만 좀, 해!"

연우가 우는 소리를 내도 소용없었다. 정우는 제 양껏 박아 댄 다음, 바닥에 엎어진 연우의 몸을 짓누르듯 제 몸으로 덮었다. 아직 사정하지 않아 흉흉하게 꿈틀대는 성기가 배 속에 가득 들어찼다. 거칠어진 정우의 숨소리가 귓가에 고스란히 닿았다. 정우는 잘게 허릿짓하며 연우의 귓불을 핥았다. 목과 어깨를 씹어 댔다. 잇자국이 나다 못해 피가 났다.

"아파."

"엄살 부리지 마."

"진짜 아프다고, 새끼야."

"참아."

"야!"

연우가 고개를 뒤로 젖히자 기다렸다는 듯 입 맞췄다. 불편한 자세였지만 상관없었다. 정우가 연우의 목을 붙잡아 돌리지 못하게 했으니까. 그렇게 잠시 한숨 돌린 정우가 몸을 들었다. 허억, 허억. 연우는 거친 숨을 몰아쉬었다. 팔을 이마에 대고 정우를 올려다보았다. 정우는 연우의 발목을 손으로 쥐어보고 발바닥을 주무르는 등 잠깐 손장난을 하더니 예고 없이 두 다리를 쩍 벌렸다. 연우의 몸이 경직됐다. 헌터 능력과 유연성은 딱히 상관 있는 것 같지 않았다.

"스트레칭 열심히 해. 그것도 숙련도라고 민첩성 오르더라."

"지금, 내 능력치 걱정해서 이러는 거라고?"

"응. 너무 낮을까 봐 걱정돼서. 또 어디 가서 갇혀 10년동안 못 나오면 어떡해?"

"……."

말문이 막혔다. 정우가 삐딱하게 웃으며 연우의 한쪽 다리를 어깨에 걸쳤다. 다른 하나는 바닥에 내려놓고, 훤히 벌어져 오물거리는 구멍에 제 성기를 맞췄다.

"숙련도 올리는 거 도와줄게."

같잖은 소릴 하며 성기를 쑥 밀어 넣는데도, 하지 말라 말할 수 없었다.

"으읏."

연우의 허리가 꿈틀거렸다. 연우는 손으로 바닥에 깔린 러그를 쥐어뜯었다. 연우의 손안에서 러그가 찢기고 구겨지고, 작살났다. 정우는 느리고 힘있게 허리를 쳐올렸다. 한 번 박을 때마다 퍽, 퍽 소리가 나며 연우의 몸이 들썩였다. 밀려 올라가지 말라고, 정우는 친절하게도 한 손으로 연우의 가슴을 꾹 눌렀다. 돌덩이를 가슴에 얹은 것 같았다.

"치, 워라. 읏."

연우가 밀쳐내도 소용없었다. 가슴을 조물딱거리던 손이 아래로 내려가 성기를 주물렀으니까. 큰 손이 성기를 꽉 잡아 조일 때마다 긴장해 아랫구멍을 조였다. 그때마다 배 속에 든 게 더 커졌다. 똑같이 헌터이고 S급인데, 이렇게까지 차이가 날 필요가 있나? 연우는 제 아랫배에 불뚝불뚝 드러나는 정우의 성기를 보며 아연해졌다.

"여유 있네, 형. 딴생각도 하고?"

"아니, 아니야."

연우는 급히 고개를 저었으나 너무 늦은 반응이었다. 정우가 두 다리를 잡고, 연우를 반으로 접어 버렸다.

"윽, 야! 아."

연우가 버둥거리든 말든 정우는 느긋하게, 연우의 구멍을 구경하며 추삽질했다. 발갛게 부은 구멍은 성기가 드나들 때마다 하얀 거품을 흘려 댔다. 내벽은 축축해져서 쫄깃하게 성기를 조여 댔다. 한 번 박을 때마다 하, 기분 좋은 숨이 흘러나왔다. 정우는 당장 사정하지 않으려 애쓰며 좀 더 연우의 구멍을 음미했다. 그러기를 한참. 아무래도 형이 힘들어하는 게 마음에 걸려, 자세를 조금 바꿨다. 두 다리를 쫙 벌려 들고 박아 대는 자세로.

"형 안에 내가 들어가는 거, 보여?"

정우는 연우가 절 얼마나 맛있게 먹어치우는지, 당사자에게 꼭 보여주고 싶었다.

"하지, 마. 읏, 변태 새끼야."

연우는 고개를 돌리고 눈을 감았다.

"입대 전날, 하, 동생 따먹고 튄 형, 씹, 그만 조여. 하, 그 형 동생인데. 씨발, 이 정도 가지고 뭘."

정우가 허리를 크게 박아 올리며 말했다. 연우는 고개를 내저으며 눈을 뜨지 않았다. 외면당한 정우는 슬퍼서, 연우의 다리를 들어 올렸다. 그리고 위에서 아래로 박아 댔다.

"헉!"

몸이 둘로 갈라지는 것 같았다.

"아, 알았어. 알았으니까, 읏."

연우는 이를 악물고 다시 눈을 떴다.

진작 그럴 것이지. 정우가 웃으며 몸을 내려주었다.

"보여?"

"읏, 응…… 아!"

연우의 허리가 크게 휘었다. 안쪽, 제일 깊은 곳을 자꾸 자극해 대니 견딜 재간이 없었다. 연우는 어쩔 줄 몰라 하며 러그를 쥐어뜯었다. 차라리 아까처럼 아픈 게 나을지도.

"아, 읏. 거, 거기. 앗. 아!"

하지만 몸은 생각과 다르게 움직였다. 수치를 모르고, 정우의 성기를 좀 더 많이 받아먹으려고 아래를 조여 댔다.

"조이지 말, 라니까."

정우가 이를 악물고 허리에 힘을 줬다. 온몸의 근육이 단단하게 부풀었다. 숨이 거칠어졌다.

"씨발, 쌀 뻔했잖아."

"해, 읏."

"아직 아냐."

정우는 성기를 귀두까지 빼냈다가 다시 박아 대며 연우의 속을 헤집었다.

"읏, 흣, 아, 으, 좋, 좋, 아, 아냐. 싫…… 흐읏."

연우는 두 손으로 바닥을 긁어 댔다. 정우는 연우의 손이 절 만지지 않는 게 마음에 들지 않아, 연우를 안고 일어섰다.

"뭐, 뭐 하, 읏!"

연우는 정우의 목에 팔을 감고 매달렸다. 정우는 연우의 엉덩이를 우악스럽게 벌리고, 아래에서 위로 성기를 박아 댔다.

"윽, 흣, 으읏……."

발이 허공에서 오그라들었다. 연우는 정우에게 매달린 채로 허공을 바라보았다. 까만 천장이 빙글빙글 도는 게 느껴졌다. 제발, 제발. 그만. 잠깐만, 좀 쉬면서, 응? 연우는 제가 정우에게 우는 소리로 빌고 있는지도 몰랐다.

정우의 허벅지가 긴장하는 게 느껴졌다. 딱딱한 허벅지에 자꾸 엉덩이가 부딪쳤다. 얼얼한 느낌마저 아득해지려는데, 정우가 배 속 깊이 성기를 박아 넣으며 사정했다. 그러면서도 계속 허리를 쳐올려 댔다.

"읏!"

"하, 읏."

뚝, 뚝. 정액이 성기 뿌리를 타고 내려 바닥에 떨어지는 소리가 들렸다. 더럽게 야했다. 연우는 진저리 치며 눈을 감았다.

"벌써 지치면 어떡해."

불만 어린 목소리가 아득히 들렸다.

'미친놈. 네가 양심이 있으면, 적어도 오늘은 그런 소릴 하면 안 되지.'

한 대 쥐어 패고 싶은데. 그러지 못하는 게 천추의 한이었다.

✷

다시 눈을 떴을 땐, 어째서인지 모르겠지만 연우는 침실이 아니라 거실에 나와 있었다. 그리고 소파에 누워 정우에게 박히고 있었다.

"미친, 읏, 윽. 뭐, 하는."

"금방 일어났네. 괜찮아. 나 두 번밖에 안 했어."

정우가 싱긋, 상쾌하게 웃으며 입 맞췄다. 그러곤 당연하게, 연우의 안에 사정했다. 연우는 눈뜨자마자 정우가 싸지르는 정액이 퍼지는 감각에 허리를 떨었다. 아무리 당해도 익숙해지지 않는다고 생각했다가 그 생각을 취소했다. 아직 첫 사정 이후 하루도 안 지났으니까. 소파는 침대 매트리스처럼 폴썩 가라앉아 있었다. 부서지고, 군데군데 찢겨 있는 걸 보니. 정우 혼자 지랄해서 소파를 해먹은 건 아닌 거 같았다. 아마 자신이 정신 못 차리는 와중에도 더는 못 한다고 반항했던 거 아닐까. 도망가려다가 붙잡히고, 도망가려다 붙잡혀서, 애꿎은 소파만 망가진 거겠지. 연우는 상황을 파악하곤 소파에게 애도를 표했다. 그리고 곧바로 후회했다. 애도를 받아야 하는 건 소파가 아니었다. 연우 자신이었다.

연우는 정우와 거실 바닥을 뒹굴며 세 번을 더 붙어먹었다. 또 잠깐 정신을 놓았다 차렸을 땐, 벽에 기대앉은 정우의 위에 축 늘어져 있었다. 배 속엔 아직 정우의 성기가 꿈틀대고 있었다. 여수 던전에서 몬스터 가재에게 심장을 먹힌 사람들이 이런 기분이었을까. 눈물이 다 찔끔 났다.

"너, 이번엔, 읏…… 며, 몇 번이나……."

싸지른 거냐고, 차마 문장을 완성하지도 못했는데. 정우가 코를 이로 잘근잘근 깨물며 말해주었다.

"한 번도 안 했어."

"……."

네가 웬일이냐. 어이가 없어서 쳐다보는데.

"아무래도 혼자 하는 건 재미없어서."

혼자……. 연우는 그 단어가 굉장히 마음에 안 들었으나 혼내는 건 나중에 하기로 했다. 혼자 하는 거 싫다고 말하는 정우가 어쩐지 풀죽어 보여서. 그럴 리 없다는 걸 머리로는 아는데, 자꾸만 심장이 뛰어서. 고개를 들어 정우에게 입 맞췄다. 정우가 기다렸다는 듯 덤벼들어 입맞춤이 깊어졌다. 정우가 다시 움직이려고 했다. 연우는 정우의 어깨를 쓸어내리며 진정시켰다.

"내가, 내가 할게."

S급이 돼서 그런 건지. 헌터랍시고 고작 하루 만에 이 행위에 익숙해진 건지. 잠깐 기절했다가 깨어나 기운을 차린 건지. 이도 저도 아니면, 그냥. 상대가 정우라 그런 건지. 힘들긴 한데 좀 더 무리할 수 있을 거 같았다.

"형이?"

정우가 의아한 듯 연우를 바라보았다. 싫지는 않은지 거짓말같이 얌전해졌다. 아니, 좋은 걸까? 정욕으로 사납게 일렁이는 눈에 언뜻 기대감이 스치는 게 보였다. 연우는 입 안이 마르는 걸 느꼈다. 기대에 부응하지 못하면 좆될 거 같다는 생각이 들었다.

'어떻게든 되겠지.'

15년 전에 한 번 해봤으니까.

연우는 살짝 긴장한 채로 정우의 어깨를 잡고 자세를 바꿨다. 잠깐 배 속에 든 걸 빼려고 하니 정우가 인상을 찡그려, 차마 반도 빼내지 못했다. 그 상태로 천천히, 허리를 들었다가 내렸다. 움직일 때마다 안에 든 게 속을 푹푹 쑤셔 눈앞이 아득해졌다가 선명해지기를 반복했다. 정우는 연우가 제 위에 올라탈 때 좀 더 흥분했다. 아니, 제 위에 올라탄 연우의 얼굴 보는 것에 집착했다. 연우는 정우의 어깨를 잡은 채로 천천히 허리를 들었다가 내렸다. 배 속은 정우가 싼 정액으로 가득 차서 축축하다 못해 질척였다. 미끄럽게 정우의 성기가 빠져나갔다 쑥 들어와 속살을 긁었다.

"으응……."

그때마다 연우는 신음했고, 정우의 숨소리는 작아졌다. 정우는 아무 말 없이, 숨소리마저 죽인 채 연우를 바라보았다. 그 시선이 연우를 옭아맸다.

"씨발."

감질 나는 움직임을 참지 못하겠는지 연우의 허리를 잡아채 박아 대려 했지만,

"넌, 움직이지, 마. 읏."

연우는 그 손을 잡아 빼 제 가슴을 만지게 했다. 고개 숙여 입 맞

춰주면, 정우는 다시 얌전해졌다. 연우는 정우를 달래며 제 페이스대로 천천히, 하지만 어설프게 정우의 성기를 받아먹었다. 한참 후, 정우가 연우를 꽉 끌어안고 사정했다. 연우도 정우의 손안에서 사정하며 그에게 입 맞췄다. 정우가 입술을 빨다가 연우의 혀를 제 입안으로 끌어당겨 세게 빨았다. 이어 연우의 입 안으로 들어가, 제 성기를 받아먹느라 헤진 안쪽 살을 혀로 핥았다.

"흐읏, 흑."

제 몸 위에 늘어져 신음하는 연우를 끌어안은 채로, 연우가 원하는 대로 천천히, 느긋하게 몇 번이고 박아 댔다. 내내 입을 맞춘 채였다. 혀가 너무 달아서 놔줄 수 없었다. 숨 막힌다고 도망가는 혀를 끝까지 쫓아가 사탕처럼 빨았다.

"열 번 넘었어. 그만해……."

견디다 못한 연우가 그의 어깨에 얼굴을 묻고 빌었다. 정우는 느긋하게 웃으며 연우의 귓불을 잘근잘근 씹었다.

"이 참에 학설 갈아치워 보는 거 어때? 헌터는 하루에 열두 번도 발기할 수 있다, 로."

"……학설?"

벌써 학설씩이나 된 거냐고. 얼마나 할 짓 없으면 그딴 연구를 하는 거냐고. 정우가 그 연구팀의 후원자라도 되는 것처럼 면박 주려 했는데.

"아니, 이왕 갈아치우는 거 스무 번이라고 하자. 나 할 수 있을 거 같아."

정우가 너무 의욕적이라서, 차마 구박할 수 없었다.

"헌터끼리 붙어먹으면 곱하기로 백 번도 할 수 있을 거 같지 않아?"

꿈도 야무졌다.

"하룻밤에? ……조루냐?"

연우가 축 늘어져 빈정댔다.

"그래서 더하기로 스무 번. 어때?"

정우는 으스대듯 말했다.

"……."

저놈 목소리 들어봐라, 저거. 그냥 하는 말 아니다. 문제는 그 목소리에 끌리는 자신이었다. 이미 허리 아래가 맛이 간 거 같은데. 그래도 막상 정우가 아랫구멍에서 성기를 빼면 허전하고 싫을 것 같아서.

"입 닥쳐, 말로는 누가 못하냐."

연우는 정우의 목에 팔을 감고 그를 잡아당겼다. 정우는 순순히 끌려와 키스당했다. 그리고 반격하듯 연우의 입안을 헤집었다. 정우는 혀로 안쪽 살을 쓸어내릴 때마다 연우가 아파하며 인상을 찌푸리는 게 좋았다. 허리를 쳐올릴 때마다 바들바들 떨리는 몸도. 도망가다가도 다시 다가와 어설프게 비벼 대는 혀도. 성기를 끊어 먹을 듯 조여 대는 아랫구멍도. 다 마음에 들었다. 모두 연우가 제 품 안에서 살아 있다는 신호였으니까. 정우는 연우의 달뜬 숨소리를 듣기 위해 숨죽이는 한편. 당신 동생은 말로 허세나 떠는 놈들과 다르다는 걸 증명하기 위해 본격적으로 움직였다. 남은 열 번을 채워야 했으니까. 서두를 필요는 없었다. 모연우는 드디어 그의 손안에 돌아왔으니까. 이제 헌터는 하룻밤에 스무 번까지 발기할 수 있다는 새로운 가설을 확인해볼 시간이었다.

† 「헌터는 하룻밤에 10번…번외편」은 두고 작가님께서 생전에 남기신
구상을 일부 참고하여 우수 작가님께서 작업해 주셨습니다

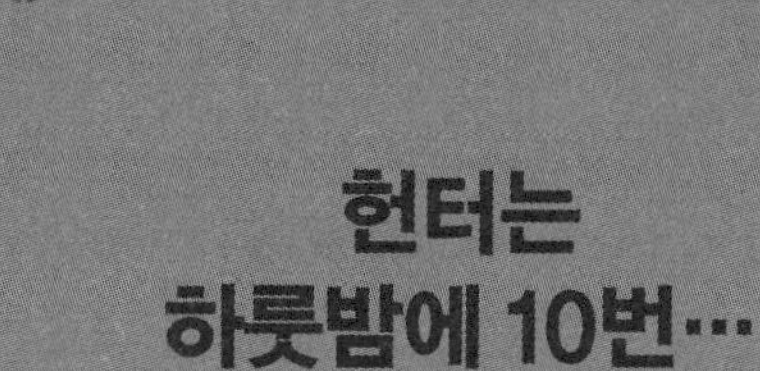

헌터는 하룻밤에 10번…

번외편

프롤로그

유리돔 속 놀이공원

[환상으로 가득한 드림 월드로 어서 오세요!]

[아이들에게 꿈과 희망을! 모험과 동화가 펼쳐지는 마법 같은 공간, 드림 월드!]

[꿈둥이와 꿈동이가 어린이 여러분을 기다리고 있답니다!]

TV 화면 속은 그야말로 꿈나라였다. 화려한 드레스를 차려입은 공주님과 백마를 탄 늠름한 왕자님, 갖가지 묘기를 부리는 서커스 단원들과 인형 탈을 쓴 귀여운 동물들, 다리 길이가 족히 2m는 될 법한 광대까지. 그러나 놀이공원에는 환상적인 공간과 동화 속 등장인물들만이 전부가 아니었다. 광고 속에는 머리에는 왕관을 쓰고 얼굴에는 타투를 한 여자아이와 장난감 칼을 든 남자아이, 그리고 그런 아이들을 하나씩 품에 안고 있는 엄마와 아빠도 있었다.

[다 함께 가자, 드림 월드로!]

대한민국이 정한 이상적인 형태의 4인 가족이 드림 월드에 들어가고 나서야 비로소 행복한 연극이 완성되었다. 세상 어떤 꼬맹이라도 보고 나면 당장 드림 월드로 달려가고 싶어질 정도로 잘 만든 광고였다. 문제는 고작 그런 광고에 빠져들기에는 연우가 너무 어린 나이에 세상의 쓴맛을 다 본 상태라는 데 있었다. 연우는 '산타는 세상에 없어'라는 말을 듣고 충격을 받기도 전에, 산타에게 선물을 받을 수 있는 아이란 부모가 있는 아이뿐이라는 사실부터 배웠으니까.

그럼에도 불구하고 까만 눈동자 위에는 환상의 세계가 펼쳐지고 있었다. 자신에게 허락된 꿈이 아니라는 것을 알면서도 눈을 뗄 수가 없었다. 하루 일과를 마치고 주어진 소중한 휴식 시간이지만, 이 시간에 운동이라도 더 해서 호르몬 수치를 조절해야 한다는 사실을 머리로는 알고 있었다. 그러나 시선은 자꾸만 초대형 TV로 향했다. 아무리 빨리 철이 들었다고 하나 아직 열두 살 어린애에 불과했다.

'양부모님이 잘해준다고 이런 거에나 빠지고. 정신 차려, 모연우!'

이러다간 더는 '모연우'로 살지 못하고 다시 보육원에 가야 할지도 몰라. 어린 연우는 유혹을 떨쳐내기 위해 고개를 크게 저었다. 양부모님이 자신에게 베푸는 편의와 호의가 애정이라고 믿고 해이해지는 일만은 절대로 금물이었다. 실제로 입양된 후 그 집의 자식이 되었다고 철석같이 믿었다가, 헌터의 자질이 보이지 않자 파양을 당해 마음이 망가진 아이들을 연우는 여럿 보았다.

"뭐 봐?"

그때, 말버릇 나쁜 동생이 다가와 연우를 짧은 환상에서 단번에 건져 올려주었다.

"어? 그냥 TV 보던 중이었어."

연우는 자신이 어린애 광고에 한눈을 팔았다는 사실을 들키지 않도록 조심하며 대답했다. 정우의 눈에는 그저 TV 광고를 본 것으로 여겨질 것이다.

"네가 TV를 본다고?"

"볼 수도 있지. 그건 그렇고, 자꾸 너라고 할래? 이래 봬도 한 살 형이야."

"흥."

정우는 일부러 TV를 껐다. 연우로서는 증거인멸을 할 수 있으니 오히려 잘된 일이었다.

"꺼도 상관없어. 이미 다 봤거든."

"드림 월드 보고 있었지? 난 다 알아."

"……뭐야. 알면서 왜 물었어."

연우는 뜨끔했으나 아무렇지 않은 척했다.

"어린애들이나 보는 광고에 푹 빠져서 침 흘리는 거 놀리려고."

형보다 어린 나도 그런 거 안 보는데. 정우는 기회가 생기자마자 연우를 놀렸다. 이 자식이, 형을 놀려? 연우는 따지고 싶었지만, 처지가 처지인지라 속으로 울분을 삼켰다.

"형, 놀이공원 가고 싶어?"

그때 정우가 툭, 호수에 돌을 던지듯 물었다.

"아니, 전혀."

"가본 적은 있고?"

"…… 아니."

연우는 잠시 고민했다가 사실대로 털어놓았다. 아는 척해봤자 꼬치꼬치 캐물으면 금세 들통이 날 터였다.

"그럼 정우 너는 가봤어?"

연우는 정우가 당연히 놀이공원에 가봤을 것으로 상정하고 물었다. 어디 한번 부잣집 도련님의 자랑이나 들어보려고.

그런데 이게 어찌 된 일일까? 정우가 급속도로 말이 없어졌다. 예상치 못한 결과에 연우는 이 기회를 살려 놀리기……는커녕 크게 당황하고 말았다. 역시 사람 괴롭히는 유전자는 따로 있는 법인가 보다.

"설마 너……."

너도, 가본 적 없는 거야? 연우가 그렇게 물으려던 찰나였다.

"짜증 나니까 말 걸지 마."

정우가 함께 앉아 있던 소파에서 폴짝 뛰어내렸다.

"따라와."

정우는 자그마한 주제에 한 살 위 형에게 잘도 명령했다. 문제는 연우가 반항하기는커녕 동생의 말을 순순히 따른다는 데에 있었다. 열두 살의 나이임에도 팔다리가 길쭉한 연우는 정우와 달리 소파에서 어렵지 않게 내려왔다. 그러고는 벌써 멀리 가버린 정우의 뒤를 성큼성큼 따랐다.

"놀이공원 따위 가봤자 별로야. 난 아예 놀이공원이 있는걸."

정우가 계단을 오르며 의기양양하게 말했다.

"놀이공원을 가졌다니?"

양부모님이 부자라는 사실은 알지만, 놀이공원을 통째로 소유할 정도라고는 믿기지 않았다. 연우가 궁금해하자 늘 그의 관심을 훔치고 싶어 했던 정우는 미소를 지었다.

"안 보여줄 생각이었는데, 불쌍하니까 특별히 보여주는 거야."

정우는 연우 앞에서 빼기며 어둑한 방 안의 버튼을 눌렀다. 그곳은 서재였다. 양부모님의 서재가 아닌, 정우 단 한 명만을 위한 서재. 앞으로 자라날 정우를 위해 벌써 온갖 귀한 서적들로 빼곡히 채워 놓은 장소였다. 책장 하나는 통째로 장식장으로 꾸며졌는데, 양부모가 전 세계에서 공수해 온 크리스털 조각들과 오르골 등 사치스러운 장식품으로 가득했다.

"저거 꺼내봐."

정우는 분한 듯 부루퉁한 얼굴로, 제 머리 한참 위를 손가락질했다.

'귀여워서 봐줬다.'

사실 처음 본 순간부터 언제나 귀여웠지만 말이다. 연우는 발끝을 세워 간신히 장식 하나를 꺼냈다. 스노 글로브에 오르골을 결합한 장식품이었다. 하마터면 함께 넘어질 뻔할 정도로 묵직하고 큼지막했다. 두 사람은 스노 글로브를 카펫이 깔린 바닥에 내려놓고는, 책장에 등을 기대고 앉았다. 어린 정우를 위한 맞춤형 책상과 의자가 서재 한가운데에 준비되어 있었지만, 굳이 구석진 곳에 웅크렸다.

"잘 봐. 이걸 이렇게 돌리면 돼."

정우가 시범을 보이듯 먼저 능숙하게 태엽을 돌렸다. 연우는 굳이 설명을 듣지 않아도 작동 원리를 알 것 같았지만 동생이 빼기는 걸 말없이 지켜보았다. 곧 유원지에서 들릴 법한 경쾌한 음악이 흘러나오며 유리돔 안에 눈꽃이 퍼졌다. 그뿐만이 아니라, 스노 글로브 안 대관람차와 회전목마가 빙글빙글 돌며 손님들을 바삐 태우기까지 했다. 굉장히 정교하고도 아름다운 오르골로, 딱 봐도 기성품은 아니었다. 양부모님께서 하나뿐인 친아들을 위해 특별히 주문한 물건임이 틀림없었다. 이렇게 비싸고 귀한 선물을 하다니, 정말 훌륭한 부모님이네요. 누구라도 그렇게 감탄할 법했다.

"이게 드림 월드보다 훨씬 좋으니까 그딴 곳에는 갈 생각도 하지 마."

거긴 시끄럽기만 하지 재미없잖아. 연우는 그렇게 엄포를 놓는 정우를 빤히 바라보았다. 아역 배우가 아닌가 싶을 정도로, 도자기 인형처럼 예쁜 아이였다. 피가 안 섞인 형제가 보아도 예쁘기 짝이 없는 아들이 놀이공원에 가고 싶다고 했을 때, 양부모님은 데려갔을까?

'글쎄.'

연우는 2년간 지켜본 양부모를 떠올려보았다. 연우는 그간 '여러 종류'의 양부모를 거쳤다. 이번 부모님은 분명 일전에 입양된 가정의 어른들과는 비교도 할 수 없을 만치 좋은 분들이었다. 그러나 너무나 바빠서 입양된 이후 함께 밥을 먹은 적조차 손에 꼽을 정도였다. ……그런 분들이니 분명 정우가 조르면 바로 놀이공원에 데려다줬을 것이다. 따로 경호원을 붙여서, 안전하게 즐길 수 있도록. 어쩌면 놀이기구를 더욱 쾌적하게 즐길 수 있도록 줄을 대신 서주는 사람까지 고용했을지도 모른다. 그렇게 갖은 정성을 다해도 단 하나, 부모님은 함께하지 않았겠지. 처음 정우는 놀이공원에 가족 없이 혼자 가는 것을 원치 않았을 것이다. 그렇게 시간이 흘러, 놀이공원 자체를 원하지 않는 아이가 된 것은 아닐까.

따각. 그때 오르골이 멈추고, 빛이 꺼지며 안에서 빙글빙글 돌던 놀이기구가 멈췄다. 유리돔 안에서 풀풀 날리던 눈꽃도 가라앉았다.

"이번엔 내가 돌려봐도 돼?"

"안 돼."

그러나 연우는 정우의 말을 무시하고 태엽을 돌렸다. 이곳에 지낸 지 벌써 2년. 이 녀석은 뭐만 부탁하면 안 된다고 하는 게 버릇이라는 사실을 깨닫기에는 충분한 시간이었다.

"야, 안 된다고 했잖아!"

"예, 앤 댄대고 했째내."

"따라 하지 마!"

"때래 해지 마."

"모연우, 너 진짜—!"

몇 번 놀리지도 않았는데, 정우의 볼이 빵빵해지더니 연우를 마구 폭행하기 시작했다.

"아야, 아파!"

연우는 매를 줄이기 위해 엄살을 피웠지만 실은 하나도 아프지 않았다. 자신보다 작고 예쁜 동생은 주먹도 솜방망이였기 때문이다.

"정우야, 아파! 진짜라니까, 하하!"

그래서 연우는 얻어맞으면서도 뭐가 즐거운지 웃었다. 정우가 약이 올라 더욱 많은 주먹을 날렸다. ……부자인 양부모님이 베푸는 작은 호의에는 매번 벌벌 떨고 경계심을 가지는 연우였다. 그런데 정우가 멋대로 선을 넘고, 사소한 다툼을 벌이는 것은 이상하게도 즐거웠다. 연우가 신나게 얻어맞는 동안에도 스노 글로브는 천천히 돌아갔다. 유리돔 위로 투닥거리는 아이들의 상이 비쳐 마치 그 안에 담긴 것도 같았다. 놀이공원에 갈 자격이 없는 아이와 더는 가고 싶지 않은 아이를 위한, 두 사람만의 작은 놀이공원이었다.

올드패션드 헌터

눈을 뜨니 꼼짝도 할 수 없었다. 어떻게든 빠져나가려고 하니 더욱 강하게 몸을 얽매었다. 처음에는 젠장, 또다시 사슬에 꽁꽁 묶인 채 용광로에 매달려 있나 싶었다. 그러나 몸을 휘감고 있는 건 사슬이 아닌 사람의 팔뚝이었다. 정우가 등 뒤에서 연우를 끌어안고 있었다. 정우의 존재감이, 숨결이 목덜미에 닿았다.

새벽까지 시달리다 간신히 잠에서 깨어난 연우는 자기 자신보다도 먼저 정우를 하나하나 인식하기 시작했다. 허리를 끌어안은 두꺼운 팔. 엇갈린 다리는 자신보다 훨씬 길었다. 작았던 동생이 훌쩍 커버렸다는 사실을 이런 식으로 깨닫고 싶지는 않았는데 말이지. 뼈대가 튼튼하다는 말은 어릴 적부터 수도 없이 들어왔고, 무거운 산소통과 총검을 지며 헌터병으로 살았던 연우였다. 믿음직했던 과거는 어디 가고 지금은 그런 자신보다도 큰 동생에게 폭 안긴 채였다. 정우의 신체를 느낄수록 아이러니하게도 연우는 자신을 인식했다. 연결된 것은 맞닿은 피부만이 아니었다. 배 속에서도 두근, 두근, 누구의 것인지 모를 맥박이 느껴졌다. 정우가 성기를 박은 채로 안 빼고 잠든 탓이었다. 아니. 밤새 했으니 넣은 채로 잠들었다고 하긴 모호한 건가?

'아무튼, 이건 아니지 않나.'

동생과 밤새도록 붙어먹은 주제에 아침이 되자 연우는 갑자기 예의를 차리기 시작했다. 일단은 이 상황에서 벗어나자. 우선순위를 세운 연우는 정우가 깨지 않도록 조심하며 몸을 앞으로 당겨 슬슬 빼내려 했다.

"어딜 가려고."

그때, 귓가에서 낮게 으르렁대는 소리가 들렸다. 아차 싶을 땐 이미 늦은 뒤였다. 반쯤…… 정말 반쯤 빠지긴 한 걸까 싶은 성기가 고생한 보람도 없이 안으로 박혀 들었다.

"흡, 읏!"

퍽! 살이 부딪치는 소리와 함께 굵직한 성기가 단번에 안으로 밀려 들어왔다. 연우가 파드득 몸을 떨며 정우의 팔뚝을 급히 잡았다.

"아윽… 정우야, 하지 마……."

"어딜 가려고 했는지 말하면 고려는 해볼게."

"아……!"

정우는 이미 뿌리까지 파고든 성기를 치댔다. 까슬한 음모가 엉덩이에 닿았다. 결장까지 단번에 파고드는 감각에 연우의 허리가 휘었다.

"그래서 모연우. 어딜 가려고?"

정우는 숨조차 쉬기 버거운 상대에게 재차 대답을 구했다.

'말할 틈을 줘야지 대답을 하지.'

연우는 대답은커녕 제 안을 꽉 채운 성기를 받아들이기에 급급했다. 정우가 그런 연우의 턱을 움켜쥐고는 고개를 제 쪽으로 돌렸다. 감으려는 시선을 깨우며 억지로 눈을 마주치게 했다. 방금 일어난 사람이 맞나 싶을 정도로 차갑고 냉정한 눈빛이었다. 연우는 진저리를 쳤다.

"화, 장실……."

하는 수 없이 대답한 연우는 수치심에 이를 악물었다. 상대의 눈빛이 누그러지는 게 느껴졌다. 남들이 보기에는 여전히 싸늘했으나, 연우는 고작 그 정도의 변화에도 마음이 뻐근해졌다. 이런 형의 마음을 아는지 모르는지, 여전히 허리를 감싼 팔에는 힘이 풀리지 않았다.

"개자식."

그 행동이 무얼 의미하는지 뒤늦게 깨달은 연우는 이를 악물었다.

"그걸 이제 알았어?"

형은 그럼 개자식 형인 거네. 정우는 웃으며 몸을 일으켰다. 혼자서 일어난 것이 아니라 애먼 연우의 다리 하나를 쥔 채였다.

"아읏……!"

정우는 연우의 한쪽 다리를 제 팔 위에 기꺼이 걸쳤다. 연우의 몸이 옆으로 기울었고 안에 든 굵은 성기의 방향이 틀어졌다. 박혀 있기만 하던 성기가 속살을 긁어내리자 요의를 느낀 연우의 허리가 뒤틀렸다. 그러거나 말거나 오므리고 있던 다리 사이는 전직 헌터병의 허벅지 힘을 능가하는 우악스러운 힘에 의해 훤히 벌어지고 말았다.

연우의 납작한 아랫배가 꽉 조여들었다.

"모정우. 경고했다. 하지 마……."

이 형이 한번 화나면 얼마나 무서운지 굳이 알려주고 싶지 않거든? 연우는 조금도 신뢰가 가지 않는 목소리로 협박했다. 이럴 때만 사람 말이 들리지 않는지, 정우는 연우의 남은 허벅다리 위에 올라타고는 몸을 맞췄다.

"모정…… 흐으윽!"

정우는 형의 입을 다물게 할 수 있는 가장 빠른 방법을 알고 있었다.

"읏……!"

쯔걱, 꽉 다물린 입구에 파묻혀 있던 성기가 젖은 소리를 내며 뒤로 물러났다. 뭔가 말을 하려던 연우의 입이 퍽, 하고 들어오는 성기와 함께 악물렸다. 정우는 순식간에 조용해진 연우를 보며 낮게 웃었다. 못돼먹은 성미만큼이나 흉흉한 성기는 연우의 몸속을 헤집으며 속살을 가르고 길을 냈다. 불덩어리가 몸속을 지지는 것처럼 아랫배가 홧홧했다.

"정우, 야아…… 으윽……!"

정우가 움직이기 시작하자 정말로 연우는 동생을 받아내는 데에만 전념하게 되었다. 전날 밤에 쏟은 정액은 뒤늦게 윤활제가 되었다. 정우의 성기를 질척하게 적시고도 남은 정액은 귀두 갓에 긁혀 입구 밖으로 밀려 나왔다.

"흑. 으윽…… 아, 아앗!"

정우의 성기가 전날의 여파로 부어오른 속살을 벌리며 어렵지 않게 결장까지 꿰뚫었다. 그때마다 연우의 입에서는 숨이 턱턱 끊어지는 신음이 흘렀다. 입으로는 못 하겠다, 그만하라고 반항했던 연우였으나 제 동생의 성기를 거부한 적은 한 번도 없었다. 심지어는 요의로 인해 인간성의 상실을 눈앞에 두고 있는 상황에서도 말이다. 망할 자식. 연우는 흐느끼며 제 성기를 손으로 꽉 쥐었다. 겪어본 적 없는 위기 상황에 감각 기관도 혼란을 겪는지 고통과 쾌감 사이에서 미친 듯이 오락가락했다.

그런 와중에도 뱃가죽이 불룩해질 정도로 봐주지 않고 들쑤셔대니, 아랫배가 아릿해져 안쪽을 평소보다 세게 조였다. 서로의 몸이 서로를 절정을 향해 몰아붙였다. 느긋하게 움직이던 정우의 숨이 점차 거칠어졌다. 옆에서 보아도 두툼한 흉통이 씨근거렸다.

"흐아, 나, 더는…… 안, 안 돼, 정우야……."

결국 먼저 항복한 것은 연우 쪽이었다. 버티다 못한 연우는 제 성기를 움켜쥔 비참한 꼴로 동생에게 애원했다.

"얌전히 있어. 아직 안 끝났으니까."

연우가 먼저 무너지자 정우는 동정심을 보이기는커녕 승자의 미소를 지었다.

"정우야, 그만, 진짜…… 진짜 이러다 큰일 나…… 아읏……!"

몸 아래에서는 그야말로 앓는 소리가 흘러나왔으나 정우는 아랑곳하지 않고 허리 짓을 했다. 연우의 몸은 요의를 느끼는 탓에 평소보다 훨씬 조여들어서, 몸에 힘을 푸는 법을 잊은 사람처럼 성기를 뒤로 물릴 때마다 점막이 끝까지 따라붙을 정도였다. 정우는 그런 연우의 울음과 속살을 맛보며 느긋하게 한 발을 빼냈다.

"하, 하아…… 으읏……!"

배 속에 퍼지는 뜨거운 감각에 연우는 괴로운 신음을 토해 냈다. 하도 부딪친 탓에 붉어진 엉덩이가 정우의 무게에 짓눌렸다. 바짝 긴장한 연우의 몸이 경련했다. 의도한 바는 아니었지만, 정우의 성기를 조르며 정액을 마지막 한 방울까지 짜내게 되고 말았다. 이쪽은 급해서 죽을 지경인데, 정우 혼자만 안에 싸는 것이 약간은 억울하기도 했다.

"정우야…… 제발……."

누가 헌터병 아니랄까 봐, 튼튼하고 끈질긴 체력으로 위급한 상황에서도 동생의 성난 성기를 잠재웠을뿐더러 아직 비우지도 못한 몸에 정액까지 받아낸 연우가 마지막으로 부탁했다. 목소리는 유달리 떨리고 있었다.

"아, 맞다."

정우는 그제야 기억났다는 듯 낮게 중얼거렸다. 연우에게 이보다 더 속이 뒤집히는 말이 또 없었다.

개자식……. 연우는 끙끙 앓으며 속으로 중얼거렸다. 눈가에는 생리적인 눈물이 고여 있었다.

"정우야, 나 정말…… 더는 못 해."

연우는 마지막 남은 이성을 짜내 애원했다. 저 망할 자식이라면 몇 번을 더 해도 이상할 게 없었다.

"은근 어리광이 심하다니까."

형 말이야. 그런 연우를 내려다보며, 정우는 마지막까지 연우의 속을 뒤집어 놓는 데 성공했다. 말로는 탓을 하면서도 정우는 만족스러운 미소를 지었다. 그 미소를 다른 사람이 보았다면 그림 같은 미모라며 감탄했겠지만, 연우는 빈말로도 칭찬할 수 없었다.

'뭐라고?'

어리광이라니, 이게 다 누구 때문인데? 저 흉기를 빼주기만 하면 알아서 화장실에 갈 수 있는데! 요의가 한계까지 몰려온 연우는 불만이 머리끝까지 차올랐으나 입 밖으로 꺼내지는 않았다. 정우를 자극했다가는 저 미친놈이 또 무슨 짓을 할지 몰랐기 때문이었다. 연우가 노려만 볼 뿐 잠자코 있자, 정우는 웃음이 섞인 한숨을 내뱉었다.

"흣……!"

간신히 말이 통했는지, 성기가 마지막으로 내벽을 가르며 밖으로 빠져나갔다. 그 정도 굵기를 삽입하는 것도 벅차지만, 빼내는 것도 만만치 않게 버거웠기에 연우는 진땀을 흘리며 앓는 소리를 냈다.

"하아, 아아…… 읏!"

기껏 자유를 얻었건만 손가락 하나 꿈쩍할 힘이 없었다. 연우의 가슴은 오르락내리락하며 공기를 실어 나르기에 바빴다. 이러다 실수를 하는 건 아닌지 덜컥 겁이 날 무렵, 정우는 벌써 기진맥진해진 연우를 두 팔로 번쩍 안아 올렸다. 가구들이 바뀌는 모양새를 보니 화장실로 향하는 게 맞긴 맞는 모양이었다. 아침부터 농락당하고 있으나 연우도 180cm가 훌쩍 넘는 체구를 자랑하는, 헌터병 출신의 사나이였다. 다 큰 성인 남성이 이런 식으로 옮겨지다니……. 상황이 상황이니만큼 어쩔 수 없다고는 하나 연우는 어색하기 짝이 없었다.

"내려줘."

화장실 안까지 무사히 도착한 연우가 마지막으로 정우를 내보내려 할 무렵이었다.

"여기까지 왔는데 이제 와서 무슨 소리야?"

배송료는 받아야지. 정우가 태연하게 받아쳤다.

'이 자식, 또 뭔 짓을 하려고.'

연우의 안색이 하얘졌다. 뒤늦게 정우의 품 안에서 버둥거렸으나 그래 봤자 고양이 발톱에 꼬리를 잡혀 대롱거리는 쥐 꼴이었다. 정우는 즐겁다는 듯이 웃었다. 혼자만 필터를 씌운 것처럼 우아하고 조각 같은 모습이었으나 그래 봤자 연우에게는 얄밉기 짝이 없는 공포의 웃음이었다.

"자, 쉬해. 형."

연우를 놀리는 데 재미를 붙였는지, 정우는 이제는 대놓고 어린애를 대하듯 했다. 손으로 성기를 쥐고는 어서 소변을 누라는 듯이 겨누어주기까지 한 것이다.

'모정우, 너……!'

동생이라고 봐주니까 머리끝까지 기어올라? 연우가 수치심에 주먹으로 화장실 벽을 쾅쾅 내리쳤다. 화장실 벽이 무너지는 것은 아닌가 싶을 정도로 무지막지한 힘이었으나 정우는 아랑곳하지 않았다.

"힘이 남아도나 보네."

아까는 하도 우는 소리를 내길래 걱정했는데 괜히 봐줬나? 오히려 능글맞게 대꾸하며, 정우는 연우의 목덜미를 콱 물어뜯었다.

"아흑!"

갑작스러운 자극에 연우의 몸에 저도 모르게 힘이 들어갔다. 아랫배가 압박을 받자 간신히 참고 있던 소변이 줄줄 흘러나오기 시작했다. 한번 나오기 시작한 물줄기는 멈출 줄을 몰랐다.

'말도 안 돼.'

연우의 얼굴이 새빨갛게 익어 갔다. 다짜고짜 동생의 성기를 뒤에 넣은 것도, 그리고 10년 후 뒷구멍이 찢어질 때까지 박힌 것도 물론 말도 안 되는 일이지만, 이것만은 정말로 있어서는 안 되는 일이었다. 험한 인생사, 헌터병으로 살면서 온갖 꼴을 다 겪은 연우였으나 그답지 않게 심한 수치심을 느꼈다.

"형 힘드니까 씻겨줄게."

정우는 연우의 다리 사이를 내려다보며 속삭였다. 배에 힘이 들어가자 앞뿐만 아니라 배 속에 고여 있던 정액도 아래로 뚝, 뚝 떨어져 내리기 시작한 것이다. 연우의 귓바퀴가 붉어졌다.

"이런 동생 또 없지?"

정우는 씩 웃고는 연우를 샤워기 앞에 데려다 놓았다. 그답지 않게 친절히 몸을 닦아 주는 듯하더니, 그때까지도 수치심에 정신을 차리지 못하고 있는 연우를 가뿐히 들어 올려 그대로 잡아먹었다.

"아파, 아, 아앗…… 정우…야…!"

이번에는 아래에서 위로 내리꽂히는 성기를 받아들이며 힘겹게 신음했다. 그러자 제 신음이 욕실 안에서 울려 퍼졌다. 제 몸에서 토해낸 탁액이 쏟아지는 샤워기의 물줄기에 섞여 배수구로 흘러내렸다.

'도대체 어쩌다 이렇게 된 거지.'

연우가 거칠게 흔들리다 못해 멍하니 현실로부터 도피할 무렵이었다.

"딴생각하지 마."

정우는 허튼 생각조차 용납할 수 없다는 듯이 으르렁거리며 몰아붙였다. 그런 정우에게 휘말려 결국 연우도 한 가닥 남은 이성을 놓아버리고 말았다. 욕실 벽에 등을 기댄 채로 온 힘을 다해 넓은 어깨를 끌어안았다. 형 말은 하나도 듣지 않는 성질머리와 얄미운 행동거지와는 달리, 정우 또한 매달려 오는 연우를 두 팔로 단단하게 받쳐주었다.

✷

'진짜, 내가 왜 얘랑 이러고 있을까.'

이른 새벽부터 아침 방송이 시작하는 시간까지 연이어 시달린 연우는 소파 위에 누워 있었다. 손가락 하나 꼼짝 못 하고 늘어진 연우와 달리 정우는 육체적 나이로 열 살은 더 많은데도 지친 형을 씻겨 고이 눕힌 후 곧바로 떠날 채비를 하러 갔다. 대한민국 최고의 헌터 길드인 '동해'를 이끄는 길드장이니 할 일이 산더미일 것이다. 그에 반하면, 동해 길드 수장의 형이라는 직분만으로 놀고먹는 연우는 여유로웠다. 지금만 해도 고등학생 동생의 등교를 바라보는 휴학생 형처럼 연우는 소파에 늘어진 채 TV 시청을 하는 중이었다. 속으로는 다 포기한 듯했지만, 평생 게으름과 거리가 먼 삶을 살았던 몸은 익숙치 않은 상황에 죄책감을 느끼는지 주제에 가슴 한구석이 따끔따끔했다. 참나.

'하지만 어쩔 수 없잖아. 떨어지지 말라고 애걸복걸하는데.'

사실 애걸복걸까지는 아니었지만, 속마음을 들킬 일도 없었기에 연우는 뺑을 좀 보태보았다.

'아, 맞다. 정우 정신계 헌터였지.'

그러다가 잠깐 오싹해지기도 했지만 말이다.

하아, 새벽부터 격렬하기 짝이 없는 운동을 한 데다 따뜻한 물에 오랫동안 씻겨진 탓에 말랑말랑해진 연우는 깊은 한숨을 내쉬었다. 우여곡절 끝에 각성을 하게 된 연우의 헌터 등급과 스킬은 만천하에 공표되었다. 물론 대외적으로 공개 가능한 범위에 약간의 조작까지 더한 가짜 등급표였다. S급으로 각성했다는 사실이 알려지는 순간 난리가 날 테니까. 아무튼 드디어 이 대한민국에서 모정우의 형으로 살아도 좋다는 합격 도장을 받은 순간이었다. 오직 모정우의 형이라는 이유만으로 세상 모든 사람들이 모연우의 스킬 목록을 공유하고 입에 올렸다. 못 볼 걸 보여주는 것도 아니고 부끄러운 것까지야 없지만, 뭐랄까, 자신만의 플레이리스트를 전 국민에게 공유하는 듯한 기분도 들었다. 각성을 하고 나면 감금에 가까운 보호 감찰도 끝날 줄 알았더니, 도리어 10km는커녕 1m도 떨어지지 못하게 기준이 강화되어버렸다. 하지만 연우는 전과 달리 조금도 답답하다고 여기지는 않았다. 자고로 개는 주인의 곁을 지켜야 하는 법이니까.

[……어제저녁 신촌, 이탈 헌터 테러 단체에 의해 사설 길드인 '불꽃'의 건물이 불법 점거당했으며 그로 인해 길드원 중 사상자 다수 발생, 길드 건물은 붕괴하였습니다. 인근 주민들은 긴급히 대피하였으며, 다행히도 주변 길드의 빠른 대처로 민간인 사상사는 발생하지 않은 가운데…….]

이른 아침부터 뉴스에서는 구헌터 테러 집단에 의한 테러 사건을 다루고 있었다. 연우는 천천히 눈을 감았다가 뜨고는 화면을 돌렸다.

[밤 10시부터 시작! 헌터들과 함께하는 놀이공원 퍼레이드!]

[헌터 레인저 길드 포스 ~몬스터 웨이브와의 사투!~]

[우리 아이는 어떤 헌터가 될까? 어린이 직업 테마파크, 헌터 체험 다수 추가!]

"요즘 놀이공원은 헌터 공원이 다 됐네."

뒤에서 다가오는 정우의 기척을 느끼며 연우가 중얼거렸다.

"나 때는 말이지, 헌터의 헌 자도 함부로 말하지 못했어. 자칫 잘못하다간 우리 애 헌터병 되어버린다고."

연우는 그런 시답잖은 소리를 늘어놓으면서도 스마트폰을 만지작거렸다.

[헌터 랜덤 스티커를 모두 수집해보세요! 동해 길드, DG길드는 물론 S급 헌터부터 C급까지 총 214종!]

비단 놀이공원만의 일이 아니다. 온 세상은 그야말로 헌터 열풍이었다. 헌터가 없어도 일단 헌터가 붙어야 장사가 된단다. 그리하여 번화가에 즐비한 자영업 간판들은 대체로 이러했다―'헌터 정육식당', '헌터에 빠진 치킨', '30년 전통 헌터 할머니 국밥', '아! 타이어, 헌터보다 싸다!', '커피 마시는 너, 정말 헌터 같다' 기타 등등.

헌터가 도살장에 끌려가는 소처럼 군에 입대하던 시대는 오래전에 막을 내렸다. 헌터 발현은 비극이 아닌 기회이자 행운이었다. 이제 헌터들은 군인 외의 다양한 직업에 종사했으며 귀족, 신인류 취급을 받는다. 금수저를 압도하는 헌수저(헌터 수저)라나? 키드니아에서도 헌터 직업 체험 코너가 그렇게나 인기가 좋단다.

"아, 세월 참 무상하다."

연우는 감탄하며 잔에 입을 댔다. 위스키를 들이켜는 듯한 포즈였지만 실상은 그냥 물이었다. 10여 년 전 헌터병들이 술과 섹스, 마약성 약물에 취해 있을 적에도 절대 유혹에 빠지지 않았던 연우였다.

"나도 형과 같은 세대거든?"

새파랗게 어린 꼰대의 한탄을 듣다 못한 정우가 한마디 했다.

"그런가? 난 네가 아직도 어린애 같은데."

연우의 말투는 흡사 명절마다 조카 괴롭히는 삼촌의 태도였으나 겉모습은 전혀 그렇지 못했다. 끽해야 대학 졸업반일까 싶은 이십 대 중반의 모습이었다. 그런 청년이 실제 나이 삼십 대 중반인 동해 길드 길드장에게 헌터 꼰대 짓을 하고 있으니 어처구니가 없을 만도 했다.

"요즘 어른은 어린애한테 뒤로 박혀서 애보다 더 애처럼 우나 보지?"

예고도 없이 훅 들어온 말에 연우는 하마터면 마시던 물을 뿜을 뻔했다. 어흠, 흠. 연우는 헛기침을 했다. 정우의 말을 증명이라도 하듯 목이 쉬어 있었다.

"옛날 얘기 지겹도록 들어줄 젊은이가 절실한데."

자고로 의미 없는 개소리야말로 헌터병의 미덕이었다. 아름다운 헌터 미풍양속을 이어 나가기 위해서는 한 가지가 더 필요한데, 바로 그 개소리를 견뎌줄 신입이었다. 연우가 처음 중대에 배치되었을 무렵 연준수 소위의 '우리 연지곤지 세상에서 제일 귀엽고 사랑스러워' 타령이 그러했고, 또 연우 본인이 소위가 되고서 후임들에게 그러했듯이 말이다. 요 앞 공원이라도 걸으면 꼰대 말 들어줄 사람이라도 있으려나.

"하, 어딜 나가려고? 이곳에서 한 발자국도 내디딜 생각 하지 마."

정우는 어처구니가 없는지 연우의 한탄을 싸늘하게 웃어넘겼다. 던전에서 10년. 던전 밖으로 나온 지는 고작 두어 달. 그런데도 그 짧은 기간 동안 벌어진 일들은 그야말로 어마어마했다.

"알겠어, 알겠으니까 적어도 TV라도 편하게 보게 해줘."

할 말이 없었기에 연우는 항복 선언을 했다. 정우는 고개를 까닥였다. 제아무리 날고 기는 모정우 대령이라도 TV 시청 권한까지는 빼앗기 어려운 모양이었다.

"윽…… 잠깐, 정우야. 편하게 보고 싶다고 했잖아."

"거기까지 허락하겠다고는 하지 않았는데."

와중에도 정우는 연우의 뒷덜미를 물어뜯으며 매달려 왔다. 민감한 곳을 지분대니 연우는 점차 TV 화면이 눈에 들어오지 않게 되었다.

'음. 그냥 한 판 더 할까.'

성감대가 자극을 받다 보니 마음은 삼십 대이나 몸은 이십 대인 연우도 슬슬 마음이 동하려던 때였다.

[단독보도, 모정우 대령의 2세 공개!]

연우가 보고 있던 프로그램 하단에 기함할 만한 문구가 지나갔다. 2세? 정우의? 연우가 묻기도 전에 TV 화면이 바뀌었다. 화면에서 여유롭던 바다 풍경은 사라지고, 확 터졌다가 점멸하는 빛이 쉴

새 없이 번쩍거렸다. 기자들이 한 장이라도 더 건지기 위해 죽자 사자 셔터를 눌러댄 탓이었다. 국내에서 손가락 안에 꼽는 S급 헌터들이 대뜸 결혼 발표를 해도 긴급 속보가 나오거나 특별 생방송이 시작되지는 않을 것 같았다. 이것이야말로 동해 길드의 길드장 모정우 대령이라는 이름이 지닌 힘이었다. 기자회견이라도 되는 듯, 대형 방송국과 언론사의 마이크가 놓인 단상 위에는 연예인 빰칠 것 같은 아름다운 외모의 여성이 서 있었다. 그리고 그녀의 품에는 정우를 빼닮은 한 사내아이가…….

오…….

"……정우야?"

아무래도 이거 좀 설명이 필요할 것 같은데? 연우는 차분히 뒤를 돌아보았다.

정우와 정우

"모연우 님께서는 처음 겪는 일이시겠지만, 모정우 대령님의 자식이라고 언론에 나타나는 일은 일 년에도 몇 차례씩 있습니다. 이번에도 비슷한 경우일 겁니다. 돈을 노린 사기극이겠죠."

설명을 들었음에도 연우는 흰 눈으로 문채윤 헌터를 바라보았다. 정우가 곁에 없을 때 그 빈자리를 대신하는 보디가드 겸 감시역 중 한 명이었다. 헌터병 출신인 데다가 최근 각성까지 한 연우를 굳이 지켜야 할 필요는 없으므로, 사실상 감시역일 뿐이었다.

"사기극이라고 치기에는 정우를 너무 닮은 거 아닌가요? 완전 거푸집이던데요."

연우는 의심을 버리지 못했다. 닮아도 너무나 닮았기 때문이었다. 정우와 어린 시절을 함께 보낸 연우였기에 더욱 확신할 수 있었다.

"길드장님의 어린 시절 사진이야 대중에 유출된 지 오래죠. 불법으로 제작되고 있는 대령님 굿즈들이라도 한번 보시겠습니까?"

이번에는 연우의 곁을 지키고 있는 또 다른 감시역인 김일우 헌터가 대답했다. 모정우를 갖고 싶어 안달이 난 일본에서는 정우의 어린 시절 사진 한 장이 노출된 것만으로도 유명 일간지에 대서특필된 적이 있을 정도란다.

“안 봐도 알겠네요. 워후, 동해 길드 무서운 줄도 모르네.”

“……예. 일반인 상대로는 힘을 쓰지 않으시니까요.”

연우는 정우의 인기에 혀를 내둘렀다. 김일우가 슬쩍 소장품 구경을 언급했으며, 그 제안을 저도 모르게 거절했다는 사실은 끝내 깨닫지 못한 채였다. ‘새로운 전설’ 모정우는 모든 헌터에게 있어 동경의 대상이었고, 일반인들에게는 연예인 빰 치는 인기를 구사했다. 그러나 ‘살아 있는 전설’ 세대인 연우로서는 매번 신기할 따름이었다. 그 시절 신중윤은 팬클럽은커녕…… 헌터병 생존율을 올려주는 기계였지.

“정우 사진이 멋대로 돌아다니는 건 그렇다 쳐도, 저 어린애를 정우 외모에 맞춰 성형이라도 시키진 않았을 거 아닙니까.”

수많은 아이들 중 서바이벌을 거쳐 정우 닮은 아이를 골랐다고 치기에도 심각하게 닮았다. 정우의 어린 시절을 아는 연우였기에 더욱 확신할 수 있었다. 세상에 똑같이 생긴 사람이 세 명은 있다지만, 정우 같은 미모는 쉽지 않았다.

“보조계 헌터라면 다를지도 모르죠. 던전 밖으로 나온 변이형 몬스터일 가능성도 충분히 있습니다.”

“보조계?”

후자는 충분히 알겠다만, 전자는…….

‘보조계… …보조개?’

연우는 불쑥 농담을 던지고 싶었으나 상대가 받아주지 않을 것 같아 애써 참았다.

"예. 어느 쪽이든 유전자 검사 선에서 금방 정리될 겁니다. 연우 님께서는 무시하면 그만입니다."

짧은 대화를 마친 문채윤과 김일우 헌터는 두 손을 다시 등 뒤에 얹은 후 대기 자세를 유지했다. 군대에 있을 적부터 모정우 대령을 따랐다는 전형적인 헌터병 출신의 신헌터들다웠다.

'이럴 땐 강사가 있던 때가 그립네.'

연우의 교육을 담당했던 민인서 강사였다면, 그의 불안한 눈빛만 봐도 바로 보조계 헌터에 대한 길고 상세한 설명에 들어갔을 터였다. 그러고 보면 그때 들었던 것 같기도 한데. 당시 워낙 정신이 혼미해져 있던 탓인지 강의 내용이 잘 기억 나지 않았다. 이럴 줄 알았으면 필기라도 해둘 걸 그랬나. 하나의 지식을 얻기 위해 열 번의 모정우 대위 찬양을 들어야 하긴 했지만, 적어도 그는 10년 동안 무인도 체험을 한 연우에게 헌터 지식을 가르쳐주겠다는 의지만은 확고했다. 그러나 납치 사건을 겪은 후로 지금까지 정우는 새로운 강사를 뽑지 않았다. 대신 입이 무거운 두 명의 헌터를 상시 대기시킬 뿐이었다.

'내가 던전에 10년 있었던 동안 헌터란 도대체 뭐가 된 거지.'

헌터 체험 파크에 사람들이 줄을 서고, 놀이공원에서는 유명 헌터를 흉내 낸 배우들이 퍼레이드 쇼를 벌이고 있질 않나, 다른 한편에서는 유명 헌터의 자식이 되겠다고 전혀 관계없는 아이를 갖다 붙이기까지……. 헌터의 분류도 다양해져서 정신계에, 보조계까지. 정신이 없어 누군가의 보조가 필요할 지경이었다.

이쯤해서, 보조계 헌터란 무엇이냐? 간단히 말하자면, 모정우로 대표되는 정신계 헌터의 하위 계급이었다. 새로운 전설 모정우의 등장과 그가 아무 대가 없이 공개한 놀라운 발견들로 인해 그간 등한시되어 왔던, 아니지, 아예 연구조차 되지 않았던 정신계 헌터가 큰 주목을 받게 되었다. 문제는 그 정신계라는 것이 육체강화계에 비하면 경계선이 모호하다는 점이었다. 물론, 던전 공략에 주요하게 쓰이는 정신계통의 스킬과 등급은 이미 모정우 대령에 의해 체계화된 지 오래였지만 말이다.

그러나 일반인과 다른 능력을 지니고 있으나 몬스터를 상대하기에는 오묘한 것들, 예를 들면 냄새가 글씨로 보인다든가, 머리카락색이 바뀐다든가 하는 정도의 스킬들만으로 상태창이 꾸려진 헌터들도 분명 존재했다. 이들은 같은 신헌터들 사이에서도 쓸모가 없다며 무시와 배척을 당하다가 차츰 보조계라는 명칭으로 분류하게 되었다. 일종의 유배였다.

이들 보조계는 각성이라는 개념이 없던 10년 전에는 대부분의 정신계들과 같이 후방 지원이 대부분이었거나, 헌터로 발현했다는 사실을 본인이 인지하지 못할 정도로 육체적 능력이 미미했다. 각성한 후에도 몬스터를 상대하기에는 약해 빠진 스킬군 때문에 정신계 헌터들로부터 아예 분리를 당하기까지 했다. 이로 인해 헌터 길드에 속한 보조계 헌터는 극소수로, 대부분은 일반인들과 섞여 살고 있었다. 그들의 스킬은 긍정적으로는 자아실현의 도구로써 사용되나 주로 사기라든가 절도 등을 하는 데 악용되는 경우도 적지 않았다. 구헌터들의 반란이 사회에 혼란을 주는 큰 범죄라면, 이들은 경범죄 정도에 속한달까. 그래서 최근에는 이들을 처벌하는 관련 법규도 많이 강화된 상태였다. ……던전 복귀 후 워낙 큼직한 사건들이 연달아 터졌던 터라, 이들의 존재감이 이제야 눈에 들어오게 된 연우였다.

"일본 측 헌터 길드에서 저희 동해 길드의 정보를 빼내려고 보조계 헌터를 스파이로 보낸 적도 있습니다. 그때도 이번처럼 헌터가 아이 흉내를 냈었죠."

연우가 벽을 한 손으로 짚은 채 몇 분째 심각한 표정을 짓고 있자, 그제야 문채윤 헌터가 입을 열었다.

"그런가요?"

그건 좀 흥미롭네. 연우는 그 일화에 대해 좀 더 듣고 싶었으나 문채윤은 그 이상은 들려주지 않았다. 민 강사가 있던 시절이었다면 일본이 보조계 헌터를 이용하여 어떤 식으로 한국에 혼란을 줬는지 빠짐없이 알려줬을 텐데 말이다. 그때는 1분이 1시간처럼 지루했는데, 이제 와 그리워지다니 우습군.

'그렇다고 강의 듣자고 구헌터 테러 단체에 투신할 수는 없잖아?'

하는 수 없지, 스스로 익히는 수밖에. 연우는 자조하며 핸드폰을 만지작거렸다.

'받아 둬, 형. 쓸데없는 짓 하지 말고.'

납치 사건이 발생한 이후 얼마 되지 않아 정우에게 선물 받은 최신식 스마트폰이었다. 외관이며 성능이며 짱짱했지만, 실상은 인터넷 사용 이력은 죄다 정보반으로 수집되고 조금 엇나간다 싶은 웹사이트는 자동으로 접속 차단되는 키즈폰이었다.

'참나. 내가 어린애도 아니고.'

연우는 픽 웃으며 이 엄청난 스캔들을 두고 언론은 뭘 하고 있을지 검색을 했다. 검색하다 보면 자연히 모정우의 사생아 스캔들에 대한 내력을 익힐 수 있지 않을까 싶어서였다. 과연, 포털 사이트 메인부터 정우의 사생아 등장을 대서특필했고 댓글란도 난리가 나 있었다. 문득 우리 연지곤지, 아니, 연지연 기자가 이 특수를 톡톡히 누리고 있는지 궁금해졌다. 연우는 곧장 그녀가 소속된 인터넷 신문사를 검색해보았다.

[믿었던 정규 던전이 붕괴되었는데도… 낙찰받을 때는 '헐레벌떡' 던전 안전에는 '묵묵부답'

연지연 기자 delay-yeon@dailydugo.com]

지난 5일, 여의도역 4번 출구에 자리 잡은 여의도 02 정규 던전의 붕괴 현상이 발생했다. 인명 피해는 없었으나 이로 인해 일대는 일약 먼지로 뒤덮이고 말았다. 자원 채굴 후 정규 던전을 방치해 둔 A 길드는 고작 영업 정지 6개월의 처분을 받았을 뿐이다.

대한민국에 만연한 던전 불감증에 경각심을 일깨운 사건이 아닐 수 없다. 자원 채굴에만 열중하고 있으며, 정작 던전 안전에 대해서는 나 몰라라 하는 실태. 실제로 국가에서는 던전 공시와 낙찰까지만 관리할 뿐, 이후 후처리인 안전 문제에서는 민간 길드에 모든 운영을 맡기고 두 손을 놓고 있는 판국이다. 실제로 정규 던전 채굴 현황과 폐쇄 계획, 그리고 진행률은 소위 '양심적'이라 불리는 몇몇 대형 길드만이 공개할 뿐, 아직도 통합된 통계는 나오지 않고 있는 실정이다. 대부분의 길드는 기밀 누설 방지라는 이유만으로 아직도 던전 정보를 공개하지 않고 있다.

이번 사건에 대한 여론을 조사한 결과, 34%에 달하는 대다수 시민은 "같은 일이 일어날까 두렵다" 등의 정신적 공포와 두려움을 표하고 있다. 이에 반해 "길드를 믿는다"라는 대답은 11.4%에 그쳤다.

이 점에 대해 정규 던전 관리 전문가는 "정규 던전 방치가 계속된다면 우리 손으로 막을 수 있는 인재에서 던전 웨이브 같은 재해로 커질 것"이라며 큰 우려를 표하고 있다.

저작권자ⓒdailydugo 무단전재 및 재배포 금지]

"그럼 그렇지."

연우는 글씨만 봐도 연지연 기자의 목소리가 떠올라 저도 모르게 픽 웃고 말았다. 첫 만남은 던전에서였지만, 연우는 거기서 만나기 전부터 그녀의 기사를 전부 찾아봤었다. 다른 기자들이 조회 수를 올리기 위해 어그로를 끌거나 반대로 모두가 보고 싶어 하는 기사만을 썼다면, 그녀는 자신만의 방식으로 조회 수를 창조해냈다. 사람들이 듣기 싫어하는 불편한 진실을 꿋꿋이 써 나갔던 것이다. 그 덕에 백만 악플러를 양산했지만 말이다.

'보고 계십니까, 연준수 소위님. 소위님의 동생분이 이렇게나 씩씩합니다.'

그러니 걱정하지 않으셔도 되겠어요. 연우는 외관상으로는 또래나 다름없는 연지연을 조카 보듯 했다. 연지연을 실제로 만나고 나서 느낀 점은, 누가 연준수 소위의 동생 아니랄까 봐 강단이 있었다는 것이다. 일반인인데도 던전에서 정신이 붕괴되지 않고 꿋꿋하게 버티지 않았던가. 기자 정신만으로는 설명할 수 없는 강인함이었다.

연우는 연지연 기자의 기사에 '도움이 되었어요', '좋아요'를 눌러주고는 포털 사이트 메인으로 나왔다. 그리고 대문짝만하게 글씨를 키운 기사 하나를 발견했다.

[친자 확인 결과, 동해 길드 길드장과의 유전자 일치 확인!]

뭐라고. 연우는 핸드폰을 놓치고 말았다. 퍽! 핸드폰이 정확히 연우의 발을 강타했다. 연우가 그 자세 그대로 5분 동안 굳어 있자, 김일우 헌터가 다가왔다.

"괜찮으십니까, 모연우 님?"

"……."

"일단…… 주워드리겠습니다."

연우가 프리즈 스킬이라도 당한 사람처럼 꼼짝도 하지 않자, 김일우는 의아해하며 몸을 숙였다. 바닥에 떨어진 핸드폰은 아직도 화면이 켜져 있었다. 커다란 헤드라인이 눈에 들어오자 김일우 헌터도 주웠던 핸드폰을 놓치고 말았다.

"무슨 일이십니까?"

그들을 지켜보던 문채윤 헌터가 다가왔다. 이하 생략.

✷

맹세컨대 정우를 의심하는 것은 아니다. 우리 정우. 만나자마자 지난 10년 동안 나 하나만을 기다려 왔다는, 그런 낯간지러운 소리 대신 복수라도 하듯 형 아래를 시원하게 뚫어준 정우. ……음. 이건 좀 아닌 것 같으니, 다시.

우리 정우. 지난번에 물었을 때는 약간은 짜증스러운 어투로, 다른 여자와의 염문은 절대로 없다고 했던 터다. 물론 연우도 정우를 믿고 있었다. 비록 겉모습뿐만 아니라 유전자 정보까지 일치하는 아들이 나타났다 해도 말이다. 그간 연우는 정우의 자식이라고 주장한 사람들의 기록을 빠짐없이 찾아보았다. 정말로 정우의 사생아를 자청하며 나타난 가짜 2세들은 꽤 되었다. 그러나 대부분은 유전자 검사 단계에서 손쉽게 걸러졌다. 하지만 이번에는 달랐다. 어쩌면 '진짜'일지도 모른다. 그래서 연우는…….

"정우야, 네 애는 언제쯤 집에 데리고 들어올 생각이야?"

……연우는 동생을 믿는 대신, 동생을 털 수 있는 거리가 하나 생긴 셈 치기로 했다.

"난 네가 자식이 있다고 해도 상관없어. 형으로서 환영할게."

연우는 현실을 의연하게 받아들였다. 빠른 포기와 적응은 그의 얼마 안 되는 장점 중 하나이기도 했다. 하지만 어쩔 수 없지 않은가?! 면목 없게도 연우는, 의붓형인 주제에 동생을 처음 본 순간부터 지금까지 좋아하고 있었다. 분명 그랬는데, 오랜 짝사랑의 상대인 정우가 다른 여자와 밤을 보냈고 사랑의 결실인 아이까지 있다는 사실을 알고 난 후에는 이상하게도 차분해졌다. 자신에게는 화를 내거나 정우를 추궁할 자격 따위는 없다는 걸 이 기회로 새삼스럽게 확인받았기 때문이었다. 더구나 연우는 지난 10년을 개미굴에 있었다. 그런데 어떻게 감히 따지겠는가. 저를 몰래 덮치고 도망친 형을 위해 10년 동안 수절했어야지, 라고?

혼자 살아남은 연우에게 이제 삶의 목적이라고는 오직 정우뿐이었다. 정우를 위해 헌터병이 되었던 것처럼, 정우를 위해 이 남은 목숨과 힘을 불태우는 것. 그러나 정우는 자신이 더는 필요 없을 정도로 강해져버렸다. 비록 쓸모없어졌지만, 그래도 그가 아직 자신을 필요로 한다면 곁에 남을 작정이었다. 그리고 언젠가는 정우를 위해 이 목숨을 쓰자고, 그렇게 마음을 다잡은 터였다. 그런데 정우에게 돌연 아이가 생겨 버렸다. 정우의 아이를 돌보는 삶이라…… 이런 식으로 정우를 위해 쓰이게 될 줄은 미처 몰랐군. 그래. 뭐, 마침 새로운 직장이 필요했는데 이것도 나쁘지 않지. 어쩌겠어? 어쩌겠냐고…….

"내 애 아니라고 했지."

정우는 혼자서 포기와 납득을 거친 연우를 보며 으르렁거렸다.

"부끄러워하지 마. 이 형은 다 이해한다니까?"

"일부러 긁는 거 아니면 지켜보고 있어. 이 일만 끝나면 쏴서줄 테니까."

"……재미없는 녀석."

상스러운 대답에 연우는 자비롭게 허공에 올렸던 손을 내렸다. 그러고는 털썩, 소파에 몸을 던졌다. 그런 연우를 끈질기게 따라다니던 시선은 한참 뒤에야 떨어졌다. 정우는 연우에게 짜증을 부리면서도 눈과 손으로는 끊임없이 일하고 있었다. 하루가 48시간이라고 해도 바쁠 그가 없는 시간을 쪼개가며 연우의 곁에 머무른다는 증거이기도 했다.

"애는 조만간 동해 길드로 데려올 거야. 유전자 검사에서 걸러지지 않는다면 헌터의 방식으로 확인해보는 수밖에."

정우는 화면을 바라보며 말했다. 평소와 다르게 안경을 쓰고 있었는데, 은은한 보랏빛이 감도는 것을 보니 보통 용도는 아닌 것 같았다. 정우의 말에 연우가 누워 있던 몸을 일으켰다.

"거기 나도 데려가."

"미쳤어?"

"정우야, 난 네 형이야. 나만큼 네 핏줄을 더 잘 구별할 수 있는 사람이 어디 있겠어?"

"친형도 아니면서."

정우는 어처구니가 없는지 코웃음을 쳤다.

"어떻게 그런 서운한 말씀을. 피보다는 못하지만 끈끈한 정으로 이어져 있잖냐."

"……그 정, 어떤 정인지 궁금한데."

결국 정우는 노트북을 밀어내고는 자리에서 일어났다.

"뭐, 뭐야……. 대낮부터 뭐 하는 짓이야? 동해 길드장님께서."

"혀를 놀렸으면 그만한 책임을 져야지."

정우가 노트북 대신 자신을 끌어당길 즈음에야 연우는 제 무덤을 너무 깊게 팠다는 자각이 들었다.

✷

모정우 대령의 2세라 주장하는 아이는 무사히 동해 길드로 인계되었다. 더불어 아이와 함께 기자회견에 등장했던 여인은 조사 결과 아이와는 혈연관계가 없는, 완전 타인이라는 점이 밝혀졌다.

'저는 그저 하라는 대로만 했을 뿐이에요. 여기 적힌 대사대로만

연기해주면, 3천만 원을 당장 입금해주겠다고 한걸요. 네, 저 애랑은 아무런 관계도 없어요.'

그녀는 무명 연기자로, 정체 모를 누군가에게 고용되었을 뿐이라고 주장했다. 아무래도 친모는 사람들의 이목과 언론이 두려워 가짜를 내세우고는 숨어버린 모양이다. 무명 연기자가 친모로부터 전달받은 말은 다음과 같다고 한다.

'아이 아버지가 워낙 유명인이기에 어떻게든 혼자서 키우려고 했지만, 아이의 몸이 건강치 못해 더 좋은 환경에서 살 수 있도록 보냅니다…….'

눈물겨운 사연이었으나 정작 애 아빠인 정우는 눈 하나 깜짝하지 않았다. 연우는 참 독한 놈이라며 한숨을 내쉬었다.

"독한 건 형이잖아?"

정우는 한쪽 눈썹을 살짝 올리며 대답했다. 정우는 연우를 밤새도록 괴롭혀서라도 오전 내내 형을 재울 작정이었다. 그러나 안타깝게도 연우 또한 헌터였기에 그 계획은 먹혀들지 않았다. 연우는 지난밤의 정사에도 굴하지 않고 꿋꿋이 일어나 따라오고야 만 것이다. 물론 회복 아이템을 써도 허리가 뻐근하기는 했지만 말이다.

'어떤 애일까?'

드디어 정우의 아이를 만난다고 생각하니 연우는 어깨가 절로 뻣뻣해졌다. 물론 정우는 그런 거 아니라고 강력히 주장했지만, 연우는 스스로 결론 내리고 현실에 순응한 지 오래였다.

"……천식 증상 외에 건강상의 문제는 보이지 않습니다. 던전 바이러스 및 전염병 증세도 없습니다."

정부 소속 헌터 공무원이 먼저 방문해 아이의 인적사항과 건강에 대해 짧게 브리핑을 했다. 고작 어린아이 한 명인데 공무원이 직접 인계를 하다니. 그만큼이나 모정우라는 존재가 정부에 있어 위협적이면서도 중요하다는 뜻이겠지.

공무원은 정우와 간단히 대화를 나눈 후 떠났다. 이제 본격적인 주인공의 등장이었다. 또박또박. 아이는 조막만 한 두 주먹을 꽉 쥔 채 씩씩하게 입장했다. 동해 소속 헌터들이 양편으로 홍해처럼 갈라졌다. 제 딴에는 아버지를 만난다고 멜빵 양복바지에 보타이를 멋들어지게 맨 채였다. 아이는 열심히 걸어 정우와 연우 앞에 오도카니 섰다. 친부와 만나는 것이 아직은 부끄러운지 사람들의 시선을 피해 바닥을 내려다보았다.

'이거 완전 정우 어린 시절 판박이잖아?'

정우의 아이와 가까이서 마주한 연우는 적잖게 놀랐다. 우물쭈물하는 태도나 경계하는 눈빛은 연우가 입양된 후, 어린 정우를 처음 만났을 때가 떠오를 정도였다.

"저, 저는…… 뎡우에요."

그때, 아이가 작은 입을 우물거리며 말했다.

"뎌…… 뎡우? 덩우?"

길드 특성상 어린아이를 대할 일이 거의 없기에 헌터들이 잠시 동요했다.

"뎡우우!"

아이가 억울한지 큰 소리로 외쳤다. 막무가내인 아이의 음성에 순간 연우의 심장이 쿵 멈췄다. 이 성질머리…… 정말 어릴 적 정우와 똑 닮았다.

"엄마가아, 아빠 잊지 말라구우, 아빠랑 똑같은 이름으로 지어줬댔어……."

아이는 겁을 먹었으면서도 자신이 하고 싶은 말을 똑똑하게 해냈다.

'이거 좀 귀여운데.'

아니, 좀이 아니라 상당히. 연우는 무릎께에나 올 법한 작은 아이를 내려다보았다. 그냥 아이여도 귀여웠겠지만, 어린 시절 정우를 빼닮은 외모로 혀짧은 소리를 하니 그 파괴력이 보통이 아니었다. 문제는 연우뿐만 아니라, 정우, 그리고 동해 길드 헌터들, 심지어 연우의 감시역이자 보디가드들에게도 다른 의미로 파괴력이 뛰어났다는 데 있었다. 웬만한 몬스터 웨이브가 일어나도 눈 하나 깜짝하지 않고 대응하는 프로페셔널들이 하나같이 굳어버렸다.

"아…… 아빠아, 맞죠오?"

아이는 빙글 돌며 헌터들을 하나하나 쳐다보다가 제 아빠를 알아보는지 머뭇거리면서 다가왔다. 정우는 뒷짐을 진 채로 내려다볼 뿐이었다. 웬만한 헌터도 몸이 굳을 정도로 싸늘한 시선이었는데 아이에게는 아닌 모양이었다.

"아빠아아!"

아이가 두 팔을 벌려 와락, 정우를 끌어안으려는 순간이었다.

"누구 마음대로 아빠야."

정우는 슬쩍 제 다리를 치웠다. 작은 몸을 내던지다시피 한 아이는 대리석 바닥에 데굴 구르고 말았다.

"흐애애애앵! 아파, 뎡우 아파!"

그러자 아이가 바닥에 엎어진 채로 울기 시작했다. 아이 우는 소리가 홀 안에 울려 퍼졌다. 콜록, 콜록, 거친 기침 소리도 함께 들려왔다.

어린애가 우는 건 가슴 아픈 일이나, 길드 수장이 저렇게 냉정한데 부하가 대놓고 말릴 수 있을 리가 없었다.

'내가 나설 때인가.'

하는 수 없지. 연우는 숨을 깊게 내쉬고는 정우 앞으로 걸어 나왔다. 등 뒤에 따라붙는 시선이 매섭도록 시렸다.

"울지 마, 꼬맹아. 옳지, 뚝 그쳐야지 착한 아이지?"

연우는 몸을 낮춰 넘어진 아이를 일으켜주었다. 정우를 똑 닮은 얼굴에 눈물이 그렁그렁 맺혀 있으니 마음이 영 편치 않았다.

"흐아아앙!"

아이는 홀대에 겁을 먹었는지 연우의 품에 덥석 안겼다. 얼떨결에 아이를 안게 된 연우는 이 작은 생명체를 어떻게 대해야 할지 잠시 버벅거렸다.

"그래, 그래. 많이 무서웠어?"

망설이던 연우는 결국 아이를 안아 올렸다. 아이는 성인보다 체온이 뜨거울 정도로 따뜻했으며 겉모습보다 훨씬 묵직했다.

"정우야, 너도 참 너무하다. 어린애 상대로 그렇게 모질게 굴 필요 있어?"

너 무서워서 애 울잖아. 연우는 아이의 등을 토닥이며 고개를 절레절레 저었다. 어린 시절 정우와 똑 닮은 얼굴이었으나 행동거지는 완전 정반대였다. 그래, 아이란 원래 이렇게 귀여운 거였지. 욕이나 찍찍 갈기던 정우의 어린 시절에 비하면 얘는 완전 천사였다.

"고마워요오. 사, 삼초온!"

아이는 이 냉정한 동해 길드 내에서 유일하게 제 편을 들어줄 사람을 알아보았는지 조막만 한 두 손으로 연우의 셔츠를 꽉 움켜쥐었다.

'삼촌?'

삼촌. 삼촌이라. 평생 인연이 없을 것으로 생각한 단어를 들으니 그 울림이 남달랐다. 이거 나쁘지 않은데?

"그래, 내가 삼촌이지. 우리 꼬맹이 삼촌이랑 뭐 하고 놀까?"

연우는 아이를 어깨까지 들어 올려 눈을 맞췄다.

"뭐든 됴아요오!"

"뭐든 좋아? 우리 정우 가리는 것도 없고 착하네."

그렇게 연우가 정우의 자식과 둘만의 세계를 구축해 갈 무렵이었다.

"형. 지금 뭐 하는 짓이야?"

그 가증스러운 꼴을 보다 못한 진짜 정우가 난입했다.

"저 무서운 어른 말은 듣지 말자, 우리 꼬맹이가 듣기에는 너무 과격한 말이에요."

"녜에에!"

"모연우……."

연우는 정우에게 아예 등을 돌리고는 품에 안긴 아이를 한껏 둥기둥기했다. 어찌 된 일인지 등골이 서늘했지만, 애써 무시했다.

✷

모정우의 아들이라 주장하는 아이의 이름은 놀랍게도 '정우'였다. 모친의 성을 따서 서정우. 연우는 그 아이를 편하게 꼬맹이, 아니면 꼬마 정우라고 부르게 되었다. 무사히 신고식을 마친 모정우 2세는 보다 정확한 검사를 받기 위해 다른 길드원들에게 맡겨졌다. 아이는 그 직전까지 연우에게 내내 달라붙어 있었다. 뜨겁고 묵직한 존재가 품에서 떠나고 나니, 얼굴을 본 지 얼마 안 됐는데도 연우는 벌써부터 헛헛한 기분이 들었다.

"이런 걸 두고 핏줄이 당긴다고 하는 건가?"

연우는 자조했다. 이게 헛소리라는 건 입양아인 연우 본인이 누구보다도 잘 알았다. 처음 본 아이에게 갑자기 부성애가 끓어올랐다기보다는, 정우의 어린 시절을 떠올리게 하는 모습 때문에 마음이 약해진 탓이 컸다.

'아무리 봐도 닮았단 말이지.'

정우의 어린 시절. 연우의 인생에서 얼마 안 되는 소중한 추억…….

'씨발! 모연우!'

'정우야, 제발 부탁이니까 형한테 욕 좀 하지 마.'

'네가 형은 무슨 형이야.'

……그런 어린 시절이 있었지. 전혀 미화되지 않는 추억에 연우는 은은한 미소를 지었다.

"정우야. 너만 괜찮으면 확실하게 결론이 날 때까지 내가 돌보는 게 어떨까? 저 애도 너보다 날 더 따르는 것 같고."

어차피 나 하는 일도 없고 백수잖아. 아이를 보낸 후 얌전히 펜트하우스 최상층까지 따라온 연우가 선뜻 제안했다.

"형이 저 앨 돌보겠다고?"

정우는 어처구니가 없는지 헛웃음을 내뱉었다.

"왜. 내가 어린애 한 명 맡는 게 뭐가 문젠데? 밖으로는 한 걸음도 못 나가고 길드 안에만 박혀 있어야 한다는 상황 자체는 나나 저 애나 똑같아. 24시간 감시해야 할 목표물이 함께 다닌다면 정우 네 입장에서도 일거양득 아니겠어?"

연우는 현재 자의 반, 타의 반으로 동해 길드에 감금 상태였다. 정우가 어지간한 일이 아니면 외출을 허락하지 않는 탓도 컸지만, 연우가 만날 사람이 없는 딱히 없기 때문도 있었다. 헌터병이 되기 위해 살아온 연우에게는 딱히 친구랄 것이 없었다. 입양과 파양을 반복하다가 정우의 집에 들어갔고, 헌터 자질이 늦게 발현한 탓에 전전긍긍하며 훈련에만 전념했던 탓이었다. 군에는 비슷한 처지의 불쌍한 녀석들이 많다 보니, 자연히 동지애와 우정을 느끼기는 했으나 지금은 대부분 죽어 없다.

"달라."

"뭐가 다른데."

"형은 계속 여기 있을 거고 저 가짜는 곧 길드 밖으로 쫓겨날 테니까."

"……."

"쓸데없는 잔정 붙이지 마. 그러다 기생형 몬스터면 어쩌려고 그래?"

너 닮아서 그런다, 너 닮아서. 그리고 기생까지는 아니지만, 어린애 껍질을 쓰고 있던 몬스터를 상대한 적은 있었지. 연우는 속으로 생각했다. 아이를 잠깐 안고 있던 동안 연우는 그때 기생 당한 소년처럼 몸 안에 몬스터가 자리 잡고 있는지 겸사겸사 확인해보았다. 오감이 비정상적으로 발단한 헌터이기에 가능한 일이었다. 그러나 쿵쿵거리는 심장 소리만 들릴 뿐 다른 존재의 기척은 느껴지지 않았다. 냄새도 맡아보았지만 뽀송할 뿐이다.

"핏줄이 당기지도 않나 봐? 매몰찬 녀석 같으니."

"내 자식 아니라고 몇 번을 말해."

정우는 그답지 않게 인내심을 가지고 몇 번이나 정정해주었으나 연우의 귀에는 들어오지 않았다. 보다 못한 정우가 거칠게 연우의 어깨를 붙잡았다.

"마지막으로 하는 당부니까 새겨들어. 저 가짜는 내 자식이 아니니까 형 조카도 아냐. 내 앞에서 한 번 더 조카 소리 하기만 해 봐."

정우는 그렇게 협박을 하고도 아쉬운지, 연우의 콧대를 긴 손가락으로 툭 건드렸다.

'이 자식이, 형을 가르치려 들어?'

연우는 인상을 팍 썼다.

"……그래 뭐, 정우 네가 억울한 건 알겠고 나한테 삼촌 될 권리가 없는 것도 잘 알겠는데. 그렇게까지 애를 박대할 이유가 있어? 진짜가 아니면 그때 알려주고 내보내도 되잖아. 내가 저 애를 돌보겠다 한 것도 다 네가 어린애한테 모질게 구니까 반작용으로 그런 거 아니냐. 무죄 추정의 원칙 몰라? 네 말대로 저 애가 진짜가 아닐지 몰라도, 결과가 나올 때까지는 '모정우의 아들'인 거라고."

그리고 내가 보기에는 너 정말 닮았단 말이야. 네 옆에서 허구한 날 얻어맞으면서 같이 자라왔던 이 형이 보기에 말이지. 연우는 가장 큰 이유를 가장 마지막에 댔다.

"이딴 식의 날조는 전에도 수도 없이 있었어. 형도 앞으로 다섯 번쯤 겪어보면 태도가 달라질걸?"

"열 번이고 백번이고 거짓말이라도, 한 번이 진짜라면?"

"……."

"정말, 만에 하나라도 네 자식이라면…… 그 태도가 애한테는 못 할 짓이 되는 거잖아."

연우는 부모가 없었다. 그렇기에 부모에게서 받는 상처가 부모가 없어서 받는 상처보다 더 큰지, 아니면 작은지 감히 비교할 수 없었다. 그렇다고 낯선 장소에서 혼자 어쩔 줄 몰라 하는, 정우를 꼭 닮은 어린애를 내버려 둘 수는 없었다.

"전에 말한 건 기억 안 나나 봐? 나 형한테 따먹힌 바람에 모연우 뒷구멍 아니면 못 서는 변태 새끼가 다 되어버렸다고."

"뭐……!"

"그런데 아이가 생긴다? 성모 마리아가 아닌 이상 불가능하지."

정우가 태연하게 반론했다. 어흠, 귀가 더럽혀지는 듯한 노골적인 발언에 연우는 헛기침을 했다.

"그거야…… 모르는 일이지. 네 나이가 몇인데 다른 사람과 잠자리 한번 안 해 봤겠어?"

빈말로라도 정절을 지켰더니 고맙기는 하다만, 모정우라면 자신을 놀리려고 일부러 그런 말을 했을 가능성을 차마 지울 수 없었다.

"왜 내 말을 의심해?"

"그야, 남자니까……."

"형은 군대에서 그랬나 봐."

"……."

고대로 되돌아온 화살에 연우는 대답하지 못했다. 차마 네 생각하느라고 군 생활 내내 정조를 지켜왔다고 말하기에는…… 낯간지러웠으니까.

"말해봐."

"……."

"씨발, 나 말고 다른 새끼한테 박혔는지 그 입으로 대답해보라고."

정우의 목소리가 점차 격렬해졌다. 닦달을 해 대자 연우는 더욱 고분고분하게 대답하기가 싫어졌다. 쓸데없는 오기였다. 어릴 때 이런 식으로 대화를 포기하면, 정우는 바짝 약이 올라서 솜방망이나 다를 바 없는 주먹으로 연우의 등을 마구 때려 대곤 했다. 그래서 이번에도 화를 낼 줄 알았더니.

"아, 알겠다."

정우는 도리어 웃었다. 마치 연우가 가소롭다는 듯이.

"뭘 알겠다는 거야?"

연우가 불안함을 느끼며 물었다.

"설마 내가 다른 여자와 잤을까 봐 질투하고 있었던 거야?"

커헉, 순간 연우는 숨이 턱 막혀 왔다.

"뭐? 무, 무슨 말도 안 되는 소리야?! 하, 참나…… 하하. 어처구니가 없어서."

정곡을 찔린 연우의 행동이 잠시 삐걱댔다. 보통 사람이라면 눈치채지 못했을 짧은 순간이었으나 다른 사람도 아니고 S급 헌터인 모정우가 그 찰나의 변화를 눈치채지 못했을 리가 없었다.

"이제 보니 형도 귀여운 데가 있는데?"

계속되는 연우의 잔소리에 같은 대답을 반복하기도 귀찮아하던 태도는 어디 가고, 정우는 먹잇감을 발견한 육식동물처럼 변했다.

"헛…… 소리 하지 말고 저리 가. 모정우."

연우는 슬슬 쉬어야겠다며 제 방으로 들어가려 했다. 그러나 등 뒤로 감겨오는 손길이 막았다. 연우는 사슬처럼 감겨오는 단단한 팔을 떼어 내려 들었으나 더욱 압박이 심해질 뿐이었다.

"하지 마."

점점 얼굴이 달아오르는 것 같아 연우는 정우를 밀어냈다. 저보다 한참을 어린 정우에게 발정이 나서 몸 위에 올라탔던 모연우. 던전에서 죽다 살아 나왔으면서도 정우에게 몸이 달아올랐던 그 모연우가 욕망의 대상을 밀어내다니, 말도 안 되는 일이었다. 그러나 형의 말을 순순히 들을 모정우가 아니었다. 어릴 때나 지금이나 오히려 연우가 멀어지고 도망치려 할수록 더욱 달려들었다.

"정우야……."

결국에는, 연우도 밀쳐내지 못하고 기꺼이 물어뜯겼다. 어떻게 떨쳐내겠는가? 욕망의 시작이자 전부인 정우를. 정우가 그를 번쩍 들어 올려 대리석 탁자 위에 앉히려 했다. 연우는 정우가 손을 대려는 것을 매섭게 쳐내고는 탁자에서 내려왔다.

'그렇다고 언제까지고 너한테 쥐여 살 것 같아?'

연우는 픽 웃더니 정우의 손을 밀치고는, 자신이 먼저 정우의 아래에 손을 댔다. 아직 아무것도 하지 않았는데 흉흉해진 물건이 반쯤 서 있었다. 연우의 목울대가 그 굵기를 가늠하듯 크게 흔들렸다.

"형 말 들어."

정우 앞에 무릎을 꿇은 연우는 당장에라도 성기를 입에 넣을 듯 미소를 지으며 말했다. 도발적이기도 한 행동에 정우의 것이 무서울 정도로 빠르게 부풀었다. 연우는 속으로는 당황했으나 애써 태연한표정을 유지한 채로 손을 댔다. 기둥을 손으로 쥐고는 귀두 끝에 살짝 입을 맞췄다.

"읏……."

두툼한 귀두가 성급하게 입안을 밀고 들어오려고 했다. 연우는 고개를 젓고는 손을 움직였다. 길고 굵은 성기는 묵직하기까지 해서 연우가 손을 위아래로 움직일 때마다 뺨이라도 때릴 듯 꺼떡거렸다.

'이런 게 몸 안을 쑤셔 대니 피를 안 보고 배겨.'

목이고 구멍이고. 그렇게 속으로만 생각하며, 망설이던 연우는 다시 그곳에 입을 댔다. 입술로 귀두를 물고는 혀로 정성껏 요도를 핥았다. 쭙, 쪽, 입을 맞추는 것인지 빠는 것인지 모호한 소리가 연우의 입안에서 났다. 입을 쓰고 있다고 해서 손을 놀리는 것도 잊지는 않았다. 성실하기까지 한 애무에 정우의 성기는 형태를 갖추며 더욱 팽팽해져 갔다.

"흐응…… 흡!"

그 정도 애무로는 간지럽기만 한지 정우가 연우의 머리카락을 움켜쥐었다. 그와 동시에 굵직한 성기가 단번에 입안으로 밀고 들어왔다. 연우의 한쪽 볼이 불룩 튀어나왔다. 입구를 잘못 찾은 정우의 성기가 뒤로 물러나더니 각도를 바꿔 목구멍을 겨눴다. 굵직한 성기가 혀를 누르고는 입천장을 쓸어내리며 안으로 밀고 들어오자 저절로 턱이 벌어졌다. 금세 목구멍에 귀두가 닿았다. 그것을 시작으로 목구멍을 찢는 것이 아닌가 싶을 정도로 쑤셔대기 시작했다.

"음, 크읏, 흐읍!"

구역질이 목구멍을 밀고 올라왔지만, 연우는 정우의 무릎을 움켜쥔 채로 버텼다. 거친 마찰에 입안 점막이 얼얼해지고 입술 너머로는 타액이 흘러내렸다. 정우는 조금이라도 더 쑤셔 넣으려고 허리짓을 했으나 연우의 입은 부푼 성기를 전부 담지 못했다. 정우는 그 정도로는 만족스럽지 못했는지 연우의 입에서 성기를 빼냈다.

"하아, 정우야……."

입안에 사정하지 않다니 얘가 웬일이지 싶을 때였다.

"윽?!"

어깨와 다리가 붙잡힌다 싶더니 순식간에 연우의 몸이 허공에 떴다.

"야, 모정우!"

연우는 발버둥을 쳤으나 귓등으로도 먹히지 않았다. 정우는 신체 건장한 사내를 등에 들쳐메고도 일말의 흔들림 없이 걸어갔다. 탁자 위에서 하는 정도로는 안 되겠는지 연우는 침대 위로 던져졌다. 흡사 신혼부부나 느낄 박력에 연우는 당황했다. 연우가 흐트러진 자세를 고치기도 전에 짐승처럼 네발로 올라탄다. 정우는 연우의 손을 가져다 제 것을 감싸게 했다. 그러고는 자신은 연우의 것을 쥐어짜듯이 손으로 세게 붙잡았다. 상대가 가하는 자극에 손을 더 움직이게 된다. 그렇게 서로의 성기를 정신없이 문지르다가 귀두를 맞댄 채 비벼 댔다. 불길에 달궈지는 쇳덩이처럼 욕망은 점점 거세지기만 했다. 뜨거운 숨결이 서로의 뺨에 닿기도 하고, 땀으로 젖은 이마를 맞댄 채 서로의 머리카락을 섞기도 했다. 정우의 성기는 이미 딱딱하게 선 지 오래였고 연우의 것도 빠르게 형태를 갖춰 갔다.

"정우, 야…… 아, 아앗……! 가, 갈 것 같……!"

사정감을 느낀 연우가 정우의 어깨에 이마를 비비며 부탁했다.

"안 돼."

"뭐…… 아윽!"

"내가 아직 안 갔으니까."

정우는 상대가 먼저 사정하기를 기다린 사람처럼 비릿하게 웃으며 연우의 귀두를 엄지로 귀두를 짓누르듯 틀어막았다. 윽, 아윽! 같은 남자로서 더욱 배신감을 느낀 연우는 울컥했다. 그사이 정우는 거침없이 연우의 다리 사이로 파고들었다.

"으읏…… 아, 아악!"

안을 벌리고 들어오는 거대한 성기에 연우는 하마터면 삽입당하자마자 사정할 뻔했다. 그러나 앞을 강제로 붙잡힌 탓에 그런 불상사는 일어나지 않았다. 이럴 때는 남자의 자존심을 지켜줘서 고맙다고 해야 할지, 원흉이니 발로 허리라도 때려야 할지….

"주, 죽을 것 같아, 정우야…… 으흑, 제발, 그만!"

딱딱하게 발기한 성기가 안을 쉴 틈 없이 찧어 대니 앞뒤로 가해지는 쾌감에 연우는 자지러지고 말았다. 정우의 허리에 긴 다리를 엑스 자로 감은 채 무자비하게 안을 쑤셔 대는 행위를 조금이라도 멈춰보려고 했으나 어림도 없었다. 나 싸고 싶어, 한 발만 빼게 해줘, 정우야. 연우는 거의 흐느끼듯 했으나 정우는 허락하지 않았다. 눈물로 얼굴이 젖은 연우가 자진해서 정우의 입술을 물고 키스를 하자, 그제야 정우의 손이 풀어졌다. 얼마 못 가 정우의 손이 축축해졌다. 연우가 쾌감에 부르르 떨며 뒤를 조였다.

"크……."

정우도 낮게 신음을 뱉으며 연우의 안에 사정했다. 연우는 힉, 힉, 짧은 숨을 가쁘게 몰아쉬었다. 그의 눈에는 잔뜩 찡그린 정우의 모습이 빠짐없이 담겼다.

"……젠장."

한 번 사정했음에도 정우는 만족이 되지 않는 모양이었다. 헐떡이는 연우를 바로 뒤집어 미친 듯이 쳐올리기 시작했다.

"윽, 흑, 흐읏……!"

허리를 붙잡힌 연우는 얼굴은 침대 매트리스에 묻고는 두 무릎으로 간신히 하체를 지탱했다. 아이 팔뚝만 한 성기는 몸 안을 쉬지 않고 오갔고 황소 같은 허릿심에 엉덩이를 맞는 것처럼 살 소리가 났다. 침대가 끽, 끽 우는 소리를 내며 흔들렸다. 꽤 거금을 주고 마련한 침대였으나 헌터 두 사람의 정력은 버티기 힘든 모양이었다. 매트에 얼굴을 묻은 연우는 침대의 내구도가 조금씩 떨어져 가는 것이 피부로 느껴졌다.

'침대 또 바꾸게 생겼네.'

숨이 부족해진 나머지 멍해진 채로 그런 생각을 했으나 그것도 잠시였다. 전립선 주변을 긁어 대는 굵은 기둥에 연우는 곧 정우 외에는 다른 생각은 조금도 할 수 없게 되었다.

"정우…… 앗, 정우야……."

정우는 성기를 전부 묻은 채로 연우의 몸을 뒤집었다. 몸 안에서 성기가 반 바퀴 도는 자극에 연우는 흐릿해진 얼굴로 정우를 맞았다. 정우는 아직 한 번밖에 사정하지 않았는데, 연우는 벌써 너덧 판은 뛴 사람처럼 지쳐 있었다.

"모연우……."

정우는 말없이 연우의 손을 제 목에 두르게 했다. 답지 않은 다정함에 연우가 멍하니 바라볼 때였다.

"으읏?!"

연우의 몸이 예고도 없이 허공에 들렸다. 정우는 침대에 무릎을 대고 허리를 반듯이 펴서 선 채였다. 연우가 불안함에 버둥거리자, 정우는 봐주는 일 없이 그대로 들고 박아대기 시작했다. 반 이상 삽입된 성기가 찌걱거리며 아래에서 위로 밀고 올라왔다. 연우는 필사적으로 정우에게 매달리면서도 어디 가서 꿀리지 않는 체격인 자신이 어쩌다 이렇게 번쩍번쩍 들리는 신세가 되었나 싶어 기가 막혔다.

추삽질을 반복하다가 그대로 안에 사정하니, 약간의 시간을 두고 정액이 정우의 성기를 적시듯 아래로 줄줄 흘러내렸다. 저번에 화장실에서 겪은 치욕을 또 겪다니. 연우가 구멍을 조이며 몸서리치자 정우는 그의 엉덩이를 찰싹 내리쳤다. 갑작스러운 충격에 연우의 몸이 흠칫 떨렸다.

"힘 풀어. 언제까지 처음인 척 굴 건데?"

정우는 으르렁대고는, 침대에서 성큼 내려가 연우를 벽에 밀친 채 박아댔다.

'그렇게 생각하는 건 너뿐이야. 나한테 박은 사람은 너밖에 없으니까…….'

연우는 흐릿하게 웃었다. 그러고는 정우의 움직임에 맞춰 허리를 흔들어 댔다. 둘로 나뉜 몸이 하나로 섞이는 듯한 쾌감을 느끼며 두 사람은 거의 동시에 사정했다. 계속된 버거운 자세에 연우의 허벅지가 부들부들 떨렸다. 정우는 헐떡이는 연우를 침대에 눕히고는 성기를 뽑아냈다. 몇 번이나 사정한 탓에 몸에 가득 찬 정액이 구멍 밖으로 주르륵 흘러내렸다.

"부족해……."

부족하다고. 목이 탔다. 흘러넘칠 정도로 받아들였는데도 연우는 갈증을 느꼈다. 결국 연우가 먼저 정우에게 입 맞췄다. 얄미운 입술을 물고 혀를 깨물기도 했다.

"박으라고. 씨발…… 얼른 박아."

연우는 붉어진 얼굴로 정우에게 도발하며 스스로 다리를 벌렸다.

"하."

정우는 웃었다. 거친 섹스를 반복했으나 아래는 조금도 식지 않은 채였다. 정우는 굶주린 짐승처럼 바로 달려들었다. 연우의 몸을 반으로 접어 박아 대는 것으로 모자라, 자리에서 일어서 위에서 아래로 내려찍듯 쑤셔 댔다.

"컥, 아윽…… 읏……!"

성기가 몸을 꿰뚫다 못해 목구멍까지 올라올 것만 같은 느낌에 연우는 턱턱 막히는 신음을 토해내며 몸서리쳤다. 울부짖으며 사정하려는데 정우가 앞을 막았다.

"씨발, 조루야? 왜 자꾸 질질 흘려?"

"윽! 모정우…!"

이 자식이, 또……! 연우는 울컥 분노가 치밀었으나 그것도 잠시였다.

"뒤는 처음인 것처럼 조여 대면서 앞은 왜 이렇게 헤퍼. 하나만 해."

앞에 마개라도 넣어 줘? 정우는 그렇게 속삭이며 연우의 귀두를 거칠게 문질렀다.

"아…… 아윽!"

고통에 가까운 쾌감에 연우의 눈앞이 핑 돌았다.

"버텨."

정우는 잔인한 말을 남기고는 다시 연우의 내벽을 오가기 시작했다. 몰아치는 쾌감과 사정을 하지 못하는 고통 앞에 연우는 금세 무너져 내렸다. 하지 마, 놔줘, 제발……. 연우는 저도 모르게 앓는 소리를 냈다. 급하게 몰린 사람처럼 다급하게 정우의 등과 팔을 긁으며 몸서리치다가 뻣뻣하게 몸을 굳혔다.

"아…… 아."

드라이 오르가슴이었다. 연우는 눈을 뒤집어 까고는 경련하듯 몸을 떨며 조여댔다. 성기를 내벽 전체로 쥐어짜는 감각에 정우 역시 얼마 못 가 사정했다. 정우는 연우의 몸 안에 정액을 쏟아내면서도 쉬지 않고 박아 댔다.

나름대로 단란한

길드에서 좀 더 정밀한 검사를 거친 결과, 꼬마 정우가 몬스터의 변이체라든가 몬스터의 체액이나 살점 등 일부가 몸에 기생하여 조종당하는 형태는 아닌 것으로 판명이 났다. 연우의 예상대로였다. 즉, 모정우 2세인 서정우는 몬스터와는 관련이 없는 순수한 인간이라는 뜻이다. 이제 길드에서는 헌터 아이템과 헌터 스킬 쪽으로 가능성을 좁히기로 했다. 지난 10년간 던전에서 채굴하여 가공한 아이템은 각양각색으로 늘었고 스킬 또한 가공할 만한 발전을 이뤘다. 그게 바로 문제였다. 그 수가 너무 많고 다양하다는 것. 정부나 길드에서 공식으로 유통하는 헌터 아이템에 대해서는 그나마 빠른 파악이 가능했다. 그러나 암암리에 거래되는 사재 헌터 아이템의 경우는 그 수도 워낙 많고 복잡다단해 조사에는 상당한 시일이 소요될 것으로 보였다. 그 기간 동안 모정우 대령을 꼭 닮은 아이를 밖에 풀어둘 수도 없는 노릇이라, 하는 수 없이 동해 길드에서 돌보기로 정했다. 몬스터를 상대하는 스킬은 완벽하게 갖췄으나 육아 스킬은 하나도 없는 길드원들은 갑작스럽게 내려진 임무에 당혹스러울 따름이었다.

물론 연우도 사정은 비슷했다. 성인이 되자마자 헌터병이 되었고 10년 동안은 몬스터들에게 둘러싸여 보냈다. 정우가 안 한다면 본인이 맡겠다고 큰소리치기는 했으나 인간, 그중에서도 어린아이를 제대로 돌볼 수 있을 리가…….

"우리 꼬맹이, 여기 볼까요?"

"녜에."

"사진 찍을 거니까 눈 감으면 안 돼요?"

"녜에에!"

연우가 큐 사인을 보내자 꼬마 정우는 볼을 빵빵하게 부풀리고는 한껏 귀여운 자세를 취했다. 찰칵.

"이번에는 두 팔로 하트 그려볼래?"

그 포즈 하면서 삼촌이 세상에서 제일 좋아요, 라고 외치는 것도 잊지 말고. 연우는 같은 포즈를 핸드폰으로 5번을 연속으로 촬영하고 녹화한 후에야 자세를 바꿀 것을 요청했다. 이처럼 서울 중심부에 위치한 130층짜리 건물의 최상층 펜트하우스에서는 연일 촬영쇼가 벌어지고 있었다. 문채윤 헌터와 김일우 헌터는 이 현장을 애써 외면할 따름이었다.

"누구 아들이라 이렇게 착하고 귀엽지?"

순간 차렷 자세를 취하고 있던 문채윤과 김일우의 어깨가 움찔 떨렸다. 그러거나 말거나 핸드폰 가득 실린 정우의 사진을 보는 연우의 얼굴에는 미소가 만연했다. 정우가 어린 시절에도 하는 짓이 이만큼 귀여웠다면 좋았을 텐데.

"좋아! 그럼 새 옷으로 갈아입어볼까?"

"네에, 삼촌온!"

서정우가 동해 길드에 입성한 후 고작 일주일. 허무할 정도로 텅 비어 있던 연우의 방에는 꼬마 정우를 위한 옷과 장난감이 한가득 쌓여 있었다. 정우 허락 없이는 밖에 나갈 수 없었기에 인터넷 쇼핑으로 시킨 물품들이었다.

"……."

눈앞에서 펼쳐지는 광경을 견디다 못한 김일우 헌터는 양복 주머니에 넣어두었던 선글라스를 썼다. 차마 눈을 감을 수는 없는 것이, 그에게는 이 모든 상황을 상부에 보고를 해야 할 의무가 있었다. 뒷짐을 지고 선 문채윤 헌터의 무표정도 평소보다 어둡게 느껴졌다.

연우와 꼬마 정우는 의외로 손발이 잘 맞았다. 심심한 연우로서는 동해 길드 안에서 가지고 놀 것이 생겼고 꼬마 정우로서는 자신과 놀아주는 어른이 생겼으니, 그야말로 상부상조였다.

'뭔가 대리만족이 되는 기분인데?'

어린 시절 정우를 똑 닮은 사진에 연우는 속으로 생각했다. 사진을 보고 있다 보면, 어린 시절의 추억이 늘어난 듯한 착각마저 들었다.

'싹 다 인화해놔야지.'

깜찍 발랄한 꼬마 정우의 사진을 방 안에 부적처럼 붙여둘 생각에 연우는 벌써부터 즐거워졌다.

"재밌나 봐."

그때였다. 낮은 목소리가 등 뒤에서 물었다.

"그야 당연히 재밌지. 내가 언제 정우 너한테 토끼 머리띠를 씌워

보겠냐? 아, 정우 너랑 꼬마 정우랑 똑같은 옷을 입고 함께 찍은 사진만 가질 수 있다면 여한이 없을 텐……."

즐겁게 떠들던 연우의 입이 꽉 다물렸다. 김일우와 문채윤 헌터는 정우의 등장을 진즉에 눈치채고는 고개를 숙이고 있었다.

"저, 정우야."

하, 하하. 연우는 어색하게 웃었다.

"아이는 김일우 헌터가 데리고 들어가세요."

"네, 길드장님."

"시, 싫어요오! 삼촌이랑 가티 있을래요오오!"

꼬마 정우는 김일우 헌터의 큼지막한 손에 붙잡히기 전에 후다닥 연우에게 도망쳤다. 콜록콜록, 기침을 하면서도 덥석 품에 안겨 드는 아이를 거절하기란 불가능에 가까운 일이었다.

"데려가요."

아이의 가여운 기침 소리에 덩치가 우락부락한 김일우 헌터조차 머뭇거렸건만 정우는 우아하게 지시할 뿐이었다.

"예, 알겠습니다. ……모연우 님. 아이는 저희에게 넘겨주시죠."

김일우 헌터가 다가올수록 연우의 두 팔에 힘이 들어갔다. 하지만 그도 군대에서 굴러봤기에 이런 식으로 대치를 해봤자 새우등 터지는 건 김일우 헌터라는 사실을 잘 알고 있었다.

"슬슬 꼬맹이 잘 시간이네. 저기 헌터 아저씨 따라가서 치카치카 하고 코 자자?"

"삼초온! 싫어어! 콜록, 콜록……."

연우는 한숨을 푹 내쉬고는 하는 수 없이 아이를 김일우에게 넘겼다. 꼬마 연우는 연우의 옷이 늘어지도록 붙들었으나 성인 남성, 그것도 헌터의 힘을 이길 수 있을 리가 만무했다.

"덩우 싫어어! 삼촌이랑 있을래요오!"

결국 김일우에게 넘어간 꼬마 정우는 숨이 넘어가도록 연우를 부르짖었다. 양심이 가책으로 연우의 가슴이 가시에 찔린 듯 따끔따끔했다.

"저희는 이만 들어가보겠습니다."

눈치 빠른 문채윤 헌터도 김일우 헌터와 함께 자리를 떴다. 연우는 꼬마 정우를 향한 미안함에 넓은 방 안에 정우와 단둘만 남게 되었다는 위기감조차 들지 않았다.

"형은 애가 그렇게 좋아?"

연우가 계속 아이가 떠난 곳만을 보고 있자, 정우가 비꼬듯 물었다.

"네 애잖아. 다른 애도 아니고."

연우가 받아쳤다.

"내 애 아니라고 했잖아. 내가 누구한테만 세울 수 있는지 지난번에 몸으로 가르쳐줬던 것 같은데, 잊었나 봐?"

"……."

몸이 둘로 쪼개지는 건 아닌가 싶었던 그 날 말인가. 연우가 민망해하는 사이 정우가 바짝 다가왔다.

"질투도 정도껏 해."

"질투 아니라고 했잖아."

"정말 아니야? 형 하는 태도를 보면, 나한테 저 애를 붙여주고 싶어 안달이 난 것 같긴 한데……."

서로의 숨결이 닿을 정도로 거리가 가까워졌다. 연우의 몸에는 아직 정우가 남긴 자국들이 가득 남아 있었다. 그 자국들이 마치 주인에게 반응하는 것처럼 욱신거렸다. 연우는 괜히 몸을 돌렸다.

"그렇게 나한테 애를 만들어주고 싶은 거라면…… 좋아. 기꺼이 허락해줄게."

정우는 그런 연우를 품 안에 가두고는 목덜미에 얼굴을 묻었다.

"허락?"

목 뒤에 닿는 입술의 감촉에 오싹해하면서도 연우는 물었다. 설마 꼬마 정우를 인정한다는 뜻인가?

"형이 낳아주면 내 자식도, 조카도 될 수 있잖아."

귓가로 파고드는 낮은 음성에 연우는 하마터면 그대로 박치기를 할 뻔했다.

"야…… 모정우. 아무리 장난이어도 남자끼리 그런 말은 하지 마라. 소름 돋는다."

연우는 정우의 품 안에서 진저리를 쳤다.

"내가 한 말이 장난이라고 생각해?"

"그럼 장난이 아니야?"

정우는 의심하는 연우의 어깨를 쥐고는 몸을 돌려 자신을 보게 했다.

"형이 그 입으로 똑똑히 말했었잖아. 10년 만에 돌아오니까 세상이 완전히 변해버렸다고."

"그게 지금 얘기랑 무슨 상관인데."

"헌터 아이템이란 물건으로 형도 아이를 가질 수 있다면?"

"……."

평소에는 잘도 맞받아치는 연우였으나 그 순간만은 말을 잇지 못했다. 남자도 임신할 수 있는 헌터 아이템이라니. 한 번도 상상해 본 적이 없었다. 그러나 연우 본인이 현실을 부정하는 것이 가당키나 한가? 헌터 아이템 덕분에 부활한 모연우야말로 '세상에 저런 것도 있을 수 있다'의 산증인 아니던가. 강산이 한번 바뀐 세상이라면야 더욱이 불가능할 것도 없어 보였다.

"여태까지는 별생각 없었는데. 요즘은 제작해보는 것도 나쁘지 않은 것 같다는 생각이 들어. 특히나 형이 이렇게 원하고 있다면, 못 이뤄줄 것도 없지."

형제 좋다는 게 뭐겠어? 정우는 안 어울리게 살갑게 말을 붙이며 마주 본 몸을 더욱 겹쳐왔다. 그 친절함에 숨겨진 의도를 모를쏘냐. 연우는 본능적으로 한 걸음 물러났으나 허리가 단단히 붙잡혀 꼼짝도 하지 못했다.

"너, 그러기만 해봐."

"형은 내 아이 갖는 게 싫어?"

조르는 듯한 물음이 불쑥 심장에 꽂혔다. 농담이라는 것을 알면서도 연우의 눈동자가 흔들렸다.

"……."

뚫린 게 입이라고, 언제나 헛소리가 술술 나오던 연우였으나 이번만은 단번에 대답하지 못했다. 가족을 직접 만든다는 건 한 번도 생각하지 못했다. 정우를 위해 헌터병이 되고, 죽는다. 오직 하나만의 명제를 가지고 살아온 삶이었다. 정우에 의해 다시 한번 삶을 얻고…… 그뿐만 아니라 살면서 유일하게 욕망했던 존재에게 욕망 당하기까지. 다시 태어난 연우는 더없는 행복을 누리게 되었다. 그러나 그를 이루는 기본적인 골자는 여전히 변하지 않았다. 그런데 정우와 자신의 피가 섞인 진짜 가족을 만들 수 있다고? 욕심이 생기지 않을 리가 없었다. 이렇게나 자신이 맹목적이며 욕심이 많다는 사실을 누구보다도 잘 알기에, 연우는 더욱 스스로를 경계했다. 1년에도 몇 번이나 등장한다는 모정우 대령의 가짜 자식들. 그리고 어쩌면 진짜일지 모르는 꼬마 정우. 이런 상황에서 자신까지 정우의 앞길을 막아서는 안 된다. ……형이니까.

"오늘은 여기까지 하자."

연우의 안색이 점점 어두워지더니 정우를 밀어냈다. 평소에는 야단법석을 피워도 제멋대로 구는 정우였건만, 이번만은 순순히 풀어주었다.

"쉴래. 너도 피곤할 텐데 가서 자라."

연우는 정우를 마주 볼 자신이 없어 등을 돌렸다. 그러고는 괜히 꼬마 정우를 위해 산 옷가지를 만지작거렸다.

"형이 좋아하는 것 같으니까 한동안은 맡게 내버려 둘게."

정우는 연우에게 장난감을 주듯 말했다.

"어린애도 아니고, 군에서 구를 대로 굴렀던 형이 모친이 누군지도 확인되지 않은 애한테 정 줄 사람이 아닌 건 알고 있으니까."

"……."

그렇게 정우는 연우의 가슴속에 돌멩이만 던진 채 순순히 물러나주었다.

"그 애 데리고 뭘 하든 상관없지만 날 자극하는 건 적당히 해. 질투하는 건 귀엽지만."

물론 마지막까지 순순히 떠나지는 않았다. 뒤이은 말에 울컥한 연우가 휙 돌아보았다. 그러나 정우는 이미 방을 떠난 뒤였다.

"……그런 거 아니거든."

혼자 남은 연우가 낮아진 목소리로 중얼거렸다.

✺

"아이에 관련해서는 앞으로 나 말고 형에게 확인받도록 해요."

정우의 허락(?)하에 연우는 어찌저찌 꼬마 정우를 전담하게 되었다. 정우는 꼬맹이를 연우에게 주는 장난감이라고 여기는 것 같았다. 질투한다는 오해를 받긴 했지만, 어찌 되었든 일은 나쁘지 않게 흘러갔다. 서정우가 외부에 전혀 노출되지 않으니 언론도 조금씩 잠잠해져 갔다.

"뭐 읽어?"

"에밀."

"형이?"

"왜. 네가 추천해줬던 거잖냐."

깨진 유리창 아래에 아이를 재우라고 했던, 유교 사회에서 절대로 용납할 수 없는 그 책 말이야.

"아이 가르치는 책이라며."

연우는 그렇게 말하고는 두툼한 책을 정우에게 흔들어 보였다.

"재밌어?"

고양이가 쥐의 안부 묻듯, 정우는 한 팔로 턱을 괴며 나른하게 물어왔다.

"재밌겠냐."

"애 아빠 노릇도 제법인데. 형, 잘 어울려."

"네가 안 돌보니까 하는 수 없이 내가 떠맡은 거잖아."

"형이 돌보겠다고 했으면서 엄살은."

"그거야 애가 불쌍하기도 하고……."

"직접 낳은 애도 이렇게 잘 돌볼 것 같은데 어때?"

아직도 생각 없어? 정우는 뻔뻔한 소리를 늘어놓으며 연우의 반박을 완전히 무시했다. 울컥한 연우는 책으로 정우의 뺨을 꾹 눌렀다.

"……근처에 애 있는데 그만 소리 하지도 마."

"내가 뭐 이상한 소리라도 했나?"

나름 정부의 인가도 받은 헌터 아이템이야. 정우는 웃으며 말했다. 연우는 정우가 저를 놀리려고 일부러 그런 말을 한다는 걸 알면서도 질색을 했다.

"참나……."

그걸 말이라고. 연우는 혹여나 꼬맹이가 들었을지 확인하기 위해 고개를 숙였다. 연우의 무릎에 머리를 기댄 꼬마 정우는 장난감을 손에 쥔 채로 새근새근 잠들어 있었다.

'다행이다.'

귀가 썩을 소리를 안 들어서. 아직 어려서 무슨 의미인지도 모를 테지만. 연우는 안도했다.

"그런데 형, 지금 어린애 교육 공부할 때야?"

연우가 꼬마 정우에게 마음을 쏟자 진짜 정우가 불쑥 끼어들었다. 언제나 바쁜 사람이기에 속을 뒤집어 놓은 후에 바로 떠날 줄 알았는데, 의외로 정우는 연우는 곁에 착실하게 자리를 잡고 앉았다.

"무슨 뜻으로 하는 말이야?"

"슬슬 준비해야 하지 않겠어? 헌터 필수 과목 시험."

정우의 말은 플라스틱 칼이 되어 연우의 옆구리를 쿡 찔렀다.

'맞다!'

당첨. 연우의 몸이 오크통에서 발사!…… 되는 건 아니었고. 다만 눈빛이 심란하게 흔들렸다.

"10년 이상을 군대에서 구른, 구헌터 출신의 노련한 군인이자 모정우의 형인 모연우가 필수 과목 시험에서 낙제한다면 볼만 할걸? 온갖 언론사에서 달려들 거야. 듣기만 해도 재밌잖아."

정우는 남 일 얘기하듯 태연하게 말했다. 연우는 뭐라도 씹은 사람처럼 표정이 구겨졌다. 10년 만에 던전에서 나왔을 때는 언론이고, 헌터 길드고, 정우고 모두가 각성을 해라, 얼른 각성해라! 하며 연우를 정신없이 쪼아 댔었다. 간신히 각성하고 나니 이제는 헌터 자격증 시험에 합격하란다.

'우리나라에선 헌터로 2차 각성하고 나면, 던전에 투입되기 전에 필수 과목 시험을 봐.'

각성까지 했으니 이제 다 된 건가. 한숨 돌리던 연우를 향해 산뜻하게 웃으며 내뱉던 정우의 말은 아직도 뇌리에서 잊히지 않았다.

'그런 시험이 있으면 왜 처음부터 있다고 알려주지 않은 거야?'

'처음부터 너무 많은 과제를 안겨 주면 겁에 질려서 포기해버리거든. 눈앞에 놓인 작은 것들부터 하나씩, 하나씩 해나가다 보면 어느새 다 하게 되어 있어.'

에밀을 먼저 본 자답게도 정우는 마치 연우를 길드 연습생 대하듯 대답했다. 혹시 전관예우 같은 건 없냐, 라고 물었으나 각성한 헌터들도 얄짤없이 시험을 봤다고 한다. 심지어는 이보다 더 어려운 내용을 다루는 고등 시험도 있다고. 참고로 이러한 시험의 토대를 만든 건 다름 아닌 모정우 본인이라고 한다. 헌터병이 될 생각에 수능 시험조차 보지 않았던 연우로서는 졸지에 30대에 수능 준비를 하게 된 것이나 다름없었다.

"이 나이에 공부해야 하는 형에게 뭔가 해줄 말은 없고?"

연우는 무기로 사용하던 에밀을 얌전히 내려놓았다. 헌터 자격시험을 만든 심사 위원에게 조금이라도 팁을 얻을 수 있지 않을까 싶어서였다. 긴 다리를 우아하게 꼬고 앉아 있던 정우가 빙긋 웃었다.

"글쎄? 형을 위해서 하고 싶은 말이라…… 아, 이거 하난 있지."

"뭔데?"

"인벤토리에 집어넣은 아이템의 유효기간에 관한 연구는 요즘에도 계속되고 있어. 아이템마다 지속 시간이 달라서, 그에 대한 목록화도 지속적으로 작업 중이고."

이건 '던전 안전' 과목에 대한 설명이다. 주로 아이템 목록과 주요 아이템 유효기간, 사용법 등을 숙지하고 있는지를 판가름하는 시험이다.

"그 정도는 나도 알거든? 그건 교제에도 쓰여 있는 내용이잖아."

좀 더 확실하면서도 시험의 답으로 나올 법한 팁 같은 건 전수해 줄 생각 없냐고. 연우가 간절한 눈빛으로 정우를 보았다.

"……헌터 자격시험은 60점 이상이면 통과인데, 자잘한 사고가 많아서 절대 평가가 아니라 상대 평가로 바꾸거나 통과 점수를 좀 더 올려야 하지 않겠느냐는 논의가 많아. 시험 난이도도 점점 높아지고 있는 추세고."

안 돼! 연우는 그것만은 막고 싶었다. 아니면 적어도 자신이 시험을 친 다음에 올리라고 부탁하고 싶었다. 냉정하게도 정우는 족보라든가 필승 전략을 알려주지 않았다. 다만 최근에 각광 받는 스킬군에 대한 설명을 들려주었을 뿐이다. 인기가 있다는 건 시험에도 나올 가능성이 크기에 연우는 귀 기울여 들었다. 그리고…….

"정신 방화벽?"

연우는 정우가 던진 키워드를 되물었다.

"형은 의외로 빠르게 습득할 수 있을지도 모르겠어."

정신계 방어력이 높으니까. 스킬 조정 때 이쪽에도 한번 투자해 봐. 정우가 덧붙였다. 정신 방화벽의 주 능력은 바로 공포 소실이었다. 레벨을 올리는 것만으로 난생처음 던전에 들어가더라도 두려움과 공포가 감소하게 된다. 좀 더 속된 말로 하자면, 던전 들어가서 똥오줌 질질 싸다 죽을 확률이 낮아지는 거다. 연우 때만 해도 훈련은 잘 받았으나 공포로 인해 몸이 굳어 몬스터의 공격에 미처 대비하지 못하고 스러진 헌터병들이 많았다. 하지만……. 설명을 듣던 연우로서는 그게 좋은 걸까? 라는 생각이 문득 들었다.

"사실 그게 좋은 걸까, 라는 생각도 들어."

그렇게 생각하기 무섭게 정우가 같은 말을 했다.

"역시 정우 너도 그렇게 생각하지? 두려움을 모르면 중요한 순간에 실수할 수도 있으니까. 그렇게 한 번 거르는 것도 필요한 작업일지도……."

마음이 통한 탓일까, 연우는 자신의 생각을 그의 말끝에 이어 붙였다. 물론 연우 본인도 처음 던전에 들어갔을 때는 선임의 손에 끌려와 목숨만 간신히 부지했었다. 다소 꼰대 같은 발언일 수는 있으나 연우는 바로 그 과정이 필요하다고 생각했다. 죽음의 공포를 느끼며 구르는 사이 발전하는 '촉'은 스킬이 난무하는 시대임에도 결코 무시 못 할 감각이었다.

"그보단 요즘 애들 너무 겁대가리가 없어서."

깊은 고찰 끝에 나온 연우의 대답에 비해 정우의 입에서 나온 말은 심플하다 못해 어이가 없기까지 했다. 그러나 연우는 다른 의미에서 어처구니가 없었다.

"요즘 애들이라니, 네 나이가 몇인……."

그렇게 말을 늘어놓던 연우는 아차 싶었다.

"그러게. 내 나이가 벌써 삼십 대 중반이네, 형."

정우가 한 팔로 턱을 괴고는 연우를 보며 웃었다.

"…전혀 그렇게 보이지 않아. 나한테는."

연우는 눈앞에 보이는 현실을 애써 부정했다.

"그래?"

정우는 가당찮다는 듯이 미소 지었다. 연우는 종종 정우에게 어린 취급을 받는 것 같아 울컥했다. 그래, 이 자식아. 넌 여전히 한 살 어린…… 내 동생 같다고.

✷

폭풍전야처럼 평화로운 나날이 이어지는 가운데 보조 계열 헌터 유정수가 동해 길드에 방문했다. 꼬마 정우, 서정우가 보조계 헌터일 가능성을 측정하기 위해서였다.

"반갑습니다, 디앤유(D&U) 길드의 유정수라고 합니다."

면밀한 검문 후 비로소 동해 길드에 입성한 유정수가 먼저 인사를 건넸다.

"안녕하세요. 저는 모연우라고 합니다. 길드장님께서는 지금 자리를 비우셨습니다. 이번 일은 제게 일임하셨으니 뭐든 저에게 말씀해주시면 됩니다."

내부에서야 형이니 동생이니 하면서 투닥거리는 사이지만, 외부인을 대할 때는 엄연히 동생의 체면을 세워줘야 하는 게 맞다. 연우는 정중하게 상황을 설명하고는 유정수와 악수를 나눴다.

"꼬맹아, 너도 인사해야지."

"저느은…… 뎡우입니다!"

연우가 어깨를 톡 두드리자 그제야 꼬맹이가 꾸벅 배꼽 인사를 했다.

"반가워요, 서정우 군."

유정수는 피식 웃더니 몸을 숙여 꼬맹이와도 가볍게 악수했다.

"……오늘은 동해 길드의 부탁도 있고 해서 아이를 직접 확인하러 왔습니다. 헌터로서 그리 뛰어난 편은 아니지만 이런 식으로 제 능력을 사용할 날도 다 오네요. 좋은 결과 얻을 수 있도록 노력해보겠습니다."

"길드장님도 기대하시는 바가 큽니다."

겸손을 부리지만, 연우는 그가 꽤 쓸만한 헌터라는 생각이 들었다. 다른 계열도 아닌 보조계 헌터가 길드에 소속될 정도라면 등급이 최소한 B급은 된다는 뜻이기 때문이었다. 던전 공략에 투입될 정도로 육체적 능력이 받쳐주고, 전투에 유용한 스킬군까지 갖춘 보조계 헌터는 그 수가 압도적으로 적었다. 각성조차 하지 않은 구헌터가 각성한 보조계 헌터보다 전투 면에서는 나은 것이 냉혹한 현실이기 때문이었다.

"제 능력이 궁금하시겠죠?"

"예, 아무래도 유정수 헌터 같은 보조 계열은 주변에 드무니까요. 그리고 아시다시피…… 제가 요즘 문물에 대해서는 조금 무지한 부분이 있어서요."

연우는 솔직하게 대답했다. 어차피 온갖 언론 매체에 얼굴이 팔린 상태였다.

"걱정하지 마세요. 세상 돌아가는 일에 빠삭한 분도 보조계 헌터에 대해 모르는 건 마찬가지일 테니까. 그만큼 다양한 게 보조 계열이고, 솔직하게 말하자면 체계가 잡히지 않아 중구난방이거든요."

연우는 유정수 헌터의 설명을 들으며 미리 준비해놓은 자리로 안내했다.

"보조계 헌터 전체에 대한 설명을 하자면 해가 져도 끝이 없으니, 일단은 제 설명부터 하죠. 보조 계열답게 잡다한 능력을 갖추고 있지만, 저의 주 능력은 신체 변형입니다. 일반적인 보조 계열은 신체 일부까지만 변형이 가능하나 저는 전신 변형이 가능해요."

그렇게 말하며 유정수는 순식간에 연우의 얼굴로 변했다.

"우아아아! 삼촌온이 둘이 되써요!"

연우의 품에 안긴 꼬마 정우가 손뼉을 치며 신기해했다. 연우도 제법 신기했는지 고개를 살짝 기울였다.

"별것 아닌 재능으로 보이시겠지만 던전에서는 꽤 쓸모가 있답니다. 그리 오래가지는 못하지만, 던전 속 몬스터로도 변형할 수 있으니까요. 그게 제가 보조 계열 중에서도 B급에 속하는 이유죠."

설명을 들은 연우는 고개를 끄덕였다. 확실히 그 능력이 몬스터에게도 먹힌다면 적의 시선 분산이나 인명 구출에 있어서 도움이 될 것 같았다.

"더불어 머리카락과 눈 색도 변형이 가능해서 염색이나 컬러 렌즈를 따로 할 필요가 없죠."

유정수는 장난스럽게 덧붙였다. 그가 눈을 천천히 눈을 깜박일 때마다 눈동자의 색이 변했다. 꼬마 정우와 연우 모두 마법사를 보듯 유정수를 한참이나 바라보았다.

"그거 정말 대단한데요."

현대 사회에서 유독 저평가를 받는 것이 보조 계열 헌터였다. 헌터 시장에서도 사실상 일반인으로 취급을 하고 있다 보니, 연우도 꼬마 정우가 나타나기 전까지는 지식으로만 습득하고 있었을 뿐이다. 그런데 막상 실제로 보조계 헌터를 만나 보니 그는 상당히 흥미로운 기술을 다수 보유하고 있었다. 몬스터 죽이는 법만 아는 연우로서는 솔직히 조금 부러울 정도였다.

"감사합니다. 그래봤자 대령님에 비하면 발밑에도 미치지 못합니다만."

연우가 진심으로 부러워하자 유정수는 조금은 부끄러워하며 자신을 향한 칭찬 일부를 이 자리에 없는 정우에게로 돌렸다.

'정우?'

뜻밖에 불려 나오는 인물에 연우는 의아해했다. 그러나 유정수는 그 이상 언급하지는 않았다.

"그럼 잠깐 저 아이와 함께 있어도 될까요? 몇 가지 확인 절차가 필요하거든요."

"알겠습니다. ……꼬맹아, 괜찮겠지?"

"히잉, 시룬데……."

꼬마 정우는 그간의 경험으로 이번에도 주사를 맞으러 간다고 생각했는지 겁을 먹으며 연우에게 꽉 매달렸다.

"잘 참으면 삼촌이 돈가스 사줄게."

"우웅……."

거절할 수 없는 제안에 아이는 깊은 고민에 빠지다가 고개를 끄덕였다.

"그러엄…… 하눈 수 없찌이…… 알겠쏘요."

연우의 바지를 조막만 한 손으로 마구 구기던 아이가 머뭇거리며 유정수 헌터에게 걸어갔다.

"자, 여기 좀 볼까? 이 아저씨가 하는 검사는 하나도 안 아프니까 걱정하지 말고."

유정수는 꼬맹이를 달래고는 본격적인 스킬 시동에 들어갔다.

"흐음."

그리고 연우는 먼발치에서 팔짱을 낀 채로 두 사람을 구경했다. 제삼자인 연우가 보기에 두 사람은 그저 탁자를 가운데에 둔 채로 마주 보기만 하는 것 같았다. 그러나 유정수의 눈에는 분홍빛이 감돌았고 그가 끼고 있는 장갑은 은은하게 보랏빛이 났다. 스킬과 아이템을 모두 사용하고 있다는 뜻이었다.

"수고했어요, 서정우 군."

조사는 맥이 빠질 만치 쉽게 끝이 났다. 유정수는 아이의 집중력을 의식한 것인지 꼬맹이에게서 금방 손을 거두었다. 꼬마 정우는 얼른 연우에게 달려가 품에 안겼다.

"어떻습니까?"

연우는 이제는 익숙하게 아이를 안아 들며 물었다.

"사실 아이에게 하는 스킬 스캐닝은 큰 의미가 없습니다. 15세 이하의 어린아이의 각성은 법적으로 금지되어 있거든요."

랜덤하게 발생하는 1차 발현까지는 막을 수 없지만요. 유정수 헌터의 설명에서 연우는 격세지감을 느꼈다. 나 때는 말이야, 어떻게 해서든 15세 전에 헌터로 발현하기 위해 혹독한 훈련을 받았는데 말이지….

"2차 발현, 각성을 해야 비로소 인벤토리나 스킬 트리가 활성화되기 때문에, 열 살인 이 아이를 상대로 확인하는 건 법적으로 금지

이기도 하지만 아무 의미가 없죠. 어차피 텅 비어 있을 테니까. 하지만 만약 이 아이가 저와 같은 보조계 헌터가 신체를 변형한 상태라면 상황은 다릅니다."

유정수 헌터는 손에 낀 얇은 가죽 장갑을 벗으며 얕은 숨을 내쉬었다.

"하지만……. 아무리 스캐닝을 해봐도, 헌터 아이템으로 확인을 해봐도 현재로서는 딱히 스킬이 보이지 않았습니다. 이 아이가 아이템을 보유하고 있다거나 스킬을 가졌는지는 현재로선 확인이 어렵네요."

"그렇다는 말은……."

"평범한 어린아이입니다."

유정수는 자존심이 상하지도 않는지 자신의 능력이 부족할 수도 있다는 소리를 쉽게도 꺼냈다. 유정수 헌터가 발견한 바가 아무것도 없다면 정말로…… 꼬맹이는 모정우의 아들이라는 뜻이었다.

"……."

정우의 앞에서 아이의 편을 들었던 연우였으나 그 순간은 잠시 말을 잃었다.

'뭘 바랐던 거냐, 모연우.'

정우가 자신을 위해 순결 서약이라도 하길 바랐어? 몸에 힘이 빠진 탓에, 실수로라도 아이를 놓칠까 봐 연우는 꼬맹이를 바닥에 내려놓았다.

"낯선 아저씨 만나서 놀랐을 테니, 아이는 이만 쉬게 해주는 게 어떨까요?"

"……그래, 꼬맹아. 가서 놀고 있어."

"시로요! 뎡우는 삼촌이랑 같이 있을래요오."

꼬마 정우가 연우에게 매달리며 응석을 부렸다. 연우는 아무 죄 없는 아이에게 허탈한 마음을 보인 자신이 부끄러웠다.

"이 아저씨 배웅해주고 올게. 오는 길에 사탕도 사올 테니까 기다릴 수 있지?"

연우는 미소를 지으며 꼬맹이의 머리카락을 마구 쓰다듬어주었다. 아이는 그게 재밌는지 높은 목소리로 웃다가 기침을 터뜨리고 말았다.

"그럼 꼬맹이 좀 부탁할게요."

"예, 알겠습니다."

"가지 마로요, 삼초온!"

연우는 아이를 문채윤 헌터에게 맡기고 유정수와 함께 엘리베이터를 탔다. 김일우 헌터가 따라오려 했으나 정우가 만류했다.

"유정수 헌터. 아까의 결과, 다시 한번 말씀해주실 수 있겠습니까?"

연우가 다시 물었다. 엘리베이터에 단둘이 남게 되자 연우는 눈에 띄게 허탈해하는 표정 대신, 원래의 표정으로 돌아갔다.

"평범한 어린애거나…… 아니면, 저 이상의 보조계 헌터이거나. 둘 중 하나일 겁니다."

유정수는 아까와는 비슷하나 다른 대답을 했다.

"일전에 일본에서 동해 길드에 모정우 대령님의 2세를 가장한 스파이를 보냈다는 이야기는 혹시 아시나요?"

유정수가 먼저 물었다. 대한민국 국민이라면 모를 수가 없는 떠들썩한 스캔들이었으나 연우는 상황이 달랐기 때문이었다. 연우는 고개를 끄덕였다.

"아시는군요. 예, 그때도 제법 오래 버텼었죠. 하지만 신체 변형이 자유로운 A급 보조계 헌터라고 해도 24시간 가능한 건 아닙니다. 만약 성인이 이만한 크기의 아이로 변형을 하는 상황이라면, 신체적으로 상당한 무리가 가거든요. 보조계 헌터인 이상 본 모습을 드러내는 때가 반드시 있을 겁니다."

"그 말은, 저보고 아이가 허점을 보이는 때를 노리란 말입니까?"

"예. 화장실이든, 모두가 잠든 때이든. 제가 저 아이라면 CCTV의 사각지대에서 휴식을 취할 겁니다. 주의해주세요."

스킬 스캐닝이라는 건 보여주기식 쇼에 불과했다. 실상은 정우가 연우에게 보조계 헌터를 소개해주고, 그에게 도움을 받을 수 있도록 시간을 만들어준 것에 불과했다. 물론 추적 단계에서 잡혔다면 더할 나위 없었겠지만 말이다.

"그렇게 해주길 바라기에 길드장님께서도 다른 헌터가 아닌 모연우 님께 저 아이를 맡기신 걸 겁니다. 형제라서 그런지 형에게 의지하시는 것 같네요."

유정수가 부럽다는 듯이 말했다.

"……글쎄요. 제가 보기에는 24시간 동안 바짝 긴장하라는 말로 들리는데요."

때로는 가족이라서 더 쉽게 부려 먹을 수 있는 법이다. 다른 헌터들은 근무 조건을 지켜줘야 하니까. 연우는 느긋하게 웃으며 대답했다.

"이렇게 말씀은 드렸습니다만, 저도 확신을 드릴 수는 없어요. 보조계라는 게 워낙 중구난방이다 보니…… 보조계 헌터로서 이런 두루뭉술한 말만 드려야 한다는 점이 몹시도 안타깝군요. ……혹시 모연우 님께서는 버섯 좋아하십니까?"

"버섯이요? 먹으라면 먹습니다만, 식감을 그리 좋아하지는 않습니다."

중요한 이야기를 나누던 중 갑자기 나온 버섯 이야기에 연우는 얼떨떨해하면서도 대답했다.

"대부분의 동식물은 체계와 분류가 정립된 판국에 버섯은 아직도 학계에 새로운 종이 발표되고 있다고 합니다. 보조계 헌터라는 건 그런 느낌입니다. 하찮지만, 어느새 새로운 게 불쑥 솟아나 있죠."

팅, 가벼운 소리와 함께 엘리베이터 문이 열렸다. 두 사람은 함께 걸어 나갔으나 연우의 발길은 회전문 앞에서 멈췄다.

"제가 말한 방법 외에도 기상천외한 스킬을 사용하는 중일 수도 있습니다. 그러니 항상 조심하세요."

아니면 버섯이 다 자라기 전에 아예 뽑아버리셔도 되고. 유정수는 마지막 인사를 나누고는 본인의 차에 탔다.

'저게 바로 보조계 헌터인 건가?'

연우는 잠시 그 자리에 서서 보조계 헌터와의 만남을 곱씹어보았다. 사실 별 건 없었다. 메일이나 전화로도 가능한 대화이기도 했다. 그런데도 정우가 왜 만남을 주선했는지 연우는 알 것도 같았다. 한 사람으로 전체를 단정할 수는 없지만, 보조계란 뭔가 구름처럼 흐리멍덩하고 경계가 명확지 않다는 느낌이 들었다. 버섯이라…….

"삼촌온! 뎡우, 피곤해에."

"고생했어, 우리 꼬맹이."

약속대로 돈가스 사 먹으러 가자. 사 먹지는 못하고 시켜 먹을 거지만. 연우는 아이에게 사탕을 건네며 품에 안았다.

'평범한 애가 아닌 건 알고 있어.'

연우는 제 무릎에 앉아 핸드폰에서 열심히 돈가스를 고르는 어린애를 바라보며 생각했다. 정우를 닮은 아이는 귀엽다. 사랑스럽다. 어쩔 수가 없다. 인간에게는 측은지심이라는 것이 있으니까. 물건이 인간 흉내를 내기만 해도, 아니, 인간을 닮지 않아도 알아서 닮았다고 생각하고 정을 쏟는 것이 사람이니까 말이다. 헌터병 중에서는 바로 그런 녀석들부터 죽어 간다.

'일본에서 몰래 집어넣은 스파이인 거면 양반이고, 최악의 경우는 구헌터 테러 집단이려나.'

던전이었다면 이 아이는 이미 죽었을 것이다. 정우가 아이를 만나기도 전에 연우의 손에. 그러나 이곳은 던전 안이 아닌, 민간인들이 버젓이 걸어 다니는 현실이었다. 이 아이가 정우의 자식이라고 주장하고 있고 일정 부분 설득력을 지닌 이상 죽이더라도 명분이라는 것이 필요하다.

'언론을 신경 써야 하는 정우야 진실을 확인한 후에 일을 정리할 생각이겠지만. 만약 네가 정말로 헌터이고 정우에게 해코지할 셈이라면…….'

어린애 목 비트는 게 그리 어려울까.

……물론 어려웠다. 하지만 그런 망설임은 살코기에서 뼈를 발라내듯 제거되어서, 연우와 같은 헌터병들은 거죽만 간신히 인간의

형상을 따르고 있을 뿐이었다.

"삼초온, 뎡우 이거 머글래요!"

그때, 꼬맹이가 번쩍 고개를 들었다. 하마터면 연우는 아이의 머리에 턱을 부딪칠 뻔했다.

"벌써 골랐어?"

"녜에에!"

"좋아, 어디 얼마나 잘 골랐나 볼까?"

연우는 성격 좋은 삼촌처럼 웃어 보이며 아이와 놀아주었다. 오늘도 아무런 일이 없었다. 숨었다는 친모도 여태 행방이 묘연했다. 만약 이 아이가 정말로 목적이 있는 헌터라면, 지금쯤 본색을 드러내야 하지 않았을까?

✷

연우는 유정수 헌터에게 들은 조언을 적극 참고하여 꼬마 정우를 주시했다. 아침에 연우가 받아온 식판으로 야무지게 식사하는 모습. 연우가 사다준 옷을 입고 깡충깡충 뛰는 모습. 그림책을 두 손으로 꽉 쥐고 열심히 읽는 모습…….

'귀엽잖아.'

결과적으로, 연우의 휴대폰에 동영상과 사진이 쌓여 갔다.

'아무리 가짜일 가능성이 100%에 수렴한다고 해도 정우를 너무 닮았단 말이지.'

연우는 꼬마 정우의 동그란 머리를 쓰다듬으며 자기 자신에게 변명했다. 이게 감시를 하는 것인지, 혼자 재미를 보고 있는 것인지 구별하기가 어려울 정도였다. 정우에게 받은 후 메마르게 사용하고 있던 폰 용량은 날이 갈수록 줄었으며 반면 꼬마 정우의 사진과 동영상은 가파르게 지분을 늘려 갔다.

가혹했던 어린 시절. 오로지 헌터가 되기 위해서 보냈던 유년기. 헌터병으로 보냈던 삶. 던전에서의 10년. 던전에서 나오자마자 몰아붙여진 재사회화까지. 정우를 만났다는 것 외에는 하나같이 혹독하고 삭막하기만 한 삶이었다. 그런 와중에 뜻밖에 보내게 된 2주 남짓한 시간은 약간의 휴가 같기도 했다.

'뭐, 이대로 데리고 사는 것도 나쁘지는 않지.'

정우와 정우의 길드에 해를 끼치지만 않는다면. 애교가 많은 걸 보니 정우와는 다른 성격의 아이로 자라날 것도 같았다.

"삼초온, 이거 해쥬세요."

그때, 꼬마 정우가 짧은 다리로 열심히 뛰어와 연우에게 무언가를 내밀었다.

"뭐가 안 되는데? 줘봐."

연우는 덥석 받아 들었다. 잘 보니 꼬마 정우가 만든 엉성한 종이접기 부산물이었다. 연우는 자신이 제대로 접어주겠다며 도전했으나, 사실 그도 이런 놀이를 거의 해보지 않았다.

"삼촌두 하나도 못해!"

그 탓에 종이학이 아닌 비틀린 어둠의 몬스터가 되어버렸지만, 아이는 침울해하기는커녕 연우가 접어준 종이를 보며 깔깔대며 웃었다.

"삼촌한테 한 번만 더 기회를 줘봐."

"뎡우도 다시 해볼래요!"

나이 차이가 아득히 나는 두 사람은 나란히 마주 보고 앉아서는 종이학 접기에 전력을 다했다.

'이런 식으로 하는 거였군? 좋아, 감 잡았어.'

연륜은 무시할 수 없는지 두 번째 종이학은 쉽게 완성했다. 연우는 제가 만든 종이학을 꼬맹이 옆에 살며시 올려 두었다.

"삼초온! 종이학을 천 번 접으며언, 소원이 이루어진대요오."

종이접기에 푹 빠진 아이는 제대로 된 종이학이 옆에 있다는 사실도 알지 못하고 저 하고픈 말을 했다.

"그래? 꼬맹이 천 개나 만들 수 있겠어?"

"웅! 만들고 싶어……."

삼촌보다 더 잘 만들 거예요! 연우는 지지 않겠다고 열중하는 아이를 관찰했다. ……유정수 헌터의 말처럼 일정 시간에 몸이 변한다든가, 혼자 어딘가에 숨어드는 모습은 아직까지 보이지 않았다.

'슬슬 꼬맹이 좋아하는 프로 시작할 시간인데.'

종이접기로 재밌게 오후 시간을 날려 먹은 연우는 시계를 확인한 후 TV를 틀었다. 아이가 좋아하는 채널로 돌리려는 순간, 뉴스의 멘트가 흘러나왔다.

[정규 던전의 붕괴 사고로 인한 우려의 목소리가 커지고 있습니다. 정부의 대처 방안은 지지부진한 가운데, 야당에서는 관련 법안을……]

기자의 냉철한 목소리와 함께 어째서인지 정우가 활약하는 모습이 자료화면으로 띄워졌다.

'고정 던전 이슈인가…….'

연우는 몇 주 전에 본 연지연 기자의 기사를 떠올리며 집중했다. 원체 바쁜 양반인 정우가 최근 들어 더욱 바빠진 이유가 저기에 있었다. 연우가 헌터병이던 때만 해도 던전을 닫기 위해 수많은 헌터병들이 목숨을 잃어야만 했다. 헌터병들에게 있어 던전 폐쇄는 반드시 해결해야만 하는 지상 과제였다. 그러나 세월이 흐르며 던전에 대한 인식도 변화했다. 더 이상 던전은 적군이 언제 밀려 들어올지 모르는 성문이 아니었다. 일확천금을 할 수 있을지도 모르는, 헌터 아이템의 원료들이 가득한 광산의 입구였다.

그렇게 던전을 고정시킨 후 대략 10년이 흘렀다. 던전 노후화로 인한 문제가 우후죽순 일어나기에는 더할 나위 없이 적절한 시기였다. 마치 제때 정리하지 못한 집이 폐가가 되어 말썽을 일으키는 것처럼 말이다. 고정 던전을 오랜 기간 방치하다가 붕괴 사고가 일어나는 예도 있었고, 헌터 아이템이나 스킬로 비활성화시킨 던전의 왕이 풀려나서 주변에 피해를 끼치는 경우도 왕왕 발생했다. 자원 채굴을 위한 고정 던전은 부지기수로 늘어났는데, 후처리가 부족하다는 것이 문제였다. 연지연 기자가 기사로 꼬집은 것처럼 새로운 던전이 발견되었을 때 5분 내외로 빠르게 낙찰되는 것과 달리, 던전 폐쇄는 대체로 지지부진하게 진행되는 편이었다. 던전을 닫는 데에는 어떠한 이득도 발생하지 않기 때문이다. 던전을 닫은 후 오염된 땅을 정상 복구시키는 것도 낙찰받은 길드의 역할이었다. 이런 정리가 하기 싫어 고정 던전의 자원이 고갈되었음에도 폐쇄를 차일피일 미루는 길드도 꽤 있었다. 그래서 던전 주변의 부동산 시세가 그나마 높은 경우에는 뒤처리를 자처하고 해당 던전의 점유권을 넘겨받는 하청의 하청, 이른바 뒤처리 전문 길드도 있을 정도였다. 이들은 헌터들이기는 하나 반은 부동산, 건축 업자들이었다. 부동산 업자가 헌터 자격증도 보유했다고 보는 편이 더 정확할 것이다.

그에 비하면 동해 길드는 가장 많은 고정 던전을 보유했으면서도 여태껏 단 한 번도 던전 붕괴 사고가 발생하지 않은 모범 길드였다. 그러나 연이은 붕괴 사고로 일반인들이 불안해하자, 정우는 길드 중 가장 먼저 자원이 고갈되었으나 안전한 상태라서 놔두었던 던전도 폐쇄하겠다는 계획안을 발표했다.

"봐봐. 너희 아빠가 이런 대단한 일을 하네."

연우는 뉴스에서 보는 일이 더 잦은 정우의 화면을 꼬마 정우에게 보여주었다. 아이는 빨려 들어가듯 TV 화면을 바라보았다.

'어?'

함께 뉴스를 보던 연우는 문득 이상함을 눈치챘다. 언제나 과할 정도로 깜찍하고 발랄했던 것과는 달리 TV 화면을 보는 아이의 얼굴에는 아무런 표정도 드러나 있지 않았다. 아이의 껍질을 뒤집어쓴 인형처럼 이질감이 느껴질 정도였다. 고작 수 초, 짧은 순간이었으나 연우는 그 표정을 포착했다.

"우……와아아아아아. 아빠 대단해요오! 덩우 아빠 조아해요오오."

꼬마 정우는 한껏 깜찍하게 굴며 정우를 찬양했다. 연우는 처음으로 아이의 행동거지가, 말투와 표정이 가식적이라는 인상을 받았다. 그러나 겉으로는 연우도 꼬맹이를 따라 억지로 미소를 지었다.

"좀 이따가 아빠 보러 갈까?"

"녜에에!"

"좋아, 당장 비행기 타고 날아가자."

연우는 한 팔로 꼬마 정우를 번쩍 들어 목말을 태워주었다.

✷

늦은 밤이었다. 꼬마 정우와 함께 자고 있던 연우는 어디선가 훌쩍거리며 우는 소리를 들었다. 보통 사람이라면 눈치채지 못하고 잠에 빠졌을 정도로 작은 소리였다.

"무슨 일 있어, 꼬맹아?"

그러나 잠귀가 밝은 연우는 금방 눈을 뜰 수 있었다.

"꾸, 꿈을 꿨어요오……."

갑작스러운 연우의 목소리에 아이가 깜짝 놀랐는지 어둠 속에서 칭얼거렸다.

"무서운 꿈이라도 꾼 거야?"

연우가 침대에서 벌떡 일어나 물었다. 혹시나 자신이 잠결에 아이를 쳤을지도 모를 일이었다.

"으응……. 아니. 아니에요오. 그냥…… 그냥……."

꼬마 정우가 머뭇거리더니 예고도 없이 불쑥 연우의 가슴팍에 안겨들었다. 왜 우는 걸까. 밤이 무서워서? 연우는 영문을 몰랐기에 그저 아이의 등을 토닥여줄 뿐이었다.

"삼촌도, 아빠처럼 뎡우가 싫지이?"

그때, 불길처럼 뜨겁고 작은 몸에서 들려오는 울림.

"……갑자기 그게 무슨 소리야."

꼬마 정우를 대하는 연우의 목소리가 눈에 띄게 누그러졌다. 물론 저 아이는 가짜일 가능성이 크고 진짜여도 곤란한 부분이 있지만, 그건 그때 생각할 일이고 지금은 일단, 꼬맹이였다.

"뎡우가…… 콜록."

꼬마 정우는 말을 채 잇지 못하고 기침을 하기 시작했다.

"꼬맹아, 거기 얌전히 있어."

연우는 꼬마 정우를 침대에 앉혀 놓고는 서둘러 흡입기를 찾았다. 꼬마 정우가 처음 동해 길드에 들어왔을 때, 아이는 선천적으로 몸이 허약한 편이었으며 천식을 앓고 있었다. 유일하게 정우를 닮지 않은 부분이었다. 동해 길드에서 맡은 이후 꾸준한 감시와 치료를 받은 덕인지 현재는 눈에 띄게 호전된 상태였다. 다만, 지금은 심하게 운 탓인지 가래가 끼고 기침이 올라오는 것 같았다. 연우는 익숙하게 흡입기를 대주고는 아이의 호흡이 편안해질 수 있도록 도와주었다. 빠른 대처 덕분인지 새액, 새액, 아이의 호흡이 점차 안정되어 갔다.

"난 꼬맹이 안 싫어해. ……그리고 정우도 싫어하지 않을 거야."

뒷말은 확신할 수 없지만, 어린애에게 그런 불안까지 심어줄 필요는 없겠지. 연우는 훌쩍거리는 아이의 등을 쓰다듬으며 말했다.

"꼬맹이 네가 지금 이런 치료받은 것도 전적으로 정우가 챙겨주는 덕이니까. 만약 네가 정우 아이가 아니라고 해도 계속 지원해줄걸?"

동생이 좀 지랄 맞기는 하지만 겁먹지 마. 연우는 속으로 삼키고 대신 좋은 말만 했다.

"아빠는, 뎡우 싫어하는 데에……. 무서운 데에……."

연우의 말을 듣고도 꼬마 정우는 믿지 못하는 투였다.

"어린애 아픈 거 외면할 정도로 나쁜 놈은 아니야. 나 때도 그랬거든."

"……삼촌이요오?"

"응, 나도 어릴 땐 꼬맹이처럼 폐가 안 좋았었거든."

어린 시절, 파양을 반복하면서 폐렴과 독감을 여러 번 앓았던 연우는 폐에 후유증이 남고 말았다. 헌터로 발현한 후에 몸이 강화되면서 싹 나았지만, 그전까지는 그 폐를 가지고 버텨야만 했다. 워낙 신체적으로 튼튼한 연우였기에 눈에 띄는 장애가 되지는 않았으나 날이 추워지면 영향을 받기는 했다. 연우는 자신의 폐가 건강치 못하면 양부모에게 버림받을까 봐 그 사실을 필사적으로 숨겼었다. 평생을 버림받으며 살아온 아이의 버릇이었다. 그런 연우의 증상을 눈치챈 유일한 사람이 정우였다.

'씨발, 너 미쳤어? 그걸 왜 숨겨?!'

나름 아름다운 추억인데 또 욕설이군. ……하여간에 정우는, 그 예쁜 얼굴에 안 어울리는 욕을 내뱉으며 길길이 날뛰었다. 덕분에 집안 모든 사람들에게 비밀이 알려져 연우의 증상은 양부모님의 귀에까지 들어갔다. 다행히도 양부모님은 폐에 구멍이 났다는 이유로 연우를 포기하지 않았지만, 당시에는 겁이 나서 잠들지도 못했었다. 지금도 떠올려 보면 가슴 한편이 오싹해질 정도였다. 그때는 그렇게 두려웠었는데, 왜 지금은…… 웃음이 날까.

"내 동생이라서 하는 말이 아니라, 정우가 겉보기에는 차가워 보이지만 속은 꽤 깊은 녀석이야. 그러니까 꼬맹이도 너도, 너무 무서워하지 마."

연우가 키득키득 웃으며 꼬마 정우를 쓰다듬어주었다. 꼬마는 가만히 그 이야기를 듣고 있었다. 다행히 위로가 통했나 싶었는데, 대뜸 아이의 통통한 뺨 위로 눈물이 주르륵 흘러내렸다.

"꼬맹아?! 왜, 왜 울어?!"

"우, 우으…… 흐앵……."

모터를 돌리는 것처럼 아이가 우는 시동을 걸기 시작하자 연우가 당황해서 외쳤다. 후애애앵! 결국 꼬마 정우는 울음을 토해 내기 시작했다. 우는 애를 달래느라 연우는 진땀을 빼야만 했다.

유원지 01

그날을 기점으로 꼬마 정우는 침울한 모습을 종종 보였다. 어쩌면 동해 길드에 온 후, 같은 행위만 반복되어서일지도 모른다. 센터 안에서 놀기, 책 읽기, 어른 사이에서 뛰어다니기가 생활의 전부였으니 말이다. 아이란 자고로 밖에서 신나게 뛰어놀아야 하는 법이었다. 그러나 꼬마 정우의 상황은 특별했다. 지금 저 아이가 아무렇지 않게 밖에 나갔다가는 일확천금을 노리는 헌터들에게 납치를 당할지도 모를 일이었다. 더구나 아빠인 정우는 물론 삼촌인 연우조차 언론에 곧잘 실리는 얼굴들이다 보니 상황이 여의치가 않았다.

"꼬맹아, 뭐라도 먹어보자."

"……."

"우리 꼬마가 왜 이렇게 우울할까?"

애가 안 먹고 버틸 때는 차라리 굶기는 게 낫다고, 유부남 헌터에게 조언을 듣기까지 했다. 안다. 알지만. 그래도 사람 마음이 맨날 합리적인 결론만 딱딱 내리기가 쉽지 않았다. 더구나 정우를 닮은 아이 앞에서는.

'하루에 간식을 세 번 먹었는데 한 번밖에 안 먹다니 걱정이 될 수밖에 없잖아.'

연우는 저 조막만 한 생명체가 혹여나 쓰러지지는 않을까 조마조마했다. 김일우 헌터는 절대 그럴 일은 없고, 설령 쓰러진다고 해도 길드 내 의료진이 곧바로 적절한 처치를 해줄 것이라 단언했지만, 연우는 불쑥 그럴 위기감이 들곤 했다.

'할아버지 할머니가 손자를 무작정 오냐오냐한다는 게 이런 건가.'

할아버지도, 할머니도 없었던 연우였으나 그 심정을 이번만은 백분 이해했다. 어린애가 동그란 몸으로 한숨을 푹 쉬거나 고개를 숙이는 모습을 보고 있자면 뭐든 해주고 싶은 마음이 드는 것이다. 더구나 정우를 닮았으니까.

"꼬맹이는 뭐 하고 싶은 거 없어요? 삼촌이 다 해줄게."

단, 할 수 있는 선에서. 연우는 이제는 당연하게 꼬마 정우를 제 무릎 위에 앉히고는 두 팔로 아이를 끌어안았다.

"뎡우는…… 폐 끼치고 싶지 않아요오……."

"폐라니. 어디서 그런 단어를 배운 거야? 설마 저기 헌터 아저씨가 삼촌 없을 때 그런 말 꺼냈어? 삼촌이 혼내줘?"

"아니! 아니에요오……!"

꼬마 정우는 열심히 고개를 흔들었다. 대뜸 애먼 아이를 혼낸 못된 아저씨가 되어버린 김일우 헌터는 눈이 잠시 커졌다.

"뭘 해줘야 우리 꼬맹이가 힘이 날까."

연우는 제품 안에서 푹 늘어진 꼬마 정우를 한 팔로 안고는 리모컨을 눌렀다. 애가 좋아할 만한 만화 프로그램을 돌리기 위해 채널을 조정하는데, 전에도 봤던 광고가 눈에 들어왔다.

[밤 10시부터 시작! 헌터들과 함께하는 놀이공원 퍼레이드!]

익숙한 광고구나 하고 넘기려 할 때였다.

"와. 아. 너무. 재밌겠다아. 아아아!"

고개를 푹 숙이고 있던 꼬마 정우가 웬일인지 환한 목소리로 외쳤다. 통통한 손가락은 화면을 가리키고 있었다.

"덩우, 놀이공원 가고 싶어요오……!"

"놀이공원?"

"녜에, 삼촌이랑 같이이……."

"나랑 같이?"

사흘 내내 아무것도 바라지 않고, 간식도 먹지 않던 꼬마 정우가 드디어 꺼낸 말이었다. 연우의 호승심이 불타오르지 않을 이유가 없었다.

✺

"허가증 좀 내주시죠."

"안 됩니다."

"에이, 우리 사이에 그러지 말고."

"……친한 척해봤자 안 되는 거 알고 계시잖습니까, 모연우 님."

문채윤 헌터는 뒷짐을 진 채로 단호하게 고개를 저었다.

"변장은 이 정도면 충분하지 않습니까. 정 안 되면 김일우 헌터님께서 같이 가셔도 되지 않겠어요?"

연우는 검은 후드와 바지에, 검은 캡 모자와 검은 마스크에, 예의 그 세모난 선글라스까지 착용한 채였다.

"해주세요오오!"

완전무장한 것은 꼬마 정우도 마찬가지였다. 머리부터 발끝까지 올블랙으로 차려입은 두 사람은 위장을 굉장히 잘하다 못해 과해서 오히려 눈에 띄었다.

"두 분의 외출은 저희가 관여할 수 있는 부분이 아닙니다. 정 나가고 싶으시다면 우선 길드장님께 허락을 받으십시오. 길드장님께서 허락해주신다면 두 분께서 얼마든지 빌딩을 떠나셔도 좋습니다. 그뿐이겠습니까. 김일우 헌터도 기꺼이 같은 복장으로 동행할 겁니다."

문채윤 헌터의 발언에 곁에서 대기 중이던 김일우 헌터의 어깨가 흔들렸다.

"오, 그건 조금 혹하네요. 정우가 허락 안 해줄 거 알고 있어서 그렇게 말하신 거죠?"

"……."

문채윤은 입이 무거운 헌터답게 굳이 변명하지 않았다.

"흠."

역시 안 되나. 후딱, 그리고 정우 몰래 일을 처리하고 싶었던 연우는 한숨을 푹 내쉬었다. 그런 연우를 따라서 꼬마 정우도 한숨을 푹 내쉬었다. 애먼 헌터들을 붙잡고 매달리던 연우는 결국 휴대폰을 꺼냈다.

[……형?]

수화음이 두 번 지나가기도 전에 상대방이 받았다. 정우는 웬일로 전화를 다 했냐는 투였다.

"어, 정우야. 물어보고 싶은 게 있는데."

[뭐든 물어봐.]

"네 아들일 가능성이 상당히 큰 외부인을 종일 돌보는 데다가 틈틈이 자격시험 공부까지 하는 어떤 불쌍한 헌터가 있는데 말이야. 그 불쌍한 헌터가 잠깐 기분 전환으로 바람 좀 쐬고 오는 거에 대해서 어떻게 생각해?"

[그런 사람이라면 당연히 휴가를 줘야지. 여러 가지 중책을 혼자 떠맡은 데다가 고생이란 고생은 다 하고 있으니까.]

정우는 동해 길드에 그런 성실하고 부지런한 헌터가 있었냐는 듯 말했다.

"역시 네가 뭘 좀 아는구나. 나도 그렇게 생각해."

연우는 승리의 미소를 지었다. 연우가 밝은 표정을 짓자 문채윤과 김일우는 그럴 리가 없다는 듯이 바라보았다.

[그럼 형이 나 대신 말 좀 전해줄래?]

"응, 어서 말해봐."

연우는 기분 좋게 대답했다. 생각 외로 일이 쉽게 풀리고 있었다.

[김일우 헌터에게 일주일 정도 아무 생각 말고 푹 쉬고 오라고 말이야.]

"김일우 헌터님, 정우가 일주일 정도 푹 쉬고 오라고…… 이 자식이."

[왜 그래 형, 말이 심하잖아.]

연우가 욱하자 스마트폰 너머로 낮게 웃는 소리가 들렸다.

[무슨 일인데 갑자기 나가겠다고 그러는 거야.]

연우가 끊으려 하는 걸 귀신같이 눈치챈 정우가 달래듯 물었다.

"그냥 좀, 쉬고 싶다. 그동안 갇힌 공간 안에만 있다 보니 답답하기도 하고. 바람 좀 쐬고 오면 나아질 것 같아서."

[우리 빌딩이 그런 마음이 들 정도로 좁지는 않았던 것 같은데.]

물론 웬만한 회사원의 일일 동선은 될 정도의 크기이기는 했다. 사실 연우도 딱히 바깥에 나가고 싶다는 욕망은 들지 않았다.

[솔직히 말해봐. 왜 나가고 싶은 건데.]

형은 항상 숨겨서 문제야. 스마트폰 너머로 들려오는 목소리에는 유독 뼈가 느껴졌다.

'내가 뭘 그렇게 숨겼다고.'

연우는 속으로 툴툴댔다.

"그래. 네가 말하라니 말할게. 기분 전환 겸 놀이공원이나 다녀오려고. 전적이 있으니까 정 의심되면 김일우 헌터랑 같이 갈게. 허락해줘."

잠시 안심하고 있던 김일우 헌터의 표정이 다시 굳었다.

[형이 놀이공원 좋아하는 줄은 미처 몰랐네. 귀엽게.]

"귀여워해줘서 고맙다. 그럼 가도 되는 거지?"

[당연히 안 되지.]

"그럴 거면 귀여워하지도 마라."

[형 얼굴이 대중한테 어느 정도 팔렸는지 알고서 사람 많은 곳에

가겠다는 거야? 그것도 그 가짜랑?]

일부러 꼬맹이 얘기는 안 했는데 어떻게 알았지. 연우는 뜨끔했다.

"……그야 뻔하잖아. 평생 놀이공원 한번 가본 적 없는 사람이 갑자기 30대가 돼서 가겠다고 하는데 뭔 뜻이겠어?"

[어릴 때 못 이룬 소원, 지금이라도 이루려는 줄 알았지.]

그 말에 연우는 멈칫했다. 잊었을 거라고 생각했던 어린 시절을 추억을 자극했다. 물론 정우는 놀릴 겸 가볍게 꺼낸 말일지도 모르지만.

[미안하지만 안 돼.]

"정우야."

하아, 연우는 깊은 한숨을 내쉬었다.

[응. 얼마든지 말해봐, 형.]

정우는 어디 한번 해보라는 듯 다감하게 재촉했다. 형제간의 우애 넘치는 대화였으나 휴대폰 너머의 기 싸움은 상상 초월이었다.

"……형인 내가 너한테 부탁하는 건 허락을 받고 싶어서가 아니야. 네가 안 된다고 해도 내가 하고 싶으면 할 거거든?"

던전에서 10년 만에 현실로 복귀한 후, 연우는 제멋대로 동해 길드에서 사라졌다가 나타나기를 반복했었다. 정우가 10km 내에 있으라고 하든 말든, 연우가 보기에 맞다는 판단하에 움직였다. 지금도 두 명의 헌터가 감시하고 있으나 원한다면 훌쩍 자리를 비울 수 있는 실력이, 연우에게는 있었다. 그런데도 지금껏 얌전히 굴었던 이유는 엘릭서로 인해 이어진 끈 때문도 아니고 오직 하나. 개미굴 던전에서 목숨이 끊겼던 짧은 순간, 정우가 눈물을 흘렸다는 그 한

마디 때문이었다. 정우가 자신을 걱정하고 있다는 사실을 사무치게 깨달았기 때문에.

[형 은근 고집 있는 거 알아?]

"그 고집 없었으면 10년을 어떻게 버텼겠냐."

[그건 그래.]

전화기 너머의 정우는 고민에 빠진 듯 한동안 말이 없었다.

[좋아. 허락 안 해주면 또 몰래 나갈 것 같으니까 허락해줄게.]

"고맙…."

[대신 나도 따라가.]

"뭐?"

[놀이공원이라는 곳, 원래 가족이나 친구, 연인 사이에 가는 데 아니야? 그럼 나만큼 적격인 사람이 어디 있겠어.]

형의 가족이자 친구고…… 연인인데. 전화기 너머로 들려오는 목소리는 황홀할 정도였으나 연우는 절대 속지 않았다.

'이 자식 봐라, 아주 파투를 내려고 작정을 했군.'

연우는 혹여나 꼬마 정우나 김일우 헌터가 정우의 목소리를 들었을까 봐 얼른 휴대폰을 손으로 가리며 이를 갈았다.

✷

김일우 헌터의 표정은 더없이 어두웠다. 그에게는 놀이공원에서의 상흔이 고스란히 남아 있었다. 따라서 그를 관찰하다 보면 단란한 모씨 일가가 외출하는 동안 무슨 일이 있었는지 간접적으로나마 추론할 수 있었다.

우선 김일우의 복장은 연우와 꼬마 정우의 드레스 코드를 철저하게 따랐다. 평소 입는 검은 양복에 뾰족한 선글라스와 검은 마스크. 딱 봐도 수상한 일을 꾸미는 사람으로 보였다. 그런 그의 머리에는 번쩍거리는 LED 동물귀 머리띠가 예쁘게 씌워져 있었다. 꼬마 정우의 기를 살려주기 위해, 놀이공원에 입장하자마자 모두가 일괄적으로 착용한 것이었다. 동해 길드의 길드장인 모정우 대령마저 기꺼이 착용했는데 아랫사람이 거절할 수 있을 리가 만무했다. 군에 있던 시절의 버릇인지 빳빳하게 각을 세운 양복은 넝마처럼 너덜거렸다. 중무장을 하고 놀이공원에 입장했건만, 얼마 지나지 않아 정체가 금세 탄로 났기 때문이다. 헌터 아이템은 기본적으로 등급에 따라 빛이 달라지는데 특별히 그 기능을 꺼두었는데도 그랬다. 하긴, 아무리 얼굴을 가렸다고는 하나 일반인과 비교되는 압도적인 신장과 신체 비율을 지닌 남자가 걸어 다니면 누구나 쳐다볼 수밖에 없었을 것이다. 쳐다보다 보면 어렵지 않게 모정우 대령이라는 사실을 눈치챌 것이고. 모정우에 비교할 바는 못 되었으나 김일우 헌터 또한 근육질에 장신이었다. 더불어 모연우 또한 일반인과는 차별화되는 신체를 지녔다 보니, 사실상 여기 와서 우리 좀 보세요, 하고 광고한 꼴이나 다름없었다.

"가족끼리 오붓하게 보내니까 재밌네. 가끔은 이런 것도 나쁘지 않겠어."

다들 넋이 나가 있었건만, 정우만은 재밌다는 듯 뻔뻔하게 웃는 낯이었다.

"너 일부러 그런 거지? 다 망치려고."

"왜 그렇게 생각해. 나도 형 동생인데 당연히 따라가고 싶지."

웃기시네. 사람에게 치여 지친 연우는 거침없이 내뱉었다. 안 그래도 나들이가 실패했는데 형제들이 사이에 오가는 언어도 거칠어지다 보니, 꼬마 정우는 불안한 모양이었다.

"흐, 흐우…… 흐아아아앙!"

꼬마 정우가 소리 없이 훌쩍이더니 이내 큰 소리로 울기 시작했다.

"꼬맹아, 울지 마."

어른들이야 허탕 쳤다 하고 웃어넘길 일이지만, 아이에게는 심한 스트레스였을 것이다. 정우를 노려보던 연우는 곧장 아이에게 관심을 돌렸다. 그래, 삼촌이 다 잘못했어. 다음에 더 좋은 데 가자. 장난감 사줄게. 입으로는 정신없이 아이를 달래면서도, 눈으로는 더없이 사납게 정우를 흘겨보았다.

✺

—모정우 대령, 가족들과 유원지 방문하여 소탈한 모습 보여.

—서정우 군이 자식으로 인정받았다? 이번에는 진짜 아들인가? 난무하는 추측과 팩트 체크!

동해 길드 수장의 유원지 깜짝 방문은 장안의 화제가 됐다. 채 한 시간도 지나지 않아 검은 정장을 차려입은 정우의 사진이 각종 대형 포털 사이트의 메인 화면을 점령했다. 이후로도 며칠 내내 온갖 미디어에서 지겨울 정도로 언급되고 게시되었다. 동해 길드 앞은 정우 사진 한 장 얻으려는 기자들로 장사진을 이뤘다. 놀이공원은커녕 한동안 창문도 못 열 판국이었다. 이래서야 한동안은 연우 몰래 빠져나가기도 힘들 것 같았다.

'그냥 말하지 말고 나갔다 올걸.'

연우는 제 무덤을 제가 팠구나 싶었다. 그러나 연우 또한 일반인들 사이에서는 눈에 띄는 체격인 데다가, 한번 기사가 났기 때문에 아이를 들고 다닌다면 금방 들킬 게 틀림없었다. 바깥 상황이 나빠진 것보다 훨씬, 꼬마 정우는 어두워졌다.

"형이 가고 싶다며. 한번 다녀왔으니까 된 거 아냐?"

앞으로 다시는 못 가겠지만 말이야. 제 목적을 달성한 정우만이 평소와 같았다. 아니, 조금 더 즐거워 보였다.

"너만 없어도 조용히 다녀올 수 있었거든?"

동생만 아니었어도……. 정우는 속으로 이를 갈았다.

"놀이공워언……."

꼬마 정우는 답답한 연우의 마음을 아는지 모르는지 칭얼거렸다.

'하는 수 없이 이 어린애한테 현실의 냉정함을 가르쳐줘야 하나.'

연우가 꼬마 정우를 품에 안은 채로 고민하던 때였다.

"사람 시선 신경 쓰지 않고 조용히 갈 수 있는 놀이공원이 없는 것도 아냐."

이 파국을 불러일으킨 정우가 툭 하니 말을 꺼냈다.

"뭐?"

설마 사설 유원지라도 있는 건가. 아니면 이번 기회에 산 건가? 대한민국을 쥐락펴락하는 모정우 대령의 재력이라면 못할 것도 없었다.

"궁금해?"

그야 당연하지. 연우는 두말할 것 없이 고개를 끄덕였다.

✷

모정우는 본인이 산타클로스라도 되는 양 그토록 간절히 원한다면 유원지에 데려다주겠다고 단언했다. 어떻게?

유원지란 기본적으로 사람을 모이게 하려고 작정한 장소다. 눈이 부시도록 반짝이는 빛, 화려한 의상을 입고 인형 탈을 쓴 직원들과 동화 속 풍경을 쏙 빼 온 건물, 환상적이고 짜릿한 경험을 선사하는 놀이기구들. 사람들을 피해야 하는 모정우와 사람을 불러 모아야 하는 놀이공원은 양립할 수 없는 존재다. 유원지에 있는 사람들을 다 쫓아낼 수도 없고, 그렇다고 이쪽이 모습을 바꿀 수도 없는 노릇이다. 보조계 스킬로 얼굴을 변형한다든가, 헌터 아이템이라도 쓰지 않는 이상은 불가능했다. 하지만 대한민국에서 어린아이에게는 의료 행위가 아니면 헌터 아이템 사용은 엄격하게 금지되어 있었다. 아날로그 풍으로 특수 분장을 하는 방법도 있다지만, 어린아이의 얼굴에 그런 걸 씌우는 것도 또 다른 학대가 아닐까 싶었다.

'정 안 되면 나 대신 다른 헌터를 붙여서 다녀오게 하는 수밖에 없겠네.'

정우가 허락해준다는 가정하에 막연히 그런 방식을 생각했던 연우였다. ……결과부터 말하자면, 정우는 모순과도 같은 문제를 해결

하고 약속도 지켰다.

이른 아침, 아직도 잠에서 깨지 못해 해롱대는 꼬마 정우를 품에 안고 연우는 길드 밖으로 나왔다. 모자나 마스크, 안경 같은 거추장스러운 소품은 필요 없다고 하여 일절 챙기지 않았다. 심지어는 보랏빛으로 번쩍이는 차를 타고 이동했다.

'정말로 놀이공원을 사들인 건 아니겠지.'

그 재력과 성격을 보면 단 하루를 위해 그러고도 남을 녀석이었다. 연우의 우려대로 치기 넘치는 20대 시절, 연우가 곁에 있었다면 정우는 정말 그랬을는지도 모른다. 하지만 모정우 대령은 30대였다.

"여기서 내리시면 됩니다."

정말 내리는 게 맞나? 연우는 의심쩍어하면서도 아이를 안고 차에서 내렸다.

"그럼 부르실 때 다시 오겠습니다."

간단한 인사를 마친 김일우 헌터는 차를 몰고 유유히 떠났다.

"……여기 진짜 오랜만이네."

혹여나 방해꾼은 없을지, 테러 조직이 숨어 있지는 않을지 주변을 자세히 둘러본 연우가 내뱉은 감상이었다. 아무것도 없다. 구경꾼이나 기자들도, 구헌터나 신헌터도. 아예 사람도, 차도. 이 일대가 전부 폐허였다. 몇 가지 눈에 띄는 지형지물로 인해 과거에 어떤 곳이었는지 구별할 수 있었을 뿐.

"모 재벌이 한때 이 지역 일대를 왕국처럼 꾸몄었지. 지금은 전부 폐쇄됐지만."

정우가 힌트를 주었다.

"저 아파트는 여전히 건재하네."

하하, 연우는 황폐화된 주변 풍경과 어우러진 구식 아파트 단지를 보며 헛웃음을 지었다. 몬스터 웨이브와 방치의 영향으로 낡은 것처럼 보일 수도 있지만, 예전에도 저 아파트는 저만치 낡아 있었다. 몬스터 웨이브를 겪고도 무너지는 일 없이 버텼는데 더는 재개발을 기대할 수 없게 되다니, 집주인들의 심정이 말도 아니겠다 싶었다.

"따라와. 잔해에 걸려서 넘어지지 말고."

정우가 먼저 걷기 시작했다.

"별걱정을 다하네."

너나 잘해. 연우는 받아치고는 정우를 따라갔다. 포장도로의 벽돌이 깨지고, 구덩이가 뚫린 곳이 수두룩해서 꼬마 정우를 계속 품에 안은 채였다. 이곳이 이토록 조용한 것은 처음 보았다. 15년 전, 연우가 군에 들어가기 전 이 일대는 끊임없이 사람들이 오가는 서울의 중심지 중 하나였다. 지금은 건물 잔해가 시간의 흐름을 이기지 못하고 무너지는 소리마저 메아리처럼 울려 퍼졌다. 정우는 약속대로 연우를 놀이공원 앞까지 데리고 와줬다. 문제는 더는 운영을 하지 않는다는 것이었지만.

—*유원지 01.*

일반인의 접근을 막기 위해 설치된 바리케이트에는 이러한 명칭이 적혀 있었다. 출입문 위로 큼지막하게 달려 있던 간판은 몬스터의 공격에 부서졌는지 보이지 않았다.

"역시, 이곳을 중심으로 몬스터 웨이브가 발생했던 건가."

"응. 형이 던전 속에 있던 10년 동안에."

"그랬구나."

연우의 기억 속에서는 서울에 사는 학생이라면 소풍으로 한 번쯤은 가봤을 랜드 마크였다. 물론 연우는 한 번도 가보지 못했지만. 그러나 지금은 먼 과거의 기억을 되살려 무너진 건물 뼈대 위에 살을 입히지 않으면 알아보기 힘들 정도로 파괴되어 있었다. 10년이면 강산이 변한다더니, 변하기도 정말 많이 변했다.

"네 말대로 놀이공원이 맞기는 한데, 어린애한테는 무섭지 않을까?"

"다 방법이 있으니까 잠자코 따라오기나 해."

정우는 단언하고는 먼저 걸어 나갔다. 연우는 바로 따라가지 않고 가만히 서 있었다.

"어때, 갈 수 있겠어?"

아직 모든 멤버의 완전한 동의를 얻지 못했기 때문이었다.

"뎡우는 놀이공원, 가고 싶어요오!"

꼬마 정우는 고요한 폐허 한가운데서도 무서워하기는커녕 눈을 반짝거렸다. 누구 아들 아니랄까 봐.

"그래? 그럼 한번 가볼까."

생각보다 놀이공원 자체는 괜찮을 수도 있잖아? 정 안 되면 바로 돌아오면 되니까. 모래만 줘도 무궁무진하게 가지고 노는 것이 어린 아이다. 어쩌면 시설이 약간 노후되었어도 재밌게 놀지도 모른다.

"조심해서 걸어야 해."

"네에에!"

연우는 스스로 걷겠다는 꼬마 정우를 땅에 살포시 내려놓았다.

완전히 풀어놓지는 않았고, 다칠 우려가 있으므로 한 손을 꼭 쥔 채로 걸었다. 아이는 마치 모험 놀이라도 하는 것처럼 씩씩하게 걸어나갔다. 오히려 연우보다 한두 걸음 앞서서는, 연우의 손을 당기며 더 빨리 가보자고 재촉하기도 했다. 그 모습을 보고 있자니 자연스럽게 진짜 정우 생각이 났다.

'잘 봐. 이걸 이렇게 돌리면 돼. 이게 드림 월드보다 훨씬 좋으니까 그딴 덴 갈 생각 하지 마.'

놀이공원을 담은 오르골을 보여주며 툴툴거리던 모습이.

'오래전 일인데.'

그 나이 또래인 꼬마 정우를 데리고 놀이공원에 가서 그런 걸까. 괜히 그 생각이 나네.

정우가 먼저 들어가면서 바리케이트를 파쇄해 놓은 덕에 연우는 꼬맹이와 편하게 안으로 들어갈 수 있었다. 놀이공원으로 향하는 건물에 들어서자 상점가가 즐비했다. 유리창은 깨지고 마네킹이나 소품들이 사람 대신 으스러져 있었다. 미처 지우지 못한 핏자국도 곳곳에 묻어 있었다. 거대한 원형 공간 안, 손님들의 다양한 요구를 채워주기 위해 길이 여러 갈래로 갈려 있었다. 잘못하면 길을 잃을지도 모른다는 걱정이 들 만큼 복잡했다. 서울 사람이라면 소풍이나 가족 여행, 친구들과의 모임으로 한 번쯤은 와보는 장소였으나, 연우는 놀이공원에 처음 가본 것이 고작 며칠 전이었기에 모든 것이 낯설었다. 환기가 잘되지 않는 탓인지 뿌연 먼지가 허공에 떠다녔다. 연우는 공기 중에 떠다니는 금빛 가루를 바라보았다. 말로 표현할 수 없는 울적함이 느껴졌다.

'이거 애들 정서에 좋지 않아 보이는데.'

모정우 이 자식. 제 아들일지도 모르는 애한테 어딜 구경시키는 거야. 아니면 절벽에서 새끼 사자를 떨어뜨리는 어미 사자라도 되겠다는 건가. 연우는 속으로 혀를 찼다.

"꼬맹아, 지금이라도 무서우면 말해."

"재밌어요오!"

연우는 걱정했으나 꼬마 정우는 과연 모정우의 아들이라 그런지 씩씩했다.

'혹시 정우가 진짜 사자의 교육법을 쓰는 건가?'

아니면 여기서 울면 가짜 아들, 의연하면 진짜 아들이라든가. 그런 영양가 없는 개소리를 떠올리며 연우는 꼬마 정우를 데리고 나아갔다. 본인이 주변 지형이 안전한지 확인을 하고 나서야 비로소 아이를 옮겼다. 가끔 잔해가 앞을 막을 때면 아이를 먼저 올리고 따라서 훌쩍 뛰어올랐다.

"얼마나 더 가야 해?"

연우가 저 멀리에 있는 정우의 뒤통수에 닿을 수 있도록 큰 소리로 물었다. 그 부름은 메아리가 되어 빈 건물 안을 울렸다.

"거의 다 왔어."

반면에 정우는 그리 크게 말하지 않았는데도, 멀리서도 목소리가 또렷하게 들렸다.

그렇게 다 왔다는 말만 믿으며 매표소까지 도착했다. 수많은 사람을 감당하기 위해 지하철처럼 개찰구를 지어놓은 공간에는 세 사람뿐, 텅 비어 있었다. 원형의 광장이었기 때문에 걸음 소리조차 울릴 정도였다. 매표소에서 표를 구입한 후 개찰구를 넘으면 비로소 유원지였다. 이곳이 유원지의 시작임을 알리는 거대한 마스코트 동상이 두 개 서 있었는데, 하나는 파괴되어 신발밖에 남지 않았으며 다른 하나도 머리 반이 날아가 있었다. 그래도, 먼지가 쌓인 마스코트 장식은 오랜만에 손님을 맞이했다. 너는 여기 혼자 남아 계속 기다린 보람을 느낄까? 연우는 속으로 물으며 입장했다.

"아……."

연우는 낮게 감탄했다. 천장이 돔으로 덮인 실내 유원지에 들어서자 공기의 색이 변했기 때문이었다. 색이 바랜 추억이다, 같은 문학적인 표현이 아니라 정말로 세피아 톤이었다. 노을이라고 하기에는 채도가 과하게 빠진.

"여기서부터 던전이었던 모양이군."

과연. 연우는 고개를 끄덕였다.

'낙엽 같네.'

아이가 놀기에는 좀 으스스해 보이기도 한데……. 그래도 어둠뿐이었던 타임홀 타입 던전보다는 낫지만 말이다.

"정우야, 여기 놀이기구는 작동시킬 수 있는 거야? 던전화되면 대개 물리법칙이 달라지는 것으로 알고 있는데."

"나름의 방법이 있으니까. 일단 구경해봐."

형도 타고 싶은 기구 있으면 말하고. 연우는 의심이 들었으나 정우는 변함없이 느긋했다.

"놀이공원 주인께서 그렇다고 하니. 어디 한번 가볼까, 꼬맹아?"

"네에에!"

연우는 꼬마 정우의 손을 잡은 채로 놀이공원 안을 산책했다. 다행히도 던전을 고정한 후 길드 차원에서 시신은 정돈해 둔 모양이었다. 그런데도 미처 지우지 못한 핏자국은 종종 보였지만. 폐쇄된 놀이공원은 옛날 광고에서 보았던 모습을 10년 가까이가 지난 지금도 그대로 유지하고 있었다. 공기마저 고정된 잿빛 세계. 변한 세상에 적응해야 하는 오래된 연우로서는 처음 와본 장소임에도 향수를 느낄 정도였다.

'이런 폐쇄된 장소에서 몬스터 웨이브가 터졌다면 사상자가 엄청났겠는데.'

하지만 감정은 잠시였다. 공간은 좁고 지형지물이 곳곳에 설치되어 있어 복잡하다. 피신하기도 어려웠겠지. 유원지의 특성상 항상 시끄러우니 몬스터 웨이브가 발생했을 당시 바로 대처하지 못했을 가능성이 커 보인다. 유원지 밖까지 아수라장인 걸 보니 대피가 순조롭게 이어지지 않은 것 같다. 연우는 주변을 둘러보며 빠르게 판단을 내렸다. 희생자는 대부분은 아이들이었겠지. 몬스터 웨이브가 터진 날, 이곳에 소풍을 온 학생들이 없었길 속으로나마 바랄 뿐이었다.

"으앗!"

"조심해야지."

어른보다 체력이 떨어지는 탓에 꼬마 정우는 벌써 지친 모양이었다. 손을 쥐고 있었기에 망정이지 하마터면 넘어져서 크게 다칠 뻔했다. 휘청거리는 아이를 연우는 팔심 으로 부축했다.

"괜찮아? 기침은 안 나고?"

"괘…… 괜찮아요오오!"

아이는 힘들어서 땀을 뻘뻘 흘리면서도 놀이공원을 포기하지 못하겠는지 건강한 척을 했다.

"너무 무리는 하지 마. 언제든 또 올 수 있으니까."

정우가 과연 허락해줄까 싶었지만, 연우는 괜히 배짱을 부려보았다. 꼬맹이는 크게 고개를 끄덕였다. 아이가 넘어질 뻔했던 밑을 보니, 원래대로라면 잘 포장되어 있어야 할 바닥 위로 나무뿌리가 튀어나와 울퉁불퉁했다. 기괴해 보여야 정상이나, 부서진 유원지의 정경과 어우러져 의외로 이조차 어떤 이야기의 배경처럼 느껴졌다.

'식물형 몬스터였던 건가?'

하필이면 이런 폐쇄된 장소에 한자리에 터를 잡고 영역을 삼켜버리는 몬스터가 나타나다니. 이거 운이 무진장 나쁜데. 연우는 혀를 차며 튀어나온 나무뿌리를 가볍게 걷어차보았다. 전혀 반응이 없는 것을 보니 활동이 완전 정지된 게 확실했다. 연우는 고개를 들어 돔형 천장을 올려다보았다. 일부가 깨져 있어 흐릿한 빛이 새어 들어왔다. 이 공간은 던전화되었으니 햇볕은 아닐 텐데, 도대체 어디서 내리는 빛인 걸까.

"어때, 꼬맹아. 재밌어?"

"우웅……!"

"무섭지는 않고?"

"하나도 안 무서워요오."

"대단한데. 우리 꼬맹이는 좋은 헌터가 되겠어."

고요한 유원지 안, 자박자박 잔해를 밟으며 걷는 소리마저 반갑다는 듯이 크게 울렸다. 마치 세상이 멸망하고 세 사람만 남은 것 같은 공허함이 이곳에 깃들어 있었다.

……살아 있는 전설, 신중윤이 던전을 고정하는 방법을 고안한 후로 수많은 던전들이 자원 채굴을 목적으로 이 땅에 남겨졌다. 처음에는 인스턴트 던전의 고정, 자원 채굴 모두를 국가에서 관리해왔다. 지금도 몬스터 웨이브가 발생하면, 던전의 소유권은 우선적으로 국가에게 주어진다. 그러나 각종 리스크 관리 등을 이유로, 현재는 공시를 통해 사설 길드에게 던전의 소유권을 양도하고 있다. 채굴이 완료되면 국가에 조사 보고서를 제출한 후 던전의 왕을 죽여 던전을 닫는 일까지가 던전을 낙찰받은 길드의 몫인 것이다. 그런 과정으로 보았을 때, 이곳은 동해 길드의 소유인 게 틀림없다.

'강사에게 주입당했던 지식이 이럴 땐 도움이 되네.'

연우는 그런 생각을 하며, 텅 빈 기념품 판매점에서 곰 인형을 하나 주웠다. 먼지를 툭툭 털어 쥐여주니 꼬마 정우가 기뻐하며 품에 안았다.

"타고 싶은 기구는 골랐어?"

"녜에. 관람차 타고 싶어요오."

"그러고 보니 저번에 유원지에 갔을 때도 그거 타고 싶다고 했었지."

"녜에!"

"좋아, 정우한테 부탁하러 가보자."

연우가 꼬마 정우와 함께 기념품 판매점을 나올 때였다. 그 긴 다리로 멋대로 걸어 나가서 머리카락 한 올 보이지 않더니, 정우는 언제 그랬냐는 듯 입구 옆을 지키고 서 있었다.

"슬슬 본심을 털어놓지그래."

정우가 연우를 똑바로 바라보며 말했다. 그래서 연우는 자신에게 하는 말인 줄로만 알았다. 생뚱맞게 그게 무슨 소리야, 그렇게 되물으려는 순간이었다.

"보조계 헌터가 몸을 변형한 경우든, 민간인 아이를 잘 훈련시켜서 보낸 경우든, 보통은 내 자식이라고 주장하면서 어떤 권리를 요구해. ……돈이라든가, 길드의 지분이라든가. 후계자로서의 법적인 지위라든가."

정우의 고개가 천천히 내려갔다.

"그게 날 찾아온 목적이니까."

정우가 말을 건 상대는 연우가 아니었다. 겁을 먹었는지 연우의 뒤에 매달려 있는 어린아이였다.

"그런데 넌, 고작 한 부탁이 놀이공원에 가고 싶다는 것뿐이었지. 동해 길드가 소유한 놀이공원이라고는 이곳 한 곳뿐이야."

정우는 수행원 하나 대동하지 않고 여기까지 자진해서 들어왔다. 그건 본인의 능력에 자신이 있어서일까, 아니면 상대를 우습게 여겨서일까. 어쩌면 둘 다일지도 모르겠다.

"자, 네가 원하는 곳까지 와줬으니 요구사항이 있으면 말해봐. 어린애 흉내도 지긋지긋할 텐데."

불길한 예감에 연우는 뒤를 돌아보았다.

"뎡우, 뎡우느은……."

꼬마 정우는 연우가 준 곰 인형을 소중히 끌어안은 채로 부들부들 떨고 있었다. 성인 남성이라 할지라도 모정우에게 추궁을 당하면 꼼짝도 하지 못하고 겁에 질릴 것이다. 하물며 어린애라면….

"뎡우, 미워하지 마아……."

아이가 울먹이며 뒷걸음질을 쳤다. 저러다 혹여나 넘어질까 연우의 몸이 반사적으로 움직였다. 그러나 꼬마 정우는 연우가 저를 붙잡아 정우에게 바치려고 한다고 생각했는지, 곰 인형을 던져버리고는 등을 돌려 부서져 내려앉은 벽 쪽으로 달리기 시작했다.

"꼬맹아!"

"그냥 둬. 어차피 멀리 못 가."

그러나 연우는 정우의 말을 듣지 않았다. 꼬마가 빠져나간 구멍은 건강한 체격의 연우가 지나가기에는 역부족이었다. 하는 수 없이 정우의 어깨를 치며 상점 입구로 뛰쳐나갔다.

"거기 서, 꼬마야! 서정우!"

연우는 저 멀리 달려가는 꼬마 정우의 뒷모습을 보며 외쳤다. 그러나 꼬마 정우는 잠시 돌아볼 뿐 멈추지 않았다. 연우의 외침만이 유원지 안에서 울려 퍼지며 꼬맹이의 뒤를 대신해서 쫓았다.

"조그만 녀석이 빨리도 달리네."

연우는 쓰라린 한숨을 내뱉고는, 정우가 있는 곳으로 걸어갔다. 기껏 꼬마 주인을 만났는데 금방 버려지고만 곰 인형도 괜히 주워왔다. 그가 곧장 꼬마 정우를 쫓아갈 줄 알았던 정우로서는 의외라는 듯한 표정을 짓고 있었다.

"책임져. 너 때문에 애가 도망쳤잖아."

연우는 이를 갈며 으르렁거렸다.

"좋아. 그럼 집에 돌아갈까?"

"말도 안 되는 소리 하지 마. 부성애도 없는 나쁜 놈."

"말했잖아, 난 그런 자식 가진 적 없다고. 그리고 우리가 쫓아가지 않으면 돌아올지도 모르잖아."

"아니. 안 가. 너 아까 하는 말 보니까 저 애가 어디로 가는지 아는 거 같은데, 거기까지 안내해."

연우는 정우의 말장난에 말려들지 않았다. 진저리를 치던 연우의 얼굴에서 표정이 서서히 사라지고, 무서울 정도로 침착해졌다.

"왜 그렇게까지 하는 거야?"

정우가 물었다. 연우가 묵묵히 노려만 보고 있자, 그는 상점 입구에 늘어지듯 기대던 몸을 일으켰다.

"지난번에 형이 멋대로 들어간 인스턴트 던전 기록을 살피다가, 연지연 기자의 증언록을 봤어. 몬스터가 아이의 거죽을 뒤집어쓰고 인간 흉내를 냈었다고 하더군."

"……."

"내장을 파먹고 인간으로 위장하는 방식이라…… 형이 눈치채고 막아준 덕분에 그 기자는 살 수 있었겠지. 저 가짜가 그런 케이스는 아니었지만, 다른 길드나 구헌터 테러 집단에서 일부러 보낸 스파이일 가능성은 분명히 있어."

"확실한 증거가 발견되면 그때 조사하면 되잖아."

"형도 알지? 본인이 헌터병 출신이었다는 건 어디 갔나 싶을 정도로 저 애한테 무르게 구는 거."

정우의 반박에 연우는 입을 다물었다. 그의 질문은 일리가 있었다. 왜 저 아이에게 약한 걸까? 겉모습이 정우를 닮아서? 하필이면,

'또' 정우와 이름이 같아서? ……모르겠다.

"정우야. 사람이지 몬스터가 아니잖아. 더 이상 던전 안에 있는 게 아니니까 최대한 피를 보고 싶지 않을 뿐이야. 저 애가 뭔가 문제를 일으켰다면 또 모르지. 하지만 네가 했던 말대로 저 애는 아무런 해도 끼치지 않았잖아?"

연우는 고민 끝에 대답했다. 던전으로 투입되고 잠시 휴식을 취하고 다시 던전으로 투입되는 삶에서는 인간이었어도 몬스터처럼 사는 것이나 다름없었다. 주변에서는 난다 긴다 하는 헌터병들도 순간의 판단 실수로 목숨을 잃는 판국이니 동정심이라든가 감수성 따위가 자기주장을 할 틈이 없다. 의심이 들면 당하기 전에 바로 죽이는 편이 낫다. 죽고 난 뒤까지 고려할 여력은 없다. 순간순간을 발악하며 버틸 뿐. 헌터병은 헌터병의 고통밖에 생각할 수 없었다. 그러나 던전 바깥은 달랐다. 그곳에는 헌터병이 아닌 다른 이들의 삶이 무수히 펼쳐져 있었다.

"……아, 저 애한테만 무르게 군다는 말은 취소야. 그러고 보니 형이 마냥 그렇지는 않았지."

"뭐?"

"혹시 형, 저 애가 죽은 동료 중 한 사람의 가족이어서 형에게 복수하러 온 거라고 생각해?"

정우는 또 다른 가능성을 제시했다.

"……."

연우의 말문이 막혔다.

"그래서 혼자서 해결해야 한다고 생각하는 거잖아, 지난번처럼."

"……난 일단 꼬맹이를 찾으러 가볼게. 길드로 돌아가고 싶으면 너 혼자 가든가."

연우는 괜히 곰 인형을 정우에게 던지고는 등을 돌렸다. 말은 이렇게 했지만, 정우가 매정하게 돌아갈 리가 없다는 것을 알기에 버텨보는 거기도 했다. 물론 저 녀석 성질머리라면 그대로 돌아갈 수도 있을 것 같지만, 일단은 자신이 정우의 사역마이기 때문에 10km 이상은 떨어지면 안 되거든.

"꼬맹아!"

연우는 아이의 흔적을 따라 뛰어갔다. 유원지의 중심부에 있었던 연우는 출구 쪽으로 향했다. 그럴수록 주변의 어둠은 더욱 짙어졌다. 이윽고 연우는 현실과 던전이 융합된 징검다리를 지나 완전한 던전으로 들어가게 되었다. 여태까지는 현실에 발을 걸치고 있었지만, 여기는 넘으면 확실한 이공간, 던전의 영역이다. 10년을 버텨왔던 타임홀 타입 던전처럼 말이다.

그러나 연우는 망설임 없이 안으로 들어갔다. 주변의 배경이랄 것들은 전부 어둠에 묻혀 사라졌다. 그런데도 길을 잃지 않을 수 있었던 것은 바닥에 깔린 나무뿌리를 밟으며 달렸기 때문이었다. 폐쇄된 유원지를 구경하며 마냥 꼬마 정우의 시터 노릇만 하고 있던 것은 아니었다. 뿌리의 흐름을 가늠하고 있었다. 일반인이라면 이 점을 염두에 뒀어도 시야가 어두워진 시점에서 길을 잃었겠지만, 노련한 헌터병인 연우는 달랐다.

"얼마 지나지도 않았는데, 도대체 어디까지 간 거야?"

꼬맹이 주제에. 연우는 한숨을 내쉬며 걸어갔다. 다행히도 던전

자체는 그리 깊지 않았다.

'이건…….'

그리고 연우는 던전의 주인과 마주하게 되었다. 던전을 검게 물들이는 식물형 몬스터, 거대한 암흑수였다. '나무'라. 몬스터에게 그 생물학적 명칭이 가당키는 한가 싶지만, 가장 닮은 것이라고는 그것밖에 떠오르지 않았다. 바로 그 나무 아래에서 흐느끼며 우는 소리가 들렸다. 자그마한 아이가 암흑수의 밑동에서 두 손으로 얼굴을 가린 채 울고 있었다. 울음 사이로 콜록, 콜록 희미하게 기침 소리가 들렸다.

"흡입기 나한테 있으니까 그만하고 이리 와, 꼬맹아."

연우는 아이가 또 도망가지 않도록 행동거지와 말투를 평소의 톤으로 유지하며, 천천히 다가갔다.

"이미 다 들켰잖아. 어린애 연기는 그만해도 돼. 뭐라고 안 그럴 테니까. 정우도 화 안 낸다고 약속했어. 네 안전은 내가 보장할게."

물론 정우는 그런 약속 따위 하지 않았으나 연우는 공수표를 던졌다. 원래 궁지에 몰린 쥐가 고양이를 무는 법이라고 했다. 상대방에게 도망갈 구석은 마련해줘야 한다.

"아냐, 연기 같은 거 아니라구우… …으윽, 흑……."

"그래그래. 꼬맹이 연기 아니지."

꼬마 정우에게 다가가다 보니, 본의 아니게 암흑수의 모습을 좀 더 꼼꼼하게 볼 수 있게 되었다. 거대한 영역을 차지하는 식물형 몬스터답게, 사람이 자유롭게 팔다리를 움직이는 것처럼 뿌리가 온갖 방향으로 자유분방하게 뻗어 있었다. 본체에 가까운 탓인지 연우의 키만큼 솟아오른 뿌리도 있었다. 하지만 지금은 박제라도 된 것처럼 뻣뻣하게 굳어 있어 위협으로 느껴지지는 않았다. 그런데도 공포를 느낀다면, 암흑수 자체라기보다는 뿌리에 얽힌 무언가 때문일 것이다.

암흑수의 주변에는 무수한 시체들이 뿌리에 붙들려 엉켜 있었다. 몬스터 웨이브가 발생했을 당시 유원지에 있었던 희생자들이겠지. 정우의 말로는 유원지 01 던전이 정규 던전으로 고정된 지도 벌써 몇 년이 지났다고 했다. 그러나 타임홀 타입 던전에 갇혔던 연우가 10년 동안 나이를 먹지 않았던 것처럼, 이 희생자들도 살아 있는 듯이 온전하고 생생했다. 특히나 꼬마 정우의 바로 옆, 암흑수의 기둥에 흡수되다시피 한 여학생의 시신은 더더욱. 언뜻 보면 잠에 빠진 것처럼 보일 정도로 상태가 온전했다.

"돌아가자."

꼬마 정우가 암흑수의 분신이라면 모를까, 구헌터든 신헌터든 사람이라면 일단 데리고 가야 하지 않겠는가. 도통 말을 듣지 않으니 연우가 힘으로 아이를 안아 들려 할 때였다. 꼬마 정우가 먼저 연우의 팔을 붙잡았다.

"윽!"

연우는 낮게 신음했다. 조막만 하던 아이의 손이 갑자기 자라나며 연우의 팔을 으스러질 듯 세게 움켜쥔 탓이었다. 변해버린 것은 손만이 아니었다. 어둠 속 실루엣이 기괴하게 부풀기 시작했다. 위험을 느낀 연우가 물러서려 한 순간, 성인 남성 크기의 팔이 연우의 목을 걸고는 거세게 조였다. 연우의 목이 뒤로 꺾였다. 아이라고는 믿기지 않는 힘이었다.

"이제부터 넌 인질이다, 모연우."

귓가로 음산한 음성이 들렸다. 그와 동시에 끼릭, 탄창이 굴러가는 소리와 함께 관자놀이에 서늘한 쇳덩어리가 닿았다.

"하, 젠장……."

기껏 이쪽 편을 들고 왔더니, 영락없이 정우 말대로 되어버렸잖아. 연우는 두려움을 느끼기는커녕 속으로 한숨을 내쉬었다.

"뭐…… 뭐야, 그 한숨은……!"

"아, 아무것도 아니야."

연우는 급히 정정했다.

"좋아…… 아니, 좋은 게 아니지. 지금 본인 상황이 어떤지 알고나, 나한테 반말하는 거야?"

이제는 비쩍 마른 사내가 되어버린 꼬마 정우가 어처구니가 없었는지 되물었다.

"거 미안합니다. 근데 아무래도 지냈던 시간이 있다 보니…… 바로 존댓말이 나오기가 좀 어렵네."

"지금부터 당장 존댓말 해."

"네."

연우는 항복의 의미로 두 손을 슬슬 들면서 곁눈질을 했다. 쇳덩어리의 정체를 살피니 권총이었다. 은은하게 초록빛이 도는 것이 등급이 높지는 않지만 보통 총은 아닌 게 분명했다.

"모…… 모정우는 어디 있지? 그 자식은 어따 내버려 두고 당신 혼자 온 거야?"

후에엥거리던 귀여운 아이 목소리는 어디 가고 낮고 쉰 음색이 귓가에 연신 꽂혔다. 연우는 어째서인지 가슴이 쓰라렸다.

"곧 오겠지…… 올 겁니다."

크나큰 배신을 당했건만, 대답하는 연우는 자신도 놀랄 만치 침착했다. 목이 조이는 탓에 상대의 얼굴이 잘 보이지 않아 대신 연우는 눈동자를 아래로 깔았다. 팔뚝을 보니 뼈밖에 없다 싶을 정도로 말랐으며 빛을 거의 보지 않은 듯 창백했다. 자신보다 키가 조금 더 클 뿐이지 체격은 그리 건강치 않은 것 같았다.

'이 정도 약체면 스킬을 쓰지 않고도 힘으로 제압할 수 있겠는데.'

할 수 있으면서도 연우는 가만히 있었다. 순수한 일반인이었다면 바로 기절시켰을 것이다. 하지만 상대는 눈앞에서 몸을 변형했다. 2차 각성을 한 것으로 추정되는 헌터인 것이다. 더구나 상대는 헌터 아이템까지 지참하고 있었다. 본인이 어딜 봐도 불리하다는 것을 알면서도 이런 대범한 짓을 저질렀다는 건 어딘가 믿는 구석이 있기 때문이겠지. 어딘가에 동료가 있을지도 모를 테니 주의해서 나쁠 것은 없었다.

'설마 정말로 구헌터 테러 단체랑 연결되어 있는 건 아니겠지?'

연우는 그 가능성을 거두지 못했다. 꼬마 정우를 돌보면서 줄곧 했던 의심이기도 했다.

"이봐, 진정하고 대화로 풀지 그래요. 계속 같이 있어서 알겠지만, 난 헌터 아이템 하나도 안 챙겨 왔다는 거 알잖아요?"

"이, 인질 주제에 조용히 해. 머…… 머리통을 이걸로 뚫어버리기 전에."

"내가 여기서 죽으면 인질의 가치가 없어질 텐데. ……그건 그렇고, 그동안 함께 지낸 인연도 있는데 너무 모질게 구는 거 아닙니까."

"크…… 그, 좀, 닥치라고!"

졸지에 인질이 되었는데도 연우가 태연하게 대응하자 도리어 남자가 윽박질렀다.

"하아, 하아……."

콜록, 고작 큰 소리를 몇 번 냈을 뿐인데 남자는 흥분했는지 거친 숨을 몰아쉬었다. 분명 목에 총을 겨누고 있는 건 남자 본인인데, 어찌 된 일인지 인질 쪽이 더 차분했다.

"하아, 허억…… 모… …정우가 올 때까지 닥치고 있어."

"알았어요. 곧 있으면 올 겁니다. 그동안 내 주머니에 있는 흡입기나 쓰는 건 어때요? 안 도망치고 가만히 있을게."

연우는 어깨까지 든 손을 까딱거리며 말했다.

"하, 까불지 말고 팔 앞으로 모아."

남자는 연우의 관자놀이에 권총을 꾹 누르며 압박했다.

'쳇, 안 넘어가나.'

아무리 허약해 보이는 인질범이라도 그런 빤한 수작질에 넘어올 리가 없었다. 연우가 하라는 대로 팔을 앞으로 뻗자 곧 손목에 수갑이 채워졌다. 이 또한 은은한 초록빛인 것을 보니 그리 고급 아이템은 아닌 듯했다.

'흉터와 그 떨거지들에게 잡혔을 때보다 영 대접이 못하네.'

이거 그냥 내가 제압해도 될지도? 연우가 진지하게 고민할 때였다.

"저기요? 정우가 올 때까지 묻고 싶은 게 좀 있습니다."

"……뭔데."

멀뚱멀뚱하니 서 있기만 한 게 조금은 민망한지 인질범은 용케도 질문을 허락해 줬다.

"당신이 꼬마 정우인 거 확실하죠?"

"그…… 그렇다."

"그러면…… 나를 위해 하루 세 번씩 깜찍이 송을 불러준 것도, 당신이 맞는 거죠?"

"그렇다."

"그래쪄요, 삼초온! 하고 내 품에 쏙 안기던 것도…… 다 당신이 했다는 거죠? 키는 나보다 크고 나이는 먹을 대로 먹은 성인 남성이?"

"……그래."

"삼초온 너무너무 사랑해요, 하고 내 뺨에 뽀뽀해준 것도…… 하아……."

말하는 쪽인 연우가 먼저 자괴감이 들더 깊은 한숨을 내쉬었다. 아직 마음은 현실을 받아들이지 못한 모양이었다. 보통 꼬맹이가 아닐 거라는 의심은 늘 하고 있었지만, 생각보다 더 삼촌 놀이에 심취해 있었던 모양이다.

"그, 그건……. 모정우와 협상하기 위해서는 다 어쩔 수 없는 선택이었다."

미안하다. 인질범도 정신적 충격을 받은 연우에게 조금은 미안함을 느꼈는지 투박하게나마 변명했다.

"그러니까 내가 사람 믿지 말랬잖아, 형."

그때였다. 멀리서, 조금도 심각하지 않고 심지어는 심드렁하게 느껴질 정도로 느릿하게 부르는 소리가 들려왔다.

"꼴이 이게 뭐야."

모정우였다.

"정우야, 네 말대로 됐다."

"그럴 줄 알았어. 근데 형, 그것 하나 못 죽여?"

그동안 놀기만 하더니 실전 연습은 게을리했나 봐? 다가올 헌터 자격시험이 걱정되는데. 나름 목숨이 위험한 상황인데 정우는 연우를 위아래로 훑어보더니 혀를 찰 뿐이었다.

"이 자식, 그게 아냐……."

연우는 속이 부글부글 끓어올랐지만 참았다. 인질범에게 붙잡혔을 당시, 속삭이는 목소리가 있었기 때문이었다.

'나…… 나한테는 자폭 아이템이 있어. 반항하면 여기서 다 같이 죽어버릴 거야.'

떨리는 목소리. S급 아이템으로 무장한 정우에게는 머리카락 한 올도 피해도 가지 않을지도 모르나 혹시 모를 일이다.

"누…… 누가 멋대로 대화하랬어!"

정우와 연우가 평소처럼 대화를 나누자 인질범이 이를 갈며 소리쳤다. 정우가 까만 눈동자를 굴려 남자를 바라보았다. 그저 바라만 봤을 뿐인데 연우는 인질범이 겁에 질려 몸을 떠는 것이 느껴졌다.

"정우야, 저 사람이 너한테 할 말이 있대. 겁주지 말고 일단 한번 들어는 봐."

보다 못한 연우가 인질범의 편을 들어주었다.

"처음 보는데 자기소개 정도는 해야 하는 거 아닌가?"

"아, 안 그래도 하려던 차였다. 크흠, 그러니까, 나는……!"

인질범이 목을 가다듬으며 통성명을 하려던 때였다.

"이 사람은 아까까지만 해도 우리 옆에 있던 꼬맹이 정우야."

인질범에게 있어 가장 중요한 대사를 연우가 뺏어갔다.

"그래? 그럼 형은 저 시커먼 사내놈을 귀엽다, 예쁘다 하고 품에 안고 다녔던 거네."

"그 이상은 놀리지 마라. 안 그래도 회의감 드니까."

"크윽…… 너, 너희, 내 말 안 들려?! 조용히 하랬지!"

"윽……."

보다 못한 인질범이 연우의 목을 세게 조였다. 정우의 미간에 주름이 잡혔다.

"원하는 게 있으니 이런 재미없는 연극을 벌여서 우릴 여기까지 끌고 온 거 아니었나?"

"너…… 너……! 네 형 꼬락서니 안 보여? 더, 더, 다치는 거 보고 싶지 않으면, 좀 닥치라고……!"

"내 화를 사서 좋을 게 없을 텐데."

정우는 흥분한 인질범과 달리 굳이 화를 내지도 않았고 고함을 치지도 않았다. 그런데도 그의 목소리에는 사람을 압도하는 힘이 느껴졌다. 이것도 스킬의 영향인 것일까? 아니면 모정우 그 자체가 지닌 힘인 걸까. 목이 조여 캑캑거리던 연우의 표정도 진지해졌다.

"당신, 정식 헌터 중에서는 본 적 없는 얼굴인데."

모정우는 그제야 눈을 가늘게 뜨고는 인질범의 얼굴을 살폈다. 바야흐로 헌터도 자기 PR의 시대였다. 그러다 보니 헌터의 겉모습도 실력만큼이나 중요하게 여겨졌다. 인질범의 검은 머리카락은 눈가를 가릴 정도로 길게 자랐으며 삐죽삐죽했다. 반면에 피부는 어두운 던전 안에서도 확연히 알아볼 만큼 창백한 데다가 비쩍 말라 있었다. 눈가에는 다크서클이 짙었는데 오랫동안 햇빛을 보지 못한 사람처럼 음울한 인상이었다. 이 정도로 트렌드를 확연히 거부하는 외관이라면 정우가 기억하지 못할 리가 없었다.

"아무리 보조계 헌터여도 전신을 아이 크기로 압축해서 열흘 이상 버티는 게 보통 일은 아니었을 텐데, 넌 도대체 누구지? 어느 길드 출신이야?"

길드 시스템의 창시자나 다름없는 정우가 출신을 못 알아볼 정도라면, 공식적인 길드에 속한 헌터는 아닐 것이다. 우려했던 것처럼 정말로 구헌터 테러 단체 출신인 걸까? 연우는 잠자코 돌아올 대답을 기다렸다.

"흐, 흐…… 하하…… 하하하! 이제야 물어봐줘서 고맙군. 이 자식은 농담 따먹기나 하던데. 형보다 나은 동생도 가끔은 있나 봐."

"……."

얌전히 인질 노릇을 하던 연우는 약간 불쾌해졌다.

"그래, 버티느라고 죽는 줄 알았지. 실제로 남은 목숨줄 몇 년 까먹기도 했고. 스…… 스킬 판독이나 추적을 해봤자 소용없었지? 당연해. 난 다른 능력은 떨어져도 정신계 방어력 하나는 어지간한 S급 못지않거든."

"워낙 능력치가 낮아서 다른 보조계 헌터가 추적하지 못한 건가 싶었는데, 나름 재능은 있었나 보군."

"끄으…… 다, 닥쳐, 입만 산 게……!"

인질범은 씩씩거리며, 한 손으로는 여전히 연우의 목을 조른 채 다른 손으로 주머니를 뒤적거렸다.

'붙잡는 게 너무 느슨한 거 아냐?'

연우는 인질범을 이대로 밀치고 정우 쪽으로 갈까 생각했지만, 아직 할 말이 남은 것 같아 참았다.

"내…… 내 스킬 중에는 '이식변형'이란 게 있어. 변하고 싶은 상대의 신체 일부를 먹으면, 겉모습뿐만 아니라 유전자 단위까지 똑같이 변할 수 있다는 거지."

인질범이 주머니를 뒤져 꺼낸 것은 비닐 팩 하나였다. 연우는 눈동자를 필사적으로 굴려 그 안에 담긴 것이 무엇인지 확인하고자 했다. 먹어서 변할 수 있다니. 도대체 정우의 무엇을 먹었단 말인가? 살점? 혈액? 설마 정액이나 침은 아니겠지….

"하아, 하아……. 보, 보여, 모정우? 이게 다 네 머리카락이야. 한 가닥에 무려 천만 원을 호가했지. 내 재산 대부분을 다 여기다가 썼……."

"천만 원?!"

잠자코 인질범이 되어 있던 연우는 저도 모르게 큰 소리를 내며 협상에 끼어들고 말았다.

"제기랄, 너, 너…… 인질이면 좀 닥치고 있어!"

"형, 저 사람 얘기 중이잖아."

연우는 본의 아니게 인질범과 정우, 모두에게 혼이 나고 말았다.

"두 분 대화 나누는데 미안하게 됐습니다. 이제부터는 진짜 가만 있을게.”

흠, 흠. 연우는 두 사람에게 사과하고는 인질 그 자체의 역할에 집중했다.

“하여간……. 너희에게 저, 접근하기 위해 난 전 재산을 다 털어 썼어…… 그런 각오로 여기까지 왔던 말이야. 들키지 않기 위해서는 또 얼마나 많은 돈을 썼는지 아나? 잘 들어봐…….”

인질범은 숨을 쉬기가 어려운지 연신 헐떡거렸다. 그 돈으로 본인의 병을 치료하는 편이 더 생산적이지 않았을까. 연우는 저도 모르게 생각했다. 정우는 팔짱을 끼고는 심드렁하게 인질범의 일장연설을 들을 뿐, 아니, 듣지 않고 한 귀로 흘리고 다른 귀로 흘리고 있을 뿐이었다.

‘정우야. 슬슬 저 인질범이 뭘 하는지 좀 물어봐주라.’

곁다리가 늘어나는 것 같아, 연우가 입만 벙긋거리며 조언했다.

“본론으로 들어가지. 나한테 뭘 원하는 거지?”

연우의 소리 없는 부탁을 용케도 알아차렸는지 정우가 곧바로 물었다.

“큭…… 크크…… 나의, 내 계획이…… 얼마나 치밀했는지는 주, 중요하지 않다는 거지?”

인질범은 자존심이 상했는지 이를 갈았으나 간신히 감정을 추슬렀다.

“하…… 뭐, 좋아. 나도 길게 끌 생각은 없으니까……. 내… …내가 원하는 건 한 가지. 유, 유원지 01의 던전 폐쇄 결정을 되돌려.”

정규 던전을 닫지 말 것. 머리카락 한 가닥에 천만 원씩이나 지불

하고, 몸을 억지로 우그러뜨리고, 동해 길드 내에서 아이 흉내를 내면서까지 고난을 겪었던 인질범의 조건은 의외로 간단했다.

"그건 불가능해."

그리고 정우는 그 제안을 잔인할 정도로 단번에 쳐냈다.

"이곳은 자원 채굴이 끝난 빈 던전이라 남겨 둘 가치가 없거든."

"그…… 그렇지만, 몇 년 동안은 그냥 내버려 뒀잖아!"

인질범은 어린애처럼 무작정 외쳤다.

"던전을 닫은 이후 진행될 복구 작업에 여러 단체의 사정이 얽혀 있거든. 대표적으로는 부동산을 꼽을 수 있겠지. 겉모습을 보아하니 나이가 어느 정도는 있어 보이는데 굳이 설명해주지 않아도 이해하겠지?"

"윽……."

"이 던전은 이미 한계에 다다랐어. 이 이상 던전의 왕을 죽이지 않고 내버려 둔다면 붕괴되고 말걸."

두 사람의 갑론을박을 듣고만 있던 연우는 잊을 만하면 찾게 되는 민인서 강사의 강의를 떠올렸다.

던전의 고정 방법은 '살아 있는 전설'이라 불리는 신중윤 대위가 발견한 이후 꾸준히 사용되고 있었다. 그것은 던전의 왕을 죽이지 않고 산송장으로 만들어 두는 것인데, 그 방법만은 대중적으로 알려지지 않고 소수 길드의 수장들만이 독점하고 있었다. 던전의 왕이 '죽지는 않았'으므로, 인간으로 치면 잠든 것이나 다를 바 없었다. 그러므로 겉으로 보기에는 모든 일이 끝난 폐허 같지만, 이 암흑수는 언제든 다시 살아날 가능성을 품고 있는 것이다.

"그, 그걸 누가 몰라서 그래?! 하…… 하지만, 동해 길드는 돈도 많고…… S급 헌터인 모정우 대령, 당신도 있잖아……. 당신 길드라면 기술이든 헌터를 배치하든 해서, 이곳을 몇 년 더 보존하는 것도 가능하잖아……!"

인질범은 속이 답답한지 씩씩거리며 외쳤다.

"내게 그래야 할 이유가 있나?"

정우는 고개를 살짝 기울였다. 이런 금싸라기 땅에 자원이 고갈된 던전을 남겨둬봤자 길드 입장에서는 손해일 뿐이다. 당연한 반응이었으나 특유의 싸늘한 어투와 표정 탓인지 제삼자인 연우조차 쓰라리게 느껴졌다.

'인질범을 어르고 달래도 모자랄 판에……. 내가 인질로 잡혀 있는 거 안 보이냐?'

아무리 보조계 헌터라도 그렇지, 이런 녀석한테 방심하다가 큰코다친단 말이야. 연우는 동생의 성질머리에 낮게 한숨을 내쉬었다.

"하…… 하하."

인질범이 바르르 떨며 웃었다.

"뭐 그래…… 이해해. 그렇겠지. 돈밖에 모르는 동해 길드의 수장한테 이딴 텅 빈 던전 따위, 아무것도 아닐 테니까……. 후후, 흐흐……. 하지만, 이제부터는 이유가 있잖아?"

인질범은 일부러 철컥거리는 소리를 내며 연우의 뺨에 총을 들이댔다. 정우는 지겹다는 듯 눈으로, 형 슬슬 빠져나와 주지, 라는 표정을 짓고 있었다.

'잡힌 걸 어쩌라고. 이번에는 이 세상에 존재하지도 않는 3차 발

현이라도 맡겨 놨냐?'

연우는 참으로 어처구니가 없었다. 위대한 동생께서는 이 정도는 형이 스스로 헤쳐나가길 바라는 모양이었다. 그렇다면 그 바람대로 따라주는 수밖에.

"……음, 그렇게까지 해서 유지하고 싶은 이유가 뭡니까?"

"뭐?"

연우가 입을 열자 분노에 차 있던 인질범이 얼떨떨하게 대답했다.

"그, 한창 이야기 나누시는 와중에 끼어들어서 죄송한데요. 정우의 말대로 고정된 던전은 시한폭탄과 다를 바 없지 않습니까? 계속 열어 두면 던전의 왕이 부활할 수도 있고, 던전 폭발로 인해 민간에게 피해가 갈 수 있으니까요. 보니까 특정 길드나 테러 단체에 소속된 건 아니신 것 같은데, 뭔가 던전을 남겨 둬야 할 이유가 있는 거 아닙니까?"

보다 못한 연우가 인질범에게 대화를 유도했다.

'인질인 내가 이 정도까지 해야 하냐. 노력해서 조금이라도 정우의 마음을 움직여보란 말이야.'

이래서야 붙잡혀준 의미가 없잖아. 인질범이 어찌나 엉성한지, 연우는 스톡홀름 증후군에 걸린 것도 아닌데 그의 편을 들고 말았다. 얼른 사태를 해결하기는커녕 도리어 도와주고 있으니, 정우의 표정이 점점 차갑게 식어 가는 걸 알면서도 말이다.

'그렇지만, 정우 네 머리카락을 한 가닥에 천만 원 주고 샀대잖냐. 나쁜 놈은 아닌 것 같은데 한풀이는 시켜줘야지.'

연우는 정우의 시선을 애써 무시했다.

"그…… 그……."

그 말에 인질범이 새까만 눈을 굴렸다. 텅 빈 던전에 어울리는 텅 빈 눈이었다. 눈 밑에는 한 달 내내 연어를 먹여도 사라지지 않을 진한 다크 서클이 배어 있었다.

"보…… 보여줄게."

"윽……."

여전히 연우의 목을 조른 채로 몸을 빙글 돌렸다. 다른 사람도 아니고 정우에게 등을 보이다니, 인질범에게 조언하려던 연우는 졸지에 던전의 왕과 마주했다. 거대한 나무의 뿌리에는 던전이 열렸을 당시 몬스터에게 붙잡힌 물체나 희생자들이 줄줄이 감겨 있었다. 꼬마 정우를 찾으러 왔을 때 이미 본 풍경이었다. 그러나 바로 코앞에서 보니 감상이 달라졌다. 당시에 살아 있었을 사람들은 어떻게든 빠져나오고 싶어 버둥거린 흔적이 뿌리에 고스란히 남아 있었다. 그 생생한 표정과 고통이 밴 몸짓이 참혹함을 더욱 새겨주었다. 시선으로 훑는 와중에 가장 안쪽, 몬스터의 밑동에는 아까도 보았던 한 소녀가….

"봐……. 자세히……. 보여? 저기, 저 안쪽에 말이야……."

"……보여."

"저 사람은……. 내…… 내 누나야."

사랑하는…… 나의 누나. 인질범은 유독 더듬거렸다. 너무나 오랫동안 꺼내지 못한 이야기였기에 말을 하는 것 자체가 둑을 무너뜨리는 것처럼 어려웠던 모양이었다.

그러나 누구나 알고 있다. 둑에 작은 구멍 하나만 생겨도 곧 전체가 무너져 내린다는 것을.

"누님이시군요."

아, 이번에도 남겨진 사람인가. 연우는 가만히 눈을 감았다. 그러나 지난번에 겪던 죽은 헌터병의 유족과는 조금 달랐다. 희생자는 교복을 입은 채였다. 교복을 입었다는 건 아직 헌터가 되지 않았다는 뜻이다.

"누나는 고등학교 때 이미 발현한 상태였어. 구립 헌터 센터에서 교육을 받고 있었고 학교를 졸업하고 나면…… 정식으로 입대해서 헌터병이 될 예정이었지."

연신 말을 더듬거리거나, 기침을 해댄 것과 달리 과거 이야기를 꺼내자 인질범은 유창하게 말을 이어 나갔다. 무너져 내린 둑을 뛰어넘은 물이 막힘없듯이.

"우리 누나는 말이야, 입양아였어. 알지? 친자식을 헌터병으로 보내지 않기 위해 가능성 있는 고아를 입양하는 거야. 돈 좀 있는 집안에서는 흔한 이야기지. 하지만 우리 집은 달랐어."

'새로운 전설' 모정우가 헌터 각성 시스템을 아무런 대가 없이 전국, 아니, 전 세계에 뿌리기 전의 일이다. 지금과 달리 일반인이 헌터가 되기 쉽지 않았고, 애초에 그 누구도 헌터가 되고 싶어 하지도 않았다. 그렇기에 헌터병이라는 시스템이 있는 한국에서, 헌터 발현의 가능성이 보이는 고아들이란 귀한 튤립의 구근과도 같았다.

1가정 1헌터 법안이 강제되면서 대한민국에서는 전에 없이 고아 입양이 대중화되었다. 그러나 모든 법이 그러하듯 사각지대는 존재하는 법이었다. 어떤 이는 친자식을 헌터병으로 보내지 않기 위해 필사적으로 입양과 파양을 반복했지만, 어떤 이는 1가정 1헌터법에 그렇게까지 구애되지 않았다. 그런 이들은 마치 쇼핑을 하듯 3번의 입양권을 사용했다. 헌터가 된 고아가 죽으면, 그 돈은 대부분 키워 준 부모에게로 상속되기 때문이었다. 성인이 되자마자 헌터병으로 끌려가는 고아들이 연인이나 친구를 만들 리가 없었다. 아니, 만들 시간도 없다. 그래서 목숨값으로 엄청난 돈을 받지만, 정작 물려줄 곳은 없는 처지인 것이다. 상속인을 따로 지정하지 않을 시 본인이 죽고 나면 쌓인 돈은 국가에 전액 환원되고 만다. 목숨을 대가로 받는 돈인데 허무하게 사라지고 마는 것이다. 그 때문에 헌터병이 된 고아들은 어지간하면 양부모나 키워준 가족을 상속자로 적는 편이었다. 연우가 남몰래 정우를 피후견인으로 지정했듯이. 바로 그 점을 노리는 부부도 제법 많았다. 오랜 시간이 걸리기는 하지만, 입양한 자식이 헌터로 발현해서 군대로 끌려가기만 한다면 거의 확실하게 돈을 받아먹을 수 있으니까. 로또보다 당첨 확률이 높은 복권인 것이다.

"부모님은 누나를 간병인 겸 보험으로 여겼지. 헌터로 발현하기 전까지 누나는…… 학교도 제대로 다니지 못하고 나를 간호하는 데 시간을 보냈어. 지금이야 보통 사람처럼 움직이지만, 발현하기 전에는 심장이 약해서 학교도 못 다녔거든…… 나 말이야."

그 악행에는 간접적으로 본인도 가담되어 있었기에 인질범의 목소리가 어두워졌다. 연우는 인질범의 부모가 왜 입양아를 여자아이로 골랐는지 알 것 같았다. 같은 고아 출신인 연우로서는 충분히 추측 가능한 일이었다. 사실 헌터로 발현하는 수는 남자, 여자를 막론

하고 비슷한 비율이었다. 그러나 고아를 입양하는 부모는 대체로 남아를 선호하는 경향이 컸다. 칼질, 총질하는 군인은 남자라는 편견 때문인지, 우리나라에는 아직 남자가 더 헌터 발현이 될 가능성이 높다는 미신이 돌고 있었다. 뼈대가 튼튼한 남자아이였던 연우가 초반에 입양을 자주 갔던 이유기도 하다. 그런데 굳이 여자아이로 골랐다는 것은, 다른 쓰임새를 기대하기 때문이었다. 헌터로 각성하지 않아도 이후에 다른 방식으로 사용하기 위해서……. 이 경우는 아픈 친자식의 간병인이자 본인들이 죽은 후 돌봐줄 보호자였겠지.

"나는 누나가 헌터가 되지 말게 해달라고 매일 밤마다 빌었어. 하지만 누나가 발현되지 않는다면…… 평생 밖에서는 돈을 벌고 집에 와서는 내 간병만 하고 살았겠지. 그래도…… 몬스터를 상대하다 죽는 것보다는, 그게 낫잖아……."

옛날 옛적에 형제가 있었고, 남매가 있었고, 자매도 있었습니다. 이들은 서로를 아주 아끼고 소중해서 절대로 헤어지기를 바라지 않았습니다……. 대한민국에서 반복되는 흔해 빠진 신파다. 그 관계는 진짜 피로 이어지기도 했으며 어떨 때는 호적으로만 이어진 관계이기도 했다. 하지만 어찌 되었든 간에, 그들 사이에는 이별이 예정되어 있고 그걸 원치 않았다는 점에서는 한결같았다.

"그리고 누나는…… 아주 정석적으로, 열세 살에 헌터로 발현했어. 신은 늘 그랬듯 내 부탁 따위는 귓등으로도 듣지 않았지. 아니…… 어쩌면 내 곁에서 내 수발을 드는 것보다는 던전에 있는 게 누나한테는 나았던 걸까……? 하하, 내가 그걸 어떻게 알아. 이제 와서……."

으음, 인질범은 속이 뒤틀리는지 짜증 섞인 한숨을 토해냈다.

"입영 날짜는 나왔고 답은 다 정해져 있었지. 아파서 종일 누워만 있는 내가 뭘 할 수 있겠냐마는…… 그때 난 누나를 절대로 보낼 수 없었어. 사랑하는 누나와 10년이나 떨어져 있어야 한다니, 나보고 죽으라는 것과 다름없었으니까."

사랑하는 누나, 라고 이야기하는 인질범의 목소리는 전과 약간 달랐다. 명확히 설명할 수는 없었으나 묘하게 애틋해서, 연우와 정우 모두 그 안에 담긴 함의를 충분히 눈치챌 수 있었다.

"남매가?"

"그래도 호적에 올라간 사인데 그거 범죄 아닙니까?"

유교 사회에서 나고 자라온 정우와 연우는 동시에 의견을 제시했다.

"하, 우…… 웃기고 있네. 너희 둘이서 밤마다 이상한 짓 하는 거 다 봤거든?"

인질범이 어처구니가 없다는 듯이 바로 쏘아붙였다.

"……."

크흠, 찔리는 부분이 있는 연우는 즉시 입을 다물었다.

"맨날 붙어먹는 더러운 게이 새끼들에 비하면 누나랑 나는 키스도 하지 않았어. 더러운 생각하지 마. 우리 둘 다 학생이었단 말이야."

자신의 아름다운 과거가 손가락질을 받는 것이 불쾌한지, 아니면 뭐 묻은 개가 뭐 묻은 개를 비난하는 상황이 짜증 나는 것인지, 인질범은 연우와 정우에게 역정을 냈다.

"……하여간, 난 누나한테 같이 도망치자 매달렸어. 폰이고 신분증이고 다 버리고 산 같은 데 숨어서 살면, 몇 년이고 그렇게 있다 보면 군도 잡아가지 못할 거라고. 지금이야 우스운 계획이지만 그때는 진심이었어. 사춘기의 치기 어린 반항이었지. 누나는 처음에는 내 몸 상태 때문에 거절했지만, 내가 계속 매달리자 마음을 돌려줬어. 그렇게 우리는 병역으로부터 도망치기 위해…… 가출을 했어."

"……."

진심으로 마음을 고백한 다음, 상대를 설득해서 가출. 가출이라…….

'난 왜 그 생각을 안 해봤지?'

연우는 과거 두 학생의 선택을 듣고는 약간의 깨달음을 얻었다. 연우는 입대하기 전까지 제 마음을 숨겼었다. 감히 정우에게 도망치자고 매달리지 못했던 것이다. 마지막 날에 정우를 포박하고 동정을 빼앗은 후 군으로 도망치듯 입대해버렸지만 말이다.

"그 결의만은 누구와는 달리 용기 있네."

정우도 비슷한 생각을 했는지, 싸늘하게 웃었다. 연우는 10년이 훌쩍 지난 지금 새삼스럽게 양심의 가책을 느꼈다.

"너 따위한테 칭찬 따위 듣고 싶지 않아."

인질범은 불쾌한지 투덜거렸다. 그러고는 다시 말을 이었다.

"그…… 누나는 부모님께 용돈을 거의 받아본 적이 없으니까, 내가 여태껏 모은 돈으로 도망쳤어. 하지만 우리는 어린애들이었고 더구나 나는 병자였지. 얼마 가지 않아 돈도 떨어지고 말았고…… 같이 죽을지언정 집에는 돌아가지 않을 생각이었던 나와 달리, 누나는 내 건강과 다른 가족들을 걱정하기 시작했어. 나는 계속 말렸지만 하는 수 없이…… 우린 결국 돌아가기로 정할 수밖에 없었지."

비장하게 각오를 다져봤자 결국 어린애들이었다. 사회적으로 아무런 권리도, 권력도 없는. 거기다 누나 쪽은 이미 헌터병으로 예비등록이 된 상태였고 동생 쪽은 몸이 약했으니 돈을 벌 방도도 딱히 없었을 것이다. 그야말로 어린애 소꿉놀이였던 것이다.

"그럼 집으로 돌아가기 전에, 마지막으로 놀이공원에 가자."

인질범이 허공에 대고 말했다.

"……내가 그렇게 부탁했어. 누나는 평생 나를 돌보느라고 친구들이랑 제대로 놀러 가보지도 못했으니까."

친구들과 하굣길에 달콤한 커피도 사 먹고, 노래방이나 피시방에도 가고…… 학생이 누릴 수 있는 사소한 행복조차 누리지 못했다. 그것이 못내 미안함으로 남은 동생이 먼저 제안했다.

"누나는 좋다고 했어. 우리는 남은 돈을 탈탈 털어서 놀이공원으로 갔지. 그리고…… 보이잖아. 결과가 어떻게 됐는지."

인질범의 목소리가 떨리고 있었다. 무슨 설명이 더 필요할까. 피로 얼룩진 유원지, 파괴된 마스코트, 천장에 처박힌 놀이기구들.

"누나는 말이야……. 당시에 이미 발현이 된 상태라서, 신체적으로 도망치기에 일반인들보다 훨씬 유리했어. 그래서 몬스터 웨이브가 발생했을 때 나는 어서 도망가자고 했어. 근데 누나가……. 여긴 일반인들이 많으니까, 헌터병들이 오기 전에 자기가 도와줘야 한다고…… 넌 약하니까, 헌터병들이 올 때까지 여기 숨어 있으라고……."

인질범은 목이 메는지 말을 잇지 못했다.

‘누나! 어차피 헌터병들이 올 거야! 그러니까 우리는 도망가자. 누나가 발현이 됐다고 해도 아직 정식으로 헌터병이 된 건 아니잖아!’

‘안 돼. 교육 때 들었어. ……저건 융합형 몬스터야. 적어도 헌터병들이 도착할 때까지는 도와줘야 해. 안 그러면 사태가 더 커질지도 몰라. 거기다 여긴 놀이공원이잖아! 여긴 지금 너 같은 어린 애들밖에 없어.’

연우는 묵묵히 듣기만 했다. 어째서 던전 공략을 위해 투입된 헌터병도 아닌 교복을 입은 소녀가 암흑수 가장 안쪽에 붙잡혀 있는지 알 것 같았다. 사람을 구하고, 또 구하다가, 저 안쪽에서 발버둥 치는 희생자들까지 구하려고 손을 뻗다가…… 돌이킬 수 없게 되었겠지.

“그렇게 누나는 던전을 고정시키는 자원이 되었지. 아직 정식으로 헌터병이 된 것도 아닌데 그 공적을 인정받았다며 돈도 많이 주더라? 의미도 없는 목숨값을……. 하하, 차라리 그 돈으로, 누나를 여기서 꺼내 줄 연구나 하지. 으음…… 콜록, 더는 집에 있고 싶지 않았어. 숨이 막혀서 죽어도 상관없으니까 집을 나와서 그냥…… 계속 떠돌면서 살았어. 공장 다니다 짤리고, 막노동하다가 몸 어디가 나가서 앓고…… 그러다 뒈질 줄 알았는데, 뒤늦게 나도 발현이 됐다더군.”

이제 와서. 인질범이 힘없이 웃었다. 장애와 병이 깊었던 탓일까, 헌터로 발현해도 몸은 일반인 수준으로 강화된 것이 고작이었다.

“그것도 아무짝에도 쓸모없는 보조 계열이었어. 뭐, 성형외과 비포 애프터 얼굴판 아르바이트라도 해야 하나…… 흐흐.”

음산한 웃음이 고요한 주변을 울렸다.

“……나중에 안 사실인데, 가출한 동안에도 누나는 계속 가족에게 연락하고 있었더라. 내가 사춘기라서 그런 거니 오히려 막으면 더 심해진다, 곧 진정시켜서 데리고 돌아갈 거라고 문자도 남겨 놨더라고……."

인질범의 텅 빈 폐에서 헛바람이 자꾸만 새어 나왔다.

[어머니. 동생은 제가 돌볼 테니까 걱정하지 마세요. 얘 화만 다 풀리면 바로 돌아갈게요. 그냥 잠깐 여행 가는 거라고 생각해주세요.]

[아직 쌓인 게 많나 봐요. 여기저기 돌아다니면서 힘 빼놓으면 곧 포기할 거예요.]

[어머니, 동생 호흡이 많이 가빠 보이는데 제 통장으로 용돈 넣어주실 수 있을까요? 내일 아침에 동생 데리고 병원 들르려고요.]

[지금 놀이공원 가는 길이에요. 여기만 다녀오면 집으로 갈 것 같아요.]

[저희 둘 다 반성 많이 하고 있어요. 그러니까 집에 돌아오면 동생 너무 혼내지는 말아주세요. 그러다 또 가출할지 모르니까. 그땐 제가 없을 수도 있잖아요.]

자신이 누나를 구한다고 생각했지만, 사실 여전히 누나에게 보호를 받고 있었던 것이다. 과거를 반추하는지 인질범의 얼굴이 일그러졌다.

"나는 그런 것도 모르고……."

그래서 헌터병들이 가출한 예비 헌터를 잡으러 가지 않았군. 병역 검사까지 치른 상태였으니 보통은 거주지에서 멀리 벗어나면 하루 안에 찾아가 잡아갔을 것이다. 그 당시에는 헌터병이 모자라서 발을 동동 굴렀으니까. 연우는 은근히 품고 있던 의문 하나를 그제야 해소했다.

"나는 그날, 그 일이 발생하기 전까지는 누나가 던전에서 죽을까 그 걱정 하나만 했어. 근데…… 그런데, 일이 이렇게 될 줄은……. 누나는 스무 살도, 안 됐는데……. 하, 하하……. 이런 개죽음을……. 10년 동안 헤어질 게 두려워서 도망친 거였는데, 덕분에 다른 10년을 겪게 됐지. 아니, 이건 더 끔찍해. 헌터병은 만에 하나 살아 돌아온다는 가능성이라도 있잖아? 헌터병들은 강하니까…… 그 사람들 사이에서 숨어서 지냈다면 어쩌면 10년을 버텼을지도 모르는데……. 하지만, 이건 완전히……."

군에 입대해 살아 있는 지옥을 겪었던 연우로서는 인질범의 한탄이 불가능에 가까운 가능성이라는 것을 안다. 하지만 어떻게 어차피 당신의 누나는 군에 들어갔어도 죽었을 겁니다, 라고 말할 수 있겠는가?

"나…… 난, 누나를 이렇게 보낼 수는 없어. 이대로 던전을 닫으면, 영영 얼굴을 볼 수 없잖아. 아직 이렇게 깨끗하게 살아 있는데……. 그걸, 보내기에는……."

연우는 인질범의 떨림을 몸으로 느꼈다. 그건 S급 헌터 앞에서 겁을 먹었다거나, 해본 적 없는 악역을 맡게 되어 흘리는 떨림이 아니었다. 슬픔뿐이었다. 몇 년이 지나도 마치 어제 일처럼 떠올리고 마는 이별의 슬픔. 수많은 죽음 앞에 이제는 의연해질 법도 하건만, 왜 여전히 무거운 걸까. 연우가 고개를 숙일 때였다.

"할 말은 그게 전부인가?"

잠자코 듣고 있던 정우가 입을 열어 산통을 깼다.

"정우야, 너……!"

"형은 인질답게 가만있어."

정우는 손을 들어 소리치려던 연우를 막았다. 그러고는 말을 이었다.

"우선 한 가지를 지적하자면, 네 누이는 잠든 게 아니야. 확실하게 죽었다."

"안 죽었어!"

그 말에 인질범이 득달같이 반박했다. 사람이 달라졌나 싶을 정도로 노성이 가득 찬 외침이었다. 눈 속, 반 이상 채워진 흰자가 번들거리고 있었다.

"살아 있는 것처럼 보이지만 이미 몬스터 웨이브가 발생한 그 날 죽었다. 이 부분에 대해서는 던전을 고정하면서 모든 희생자의 생사를 확인했기에 단언할 수 있지. 척추 안으로 몬스터의 뿌리가 파고들어 전신의 모든 혈관을 대신한 상태다."

"아, 아니……. 아니야. 아직 따듯해. 누나는 하나도 썩지 않았어!"

살아 있다고. 인질범이 작게 중얼거렸다.

"숨을 쉬지 않는다는 건 손만 대봐도 알 텐데."

"아으…… 그만해, 닥쳐……."

"네 누이는 저 몬스터의 머리카락이나 손톱과 다를 바가 없다. 신체가 융합된 탓에 살이 썩지 않았을 뿐, 떼어내서 던전 밖으로 가지고 나오는 순간부터 부패……."

"아아아악! 닥쳐, 제발 좀 닥치라고! 안 죽었어! 누나는 안 죽었어!"

흡사 피를 토하는 듯한 외침이었다. 바로 곁에 있던 연우의 귀가 얼얼해졌다.

"안 죽었어. 안 죽어, 안 죽었다고……. 나쁜 새끼, 이 개새끼야…… 네가 뭘 알아? 저기에 누나가 아니라 모연우가 누워 있어도 그렇게 말할 거야? 아니잖아. 안 그럴 거잖아? 하하, 근데 어떻게 내 얘기를 듣고도 그따위로 말할 수 있어? 그러고도 네가 '새로운 전설'이야? 이 세상에 몇 안 되는 S급이잖아. 씨발…… 고작 던전, 던전 하난데…… 그거 하나 내버려 두는 게 그렇게 힘들어?"

인질범의 몸이 당장에라도 발작을 일으킬 것처럼 부들부들 떨렸다. 인질인 연우가 인질범의 건강을 진심으로 걱정할 때였다.

"부, 부탁이야. 제발. 응? 제발…… 닫지만 말아줘. 내가 갚을게. 그, 뭐냐, 던전 유지비…… 내가 뭐든 해서 매달 낼게. 내장이라도 팔 테니까, 제발……. 다, 당신도 형이 있어서 알잖아. TV에 나와서 간절하게 형이 소중하다고 했잖아. 나도, 나도…… 우리 누나도 10년은 아니지만, 던전 안에 갇혔는데…… 흐, 으흐흐……. 그럼, 나도 당신이랑 비슷하네? 같은 처지인 내가 불쌍하지도 않아?"

인질범은 정신이 완전히 무너졌는지 마구잡이로 떠들기 시작했다. 연우는 제 뺨이 축축해지는 것을 느꼈다. 피라도 흐르는 것인가 싶었지만 고통은 느껴지지 않았다. 물이었다. 더 정확히는 눈물.

"그럼 부활 아이템의 재료라도 모아서 살리든가."

그러나 정우는 일말의 사정도 봐주지 않고 대답했다.

"씨발…… 말도 안 되는 소리 지껄이지 마! 죽은 사람을 되살리다니, 세상에 그게 가능한 사람이 어디 있어?!"

본인을 놀린다고 생각했는지 인질범은 연우의 고막이 얼얼해질 정도로 격렬하게 소리쳤다. 그의 목소리가 시간이 지날수록 점점 더 탁해지고 쉬어갔다. 호흡이 불편한 탓이 분명했다.

"너 같은 케이스가 이 땅에서 유일하다고 생각해?"

모정우가 물었다.

"뭐……."

"구헌터병들 대부분은 시체조차 건지지 못하고 던전 안에서 죽거나 몬스터에게 도륙을 당했지. 유가족의 통곡이 지난 10년 동안 매일 뉴스를 채웠었는데."

정우의 목소리에는 지겨움마저 묻어나 있었다. 비극의 당사자가 아닌 연우가 상처를 받을 정도였다.

"윽……."

그때였다. 연우는 낮게 신음했다. 목을 조이는 힘이 더욱 강해진 탓이었다. 힘이 약해 고통스럽지는 않았으나 마치 해골이 끌어안는 것만 같았다.

"흐흐, 하하……. 내 실력으로는 의미 없는 자살일 뿐, 새로운 전설 모정우까지는 못 죽이겠지. 하지만 적어도…… 당신 형과 동귀어진은 할 수 있어. 배도 맞추는 걸 보면 피는 안 섞였어도 나랑 누나처럼 꽤 애틋한 사이인 것 같은데, 당신도 잃어보면 알게 될 거야. 내가 어떤 심정인지……."

모든 가능성을 차단당한 납치범은 더는 앞뒤 가리지 않고 중얼거렸다. 연우는 입으로 소리 없이, '정우야, 제발 죽이지 말고 가만히 내버려 둬라'라고 말했다. 저 성질머리로는 당장 죽일지도 모를 일이었으니까.

"……."

칫, 정우는 짜증을 부리면서도 철창 안에 갇힌 사자처럼 말없이 지켜볼 뿐이었다.

연우는 자신이 어째서 엉성하고 나약한 인질범에게서 풀려나지 못하는 걸까 생각했다. 인질범은 약해 빠졌고 제 감정에 한껏 취해 있었다. 그러나 연우는 그런 그가 조금도 우습다거나 꼴사납다고 여기지 않았다. 혼자서 보냈을 터널같이 긴 세월에 대해 상상해볼 뿐이었다. 될 수 있으면 무력으로 제압하거나 꺾어버리고 싶지 않았다. 그것은 뺨에 눈물이 닿았기 때문만은 아니다.

"꼬맹이… …아니, 인질범 씨. 혹시 성함이 어떻게 되십니까?"

연우가 목청을 가다듬으며 물었다.

"아…… 알아서 뭐 하려고. 동생 시켜서 신원 조회라도 하려고? 내, 내가 당신 수작질에 순순히 넘어갈 것 같아?"

"그동안 함께 지낸 정도 있는데 어떻게 그러겠습니까? 이름을 알려주지 않으시면 당신을 계속 '꼬마 정우' 혹은 '우리 예쁜 귀염둥이 꼬맹이'라고 부를 수밖에 없어서 그럽니다."

"……서여울."

인질범은 바로 대답했다. 다행히도 대화가 통하는 상대인 것 같아 연우는 안심했다.

"그래요, 여울 씨."

연우는 본격적으로 말을 꺼내기 전 잠시 숨을 들이켰다.

"음……. 흔해 빠진 말이지만, 그래도 한마디 할게요. 저기 계신

여울 씨 누님께서도 여울 씨가 이러길 원치 않을 겁니다."

"닥쳐. 난 세상에서 그 말이 제일 싫어."

기껏 고민한 보람도 없이 여울은 연우의 말을 단박에 쳐냈다.

"미안해요. 꼰대 같은 소리 해서."

"꼰대 같은 소리라는 건 알고 있는 모양이네."

"암요."

연우는 여전히 목이 조인 채로 고개를 끄덕였다. 그에 비하면 김정우 하사의 어머님은 정중했다는 사실을 새삼 깨달았다.

"여울 씨 누님과 사정이 비슷한 저라면 여울 씨가 이런 일 하지 않기를 바란다고, 말했을 테지만. …그분께서 돌아가신 지금, 당신에게 무슨 말을 하든 별 의미는 없겠죠. 그렇네요. 그 누가 와서 무슨 이야기를 대신 한다 해도, 누님이 살아 돌아오는 게 아니라면……."

"……."

"정말로…… 아무런 의미가 없겠어요."

언제나 어떤 상황에서나 잘도 주절거리던 연우는 어째서인지 말을 잃고 말았다. 헛소리는 누가 뭐래도 헌터병의 미덕인데 말이다.

인간은 대부분 자신의 미래를, 운명을 알지 못한다. 자신이 3년 후 교통사고를 당해 죽을 운명이라든가, 바로 내일 던전 몬스터에게 공격을 당해 죽을 운명이라는 걸 알게 된다면, 사람은 온전한 정신으로 살아가지 못할 것이다.

하지만 헌터병으로 끌려간 자들은 다르다. 그들은 자신의 운명을 안다. '어쩌면'이라는 거미줄 한 올 같은 희망이 주어지기는 하지만, 그 거미줄을 줍기 위해 헤매야 하는 건 어둠으로 가득한 던전 속이다. 개죽음당할 운명……. 죽음을 앞둔 사람은 무엇을 하는가? 가치를 찾는다. 내가 비록 내일 죽더라도 태어난 가치가 있었다고, 이 세상에 새겨지기를 원한다. 사랑, 돈, 우정, 가족, 명예, 애국심……. 그러한 무수한 가치 중에서도 연우는 정우를 움켜쥐었다. 정우 대신 헌터병이 되어 죽으려 했고, 정우를 만나고 싶어 10년을 개미굴에서 버텼다. 내 삶은 의미가 없지 않아. 만약 내가 여기서 개죽음을 당하더라도 내가 사랑하는 정우는 내일을 살아갈 수 있다. 아주 조금은, 내 덕분에.

누가 보아도 모연우의 삶은 가혹하고 가여웠다. 연우는 정우를 맹목적으로 사랑하며 그런 자신의 삶이 당연하다고, 아무렇지 않다고 여겼지만 어쩌면 그런 척한 것일지도 모른다. 아무렇지 않은 척하지 않으면 '모연우'라는 존재에게 주어진 운명을 도저히 버틸 수 없기에. 그런 연우는 정우 덕에 목숨을 얻고 던전 밖으로 나왔다. 마치 하루살이가 하루가 아닌 일주일을 살게 된 것처럼. 도살을 앞둔 들개가 무리 중에 유일하게 뜬장에서 꺼내진 것처럼.

'정우를 위해 던전에서 구르다 몬스터에게 배를 뚫리거나 썰려서 꿰지는 것'까지만 운명으로 입력되었던 연우에게 그 이후의 삶은 허락된 것이 아니었는데.

연우는 그동안 헌터병으로 끌려가 매일 매시 생사의 기로를 오가는 것보다는, 안전한 곳에서 살아가는 일반인들이 훨씬 낫다고 생각했다. 실제로도 그럴 것이다. 누구나 그렇게 생각할 것이다. 헌터병에 비하면야, 안전한 집에서 따뜻한 밥을 먹고 사는 일반인은 얼마나 살만하겠어. 그러나 일주일을 살게 된 하루살이가 본 것은……. 성인이 된 지 오래인데도 오빠아, 하며 아이처럼 우는 여자를 보았다. 우리 정우 돌려내라며 매달리는 어미의 비명을 들었다. 기절하고, 구토하고, 머리를 쥐어뜯다 기절하는 사람들. 공감 받지 못한 슬픔은 독이 된다. 그러나 실상 이 땅에는 이미 너무나 많은 이별로 가득 차 있어서, 타인의 슬픔을 공감하기에는 다들 자신 안의 비극조차 감당하기 버거워하고 있었다. 심지어 그 냉정하고 가끔은 얄미운 정우조차 자신이 목숨을 잃은 직후, 눈물을 흘렸다는 사실을 알게 되었다. 연우는 눈동자를 굴려 영원히 지워지지 않은 상처의 흔적을 흘끗 본다. 나무뿌리에 얽매인 시체가 썩지 않은 것처럼, 이제는 나이가 훌쩍 들어버렸는데도 비쩍 마른 이 사내에게는 여전히 참극이 어제 일과도 같았다.

"음……."

굳이 끈에 얽매인 사역마가 아니더라도 사람이 사람을 사랑하는 순간, 인연은 영원히 끊어지지 않는구나. 그래서 헌터의 고통은 죽는 순간 끝이지만, 남은 사람의 고통은 계속해서 이어지는구나. 자신이 대신 희생을 치렀으니 남은 자들만은 부디 행복하게 살길 바랐는데, 조금도 그러지 못하고…….

"하아……."

이런 고통은 알고 싶지 않았다. 연우는 임무를 완수하여 평안을 얻고 죽음이 의미 있게 마무리되길 바랐을 뿐이다. 제 죽음이 누군가에게는 영원히 아물지 않는 상처가 되어, 평생을 절뚝이며 피 흘릴 것이라고는…….

"그러니까요, 여울 씨……."

정우야. 너를 위해 그 험난한 길을 택했던 건데, 왜 상처를 주고만 걸까? 거기까지는 알고 싶지 않았는데 말이지. 정말로.

"뭐…… 아까 했던 말과 같은 말입니다만. 당신의 누님과 비슷한 처지인 제가, 그동안 겪었던 일을 돌이켜보자면…… 대신할 수는 없겠지만. 서여울 씨가 과거에 대한 미련을 내려놓고, 여생을 행복하게……."

살길 바란다고……. 연우는 그 말을 하려 했다.

"……."

어째서인지 다음 말이 이어지지 않았다. 목이 메었다. 말을 제대로 마무리 짓지 못해서야, 서여울의 누님께서 동생이 영영 행복해지길 바라지 않는 것 같지 않은가. 꼰대라는 소리를 들어도 좋으니, 헛소리라도 좋으니 일단 말을 하자. 설득해야 했다. 동생을, 아니, 인질범을……. 아니, 동생을……. 내 동생이 아닌 동생을 망집에서 놔줘야만 한다. 그래야만 하는데.

"이제 그만해, 형."

보다 못한 정우가 한숨을 내쉬었다.

"형도 잘 알잖아. 형이 아무리 맞는 말을 해줘봤자 동생이란 족속은 들어먹질 않는다는 걸."

연우는 정우가 설득 하나 제대로 못하는 자신을 비아냥거릴 줄 알았다. 그러나 드물게도 누그러진 음성이었다. 거의 10년에 한 번 들어볼까 싶을 정도로.

"이봐, 인질범."

정우가 저 보라는 듯 여울을 불렀다. 연우의 뺨에 제 얼굴을 바짝 붙이고는 불안한 시선으로 두 사람을 번갈아 가며 감시하던 사내가 고개를 돌렸다. 자신을 부른 것은 아니지만, 연우의 시선도 정우를 향했다. 새까만 눈동자였다. 그 안은 아래를 가늠할 수 없을 정도로 깊은 구멍처럼 공허하면서도 한편으로는 겨울밤, 파도처럼 검은 물결이 넘실거렸다. 어느샌가 연우와 여울의 눈동자 위로도 검은 파도가 밀려오고 떠내려가기를 반복했다.

'뭐지, 움직일 수가 없어.'

헌터로서 오랜 시간을 굴러온 연우는 당황했다. 몸이 움직일 수 없는 거야 인질범에게 잡힌 상태니 그렇다 쳐도 어째서인지 눈을 감는 것조차 불가능했다. 기계를 써서 억지로 눈꺼풀이 들어 올려진 사람처럼 자의로는 정우에게서 눈을 뗄 수가 없게 된 것이다. 눈에 물기가 마른다. 시간이 지나자 연우의 흰자 위로 붉게 실핏줄이 올라서기 시작했다. 그때, 연우는 눈이 시려오는 고통을 잊게 하는 불을 발견했다. 어둠 속에서 성냥불을 켜듯, 정우의 눈동자 안에서 한 줄기 불길이 화르르 솟아오른 것이다. 불, 이라고 하기에는 이질적인 분홍빛이었다. 다른 두 사람의 눈동자 위로도 똑같이 불길이 번졌다. 이대로 눈동자 전체를 태우는 것이 아닌가 싶을 즈음 불은 허무하게 꺼졌다. 가위에 눌린 것처럼 까딱도 할 수 없었던 몸이 서서히 풀리는 것이 느껴졌다. 드디어 눈을 깜박일 수 있게 된 연우는 뻑뻑한 눈을 연신 감았다 떴다. 정우야. 도대체 무슨 짓을 한 거야? 그렇게 물으려던 때였다.

"……!"

연우는 두 눈이 휘둥그레지는 광경에 정우를 볼 틈조차 없었다.

던전 너머에 있어야 할 유원지가 어째서인지 눈앞에 펼쳐져 있었다. 던전 안이 어두워 보이지 않을 법도 하건만, 마치 야간 개장을 앞둔 것처럼 놀이공원은 어둠 속에서도 갖가지 형태로 빛을 내고 있었다.

그뿐만이 아니었다. 벚꽃이 거센 바람에 꽃잎을 떨구듯, 어두운 밤 싸라기눈이 비처럼 내리듯 하얀 빛점들이 흐드러지게 쏟아지기까지 했다. 놀이공원에 제대로 가본 적 없는 연우는 이것이 진짜인가, 가짜인가 구별할 능력이 없었다. 다만……. 언젠가 보았던, 유리돔 속 유원지를 떠올리게 하기에는 충분했다. 지금도 떠오르는 그 멜로디. 한참이나 시선을 빼앗겼던 스노 글로브. 그 안에 자리 잡은 자그마한 유원지와 흩뿌려지는 눈송이들. 어린 연우는 세상에 의지할 사람이라고는 오직 서로밖에 없다는 듯이 정우와 어깨를 붙인 채 오르골 속 유원지를 바라보았다. 원형의 유리돔 속 작은 아이 둘을 정우와 자신이라고 생각하며, 함께 놀이공원에 가는 상상을 했었다. 그렇게 연우가 저도 모르게 넋을 놓고 있을 때였다.

"누나…… 누나……."

울 듯한 음성과 함께 목을 조르는 손이 풀렸다. 한참이나 목이 조여 있던 연우는 작게 기침했다. 그제야 여울을 살피니 그는 정우를 바라보고 있었다. 당장에라도 땅에 떨굴 것처럼 총을 아래로 내린 채, 열렬히.

"내 말이 맞잖아. 역시 잠깐 잠들었던 거지? 살아 있었던 거지?"

여울이 정우를 향해 터덜터덜 걷기 시작했다. 그 과정에서 연우와 어깨가 부딪쳤으나 그는 비틀거릴 뿐 조금도 신경 쓰지 않았다. 아예 연우 자체를 잊은 듯했다. 터덜터덜 걸어간 여울은 정우를 향해 손을 뻗었다. 그러나 정우를 건드는 것이 아니라 제 키보다 한참 낮은 허공에서 휘적일 뿐이었다.

"하아…… 하마터면 큰일 날 뻔했어! 누나를 두고 던전을 닫아버렸으면 애먼 목숨을 잃게 생겼잖아……."

하하, 여울은 흐릿해진 인상으로 웃었다. 방금까지만 해도 정우에게 악을 쓰던 사람과 동일인물이라고 믿을 수 없을 정도였다. 약에 취한 사람 같아 오싹한 느낌마저 주었다. 정우는 그런 여울을 태연하게 바라볼 뿐이었다.

"응? 이거? 아…… 별거 아냐. 그냥 놀이공원에서 공짜로 나눠줬어. 놀이기구 타야 하는 데 방해되니까 버리라고? 으……응. 그럴게……. 이…… 이거 좀 들어줘."

정우는 아무 말도 하지 않았는데 어찌 된 일인지 여울은 알아서 무장해제를 했다.

"뭐…… 뭐 하는 거야, 나 지금 급해, 누나랑 같이 놀이기구 타기로 했단 말이야."

빨리 가야 해. 시선은 여전히 허공을 향한 채 여울은 주섬주섬 총을 연우에게 건넸다. 연우는 경계하면서도 엉거주춤 수갑을 찬 두 손으로 받아 들었다. 연우는 혹시나 하는 마음에 여울과 그 주변을 둘러보았다. 연우에게는 여전히 이곳이 오르골 속 놀이공원일 뿐, 교복을 입은 여학생은 보이지 않았다.

"누나는 뭐부터 타고 싶어? 응? 나보고 정하라고? 싫어……. 맨날 나만 정했잖아. 그러니까 이번에는 누나가 정해. 난 누나가 타고 싶은 거면 다 좋아."

여울은 대화를 나누는 듯이 고개를 끄덕이기도 하고, 두 팔을 움직이며 상대방의 말에 반응을 보태기도 했다.

"……."

이 영문 모를 현상에 답을 줄 사람은 한 명밖에 없다. 연우는 정우를 노려보았다. 평소였다면 제 손으로 무기마저 놓아버린 인질범을 제압하고도 남았을 터이나 정우는 그 자리에 선 채로 꼼짝도 하지 않았다.

'너, 지금 무슨 스킬을 쓴 거야?'

연우는 끝없이 눈발이 스치는 환상을 목도하면서도 속으로 중얼거렸다. 한 번쯤은 형님의 뜨거운 눈빛에 반응할 법하건만, 정우는 처음 눈이 마주쳤을 때부터 그랬던 것처럼 그 자리에 가만히 서 있을 뿐이었다.

'설마…… 나보고 마무리를 지으라는 뜻인 거냐?'

연우는 본능적으로 판단했다. 그렇다면 따르는 수밖에. 연우는 총을 쥔 채로 여울에게 걸어갔다. 여울은 세상모르고 환상 속 가족과 대화를 나눌 뿐이었다.

사람은 기적을 바란다. 헛된 희망이라는 것을 알면서도 또다시 품고, 덧없는 망상 속에서 몇 번이고 반복하고 나서도 기어이 꿈꾼다. 그것이 거짓보다 잔혹한 망상이라는 것을 알면서도 말이다. 하지만 그걸 누가 어리석다고 비웃겠는가? 우리 모두가 소중한 사람이 돌아오는 기적을 바라는데. 연우는 여울의 목을 내리쳐 기절시켰다.

헌터는 하룻밤에…

동해 길드 수장인 모정우 대령의 자식으로 위장해 대중에게 큰 혼란을 주고, 그것으로도 모자라 10년 만에 재회한 형인 모연우를 상대로 인질극까지 벌인 극악무도한 범죄자가 마침내 생포되었다. 이런 흉악한 범죄자는 바로 경찰에 넘겨 감방에 처넣고 본보기 삼을 겸 재판으로 영혼까지 표백될 정도로 탈탈 털어야 인지상정이었으나, 모정우는 너그럽게 용서해주기로 했다. 그 이유로는 우선 타 길드나 국가, 구헌터 테러 단체 등과 연계된 것이 아닌 개인의 일탈 행위였기 때문이었다. 거기다 인질범이라는 작자가 허술하기 짝이 없고, 헌터 중에서는 최약체라는 보조계 헌터인 데다가, 겉모습만 봐도 콩밥이 아닌 병원 밥부터 먹여야 할 것 같은지라 이런 놈을 턴다면 오히려 언론에 비난을 살 것 같아서였다. 때로는 피해자가 잃을 게 많은 입장이라 가해자를 눈감아줘야 하는 때도 있는 법이었다.

동해 길드로 이송된 서여울은 강제로 신체와 헌터 스킬을 측정당했다. 그 결과, 국내에서 내로라하는 길드에 당장 입사가 가능할 정도로 보조계 헌터치고는 상당히 뛰어난 편이었다. 특히나 같은 보조계 헌터인 유정수는 스킬군이 몹시 흥미롭다며 방문을 요청할 정도였다. 먹어서 변할 수 있다니, 기존에 없었던 새로운 버섯이라나.

"그쪽만 원하면 정우가 치료도 지원하고, 나중에 취업도 도와준다고 했습니다."

형이 벌린 일이니까 끝까지 책임져—그런 이유로 연우는 귀엽고 깜찍한 조카가 아닌 팔다리가 쭉쭉 뻗은 시커먼 남성이 된 서여울을 관리해야 했다.

"……."

여울은 본인이 사용했던 수갑으로 두 팔이 등 뒤로 묶인 채 의자에 앉아 있었다. 몇 번이나 말을 걸었으나 목이 꺾인 해바라기처럼 고개를 푹 숙인 채 별 반응이 없었다.

"아직 취직까지는 할 의지가 없는 모양이군요. 잘 알겠습니다."

연우는 애초에 큰 기대를 걸지 않았다. 정신 감정을 거친 후에는 한동안 정신과 입원 치료를 하자는 소견도 받은 터였다.

"여울 씨는 절 많이 원망하겠지만, 이 방법밖에는 없었습니다. 어떤 비난도 달게 받겠습니다."

연우는 여울의 곁에 의자를 두고 앉았다. 김정우 하사일 이후로 살아남은 자들에게 미움을 받는 일에는 익숙해졌다.

"나, 난 결국…… 누나를 위해 아무것도 못 한 건가."

그때 여울이 힘없이 중얼거렸다. 연우의 말은 전혀 듣지 않은 듯 자기 내부를 향한 독백일 뿐이었다. 겉모습은 여지없는 20대 후반의 청년이었으나 행동거지는 너무나 어린애 같았다. 마치 누이가 죽은 이후로 정신적으로 전혀 나이를 먹지 않은 것처럼.

"……여울 씨 누님은 그렇게 생각하지 않을 겁니다."

연우가 해줄 수 있는 말은 그것밖에 없었다.

✷

동해 길드에서는 이번에도 모정우의 친자라며 등장한 아이가 돈을 노린 사칭이라는 보도 자료를 만들어 언론에 뿌렸다. 이미 여러 번 반복된 스캔들이었기에 세상은 언제 들썩였냐는 듯이 잠잠해졌다. 유원지 01 던전의 폐쇄 계획도 착착 진행되어 갔다.

그렇게 예정된 던전 폐쇄 날이 다가왔다. 던전의 왕이 사망하는 즉시 던전이 닫히기 때문에, 던전 내부로 헌터가 들어가지 않고 헌터 아이템을 사용하여 마무리를 짓기로 했다. 던전을 닫는 일은 던전을 공략하는 일에 비해서는 그리 어려운 일이 아니라 진행에 큰 어려움은 없었다. 다만, 최근 정규 던전의 부실 고정과 연이은 붕괴 이슈로 대중들이 걱정이 커진 데다가, 만약에 발생할지 모르는 긴급 사태에 대응하기 위해 이번 폐쇄에는 특별히 정우와 A급 헌터들이 방문할 예정이었다.

"나도 가고 싶어."

수갑을 찬 여울이 불쑥 말했다. 턱에 덕지덕지 난 수염도, 제멋대로 자란 머리카락도 단정히 이발을 해서 그런지 멀끔해진 모습이었다.

"부탁해요, 삼촌! 하면 고려는 해볼 수도 있습니다. 여울 씨."

"죽인다."

"이제는 애교를 부리는 척도 안 하는군요. 안 됩니다."

고작 몇 주 같이 지낸 게 뭐라고, 연우는 조금 섭섭해했다.

"부, 부탁이야……. 하라는 대로 따를게."

축 늘어져 있던 여울이 삐걱거리며 의자 위에 몸을 바로 앉았다. 그러고는 간절히 부탁했다. 수감복은 기장에는 맞았으나 너비는 헐렁했다. 온갖 영양제에, 균형 잡힌 식사를 매끼 대접하고 있었는데도 그는 도통 살이 붙질 않았다.

"제가 괴롭히려고 막는 게 아니라, 다 정우 뜻입니다."

폐쇄 현장에 그 새끼 데리고 오기만 해봐. 그때는 형이라고 해도 진짜 안 봐줄 거니까—그 말을 차마 그대로 전할 수 없었다.

여울의 얼굴이 구겨졌다.

"누나 마지막이잖아. 가, 가게 해줘."

제발. 목이 메는지 여울은 쉰 목소리로 중얼거렸다.

"안 되는데……."

이것 참. 연우는 깊은 한숨을 내쉬었다. 온갖 꼴을 다 겪었다지만, 저 부탁을 거부할 수 있을 헌터가 몇이나 될까? 아마 모정우 정도밖에 없을 것이다.

✷

"왜 데려왔어."

정우의 반응은 얼음장 같아서 어찌 보면 한결같을 정도였다.

"어차피 정우 너도 있고, A급 헌터들도 즐비하고, 여차하면 팔에 채운 아이템도 있잖아."

"형도 있고 말이지."

"그래."

연우는 잊지 않고 자신도 넣어준 정우에게 깊은 감사를 느꼈다. 길드장의 권한이라면 연우는 여울과 함께 언제든 쫓겨날 수 있었기에 긴장했으나, 정우는 고개를 돌리고 끝이었다.

"이따 보자고, 모연우."

다만 의미심장한 한 마디를 남겼을 뿐이다. 그 말의 의미를 깨달은 연우는 등골이 오싹해졌다. 오늘도 편히 잠들긴 그른 모양이었다. 여차저차해서 다행히도 허락을 받았다.

돌발 상황은 언제든 발생할 수 있었기에 연우는 여울과 던전에서 되도록 멀리 떨어진 곳에, 그러나 던전이 닫히는 마지막은 충분히 볼 수 있을 정도로 가까운 구역에 자리를 잡았다. 그뿐만이 아니라 함부로 스킬을 사용하지 못하도록 특별히 입마개까지 씌웠다.

"아…… 안 보여. 좀 더 앞으로 가."

"여기까지가 최선이라 어쩔 수 없습니다. 아니면 정우 눈에 띄어서 아예 쫓겨나는 편이 낫나요?"

이거 해달라, 저거 해달라 졸라대던 여울은 정우의 이름을 거론하고 나서야 비로소 조용해졌다.

"삼촌."

"……왜요."

이번에는 또 뭘 조르려고 삼촌 소리까지 하는 거냐. 연우는 한숨을 내쉬었다.

"나, 나…… 이거…… 풀어주면 안 돼?"

"정말 미안합니다, 서여울 씨. 그것까지는 좀 어렵겠네요."

"헌터병 출신이면서, 쿨럭, 등급 확인도 안 된 보조계 헌터가 무서운 거야?"

"네에, 진짜 무섭습니다."

연우는 여울의 도발에 휘말리지 않았다. 여울보다 정우가 더 무서웠기 때문이었다.

여울의 입이 댓 발 튀어나왔다. 연우는 뚱한 모습의 보며 인질범이 키만 멀대같이 커다랗지, 속은 전혀 성장하지 않은 어린애 같다는 생각이 다시금 들었다. 그래서 그렇게 어린애 흉내를 잘 냈나?

'저거 두고 간 누님 심정도 편치 않았겠군.'

저도 모르게 그런 생각도 들었다가 연우는 당혹감을 느꼈다.

'하하. 민간인 다 됐군, 모연우 하사.'

'헌터병'이라면 쉽게 할 수 없는 생각이었기 때문이었다. 연우는 씁쓸한 미소를 지었다. 쓸데없는 생각은 접어버리고 곁에 선 여울을 바라보았다. 이왕 일이 좋게 수습된 거, 앞으로 무탈하게 잘 지냈으면 싶었다.

"누님의 시신은……. 되도록 온전하게 던전 밖으로 모시고 싶었는데, 그러지 못하게 되어서 미안합니다."

"……."

"이 부분에 대해서는 정우에게도 몇 번이나 물어보았는데, 답은 예전이나 지금이나 같다고 하더군요. 뿌리가 유원지 전체에 뻗어 있는 상태라, 던전의 왕을 잘못 건드리면 구역 전체가 다시 던전화

될 수 있어서요. 시신 중 분리 가능한 부분만 가져오는 방법도 있지만…… 그건 바라지 않겠죠."

여울은 말없이 고개만 끄덕였다.

"위로랄 것은 못 되지만, 차후 이곳에 다시 유원지라든가, 건물을 세우게 되면…… 그때는 희생자분들과 희생자를 끝까지 구하려 했던 헌터들과 누님의 업적을 기리는 장식물을 세울 예정이라고 합니다."

연우는 담담하게 말을 이어 나갔다. 그사이 눈앞에서는 헌터들이 몇 가지 확인 절차를 치르고 던전을 닫으려던 차였다.

"다, 당신 말이야…… 누나를 좀 닮았어."

여울이 문득 중얼거렸다. 시커먼 두 눈은 유원지에 고정된 채였다.

"칭찬으로 들을게요."

"세상 통달한 척하면서 다른 사람 도움은 거절하는 거 말이야."

"이런, 칭찬이 아니었군요."

연우는 머쓱한지 눈동자를 한 번 굴렸다.

"……그렇지만 돌아가신 분께서도 동생에게는 멋진 형, 아니지, 누나로 보이고 싶어 했을 겁니다. 여울 씨 누님을 제가 100% 대변할 수는 없지만, 이번만큼은 같을 거라고 봅니다."

그것만은 손위 형제의 공통적인 경험이니까. 연우는 확신했다.

"정말 그럴까?"

"그럼요."

"바로 그, 그런 점이 싫다는 거야."

"……."

그냥 아무 말도 하지 않는 게 중간은 가려나. 자꾸만 하락하는 평판에 연우가 고민하던 때였다.

"누…… 누나가 한 번이라도 본인 인생을 살았다면 나도 이렇게 집착하지는 않았을 거야. 저 혼자 강한 척 남의 도움 한번 받지 않고 선…… 대신 남은 사람만 평생 후회하게 만들지."

여울의 목소리가 불어오는 바람결에 실려 의미 없이 흩어졌다.

"하지만…… 실은 알아. 내가…… 내가, 변변찮은 놈이라서 누나가 강한 척하며 살 수밖에 없었단 거."

헌터들은 마지막으로 안전을 점검하고 있었다. 기자들과 인터뷰를 하는 정우의 모습도 보였다. 연우는 그 모습을 보며 말없이 여울의 목소리를 듣기만 했다. 워낙 자주 생사의 갈림길을 오가다 보니 이제는 목숨이 위급한 상황에도 쉬지 않고 나불거리게 되었으나, 때로는 침묵이 금이라는 사실을 안다.

"그 자식은 싫지만, 다, 당신은 누나를 닮았으니까 조언 하나 할게."

피가 되고 살이 될 정도일지는 모르겠지만. 여울이 한층 낮아진 목소리로 음울하게 중얼거렸다.

"모정우한테 뭐 하나라도 더 해주려고 안달복달하지 마. 그냥, 당신은 당신 자신을 위해서 살아."

"모처럼의 조언이니 새겨서 듣겠습니다."

연우는 감사를 표했다. 하지만 귓등으로도 듣지 않았다. 그건 어렵다. 나는 무슨 일이 있어도 모정우를 지킬 거니까.

잠시 후 여울이 낄낄대며 웃었다.

"왜 웃죠?"

"내 말은 들어 처먹지도 않는 게 눈에 보이니까."

누나도 그랬거든. 그 웃음은 그리움의 발로였겠지만, 연우에게는 어딘지 모르게 저주처럼 들렸다. 던전이 폐쇄되면서 일대가 폭발을 일으킬 가능성을 대비하기 위함인지, 헌터 한 명이 안전도구를 들고 이쪽으로 걸어오고 있었다. 정우에게 명령을 받은 모양이었다. 연우가 여울을 등 뒤에 두고 다가오는 헌터에게 대응하려던 때였다. 들고 오는 안전모와 마스크 사이로…… 무언가가 비죽 튀어나와 있었다. 연우는 헌터의 얼굴을 살폈다. 모르는 얼굴이다.

"있잖아, 당신같이 대단한 헌터는 하루에 몇 번이나 울 수 있어?"

그 뭐야, 헌터는 일반인과 달라서 하루에 열 번도 할 수 있다며. 분명 우는 것도 더 많이 울 수 있지 않겠어? 여울이 말을 걸었다.

"……잠시만요."

그러나 연우는 듣지 못했다. 아니, 들을 상황이 아니라는 편이 맞았다. 연우는 여울의 말을 끊고는 멀리서 오는 사람에게 집중했다. 동해 길드 소속 모든 헌터의 얼굴을 외운다고 자부할 수는 없으나, 정우가 공식으로 모습을 드러낸 자리에 연우가 얼굴도 모르는 급의 헌터를 데려올 리가 없었다.

"길드 명 대고 통성명을 하시죠. 아니, 다 필요 없으니 그 자리에서 꼼짝 마십시오. 당신, 누군데 여기까지……!"

연우가 급히 앞으로 걸어가며 접근을 제지했다. 그러나 상대는 멈추지 않았다.

"당신 같은 사람은 절대 안 울겠지?"

후회할 일이 없을 테니까. 누나처럼. 여울은 연우의 등에 아무도 듣지 않는 말을 던졌다.

연우가 가타부타 낯선 헌터를 제압하려던 순간이었다. 그가 먼저 안전 도구 사이에 숨겨둔 연막탄을 바닥에 내던졌다. 고막이 찢어질 듯 날카로운 소리와 함께 순식간에 연기가 피어올랐다. 연우가 시야를 밝게 하는 스킬을 사용하기까지는 고작 십여 초가 소요되었으나 상대 또한 헌터였다. 그 정도면 충분히 시간을 끈 것이었다.

"피해! 구헌터 테러 집단이다!"

멀리서 외침이 들렸을 때는 이미 늦은 뒤였다. 쨍강, 날카로운 쇳소리와 함께 파괴된 수갑과 입마개가 땅으로 떨어져 내렸다. 서여울을 테러 관련자가 아니라 일개 무소속 헌터라고 여겼기에 본인이 사용했던 하급 헌터 아이템 그대로 착용시킨 것이다. 그런데 이런 식으로 빈틈이 될 줄이야.

"미안. 실은 도움을 좀 받았거든."

대신 당신을 여기까지 데려오게 하기로 했어. 연기 속에서 흩어질 듯 불안한 목소리가 들렸다. 테러범은 여울에게 무언가를 던졌고, 여울은 망설임 없이 그것을 입 안에 넣고는 그대로 씹었다. 그와 동시에 성인 남성의 모습이 시야에서 흔적도 없이 사라졌다.

"서여울!"

신체를 변형한 것이 틀림없다. 연우는 자욱한 연기 속에서 여울을 찾았다. 그사이 첫 번째 목적을 완수한 테러범은 곧장 연우에게 달려갔다. 구헌터를 배신하고 신헌터를 등에 업은 박쥐를 향해서 말이다. 테러범 자체는 그리 강하지 않았기에, 연우는 금세 달려오는 남자를 제압했다. 문제는 그 탓에 서여울의 행방을 놓치고 말았다는 점이다. 연우의 눈동자가 이곳저곳을 훑으며 쉴 새 없이 돌아갔다.

그러던 중, 잔해 사이를 뛰어가는 쥐 한 마리를 간신히 발견했다.

"저 쥐 잡아요!"

연우는 외쳤으나 길드원들과 멀리 떨어져 있었고, 그들 또한 갑작스레 들이닥친 구헌터 테러 집단에 대응 중이었기에 목소리가 닿지 않았다.

"모연우입니다! 긴급 상황, 던전 폐쇄하지 마십시오!"

하는 수 없이 연우는 쥐를 잡는 대신 던전 폐쇄를 막는 쪽으로 노선을 틀었다.

"죽어라, 이 박쥐 새끼!"

"큭! 미안합니다, 지금 당신 상대할 때가 아니에요!"

연우는 저에게 달려드는 구헌터를 뿌리치며 필사적으로 정우가 있는 곳으로 뛰어들었다.

"정우야! 던전 폐쇄 멈추라고 해! 기폭 아이템 발동 중지하라고!"

A급 헌터들이 구헌터들을 추풍낙엽처럼 제압하고 있었기에 정작 정우는 아무런 대응도 하지 않고 상황이 종료되기를 기다리고만 있었다.

"내 말 안 들려? 던전 폐쇄하지 말라고!"

연우가 팔을 붙잡고 흔들기까지 했으나 정우는 묵묵부답이었다.

"모정우! 내가 서여울을 놓쳤어, 지금은 급하니까 일단 멈춰. 그 녀석이 한번 던전 안으로 들어가면 끝이야!"

안 들리면 내가 직접 멈추는 수밖에! 답답한지 연우가 정우에게서 등을 돌렸다. 그 순간, 단단한 손이 연우의 팔을 붙잡았다. 또 구헌터인가, 하고 바로 공격하려던 때였다. 연우의 팔을 쥔 것은 다름 아닌 정우였다. 연우는 한순간 사슬에 묶인 것처럼 꼼짝도 할 수 없었다.

"가지 마, 형."

소란과 연기로 엉망인데도 그 목소리만은 뚜렷하게 들렸다.

"보내줘."

정우가 아수라장에서도 연우만을 태연히 바라보다 고개를 저었다.

✱

굵고 거친 나무뿌리가 포도 벽돌을 부수며 솟아올라 있었다. 그 위를 길처럼 따라 달리던 쥐는 점차 사람의 형상으로 변해 갔다. 처음에는 사람의 몸으로 네발로 기는 탓에 엉성하게 주춤거리다, 점점 상체를 일으켜 두 발로 달리기 시작했다. 쥐였던 남자가 부서진 놀이기구와 피 묻은 장난감에도 시선을 주지 않고 필사적으로 달려간 곳은 던전의 중심부였다.

빨리, 더 빨리……. 모든 게 끝나기 전에.

암흑수 주변은 보랏빛으로 성성했다. 정해진 시간 이후 폭발 예정을 알리는 타이머가 곳곳에 설치되어 있었다. 헌터 아이템의 기동 불량으로 던전의 왕이 어중간하게 활성화되었을 경우 속도를 늦추기 위해, 바닥에는 흡사 피와도 같은 끈적한 즙이 깔려 있었다. 부글거리며 끓는 즙액은 검은 용암처럼 보였다.

"누나!"

철퍽, 철퍽! 여울은 늪을 걷는 것처럼 펄쩍거리며 뛰어갔다. 찐득한 액체에 체력이 금세 바닥났는지, 그는 무릎과 손으로 기며 간신히 꼭대기에 이르렀다. 누이의 시신은 여전히 뿌리에 엉킨 채 온전하게 남아 있었다. 아직 무사하다. 여울은 안도의 한숨을 내쉬었다. 그는 쥐나 벌레를 씹고는 모습을 바꿔 던전 안으로 몰래 들어가곤 했었다. 그때도 온갖 값비싼 헌터 아이템으로, 스킬로 몬스터와 누이를 분리해보려 했으나 번번이 실패하고 말았다. 알면서도 이번에도 여울은 누이의 몸에서 몬스터를 떼어내기 위해 안간힘을 썼다. 어쩌면 한 번쯤은 기적이 일어날지도 모르지 않는가?

"누나."

그러나 그런 일은 결단코 일어나지 않았다. 아니, 허락받지 못했다. 기적은 그럴 만한 가치가 있는 사람에게만 주어지는 거니까. 이를테면, 소설이나 영화 속 주인공 같은. 상반신과 머리가 절반 이상이 몬스터와 융합된 소녀는 신체를 절단 내지 않는 이상 분리가 불가능했다. 몇 번이나 실패해 뼈에 사무치도록 알고 있음에도, 여울은 이번이 매번 처음이라는 듯이 매달렸다.

"누나……. 미안해…… 욱……."

콜록, 콜록, 여울은 거친 기침을 내뱉었다. 캄캄한 어둠 속에 갇힌 눈은 오래전에 초점을 잃은 채였다. 타이머는 멈추는 일 없이 착실히 숫자를 줄여 갔다.

"그날, 놀이공원…… 가지 말았어야 했는데……."

유원지에 오래 있지 말았어야 했어. 내가 그때 누나한테 타고 싶은 기구를 타보라고 권하지 않았더라면, 대기 줄이 많지 않은 놀이기구를 타고 빨리 집에 돌아갔더라면……. 아니지, 아예 마지막으로 유원지에 가지 않으면 좋았을까? 처음부터 도망치자고 하지 않았다면. 아니다. 내가 누나를 좋아하지 않았더라면. 그것도 아니야. 내가 존재하지 않아서 누나가 우리 집에 올 일이 없었더라면…….

10년이 넘는 세월을 후회만 하며 보냈다. 그날 했던 사소한 행동, 선택 하나하나를 일일이 파헤치고 해부해서, 자신이 얼마나 어리석고 무지했는지를 선고하고 자기 자신에게 돌을 던졌다. 반대로, 미래를 바꿨더라면 우리는 참사를 피하고 얼마나 좋았을지를 상상해 보기도 했다. 어떤 걸 해 봐도 마지막에 남는 것은 죄책감과 허망함뿐이었다.

"누나아, 왜 나만 두고 먼저 간 거야. 나 그동안 너무, 힘들어서……."

가끔은 누나가, 내가 싫어서 일부러 여기서 죽은 게 아닐까 하는 생각이 들기도 해. 울먹이는 목소리가 떨려서 변성기 전의 소년처럼 들렸다. 여울은 쉴새 없이 누이의 뺨을 쓰다듬었다. 따뜻했다. 차갑게 식은 뺨보다는 낫다고 자신을 위로했다. 그래서 더 희망을 버리지 못했다. 만약 누이가 다른 시신들처럼 평범하게 썩었더라면, 결국에는 백골밖에 남지 않았더라면, 지금 같은 집착에 빠지지 않았을까? 죽음을 받아들이고 망자를 놓아주었을까? 그럴 일은 절대로 없을 것이다.

'당신의 누님과 비슷한 처지인 제가, 그동안 겪었던 일을 돌이켜보자면…… 대신할 수는 없겠지만. 서여울 씨가 과거에 대한 미련을 내려놓고, 여생을 행복하게…….'

모연우는 그렇게 말했다. 실컷 속아놓고는 그런 말을 하다니, 실없는 녀석. 여울은 어처구니가 없어서 실실 웃었다. 평생 그 생각을 안 해봤을까? 혼자서 살아보려고 한 번이라도 노력해보지 않았을까?

"미안해, 누나. 기껏 살려줬는데…… 지쳐서 더는 못 버티겠어."

눈물이 뚝뚝 떨어져 내렸다. 다른 이의 죽음까지 감당하기가 벅찬 나머지 이제는 숨을 쉬는 것조차 힘에 겨웠다. 누이를 잃고 난 후로는 숨을 쉬는 것보다 우는 일이 더 쉬워졌다. 그래서 때로는 하룻밤에 열 번도 넘게 울었다. 눈물은 가장 쉬운 기도였다.

"그거 알아? 여기보다 바깥이 더 던전 같아."

밖에는 누나가 없으니까. 여울은 헛웃음을 짓고는 누이를 한없이 바라보았다. 마지막 순간, 눈을 뜬다든가. 어쩌면 그 기적이란 녀석이 한 번쯤은 와줄 법도 하지 않는가? 사실 알아, 그런 일은 절대로 일어나지 않으리라는 거. 일어나려면 진작 일어났어야지. 그래도. 한 번 정도는…….

"누나."

보랏빛이 불길하게 빛나는 어둠 속에서 지친 목소리만이 고요하게 울려 퍼졌다.

"누나가 떠나고 10년 동안 하고 싶은 말이 많았어. 묻고 싶은 것도. 얼마나 많은지 모를 거야."

그 말들이 가슴속에 쌓여서 폐가 딱딱하게 굳어버렸어.

"그래도 다시 만나면 가장 하고 싶은 말은……."

정적이 흘렀다.

"……다음에 다시 태어나면, 이번에는 내가 오빠로 태어나는 것도 나쁘지 않을 것 같아."

걱정하지 마. 이번 생처럼 다른 집에서 태어났어도 반드시 찾아갈 테니까. 폭발음과 함께 오래전에 수명을 다한 던전이 닫혔다.

에필로그

언제나 푸른 채로

왜 형과 누나와 오빠와 언니는 각각 호칭이 있는데, 동생은 동생이라고만 불리는 걸까. 효와 충을 중시하는 위계질서가 설립된 유교 문화권인 탓이겠지만 한 번쯤은 다른 생각을 해본다. 아마도, 동생이 손위 형제를 부르는 일이 더 많아서 아닐까 싶다. 동생이란 언제나 형이나 오빠나 언니나 누나를 붙잡고는 말도 안 되는 떼를 쓰는 게 일생에 주어진 사명이라고 생각하는 존재니까. 사실, 다 헛소리고…….

"원래 모습으로 찍은 사진이 한 장도 없네."

핸드폰 속 꼬마 정우의 사진을 정리하던 연우는 문득 중얼거렸다. 그의 곁에는 정말 끔찍하게 못 만든 종이학 몇 개가 늘어져 있었다.

"흠……."

가칭이기는 했으나 이번에도 떠난 이가 또 정우라니, 연우는 입안이 썼다. 그때, 누군가가 등 뒤에서 연우를 안아 왔다. 이런 과감한 감금 행위를 벌일 사람은 동해 길드에서 단 한 사람밖에 없었다.

"정우야."

"왜?"

"옛날에, 너희 집에 있던 스노 글로브 기억나? 엄청나게 크고, 안에 유원지가 담겨 있었는데."

"집에 그런 게 있었던가?"

정우가 능청스럽게 모른 척을 하기에 연우는 팔꿈치로 뒤를 푹 찔렀다. 윽, 하는 비명 대신 낮은 웃음이 흘러나왔다.

"있었던 것 같네."

버튼을 눌러야 말을 하는 인형처럼 정우는 그제야 실토했다. 목소리에는 여전히 웃음기가 섞여 있었다.

"그거 아직도 남아 있어?"

연우는 그 스노 글러브가 불현듯 보고 싶어졌다. 왜인지는 모르겠다. 던전에서 환상을 봤기 때문일까.

"아니."

"뭐야, 없어? 혹시 판 거야?"

뜻밖의 답변에 당황한 연우는 뒤를 돌아보고 말았다. 천하의 모정우가 금전이 부족해 팔았을 리는 없을 테고, 필시 있으면서도 놀리려고 없는 척하는 게 틀림없다.

"그럴 리가. 부서졌어. 그래서 못 보여주는 거야"

"어쩌다?"

"내 손으로 부쉈어."

"……."

"형이 던전 안에서 고군분투하는 동안."

연우는 더는 묻지 않았으나 정우는 일부러 더 대답했다. 연우는 착잡함에 목 안이 쓰려왔다.

"……너, 그때 일부러 놔준 거지."

"내가 뭘?"

돌아오는 말은 뻔뻔스러울 정도였다.

"서여울 말이야. 정규 던전 폐쇄할 때."

묵묵부답. 정우의 태도에 연우는 가슴이 괜스레 답답해졌다.

"왜 그랬어."

"몰라서 물어?"

"그래, 몰라. 그러니까 납득할 수 있게 설명해."

사실 연우가 답을 모르는 건 아니다. 하지만 때로는 아무것도 얻어낼 수 없다는 걸 알면서도, 대화 자체가 의미가 없다는 걸 알면서도 물어야 할 때가 있다.

"거기서 서여울을 붙잡아 봤자 남은 삶이 의미가 없다는 걸 아니까."

"……."

"재료 순서대로 던전의 왕을 차례로 죽여야 얻을 수 있는 전설급 포션 엘릭서를 서여울이 만들 수 있겠어? 영원히 불가능할걸. 설령 기적처럼 제작한다 해도 엘릭서를 사용하려는 대상은 이미 몬스터와 융합된 상태였으니, 어차피 살릴 방도는 없었어."

정우의 말은 틀린 구석이 하나도 없었다. 연우도 납득했지만 한편으로는 부정하고 싶었다.

"그래서 서여울이 알아서 죽게 내버려 뒀다는 거야? 명백한 자살 방조죄야, 그거."

그래도 동생이라고, 정우의 얼굴에 대고 차마 타살이라고는 몰아붙일 수 없었다.

"……형이 들어갔던 개미굴 던전에 마지막까지 남아 있는 사람이 형일까, 아니면 다른 씨발 새끼일까?"

그때 정우가 다른 이야기를 꺼냈다.

"모연우는 살아 있는 걸까? 아니면 던전에 들어가자마자 이미 죽어서 개미 밥이 됐고, 다른 새끼들이 살아 있는 걸까. 만약 그렇다면, 형이 죽은 지는 얼마 전이었을까? 한 달 전? 1년 전?"

"지금 그 얘기를 하는 이유가 뭐야."

연우의 목소리가 낮아졌다. 정우에게서 멀어지려고 했으나 몸을 가둔 두 팔은 더욱 단단해졌다.

"만약 그때, 나나 형이 서여울을 붙잡았다면 어땠을 것 같아? 그 자식이 고맙다고 할 것 같아?"

"……그렇다고 죽게 내버려 둘 수는 없잖아."

"평생 곱씹으며 후회할걸? 왜 그때 못 들어갔을까, 왜 그때 뛰어들지 못했을까 하고."

"……."

"평생."

정우는 마치 자신이 겪은 일처럼 단호하게 대답했다. 다른 가능성은 일절 없다는 듯이.

"내가 그때 되살아나지 못했다면, 너도 저렇게 됐을 거란 소리야?"

연우가 돌아보며 물었다. 정우의 그 발언은 형으로서는 납득할 수 없었고, 납득하고 싶지도 않았기 때문이었다.

"……."

정우는 아무런 대답도 하지 않았다. 긍정이나 다를 바 없는 침묵에 연우는 가슴이 답답해져 오며 화가 치밀어 올랐다.

"대답해, 모정우."

정우는 천천히 눈을 감았다가 뜨기만 했다. 그런 모호한 대답, 원치 않아.

"만약 그런 허튼 생각 가지고 있었다면 지금 이 자리에서 약속해, 모정우. 넌 절대 그래선 안 돼. 내가 만약에 죽더라도 너만은……."

계속 살아야지. 너는 내가 반드시 지킬 거니까. 연우는 피하지 않고 바라보았다. 비록 이제는 더 강하지 않지만, 가진 것도 없지만, 그럼에도 불구하고 모연우는 모정우를 지킬 것이다. 그것이 삶의 목적이었으니까.

"부모님이 말이야, 형의 장례식을 치르자고 했었어."

정우는 오랜 침묵 끝에 옛날 이야기 하나를 꺼냈다.

"뭐?"

"묘지도 제대로 세워주자고 하더군. 헌터병 중에 시신이 온전히 돌아오는 헌터병들은 거의 없으니까, 텅 빈 관이라도 묻자는 거지."

"……."

그랬었나. 연우가 알고 있는 양부모님은 고마우신 분들이기는 했으나, 그런 살뜰한 이들은 아니었다. 아마도 정우를 위해서였을 것이다. 연우는 충분히 유추할 수 있었다. 10년 만에 돌아왔더니 대령직을 달고 있는 정우. 이미 형이 군대에 들어가 헌터병으로 구르고 있는데 굳이 입대한 친아들을 보는 양부모님의 심정은 어땠을는지. 굳이 모연우의 묘를 세우자는 건 부나방처럼 군에 뛰어든 정우를 멈추게 하기 위함이었겠지.

"그래서, 만들었어?"

연우는 자신의 무덤을 내려다보는 것도 나쁘지 않다는 생각이 들었다.

"당연히 안 만들었지. 미쳤다고 던전에 제 발로 뛰어 들어간 멍청이의 무덤을 만들어줄 것 같아?"

"……너답다."

연우는 웃었다. 별로 웃기지는 않았다.

"1년이 지나니까 형의 나이가 됐어. 2년이 지나니까 형보다 내가 나이가 많아지더라. 그다음부터는 굳이 안 셌어. 더는 셀 의미가 없어서."

정우의 손이 다가오더니 가만히 연우의 뺨을 쓰다듬었다.

"넌 그 좆같은 기분 절대 모르겠지."

"……."

"……형은 나보다 먼저 태어났잖으니까."

형은 나보다 나이가 많은 게 당연했잖아? 잠자리에서는 거칠기 짝이 없는 모정우였으나, 그 손길은 의외로 너무나 부드러웠다. 마치 잘못 건드리면 이 세상에서 사라져버릴, 그런 연약한 것을 대하듯. 커다란 손이, 긴 손가락이 연우를 공들여 어루만졌다. 다른 사람도 아닌 정우가 이런 식으로 사람을 만진다고? 정우로 인해 툭하면 피와 멍을 보곤 했던 연우는 충격받았다. 정우는 마치 조각을 하듯 연우의 코를 쓰다듬고, 마사지해 주듯 연우의 눈가를 가만히 문질거렸다.

연우는 묻고 따지고 싶은 것이 산더미 같았다. 그때 던전에서 보여줬던 환상은 어떤 능력인지, 그 좆같은 기분이라는 건 도대체 무엇인지도. 하지만 연우는 눈을 감고 말없이 그 손길을 받기만 했다. 그러다가 손가락이 멀어질 때 즈음 눈을 떴다. 긴 손가락 사이로, 정우가 보였다. 뜻밖에도 정우는, 차갑게 노려보거나 잡아먹을 듯 성이 난 모습이 아니었다. 손가락 사이로 보이는 정우는 웃고 있었는데, 두 눈만은 충혈되어 있었다. 눈의 착각이라고 믿고 싶었지만 부정할 수 없었다.

"정말이지…… 평생 모를 거야."

✷

중년의 여인이 제 몸집만 한 피켓을 들고 홀로 서 있었다. 한때는 누구나 이름을 들어본 대형 언론사들에서 앞다퉈 인터뷰를 요청하고 눈이 먹먹해질 정도로 플래시를 터뜨려대더니, 이제는 흔한 관심조차 주지 않는다. 매일 반복되는 피켓 시위는 행인들에게도 더는 흥미로운 주제가 아니었다. 중년의 여성은 옷을 잔뜩 껴입은 채로 외면과 마주했다. 코끝은 추위로 벌게진 채였다.

초로의 한 노인은 지팡이가 없으면 걷지 못하는데도 기어이 산꼭대기에 자리 잡은 절까지 올랐다. 성치 않아 파스를 다닥다닥 붙인 무릎으로 부처상에 절을 한다. 하루에 삼백 번씩 절을 하면 저승에 있는 사람에게도 닿는단다. 우리 아이 극락왕생하게 해주십시오, 부처님. 우리 애 부디 잘 봐주십시오.

또 누군가는 두 손을 번쩍 들고 찬송가를 불렀다. 동정녀에게서 태어났다는 아들의 일생이, 그 모든 고난이 마치 제 자식 이야기 같아서. 주름진 얼굴 위로는 눈물이 쉴 새 없이 흘러내렸다…….

"아, 좀 있으면 오빠 생일이네."

그리고 지연은 계시를 받은 것처럼 불현듯 깨달았다. 물론 알람으로 맞춰 두긴 했지만 말이다. 오빠가 살아 있었다면 올해로 몇 살이더라, 지연은 의미 없는 셈을 해보았다.

'……그러고 보니 내가 준수 오빠 나이 넘긴 지 한참이구나.'

지연은 제 오빠가 세상을 떠난 후 몇 년이나 지났는지를 속으로 세어보았다. 그러고는 세월 참 빠르다며 놀란다. 이제는 이 반응도 주기적으로 반복되는 일상이다.

"케이크 예약해 둬야겠다."

가족끼리 나눠 먹고 오빠 사진 앞에도 둬야지. 매년 주문하는 거지만, 그런데도 머뭇거리게 되는 건 촛불을 몇 개 사야 하는지였다. 멈춰버린 나이로 사야 할지, 존재하지 않건만 그래도 한 살 더 먹은 것을 축하해야 할지. 사별한 사람은 나이를 세는 법이 사뭇 다른 법이다.

"으음, 어떻게 하지?"

지연은 잠시 고민하다가 지갑을 꺼냈다. 그러고는 안쪽에 넣어 둔 무언가를 조심스럽게 펼쳐보았다. 모연우에게 받은 구겨진, 연준수 소위의 사진이었다.

"오빠는 어떻게 세야 한다고 생각해?"

이런 건 당사자한테 물어봐야지. 지연은 사진 속 청년을 보며 씁쓸한 미소를 지었다. 사진 속 그 젊은이는 지연이 어릴 때 알던 모습 그대로였다. 그리고 앞으로도 그대로일 것이다. 다섯 살 먹은 꼬맹이 지연이 주름이 자글자글한 호호 할머니가 될 때까지. 영원히 푸른, 청년인 채로.

"……."

눈가에 그렁그렁 맺힌 눈물이 사진 위로 떨어지려는 순간, 지연의 손이 번개 같은 속도로 사진 위를 막았다. 그 덕에 눈물은 손등 위로 떨어져 내렸다.

"나이스 캐치."

지연은 웃었다. 그러나 눈물은 한 방울에서 멈추지 않았다. 소나기처럼 연신 손등 위로 쏟아져 내렸다.

"으악, 안 돼!"

이거 귀한 사진이란 말이야! 지연은 혹여나 물방울이 튀길까 봐 호들갑을 떨며 사진을 머리 위로 들었다. 눈부신 햇살에 사진이 순간 보이지 않을 정도로 희게 빛났다가, 다시 지연의 시야에 들어왔다.

"나도 참 주책이야."

벌써 몇 년이 지났는데 울고 말이야. 지연은 쓴웃음을 지었다.

"자, 그럼 취재를 나가보실까? 오늘도 백만 안티를 양성해야지!"

지연은 기운을 찾기 위해 기사를 올리자마자 우르르 몰려오는 자신의 소중한 팬들을 떠올렸다. 그러고는 낡을 대로 낡아서 찢어지기 직전의 사진을 소중히 지갑에 넣고는, 다시 씩씩하게 제 갈 길을 걸어갔다.

「헌터는 하룻밤에 10번…」 완결

헌터는 하룻밤에 10번…

초판 1쇄 인쇄 2024년 11월 22일
초판 1쇄 발행 2024년 12월 4일

지은이 두고
펴낸이 최순영

웹소설 본부장 오가진
로맨스 2팀 이민재

펴낸곳 ㈜위즈덤하우스 **출판등록** 2000년 5월 23일 제13-1071호
주소 서울특별시 마포구 양화로 19 합정오피스빌딩 16층
전화 02) 2179-5600 **홈페이지** www.wisdomhouse.co.kr

ISBN 979-11-7206-427-3 03810